LA FIANCÉE DE DEVIL

Titre original : *Devil's bride*

Édition française publiée par :

Quatrième impression (mai 2018)
29 boulevard Raspail
75007 Paris - France
contact@editionscharleston.fr
www.editionscharleston.fr

ISBN : 978-2-36812-107-8
Dépôt légal : juin 2016

Traduction : Lynda Leith
Maquette : Patrick Leleux PAO

Pour suivre notre actualité, rejoignez-nous sur la page Facebook :
www.facebook.com/Editions.Charleston et sur Twitter @LillyCharleston.

Stephanie Laurens

LA FIANCÉE DE DEVIL

CYNSTER TOME 1

ROMAN

DIVA ROMANCE

L'arbre généalogique de la famille Cynster

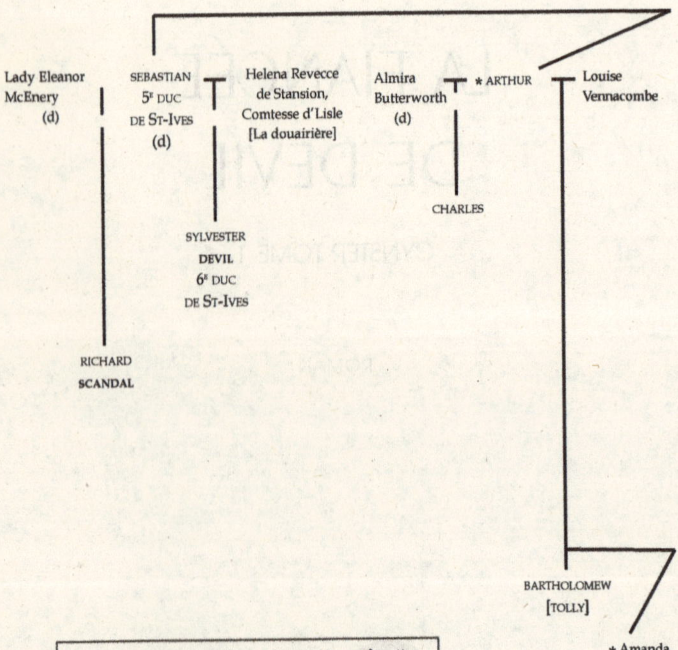

Les noms en capitales indiquent les membres masculins de la famille Cynster.

* Indique des jumeaux.

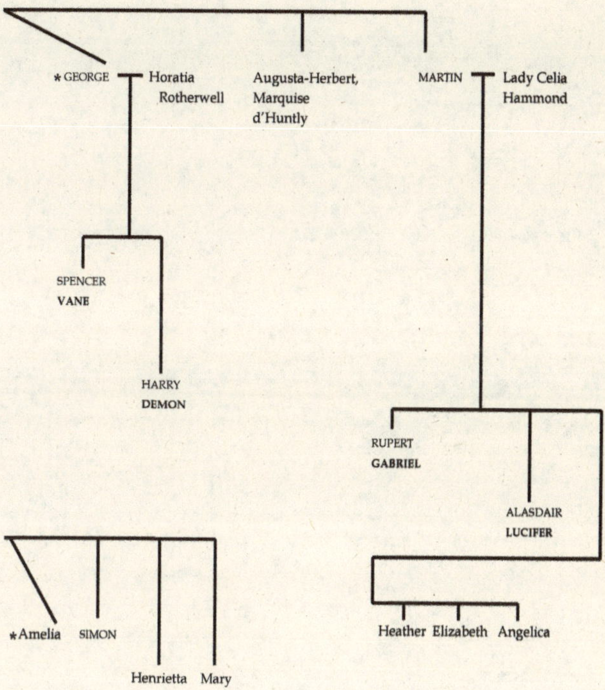
*GEORGE
Horatia Rotherwell
Augusta-Herbert, Marquise d'Huntly
MARTIN
Lady Celia Hammond
SPENCER VANE
HARRY DEMON
RUPERT GABRIEL
ALASDAIR LUCIFER
*Amelia
SIMON
Henrietta
Mary
Heather
Elizabeth
Angelica

CHAPITRE 1

Somersham, Cambridgeshire
Août 1818

— La duchesse est si… si… bien, réellement, des plus charmantes. Donc… Avec un sourire angélique, Mr Postlethwaite, le pasteur de Somersham, hasarda un geste désinvolte.

— *Continentale,* si vous me comprenez.

Debout à côté du portail du presbytère, alors qu'elle attendait que l'on avance le cabriolet, Honoria Wetherby souhaita seulement que ce soit le cas.

Soutirer de l'information au pasteur local était toujours l'une de ses premières démarches lorsqu'elle commençait à un nouveau poste ; malheureusement, alors que son besoin de renseignements était plus prononcé qu'à l'habitude, les commentaires vagues de Mr Postlethwaite n'apportaient pas quoi que ce soit d'utile. Elle hocha la tête de manière encourageante et s'attaqua au fait qui pouvait en théorie signifier quelque chose.

— La duchesse est-elle née à l'étranger ?

— La duchesse *douairière.*

Le visage de Mr Postlethwaite s'épanouit en un large sourire.

— Elle aime qu'on l'appelle ainsi maintenant. Mais, étrangère ?

La tête inclinée d'un côté, il réfléchit à la question.

— Je suppose que l'on pourrait dire cela d'elle — elle *est* bien née en France où elle a été élevée. Cependant, elle vit parmi nous depuis si longtemps qu'elle semble faire partie du paysage. En effet — ses yeux s'illuminèrent —, elle fait un peu figure de personnage dans notre horizon limité.

Cette information, Honoria l'avait déjà glanée. C'était une des raisons pour lesquelles elle devait en savoir davantage.

— La douairière se joint-elle à la congrégation ? Je n'ai pas vu d'armoiries ducales par ici.

Jetant un coup d'œil à l'église en pierres bien entretenue, elle se remémora les nombreuses inscriptions commémoratives honorant les défunts des différentes maisons seigneuriales, y compris quelques descendants des Claypole, la maisonnée de la famille à laquelle elle s'était attachée dimanche dernier. Mais aucune plaque ducale, obligeamment gravée avec nom et titre, n'était apparue où que ce soit.

— À l'occasion, répondit Mr Postlethwaite. Toutefois, il y a une église privée à la Maison, plutôt joliment meublée. Mr Merryweather en est le chapelain. La duchesse est toujours sérieuse dans ses dévotions.

Il secoua tristement la tête.

— Pas, j'en ai bien peur, une caractéristique de cette famille.

Honoria résista à la forte envie de grincer des dents. *Quelle famille ?* Elle recherchait cette information depuis trois jours. Étant donné que son nouvel employeur, lady Claypole, semblait convaincu que sa fille Melissa, dont elle avait à présent la charge, était destinée à devenir la prochaine duchesse, la voix de la sagesse lui commandait d'apprendre ce qu'elle pouvait sur le duc et sa famille. Le patronyme serait utile.

Par choix, elle avait passé peu de temps parmi le haut ton[1] mais, grâce aux longues lettres de son frère Michael, elle était informée de source sûre sur le statut actuel des familles qui composaient ce cercle doré — le cercle dans lequel elle était née. Si elle découvrait le nom ou même le titre principal, elle en saurait beaucoup plus.

Cependant, malgré l'heure passée ce dimanche à expliquer dans les moindres détails exactement pourquoi Melissa était destinée à devenir duchesse, lady Claypole n'avait pas utilisé le titre de l'heureux duc. Supposant qu'elle l'apprendrait assez facilement, Honoria n'avait pas questionné Madame avec précision. Elle venait seulement de la rencontrer ; claironner son ignorance lui avait semblé inutile. Après avoir évalué Melissa et sa sœur cadette Annabel, elle avait rejeté l'idée de le leur demander ; montrer ses lacunes à de telles personnes équivalait à inviter les ennuis. La même raison l'avait empêchée de s'informer auprès du personnel du manoir Claypole. Certaine d'apprendre tout ce qu'elle désirait savoir tout

1. En français dans le texte.

en étant accueillie par les dames patronnesses locales, elle avait organisé son après-midi de façon à ce qu'il coïncide avec ce rassemblement du village des plus utiles.

Elle avait oublié que, dans la localité, on faisait toujours référence au duc et à la duchesse douairière en termes purement génériques. Leurs voisins savaient tous de qui ils parlaient — elle l'ignorait encore. Malheureusement, le mépris manifeste avec lequel les autres dames envisageaient les aspirations ducales de lady Claypole avait rendu beaucoup trop embarrassante l'idée de poser une seule question. Sans se laisser démonter, Honoria avait supporté une longue réunion sur la récolte de fonds suffisants pour remplacer l'antique toit de l'église, puis elle avait fouillé l'église, lisant chaque plaque qu'elle pouvait trouver. Tout cela en vain.

Prenant une profonde inspiration, elle se prépara à admettre son ignorance.

— De quel…

— Te voilà, Ralph !

Mrs Postlethwaite avança d'un air affairé sur le sentier.

— Je suis désolée de vous interrompre, ma chère.

Elle sourit à Honoria, puis regarda son époux.

— Il y a un garçon venu de la part de la vieille Mrs Mickleham — elle te demande de toute urgence.

— Voici pour vous, mademoiselle.

Honoria virevolta et vit le jardinier du pasteur guidant le cheval gris au mauvais caractère qu'avait harnaché au cabriolet le palefrenier du manoir Claypole. Refermant les lèvres, elle hocha gracieusement la tête vers Mrs Postlethwaite, puis elle passa le portail tenu largement ouvert par le pasteur. Prenant les rênes avec un sourire tendu, elle permit au jardinier de l'aider à monter sur son siège.

Mr Postlethwaite la regarda avec un visage radieux.

— Je compte sur votre présence dimanche, Miss Wetherby.

Honoria hocha la tête avec raffinement.

— Rien, Mr Postlethwaite, ne pourra m'empêcher d'y être.

Et, songea-t-elle, alors qu'elle mettait le cheval en marche, *si je n'ai pas encore découvert à ce moment-là qui est le bienheureux duc, je ne vous lâcherai pas jusqu'à ce que je le sache !*

Ruminant sombrement, elle roula à travers le village ; c'est seulement après avoir passé la dernière petite maison qu'elle remarqua les nuages orageux s'amoncelant à l'ouest.

La nervosité s'empara d'elle, coinçant sa respiration dans sa poitrine. Regardant brusquement en avant, Honoria concentra son attention sur l'intersection suivante. La route vers Chatteris continuait en ligne droite, puis tournait au nord, sur la trajectoire de l'orage ; la longue allée jusqu'au manoir Claypole débouchait sur elle dans cinq kilomètres.

Une bourrasque la pinça, sifflant moqueusement. Honoria sursauta ; le cheval renâcla. L'obligeant à s'arrêter, Honoria se morigéna pour être restée dehors si longtemps. Un nom ducal n'était pas précisément d'une importance renversante. L'orage approchant, si.

Son regard tomba sur la route secondaire rejoignant la route principale au poteau indicateur. Elle passait à travers des champs de chaume, puis pénétrait dans un bois touffu couvrant une légère élévation. On lui avait dit que la petite route constituait un raccourci, rejoignant le chemin en direction de Claypole à quelques mètres seulement des grilles du manoir. Cela semblait sa seule chance d'atteindre l'endroit avant qu'éclate l'orage.

Un coup d'œil aux nuages qui s'avançaient en augmentant comme une marée céleste à sa droite la décida. Redressant l'échine, Honoria fit claquer les rênes et dirigea le cheval gris à gauche. La bête s'y engagea avec enthousiasme, l'emportant au-delà des champs dorés, s'assombrissant à mesure que les nuages épaississaient.

Un craquement sourd rompit le calme inquiétant. Honoria regarda en avant, scrutant les arbres s'approchant rapidement. Des braconniers ? Se trouveraient-ils dehors par un temps pareil quand le gibier se terrait au fond des fourrés, se protégeant de l'orage ? Elle se creusait encore la tête à propos du bruit étrange lorsque le bois s'éleva devant elle. Le cheval continua de trotter ; les arbres les enveloppèrent.

Décidée à ignorer l'orage et le malaise qui montait en elle, Honoria porta sa réflexion vers ses plus récents employeurs et sur le léger doute qu'elle ressentait sur leur valeur en tant que bénéficiaires de ses talents. À cheval donné, on ne regarde pas la bride, ce qui est précisément ce que dirait *toute* autre gouvernante. Heureusement, elle n'était pas n'importe quelle gouvernante. Elle était assez riche pour vivre oisivement ; c'était par sa propre volonté excentrique qu'elle avait évité une vie de calme facilité pour une qui lui permettait d'utiliser ses compétences. Ce qui signifiait qu'elle pouvait choisir ses employeurs et s'en acquittait habituellement d'une manière des plus fiables. Cette fois, cependant, le destin était intervenu et l'avait envoyée aux Claypole, qui avaient échoué à l'impressionner.

Le vent se leva avec un cri strident tenant de la fée, puis mourut dans une plainte sanglotante. Des branches se déplacèrent et oscillèrent ; des rameaux se frottèrent et gémirent.

Honoria remua les épaules. Et elle recentra ses pensées sur les Claypole — sur Melissa, leur aînée, la future duchesse. Honoria grimaça. Melissa était menue et pas tout à fait formée, blonde pour ne pas dire délavée. Sur le plan de la vivacité, elle avait pris à cœur la maxime *Être vue, sans être entendue* — elle ne trouvait jamais deux mots à dire par elle-même. Deux mots intelligents, en tout cas. La seule grâce qu'avait jusqu'à présent découverte Honoria en elle était son maintien, inconsciemment élégant – sur tout le reste, elle devrait travailler dur pour que Melissa soit à la hauteur. À la hauteur d'un duc, rien de moins.

Trouvant du réconfort dans son irritation — cela la distrayait de la pensée de ce qu'elle ne pouvait pas voir à travers l'épais couvert au-dessus d'elle — Honoria mit de côté la question épineuse de l'identité du duc pour réfléchir aux qualités que lady Claypole avait attribuées au fantôme.

Il était réfléchi, un excellent propriétaire terrien, mature sans être vieux, prêt, l'en assurait Madame, à se ranger et à commencer à remplir sa chambre d'enfants. Ce parangon ne comptait aucun défaut auquel on pourrait trouver à critiquer. Ce portrait représentait un homme pondéré, sérieux et réservé, presque un reclus. Ce dernier qualificatif venait d'Honoria ; elle ne pouvait imaginer aucun duc autre qu'un reclus qui soit prêt, comme lady Claypole avait affirmé que celui-ci l'était, à demander la main de Melissa.

Le cheval gris tira sur les rênes. Honoria tint les guides tendus. Ils avaient dépassé l'entrée de deux pistes cavalières, toutes deux s'éloignant en serpentant entre les arbres si touffus qu'il était impossible d'apercevoir ce qu'il y avait au-delà de quelques mètres. Devant, la route secondaire tournait à gauche, contournant une courbe pratiquement sans visibilité. Donnant des coups de tête, le cheval continua d'avancer d'un bon pas.

Honoria surveilla le virage, remarquant que leur ascension était terminée. Quand le poids de son fardeau diminua, le cheval s'élança. La prise d'Honoria se relâcha, les rênes glissèrent à travers ses doigts. Jurant, elle gesticula furieusement et attrapa les brides fermement ; s'appuyant sur le dossier, elle lutta avec la bête.

Le cheval se cabra. Honoria poussa un cri perçant et tira violemment, sans se soucier pour une fois de la mâchoire du cheval. Son cœur battant la chamade, elle obligea la bête à s'arrêter. Brusquement, le cheval s'immobilisa, tremblant. Honoria fronça les sourcils. Il n'y avait pas encore eu de coups de tonnerre. Elle jeta un coup d'œil sur la petite route. Et vit le corps effondré sur le bas-côté.

Le temps s'arrêta — le vent lui-même se figea.

Honoria le regarda fixement.

— Mon Dieu.

Le relent métallique du sang frais flotta sur la petite route. Le cheval fit un pas de côté ; Honoria le calma, profitant du moment pour ravaler l'émotion lui nouant la gorge. Elle n'avait pas besoin de regarder encore pour voir la flaque sombre et luisante s'élargissant à côté du corps. L'homme avait reçu une balle récemment — il vivait peut-être encore.

Honoria descendit doucement du cabriolet. Le cheval resta calme, tête pendante ; marchant vers le bas-côté, elle enroula les rênes autour d'une branche et tira fermement sur le nœud. Retirant ses gants, elle les fourra dans sa poche. Puis elle se tourna et, prenant une profonde respiration, avança vers la petite route.

L'homme était encore en vie — elle le sut dès l'instant où elle s'agenouilla sur l'herbe à côté de lui ; sa respiration était comme un râle rauque. Il était allongé sur le flanc, effondré vers l'avant ; empoignant son épaule droite, elle le fit rouler sur le dos. Sa respiration s'améliora — Honoria le remarqua à peine, son regard cloué sur le trou aux bords déchiquetés ruinant le côté gauche de son manteau. Avec chaque respiration irrégulière prise par l'homme, du sang coulait de sa plaie.

Elle devait contenir le flot. Honoria baissa les yeux ; son mouchoir se trouvait déjà dans sa main. Un autre coup d'œil à la blessure lui confirma que ce ne serait pas suffisant. Se hâtant, elle enleva l'écharpe de soie topaze qu'elle portait par-dessus sa robe brun-grisâtre et en fit un tampon en boule. Soulevant le manteau trempé, elle ne toucha pas à la chemise abîmée de l'homme et pressa son bandage improvisé sur le trou béant. À ce moment seulement, elle regarda son visage.

Il était jeune — sûrement trop jeune pour mourir. Son visage était pâle ; ses traits étaient réguliers, séduisants, portant encore les traces de la douceur de l'enfance. Des cheveux bruns épais en désordre couvraient large front ; des sourcils bruns s'arquaient au-dessus de ses yeux fermés.

Une humidité collante s'éleva sous les doigts d'Honoria, son mouchoir et son écharpe ne faisant pas le poids contre le flot implacable. Son regard tomba sur la cravate du jeune homme. Détachant l'épingle retenant en place les plis de lin, elle la dénoua, la plia, puis positionna l'épais tampon et pressa avec précaution. Elle était penchée sur son patient lorsque le tonnerre éclata.

Un *boom* retentissant et bruyant déchira le ciel. Le cheval hennit, puis partit en flèche sur la petite route, un craquement sec accompagnant le bruit sourd de ses sabots. Le cœur battant, Honoria regarda avec une consternation impuissante le cabriolet passer en vitesse avec les rênes encore enroulées autour de la branche bondissant violemment dans son sillage.

Puis la foudre frappa. L'éclair dissimulé par le toit de feuillage éclaira néanmoins la petite route d'un blanc cru. Honoria ferma très fort les yeux, bloquant ses souvenirs par la simple force de sa volonté.

Un faible gémissement lui parvint. Ouvrant les yeux, elle baissa le regard, mais son patient resta évanoui.

— Merveilleux.

Elle jeta un coup d'œil autour d'elle ; la vérité était impossible à éviter. Elle était seule dans la forêt, sous des arbres, à des kilomètres d'un abri, sans moyen de transport, dans une campagne qu'elle avait vue pour la première fois quatre jours plus tôt, avec un orage fouettant les feuilles des arbres — et un homme gravement blessé gisait à côté d'elle. Comment diable pouvait-elle l'aider ?

Dans cette désolation surgit le bruit de sabots. Au début, elle crut qu'elle rêvait, mais le grondement augmenta régulièrement, de plus en plus près. Étourdie de soulagement, Honoria se leva. Elle se tint sur la petite route, le bout des doigts sur le bandage, écoutant le son s'approchant rapidement. Au dernier moment, elle se redressa, se tournant et avançant audacieusement au centre de la voie.

Le sol trembla ; le tonnerre l'engloutit. Levant les yeux, elle vit la Mort.

Un énorme étalon noir hennit et se cabra au-dessus d'elle, des sabots à pointe de fer battant l'air à quelques centimètres de sa tête. Un homme était assis sur le dos de la bête pour faire pendant au cheval, des épaules vêtues de noir bloquant la lumière du crépuscule, une terrible crinière foncée, des traits durs — satanique.

Les sabots de l'étalon retombèrent sur le sol avec un bruit mat, la ratant de peu. Furieuse, s'ébrouant, les yeux révulsés, la bête tira sur les rênes. Elle tenta de balancer son immense tête vers elle ; retenue, elle essaya encore de se cabrer.

Les muscles se contractèrent dans les bras du cavalier, dans les longues cuisses pressées sur les flancs de l'étalon. Pendant une minute qui parut éternelle, l'homme et la bête s'affrontèrent. Puis tout s'immobilisa, l'étalon acceptant la défaite avec un long soupir frissonnant.

Le cœur dans la gorge, Honoria leva les yeux vers le visage du cavalier et croisa son regard. Même dans l'obscurité, elle était certaine de leur couleur. D'un vert pâle lumineux, ils semblaient très vieux, capables de tout voir. Grands, enchâssés profondément sous des sourcils noirs fortement arqués, ils formaient la caractéristique dominante dans un visage remarquablement fort. Leur regard était pénétrant, hypnotique — surnaturel. À cet instant, Honoria était certaine que le diable était venu chercher l'un des siens. Et elle aussi. Puis l'air autour d'elle devint bleu.

CHAPITRE 2

— Par le diable en personne, que faites-vous, femme ?

Terminant une série de jurons franchement inventifs, cette question, posée avec assez de force pour retenir l'orage lui-même, remit brusquement les idées d'Honoria en place. Elle centra son attention sur le personnage autoritaire juché sur l'étalon agité, puis, avec une dignité hautaine, elle recula, désignant le corps sur le bas-côté.

— Je suis tombée sur lui, il y a quelques minutes. Il a reçu une balle, et je suis incapable d'arrêter l'hémorragie.

Les yeux du cavalier vinrent se poser sur la silhouette immobile. Satisfaite, Honoria retourna vers le blessé, puis réalisa que l'homme n'avait pas bougé. Elle regarda en arrière et vit le large torse, sous ce qu'elle reconnut à présent comme une redingote d'équitation foncée, se gonfler — et se gonfler — pendant que le cavalier respirait très profondément.

Son regard se reporta sur elle.

— Pressez sur ce tampon, fortement.

Sans attendre de voir si elle lui obéissait, il se lança en bas du cheval, le mouvement si éloquent de puissance maîtrisée qu'Honoria se sentit de nouveau étourdie. Elle retourna en hâte vers son patient.

— C'est précisément ce que je faisais, marmonna-t-elle, tombant à genoux et plaçant les deux mains sur le bandage.

Le cavalier, occupé à attacher les rênes de l'étalon autour d'un arbre, jeta un coup d'œil dans sa direction.

— Penchez-vous sur lui, utilisez tout votre poids.

Honoria fronça les sourcils, mais elle se traîna plus près et fit comme il l'avait dit. Il y avait une note dans sa voix qui suggérait qu'il s'attendait à être obéi. Puisqu'elle comptait sur lui pour l'aider à s'occuper du blessé, le moment, décida-t-elle, n'était pas bien choisi pour en prendre ombrage. Elle l'entendit s'approcher, les pas fermes sur la terre battue. Puis les foulées ralentirent, devinrent hésitantes, s'arrêtèrent complètement. Elle était sur le point de lever les yeux quand il recommença à avancer.

Il s'arrêta de l'autre côté du blessé, évitant la large flaque de sang. S'accroupissant, il contempla le jeune homme.

Derrière ses cils, Honoria le regardait.

De plus près, l'effet de son visage ne s'amenuisait pas d'un iota — si possible, l'impact de ses traits anguleux et forts, de son nez nettement patricien et de ses lèvres longues, minces et animées d'une manière provocante, était encore plus prononcé. Ses cheveux étaient en effet noirs comme la nuit, épais et assez ondulés pour former des mèches larges ; ses yeux, fixés sur leur patient commun, avaient des paupières tombantes. En ce qui concernait le reste de sa personne, Honoria décida qu'il était plus sage de ne pas y faire attention. Elle avait besoin de tous ses esprits pour aider le blessé.

— Laissez-moi voir la plaie.

Était-ce un tremblement qu'elle entendit secouer sa voix grave, si grave qu'elle résonna à moitié en elle ? Honoria regarda rapidement son sauveteur. Son expression était impassible, n'affichant aucune trace d'émotion — non, elle avait imaginé le tremblement.

Elle retira le tampon trempé ; il se pencha plus près, modifiant l'angle de ses épaules pour permettre à la lumière de toucher la blessure. Il grogna, puis hocha la tête, se balançant sur ses talons pendant qu'elle replaçait le bandage.

Levant les yeux, Honoria le vit froncer les sourcils. Puis ses lourdes paupières se soulevèrent et il croisa son regard. Encore une fois, elle fut frappée par ses drôles d'yeux, clouée sur place par leur qualité omnisciente.

Le tonnerre gronda ; les échos résonnaient encore lorsque l'éclair illumina le monde.

Honoria tressaillit, s'efforçant de maîtriser sa respiration. Elle reporta son attention sur son sauveteur ; son regard n'avait pas quitté le sien. Des gouttes de pluie tambourinèrent sur les feuilles et éclaboussèrent la poussière sur la petite route. Il leva les yeux.

— Nous allons devoir le mettre — ainsi que nous — à l'abri. L'orage est presque là.

Il se leva, redressant ses longues jambes en douceur. Toujours agenouillée, Honoria fut obligée de lever les yeux vers des bottes hautes et des cuisses longues et puissamment musclées, au-delà de hanches minces et d'une taille étroite, jusque sur la large superficie de son torse pour trouver son visage. Il était grand, large d'épaules, mince et agile, néanmoins bien musclé — un personnage suprêmement fort.

Se découvrant tout à coup une bouche sèche, elle sentit sa mauvaise humeur se manifester.

— Où, précisément ? Nous sommes loin de tout.

Son sauveteur baissa les yeux, son regard dérangeant se fixant sur son visage. L'assurance d'Honoria faiblit.

— N'est-ce pas vrai ?

Il regarda les arbres.

— Il y a le cottage d'un forestier à proximité. Une piste y mène un peu plus loin sur la route.

Il était donc de la région ; Honoria en fut soulagée.

— Comment allons-nous le déplacer ?

— Je vais le porter.

Il n'ajouta pas « évidemment », mais elle l'entendit. Puis il grimaça.

— Toutefois, nous devrions mieux bander la plaie avant de le bouger.

Sur ce, il retira sa veste d'un coup d'épaules, la lança sur une branche à côté et commença à ôter sa chemise. Brusquement, Honoria transféra son regard sur le blessé. Quelques secondes plus tard, une belle chemise en lin pendait devant son visage, suspendue à de longs doigts bronzés.

— Pliez le corps de la chemise et servez-vous des bras pour l'attacher autour de lui.

Honoria plissa le front en voyant la chemise. Levant une main, elle la prit, puis elle leva les yeux directement sur son visage, ignorant soigneusement l'étendue bronzée de son torse nu et les poils noirs parfaitement bouclés qui l'ornaient.

— Si vous pouvez venir ici et garder vos yeux sur la blessure, je vais faire don de mon jupon. Nous aurons besoin de plus de tissu pour le fixer sur le trou.

Ses sourcils noirs se levèrent promptement, puis il hocha la tête et s'accroupit, plaçant ses longs doigts puissants sur le tampon. Honoria retira sa main et se leva.

Vivement, essayant de ne pas réfléchir à ce qu'elle faisait, elle traversa la route. Face aux arbres, elle souleva le devant de sa jupe et tira sur le cordon attachant son jupon de batiste.

— Je suppose que vous n'avez pas de penchant pour la culotte ?

Réprimant un halètement, Honoria jeta un coup d'œil par-dessus son épaule, mais son sauveteur diabolique regardait toujours dans la direction opposée. Devant l'absence de réponse immédiate, il poursuivit :

— Cela nous donnerait plus de tissu.

Le jupon d'Honoria glissa lentement le long de ses jambes nues.

— Malheureusement non, lui répondit-elle d'un ton contenu.

Enjambant la pièce de lingerie, elle s'empara de son offrande et revint d'un air digne de l'autre côté de la route.

Il haussa les épaules.

— Ah, bien — je ne peux pas dire que j'en sois moi-même amateur.

La vision que ses mots évoquèrent était ridicule. Puis les idées d'Honoria se remirent en place. Le regard qu'elle lui jeta alors qu'elle tombait à genoux aurait dû le brûler ; il fut perdu — le sien était fixé sur le visage du blessé. Quelque peu réticente, Honoria imputa le commentaire salace à une habitude invétérée.

Pliant le jupon, elle le combina à la chemise ; il retira sa main, et elle appliqua l'épais tampon sur celui plus modeste qu'elle avait plus tôt.

— Laissez pendre les manches. Je vais le soulever, ensuite, vous pourrez les passer en dessous et les attacher bien serré.

Honoria se demanda comment même lui pourrait s'en sortir avec le grand poids lourd de leur patient sans connaissance. Étonnamment bien fut la réponse ; il souleva le corps et le redressa dans un seul mouvement fluide. Elle se releva tant bien que mal. Il tint le jeune homme contre son torse, avec une manche dans sa main elle se baissa vivement et tâtonna pour trouver l'autre. Ses doigts inquisiteurs frôlèrent une peau chaude ; des muscles réagirent en remuant. Elle fit semblant de ne rien remarquer. Localisant la manche volage, elle la tendit, attachant les bouts avec un nœud plat.

Son sauveteur expira longuement à travers ses dents. Pendant un instant, ses étranges yeux brillèrent.

— Allons-y. Vous allez devoir guider Sulieman.

De la tête, il indiqua le monstre noir broutant l'herbe à côté de la route.

Honoria posa un regard fixe sur l'étalon.

— Sulieman était un Turc perfide.

— En effet.

Elle reporta son regard sur l'homme.

— Vous êtes sérieux, n'est-ce pas ?

— Nous ne pouvons pas le laisser ici. S'il se libère, paniqué par l'orage, il pourrait endommager quelque chose. Ou blesser quelqu'un.

Non convaincue, Honoria récupéra la veste de l'homme sur la branche. Elle observa l'étalon.

— Êtes-vous certain qu'il ne mordra pas ?

Quand aucune réponse ne lui parvint, elle se tourna pour regarder, bouche ouverte, son sauveteur.

— Vous vous attendez à ce que je...

— Prenez les rênes, c'est tout. Il va bien se conduire.

Son ton contenait assez d'impatience masculine agacée pour qu'elle traverse la route, bien que de mauvaise grâce. Elle jeta un regard mauvais à l'étalon ; il la dévisagea posément en retour. Refusant d'être intimidée par un cheval, Honoria fourra la veste sous la selle, puis elle tira pour libérer les rênes. Les maintenant avec fermeté, elle s'avança sur la route. Et stoppa brusquement quand l'étalon ne broncha pas.

— Sulieman, marche.

Sur cet ordre, l'immense cheval se mit à avancer. Honoria se précipita devant, essayant de rester hors de portée des dents du monstre. Son sauveteur, après un regard inquisiteur, se tourna et partit à grandes enjambées.

Ils étaient loin dans la partie la plus dense de la forêt, des couverts de feuilles épaisses entremêlés audessus de leurs têtes. Le vent soufflait en rafales, faisant voler les feuilles et lançant une pluie de gouttes d'eau sur eux.

Honoria observa pendant que son compagnon d'infortune modifiait l'angle de son fardeau gênant dans une courbe raide. Lorsqu'il se redressa, ses muscles bougèrent, ondulant en douceur sous la peau tendue. Une unique goutte de pluie tomba pour trembler, brillante, sur une épaule bronzée, puis glissa lentement sur son dos. Honoria la suivit tout au long de sa course ; quand elle disparut sous la ceinture, elle déglutit.

Pourquoi ce spectacle l'émouvait-il autant, elle ne comprenait pas — des torses nus d'homme, aperçus depuis l'enfance dans les champs et la forge, n'avaient jamais auparavant rendu sa respiration difficile. Mais elle n'arrivait pas à se rappeler avoir vu un torse tout à fait comme celui de son sauveur.

Il jeta un regard en arrière.

— Comment en êtes-vous venue à vous retrouver seule sur la route ?

Il s'arrêta, déplaça le jeune dans ses bras, puis reprit ses longues foulées.

— Je n'étais pas précisément seule, expliqua Honoria à son dos. Je revenais du village dans le cabriolet. J'ai vu l'orage approcher et j'ai pensé prendre un raccourci.

— Le cabriolet ?

— Quand j'ai vu le corps, je suis allée voir de plus près. Au premier coup de tonnerre, le cheval s'est sauvé à toutes jambes.

— Ah.

Honoria plissa les paupières. Elle ne l'avait pas vu lever les yeux au ciel, mais elle savait que c'était le cas.

— Ce n'est pas mon nœud qui s'est défait. La branche autour de laquelle j'avais attaché les rênes s'est cassée.

Il jeta un regard de son côté ; bien que son visage reste inexpressif, ses lèvres n'étaient plus tout à fait droites.

— Je vois.

Les deux mots les plus évasifs qu'elle n'avait jamais entendus. Honoria jeta un regard mauvais à son dos exaspérant et continua à avancer en traînant les pieds dans un affreux silence. Malgré son fardeau, il prenait de l'avance ; dans ses demi-bottes en chevreau, non conçues pour une randonnée difficile, elle glissa et dérapa en essayant de le suivre. Malheureusement, l'orage battant de plus en plus fort, elle ne pouvait pas garder le rythme qu'il se donnait à lui-même.

Cette pensée la mettait de méchante humeur. Depuis l'instant où elle avait rencontré cet homme, elle avait pris conscience de l'irritation, un froissement de sa susceptibilité. Il avait été abrupt, distinctement arrogant — plutôt impossible, d'une manière mal définie. Néanmoins, il accomplissait ce qu'il fallait, rapidement et efficacement. Elle devrait être reconnaissante.

Négociant un fouillis de racines d'arbre exposées, elle décida que c'était sa façon de présumer de son commandement qui l'ennuyait le plus — jamais auparavant avait-elle croisé quelqu'un avec son degré d'autorité, comme si c'était son droit incontestable de diriger, d'ordonner *et* d'être obéi. Naturellement, étant qui elle était, elle-même habituée à être obéie, une telle attitude ne passait pas bien.

Découvrant ses yeux une fois de plus rivés sur son dos, extasiée par la flexibilité fluide de ses muscles, Honoria se reprit. L'exaspération s'accrut — elle s'accrocha à cette sécurité. Il était impossible, à *tous* les points de vue.

Il jeta un regard en arrière et surprit son air renfrogné avant qu'elle ait l'occasion de l'effacer de son visage. Ses sourcils s'arquèrent ; ses yeux rencontrèrent les siens, puis il détourna le visage.

— On y est presque.

Honoria relâcha l'air qui s'était coincé dans sa gorge. Et s'accorda le plaisir d'un regard furieux. Qui diable était-il ?

Un gentleman, certainement — le cheval, les vêtements et son comportement en constituaient la preuve. Au-delà de cela, qui pouvait le dire ? Elle vérifia ses impressions, puis les revérifia, mais ne put trouver aucun signe de malaise sous-jacent ; elle était absolument certaine qu'elle se trouvait en sécurité à ses côtés. Six ans comme gouvernante avaient bien développé son instinct, elle ne doutait pas de lui. Une fois qu'ils atteindraient l'abri, les présentations s'ensuivraient. En tant que dame bien élevée, ce n'était pas son rôle de lui demander son nom, c'était son devoir à lui de se faire connaître d'elle. Devant, la faible clarté sous les arbres augmenta ; dix pas de plus les entraînèrent dans une large clairière. En face d'eux, dos à la forêt, se tenait un cottage en rondins, son toit de chaume en bon état. Honoria remarqua l'entrée de deux pistes cavalières, l'une à droite, l'autre à gauche. Son pas s'allongeant, son sauveur se dirigea vers la porte de la chaumière.

— Il y a une sorte d'écurie sur le côté. Attachez Sulieman à l'intérieur, dit-il en lui décochant un regard. À quelque chose d'incassable.

Le regard furieux dont elle le gratifia rebondit sur son dos large. Elle accéléra le pas, aiguillonnée par le gémissement du vent qui augmentait. Les feuilles tourbillonnaient comme des derviches, s'agrippant à ses jupes ; le monstre noir trottait sur ses talons. L'écurie n'était rien de plus qu'une cabane rudimentaire, construite en appui sur le mur du cottage.

Honoria scruta les poutres de bois exposées à la recherche d'un poteau d'attache.

— Je suppose que ce n'est pas ce à quoi tu es habitué, dit-elle à la bête sous sa responsabilité, mais tu devras t'en contenter.

Elle repéra un anneau de fer boulonné au mur de la chaumière.

— Ah ha !

Passant les rênes à travers, elle serra le nœud. Elle attrapa la veste et était sur le point de partir quand l'immense tête noire oscilla vers elle, un œil grand ouvert, son expression étrangement vulnérable. Sans tarder, elle tapota le museau noir.

— Reste calme.

Sur ce sage conseil, elle releva ses jupes et s'enfuit vers la porte du cottage. L'orage choisit cet instant précis pour fendre le ciel. Le tonnerre roula, la foudre éclata, le vent hurla — tout comme Honoria.

Elle traversa la porte ouverte, tournoya et la referma violemment, puis elle s'affaissa contre elle, les yeux fermés, les mains serrant la douce veste sur sa poitrine. La pluie tambourinait sur le toit et battait sur les panneaux dans son dos. Le vent secoua les volets et fit craquer les chevrons. Le cœur d'Honoria battait la chamade ; sous ses paupières, elle vit la lumière blanche qui, elle le savait, apportait la mort.

Reprenant son souffle sur un hoquet, elle s'obligea à ouvrir les yeux. Et elle vit son sauveteur, le jeune homme dans les bras, se tenant à côté d'une paillasse surélevée sur une structure fruste. Le cottage était sombre, éclairé uniquement par les faibles lueurs restantes de lumière filtrant à travers les persiennes.

— Allumez la bougie, puis venez ici installer les couvertures.

L'ordre simple poussa Honoria à l'action. Elle se rendit à la table qui dominait la seule pièce de la demeure. Une bougie s'élevait dans un chandelier simple, de l'amadou à son côté. Elle déposa la veste, provoqua une étincelle pour allumer la bougie. Une douce lueur se répandit dans la pièce. Satisfaite, elle se dirigea vers la paillasse. Un étrange assortiment de meubles encombrait la petite chaumière — une vieille bergère à oreilles était installée à côté d'un âtre en pierre, un énorme fauteuil sculpté sur lequel reposaient des coussins fanés en tapisserie lui faisait face. Des chaises, un lit et une table occupaient la majorité de l'espace disponible ; un coffre et deux commodes rudimentaires étaient collés aux murs. Le lit ressortait dans la pièce, sa tête appuyée sur un mur ; Honoria tendit la main vers des couvertures soigneusement pliées à son extrémité.

— Qui vit ici ?

— Un forestier. Mais nous sommes en août, de sorte qu'il se trouve dans les bois près d'Earith. Ce sont ses quartiers d'hiver.

Il se pencha en avant, abaissant son fardeau pendant qu'Honoria étendait la couverture sur le lit.

— Attendez ! Il sera plus à son aise si nous lui retirons son manteau.

Ses yeux irréels retinrent les siens, puis il les baissa sur le corps dans ses bras.

— Regardez si vous pouvez dégager délicatement la manche.

Elle avait fait attention à ne pas coincer le manteau quand elle avait attaché leur bandage improvisé. Honoria tira doucement ; la manche bougea centimètre après centimètre.

Son sauveteur grogna.

— Cette tête de mule idiote a dû mettre une heure pour l'enfiler.

Honoria leva les yeux. Cette fois, elle en était sûre. Sa voix avait tremblé sur « tête de mule ». Elle le dévisagea, un terrible pressentiment s'infiltrant en elle.

— Tirez plus fort, il ne sent rien pour l'instant.

Elle s'exécuta ; à eux deux, en donnant des coups secs et d'autres plus légers, ils réussirent à dépêtrer un bras. Avec un soupir de soulagement, il allongea le corps, attirant le manteau à lui pendant qu'il libérait délicatement ses mains. Ils se relevèrent et fixèrent le visage pâle comme la mort, encadré par la couverture fanée.

La foudre gronda ; Honoria remua.

— Ne devrions-nous pas aller chercher un médecin ?

Le tonnerre roula, avec un bruit résonnant et assourdissant. Son sauveteur tourna la tête ; les lourdes paupières se levèrent et ses étranges yeux rencontrèrent les siens. Dans le vert clair — éternel, sans âge, rempli de désespoir peu prometteur —, Honoria lut sa réponse.

— Il ne va pas s'en remettre, n'est-ce pas ?

Le regard fascinant la quitta ; son abondante chevelure noire fut secouée sous un non définitif.

— Êtes-vous certain ?

Elle le demanda même si elle avait le sentiment qu'il avait raison. Ses longues lèvres se tordirent.

— La mort et moi, nous nous connaissons bien.

La déclaration resta suspendue dans l'air soudainement glacial. Honoria lui sut gré lorsqu'il donna des détails.

— J'étais à Waterloo. Une grande victoire, nous a-t-on dit plus tard. L'enfer sur terre pour ceux qui lui ont survécu. J'ai vu mourir en un jour plus d'hommes que tout homme sain d'esprit voit en une vie. Je suis tout à fait certain…

Le tonnerre éclata, noyant presque ses mots.

— Il ne passera pas la nuit.

Ses paroles tombèrent dans un silence soudain. Honoria le croyait ; le désespoir qui planait autour de lui ne laissait aucune place au doute.

— Vous avez vu la blessure, comme le sang n'arrêtait pas de gicler ? La balle a touché le cœur — soit cela, soit l'un des gros vaisseaux à proximité. C'est la raison pour laquelle nous ne pouvons pas arrêter le saignement.

Il désigna l'endroit où le sang tachait l'épais tampon.

— À chaque battement de cœur, il agonise un peu plus.

Jetant un coup d'œil au visage innocent du jeune homme, Honoria inspira une lente bouffée d'air. Puis elle regarda son sauveteur. Elle n'était pas certaine de croire à l'impassibilité du visage qu'il affichait. Son stoïcisme lui-même alimentait sa suspicion ; sa compassion s'éveilla.

Il plissa le front, les sourcils noirs obliquant vers le bas alors qu'il tenait le manteau du jeune homme. Honoria l'observa pendant qu'il examinait le bouton devant le trou ensanglanté.

— Qu'y a-t-il ?

— Le bouton a fait dévier la balle. Vous voyez ?

Il leva le bouton à la lumière afin qu'elle puisse voir l'entaille sur le bord, la brûlure à côté. Les yeux mesurant la taille du manteau par rapport au jeune homme, il ajouta :

— Sans ce bouton, cela aurait été un tir net à travers le cœur.

Honoria grimaça.

— Dommage, peut-être.

Quand il jeta un coup d'œil dans sa direction, ses yeux verts étrangement vides, elle gesticula désespérément.

— Dans les circonstances, je veux dire — une mort lente, au lieu de rapide.

Il ne dit rien, mais continua à froncer les sourcils devant le bouton. Honoria pressa les lèvres ensemble, essayant de rejeter l'impulsion, en vain.

— Mais ?

— Mais…

Il hésita, puis poursuivit.

— Un tir net à travers le cœur avec un pistolet à canon long — un petit trou, de sorte qu'il ne s'agissait pas d'un fusil de chasse ni même d'un pistolet d'arçon — à une distance raisonnable — plus près, cela aurait laissé plus de brûlures —, ce n'est pas un mince exploit. Réussir un tel coup exige une habileté remarquable.

— Et une absence de pitié remarquable, j'imagine.

— Cela aussi.

La pluie battait sur les murs, les volets. Honoria se redressa.

— Si vous allumez le feu, je vais faire chauffer un peu d'eau et laver le plus gros du sang.

La suggestion lui valut un regard surpris ; elle le rencontra avec un calme inflexible.

— S'il doit mourir, il pourra au moins mourir propre.

Pendant un instant, elle crut l'avoir choqué — son regard sembla réellement stupéfait. Puis il hocha la tête, sa permission si clairement sous-entendue qu'elle ne pouvait pas douter qu'il considérait que le jeune blessé était sous sa responsabilité.

Elle se dirigea vers l'âtre ; il la suivit, la démarche légère pour un homme aussi grand. Marquant une pause devant le feu, Honoria jeta un coup d'œil pardessus son épaule — le cœur faillit lui sortir de la poitrine quand elle le découvrit directement à côté d'elle.

Il était grand, beaucoup plus qu'elle ne l'avait réalisé. On disait souvent d'elle qu'elle était une « longue perche » ; cet homme la surplombait d'une bonne tête, la coupant de la lumière de la bougie, son visage frappant dans l'ombre épaisse, ses cheveux noirs formant une couronne foncée autour de sa tête. Il était le Prince des ténèbres en personne ; pour la première fois de sa vie, elle se sentit petite, fragile, extrêmement vulnérable.

— Il y a une pompe près de l'écurie.

Il tendit la main devant elle ; la lueur de la bougie miroita sur les contours courbés de son bras quand il souleva la bouilloire de son crochet.

— De plus, je ferais mieux de vérifier si Sulieman va bien, mais je vais d'abord allumer le feu.

Honoria s'écarta rapidement. C'est seulement lorsqu'il s'accroupit à côté de l'âtre, disposant des bûches prises dans la boîte à bois du foyer qu'elle réussit à respirer de nouveau. De près, sa voix résonnait en elle, une sensation franchement troublante.

Une fois qu'il eut bien attisé les flammes, elle avait fermement reporté son attention sur les commodes, découvrant des linges propres et une boîte de thé. Elle l'entendit la dépasser ; tendant la main très haut, il souleva un seau de son crochet. Le loquet cliqueta ; Honoria regarda autour d'elle — il se tenait dans l'embrasure de la porte, nu jusqu'à la taille, la silhouette découpée par un éclair de lumière aveuglante — un personnage élémentaire dans un monde élémentaire. Le vent s'engouffra à l'intérieur puis fut brusquement coupé ; la porte se referma et l'homme disparut.

Elle compta sept roulements de tonnerre avant son retour. Quand la porte se referma derrière lui, la nervosité dont elle était la proie se calma. Puis elle remarqua qu'il ruisselait de pluie.

— Tenez.

Elle lui offrit le plus grand des linges qu'elle avait trouvé et tendit la main vers la bouilloire. Elle s'affaira à côté du feu, installant la bouilloire à chauffer, tout à fait convaincue qu'elle n'avait pas besoin de le regarder sécher ce torse remarquable. La bouilloire siffla ; elle tendit la main vers le bol qu'elle avait préparé.

Il patientait près du lit ; elle avait songé à lui ordonner de s'essuyer près du feu, puis elle avait décidé de ne pas gaspiller sa salive. Son regard était fixé sur le visage du jeune homme.

Déposant le bol sur la commode à côté du lit, elle essora un linge, puis elle épongea délicatement le visage du blessé, nettoyant le gravillon et la poussière de la route.

La propreté accentuait son innocence et soulignait l'infamie de sa mort. Pressant ses lèvres, Honoria se pencha sur sa tâche. Jusqu'à ce qu'elle arrive à la chemise sérieusement tachée.

— Permettez.

Elle recula. Deux déchirures bien évaluées virent le côté gauche de la chemise disparaître.

— Donnez-moi le linge.

Elle en essora un et le lui tendit. Ils travaillèrent côte à côte sous la lumière vacillante ; elle fut émerveillée de voir comme des mains aussi larges pouvaient être douces, elle fut émue par la façon respectueuse avec laquelle un être si puissamment vivant s'occupait d'un mourant.

Puis ce fut terminé. Déposant une autre couverture sur leur blessé silencieux, elle rassembla les linges souillés et les accumula dans le bol. Il la précéda jusqu'au feu ; elle plaça le bol sur la table et redressa le dos.

— Devil ?

L'appel était si faible qu'elle l'entendit tout juste. Honoria virevolta et fila jusqu'au lit. Les paupières du jeune homme papillotèrent.

— Devil. Besoin… Devil.

— Tout va bien, murmura-t-elle, posant une main sur son front. Le diable[1] n'est pas ici, nous ne le laisserons pas s'emparer de vous.

Le jeune homme fronça les sourcils ; il secoua la tête contre sa main.

— Non ! Je dois *voir*…

1. En français, Devil signifie le Diable ou démon, d'où le malentendu pour Honoria qui ignore encore le nom de son sauveteur. N.d.T.

Des mains dures se refermèrent sur les épaules d'Honoria ; elle haleta alors qu'elle était soulevée et déplacée. Libéré de sa main, le jeune homme ouvrit des yeux vitreux et s'efforça de se lever.

— Allonge-toi, Tolly. Je suis là.

Honoria dévisagea son sauveteur pendant qu'il prenait sa place, poussant le jeune homme sur le lit. Sa voix, son toucher, calma le mourant — il s'allongea, se détendant visiblement, centrant son attention sur le visage de l'homme plus âgé.

— Bien, dit-il dans un souffle avec un filet de voix. Je t'ai trouvé.

Un faible sourire dansa sur son visage pâle. Puis il devint sérieux.

— Dois te dire…

Ses mots pressants furent interrompus par une toux, qui se transforma en un paroxysme incapacitant. Son sauveteur soutint le jeune homme, comme s'il insufflait par sa volonté la force dans le corps s'affaiblissant. Alors que la toux diminuait, Honora s'empara d'un linge propre et l'offrit. Allongeant le blessé, il essuya le sang sur les lèvres du garçon.

— Tolly ?

Aucune réponse ne vint — leur blessé était de nouveau sans connaissance.

— Vous êtes parents.

Honoria émit un fait ; la révélation lui était venue à l'instant où le jeune homme avait ouvert les yeux. La ressemblance se situait non seulement dans le front large, mais aussi dans l'arc des sourcils et la disposition des yeux.

— Cousins.

La vivacité filtra à travers le visage dur de l'homme.

— Au premier degré. Il fait partie de la plus jeune génération — vingt ans à peine.

Son ton amena Honoria à se demander quel âge *il* avait — certainement dans la trentaine —, mais il était impossible d'en juger d'après son visage. Son comportement communiquait une impression de sagesse universelle, une sagesse accumulée, comme si l'expérience avait trempé sa force dans l'acier. Pendant qu'elle observait, il repoussa doucement une mèche de cheveux sur le visage blafard de son cousin.

Le faible gémissement du vent se transforma en chant funèbre.

CHAPITRE 3

Elle était coincée dans un cottage avec un mourant et un homme connu de ses intimes sous le nom de Devil. Bien calée dans le fauteuil à oreilles près du feu, Honoria sirotait du thé dans une tasse et réfléchissait à sa situation. La nuit était à présent tombée ; l'orage ne montrait aucun signe d'apaisement. Elle ne pouvait pas quitter la demeure, même si cela avait été son plus ardent désir.

Jetant un coup d'œil à son sauveteur, toujours assis sur la paillasse, elle grimaça ; elle ne souhaitait pas partir. Elle n'avait pas encore appris son nom, mais il inspirait son respect et sa compassion.

Une demi-heure s'était écoulée depuis que le jeune homme avait parlé ; Devil — elle n'avait pas d'autre nom pour lui — n'avait pas quitté la couche de son cousin mourant. Son visage restait inexpressif, n'affichant aucun signe d'émotion, néanmoins, l'émotion était là, derrière le masque, assombrissant le vert de ses yeux. Honoria connaissait le choc et le chagrin provoqués par la mort soudaine, l'attente silencieuse et les veillées pour un mort. Reportant son regard sur les flammes, elle but paresseusement son thé.

Quelque temps plus tard, elle entendit craquer le lit ; des pas légers s'approchèrent lentement. Elle le sentit plutôt qu'elle le vit s'asseoir à son aise dans l'immense fauteuil sculpté, perçut la poussière qui s'éleva de la tapisserie fanée pendant qu'il s'installait. La bouilloire siffla doucement. Se déplaçant vers l'avant, elle versa de l'eau bouillante dans la tasse qu'elle avait préparée ; quand la vapeur disparut, elle la lui tendit.

Il l'accepta, ses longs doigts frôlant brièvement les siens, les yeux verts se levant pour se poser sur son visage.

— Merci.

Il but en silence, les yeux sur les flammes ; Honoria l'imita.

Les minutes s'écoulèrent, puis il redressa ses longues jambes, croisant ses chevilles bottées. Honoria sentit son regard sur son visage.

— Qu'est-ce qui vous amène à Somersham, miss…

C'était l'occasion qu'elle avait attendue.

— Wetherby, suppléa-t-elle à sa question.

Au lieu de répondre par son nom — Mr Quelqu'un, comte Untel —, il plissa les paupières.

— Votre nom *complet* ?

Honoria réprima un froncement de sourcils.

— Honoria Prudence Wetherby, récita-t-elle, quelque peu aigrement.

Un sourcil noir s'éleva ; le vert troublant de son regard ne vacilla pas.

— Pas Honoria Prudence *Anstruther*-Wetherby ?

Honoria le dévisagea.

— Comment le savez-vous ?

Ses lèvres formèrent un sourire en coin.

— Je connais votre grand-père.

Un regard incrédule fut sa réponse.

— Je suppose que vous allez dire que je lui ressemble ?

Un petit rire, doux et profond, fit tressaillir ses sens comme sous l'effet d'une plume.

— À présent que vous le mentionnez, je crois qu'il y a une légère similitude, aux environs du menton, peut-être ?

Honoria lui lança un regard mauvais.

— Là, ceci, lui fit remarquer son bourreau, ressemble beaucoup au vieux Magnus.

Elle fronça les sourcils.

— Quoi ?

Il but une longue gorgée, ses yeux retenant les siens.

— Magnus Anstruther-Wetherby est un vieux gentleman irascible, horriblement fier et aussi têtu qu'on peut l'en blâmer.

— Vous le connaissez bien ?

— Seulement pour le saluer — mon père le connaissait mieux.

Incertaine, Honoria le regarda boire ; son nom complet n'était pas un secret d'État, elle n'avait simplement pas envie de l'utiliser, de se réclamer de sa relation avec ce « vieux gentleman irascible et têtu » de Londres.

— Il y avait un deuxième fils, non ?

Devil l'examinait pensivement.

— Il a défié Magnus à propos... Je me souviens : il s'est marié contre la volonté de Magnus. L'une des filles Montgomery. Vous êtes leur fille ?

Avec raideur, Honoria inclina la tête.

— Ce qui nous ramène à ma question, miss Anstruther-Wetherby. Que diable faites-vous ici, honorant de votre présence notre petit coin tranquille ?

Honoria hésita ; il y avait une agitation dans les longs membres, une onde de sensibilité — non pas à sa présence à elle, mais à celle du corps sur le grabat derrière eux —, qui suggérait qu'il avait besoin de conversation. Elle leva le menton.

— Je suis une gouvernante pour débutantes.

— Une gouvernante pour débutantes ?

Elle hocha la tête.

— Je prépare les demoiselles pour leurs débuts en société. Je reste avec les familles uniquement pendant l'année qui les précède.

Il l'observa avec une curiosité fascinée.

— Par tous les cieux, que pense le vieux Magnus de tout cela ?

— Je n'en ai aucune idée. Je n'ai jamais demandé son avis.

Il rit brièvement — ce même son de gorge sensuel ; Honoria réprima l'envie de remuer les épaules. Puis il reprit son sérieux.

— Qu'est-il arrivé à votre famille ?

En elle-même, Honoria haussa les épaules. Cela ne pouvait pas faire de mal de raconter son histoire et si cela le distrayait, elle n'y voyait aucun inconvénient.

— Mes parents sont morts dans un accident lorsque j'avais seize ans. Mon frère en avait dix-neuf. Nous vivions dans le Hampshire, mais après l'accident, je suis allée vivre avec la sœur de ma mère dans le Leicestershire.

Il plissa le front.

— Je suis étonné que le vieux Magnus ne soit pas intervenu.

— Michael l'a informé des décès, mais il n'est pas venu assister aux funérailles, dit-elle en haussa les épaules. Nous ne nous y attendions pas. Après la dispute entre lui et Papa, il n'y avait plus eu de contact.

Ses lèvres se retroussèrent fugitivement.

— Papa a juré de ne jamais lui demander un sou.

— L'entêtement est clairement un trait familial.

Honoria ignora le commentaire.

— Après un an dans le Leicestershire, j'ai décidé de tenter ma chance comme gouvernante.

Elle leva le regard, sur des yeux verts beaucoup trop perspicaces.

— Votre tante n'était pas précisément chaleureuse ?

Honoria soupira.

— Non, elle était très chaleureuse. Elle s'est mariée sous sa condition — pas la légère mésalliance pour laquelle les Anstruther-Wetherby se sont tellement enflammés, mais réellement au-dessous de son rang.

Elle marqua une pause, revoyant la maison construite de manière anarchique remplie de chiens et d'enfants.

— Cependant, elle était heureuse et son foyer était accueillant, mais…

Elle grimaça et jeta un coup d'œil au visage sombre l'observant.

— Pas pour moi.

— Un poisson hors de l'eau ?

— Exactement. Une fois que j'ai eu fini de porter mon deuil, j'ai réfléchi à mes options. Les fonds, évidemment, n'ont jamais été un problème. Michael voulait que j'achète une petite maison dans un village sûr de campagne pour y vivre tranquillement, mais…

— Encore une fois, pas pour vous ?

Honoria leva légèrement le menton.

— Je ne pouvais pas concevoir une vie aussi insipide. Je pense qu'il est injuste que les femmes soient obligées de vivre des existences aussi modérées et que seuls les gentlemen mènent des vies excitantes.

Les deux sourcils s'arquèrent.

— Personnellement, j'ai toujours trouvé que c'était payant de partager l'excitation.

Honoria ouvrit la bouche pour approuver — puis elle surprit son regard. Elle cligna des paupières et regarda de nouveau, mais l'étincelle lubrique avait disparu.

— Dans mon cas, j'ai décidé de prendre les rênes de ma vie et de travailler pour une existence plus excitante.

— En tant que gouvernante ?

Son regard vert calme demeurait ingénument intéressé.

— Non. Ce n'est que l'étape intermédiaire. J'ai décidé que dix-huit ans, c'était trop jeune pour partir à l'aventure en Afrique. J'ai décidé de suivre les traces de lady Stanhope.

— Doux Jésus !

Honoria ignora son ton.

— J'ai tout prévu. Je brûle d'envie de monter un chameau dans l'ombre du Grand Sphinx. On serait mal avisé d'entreprendre une telle expédition trop jeune ; exercer le métier de gouvernante d'une façon qui n'exige de passer qu'une seule année avec chaque famille me semblait le moyen idéal d'occuper les années. Comme je n'ai besoin de fournir que mes vêtements, mon capital s'accroît pendant que je visite différents comtés, vivant dans des foyers d'élite. Ce dernier aspect, évidemment, apaise l'esprit de Michael.

— Ah oui, votre frère. Que fait-il pendant que vous occupez vos années ?

Honoria observa son interrogateur.

— Michael est le secrétaire de lord Carlisle. Le connaissez-vous ?

— Carlisle ? Oui. Son secrétaire, non. Je comprends que votre frère a des ambitions politiques ?

— Lord Carlisle était un ami de Papa, il a accepté de parrainer Michael.

Ses sourcils s'élevèrent fugitivement, puis il vida sa tasse.

— Qu'est-ce qui vous a amenée à opter pour le métier de gouvernante comme occupation temporaire ?

Honoria haussa les épaules.

— Qu'y a-t-il d'autre ? J'avais été bien éduquée, préparée pour être présentée. Papa maintenait catégoriquement que je devais être présentée à la haute société, avec tout le tralala — et parader sous le nez de mon grand-père. Il espérait me voir contracter un beau mariage, uniquement pour montrer à Grand-père que personne d'autre ne partageait ses idées vieillottes.

— Toutefois, vos parents ont été tués avant votre entrée dans le monde ?

Honoria hocha la tête.

— Lady Harwell, une vieille amie de Maman, avait une fille deux ans plus jeune que moi. Après avoir retiré mes gants noirs, j'ai abordé mon idée avec elle — j'ai pensé qu'avec mes origines, ma formation, je pouvais enseigner à d'autres filles comment procéder. Lady Harwell a accepté une période d'essai. Quand j'ai eu fini de conseiller Miranda, elle a décroché un comte. Après cela, évidemment, je n'ai jamais manqué de travail.

— Les marieuses font le bonheur des mères.

Un courant sous-jacent de cynisme s'était glissé subrepticement dans la voix profonde.

— Et qui conseillez-vous dans les environs de Somersham ?

La question ramena d'un coup Honoria à la réalité.

— Melissa Claypole.

Son sauveteur fronça les sourcils.

— Est-ce la brune ou la blonde ?

— La blonde.

Appuyant son menton dans sa main, Honoria contempla les flammes.

— Une demoiselle insipide sans conversation — Dieu seul sait comment je suis censée la rendre attirante. Je devais faire partie du personnel de lady Oxley, mais son enfant de six ans a attrapé la variole, puis la vieille lady Oxley est morte. J'avais déjà décliné toutes les autres offres à cette date, mais la lettre des Claypole était arrivée en retard et je n'avais pas encore répondu. J'ai donc accepté sans procéder à mes vérifications habituelles.

— Vérifications ?

— Je ne travaille pas pour n'importe qui.

Réprimant un bâillement, Honoria s'installa plus confortablement.

— Je m'assure que la famille est de bon ton, avec assez de bonnes relations pour obtenir les invitations adéquates et suffisamment à l'avance pour ne pas faire d'histoires à propos des factures de la chapelière.

— Sans parler de celles des couturières.

— Exactement. Bien — elle gesticula brièvement —, aucune fille ne va appâter un duc si elle est mal fagotée.

— Indubitablement. Dois-je comprendre que les Claypole ne satisfont pas à vos exigences rigoureuses ?

Honoria fronça les sourcils.

— Je ne suis avec eux que depuis dimanche, mais j'ai déjà un vilain doute…

Elle laissa ses mots s'estomper, puis elle haussa les épaules.

— Heureusement, il semble que l'on parle en bien de Melissa — un duc, rien de moins.

S'ensuivit une pause, puis son sauveteur l'incita à poursuivre :

— Un duc ?

— C'est ce qu'il semble. Si vous vivez dans la région, vous devez le connaître — sérieux, réservé, plutôt reclus, je pense. Déjà pris dans les filets de lady Claypole, si Madame dit la vérité.

Se remémorant la question qui lui brûlait les lèvres, Honoria se tourna.

— Le connaissez-vous ?

Des yeux verts limpides clignèrent devant elle ; lentement, son sauveteur hocha la tête.

— Je ne peux pas dire que j'ai eu ce plaisir.

— Hum ! dit-elle en s'enfonçant de nouveau dans son fauteuil. Je commence à croire que c'est un ermite. Êtes-vous certain...

Mais, il ne l'écoutait plus. Puis elle entendit ce qui avait attiré son attention — la respiration sifflante du jeune blessé. L'instant suivant, il marchait à longues enjambées vers le lit. Il s'assit sur le bord, prenant les mains du jeune homme dans les siennes. De son fauteuil, Honoria écouta pendant que la respiration du jeune homme devenait de plus en plus irrégulière, haletante.

Quinze douloureuses minutes plus tard, le sifflement sec cessa.

Un silence irréel emplit le cottage ; l'orage lui-même s'immobilisa. Honoria ferma les yeux et prononça silencieusement une prière. Puis le vent se leva, chantant mélancoliquement une mélopée funèbre, le chant de la nature pour le mort.

Ouvrant les yeux, Honoria regarda Devil pendant qu'il reposait les mains de son cousin sur son torse. Puis il s'assit sur le bord du grabat, les yeux fixés sur les traits pâles qui ne bougeraient jamais plus. Il voyait son parent vivant et bien portant, riant, parlant. Honoria savait comment l'esprit gérait la mort. Son cœur se serra, mais elle ne pouvait rien faire. S'enfonçant de nouveau dans le fauteuil, elle le laissa à ses souvenirs.

Elle avait dû s'assoupir. Quand elle ouvrit les yeux plus tard, il était accroupi devant l'âtre. La bougie s'était consumée ; la seule lumière dans la pièce était jetée par les flammes. À moitié endormie, elle l'observa disposer des bûches dans le feu, le couvrant pour la nuit.

Au cours de leur conversation plus tôt, elle avait gardé ses yeux sur son visage ou les flammes ; à présent, avec la lumière du feu découpant ses bras et ses épaules, elle regarda tout son soûl. Quelque chose dans cette peau bronzée masculine l'amenait à combattre un violent désir de presser ses doigts dessus, d'écarter ses mains sur l'étendue chaude, de courber ses paumes autour des muscles durs.

Les bras croisés, les mains serrant bien ses coudes, elle frissonna.

Il se leva et se retourna en un seul mouvement fluide. Et plissa le front.

— Tenez.

Passant la main devant elle, il souleva sa veste de la table et la lui offrit.

Honoria fixa le regard sur lui, réprimant vaillamment une envie écrasante de se concentrer non pas sur la veste, mais sur le torse un mètre au-delà. Elle déglutit, secoua la tête, puis entraîna son regard directement sur son visage.

— Non, gardez-la. C'est juste que je viens de m'éveiller, je n'ai pas vraiment froid.

Cette dernière déclaration était bien vraie ; le feu diffusait une chaleur constante dans la pièce.

Un sourcil noir se releva très lentement ; les yeux vert pâle ne quittèrent pas son visage. Puis le deuxième sourcil rejoignit le premier et il haussa les épaules.

— Comme vous voulez.

Il reprit sa place dans le vieux fauteuil sculpté, jetant un regard dans le cottage, ses yeux s'attardant sur la silhouette enveloppée d'une couverture sur le lit. Puis, se réinstallant, il l'observa.

— Je suggère de profiter de tout le sommeil dont nous pourrons. L'orage devrait s'être calmé au matin.

Honoria hocha la tête, immensément soulagée quand il étala sa veste sur son torse troublant. Il posa la tête sur le dossier du fauteuil et ferma les yeux.

Ses cils formaient des croissants noirs au-dessus de ses pommettes hautes ; la lumière dansait sur les traits austères de son visage. Un visage fort, dur et pourtant pas insensible. La ligne sensuelle de ses lèvres démentait sa mâchoire rude ; l'arc fluide de ses sourcils compensait son front large. Des mèches folles noires comme la nuit encadraient le tout — Honoria sourit et ferma les yeux. Il aurait dû être pirate.

Avec le sommeil obscurcissant son esprit, son corps apaisé par la chaleur du feu, il ne fut pas difficile pour elle de se laisser de nouveau emporter par ses rêves.

*

Sylvester Sebastian Cynster, sixième duc de St-Ives, connu sous le surnom de « Ce Devil Cynster » par une poignée choisie de serviteurs, comme « Devil Cynster » pour la haute société en général et simplement comme Devil pour ses plus proches amis, observa sa future femme sous ses longs cils. Que penserait, se demanda-t-il, sa mère, la duchesse douairière, d'Honoria Prudence Anstruther-Wetherby ?

La pensée le fit presque sourire, mais l'atmosphère mortuaire sombre qui planait sur son esprit ne laissait pas ses lèvres se courber. Pour la mort de Tolly, il n'y avait qu'une réaction ; la justice serait rendue, mais la vengeance manierait l'épée. Rien d'autre ne l'apaiserait, ni les autres membres du clan. Malgré leur tendance à l'imprudence, les Cynster mouraient dans leurs lits.

Toutefois, venger la mort de Tolly ne ferait que solder le passé. Aujourd'hui, il avait passé le prochain tournant dans sa propre route ; sa compagne pour l'étape suivante remua inconfortablement dans le vieux fauteuil en face.

Devil la regarda s'installer et se demanda ce qui troublait ses rêves. Lui, espérait-il. Elle le troublait certainement — et il était bien éveillé.

Il n'avait pas réalisé en quittant la Maison ce matin qu'il cherchait une épouse ; le destin était plus avisé. Il avait placé Honoria Prudence sur son chemin d'une manière qui garantissait qu'il ne passerait pas à côté d'elle. L'insatisfaction insatiable qui s'était emparée de lui dernièrement semblait faire partie d'un tout, une portion du plan du destin. Lassé des mauvais côtés de sa dernière conquête, il était rentré à la Maison, envoyant un mot à Vane pour qu'il vienne à sa rencontre pour quelques jours de chasse. Vane devait le rejoindre ce soir-là ; pour tuer le temps pendant toute une journée, il avait jeté une selle sur Sulieman et parcourut ses champs.

Les larges terres qui étaient siennes ne manquaient jamais de l'apaiser, de recentrer son esprit sur qui il était, ce qu'il était. Puis l'orage s'était levé ; il avait coupé à travers la forêt, se dirigeant vers l'entrée arrière de la Maison. Cela l'avait placé sur la bonne voie pour découvrir Tolly — et Honoria Prudence. Le destin avait tout fait sauf agiter un drapeau rouge ; personne n'avait jamais suggéré qu'il était lent à voir la lumière. Saisir l'occasion était la façon dont il s'était fait un nom — il avait déjà décidé de saisir Honoria Prudence.

Elle ferait très bien l'affaire comme épouse.

Pour commencer, elle était grande, avec une silhouette harmonieuse, ni trop svelte, ni trop en chair, mais assurément féminine. Des cheveux brun noisette brillaient richement, des mèches folles s'échappant du chignon sur le dessus de sa tête. Son visage, en forme de cœur, était particulièrement saisissant, avec une ossature fine et classique, un petit nez droit, des sourcils bruns délicatement arqués et un front large. Ses lèvres étaient pleines, d'une douce teinte rosée ; ses yeux, sa plus belle caractéristique, étaient grands et largement espacés avec de longs cils et ils étaient d'un gris brumeux. Il avait dit la vérité sur son menton —, c'était le seul attribut qui lui rappelait son grand-père, pas par sa forme, mais par la détermination qu'il réussissait à communiquer.

Physiquement, elle incarnait une proposition particulièrement charmante — elle avait certainement captivé son intérêt volage.

Tout aussi important, elle était exceptionnellement pondérée, pas encline à se mettre dans tous ses états ni à sursauter. Cela avait été évident dès le départ, quand elle s'était tenue droite et fière, sans trembler devant le poids des épithètes qu'il avait librement fait pleuvoir sur sa tête. Puis elle l'avait gratifié d'un regard que sa mère n'aurait pas mieux réussi et l'avait dirigé vers le problème immédiat.

Il avait été impressionné par son courage. Au lieu de se laisser aller à une crise d'hystérie — sûrement une pratique conseillée pour une dame de la société découvrant un homme saignant à mort sur son chemin —, elle s'était montrée pleine de ressources et pragmatique. Son combat pour maîtriser sa peur de l'orage ne lui avait pas échappé. Il avait fait ce qu'il avait pu pour la distraire ; sa réaction instantanée à ses ordres — il avait presque vu les poils de son cou se hérisser — avait rendu cette tâche assez facile. Retirer sa chemise n'avait pas nui non plus.

Ses lèvres se retroussèrent ; impitoyablement, il les replaça en ligne droite. Cela, évidemment, était encore une autre bonne raison pour lui de suivre le conseil du destin.

Au cours des dix-sept dernières années, malgré toutes les distractions que les dames de la haute société lui avaient volontiers procurées l'une après l'autre, ses bas instincts étaient demeurés sujets à sa volonté, entièrement et absolument. Honoria Prudence, cependant, semblait avoir établi un lien direct avec cette partie de son esprit qui, comme c'était le cas avec tout mâle Cynster, était constamment à la recherche de partis probables. C'était le chasseur en lui ; l'activité ne le distrayait habituellement pas de ce qu'il avait en main, peu importe ce que c'était. C'est seulement lorsqu'il était prêt à s'occuper de telles affaires qu'il permettait à ce côté de sa nature de se montrer.

Aujourd'hui, il avait trébuché — plus d'une fois — sur ses appétits lascifs.

Sa question à propos de la culotte constituait un exemple, et pendant qu'il avait ôté sa chemise, il l'avait certainement déconcentrée ; ce fait, à son tour, l'avait déconcentré lui aussi. Il pouvait sentir son regard — une autre réaction sensible dont il n'avait pas été la proie depuis très longtemps. À trente-deux ans, il se croyait immunisé, endurci, trop expérimenté pour devenir la victime de ses propres désirs.

Avec de la chance, quand il aurait pris Honoria Prudence quelques fois — peut-être quelques dizaines de fois — le supplice cesserait. Le fait qu'elle était la petite-fille de Magnus Anstruther-Wetherby, petite-fille rebelle en plus, serait la cerise sur le gâteau de noces. Devil savoura cette pensée.

Il ne lui avait pas, évidemment, révélé son nom. S'il l'avait fait, elle n'aurait pas sombré dans le sommeil, agité ou autre. Il avait réalisé presque immédiatement qu'elle ne savait pas qui il était. Il n'y avait aucune raison pour qu'elle *le* reconnaisse. Par contre, elle reconnaîtrait son nom.

Son curieux métier rendrait impératif qu'il se tienne au courant des potins ; il savait sans l'ombre d'un doute que s'il lui avait offert son nom, elle aurait établi le lien et réagit en conséquence. Ce qui aurait été éprouvant pour tous les deux.

La convaincre qu'elle n'avait aucun motif de se tracasser aurait exigé beaucoup d'efforts, efforts qu'il ne pouvait pas gaspiller en ce moment. Il avait encore le meurtre de Tolly à résoudre, il avait besoin qu'elle reste calme et posée. Il trouvait sa franchise, son attitude terre à terre, sans chichis et presque de bonne épouse, rafraîchissante et, étrangement, d'un grand soutien.

Le feu luisait, dorant son visage. Devil examina la délicate courbe de sa joue, remarqua la douceur vulnérable de ses lèvres. Il avouerait son identité au matin — il se demanda ce qu'elle dirait. Les possibilités étaient, selon lui, larges. Il méditait sur la plus probable quand elle gémit et se raidit dans son fauteuil.

Devil ouvrit complètement les yeux. Et il devint simultanément conscient de la férocité renouvelée de l'orage. Le tonnerre roula, grondant plus près que jamais. Le vent se leva sur un hurlement soudain ; un craquement sec résonna à travers la forêt.

Honoria haleta et se leva. Yeux fermés, mains tendues, elle s'avança.

Devil se propulsa hors de son fauteuil. L'attrapant par la taille, il la souleva pour l'éloigner du feu.

Avec un sanglot déchirant, elle se retourna et se lança contre lui. Ses bras se glissèrent autour de lui ; elle s'accrocha avec force, pressant sa joue contre son torse. Par réflexe, Devil referma ses bras autour d'elle et sentit les sanglots qui la secouaient. Déséquilibré, il recula d'un pas ; le vieux fauteuil à oreilles le surprit derrière le genou.

Il s'assit ; Honoria ne relâcha pas sa prise. Elle le suivit en bas, repliant ses jambes vers elle ; elle finit recroquevillée sur ses cuisses. Sanglotant en silence.

Inclinant la tête, Devil scruta son visage. Ses yeux étaient fermés, mais pas fortement. Des larmes coulaient sur son visage. Elle était, en fait, encore endormie.

Piégée dans son cauchemar, elle frissonna. Elle ravala un sanglot, seulement pour qu'un autre s'élève à sa place.

L'observant, Devil ressentit une douleur aiguë lui serrer la poitrine. Les larmes remontèrent derrière ses paupières, s'accumulèrent, puis roulèrent lentement, sans interruption, sur ses joues.

Son ventre se contracta. Fort. Doucement, il lui releva le visage. Elle ne s'éveilla pas ; les larmes continuèrent à tomber.

Il ne pouvait pas le supporter. Devil pencha la tête et déposa ses lèvres sur les siennes.

Engloutie dans un chagrin si noir, si dense que même la lumière ne pouvait pas le percer, Honoria prit conscience de lèvres chaudes et fermes pressées contre les siennes. La sensation inattendue la déconcentra, relâchant l'emprise de son rêve. L'obscurité s'éloigna ; elle s'arqua et retint son souffle.

Des doigts forts se courbèrent sur sa mâchoire ; les lèvres distrayantes revinrent. La chaleur s'infiltra dans ses os, sa peau, repoussant le froid de la mort. Ces lèvres retenaient les siennes, vivantes et rassurantes, un lien entre un rêve et un autre. Elle effectua la transition entre un cauchemar et un sentiment de paix, celui de se trouver au bon endroit, rassurée par la force l'entourant et le battement régulier d'un cœur qui ne lui appartenait pas.

Elle n'était plus seule dans sa misère. Quelqu'un était là, la gardant au chaud, tenant les souvenirs en échec. La glace dans ses veines fondit. Ses lèvres s'adoucirent ; avec hésitation, elle rendit le baiser.

Devil rattrapa ses bas instincts un instant avant qu'ils cèdent. Elle dormait encore, la dernière chose qu'il souhaitait était de la réveiller en lui faisant peur. La bataille pour résister à ses démons, lui vociférant d'intensifier la caresse vers autre chose loin d'être innocent, était violente, aussi féroce que l'orage. Il gagna, mais l'effort le laissa tremblant.

Levant la tête, il l'entendit soupirer doucement.

Puis, sa bouche se recourbant en un sourire distinctement féminin, elle changea de position, s'installant sur ses cuisses.

Devil retint son souffle ; il se mordit la lèvre.

Pressant une fois de plus sa joue contre son torse, elle glissa dans un profond et paisible sommeil.

Au moins, il avait arrêté les larmes. Mâchoire serrée, Devil se rappela à lui-même que cela — et seulement cela — avait été son but. Grâce au destin, il aurait davantage de temps pour revendiquer une récompense pour la douleur qu'elle lui avait causée, pour réclamer un prix approprié pour sa rectitude remarquable. Son auréole, pour une fois, devrait briller.

Il lui fallut une demi-heure de réflexion sur autre chose avant de pouvoir se risquer à se détendre. À ce moment-là, elle était profondément endormie. Changeant de position avec précaution, il s'installa plus confortablement, puis remarqua que le feu mourait. Tendant la main vers le sol, il attrapa sa veste, puis il la drapa avec soin sur sa future femme.

Lèvres courbées, il posa la tête sur le dossier du fauteuil et ferma les yeux.

*

Quand il se réveilla, sa joue était appuyée sur les boucles d'Honoria.

Devil cligna des paupières. La lumière du soleil obliquait à travers les volets. Honoria dormait encore, blottie contre lui, jambes repliées sur ses cuisses. Puis il entendit le bruit de sabots approchant. Vane, sans aucun doute, venu le chercher.

Se redressant, Devil grimaça quand des muscles ankylosés protestèrent. Sa future femme ne remua pas. La prenant dans ses bras, il se leva ; Honoria grommela, réinstallant sa tête sur son épaule. Devil la déposa doucement dans sa bergère à oreilles, la bordant avec sa veste. Un pli sur le front fronça ses sourcils lorsque sa joue toucha le chintz froid, puis ses traits se détendirent et elle glissa plus profondément dans le sommeil.

Devil s'étira. Faisant courir ses doigts sur son torse, il se dirigea vers la porte. Il l'ouvrit en bâillant.

Sa respiration siffla entre ses dents.

— Par le diable et l'enfer !

Jaugeant les arrivées, il jura dans sa barbe. Il avait eu raison à propos de Vane — son cousin, monté sur un cheval de chasse noir, venait juste d'arriver. Un autre cavalier s'arrêta à côté de lui. Les traits de Devil perdirent toute expression alors qu'il saluait d'un hochement de tête son seul cousin plus âgé, Charles — le demi-frère de Tolly.

Cela, cependant, n'était pas le pire. Depuis l'autre piste cavalière, un groupe de quatre avançait en trottant — lord et lady Claypole, et deux palefreniers.

— Monsieur le *duc* ! Comme il est étonnant de tomber sur vous ici.

Femme aux traits acérés et cheveux crêpés, lady Claypole jeta à peine un regard sur Vane et Charles avant de le reporter sur Devil, ses yeux bleus protubérants s'élargissant.

— J'ai été pris par l'orage.

Appuyant son avant-bras sur l'embrasure, Devil bloqua la porte.

— Vraiment ? Sale nuit.

Lord Claypole, un petit gentleman rondelet, lutta avec son cheval pour qu'il s'arrête.

— Puis-je vous demander, monsieur le duc, si vous avez aperçu notre gouvernante ? Elle a pris le cabriolet pour aller à Somersham hier — le cabriolet est rentré sans elle — et je n'ai pas vu un seul cheveu de sa personne depuis.

Devil était sans expression.

— L'orage a été assez violent.

— Assez, assez, répondit lord Claypole en hochant vivement la tête. Il est probable que le cheval s'est libéré et qu'il a filé à la maison. Brute grincheuse. Je suis certain de retrouver mademoiselle Wetherby saine et sauve au presbytère, n'est-ce pas ?

Il regarda sa femme, toujours absorbée par la vue.

— Ne le croyez-vous pas, ma chère ?

Lady Claypole haussa les épaules.

— Oh, je suis convaincue qu'elle ira bien. Quel manque d'égards affreux de sa part de nous causer tous ces ennuis.

Dirigeant un sourire las vers Devil, lady Claypole gesticula en direction des palefreniers.

— Nous avons cru qu'il fallait organiser une recherche, mais il est probable que vous ayez raison, mon époux, et qu'elle sera restée confortablement au presbytère. Mademoiselle Wetherby, dit-elle avec condescendance à Devil, nous arrive avec les meilleures recommandations.

Les sourcils de Devil se soulevèrent.

— Vraiment ?

— Je l'ai su par Mrs Acheson-Smythe. Du plus haut calibre — très chic. Naturellement, quand elle a entendu parler de ma Melissa, elle a rejeté toutes les autres offres et…

Lady Claypole s'interrompit, ses yeux protubérants sursautant. Sa bouche s'ouvrit lentement alors qu'elle regardait derrière l'épaule nue de Devil.

Poussant un soupir silencieux, Devil abaissa son bras, se tournant à demi pour voir l'entrée en scène d'Honoria. Elle s'avança à côté de lui, clignant des yeux d'un air endormi, une main pressée sur son dos ; avec l'autre, elle repoussa des mèches errantes de son visage. Ses paupières étaient lourdes, son chignon desserré, libérant des mèches folles d'un brun strié d'or pour couronner sa tête telle une auréole. Elle avait l'air délicieusement négligé, les joues légèrement rouges, comme si en effet ils s'étaient divertis ensemble de la manière dont les Claypole l'imaginaient.

Honoria regarda devant lui — elle se figea momentanément. Puis elle se redressa, une grâce froide tombant sur elle comme un manteau. Pas une lueur de consternation ne parut sur son visage. Les lèvres de Devil formèrent un sourire en coin — signe d'approbation, d'appréciation.

— Eh bien, mademoiselle !

Le ton strident de lady Claypole débordait d'honneur indigné. Devil fixa sur elle un regard clair et très direct que toute personne saine d'esprit aurait interprété comme un avertissement.

Lady Claypole n'était pas si perspicace.

— Une *belle* ferveur. Vraiment ! Eh bien, miss Wetherby si *ceci* est ce que vous faites lorsque vous *dites* que vous rendez visite au pasteur, ne songez plus à passer le seuil de la porte du manoir Claypole de nouveau !

— Hum !

Plus observateur que sa femme, lord Claypole tira doucement sur sa manche.

— Ma chère…

— Penser que j'ai été trompée à ce point ! Mrs Acheson-Smythe entendra parler de…

— Non ! Vraiment, Margery…

Un œil sur le visage de Devil, lord Claypole s'efforça d'empêcher sa femme de se pousser au suicide social.

— Ce n'est pas la peine.

— Pas la *peine* ?

Lady Claypole le dévisagea comme s'il avait perdu l'esprit. Se libérant de sa main d'une secousse, elle se redressa et déclara avec arrogance :

— Si vous voulez bien nous informer de votre destination, nous vous expédierons vos malles.

— Comme c'est gentil.

Le murmure ronronnant de Devil contenait suffisamment de tranchant pour réussir là où lord Claypole avait échoué.

— Vous pouvez envoyer les malles de miss Anstruther-Wetherby à la Maison.

Un long silence accueillit sa déclaration.

Lady Claypole se pencha en avant.

— *Anstruther*-Wetherby ?

— La Maison ?

Le doux écho venait de Charles Cynster ; son cheval changea de position et piaffa. Brusquement, lady Claypole reporta son regard sur Honoria.

— Est-ce vrai, mademoiselle ? Ou est-ce une petite bouillie pour chat que vous avez réussi à faire avaler à monsieur le duc ?

Monsieur le *duc* ? Pendant un instant qui passa inaperçu, le cerveau d'Honoria partit en vrilles. Elle jeta un regard en biais au démon à côté d'elle — ses yeux, d'un vert frais, rencontrant brièvement les siens. À ce moment, elle aurait donné tout ce qu'elle possédait pour se débarrasser des autres et s'en prendre à lui comme il le méritait. Au lieu de cela, elle leva le menton et considéra calmement lady Claypole.

— Comme monsieur le *duc* — elle mit un accent subtil sur le titre — a cru bon de vous en informer, je suis, en effet, l'une des Anstruther-Wetherby. J'ai choisi de ne pas accorder d'importance à ce lien, pour éviter un intérêt injustifié et mal élevé.

Le commentaire échoua à mettre Mrs Claypole en déroute.

— Je ne sais vraiment pas comment je vais expliquer cela à mes filles.

— Je suggère, lady Claypole — le regard sur le visage de la dame, Devil attrapa la main d'Honoria, serrant ses doigts en signe d'avertissement alors qu'il les levait à ses lèvres — que vous informiez vos filles qu'elles ont eu l'honneur d'être éduquées, bien que pendant peu de temps, par ma duchesse.

— Votre *duchesse* !

L'exclamation surgit de trois gorges — parmi les gens de la société, seul Vane Cynster garda le silence.

Le cerveau d'Honoria partit de nouveau en vrilles ; la poigne sur ses doigts se resserra. L'air serein, les lèvres légèrement recourbées, elle lança un regard affectueux vers le visage de son prétendu fiancé ; lui seul pouvait voir la promesse féroce dans ses yeux.

— Vraiment, monsieur le duc ! Vous n'avez sûrement pas réfléchi.

Lady Claypole avait pâli.

— Cette affaire est loin de justifier un tel sacrifice ; je suis certaine que miss Wetherby ne sera que trop heureuse de négocier un arrangement...

Sa voix s'estompa, finalement réduite au silence par l'expression sur le visage de Devil. Pendant une longue minute, il la retint paralysée, puis il reporta son regard froid sur lord Claypole.

— Je m'étais attendu, monsieur, à pouvoir compter sur vous et votre dame pour accueillir ma duchesse.

La voix profonde et monocorde contenait une menace ferme.

Lord Claypole avala.

— Oui, en effet ! Pas de doute là-dessus — pas une ombre. Heu…

Rassemblant ses rênes, il tendit la main vers celles de sa femme.

— *Félicitations*, et tout — si je puis, nous devons partir. Si vous voulez bien nous excuser, monsieur le duc ? Venez, ma chère.

Avec une rapidité remarquable, son groupe quitta la clairière.

Soulagée, Honoria observa les derniers cavaliers. Un regard suffit à identifier le plus près comme un parent du… du duc appelé Devil. Son esprit trébucha sur cette pensée, mais elle fut incapable d'établir le lien. Le cavalier en question tourna la tête ; mains négligemment croisées sur le pommeau, il était d'une beauté frappante. Sa coloration — cheveux bruns, sourcils bruns — était moins sombre que celle de Devil, mais il semblait avoir la même taille et être presque aussi large que l'homme à côté d'elle. Ils partageaient une caractéristique de référence — le simple geste de tourner sa tête avait été empreint de la même élégance fluide qui caractérisait les mouvements de Devil, une grâce masculine qui titillait les sens.

Le regard du cavalier passa rapidement sur elle — un regard détaillé — puis, ses lèvres se recourbant en un sourire subtil, il regarda Devil.

— Je comprends que tu n'as pas besoin d'être secouru ?

La voix et le comportement confirmèrent leur relation hors de tout doute.

— Pas de secours — il y a eu un accident. Entre.

Le regard du cavalier se fit plus perçant ; Honoria aurait pu jurer qu'une communication silencieuse s'était transmise entre lui et Devil. Sans un mot de plus, le cavalier s'élança en bas de sa selle.

Révélant son compagnon, toujours sur son cheval. Un homme plus vieux avec des cheveux pâles clairsemés ; il avait un corps fortement charpenté, le visage rond, les traits plus joufflus que le profil aquilin des deux autres hommes. Lui aussi rencontra le regard de Devil, puis il inspira et mit pied à terre.

— Qui sont-ils ? murmura Honoria pendant que le premier homme, ayant attaché son cheval, s'avançait vers eux.

— Deux autres cousins. Celui qui approche est Vane. Du moins, c'est ainsi que nous l'appelons. L'autre, c'est Charles. Le frère de Tolly.

— Frère ?

Honoria jongla avec l'image de l'homme costaud par rapport à celle du jeune mort.

— Demi-frère, rectifia Devil.

Agrippant son coude, il sortit du cottage, l'attirant avec lui.

Cela faisait un moment qu'une personne avait physiquement obligé Honoria à faire quoi que ce soit, c'était certainement la première fois qu'un homme l'osait. Sa pure présomption la laissa sans voix ; sa pure puissance rendit le refus impossible. Son cœur, ayant finalement ralenti après la secousse provoquée par le baiser de Devil sur ses doigts, recommença à battre la chamade.

À quelques pas de la porte, il s'arrêta et, la libérant, lui fit face.

— Attendez ici, vous pouvez vous asseoir sur ce rondin. Cela pourrait prendre un moment.

Pendant un instant lourd de sens, Honoria fut à deux doigts de la rébellion déclarée. Il y avait quelque chose d'implacable derrière le vert limpide, quelque chose qui distribuait les ordres avec l'absolue certitude d'être obéi. Elle mourrait d'envie de la défier, de le défier, de s'offusquer de ses directives péremptoires. Cependant, elle savait ce qui l'attendait dans le cottage.

Lèvres crispées, elle inclina la tête.

— Très bien.

Elle se tourna, ses jupes tournoyant derrière elle ; Devil l'observa pendant qu'elle s'avançait vers le rondin. Puis elle marqua une pause ; sans regarder en arrière, elle pencha de nouveau la tête.

— Monsieur le duc.

Le regard fixé sur ses hanches qui se balançaient, Devil la contempla alors qu'elle poursuivait son chemin. Son intérêt envers elle venait juste d'augmenter radicalement ; aucune femme auparavant n'avait même songé à lui lancer ses ordres — il savait parfaitement bien qu'ils étaient autocratiques — en plein visage. Non seulement y avait-elle réfléchi mais elle l'avait presque fait. Sans le corps de Tolly dans le cottage, elle l'aurait fait. Elle atteignit le rondin. Satisfait, Devil se tourna ; Vane attendait.

— Quoi ?

Le visage de Devil se durcit.

— Tolly est mort. D'une balle.

Vane immobilisa ses yeux sur ceux de Devil.

— De qui ?

— Cela, dit Devil à voix basse, jetant un coup d'œil à Charles pendant qu'il s'approchait, je ne le sais pas encore. Viens à l'intérieur.

Ils s'arrêtèrent en demi-cercle au pied du grabat rudimentaire, baissant le regard sur le corps de Tolly. Vane avait agi comme lieutenant pour Devil à Waterloo ; Charles avait servi comme adjudant-major. Ils avaient vu la mort plusieurs fois ; la familiarité n'adoucissait pas le coup. Avec une voix dénuée d'émotion, Devil relata tout ce qu'il savait. Il répéta les dernières paroles de Tolly ; Charles, le visage inexpressif, était pendu à chaque syllabe. Puis un long silence tomba ; dans la lumière vive se déversant par la porte ouverte, le cadavre de Tolly semblait encore plus indécemment déplacé que la nuit auparavant.

— Mon Dieu. Tolly !

Les mots de Charles furent prononcés d'une voix brisée. Ses traits se fripèrent. Couvrant son visage d'une main, il s'affaissa sur le bord de la paillasse.

Devil serra la mâchoire, les poings. La mort ne possédait plus le pouvoir de lui causer un choc. Le chagrin demeurait, mais il le vivrait en privé. Il était le chef de famille — son premier devoir était de diriger. Ils s'attendaient à cela de lui, il s'attendait à cela de lui-même. Et il avait Honoria Prudence à protéger.

Cette pensée l'ancra sur terre, l'aida à se libérer du vortex de chagrin qui entraînait son esprit. Il inspira longuement, puis recula silencieusement, se retirant dans l'espace libre devant l'âtre.

Quelques minutes plus tard, Vane le rejoignit ; il jeta un coup d'œil par la porte ouverte.

— Elle l'a trouvé ?

Devil hocha la tête.

— Heureusement, elle n'est pas du genre hystérique.

Ils parlèrent discrètement, à voix basse. Regardant vers le lit, Devil plissa le front.

— Que fait Charles ici ?

— Il était à la Maison lorsque je suis arrivé. Il dit qu'il a couru après Tolly jusqu'ici pour une question d'affaires. Il s'est présenté aux appartements de Tolly — le vieux Mick lui a dit qu'il s'était mis en route pour venir ici.

Devil grimaça.

— Je suppose que c'est aussi bien qu'il soit là.

Vane examina son torse nu.

— Où est ta chemise ?

— C'est le bandage.

Après un moment, Devil soupira et se redressa.

— Je vais accompagner miss Anstruther-Wetherby à la Maison et envoyer un tombereau.

— Et je vais rester pour veiller le corps.

Un sourire fugitif apparut sur les lèvres de Vane.

— Tu obtiens toujours les meilleurs rôles.

Le sourire de Devil en réaction fut tout aussi bref.

— Celui-ci vient avec un boulet et une chaîne.

Les yeux de Vane se fixèrent sur les siens.

— Tu es sérieux ?

— Plus que jamais.

Devil jeta un regard sur le grabat.

— Surveille Charles.

Vane hocha la tête.

Le soleil dehors l'aveugla presque. Devil cligna et plissa les paupières en direction du rondin. Il était inoccupé. Il jura et regarda encore. Une pensée atroce se présenta. Et si elle avait essayé de monter Sulieman ?

Sa réaction fut instantanée — l'afflux de sang, son cœur battant soudainement la chamade. Ses muscles s'étaient déjà tendus pour le propulser en courant vers l'écurie lorsque l'ombre d'un mouvement attira son œil.

Elle n'était pas allée à l'écurie. Les yeux s'adaptant à la lumière vive, Devil la regarda marcher de long en large à quelques pas à côté du rondin. Sa robe brun-grisâtre s'était fondue avec les troncs des arbres, la camouflant momentanément. Sa panique s'apaisant, il centra son regard.

Honoria le sentit — elle leva la tête et le vit, toujours torse nu, l'image même d'un flibustier, l'observant, immobile, l'irritation présente sur chaque trait. Leurs regards s'affrontèrent. Une seconde plus tard, elle rompit le lien. Nez en l'air, elle se déplaça gracieusement à sa droite et s'assit bien sagement sur le rondin.

Il patienta, calme regard vert perçant, puis, apparemment satisfait de la voir rester où elle avait été installée, il se dirigea vers l'écurie.

Honoria grinça des dents et se dit qu'il n'était pas important. Il était expert en manipulation — et en intimidation —, mais pourquoi cela devrait-il la déranger ?

Elle se rendrait à cette Maison qui lui appartenait, attendrait ses malles et partirait ensuite. Elle passerait le temps en rencontrant la duchesse douairière.

Au moins, elle avait résolu une partie du mystère qui la taraudait, elle avait fait la connaissance de son duc insaisissable. L'image qu'elle avait trimballée avec elle ces trois derniers jours — l'image peinte par lady Claypole — d'un pair doux, modeste et reclus, surgit dans son esprit. L'image ne concordait pas avec la réalité : le duc appelé Devil n'était pas doux ni modeste. C'était un tyran de première classe. Et en ce qui concernait la prétention de lady Claypole qu'il était pris dans ses filets, Madame rêvait.

Mais, au moins, elle avait rencontré son duc, même si elle devait encore apprendre son nom. Elle avait, cependant, une difficulté grandissante à croire que l'idée de se présenter à elle n'avait pas, à un moment donné au cours des quinze dernières heures, traversé son esprit. Ce qui était une pensée sur laquelle méditer.

Honoria se trémoussa, regrettant la perte de son jupon. Le rondin était rude et raboteux ; il creusait des marques douloureuses dans sa peau. Elle pouvait voir l'entrée de l'écurie ; d'après les ombres mouvantes, elle présuma que Devil sellait son démon de cheval. Vraisemblablement, il allait se rendre avec jusqu'à la Maison et envoyer une voiture pour elle et le corps de son cousin.

La fin de son aventure inattendue en vue, elle s'accorda un moment de réflexion. Quelque peu à son étonnement, il fut rempli de pensées sur Devil.

Il était dominateur, arrogant, autoritaire — la liste s'allongeait. Et encore. Toutefois, il était aussi d'une beauté frappante, il pouvait se montrer charmant lorsqu'il le souhaitait et, elle le soupçonnait, possédait un sens de l'humour diabolique à souhait. Elle en avait assez vu du duc pour lui accorder son respect et assez de l'homme pour sentir un attrait incontestable. Néanmoins, elle n'avait aucun désir de passer plus de temps qu'il fallait en compagnie d'un tyran surnommé Devil. Les gentlemen tels que lui étaient très bien — tant qu'ils n'étaient pas parents avec vous et gardaient une distance respectueuse.

Elle avait tiré cette conclusion ferme quand il réapparut, guidant Sulieman. L'étalon était ombrageux, l'homme grave. Honoria se leva pendant qu'il approchait.

S'arrêtant devant elle, il stoppa Sulieman à côté de lui ; avec le rondin placé immédiatement derrière elle, Honoria ne pouvait pas reculer. Avant qu'elle puisse se glisser sur le côté, Devil enroula les rênes autour d'un poing et tendit l'autre main vers elle.

Quand elle comprit son intention, elle était perchée d'une manière instable en amazone sur le dos de Sulieman. Elle haleta et referma ses mains sur le pommeau.

— Que *diable...*

Desserrant les rênes, Devil lui lança un froncement de sourcils impatient.

— Je vous amène à la Maison.

Honoria cligna des yeux — il avait une façon avec les mots qu'elle n'était pas certaine d'apprécier.

— Vous m'amenez chez *vous* — à la Maison ?

— La Maison Somersham.

Les rênes libérées, Devil tendit la main vers le pommeau. Avec Honoria montant devant lui, il n'avait pas l'intention de se servir des étriers.

Les yeux d'Honoria s'arrondirent.

— Attendez !

Le regard que lui jeta Devil ne pouvait être réussi que par un homme impatient.

— Quoi ?

— Vous avez oublié votre veste, elle est restée dans le cottage.

Honoria s'efforça de contenir sa panique, occasionnée par la pensée de son torse — nu — pressé contre son dos. Même à quinze centimètres dans son dos. À quinze centimètres de n'importe quelle partie de son corps.

— Vane l'apportera.

— Non ! Qui a déjà entendu parler d'un duc montant à cheval dans la campagne, torse nu ? Vous pourriez attraper froid — je veux dire…

Atterrée, Honoria réalisa qu'elle regardait dans des yeux vert pâle qui voyaient beaucoup plus qu'elle l'aurait cru.

Devil retint calmement son regard.

— Habituez-vous-y, conseilla-t-il.

Puis il sauta sur la selle derrière elle.

CHAPITRE 4

Le seul avantage qu'offrait la posture d'Honoria sur le dos de Sulieman fut que son bourreau, derrière elle, ne pouvait pas voir son visage. Malheureusement, il pouvait voir la rougeur lui tachant non seulement les joues, mais le cou. Il pouvait également sentir la raideur qui s'était emparée d'elle — tout juste surprenant — à l'instant où il avait atterri sur la selle derrière elle, l'avait enlacée d'un bras musclé et attirée contre lui.

Elle avait fermé les yeux dès le moment où il l'avait touchée ; la panique avait coupé son cri perçant. Pour la première fois de sa vie, elle pensa vraiment s'évanouir. La force d'acier l'entourant était irrésistible ; quand elle eut maîtrisé ses réactions enflammées et put fonctionner de nouveau rationnellement, ils quittaient la piste cavalière pour s'engager sur la route.

Regardant autour d'elle, elle baissa les yeux et serra le bras autour de sa taille. Il raffermit sa prise.

— Restez tranquille — vous ne tomberez pas.

Les yeux d'Honoria s'arrondirent. Elle *ressentait* chaque mot qu'il prononçait. Elle pouvait également sentir une chaleur pénétrante émanant de son torse, de ses bras, de ses cuisses ; partout où ils se touchaient, la peau d'Honoria brûlait.

— Ah…

Ils refaisaient le trajet qu'elle avait emprunté avec le cabriolet ; la courbe menant à la ligne droite était juste devant.

— La Maison Somersham est-elle votre résidence principale ?

— C'est mon foyer. Ma mère y demeure presque toute l'année.

Il n'y avait aucun duc de Somersham. Alors qu'ils empruntaient le virage, Honoria décida qu'elle en avait eu assez. Ses hanches, son derrière étaient coincés fermement entre ses cuisses dures comme le roc.

Ils étaient extrêmement proches, pourtant, elle ne connaissait même pas son nom.

— Quel est votre titre ?

— Mes titres.

L'étalon tenta de virer du côté de la route, mais il fut maintenu sans pitié sur sa voie.

— Duc de St-Ives, marquis d'Earith, comte de Strathfield, vicomte Wellsborough, vicomte Moreland…

Le récital continua ; Honoria s'appuya contre son bras afin de pouvoir voir son visage. Quand les titres cessèrent de tomber de ses lèvres, ils avaient dépassé le lieu de la tragédie de la veille et prenaient le prochain coude. Il baissa les yeux ; elle plissa les paupières vers lui.

— En avez-vous fini ?

— En fait, non. C'est la litanie que l'on m'a enfoncée dans la tête dès ma plus tendre enfance. Il y a des ajouts plus récents, mais je n'ai jamais appris quelle était leur place.

Il baissa de nouveau le regard — Honoria le dévisagea à son tour d'un air ébahi. Elle avait enfin compris le lien qui lui échappait.

« Les Cynster possèdent St-Ives. » C'était une phrase de la rime que sa mère lui avait enseignée, énumérant les plus anciennes familles de la haute société. Et si les Cynster possédaient encore St-Ives, cela signifiait… Brusquement, elle se concentra sur les traits finement ciselés de l'homme la tenant si facilement devant lui.

— Vous êtes *Devil Cynster* ?

Ses yeux rencontrèrent les siens ; quand elle continua à le fixer avec une accusation abasourdie, un sourcil noir se souleva avec arrogance.

— Vous voulez une preuve ?

Une preuve ? De quelle preuve pouvait-elle avoir besoin ? Un regard à ses yeux omniscients et sans âge, à ce visage affichant une force d'acier parfaitement fusionnée avec une sensualité débordante suffisait à calmer tous les doutes. Brusquement, Honoria regarda droit devant elle ; son esprit qui était parti en vrilles plus tôt se déchaînait carrément à présent.

Les Cynster — l'aristocratie ne serait pas pareil sans eux. Ils étaient une race à part — sauvages, hédonistes, imprévisibles. En compagnie de ses propres aïeux, ils avaient traversé la Manche avec le Conquérant ; pendant que ses ancêtres à elle cherchaient le pouvoir à travers la politique et la finance, les Cynster avaient poursuivi le même but par d'autres moyens plus directs. Ils étaient et avaient toujours été des guerriers par excellence — forts, courageux, intelligents — des hommes nés pour diriger. Au cours des siècles, ils s'étaient lancés dans n'importe quel combat presque gagné d'avance avec une passion intrépide qui portait tout adversaire sain d'esprit à y réfléchir à deux fois. Par conséquent, chaque roi depuis William avait eu la sagesse d'apaiser les puissants seigneurs de St-Ives. Heureusement, par quelque étrange bizarrerie de la nature, les Cynster étaient aussi passionnés par la terre qu'ils l'étaient à propos de la guerre.

Ajouté à cela, qu'il s'agisse du destin ou de la chance pure, leur héroïsme sous les armes n'avait d'égal que leur troublante habileté à survivre. À la suite de Waterloo, alors que tant de familles de la noblesse en comptaient le coût, un dicton avait fait son chemin, né d'une admiration réticente. Les Cynster, disait-on, étaient invincibles ; sept étaient allés au champ de bataille et les sept étaient revenus, vigoureux et entiers, avec à peine une égratignure.

Ils étaient également arrogants, une caractéristique alimentée par le fait qu'ils étaient, globalement, aussi talentueux qu'ils croyaient eux-mêmes l'être, une situation qui créait chez les mortels moins favorisés un certain respect accordé à contrecœur.

Non que les Cynster exigeaient le respect — ils l'acceptaient simplement comme leur dû.

Si seulement la moitié des histoires racontées étaient vraies, la génération contemporaine était aussi sauvage, hédoniste et imprévisible que chaque Cynster l'avait été. Et le présent chef de famille était le plus sauvage, le plus hédoniste et le plus imprévisible d'eux tous. L'actuel duc de St-Ives — celui qui l'avait jetée sur sa selle et avait déclaré qu'il l'amenait à la Maison. Le même homme qui lui avait dit de s'habituer à son torse nu. L'autocrate aux airs de pirate qui avait sans ciller décrété qu'elle serait sa duchesse.

Honoria songea soudain qu'elle faisait trop de suppositions. Les affaires ne se déroulaient peut-être pas tout à fait comme elle l'avait pensé. Non que cela fut important — elle savait où la vie la menait. En Afrique. Elle s'éclaircit la gorge.

— La prochaine fois que vous les rencontrerez, les filles Claypole pourraient se révéler difficiles — elles sont, je suis désolée de le dire, les filles de leur mère.

Elle le sentit hausser les épaules.

— Je vais vous laisser vous occuper d'elles.

— Je ne serai pas ici.

Elle émit sa déclaration fermement.

— Nous habiterons ici assez souvent — nous passerons une partie de l'année à Londres et dans mes autres domaines, mais la Maison sera toujours notre foyer. Cependant, vous n'avez pas besoin de vous inquiéter pour moi, je ne suis pas assez stupide pour affronter les aspirantes locales déçues sans profiter de vos jupes.

— Je vous demande pardon ?

Se tournant, Honoria le dévisagea.

Il rencontra brièvement son regard ; ses lèvres formèrent un sourire en coin.

— Pour me cacher derrière.

La tentation était trop grande — Honoria leva un sourcil arrogant.

— Je pensais que les Cynster étaient invincibles.

Son sourire fut bref et éclatant.

— Le truc est de ne pas s'exposer au feu ennemi sans nécessité.

Frappée par la force de ce sourire fugitif, Honoria cligna des yeux et se tourna brusquement vers l'avant. Il n'y avait, après tout, aucune raison pour elle non plus de l'affronter *lui* sans nécessité. Puis elle réalisa qu'elle avait été déconcentrée.

— Je déteste démolir votre défense, mais je serai partie dans quelques jours.

— J'hésite à vous contredire, lui parvint un murmure ronronnant juste au-dessus de son oreille gauche, mais nous allons nous marier. Par conséquent, vous n'allez nulle part.

Honoria grinça des dents pour contrer les picotements frissonnants qui lui parcoururent l'échine. Tournant la tête, elle regarda directement dans ses yeux hypnotiques.

— Vous avez dit cela uniquement pour mettre des bâtons dans les roues de lady Claypole.

Quand il ne répondit pas, se contentant de rencontrer posément son regard, elle fixa la route devant eux, haussant les épaules avec morgue.

— Vous n'êtes pas un gentleman de me taquiner ainsi.

Le silence qui suivit fut précisément calculé pour lui mettre les nerfs à vif. Elle le sut lorsqu'il parla, sa voix profonde, basse, comme du velours noir.

— Je ne taquine jamais — du moins pas verbalement. Et je ne suis pas un gentleman, je suis un aristocrate, une différence, je m'en doute, que vous comprenez très bien.

Honoria savait ce qu'elle devait comprendre — son ventre tremblait d'une manière très gênante —, mais elle n'était pas sur le point de se rendre.

— Je ne vous épouserai pas.

— Si vous pensez cela, ma chère miss Anstruther-Wetherby, j'ai peur que vous n'ayez négligé de considérer un certain nombre de faits.

— Tels que ?

— Telle que la nuit dernière, que nous avons passée sous le même toit, dans la même pièce, sans chaperon.

— Sauf un homme mort, votre cousin, dont tout le monde doit savoir que vous l'aimiez beaucoup. Avec son corps allongé sur le lit, personne n'imaginera qu'il se soit passé quoi que ce soit de fâcheux.

Convaincue qu'elle avait joué une carte gagnante, Honoria ne fut pas étonnée par le silence qui suivit.

Ils émergèrent des arbres sous la lumière vive d'un matin de fin d'été. Il était tôt ; l'air frais de la nuit devait encore se dissiper. La piste suivait un fossé rempli d'eau. Devant, une rangée d'arbres noueux était disposée sur leur chemin.

— J'avais eu l'intention de vous demander de ne pas mentionner comment nous avions découvert Tolly. Sauf, évidemment, à la famille et au magistrat.

Honoria fronça les sourcils.

— Que voulez-vous dire ?

— J'aimerais mieux que l'on croit que nous l'avons trouvé ce matin et déjà mort.

Honoria pinça les lèvres et vit sa défense s'évaporer. Mais elle pouvait difficilement refuser la demande, particulièrement parce que cela n'avait aucune importance.

— Très bien. Mais, pourquoi ?

— Le sensationnalisme sera déjà assez mauvais quand on apprendra qu'il a été tué par un bandit de grand chemin. J'aimerais mieux épargner à ma tante, et à vous, autant de questions qui s'ensuivront que possible. Si l'on apprend qu'il a vécu après coup et que nous l'avons trouvé avant sa mort, vous serez soumise à une enquête chaque fois que vous vous montrerez en public.

Elle pouvait difficilement le nier — la haute société adorait les ragots.

— Pourquoi ne pouvons-nous pas dire qu'il était déjà mort lorsque nous l'avons trouvé hier ?

— Parce qu'alors, c'est plutôt difficile d'expliquer pourquoi je ne suis pas simplement parti avec le corps et rentré à la maison, vous soulageant de ma présence dangereuse.

— Étant donné que vous semblez imperméable aux intempéries, pourquoi n'êtes-vous pas parti après sa mort ?

— C'était déjà trop tard.

Parce que le dommage à sa réputation avait déjà été fait ? Honoria se renfrogna. Entre les arbres, elle pouvait voir un mur de pierres, clôturant vraisemblablement le parc. Au-delà, elle aperçut une vaste demeure, le toit et les fenêtres les plus hautes visibles au-dessus de grandes haies.

— En tout cas, déclara-t-elle, sur un point, lady Claypole avait entièrement raison — il n'y a aucun besoin d'en faire toute une histoire.

— Oh ?

— C'est une affaire simple. Comme lady Claypole ne me donnera pas de recommandation, votre mère pourrait-elle s'en charger ?

— Je pense que c'est improbable.

— Pourquoi ? demanda Honoria en se contorsionnant pour se retourner. Elle saura qui je suis, exactement comme vous l'avez su !

Des yeux vert pâle rencontrèrent les siens.

— C'est pour cela.

Elle aurait souhaité que plisser les yeux dans sa direction eût un effet sur lui — elle essaya tout de même.

— Dans les circonstances, j'aurais pensé que votre mère ferait tout ce qu'elle peut pour m'être utile.

— Je suis certain qu'elle le fera — c'est précisément pourquoi elle ne lèvera pas un doigt pour vous aider à trouver une nouvelle place de gouvernante.

Réprimant un grognement, Honoria se tourna vers l'avant.

— Elle ne peut pas être aussi guindée.

— Je ne me rappelle pas qu'on l'ait un jour décrite ainsi.

— Je pense plutôt que quelque part au nord serait sage — le Lake District, peut-être ?

Il soupira — Honoria le sentit jusque dans les orteils.

— Ma chère miss Anstruther-Wetherby, laissez-moi clarifier quelques détails. Premièrement, le récit de notre nuit passée ensemble, seuls dans le cottage de mon forestier, sortira — rien n'est plus sûr. Peu importe toutes les recommandations formelles lancées par son époux exploité, lady Claypole ne sera pas capable de résister à l'envie de raconter à ses plus chères amies le récent scandale impliquant le duc de St-Ives. Tout cela dans la plus grande confidentialité, bien sûr, ce qui garantira que l'histoire circule dans tous les coins du comté. Après cela, votre réputation vaudra moins que le quart d'un ancien penny. Peu importe ce qu'elles disent devant vous, pas une seule âme ne croira en votre innocence. Vos chances d'obtenir un poste dans une maison d'un rang suffisant pour apaiser l'esprit de votre frère sont nulles en ce moment.

Honoria jeta un regard mauvais aux arbres, s'approchant de plus en plus.

— Je prends la permission de vous informer, monsieur le duc, que je suis loin d'être une jeune fille inexpérimentée. Je suis une femme mature avec une expérience raisonnable — pas une cible facile.

— Malheureusement, ma chère, vous embrouillez votre cause et votre effet. Si vous aviez, en effet, été une gamine au visage juvénile tout juste sortie de sa salle de classe, peu imagineraient que j'aurais fait autre chose que dormir hier soir. Dans l'état actuel des choses…

Il marqua une pause, ralentissant Sulieman alors qu'ils approchaient des arbres.

— Il est bien connu que je préfère un défi plus stimulant.

Dégoûtée, Honoria s'indigna :

— C'est ridicule, il n'y avait même pas de lit.

Le torse derrière elle trembla, puis s'immobilisa.

— Faites-moi confiance — il n'y a aucune nécessité d'avoir un lit.

Honoria pressa les lèvres et jeta un regard furieux sur le sentier qui cheminait dans le bosquet ; au-delà s'élevait le mur de pierres, trente centimètres d'épaisseur et sept mètres de hauteur.

Un passage voûté donnait sur une avenue bordée de peupliers. À travers les feuilles mouvantes, elle aperçut la maison, encore à quelques distances à gauche. Elle était immense — un long bloc central avec des ailes perpendiculaires de chaque côté, comme un E sans le trait du centre. Un vaste complexe d'écuries était disposé directement devant.

La proximité de la demeure la poussa à parler.

— Je suggère, monsieur le duc, que nous acceptions d'être en désaccord sur la conséquence probable de la nuit dernière. Je salue votre inquiétude, mais je ne vois aucune raison de me lier par le mariage pour éviter quelques mois de médisances. Étant donné votre réputation, vous pouvez difficilement discuter.

Cela, lui semblait-il, était une touche joliment éloquente.

— Ma chère miss Anstruther-Wetherby.

Son ronronnement doux et absolument fatal résonna dans son oreille gauche ; des picotements descendirent dans sa colonne vertébrale.

— Laissez-moi émettre une déclaration parfaitement claire. Je n'ai pas l'intention de discuter. Vous, une Anstruther-Wetherby, avez été compromise à l'issue de cette affaire, peu importe que ce soit innocemment, par moi, un Cynster. Il n'y a, par conséquent, aucun doute sur le résultat ; ainsi, il ne peut y avoir aucune discussion.

Honoria grinça des dents si fortement que sa mâchoire lui fit mal. L'effort pour réprimer le frisson que son murmure ronronnant avait provoqué la gêna tout le long du chemin jusqu'à l'entrée en arc des écuries. Ils passèrent dessous. Les sabots de Sulieman claquaient sur les pavés ronds. Deux palefreniers arrivèrent en courant, mais stoppèrent net juste avant l'endroit où Devil ramena son coursier noir au pas.

— Où est Melton ?

— Pas encore dans les environs, Vot' Seigneurie.

Honoria entendit son sauveteur — ou était-ce son ravisseur ? — jurer dans sa barbe. Sans aucun avertissement, il descendit de cheval en ramenant sa jambe par-dessus le pommeau, entraînant Honoria avec lui au sol. Elle n'eut pas le temps de hurler.

Reprenant son souffle, elle réalisa que ses pieds n'avaient pas encore touché terre — il la tenait immobile, fermement coincée contre lui ; un autre frisson menaça. Elle inspira pour lancer une protestation — à cet instant, il la déposa doucement.

Lèvres pressées, Honoria épousseta ses jupes avec morgue. Se redressant, elle se tourna vers lui — il lui prit la main, attrapa les rênes et se dirigea vers les écuries, les remorquant, elle et son démon noir, derrière lui.

Honoria ravala sa plainte ; elle aimait mieux l'accompagner que faire le pied de grue dans la cour, une proie pour la curiosité de ses palefreniers. L'obscurité, remplie des odeurs familières du foin et des chevaux, l'engloutit.

— Pourquoi vos palefreniers ne peuvent-ils pas le brosser ?

— Ils ont trop peur de lui. Seul le vieux Melton peut le maîtriser.

Honoria observa Sulieman — le cheval la regarda calmement en retour.

Son maître s'arrêta devant une grande stalle. Libérée, Honoria s'appuya contre la porte. Bras croisés, elle réfléchit à sa fâcheuse situation pendant qu'elle regardait son ravisseur — elle était de plus en plus convaincue que c'était une description plus juste de lui — bouchonner son coursier redoutable.

Ses muscles se contractèrent et se détendirent ; le spectacle était positivement hypnotisant. Il lui avait dit de s'y habituer ; elle doutait de réussir un jour. Il se pencha, puis se redressa avec fluidité et se déplaça de l'autre côté du cheval ; son torse apparut. Honoria prit une lente respiration — puis il surprit son regard.

Pendant un instant, leurs yeux s'accrochèrent, puis Honoria détourna les siens, tout d'abord vers des articles de sellerie suspendus le long du mur de l'écurie, puis en haut vers les poutres, se morigénant en son for intérieur pour sa réaction, souhaitant simultanément avoir un éventail en main.

Il n'était jamais sage de s'embrouiller avec les autocrates mais, comme elle n'avait pas le choix, elle devait se rappeler que c'était positivement fatal de reconnaître qu'il avait un certain pouvoir sur elle.

Décidée à ne pas s'en laisser remontrer, elle ramena son esprit à l'ordre. S'il croyait que l'honneur exigeait qu'il l'épouse, elle devait adopter une tactique différente. Elle fronça les sourcils.

— Je ne vois pas comment cela pourrait être juste que, simplement parce que j'ai été surprise par l'orage et me suis mise à l'abri dans le même cottage que vous, je doive donner une nouvelle direction à ma vie. Je ne suis pas une spectatrice passive attendant que le prochain événement se produise — j'ai des plans !

Devil leva les yeux.

— Monter à cheval à l'ombre du Grand Sphinx ?

Il pouvait tout à fait l'imaginer sur un chameau — avec une horde de chefs berbères rôdant autour, qui lui ressemblaient remarquablement et pensaient aussi comme lui.

— Exactement. Et j'envisage d'aller aussi explorer la Côte d'Ivoire, un autre endroit excitant, selon ce que j'ai entendu.

Des pirates barbares et des marchands d'esclaves. Devil se débarrassa de la brosse à étriller et épousseta ses mains sur sa culotte de cheval.

— Vous devrez vous contenter de devenir une Cynster. Personne n'a jamais suggéré qu'il s'agissait d'une existence banale.

— Je ne vais pas vous épouser.

Ses yeux lançant des éclairs, et la position de son menton déclaraient que son idée d'Anstruther-Wetherby était faite ; Devil savait qu'il allait sérieusement aimer chaque minute qu'il lui faudrait pour la lui faire changer. Il marcha vers elle.

D'une manière prévisible, elle ne recula pas d'un centimètre, quoiqu'il vît ses muscles s'immobiliser contre cette impulsion. Sans interrompre son enjambée, il referma les mains autour de sa taille et la souleva, la déposant le dos contre le mur de la stalle. Avec une modération louable, il retira ses mains, posa l'une au haut de la porte à moitié fermée et appuya l'autre, paume à plat, sur le mur à côté de l'épaule d'Honoria.

Emprisonnée, elle lui jeta un regard furieux ; il essaya de ne pas voir comme ses seins se soulevaient alors qu'elle inspirait profondément. Il parla avant qu'elle puisse le faire.

— Qu'avez-vous contre la proposition ?

Honoria garda les yeux fixés sur les siens — debout comme il l'était, sa nudité masculine remplit tout son champ de vision. Une fois que son cœur eut cessé de battre si bruyamment, elle leva les sourcils avec arrogance.

— Je n'ai aucun désir de me marier à cause d'une règle sociale vieillotte.

— C'est l'ensemble de vos objections ?

— Eh bien, il y a l'Afrique, bien sûr.

— Oubliez l'Afrique. Y a-t-il une raison autre qui, selon votre avis, constitue un obstacle à notre mariage ?

Son arrogance, son autoritarisme, sa domination incessante — son torse. Honoria fut tentée de commencer en haut de sa liste et de poursuivre jusqu'à la fin. Cependant, pas une de ses oppositions ne posait d'obstacle grave à leur mariage. Elle fouilla ses yeux à la recherche d'un indice quant à sa meilleure réponse, fascinée de nouveau par leur remarquable clarté. Ils étaient comme des flaques cristallines d'eau vert pâle, d'émotions, de réflexions, brillantes comme des poissons couleur vif-argent dans leurs profondeurs.

— Non.

— Bien.

Elle entrevit une certaine émotion — était-ce du soulagement ? — dans ses yeux avant que ses lourdes paupières la dissimulent à la vue. Se redressant, il attrapa sa main et se dirigea vers la porte de l'écurie. Réprimant un juron, elle agrippa ses jupes et allongea le pas. Il alla vers l'entrée principale voûtée ; au-delà était installée la maison, paisible sous le soleil du matin.

— Vous pouvez apaiser votre esprit, miss Anstruther-Wetherby.

Il baissa brièvement le regard, les traits de son visage durs comme le granite.

— Je ne vous épouse pas à cause d'une règle sociale. C'est, quand on y songe, une idée absurde. Les Cynster, comme vous le savez bien, n'en ont rien à faire des règles sociales. La société, en ce qui nous concerne, peut penser ce qu'elle veut — elle ne nous dirige pas.

— Mais… si c'est le cas — et compte tenu de votre réputation, je peux aisément croire que ce l'est — pourquoi insister pour m'épouser ?

— Parce que je le veux.

Les mots furent présentés comme la réponse la plus manifestement évidente à une question simple. Honoria retint sa mauvaise humeur.

— Parce que vous le *voulez* ?

Il hocha la tête.

— C'est tout ? Simplement parce que vous le voulez ?

Le regard dont il la gratifia fut calculé pour la foudroyer.

— Pour un Cynster, il s'agit d'une raison parfaitement adéquate. En fait, pour un Cynster, il n'y a pas de meilleure raison.

Il regarda de nouveau vers l'avant ; Honoria lança un regard furieux à son profil.

— C'est ridicule. Vous m'avez vue pour la première fois hier et aujourd'hui, vous voulez m'épouser ?

Encore une fois, il hocha la tête.

— Pourquoi ?

Le regard qu'il lui lança fut trop bref pour qu'elle puisse l'interpréter.

— Il se trouve que j'ai besoin d'une femme et que vous êtes la candidate parfaite.

Sur ce, il changea de direction et allongea le pas encore davantage.

— Je ne suis pas un cheval de course.

Les lèvres de Devil formèrent une ligne mince, mais il ralentit juste assez pour qu'elle n'ait pas besoin de courir. Ils avaient atteint un chemin en gravier qui encerclait la résidence. Il fallut à Honoria un moment pour rejouer ses mots, un autre pour voir leur faiblesse.

— C'est quand même ridicule. La moitié de la population féminine du comté doit attendre d'attraper votre mouchoir chaque fois que vous soufflez dedans.

Il ne jeta même pas un regard vers elle.

— Au moins la moitié.

— Alors, pourquoi moi ?

Devil songea à le lui dire — avec des détails explicites. Au lieu de cela, il grinça des dents et grogna :

— Parce que vous êtes unique.

— *Unique ?*

Unique en ce sens qu'elle argumentait. Il stoppa, leva les yeux au ciel pour demander en silence la force suffisante de traiter avec une Anstruther-Wetherby, puis baissa les yeux et l'emprisonna de son regard.

— Laissez-moi vous présenter les choses ainsi — vous êtes une attirante femelle Anstruther-Wetherby avec qui j'ai passé une nuit entière en privé — et je ne vous ai pas encore mise dans mon lit.

Il sourit.

— Je suppose que vous préféreriez que nous soyons d'abord mariés ?

L'expression abasourdie qu'il vit dans ses yeux fut un baume pour son âme. Les orbes gris, fixés sur les siens, s'élargirent — puis s'élargirent encore plus. Il savait ce qu'elle voyait : le désir pur qui brûlait en lui devait certainement illuminer ses yeux.

Il s'attendait pleinement à ce qu'elle se laisse aller à un charabia incohérent, inefficace et décousu. Au lieu de quoi, elle se libéra soudainement de sa poigne, cligna des yeux, inspira rapidement et le regarda en fronçant les sourcils.

— Je ne vous épouse pas simplement pour pouvoir aller au lit avec vous. Je veux dire…

Elle s'interrompit et rectifia en haletant.

— Afin que vous puissiez aller au lit avec moi.

Devil regarda la couleur révélatrice lui monter aux joues. Farouchement, il hocha la tête.

— Bien.

Resserrant sa prise sur la main d'Honoria, il se retourna et continua son chemin avec raideur.

Tout le trajet depuis le cottage, elle changea de position et se tortilla pour se libérer de lui ; quand ils avaient rejoint l'écurie, il était douloureusement excité. Comment il avait réussi à ne pas la jeter sur la paille pour soulager sa douleur, il l'ignorait totalement. Toutefois, il avait maintenant un fort mal de tête et s'il ne continuait pas à avancer — à la faire avancer — la tentation pourrait encore avoir le dessus.

— Vous, déclara-t-il alors qu'ils viraient au coin de la maison, pouvez m'épouser pour une panoplie de motifs logiques et socialement acceptables. *Je* vais vous épouser pour vous mettre dans mon lit.

Il sentit son regard meurtrier.

— C'est — doux Jésus !

Honoria s'arrêta ; clouée sur place, elle écarquilla les yeux. La Maison Somersham se déployait devant elle, baignant sous le soleil matinal. Vaste, construite avec des pierres couleur de miel au moins cent ans auparavant, elle s'étalait élégamment devant elle ; une résidence mature et gracieuse surplombant une large pelouse. Elle fut vaguement consciente du lac au fond de la pelouse, des chênes flanquant l'allée courbée, du mur de pierres par-dessus lequel un rosier blanc tombait en cascade, la rosée scintillant sur les fleurs parfumées. Le cancanage des canards était poussé par le vent depuis le lac ; l'air était frais et portait l'odeur piquante du gazon coupé. Toutefois, ce fut la demeure elle-même qui retint son attention. Durable, accueillante, il y avait de la noblesse dans chaque ligne, néanmoins, les bords tranchants étaient tempérés, adoucis par les années. Des rayons de soleil miroitaient sur une succession de fenêtres à petits carreaux ; d'immenses portes à double battant en chêne étaient encadrées par un portique de conception classique. Comme une belle femme adoucie par l'expérience, sa résidence faisait signe d'approcher, séduisait.

Il proposait de faire d'elle la maîtresse de tout ceci.

La pensée lui traversa l'esprit ; même si elle savait qu'il l'observait, elle s'accorda un moment pour imaginer, pour s'étendre sur ce qui pouvait être. Elle était née, avait été éduquée et formée pour ceci. Ce qui aurait dû représenter son destin se trouvait devant elle. Cependant, devenir sa duchesse signifierait risquer…

Non ! Elle se l'était promis — jamais plus.

Fermant mentalement les yeux sur la maison, sur la tentation, elle inspira une bouffée d'air et aperçut les armoiries blasonnées sur la pierre de la façade du portique ; un bouclier arborant un cerf galopant sur un sol de fleur de lis. Sous le bouclier courait un large ruban de pierre portant une inscription gravée. Les mots étaient en latin — il lui fallut un moment pour traduire.

— Posséder… et chérir ?

Des doigts durs se refermèrent sur les siens.

— La devise de la famille Cynster.

Honoria leva les yeux au ciel. Force irrésistible, il l'attira vers les marches.

— Où m'amenez-vous ?

Une vision de coussins de soie et de rideaux de gaze — la tanière privée d'un pirate — surgit dans son esprit.

— Voir ma mère. À propos, elle préfère qu'on s'adresse à elle en l'appelant douairière.

Honoria fronça les sourcils.

— Mais vous n'êtes pas marié.

— Pas encore. C'est sa manière subtile de me rappeler mon devoir.

Subtile. Honoria se demanda comment la douairière — sa mère, après tout — procéderait si elle souhaitait marquer un point avec force. Peu importe, il était plus que temps de prendre position. Ce serait imprudent de passer le seuil de sa maison — au-delà duquel, elle n'en avait pas le moindre doute, il régnait comme un roi — sans en arriver à un certain arrangement sur leur relation future, ou absence de ladite relation.

Ils atteignirent la galerie ; il s'arrêta devant les portes et la libéra. Lui faisant face, Honoria se redressa.

— Monsieur le duc, nous devons…

Les portes s'ouvrirent vers l'intérieur, tenues majestueusement grandes ouvertes par un majordome, l'un des plus imposants de son espèce. Flouée de son moment, Honoria réussit tout juste à ne pas lui jeter un regard noir.

Les yeux du majordome s'étaient tournés vers son maître ; son sourire était sincèrement affectueux.

— Bonjour, Votre Seigneurie.

Son maître hocha la tête.

— Webster.

Honoria tint bon. Elle n'allait pas traverser le seuil de sa porte jusqu'à ce qu'il lui reconnaisse le droit d'ignorer — comme il le faisait chaque fois que cela lui convenait — les conventions de la société.

Il se déplaça pour se tenir à côté d'elle, lui faisant signe de le précéder. Simultanément, Honoria sentit sa main à l'arrière de sa taille. Sans jupon, une seule couche de tissu séparait sa peau de sa paume dure. Il n'appliqua pas beaucoup de pression ; au lieu de cela, fouillant de manière engageante, sa main voyagea lentement, très lentement, vers le bas. Quand elle atteignit la courbe de ses fesses, Honoria inspira rapidement et passa vite le seuil.

Il la suivit.

— Voici miss Anstruther-Wetherby, Webster.

Il regarda de son côté ; Honoria aperçut la victoire dans ses yeux.

— Elle restera avec nous. Ses malles devraient arriver ce matin.

Webster s'inclina.

— Je vais faire monter vos affaires à votre chambre, mademoiselle.

Avec raideur, Honoria inclina la tête — son cœur palpitait encore dans sa gorge ; sa peau semblait chaude et froide dans les endroits les plus étranges. Elle ne pouvait pas critiquer le comportement du majordome ; il ne semblait pas surpris par le manque d'habit de son maître. Était-elle la seule à trouver que son torse nu était si remarquable ? Réprimant une envie de renifler avec incrédulité, elle releva le nez de quelques centimètres de plus et regarda le hall d'entrée.

L'impression créée par l'extérieur se poursuivait à l'intérieur. Un sentiment d'élégance s'étendait dans le vestibule à plafond haut, éclairé par la lumière du soleil se déversant par le vasistas et les fenêtres flanquant les portes d'entrée. Les murs étaient tapissés — des fleurs de lis bleues sur fond ivoire ; le lambris, tout en chêne pâle, brillait doucement. Jumelé avec les carreaux bleu et blanc, le décor dégageait une atmosphère aérée, dépouillée. Des marches de chêne ciré, leur rampe richement sculptée, menaient à l'étage par une longue volée droite, puis se divisaient en deux, les deux bras menant à la galerie supérieure.

Webster était en train d'informer son maître de la présence de ses cousins. Devil hocha la tête avec brusquerie.

— Où est la douairière ?

— Dans le petit salon, Votre Seigneurie.

— Je vais lui amener miss Anstruther-Wetherby. Attendez-moi.

Webster s'inclina.

Le démon la regarda. Avec une grâce languissante qui lui mettait les nerfs en pelote, il lui fit signe de l'accompagner. Elle tremblait encore à l'intérieur — elle se dit que c'était dû à l'indignation. Tête haute, elle avança dans le vestibule avec élégance.

L'ordre à son majordome de l'attendre lui avait rappelé ce que leur dispute avait chassé de son esprit. Alors qu'ils approchaient de la porte du petit salon, il apparut à Honoria qu'elle avait peut-être discuté sans aucune raison. Devil tendit la main vers la poignée de la porte, ses doigts se refermant sur ceux d'Honoria — elle tira. Il leva le regard, l'impatience naissante dans les yeux.

Elle sourit d'une manière compréhensive.

— Je suis désolée — j'avais oublié. Vous devez être tout à fait troublé par la mort de votre cousin.

Elle parlait doucement, d'une manière apaisante.

— Nous pouvons discuter de tout ceci plus tard, mais il n'y a vraiment aucune raison pour nous de nous marier. Je crois bien qu'une fois le traumatisme passé, vous verrez les choses comme moi.

Il retint son regard, ses yeux aussi vides que son expression. Puis ses traits se durcirent.

— N'y comptez pas.

Sur ce, il ouvrit largement la porte et la fit entrer. Il suivit, refermant la porte derrière lui.

Une femme menue, cheveux noirs striés de gris, était assise sur un fauteuil devant l'âtre, un cerceau portant un ouvrage de broderie posé sur ses cuisses. Elle leva la tête, puis sourit — le sourire le plus merveilleusement accueillant que n'avait jamais vu Honoria — et tendit la main.

— Te voilà, Sylvester. Je me demandais où tu étais passé. Et qui est cette personne ?

Les origines françaises de sa mère résonnaient clairement dans son accent ; elles se voyaient également dans sa coloration, dans les cheveux qui avaient un jour été aussi noirs que ceux de son fils combinés à un teint d'albâtre, dans les mouvements rapides et gracieux de ses mains, dans ses traits animés et dans la candeur du regard évaluateur qui balaya Honoria.

Regrettant amèrement ses jupes hideusement froissées, Honoria garda la tête haute pendant qu'elle était remorquée à travers la pièce. La douairière n'avait même pas cligné des yeux devant le torse nu de son fils.

— Maman.

Honoria fut étonnée de voir son ravisseur diabolique se pencher et embrasser la joue de sa mère. Elle accepta l'hommage comme son dû ; quand il se redressa, elle le dévisagea avec un regard interrogateur tout aussi impérieux et arrogant que celui de son fils. Il le rencontra affablement.

— Vous m'avez dit de vous amener votre successeure à l'instant où je la trouverais. Permettez-moi de vous présenter miss Honoria Prudence Anstruther-Wetherby.

Brièvement, il regarda Honoria.

— La duchesse douairière de St-Ives.

Se retournant vers sa mère, il ajouta :

— Miss Anstruther-Wetherby résidait avec les Claypole — ses malles arriveront sous peu. Je vous laisse afin que vous puissiez faire connaissance.

Avec le plus bref des hochements de tête, il s'exécuta, refermant la porte derrière lui avec fermeté. Abasourdie, Honoria jeta un coup d'œil à la douairière et elle fut contente de voir qu'elle n'était pas la seule avec le regard figé.

Puis la douairière leva les yeux et sourit doucement, de manière accueillante, à peu près comme elle avait souri à son fils. Honoria sentit la chaleur toucher son cœur. L'expression de la douairière était compréhensive, encourageante.

— Venez, ma chère. Asseyez-vous.

La douairière agita la main vers un divan à côté de son fauteuil.

— Si vous avez dû traiter avec Sylvester, vous aurez besoin de vous reposer. Il est souvent très difficile.

Résistant à la tentation d'acquiescer énergiquement, Honoria se laissa choir dans le chintz.

— Vous devez pardonner à mon fils. Il est quelque peu…

La douairière marqua une pause, à l'évidence cherchant le bon mot. Elle grimaça.

— Tracassé.

— Je crois qu'il a l'esprit préoccupé par quelques affaires.

Les beaux sourcils de la douairière s'élevèrent.

— L'esprit ?

Puis elle sourit, les yeux pétillants quand ils se posèrent une nouvelle fois sur le visage d'Honoria.

— Mais, à présent, ma chère, comme l'a décrété mon fils si tracassé, nous allons faire connaissance. Et comme vous devez devenir ma belle-fille, je vais vous appeler Honoria, dit-elle en arquant encore une fois les sourcils. Est-ce correct ?

Son nom était devenu « Onoria » — la douairière ne réussissait pas à prononcer le *h* aspiré. Honoria lui rendit son sourire et évita la question principale.

— Si vous le souhaitez, madame.

Le sourire de la douairière devint radieux.

— Ma chère, je le souhaite de tout mon cœur.

CHAPITRE 5

Après une heure d'interrogatoire en finesse, Honoria échappa à la douairière, contente, bien qu'elle ait partagé l'histoire de sa vie, d'avoir réussi à éviter toute mention de la mort de Tolly. Conduite dans une suite élégante, elle se lava et se changea ; sa confiance en soi retrouvée, elle descendit — dans le chaos.

Le magistrat était arrivé ; pendant que Devil s'occupait de lui, Vane avait annoncé la nouvelle à la douairière. Quand Honoria entra dans le salon, la douairière était en plein déluge de réactions théâtrales. Bien que le chagrin fût certainement présent, il avait été surpassé par la fureur indignée.

Instantanément, la douairière la pria de lui donner des détails.

— Vous ne devez pas vous excuser de ne pas m'en avoir parlé plus tôt. Je sais exactement comment cela s'est passé — mon fils, ce mâle suprême, a cherché à me cacher l'affaire, tout Cynster qu'il est.

Invitée d'un geste à s'asseoir, Honoria obéit consciencieusement. Elle avait à peine terminé son récit quand le crissement des roues sur le gravier annonça la réapparition de Devil.

— Quel est le verdict ? demanda Vane.

Devil rencontra posément son regard.

— Mort d'une balle tirée par une personne inconnue. Possiblement un bandit de grand chemin.

— Un bandit de grand chemin ?

Honoria le dévisagea.

Devil haussa les épaules.

— Soit cela, soit un braconnier, dit-il en se retournant vers la douairière. J'ai envoyé chercher Arthur et Louise.

Lord Arthur Cynster et sa femme Louise, les parents de Tolly.

S'ensuivit une discussion détaillée sur qui il fallait aviser, les arrangements appropriés et comment recevoir la foule attendue, qui comprenait une proportion considérable de la haute société. Alors que Devil se chargeait des deux premiers aspects, l'organisation des chambres et de la préparation des repas revenaient à la douairière.

Malgré sa ferme intention de rester distante à l'égard de la famille de Devil, Honoria ne pouvait tout simplement pas rester sans agir et laisser un tel fardeau descendre sur les fragiles épaules de la douairière. Particulièrement pas quand elle était plus que compétente pour alléger ce poids. En tant qu'une Anstruther-Wetherby qui avait été présente lors de la mort de Tolly, peu importe que cela eût été à contrecœur, on s'attendrait à ce qu'elle assiste aux funérailles ; elle allait devoir demeurer à la Maison au moins jusqu'après cet événement. Cela étant, il n'y avait aucune raison de ne pas offrir son assistance. Par ailleurs, s'asseoir sans rien faire dans sa chambre pendant que toute la maisonnée courait frénétiquement serait totalement au-dessus de ses forces.

En quelques minutes, elle était plongée dans les listes — listes initiales, puis listes tirées des premières et en fin de compte listes de vérification. L'après-midi et la soirée passèrent dans une activité intense ; Webster et la gouvernante, une femme imposante connue sous le nom de madame Hull, coordonnaient l'exécution des directives de la douairière. Une armée de servantes et de valets de pied travailla pour ouvrir des chambres. Des aides venus des fermes à proximité s'entassèrent pour aider dans les cuisines et les écuries. Cependant, tout ce remue-ménage se déroulait à voix basse, dans une atmosphère lugubre ; aucun rire n'était entendu, aucun sourire n'était vu.

La nuit arriva, agitée, perturbée ; Honoria s'éveilla sur un jour morne. Une atmosphère funeste était tombée sur la Maison. Elle s'approfondit avec l'arrivée de la première voiture d'équipage.

La douairière l'accueillit, prenant sa belle-sœur en deuil sous son aile. Honoria s'en alla discrètement, ayant l'intention de chercher refuge dans le pavillon d'été. Elle était à mi-chemin sur la pelouse quand elle aperçut Devil, dirigeant Merryweather et un groupe d'hommes pour marquer la tombe. Devil l'avait vue ; Honoria s'arrêta.

Il quitta l'ombre à grands pas, ses longues jambes enfermées dans une culotte de cheval en peau de daim et des bottes hautes luisantes. Sa belle chemise blanche, ouverte sur la gorge, arborait des manches bouffantes et était couverte d'un gilet en cuir. Malgré sa tenue des moins conventionnelles, avec sa coloration sombre, il avait encore l'air impressionnant et pirate jusqu'au bout des ongles.

Son regard se déplaça rapidement sur elle, remarquant sa robe d'un doux gris lavande, une couleur convenable pour le demi-deuil. Son expression était figée, impassible, pourtant elle sentait son approbation.

— Votre oncle et votre tante sont arrivés.

Elle fit sa déclaration alors qu'il se trouvait encore à quelques mètres.

Un sourcil noir tressaillit ; Devil ne s'arrêta pas.

— Bonjour, Honoria Prudence.

S'emparant en douceur de sa main, il la posa sur son bras et la dirigea adroitement vers la maison.

— J'espère que vous avez bien dormi ?

— Parfaitement, merci.

Sans autre choix, Honoria marcha d'un bon pas à côté de lui. Elle réprima une envie de lui jeter un regard mauvais.

— Je ne vous ai pas accordé la permission d'utiliser mon prénom.

Devil regarda vers l'allée.

— Un oubli de votre part, mais je ne suis pas du genre à faire des façons. Je présume que Maman s'occupe de ma tante ?

Ses yeux dans les siens, Honoria hocha la tête.

— Dans ce cas, dit Devil en regardant devant, je vais avoir besoin de votre aide.

Un autre attelage drapé de crêpe arriva en vue, roulant lentement vers les marches.

— Cela doit être le jeune frère de Tolly et ses sœurs.

Il jeta un coup d'œil à Honoria ; elle expira et inclina la tête. Allongeant leurs foulées, ils atteignirent l'allée alors que la voiture s'arrêtait en oscillant.

La portière s'ouvrit à la volée ; un garçon sauta à terre. Yeux ronds, il leva un regard aveuglé vers la maison.

Puis il entendit leurs pas et se tourna vivement de leur côté. Mince, tremblant sous la tension, il leur fit face, le visage lessivé de toute couleur, les lèvres pincées. Ses yeux torturés flamboyèrent lorsqu'il reconnut l'un d'eux. Honoria le vit se raidir pour voler vers Devil, mais il conquit son impulsion et se redressa, déglutissant comme un homme.

Devil marcha à grandes enjambées jusqu'au garçon, abaissant une main sur son épaule et la pressant d'une manière réconfortante.

— Bon gars.

Il regarda dans la voiture, puis fit signe aux occupantes.

— Venez.

Il souleva d'abord une jeune fille sanglotant silencieusement, puis une autre et les déposa à terre. Les deux possédaient une avalanche de bouclettes châtaines et des teints délicats, marbrés en ce moment. Quatre immenses yeux bleus nageaient dans des flaques de larmes ; leurs silhouettes sveltes étaient secouées par les sanglots.

Elles avaient, évalua Honoria, environ seize ans — et elles étaient jumelles. Sans démonstration de timidité ou de peur, elles s'accrochaient à Devil, les bras refermés autour de sa taille.

Un bras entourant chacune d'elle, Devil les fit pivoter pour qu'elles la regardent.

— Voici Honoria Prudence — miss Anstruther-Wetherby, pour vous. Elle s'occupera de vous deux.

Il rencontra le regard d'Honoria.

— Elle sait ce que l'on ressent quand on perd quelqu'un qu'on aime.

Les deux filles et le garçon étaient trop bouleversés pour rendre la salutation prescrite. Honoria ne l'attendit pas, mais elle réagit promptement à son signal. Devil se détacha adroitement des bras des filles qui s'accrochaient ; s'avançant, Honoria prit sa place. Glissant un bras réconfortant autour de chacune des filles, elle les fit pivoter vers la maison.

— Venez, je vais vous accompagner à votre chambre. Vos parents sont déjà à l'intérieur.

Elles lui permirent de les guider en haut des marches. Honoria était consciente de leurs regards furtifs et curieux.

Sur la galerie, les deux filles marquèrent une pause, ravalant leurs larmes. Honoria jeta un rapide regard derrière et vit Devil, dos à elles, un bras drapé sur les épaules frêles du garçon, la tête penchée pendant qu'il s'adressait à lui. Se retournant, elle rassembla ses pupilles à présent tremblantes et les pressa d'avancer.

Les deux se rebiffèrent.

— Devrons-nous… je veux dire…

L'une d'elles leva les yeux sur Honoria.

— Devrons-nous le regarder ? s'obligea à dire la deuxième. Son visage est-il gravement endommagé ?

Le cœur d'Honoria se serra ; sa compassion — l'empathie depuis longtemps enfouie — monta.

— Vous n'aurez pas à le voir si vous ne le désirez pas.

Elle parla doucement, d'une manière rassurante.

— Mais, il a l'air merveilleusement paisible, exactement comme cela a toujours été le cas, j'imagine. Séduisant et tranquillement heureux.

Les deux filles la dévisagèrent, l'espoir dans les yeux.

— J'étais là lorsqu'il est mort, se sentit forcée d'ajouter Honoria.

— C'est vrai ?

Il y avait de la surprise et une touche de scepticisme juvénile dans leurs voix.

— Votre cousin était là aussi.

— Oh.

Elles jetèrent un coup d'œil à Devil, puis elles hochèrent toutes deux la tête.

— Et maintenant, nous ferions mieux d'aller vous installer.

Honoria regarda brièvement derrière ; une servante était descendue de la voiture ; des valets de pied s'étaient matérialisés et détachaient à présent des malles dans le coffre arrière et sur le toit.

— Vous voudrez vous nettoyer le visage et vous changer avant l'arrivée du reste de la famille.

Avec des reniflements et des sourires humides à l'endroit de Webster rencontré dans le vestibule, elles la laissèrent les amener à l'étage.

La chambre à coucher allouée aux filles était presque au fond d'une des ailes ; promettant de venir les chercher plus tard, Honoria les laissa aux soins de leur servante et redescendit.

Juste à temps pour accueillir les nouveaux arrivants.

Le reste de la journée s'écoula à toute vitesse. Des voitures se présentaient à l'entrée en un flot constant, déchargeant des matrones et des gentlemen aux cous raides et un nombre considérable de jeunes mâles.

Devil et Vane étaient partout, recevant les invités, répondant aux questions au pied levé. Charles était là, lui aussi, l'expression peu naturelle, le comportement guindé.

Postée près des marches, Honoria aidait la douairière à accueillir et à s'occuper de la famille et des amis assez intimes pour prétendre à une chambre dans la grande demeure. Ancrée aux côtés de son hôtesse, la gardienne des listes, elle se retrouva présentée aux autres par la douairière avec un air délicatement vague.

— Et voici miss Anstruther-Wetherby, qui me tient compagnie.

La cousine Cynster à qui cela s'adressait, échangeant des hochements de tête avec Honoria, parut immédiatement intriguée. Les conjectures brillaient dans les yeux de la femme imposante.

— Vraiment ? dit-elle en souriant avec une fausse timidité gracieuse. Je suis extrêmement ravie de faire votre connaissance, ma chère.

Honoria répondit par un murmure poli évasif. Elle n'avait pas envisagé de se retrouver dans cette délicate situation lorsqu'elle avait offert son assistance ; maintenant, elle ne pouvait pas décemment quitter son poste. Accrochant un sourire sur ses lèvres, elle résolut d'ignorer la manipulation éhontée de son hôtesse. La douairière, avait-elle déjà compris, était encore plus têtue que son fils.

L'exposition du corps pour la famille fut tenue tard cet après-midi-là ; se souvenant de sa promesse, Honoria alla chercher les sœurs de Tolly dans l'aile isolée.

Elles attendaient, pâles, mais posées, immensément vulnérables dans la mousseline noire. Honoria fit courir un regard expérimenté sur elles, puis hocha la tête.

— Ça ira.

Elles s'avancèrent avec hésitation, redoutant clairement ce qui allait suivre. Honoria sourit pour les encourager.

— Votre cousin a omis de me mentionner vos noms.

— Je suis Amelia, miss Anstruther-Wetherby.

La plus proche exécuta une petite révérence.

Sa sœur l'imita, avec autant de grâce.

— Je suis Amanda.

Honoria leva les sourcils.

— Je suppose qu'appeler « Amy » vous fera venir toutes les deux ?

La simple boutade provoqua de faibles sourires.

— Habituellement, admit Amelia.

Amanda reprit son sérieux.

— Est-ce vrai — ce que Devil a dit ? Vous savez ce que c'est que de perdre quelqu'un qu'on aime ?

Honoria rencontra posément le regard ingénu.

— Oui, j'ai perdu mes deux parents dans un accident de voiture lorsque j'avais seize ans.

— Les deux ?

Amelia parut abasourdie.

— Cela a dû être affreux, pire même que de perdre un frère.

Honoria s'immobilisa, puis, avec une légère raideur, inclina la tête.

— Perdre n'importe quel membre de sa famille est difficile, mais quand ils nous quittent, nous devons quand même poursuivre notre chemin. Nous le leur devons, à leur mémoire tout autant qu'à nous-mêmes.

Le commentaire philosophique laissa les deux filles perplexes. Honoria saisit le moment pour les entraîner vers l'escalier, jusqu'à la chapelle privée à côté de la galerie.

S'arrêtant dans le couloir, les jumelles survolèrent nerveusement du regard les rangées de tantes, d'oncles et de cousins plus âgés vêtus de noir, tous silencieux, la plupart avec la tête baissée.

Les deux filles réagirent comme l'avait souhaité Honoria ; leurs échines se raidirent — elles inspirèrent profondément, redressèrent les épaules, puis entrèrent lentement dans la pièce tranquille. Main dans la main, elles s'approchèrent du cercueil déposé sur des tréteaux devant l'autel.

Dans l'ombre à côté de la porte, Honoria observa ce qui formait, essentiellement, une scène de son passé. La paix grave de la chapelle la retenait ; elle était sur le point de se glisser sur le dernier banc quand Devil attira son regard. D'une formalité imposante dans un veston et un pantalon noirs, une chemise blanche et une cravate noire, il ressemblait précisément à ce qu'il était — un séducteur diaboliquement beau — et le chef de sa famille. De sa position au-delà du cercueil, il arqua un sourcil ; son expression montrait un mélange subtil d'invitation et de défi.

Tolly n'était pas un parent à elle, mais elle avait été présente à sa mort. Honoria hésita, puis suivit les jumelles au bout de l'allée.

S'accrochant l'une à l'autre, les jumelles avançaient, se glissant sur le banc derrière leur mère en sanglots. Honoria marqua une pause, baissant les yeux sur une innocence que même la mort ne pouvait pas effacer. Comme elle l'avait dit, le visage de Tolly était paisible, serein ; aucune trace de la blessure sur son torse n'était visible. Seule la pâleur grise de sa peau témoignait du fait qu'il ne se réveillerait plus jamais.

Elle avait déjà vu la mort, mais pas comme ceci. Les précédentes avaient été décidées par Dieu ; il suffisait de pleurer les disparus. La vie de Tolly avait été enlevée par l'homme — une réaction extrêmement différente était requise. Elle fronça les sourcils.

— Qu'y a-t-il ?

La voix de Devil venait d'à côté d'elle, d'un ton très bas.

Honoria leva le regard. Plissant le front, elle fouilla ses yeux. Il *savait* — comment pouvait-il en être autrement ? Pourquoi, alors ? Un frisson remua son âme. Elle frémit et détourna les yeux.

— Venez.

Devil lui prit le bras ; Honoria le laissa la guider jusqu'à un banc. Il s'assit près d'elle ; elle sentit son regard sur son visage, mais elle ne regarda pas vers lui.

Puis la mère de Tolly se leva. Soutenue par son mari, elle déposa une rose blanche sur le cercueil ; l'exposition du corps était terminée. Personne ne parla pendant qu'on défilait lentement vers la sortie, suivant la douairière et les parents de Tolly au salon.

Dans le vestibule, Devil attira Honoria à l'écart, dans l'ombre de l'escalier. Alors que les derniers traînards passaient, il dit à voix basse :

— Je suis désolé, je n'aurais pas dû insister. Je n'ai pas réalisé que cela vous rappellerait vos parents.

Honoria leva le regard, directement dans ses yeux. Ils n'étaient pas, comprit-elle, particulièrement utiles pour *dissimuler* les émotions — les profondeurs claires étaient trop transparentes. En ce moment, ils semblaient contrits.

— Ce n'était pas cela. J'ai simplement été frappée…

Elle marqua une pause, fouillant ses yeux de nouveau.

— Par le fait que sa mort était tellement *injuste*.

Impulsivement, elle demanda :

— Êtes-vous satisfait du verdict du magistrat ?

Son visage se durcit tel un masque de guerrier. Ses paupières s'abaissèrent, voilant ses yeux par trop révélateurs, ses cils formant un voile distrayant.

— Je suggère que nous rejoignons les autres.

Sa rebuffade brusque n'était pas tout à fait une gifle, mais elle donna certainement à réfléchir à Honoria. Revêtue de son sang-froid coutumier, elle lui permit de la guider dans le salon, puis elle jura en son for intérieur quand de si nombreux yeux se tournèrent de leur côté.

Leur entrée ensemble, séparée de la première foule, soutenait l'image que Devil et la douairière tenaient à projeter — l'image d'elle en tant que la promise de Devil. De telles subtiles nuances étaient le souffle de vie de l'aristocratie, Honoria le savait, elle était habituellement experte pour utiliser de tels signaux à son propre avantage, mais dans le cas présent, elle affrontait clairement un maître.

Comptez plutôt deux maîtres, simultanément — la douairière n'était pas une nouvelle recrue à ce jeu. Le salon était plein, bondé par la famille, les relations et amis intimes. Malgré les voix étouffées, le bruit était considérable. La douairière était assise sur la chaise à côté de la mère de Tolly. Devil entraîna Honoria vers l'endroit où Amelia et Amanda conversaient nerveusement avec une très vieille dame.

— Si vous avez besoin d'aide avec les noms ou les liens, demandez aux jumelles. Elles se sentiront utiles.

Honoria inclina la tête et répondit fraîchement :

— Même si j'aimerais les distraire, cela n'est pas vraiment nécessaire. Après tout, il est peu probable que je rencontre de nouveau votre famille.

Majestueusement distante, elle leva la tête — et rencontra le regard sombre aux sourcils froncés dont Devil la gratifia avec un calme implacable.

Amanda et Amelia se tournèrent lorsqu'ils arrivèrent à leur hauteur, une expression suppliante identique dans leurs yeux.

— Ah — Sylvester.

La vieille femme tendit une main aux doigts crochus et agrippa la manche de Devil.

— C'est dommage que l'occasion de te revoir se présente lors d'un événement aussi triste.

— En effet, cousine Clara.

Plein d'aisance, Devil attira Honoria dans leur cercle, emprisonnant sa main sur sa manche l'instant avant qu'elle la retire.

— Je crois, dit-il d'une voix traînante, que vous avez déjà rencontrée…

Une lueur à laquelle on ne pouvait pas se fier éclaira ses yeux ; atterrée en son for intérieur, son regard fixé sur le sien, Honoria retint son souffle — et vit ses lèvres se courber alors qu'il baissait les yeux sur cousine Clara.

— Miss Anstruther-Wetherby ?

Honoria soupira presque de soulagement. Elle présenta à Clara un sourire serein quelque peu forcé. Elle le posa sur Clara.

— Oh, oui ! Mon Dieu, oui !

La vieille dame s'égaya visiblement.

— Un si *grand* plaisir de vous rencontrer, ma chère. J'étais impatiente de…

Se reprenant, Clara jeta un regard malicieux vers Devil, puis sourit gentiment à Honoria.

— Bien — vous savez, dit-elle en tendant la main pour tapoter celle d'Honoria. Je me contenterai de dire que nous sommes tous *parfaitement ravis*, ma chère !

Honoria connaissait une personne qui était loin d'être parfaitement ravie, mais Amanda et Amelia les observant, elle fut obligée de laisser passer la supposition manifeste de Clara avec rien de plus qu'un sourire gracieux. Levant le regard, elle rencontra fugitivement le regard de Devil — elle aurait pu jurer avoir décelé une lueur satisfaite dans ses yeux.

Il rompit immédiatement le contact. La libérant, il couvrit la main de Clara de la sienne, voûtant le dos afin qu'elle n'ait pas à regarder aussi haut.

— Avez-vous parlé avec Arthur ?

— Pas encore, répondit Clara en regardant autour d'elle. Je n'ai pas pu le trouver dans toute cette cohue.

— Il est près de la fenêtre. Venez, je vais vous amener à lui.

Le visage de Clara s'épanouit en un large sourire.

— C'est très gentil, mais tu as toujours été un bon garçon.

Avec de brefs hochements de tête pour les jumelles et un autre bienveillant pour Honoria, la vieille dame permit à Devil de l'entraîner plus loin.

Honoria les regarda partir, Devil si large et puissant, d'un autoritarisme arrogant, ne faisant pas la plus petite histoire à propos des plis que les griffes de moineau de Clara laissaient sur sa manche. Un bon garçon ? En son for intérieur, elle en douta. Amanda soupira.

— Dieu merci, vous êtes arrivée. Elle voulait parler de Tolly. Et nous ne savions pas comment...

— L'arrêter ? répondit Honoria en souriant d'une manière rassurante. Ne vous inquiétez pas — ce ne sont que les personnes très âgées qui poseront de telles questions.

Tout en jetant un coup d'œil autour d'elle, elle ajouta :

— Maintenant... Dites-moi qui sont les plus jeunes : Devil m'a dit leurs noms, mais je les ai oubliés.

C'était faux, mais l'exercice servait à distraire les jumelles. À part elles-mêmes, Simon et leurs deux plus jeunes sœurs, Henrietta et Mary, dix ans et trois ans, elles avaient trois jeunes cousines.

— Heather a quatorze ans. Elizabeth — nous l'appelons Eliza — a treize ans et Angelica en a dix, comme Henrietta.

— Ce sont les filles d'oncle Martin et de tante Celia. Gabriel et Lucifer sont leurs frères aînés.

Gabriel et Lucifer ? Honoria ouvrit la bouche pour demander des éclaircissements — simultanément, la douairière attira son regard.

Son expression était carrément un appel à l'aide. Les mains de sa belle-sœur serraient encore les siennes avec force. Avec ses yeux, la douairière fit un signe à Webster, se tenant discrètement devant la porte. La tension dans sa silhouette pleine de dignité communiquait très clairement que quelque chose clochait.

Honoria porta de nouveau le regard sur elle — elle comprit ce qu'on lui demandait et qu'une réponse positive serait interprétée comme une confirmation d'une autre entente — une entente matrimoniale entre Devil et elle-même. Toutefois, l'appel dans les yeux de la douairière était tout à fait réel et parmi toutes les dames présentes, elle était indiscutablement dans le meilleur état pour gérer le désastre qui était advenu.

Déchirée, Honoria hésita, puis grimaça et hocha la tête en son for intérieur. Elle s'avança vers la porte, puis se souvint des jumelles. Elle jeta un coup d'œil par-dessus son épaule.

— Venez avec moi.

Elle traversa majestueusement la pièce. Webster ouvrit la porte et recula ; Honoria passa devant. Après avoir attendu le passage de ses deux compagnes, Webster les suivit, refermant la porte derrière lui.

Dans le vestibule, Honoria découvrit Mrs Hull qui patientait.

— Qu'est-il arrivé ?

Le regard de Mrs Hull passa fugitivement sur le visage de Webster, puis revint sur Honoria. La signification de ce regard ne passa pas inaperçue auprès d'Honoria ; Webster avait confirmé qu'elle avait été déléguée par la douairière.

— Ce sont les gâteaux, mademoiselle. Avec tout ce que nous avons eu à faire, nous les avons commandés au village. Mrs Hobbs est excellente avec les gâteaux. Nous avons souvent fait appel à elle dans de telles circonstances.

— Mais, cette fois, elle ne s'est pas montrée à la hauteur des attentes ?

Le visage de Mrs Hull se tendit.

— Ce n'est pas cela, mademoiselle. J'ai envoyé deux palefreniers avec le cabriolet, comme je le fais toujours. Les gâteaux de Hobbs étaient prêts, les garçons les ont chargés sur leurs plateaux. Ils étaient presque de retour — madame Hull marqua une pause pour inspirer avec solennité — quand ce *démon* de cheval du maître est arrivé en galopant, en ruant et en hennissant, il a effrayé la vieille jument du cabriolet. Les gâteaux ont été projetés — les yeux de Mrs Hull se plissèrent et devinrent durs comme des tessons — et ce *démon* de cheval les a à peu près tous dévorés !

Pressant ses doigts sur ses lèvres, Honoria baissa les yeux. Puis elle jeta un regard à Webster. Son visage était inexpressif.

— Sa Seigneurie n'a pas eu le temps de monter son cheval aujourd'hui, mademoiselle, alors son valet d'écurie en chef l'a libéré pour qu'il coure un peu. La piste venant du village passe par l'enclos de l'écurie.

— Je vois.

La mâchoire d'Honoria était douloureuse. Malgré tout — la gravité de l'occasion et la crise imminente —, la vision de Sulieman mordant dans les délicats *petits fours*[1] était tout simplement trop.

— Donc, vous voyez, mademoiselle, je ne sais pas ce que nous devons faire, avec tous ces visiteurs et même pas assez de gâteaux secs pour servir tout le monde.

L'expression de Mrs Hull restait sévère.

— En effet.

Honoria se redressa, réfléchissant aux possibilités.

— Des scones, décida-t-elle.

— Des scones, mademoiselle ?

---

1. En français dans le texte.

Mrs Hull paraissait surprise, puis son expression devint calculatrice.

Honoria jeta un coup d'œil à l'horloge au mur.

— Il est seulement seize heures, ils ne s'attendront pas qu'on leur serve le thé avant au moins une demi-heure. Si nous organisons un petit divertissement…

Elle regarda Webster.

— À quelle heure aviez-vous l'intention de servir le dîner ?

— À dix-neuf heures, mademoiselle.

Honoria hocha la tête.

— Reportez le dîner à vingt heures — avisez les valets et les femmes de chambre des dames. Mrs Hull, vous avez une heure pour produire des scones en quantité. Prenez tous les aides dont vous avez besoin. Nous aurons des scones nature avec de la confiture — avez-vous de la confiture de mûres ? Ce serait une jolie touche.

— En effet, mademoiselle, répondit une Mrs Hull toute transformée. Nous préparons notre propre confiture de mûres — il n'y en a pas de pareil.

— Très bien — nous servirons de la crème pour ceux qui en souhaitent et nous aurons des scones au fromage et des scones épicés également.

— Je m'y mets immédiatement, mademoiselle.

Après une rapide révérence, Mrs Hull retourna en vitesse à la cuisine.

— Vous avez parlé d'un divertissement, mademoiselle, pour donner une demi-heure à Mrs Hull ?

Honoria rencontra le regard de Webster.

— Ce n'est pas une tâche facile, étant donné la cause de cette réunion.

— Non, en effet, mademoiselle.

— Pouvons-nous être utiles ?

Honoria et Webster se retournèrent tous les deux pour regarder les jumelles.

Amanda rougit.

— Avec le divertissement, je veux dire.

Lentement, les sourcils d'Honoria se levèrent.

— Je me demande... s'interrogea-t-elle en regardant le long du vestibule. Venez avec moi.

Webster à leur suite, elles entrèrent dans la salle de musique, jouxtant le grand salon. Honoria agita la main en direction des instruments alignés le long d'un mur.

— Que jouez-vous ?

Amelia cligna des paupières.

— Je joue du piano.

— Et moi de la harpe, l'informa Amanda.

D'excellents exemples des deux instruments se tenaient devant eux ; Webster se hâta de déplacer les objets requis pour les mettre en place. Honoria se tourna vers les filles.

— Jouez-vous ensemble ?

Elles hochèrent la tête.

— Bien. Quels morceaux pouvez-vous interpréter ? Pensez à des pièces lentes, mélancoliques — des requiem, entiers ou en parties.

À son soulagement, les jumelles furent fidèles à leur rang social, bien formées et avec un répertoire convenable. Cinq minutes plus tard, elle avait aussi découvert qu'elles possédaient un talent considérable.

— Excellent.

Honoria échangea un bref regard soulagé avec Webster.

— Ne laissez personne vous distraire — nous avons besoin que vous jouiez au moins pendant quarante-cinq minutes. Commencez au début de votre liste et reprenez-la une fois que vous aurez terminé. Vous pourrez vous arrêter lorsque le chariot arrivera.

Les filles hochèrent la tête et entreprirent un extrait liturgique.

— Dois-je ouvrir les portes, mademoiselle ? murmura Webster.

— Oui — celles de la terrasse également.

La salle de musique et le salon donnaient tous les deux sur la longue terrasse. Webster ouvrit largement les deux portes flanquant le foyer, réunissant les deux pièces. Des têtes se tournèrent alors que les accords obsédants flottaient au-dessus des conversations.

Graduellement, tentés par la musique, les dames et les gentlemen entrèrent lentement. Les jumelles, habituées à se produire devant leurs aînés, n'hésitèrent pas. Il y avait des chaises en abondance ; les gentlemen les disposèrent obligeamment, les dames se réunissant en groupes, les messieurs se tenant à côté d'elles.

De son poste à côté de la porte ouverte sur la terrasse, Honoria regardait son divertissement prendre forme. Soudain, elle sentit une présence familière derrière elle.

— Voilà qui est inspiré.

Jetant un regard en arrière, elle rencontra les yeux verts de Devil ; ils scrutaient son visage.

— Quel était le problème ?

Honoria se demanda s'il y avait une seule personne dans toute l'assemblée qui avait raté sa supposition concernant l'autorité de la douairière. Elle avait été prête à jurer que Devil était en grande conversation à l'autre extrémité de la pièce à ce moment-là.

— Votre démon-cheval a mangé les gâteaux pour le thé. Mrs Hull n'est pas impressionnée. Je crois qu'elle envisage de transformer votre étalon en pâtée pour chat.

Il était proche, son épaule appuyée sur le cadre de porte derrière elle ; elle sentit son torse trembler sous son rire réprimé.

— Hully ne ferait pas cela.

— Mentionnez simplement votre cheval et regardez-la tendre la main vers son couperet.

Il resta silencieux, parcourant la pièce du regard.

— Ne me dites pas que vous ne jouez pas ?

Honoria se reprit juste à temps et reformula sa réponse.

— Je joue du clavecin, mais je ne suis pas la sœur de Tolly. Incidemment, continua-t-elle de la même voix affable, je vous préviens honnêtement que peu importe l'imbroglio que vous et votre mère concoctez, je ne vais *pas* vous épouser.

Elle sentit son regard sur son visage ; quand il parla, les mots lui firent redresser l'échine.

— Aimeriez-vous parier là-dessus ?

Honoria leva le menton.

— Avec un libertin de votre espèce ?

Elle agita la main avec dédain.

— Vous êtes un joueur.

— Qui perd rarement.

Les mots graves résonnèrent en elle ; Honoria abandonna la parole et opta pour un haussement d'épaules hautain.

Devil ne bougea pas. Ses yeux balayèrent son visage, mais il n'ajouta rien.

Au soulagement d'Honoria, son stratagème fonctionna. Le thé, quand il arriva, était parfait, les scones frais tout juste sortis du four, la confiture sucrée. Les jumelles se retirèrent dans un silence sombre, mais sous des applaudissements sincères ; un regard sur leurs visages suffisait à comprendre toute l'importance que leur contribution avait représentée pour elles.

— Nous les ferons jouer encore demain, murmura Devil à son oreille.

— Demain ?

Honoria s'efforça d'étouffer un frisson inutile.

— À la veillée mortuaire.

Devil rencontra ses yeux.

— Elles se sentiront mieux à faire quelque chose d'utile de nouveau.

Il la laissa à ses réflexions et revint avec une tasse de thé pour elle. Elle l'accepta, seulement pour réaliser à quel point elle avait besoin d'un rafraîchissement. À part le fait de la comprendre trop bien, Devil se comportait convenablement, la présentant habilement à des amis de la famille. Honoria n'avait pas à exercer son imagination pour savoir comment la compagnie la voyait — leurs égards étaient marqués.

Les événements de l'après-midi, orchestrés par Devil et la douairière, aidés et soutenus par le crime du démon de cheval de Devil, avaient transmis un message clair — qu'elle devait devenir la femme de Devil.

La soirée passa rapidement ; le dîner, auquel tout le monde assista, fut un repas lugubre. Personne n'était enclin au divertissement ; la plupart se retirèrent tôt.

Un silence maussade et mélancolique descendit sur la maison, comme si elle aussi était en deuil.

Dans sa chambre, enveloppée dans le duvet, Honoria frappa son oreiller et se donna l'ordre de dormir. Cinq minutes de bruissement agité plus tard, elle se tourna sur le dos et jeta un regard mauvais au ciel de lit.

C'était la faute de Devil, la sienne et celle de sa mère. Elle avait tenté d'éviter d'agir comme sa future duchesse, malheureusement sans succès. Pire, comme Devil l'avait déclaré, à un niveau superficiel, elle était parfaite pour le rôle, un fait apparemment évident pour quiconque réfléchissait à la question. Elle commençait à avoir l'impression de combattre le destin.

Honoria se retourna maladroitement sur le côté. Elle, Honoria Prudence Anstruther-Wetherby, n'allait pas se voir contrainte à faire quoi que ce soit. Il était manifestement clair que Devil et la douairière feraient tout en leur pouvoir pour la tenter, pour la convaincre d'accepter sa proposition — la demande en mariage qu'il n'avait pas verbalisée. Ce dernier point n'était pas un fait qu'elle avait des chances d'oublier — il avait simplement tenu pour acquis qu'elle l'épouserait. Elle avait su dès le départ qu'il était impossible, même lorsqu'elle croyait qu'il était un simple châtelain de campagne ; en tant que duc, il l'était doublement — triplement. À part tout le reste — son torse, par exemple —, il était un tyran de première classe. Les femmes saines d'esprit n'épousaient pas de tyran.

Elle s'accrocha à cette déclaration éminemment sensée, tirant de la force de sa logique indiscutable. Garder l'image de Devil en tête aidait énormément — un regard sur son visage, et le reste de sa personne, était tout ce qu'il fallait pour renforcer sa conclusion.

Malheureusement, cette image, bien qu'utile d'un côté, amenait la source de son profond malaise davantage sous la loupe. Peu importe à quel point elle essayait, elle ne pouvait pas échapper à la conclusion que malgré toute sa force de caractère tant vantée, malgré tout son sentiment apparent pour sa famille, et même malgré l'avis de sa cousine Clara, Devil tournait le dos à son défunt cousin. Balayant sa mort sous le tapis, comme on dit, vraisemblablement afin qu'elle n'interfère pas avec sa poursuite du plaisir hédoniste.

Elle ne voulait pas le croire, mais elle l'avait elle-même entendu. Il avait déclaré que Tolly avait été tué par un bandit de grand chemin ou même par un braconnier. Tout le monde le croyait, le magistrat y compris. Il était le chef de la famille, un cran en dessous du despote ; pour eux et pour la haute société, ce que Devil Cynster, duc de St-Ives, déclarait était un fait.

La seule personne encline à le remettre en question, c'était elle. Tolly n'avait pas reçu une balle mortelle d'un bandit de grand chemin ni d'un braconnier.

Pourquoi un bandit de grand chemin tuerait-il un jeune homme non armé ? Les bandits de grand chemin ordonnaient à leurs victimes de se rendre et de leur donner leurs biens ; Tolly transportait une lourde bourse — elle l'avait sentie dans sa poche. Tolly était-il armé et, avec l'impétuosité de la jeunesse, avait-il tenté de se défendre ? Elle n'avait vu aucun fusil ; il semblait peu probable qu'il l'ait lancé loin de lui pendant qu'il tombait de sa selle. Un bandit de grand chemin ne semblait pas du tout plausible.

En ce qui concernait le braconnier, son hôte démoniaque avait limité le champ de ce côté. Pas un fusil de chasse, avait-il dit, mais un pistolet. Les braconniers ne se servaient pas de pistolet.

Tolly avait été assassiné.

Elle ne savait pas trop quand elle en était venue à cette conclusion ; elle était à présent aussi inévitable que l'aube.

Honoria s'assit et donna un coup sur son oreiller, puis retomba sur le dos et fixa la nuit. Pourquoi était-elle aussi furieuse à cause de cela — pourquoi se sentait-elle si concernée ? Elle avait l'impression qu'une responsabilité lui avait été attribuée — à son âme — afin que justice soit rendue.

Cependant, ce n'était pas la cause de son insomnie.

Elle avait entendu la voix de Tolly, entendu son soulagement lorsqu'il avait réalisé qu'il avait rejoint Devil. Il avait cru avoir atteint un endroit sûr — quelqu'un qui le protégerait. Dans le cottage, elle aurait juré que Devil se souciait de lui — l'aimait beaucoup. Toutefois, son comportement visant à ignorer la preuve du meurtre de Tolly disait autre chose.

S'il l'aimait vraiment, ne chercherait-il pas son meurtrier, ne ferait-il pas tout ce qu'il pouvait pour l'attraper ? Ou son « amour » était-il une simple attitude, sans profondeur ?

Sous cette façade de force, était-il réellement faible et superficiel ?

Elle ne pouvait pas le croire. Elle ne voulait pas le croire.

Honoria ferma les yeux. Et essaya de dormir.

CHAPITRE 6

C'était une illusion — tout était illusion — un tour de passe-passe typiquement arrogant. Les écailles tombèrent des yeux d'Honoria tard le lendemain matin, pile au milieu des funérailles de Tolly.

La foule qui y assistait était considérable. Une courte messe avait été tenue dans l'église sur les terres, un bâtiment de pierres entouré par des arbres anciens ombrageant les monuments de Cynster depuis longtemps disparus.

Puis les porteurs — Devil et ses cousins — avaient conduit le cercueil jusqu'à la tombe installée dans une petite clairière au-delà du premier cercle d'arbres. Contrairement à son intention de se fondre dans la foule, Honoria avait tout d'abord été accompagnée par Vane, qui lui avait donné le bras, l'incluant par conséquent dans la procession de la famille se rendant à l'église, puis plus tard réclamée par Amanda et Amelia, qui l'avaient entraînée jusqu'à la tombe, admettant qu'elles agissaient sur les ordres de Devil. Des funérailles n'étaient pas l'endroit pour prendre position. Résignée, Honoria avait capitulé, acceptant une place derrière les jumelles à côté de la pierre tombale.

Ce fut à cet instant que la vérité la frappa.

Les mâles de la famille bordaient l'autre côté de la tombe. Directement à l'opposé d'elle se trouvaient les frères de Tolly, Charles et Simon. Devil se tenait à côté de Simon ; pendant qu'Honoria l'observait, il plaça une main sur son épaule. Le garçon leva les yeux ; Honoria fut témoin de leur regard partagé, de cette communication silencieuse dans laquelle Devil excellait.

Vane était à côté de Devil ; derrière et autour d'eux se tenait une solide phalange de mâles Cynster. Il n'y avait aucun doute sur leur lien — leurs visages, vus ensemble, affichaient les mêmes traits inflexibles, la même empreinte autocratique. Ils étaient six, sans compter Simon et Charles, les deux à part, l'un à cause de son âge, l'autre de son caractère. Entre les six, la couleur des cheveux variait du noir de ceux de Devil à châtain pâle ; la couleur des yeux aussi différait. Rien d'autre.

Il y avait une force immense dans le clan devant elle — puissante, masculine, elle émanait d'eux. Devil était leur chef, néanmoins ils formaient un groupe de personnes individuelles, chacune contribuant au tout. Ailleurs autour de la tombe, le chagrin était amorphe. La peine des cousins de Tolly contenait une motivation, se fondant dans une force cohésive, dirigée, centrée.

Centrée sur la tombe de Tolly.

Honoria plissa les yeux. Les gens se déplaçaient encore, trouvant des places dans la foule ; Amelia et Amanda étaient toutes les deux tendues. Honoria se pencha en avant et murmura :

— Dites-moi les noms de vos cousins plus âgés.

Les jumelles la regardèrent brièvement, puis se retournèrent de l'autre côté de la tombe. Amelia parla la première :

— Vane est à côté de Devil, mais vous le connaissez.

— Cela ne peut pas être son véritable nom.

— Son vrai nom est Spencer, chuchota Amanda. Mais ne l'appelez *jamais* ainsi.

— Celui derrière Devil, c'est Richard — on l'appelle Scandal. C'est le frère de Devil.

— Et celui derrière Vane est son plus jeune frère, Harry. On l'appelle Demon.

— Demon Harry ?

— C'est exact, répondit Amanda en hochant la tête. Celui à côté de Vane est Gabriel.

— Son véritable nom est Rupert — c'est le fils aîné d'oncle Martin.

— Et je suppose que celui derrière Gabriel est Lucifer ? s'enquit Honoria. Son frère ?

— C'est cela — il s'appelle réellement Alasdair.

Se redressant, Honoria passa une minute à se demander comment ils avaient reçu leurs surnoms — une question qu'elle n'allait pas poser aux jumelles de sitôt. Elle regarda de l'autre côté de la tombe ces six visages mâles et les vit nettement. Aucune force sur terre ne les empêcherait d'amener le meurtrier de Tolly devant la justice.

Étant des Cynster, on pouvait compter sur eux pour venger sa mort. De même, ils s'assureraient que les femmes de leur famille, leurs aînés et leurs cadets — tous ceux qu'ils considéraient comme étant sous leur garde — ne seraient pas troublés ni touchés par une telle violence.

La mort et la vengeance étaient le terrain des hommes, la sécurité du foyer celui de leur famille.

Ce qui était très bien, *mais*…

La dernière prière fut prononcée ; la terre frappa le cercueil. La mère de Tolly s'affaissa dans les bras de sa belle-sœur ; son mari se hâta de la rejoindre. Amelia et Amanda tirèrent sur les mains d'Honoria. À contrecœur, elle se détourna de la tombe et du tableau de l'autre côté.

Charles et les Cynster plus âgés étaient partis, mais Simon, Devil et les cinq autres restèrent sur place, le regard toujours fixé sur le cercueil. Juste avant de se retourner, Honoria vit Simon lever le sien sur le visage de Devil, une question dans ses grands yeux. Elle vit la réponse de Devil, le resserrement de sa main sur l'épaule de Simon, la promesse silencieuse qu'il donna en inclinant la tête.

Elle n'avait aucun doute sur le contenu de cette promesse.

En compagnie des jumelles, Honoria traversa la pelouse, méditant sur sa situation. Elle allait envoyer chercher son frère Michael demain, mais il mettrait quelques jours à la rejoindre. Ces jours seraient utiles.

Elle avait besoin de voir la justice rendue ; elle avait un devoir de venger l'innocence — c'était sans nul doute la raison pour laquelle le visage de Tolly la hantait. Impossible de dépêcher les mâles Cynster adultes pour venger l'innocence ; leur vengeance serait animée par des motifs guerriers — la défense de leur famille, leur clan. Elle serait la défenseuse de l'innocence — elle avait elle aussi un rôle à jouer.

Elle avait été à la recherche d'excitation, d'aventures et d'intrigues — le destin l'avait fait atterrir ici. Loin d'elle l'idée d'argumenter.

*

La veillée mortuaire fut bondée. Plusieurs des jeunes aristocrates qui étaient venus de Londres restèrent pour la scène finale. En une demi-heure, Honoria avait été présentée à plus de lames dangereuses qu'elle avait cru en rencontrer au cours de toute une vie. Heureusement, son inclusion dans le groupe familial avait envoyé un message clair ; aucun visiteur ne devait l'ennuyer.

Les jumelles reprirent leurs instruments ; la foule s'entassa dans la salle de musique et le salon, et déborda sur la terrasse.

Tout en bavardant avec des parents Cynster et des relations de famille, Honoria surveilla attentivement Devil et ses cinq complices. Un scénario devint vite apparent. Devil se tenait dans le salon, dos aux portes ouvertes sur la terrasse ; les autres parcouraient la foule, s'arrêtant de temps à autre soit à côté de Devil pour lui transmettre quelque information en silence, soit pour attirer son regard.

Elle ne pouvait rien faire pour intercepter cette communication silencieuse ; en ce qui concernait l'autre, par contre… Honoria concentra son attention sur lady Sheffield, son interrogatrice du moment.

— Évidemment, entonna madame la comtesse, cette affaire bouleversante retardera un peu les choses.

Délibérément vague, Honoria leva les sourcils.

— Vraiment ?

Lady Sheffield la regarda en réfléchissant.

— Trois mois de deuil, cela nous mène en décembre.

— L'hiver, observa avec obligeance Honoria.

Elle sourit à lady Sheffield et lui offrit quelque chose pour sa peine.

— Je vous prie de m'excuser, madame, je dois parler à Webster.

Avec un sourire, elle se glissa vers la porte, tout à fait certaine que ses paroles seraient interprétées. Dans le vestibule, elle se faufila à travers de petits groupes d'invités. Des assiettes portant des piles de minuscules sandwichs étaient posées sur un buffet ; elle en prit une puis traversa la salle de musique, jusqu'à la terrasse.

Atteignant un endroit immédiatement derrière Devil, elle se positionna, dos au salon. Les sandwichs dans son assiette attirèrent instantanément une couverture adéquate.

— Lady Harrington, se présenta une dame plus âgée. Je connais bien votre grand-père, mademoiselle. Je ne l'ai pas vu depuis un moment. J'imagine qu'il se porte bien ?

— J'imagine, répondit Honoria, gardant la voix basse.

— Hurst ne sait rien, ni Gilford.

Sans se retourner pour ne pas risquer que l'un des cousins de Devil la remarque, Honoria ne pouvait pas dire qui avait fait ce rapport. Cependant, elle connaissait la voix de Devil.

— Vane a vérifié auprès de Blackwell. Essaie Gelling.

— Bons sandwichs que ceux-ci.

Lady Harrington en prit un autre.

— Voici lady Smallworts — elle connaît aussi votre grand-père. Par ici — Dulcie !

Lady Harrington fit un signe de la main à une autre dame bien parée ; derrière Honoria, un autre rapport arrivait.

— Rien de Dashwood ; et oui, j'ai beaucoup insisté. Il ne garde rien pour lui. Pas son style, ce genre d'histoire.

Il y eut un silence, puis Devil demanda :

— Quelqu'un d'autre venant de cette partie de la ville ?

— Je vais essayer Giles Edgeworth.

Un gentleman plus âgé s'approcha de Devil et il fut obligé de converser ; Honoria saisit l'occasion pour donner son attention à lady Smallworts.

— Doux Jésus, oui ! s'exclama lady Smallworts en scrutant son visage à travers ses lorgnettes. Il y a une ressemblance nette ici, ne pensez-vous pas, Arethusa ? Aux environs du menton.

Prenant note en son for intérieur d'examiner son menton la prochaine fois qu'elle jetait un coup d'œil dans la glace, Honoria colla un sourire sur ses lèvres et se mit en devoir d'amener les deux vieilles dames à bavarder ensemble. Puis elle se concentra sur l'activité derrière elle.

— Aucune chance avec Farnsworth, ni Girton.

Devil soupira.

— Il doit y avoir quelque chose, quelque part.

— Sûrement. Nous devrons simplement continuer à chercher jusqu'à ce que nous trouvions.

Après une pause, le cousin en question dit :

— Je vais tenter le coup avec Caffrey.

— Prudence, je ne veux pas que cela se sache partout en ville le matin venu.

— Fais-moi confiance.

Honoria pouvait presque voir le sourire Cynster qui accompagnait les mots.

Encore une fois, l'attention de Devil fut réclamée par d'autres ; Honoria mit son grain de sel dans la conversation quant à savoir si la mousseline à motif floral ferait encore fureur la saison suivante.

Il se passa quelque temps avant qu'un autre de ses cousins rejoigne Devil. Les invités commençaient à partir quand Vane fit son rapport ; Honoria reconnut sa voix.

— Oublie Hillsworth ou, comme je le soupçonne, n'importe lequel de cet acabit. Si le problème est dans cette lignée, nous aurons besoin qu'Harry fouille plus en profondeur.

— En parlant de Demon…

— Rien avec aucun de mon groupe.

— Voici venir les autres, dit Vane.

— Pas un murmure — même pas un simple tic.

— Pas de chance.

— Pas même une trace de soupçon.

— Ce qui signifie, dit Devil, que nous devrons partir à la chasse.

— Mais, dans quelle direction ?

— Dans toutes les directions.

Devil marqua une pause.

— Demon, tu prends les pistes de course et toutes les entreprises liées. Vane, les gardes et les auberges. Gabriel, les salons et la finance en général. Scandal — tu peux faire ce que tu fais de mieux — bavarder avec les dames. Ce qui laisse les chatteries pour Lucifer.

— Et toi ? demanda Vane.

— Je vais m'occuper de l'angle local.

— D'accord. Je pars pour Londres ce soir.

— Moi aussi.

— Et moi, je vais vous amener si vous voulez. J'ai un animal de premier choix entre les axes.

Leurs voix profondes s'estompèrent, se fondant dans les murmures de la foule. Lady Smallworts et lady Harrington étaient passées aux mystères des plus récents bonnets dissimulant le visage. Il était temps pour Honoria de se retirer — elle avait entendu tout ce dont elle avait besoin.

— Si vous voulez bien m'excuser, mesdames.

— En fait, ma chère, dit lady Harrington en agrippant le poignet d'Honoria, je souhaitais vous demander si c'était vrai.

— Vrai ?

Sur ce mot, Honoria entendit derrière elle :

— Mon Dieu, cousin, dans quel pétrin tu te mets lorsque je ne suis pas là pour surveiller tes arrières.

C'était la voix traînante de Vane ; Honoria sut que Devil se retourna et qu'il la vit. Elle sentit son regard sur son cou, ses épaules. Elle se raidit. Elle mourrait d'envie de pivoter, mais madame la comtesse s'accrochait fermement.

— Eh bien, oui, dit lady Harrington en souriant. À propos de vous et...

Elle s'interrompit, son regard se levant sur un point au-delà de l'épaule gauche d'Honoria, les yeux s'arrondissant de joie.

— Ah — bonjour, St-Ives.

— Lady Harrington.

Ce ne fut pas sa voix et la subtile menace sous-jacente qui provoquèrent des ondes de choc dans le corps d'Honoria, ce fut la large main qui se courba en propriétaire autour de sa taille.

Devil emprisonna la main qu'avait libérée lady Harrington. Honoria observa ses propres doigts, piégés dans les siens, se lever inexorablement vers ses lèvres. Elle se prépara à les sentir sur ses doigts.

Il inversa sa main et pressa ses lèvres sur son poignet.

Si elle avait été une femme plus faible, elle se serait évanouie.

Habilement, Devil se tourna vers lady Harrington.

— Vous disiez, madame ?

Le visage de lady Harrington s'épanouit en un large sourire.

— Rien d'important, je pense que vous m'avez fourni la réponse dont j'avais besoin.

Elle alla presque jusqu'à décocher un clin d'œil à Honoria, puis elle donna un petit coup sur le bras de lady Smallworts.

— Venez, Dulcie, j'ai vu Harriet sur la pelouse. Si nous nous hâtons, nous pourrions l'attraper avant son départ. Monsieur le duc.

Elle hocha la tête vers Honoria.

— Nous vous verrons en ville, ma chère. Transmettez nos hommages à votre grand-père.

— Oui, bien sûr.

Honoria haleta à moitié. Ses poumons étaient paralysés, à cause des longs doigts étalés sur ses côtes. S'il lui embrassait encore le poignet, elle allait s'évanouir.

— Saluez ces dames, ordonna son bourreau.

— Avec quoi, siffla-t-elle en retour. L'assiette ?

— Je crois que vous n'avez plus besoin de l'assiette maintenant, Thomas va la prendre.

Un valet de pied apparut et la soulagea. Il y avait encore quelques personnes sur la terrasse. Honoria patienta, mais la présence sur sa taille ne se relâcha pas. Au lieu de cela, Devil enroula aussi son autre bras autour de sa taille, sa main toujours retenue dans la sienne. Elle pouvait le sentir, son torse, ses cuisses, durs comme l'acier derrière elle, ses bras, une cage incassable autour de son corps.

— Avez-vous beaucoup appris, ici, sur la terrasse ?

Les mots, doux, profonds et à voix basse lui chatouillèrent l'oreille.

— Des tas sur la mousseline à motif floral. Et saviez-vous que les tout derniers bonnets qui dissimulent le visage présentent un rebord échancré ?

— Vraiment ? Quoi d'autre ?

— Précisément ce que lady Smallworts voulait savoir.

— Et que voulez-vous savoir, Honoria Prudence ?

Il avait une manière distinctement fatale de prononcer son nom — il roulait le *r*, très légèrement, de sorte que les mots anglais parfaitement guindés se transformaient en quelque chose de plus sensuel. Honoria combattit un frisson.

— Je veux savoir quelles sont vos intentions.

Elle le sentit soupirer.

— Que vais-je faire de vous, espèce de femme qui fourre son nez partout ?

Il se balança, doucement, d'avant en arrière.

La sensation de perdre pied avec la terre fit haleter Honoria. Il n'avait même pas modifié sa manière de la tenir.

— Vous pouvez commencer par me déposer !

Elle fut sauvée par la douairière.

— Sylvester ! Que diable fais-tu ? *Dépose* Honoria immédiatement !

Il obéit — avec réticence ; le deuxième pied d'Honoria toucha le sol, la douairière lui prit le bras.

— Venez, ma chère, je veux vous présenter quelqu'un.

Sans un regard en arrière, Honoria s'enfuit avec sa sauveuse.

*

Elle prit soin de passer inaperçue le reste de la journée. Alors que la plupart des invités partirent après la veillée funèbre, plusieurs membres de la famille s'attardèrent. Honoria n'avait aucune intention de se retrouver seule de manière inattendue avec Devil dans son humeur actuelle. Le pavillon d'été, un hexagone de bois blanc enrubanné d'un rosier grimpant jaune devint son refuge.

Son ouvrage de broderie sur les cuisses, elle observa les voitures rouler dans l'allée, regarda Devil jouer l'hôte modèle et les saluer à leur départ. L'après-midi faisait place à la soirée quand Charles Cynster descendit les marches d'entrée et s'engagea sur la pelouse, se dirigeant droit vers le pavillon.

Inclinant sombrement la tête, il entra.

— Bonsoir, ma chère. Je souhaitais vous parler avant de partir. Sylvester m'a dit où vous trouver.

Voilà ce que valait son refuge. Honoria examina le frère aîné de Tolly d'un regard critique. Il était certainement plus vieux que Devil, ce qui faisait de lui le plus âgé des cousins Cynster. Il en imposait, deux mètres et solidement bâti, mais il lui manquait les lignes sveltes des Cynster. Son visage était rond, avec de lourdes bajoues. Ses yeux, posés sur elle, étaient d'un brun ordinaire ; compte tenu de sa perte récente, Honoria fut étonnée par l'intensité de son expression.

Le pavillon d'été s'enorgueillissait d'un long canapé en osier avec des coussins de chintz et rien d'autre. Avec un signe de la main, elle invita Charles à s'asseoir ; quelque peu soulagée, elle le vit décliner le canapé pour s'installer sur le rebord d'une fenêtre en face d'elle. Honoria leva un sourcil poli. Vraisemblablement, Devil avait envoyé Charles la persuader de laisser la mort de Tolly aux Cynster.

— Je voulais vous remercier d'avoir secouru Tolly. Sylvester a mentionné votre aide.

Les lèvres de Charles se tordirent en un sourire fugitif.

— Pour utiliser sa phrase « bien au-delà de ce que l'on pourrait raisonnablement attendre d'une dame de votre rang ».

Gracieusement, Honoria inclina la tête.

— Malgré les convictions de votre cousin, je n'ai rien fait de plus que toute autre dame possédant des prédispositions pragmatiques.

— Quoi qu'il en soit...

Les mots de Charles s'estompèrent ; Honoria leva les yeux et rencontra son regard.

— Ma chère miss Anstruther-Wetherby, j'espère que vous me pardonnerez si je parle clairement ?

— Je préférerais que vous le fassiez.

Mettant sa broderie de côté, Honoria croisa les mains et lui accorda toute son attention.

— Il me semble que, au lieu d'être récompensée pour votre aide, vous avez été placée dans une situation injuste. Cependant, je comprends qu'en vertu d'avoir porté secours à Tolly et vous être par conséquent retrouvée coincée par l'orage, vous avez été obligée de passer la nuit en compagnie de Sylvester et vous vous retrouvez à présent compromise et, sans vouloir mettre l'accent là-dessus, forcée d'accepter son offre.

Honoria ouvrit les lèvres — Charles leva la main.

— Non, je vous en prie, permettez-moi de terminer. Je réalise que de nombreuses dames seraient *aux anges*[1] de devenir la duchesse de St-Ives, peu importe les circonstances. Je peux voir, par contre, que vous n'êtes pas de cette espèce écervelée. Vous êtes une Anstruther-Wetherby, fille d'une ancienne et vieille lignée — tout à fait aussi fière que nous Cynster. Vous êtes une femme de bon sens, indépendante et — comme vous l'avez reconnu — encline au sens pratique. Vous avez, je crois, choisi de vivre votre vie discrètement — il me semble loin d'être juste qu'en retour pour vos bons soins, vous deviez être obligée de devenir la femme de Sylvester, un rôle qui non seulement sera exigeant, mais aussi fort probablement peu gratifiant… pour une dame sensible.

1. En français dans le texte.

Il hésita, pesant ses mots, puis poursuivit :

— Sylvester porte le poids d'une réputation très précise, comme la plupart des Cynster. Il paraît peu probable qu'un homme qui se consacre autant à la chasse change volontiers ses manières.

Il regarda Honoria ; elle leva les sourcils avec arrogance.

— Il y a peu de chose dans votre évaluation qui me porterait à discuter, Mr Cynster.

Le bref sourire de Charles n'éclaira pas ses yeux.

— En effet, ma chère, je crois que nous deux sommes ceux qui se comprendraient bien, ce qui explique pourquoi j'espère que vous saisirez mes motifs de vous proposer une solution alternative à votre situation délicate non méritée.

— Une alternative ?

Honoria était consciente d'un malaise croissant. Elle ne s'était pas attendue à ce que Charles attaque Devil en secret ; elle était réellement surprise qu'il l'ait fait.

— Une alternative plus acceptable pour une dame de votre sensibilité.

Honoria l'interrogea de ses yeux.

— Épouser Sylvester ne serait pas dans votre meilleur intérêt, toute personne compréhensive verrait cela. Vous vous trouvez, par contre, en besoin d'une offre, à titre de réparation à tout le moins. Comme Tolly était mon frère, afin de rétablir votre réputation, je serais heureux de vous offrir ma main. Mon domaine, évidemment, n'est rien comparé à celui de Sylvester : il n'est, cependant, pas insignifiant.

Honoria était abasourdie ; seules ses années de formation empêchèrent ce fait de s'afficher sur son visage. Elle n'avait pas besoin de réfléchir pour formuler sa réponse, les mots vinrent spontanément à ses lèvres.

— Je vous remercie pour votre offre, monsieur, mais je n'ai pas dans l'idée de me marier — pas pour ceci ni, en effet, pour aucune autre raison prévisible.

Le visage de Charles perdit toute expression. Après un moment, il demanda :

— Vous n'avez pas l'intention d'accepter l'offre de Sylvester ?

Lèvres pressées, Honoria secoua la tête.

— Je n'ai pas du tout l'intention de me marier.

Sur cette déclaration ferme, elle tendit la main vers sa broderie.

— On fera pression sur vous pour consentir à la demande de Sylvester — à la fois les Cynster et votre propre famille.

Les yeux d'Honoria lancèrent des éclairs ; elle leva les sourcils avec arrogance.

— Mon cher monsieur, je ne suis pas du tout sensible à une intervention injustifiable dans ma vie.

Un silence s'ensuivit, puis Charles se leva lentement.

— Je vous demande pardon, miss Anstruther-Wetherby, si je vous ai offensée.

Il marqua une pause, puis ajouta :

— Cependant, je vous conseille vivement de vous rappeler que, si le temps vient où vous sentez la nécessité de vous marier pour échapper à la situation découlant de la mort de Tolly, vous avez une alternative à un mariage avec Sylvester.

Absorbée par les piqûres de son aiguille dans la toile, Honoria ne leva pas les yeux.

— Votre humble serviteur, miss Anstruther-Wetherby.

Remarquant à peine la révérence de Charles, Honoria inclina la tête avec raideur. Charles tourna les talons et descendit les marches ; Honoria l'observa, yeux plissés, pendant qu'il retournait à la maison. Quand il disparut, elle fronça les sourcils et remua les épaules.

Si elle devait un jour épouser un Cynster, elle aimerait mieux essayer de dompter le tyran.

*

Le tyran vint frapper à sa porte plus tard ce soir-là.

Les oncles, les tantes et les plus jeunes cousins de Devil étaient restés à dîner, puis tout le monde était parti à l'exception de la famille de Tolly, laissant le personnel reprendre son souffle. Une chape de calme était tombée sur la Maison, un silence paisible que l'on trouvait seulement dans les demeures qui avaient vu la naissance et la mort de nombreuses fois.

Laissant la douairière et les parents de Tolly échanger des souvenirs doux amers, Honoria s'était retirée dans sa chambre. Elle avait eu l'intention de composer sa lettre à Michael. Au lieu, la paix dehors l'attira à sa fenêtre ; elle se laissa choir sur la banquette juste en dessous, son esprit vagabondant dans la nuit.

Le coup qui interrompit sa rêverie sans but était si péremptoire qu'elle n'avait aucun doute sur le visiteur. Elle hésita puis, raidissant l'échine, se leva et se rendit à la porte.

Devil se tenait dans le couloir, regardant en arrière vers l'escalier. Alors qu'elle ouvrait largement la porte, il se retourna et la dévisagea.

— Venez faire une promenade.

Il tendit la main ; Honoria retint son regard calmement — et leva lentement un sourcil. Les lèvres de Devil tressaillirent, puis il esquissa aisément une révérence.

— Ma chère Honoria Prudence, me ferez-vous l'honneur de vous promener avec moi au clair de lune ?

Elle préféra son ordre à son invitation ; le charme naturel se tapissant sous ses mots, prononcés avec cette voix douce et profonde, suffisait à faire tourner la tête à n'importe quelle femme.

Mais il ne fallait qu'une fraction de seconde pour décider pourquoi il était là.

— Je vais chercher mon châle.

La bande de belle soie de Norwich était disposée sur une chaise ; la drapant autour de ses épaules, Honoria attacha les bouts, puis se dirigea vers la porte. Elle avait l'intention de faire bien comprendre qu'elle n'était pas sur le point de renier son intérêt dans le meurtre de Tolly.

Devil lui prit la main et l'attira par-dessus le seuil et ferma la porte, puis il installa sa main sur sa manche.

— Il y a un autre escalier qui donne sur le côté.

En silence, ils quittèrent la maison pour se promener sous d'immenses arbres parsemant la pelouse, passant de l'ombre au clair de lune et vice-versa.

Le silence était apaisant ; l'odeur forte et persistante des feuilles, de l'herbe verte et de la terre riche qu'associait toujours Devil avec son foyer était ce soir épicée d'un subtil arôme, une senteur qu'il n'eut aucune difficulté à identifier.

C'était elle, l'odeur de sa chevelure, de sa peau, de son parfum — muguet avec une touche de rose — un mélange coûteux, séduisant. Sous tout cela flottait la fragrance entêtante d'une femme chaude et sensuelle, promettant toutes sortes de délices terrestres. Le parfum évocateur titillait ses sens de chasseur et augmentait la tension qui le tenait.

Ce soir, il était la proie de deux désirs impérieux — et en ce moment, il ne pouvait poursuivre aucun des deux buts. Il n'y avait rien qu'il puisse faire pour venger la mort de Tolly — et il ne pouvait pas amener Honoria Prudence dans son lit. Pas encore. Il y avait, par contre, une question dont il pouvait s'occuper — il pouvait faire quelque chose à propos de son menton.

Il n'avait aucune intention de la laisser se mêler du meurtre de Tolly, mais son action sur la terrasse avait été peu judicieuse. L'intimidation ne fonctionnerait pas avec cette dame en particulier. Heureusement, une stratégie alternative était à portée de main, une qu'il préférait, et de loin. S'en servir équivalait à faire d'une pierre deux coups. Caché dans l'ombre, Devil sourit et dirigea leurs pas vers le pavillon d'été.

Elle perdit patience avant qu'ils l'atteignent.

— Quelles mesures prenez-vous pour appréhender l'assassin de votre cousin ?

— On s'occupera de cette affaire, soyez-en assurée.

Il sentit son regard furieux.

— Ce n'est pas ce que j'ai demandé.

— C'est, cependant, la seule réponse dont vous avez besoin.

Elle se raidit, puis s'enquit gentiment :

— Quelqu'un vous a-t-il informé, monsieur le duc, que vous êtes sans aucun doute l'homme le plus arrogant de toute la chrétienté ?

— Pas dans ces mots précis.

Le commentaire la réduisit au silence assez longtemps pour qu'il puisse la guider en haut des marches du pavillon. Il s'arrêta au centre du belvédère, la libérant. Des rayons de lune striaient le plancher, formant des motifs grâce aux ombres des feuilles. Sous la faible clarté, il vit sa poitrine se gonfler.

— Quoi qu'il en soit…

Les mots d'Honoria se terminèrent en un petit glapissement ; un instant, son bourreau était debout, souple et détendu devant elle — l'instant suivant, de longs doigts s'étaient refermés sur son menton. Et il était soudainement beaucoup plus proche.

— Que faites-vous ?

Ses yeux s'étaient brusquement arrondis ; elle était essoufflée. Elle ne tenta pas de libérer son visage ; sa poigne était solide.

Les paupières de Devil se levèrent ; ses yeux — encore plus pâles sous la faible lumière — rencontrèrent les siens.

— Je vous distrais.

Son murmure grave était certainement distrayant ; Honoria le sentit dans ses os. À part son menton, il ne la touchait pas, néanmoins elle se sentit glisser sous son emprise. Il l'attira vers le haut et elle s'étira, sa tête s'inclina davantage, son cœur fit une embardée, puis commença à battre la chamade. Les yeux de Devil retenaient les siens, hypnotisant sous le clair de lune, sans âge, séducteurs, omniscients. Sa tête se baissa lentement — les lèvres d'Honoria se ramollirent, s'entrouvrirent.

Elle n'aurait pas pu s'écarter même si le ciel lui était tombé sur la tête.

La première caresse de ses lèvres provoqua un douloureux frisson à travers le corps d'Honoria ; ses bras se refermèrent immédiatement sur elle, l'attirant plus près de lui. La dureté l'entourait ; des muscles avec moins de souplesse que l'acier l'emprisonnaient. La tête de biais, la pression de ses lèvres augmenta.

Elles étaient dures, comme tout le reste chez lui, autoritaires, exigeantes ; un battement de cœur plus tard, elles étaient chaudes, attirantes, d'une séduction persuasive. Honoria s'immobilisa, frissonnante, sur un seuil invisible — puis il tira légèrement et elle plongea en avant, dans l'inconnu.

Ce n'était pas la première fois qu'on l'embrassait, et pourtant si. Jamais auparavant n'y avait-il eu de la magie dans l'air, jamais avant ne l'avait-on prise par la main et introduite dans un monde de sensations. Le plaisir monta, chaud et passionnant, puis tourbillonna en elle, un kaléidoscope de délices, laissant son corps étourdi.

Agréablement étourdi.

Avec le peu de souffle qu'elle réussit à retrouver, il réclama, tissant sa toile jusqu'à ce qu'elle fut prise sans espoir de retour. Le bout de sa langue dessina les lèvres de la jeune femme, une caresse astucieusement envoûtante. Elle savait qu'elle serait sage de l'ignorer ; il la guidait dans des domaines au-delà de sa connaissance, où il lui servirait de guide. Une situation des plus imprudentes — une situation dangereuse.

Les lèvres de Devil se raffermirent, faisant fondre toute résistance. Sur un soupir, elle entrouvrit davantage les lèvres, cédant à sa demande arrogante.

Il prit ce qu'il voulait — la caresse intime provoqua une traînée de sensations en elle, la foudre la frappant jusqu'à l'âme. Abasourdie, Honoria s'écarta sur un halètement.

Il la laissa se retirer — juste un peu. Assommée, l'esprit en déroute, elle observa son visage. Un sourcil noir s'arqua lentement ; ses bras se resserrèrent.

— Non.

Honoria s'arc-bouta contre sa poigne — essaya plutôt ; ses muscles avaient la consistance de la gelée.

— Il est inutile de paniquer, je vais seulement vous embrasser.

Seulement ? Honoria cligna furieusement des yeux.

— C'est déjà assez grave. Je veux dire…

Elle inspira avec difficulté et tenta de reprendre ses esprits.

— Vous êtes dangereux.

À vrai dire, il rigola ; le son mit en pièces sa maîtrise de soi durement gagnée — elle frissonna.

— Je ne suis pas dangereux pour vous.

Ses mains la caressaient de manière apaisante, séduisante, dans son dos.

— Je vais vous épouser. Ce qui fait que les rôles sont inversés.

Son cerveau avait-il été totalement embrouillé ? Honoria plissa le front.

— Quels rôles — quoi, inversés ?

Les dents de Devil brillèrent.

— Selon tous les préceptes, les épouses Cynster représentent les seuls êtres humains sur terre de qui les hommes Cynster devraient se méfier.

— Vraiment ?

Il la faisait marcher. Honoria tenta de fouetter son indignation, une tâche impossible étant donné qu'il avait penché la tête et lui mordillait délicatement les lèvres.

— Contentez-vous de m'embrasser.

Il murmura les mots sur ses lèvres alors qu'il l'attirait plus durement contre lui. Le contact fit de nouveau frémir ses nerfs ; ses lèvres, légèrement taquines, laissaient son esprit incapable de chicaner.

Devil l'embrassa encore, attendant avec la patience de quelqu'un qui savait, jusqu'à ce qu'elle cède entièrement. Sa capitulation attendrissante en fut rendue plus douce, sachant comme il le savait qu'elle aurait préféré qu'il en soit autrement. Trop sage, trop expérimenté, il ne la poussa pas trop loin, contenant fermement ses passions. Elle restait doucement souple dans ses bras, ses lèvres lui appartenant pour son plaisir, la douce caverne de sa bouche ouverte à sa dégustation, à son pillage, à sa revendication ; pour ce soir, cela allait devoir suffire.

Il aurait de loin préféré la faire sienne — l'amener dans son lit et s'enfouir en elle, célébrer la vie de la manière la plus fondamentale — une réaction naturelle à la présence de la mort. Mais elle était innocente — ses réactions nerveuses, son inactivité lui parlaient clairement. Elle serait à lui et à lui seul — mais pas tout de suite.

La réalité de son besoin affectait pleinement son cerveau ; Devil jura mentalement. Sa douceur, pressée contre lui de la poitrine à la cuisse, était une invocation puissante, nourrissant ses démons, les appelant, les incitant. Il recula ; torse gonflant, il examina son visage, se demandant… alors même qu'il enchaînait ses désirs. Les yeux d'Honoria brillaient sous ses cils.

Son esprit vagabondant encore, Honoria laissa son regard parcourir le visage de Devil. Il n'y avait pas de légèreté dans ses traits, pas de trace de douceur, seulement de la force et de la passion, et une volonté de fer.

— Je ne vais pas vous épouser.

Les mots partirent directement de son cerveau pour franchir ses lèvres — une réaction instinctive.

Il haussa simplement un sourcil, avec un dédain irritant.

— Je vais envoyer chercher mon frère demain afin qu'il vienne ici pour me ramener à la maison.

Les yeux de Devil, argentés dans la nuit, se plissèrent très légèrement.

— La maison — comme dans l'Hampshire ?

Honoria hocha la tête. Elle se sentait irréelle, déconnectée du monde.

— Écrivez un mot à votre frère — je vais l'affranchir demain.

Elle sourit.

— Et je vais moi-même le déposer à la poste.

Il sourit en retour — elle avait le pressentiment qu'il riait d'elle bien que son torse, si proche, ne tremblait pas.

— Certainement. Nous verrons ce qu'il pense de votre décision.

Le sourire d'Honoria devint suffisant ; elle se sentait très excitée. Lui, tout Cynster qu'il était, croyait que

Michael soutiendrait sa cause. Michael, évidemment, serait d'accord avec elle — il constaterait, aussi instantanément qu'elle, que pour elle, épouser Devil Cynster n'était pas une bonne idée.

— Et maintenant, si nous avons réglé votre avenir immédiat à votre satisfaction…

Ses lèvres effleurèrent les siennes ; instinctivement, Honoria suivit leur trace.

Une brindille craqua.

Devil leva la tête, chaque muscle se tendant. Lui et Honoria regardèrent dans la nuit ; le spectacle qui apparut sous leurs yeux incrédules fit se redresser Devil.

— Que dia...

— Chut !

Honoria pressa sa main sur les lèvres de Devil.

Il fronça les sourcils et lui attrapa la main, mais il resta silencieux alors que la menue procession s'approchait, puis dépassait le pavillon d'été. Sous le clair de lune et à travers les ombres, Amelia, Amanda et Simon menaient la petite bande. Henrietta, Eliza, Angelica et Heather avec Mary dans son sillage les suivaient. Chaque enfant transportait une rose blanche.

Le pli sur le front de Devil s'approfondit lorsque l'ombre dense des arbres les avala ; sur leur destination, il ne pouvait y avoir que peu de doutes.

— Attendez ici.

Honoria le dévisagea.

— Vous voulez rire !

Elle releva ses jupes et se hâta en bas des marches.

Il était sur ses talons quand ils se faufilèrent entre les ombres, suivant la petite bande. Les enfants stoppèrent devant la tombe fraîchement recouverte de Tolly. Honoria s'arrêta dans l'obscurité profonde d'un chêne ; Devil s'immobilisa derrière elle. Puis ses mains agrippèrent sa taille ; il la souleva pour la déposer à côté.

Elle se tortilla sous sa poigne et se lança contre lui.

— *Non !*

Son murmure furieux le fit cligner des yeux. Ses mains serrant ses épaules, elle chuchota :

— Vous ne devez pas !

Il la regarda en fronçant les sourcils, puis baissa la tête afin de pouvoir murmurer dans son oreille.

— Et pourquoi diable non ? Ils n'ont pas peur de moi.

— Ce n'est pas cela ! répondit Honoria en fronçant à son tour les sourcils. Vous êtes un adulte — vous n'êtes pas l'un d'eux.

— Et alors ?

— Alors, c'est leur moment, leur occasion de dire au revoir. Ne le leur gâchez pas.

Il examina son visage, puis ses lèvres s'amincirent. Levant la tête, il regarda le contingent aligné au pied de la tombe, mais il n'esquissa plus de mouvement pour les rejoindre.

Honoria remua, et il la lâcha ; elle se retourna pour observer. La fraîcheur sous les arbres pénétrait sa robe mince — elle frissonna. L'instant suivant, les bras de Devil l'entourèrent, l'attirant de nouveau contre lui. Honoria se raidit, puis abandonna et se détendit, trop reconnaissante de sa chaleur pour ergoter.

Une conférence s'était déroulée sur le site de la tombe ; à présent, Amelia s'avançait et lançait sa rose sur le tas de terre.

— Dors bien, Tolly.

Amanda s'avança d'un pas.

— Repose en paix, entonna-t-elle, et elle projeta sa rose afin qu'elle rejoigne celle de sa jumelle.

Simon vint ensuite.

— Au revoir, Tolly.

Une autre rose atterrit sur la tombe.

Un par un, les enfants ajoutèrent leurs fleurs à la petite pile, chacun disant adieu à Tolly. Quand ils eurent terminé, ils se regardèrent, puis reformèrent leur procession et se hâtèrent de rentrer à la maison.

Honoria retint Devil jusqu'à ce que les enfants soient passés. Il lui lança un regard indéchiffrable, distinctif des Cynster, quand elle le libéra enfin, puis il lui prit la main ; ensemble, ils suivirent la piste des enfants sur la pelouse.

Il y avait de la rosée sur le gazon ; c'était un trajet difficile, particulièrement pour la petite Mary. Devil grogna et allongea le pas — Honoria se lança de nouveau sur lui.

— Non !

Elle le regarda furieusement et le poussa de nouveau sous les arbres.

Devil lui jeta aussi un regard mauvais.

— Ils vont se mouiller — je peux en porter deux.

Il agrippa sa taille ; Honoria s'accrocha à ses épaules.

— Ils devineront que vous savez où ils se trouvaient — ils comprendront que vous les avez observés. Cela va tout gâcher pour eux. Un peu d'eau ne leur fera pas de mal — pas si ce sont de vrais Cynster.

Une lueur toucha le sourire réticent de Devil. Il patienta à contrecœur jusqu'à ce que les enfants disparaissent à travers la porte latérale, puis, la main d'Honoria toujours dans la sienne, il avança à grands pas vers la maison. Les enfants négociaient encore les marches au moment où ils atteignirent le pied de l'escalier. Devil continua tout droit, marchant près du mur. Quand ils rejoignirent le palier supérieur, les jeunes étaient seulement à moitié chemin de la prochaine volée de marches. Devil tira brusquement Honoria dans une alcôve.

Elle haleta lorsqu'elle atterrit sur son torse. Un bras refermé autour d'elle ; des doigts durs soulevèrent son visage. Ses lèvres touchèrent les siennes avant qu'elle puisse inspirer ; elle tenta de garder une position ferme, mais devant le plaisir qu'il lui prodiguait, sa résistance s'affaiblit, puis disparut.

Pour être remplacée par quelque chose de si insidieux, dérobant compulsivement son âme, de si naturellement ensorcelant, qu'elle ne put se dégager. Il avait faim — elle le sentit dans sa passion tenue en laisse qui lui durcissait les lèvres lorsqu'elle s'ouvrit à lui, l'amenant à butiner encore plus avidement qu'avant. La tension infestant chaque muscle parlait d'une maîtrise ferme ; l'agitation sous-jacente effrayait et fascinait. Sa langue s'entremêla à la sienne, intimement appétissante, puis s'installa dans un rythme lent, répétitif et explorateur. La bouche d'Honoria était à lui ; sa possession fit exploser ses sens — aucun homme ne l'avait touchée ainsi. Un élan de chaleur l'envahit, une douce fièvre différente de tout ce qu'elle avait déjà connu. Au-delà de cela et de l'intimité choquante de sa caresse, elle ne savait qu'une chose. Il avait une faim de loup — faim d'elle. L'impulsion soudaine, presque écrasante de se donner à lui, d'assouvir ce besoin endémique la secoua jusqu'à l'âme — et quand même, elle était incapable de se dégager.

Combien de temps restèrent-ils collés l'un à l'autre dans le noir, elle n'en avait aucune idée ; quand il leva la tête, elle avait perdu contact avec le monde.

Il hésita, puis effleura ses lèvres des siennes.

— Est-ce que je vous effraie ?

— Oui.

D'une certaine façon, c'était vrai. Les yeux ronds, le pouls irrégulier, Honoria fouilla ses yeux ombragés.

— Mais ce n'est pas de vous que j'ai peur.

Il provoquait des sensations chez elle, des envies.

— Je...

Plissant le front, elle s'interrompit, pour une fois à court de mots.

Dans l'obscurité, Devil sourit en coin.

— Ne vous inquiétez pas.

Il prit sa bouche une dernière fois, volant un baiser avant de l'écarter de lui.

— Partez. Maintenant.

C'était un avertissement — il ne fut pas sûr qu'elle le comprit.

Elle le regarda en clignant des yeux sous la faible clarté, puis hocha la tête.

— Bonsoir, lui dit-elle en se glissant hors de l'alcôve. Dormez bien.

Devil rit presque. Il ne passerait pas une bonne nuit — il ne dormirait pas du tout. Il pouvait sentir poindre un autre mal de tête.

CHAPITRE 7

Le lendemain matin, Honoria assista au service dominical dans l'église sur les terres, puis revint en marchant lentement avec Louise Cynster. La mère de Tolly la remercia d'avoir secouru son fils ; Honoria la démentit poliment. Avec peu d'encouragements, Louise parla de Tolly et de sa relation avec Devil. Le culte du héros semblait la description la plus juste.

L'objet de respect de Tolly n'avait pas cru bon de venir à la messe. Quand les dames rejoignirent la table du petit-déjeuner, il était évident qu'il était passé avant elles. Honoria avala rapidement son thé et une rôtie, puis se dirigea à l'étage.

Devil, elle en était certaine, avait dû monter à cheval. C'était une journée parfaite — il serait dehors à passer ses champs en revue assis sur son démon mangeur de gâteaux. Ce qui devrait laisser les environs libres.

Ce fut le travail de trois minutes pour elle d'enfiler son élégant costume d'écuyère topaze. Ses vêtements étaient le seul article pour lequel elle avait toujours insisté pour qu'ils soient à la hauteur de la lignée des Anstruther-Wetherby. Elle donna une chiquenaude sur la plume de sa toque assortie afin qu'elle se drape d'une manière séduisante sur une tempe, puis se dirigea vers la porte.

Il n'y avait personne dans l'écurie. Imperturbable, elle entra dans le bâtiment principal. Les murs de la stalle étaient hauts ; elle ne pouvait pas voir par-dessus. La sellerie se trouvait au fond — elle descendit l'allée d'un pas décidé.

Une grande main se tendit et la tira dans une stalle.

— Que...

De l'acier chaud l'encerclait. Honoria centra son regard — et comprit le danger.

— Ne vous avisez pas de m'embrasser — je vais crier si vous le faites !

— Et qui, croyez-vous, viendra à votre secours ?

Honoria cligna des paupières — et essaya de réfléchir à la bonne réponse.

— En tout cas, vous ne serez pas capable de crier pendant que je vous embrasserai.

Elle entrouvrit les lèvres et inspira profondément.

Quand elle réalisa que ce n'était pas une bonne stratégie, il était trop tard — il en avait pleinement tiré avantage. Une vague idée de se débattre flotta dans son esprit, puis s'en échappa alors qu'un plaisir chaud, sensuel et insidieux bourgeonnait en elle. Les lèvres de Devil se déplacèrent sur les siennes, arrogante d'assurance ; sa langue se glissa à l'intérieur dans une caresse délicieusement languissante, sans précipitation, qui se prolongea, encore et encore, jusqu'à ce qu'elle fût complètement envahie par la chaleur. Honoria sentit la fièvre monter ; elle tenta de se dire que c'était mal, scandaleusement mal, alors que chacun des sens qu'elle possédait ronronnait de satisfaction. Elle ne pouvait pas réfléchir ni entendre lorsqu'il l'embrassait. Elle fit cette découverte quand Devil leva enfin la tête ; jusqu'à l'instant où ses lèvres quittèrent les siennes, son esprit avait été vide de pensées, bienheureux dans son néant. Les sons de l'écurie se précipitèrent sur elle, se combinant à sa difficulté respiratoire. Ses os s'étaient liquéfiés, néanmoins elle était toujours debout — puis elle réalisa que c'était à cause de lui qu'elle était dans cette position. Il la tenait contre lui ; ses orteils touchaient à peine le sol.

— Par tous les ciels !

Clignant furieusement des yeux, elle remit les talons sur terre. L'avait-elle qualifié de dangereux ? Il était mortel.

— Bonjour, Honoria Prudence.

Son ronronnement grave provoqua un frisson dans sa colonne vertébrale.

— Et où allez-vous ?

— Ah…

Les yeux ronds dans ses yeux verts omniscients, Honoria rassembla ses idées.

— Je cherchais un cheval. Vraisemblablement, vous en avez plus d'un ?

— Je crois qu'il y a une jument prétentieuse et têtue qui devrait vous convenir. Cependant, où pensiez-vous vous promener ?

— Oh, simplement dans les avenues.

Il la tenait trop fermement pour qu'elle se dégage ; elle essaya de reculer doucement — sa prise ne se relâcha pas d'un centimètre.

— Vous ne connaissez pas cette campagne, vous allez vous perdre. Vous serez davantage en sûreté en montant avec moi.

Se dispensant de toute subtilité, Honoria tendit la main derrière elle pour tenter de détacher les bras de Devil. Il rigola et la laissa tirer — tout cela en vain. Puis il pencha la tête et déposa des baisers légers comme des plumes sur son oreille gauche.

Essoufflée, assez ridiculement agitée, Honoria lui décocha un regard furieux.

— La personne qui vous a surnommé Devil a frappé droit dans le mille !

— Hully ?

Honoria cligna des paupières en le regardant directement dans les yeux.

— Mrs Hull vous a donné votre surnom ?

Il sourit — d'un sourire démoniaque.

— Elle était ma gouvernante. J'avais trois ans quand elle m'a baptisé « ce Devil Cynster ».

— Vous deviez être un tyran, même alors.

— Je l'étais.

Un bruit de gorge frénétique dispensa Honoria de la nécessité de répondre. Devil regarda autour de lui, puis la libéra, se tournant pour la dissimuler à la vue.

— Qu'y a-t-il, Martin ?

— Désolé d'interrompre, Vot' Seigneurie, mais une des embases au Numéro un Nord s'est fendue — Mr Kirby se demandait si vous pourriez passer faire un tour par là. Il espérait que vous pourriez vérifier la disposition avant qu'il replace la pale.

Le message n'avait aucun sens pour Honoria ; elle jeta un coup d'œil par-dessus l'épaule de Devil. Un ouvrier, casquette en main, patientait dans l'allée. Elle leva les yeux — et découvrit le regard de son maître fixé sur elle.

— Dis à Kirby que j'y serai dans une demi-heure.

— Oui, Vot' Seigneurie.

Martin se hâta de sortir.

Honoria se redressa.

— De quoi s'agissait-il ?

— L'un des moulins à vent ne fonctionne pas.

— Des moulins ?

Honoria se rappelait de nombreux moulins à vent parsemant les champs.

— Il semble y en avoir beaucoup aux alentours.

Les lèvres de Devil tressaillirent. Il tendit la main vers la sienne.

— Nous sommes en pays marécageux, Honoria Prudence — les moulins font tourner des pompes qui assèchent la terre.

— Oh.

Honoria se retrouva en train d'être remorquée dans l'allée.

— Où m'amenez-vous ?

Il leva les deux sourcils.

— Trouver un cheval. N'était-ce pas ce que vous vouliez ?

Dix minutes plus tard, sur une sémillante jument alezane, Honoria sortit bruyamment dans la cour de l'écurie, dans le sillage de Devil. L'idée d'un détour furtif se présenta uniquement pour se voir rejetée ; il la doublerait en un instant.

Ils quittèrent le parc par une route différente de celle qui traversait la forêt ; au-delà des murs, le claquement des moulins à vent devint perceptible, augmentant régulièrement alors qu'ils avançaient au nord. Le moulin en question était grand ; Devil descendit de cheval pour s'entretenir avec son contremaître.

Pour Honoria, leur discussion avait peu d'intérêt. Alors qu'ils rentraient au petit galop à la Maison, elle prit le taureau par les cornes.

— Avez-vous la moindre idée de l'identité possible du « bandit de grand chemin » ?

Cela semblait une question assez claire.

Sa réponse fut un exposé sur la mécanique du drainage par moulin. Quand ils atteignirent la cour de l'écurie, Honoria en avait assez entendu pour confirmer l'adage disant que les Cynster étaient aussi passionnés par leurs terres qu'ils l'étaient par leurs autres activités. Elle avait également acquis une opinion ferme sur ce que son hôte pensait de son intérêt envers le meurtre de son cousin.

*

Le lendemain matin, elle regarda par la fenêtre de sa chambre jusqu'à ce qu'elle vît son ennemi partir à cheval. Puis elle se dirigea vers les écuries. Les palefreniers ne virent rien d'étrange dans sa demande que la jument fût de nouveau sellée. Quand elle passa sous l'arche menant à l'extérieur du parc, Honoria poussa un cri d'enthousiasme. Souriant bêtement, elle prit la direction de la forêt.

Elle finit par suivre le long chemin autour du village. Il s'était écoulé plus d'une heure avant qu'elle rejoigne enfin la ligne droite où l'on avait tiré sur Tolly. La jument sembla percevoir où se trouvait l'endroit fatal ; Honoria tira sur les rênes et glissa en bas de la selle, attachant le cheval à quelques mètres le long de la route.

Vive et pleine de détermination, elle traversa la voie. Un bruit de sabots l'atteignit. S'arrêtant, elle écouta ; le cavalier inconnu se dirigeait vers elle.

— Bon sang !

Elle pivota brusquement et se hâta de retrouver sa jument.

Elle ne remonta pas. Incrédule, Honoria regarda à droite et à gauche. Le martèlement des sabots s'approchait régulièrement. En cet instant, elle aurait échangé sa garde-robe complète pour un rondin approprié ; aucun n'était en vue.

La présence inconnue était certainement un résident local pas plus menaçant que Mr Postlethwaite. Honoria s'avança à la tête de sa jument et adopta une expression hautaine, nonchalante. Si elle souhaitait se tenir à côté de son cheval sur la route, qui avait le droit de la contredire?

Le cheval approchant effectua le virage et apparut à sa vue. Le cavalier n'était pas Mr Postlethwaite.

Le démon noir stoppa à côté d'elle ; Devil baissa les yeux sur elle.

— Que faites-vous ici ?

Honoria ouvrit de grands yeux ronds — encore plus largement qu'ils ne l'étaient déjà.

— Je me suis arrêtée pour me délier les jambes.

Il ne battit pas un cil.

— Et admirer la vue ?

Ils étaient cernés par la forêt. Honoria plissa les paupières dans sa direction.

— Que faites-*vous* ici ?

Devil rencontra son regard, son expression implacable, puis il sauta en bas de sa selle. La mâchoire contractée, il noua les rênes autour d'un arbre ; sans un mot, il se tourna et marcha à grands pas vers l'endroit où Tolly était tombé.

Honoria avança avec détermination dans son sillage.

— Vous ne croyez pas plus que moi qu'il s'agissait d'un bandit de grand chemin — et ce n'était certainement pas un braconnier.

Devil grogna.

— Je ne suis pas fou.

Il lui lança un regard perçant, puis il regarda ailleurs, faisant jouer les muscles de ses épaules comme s'il chassait une entrave quelconque.

Honoria l'observa examiner le sol.

— Eh bien ? Qui est coupable, selon vous ?

— Je ne sais pas, mais nous allons le découvrir.

— Nous ?

Honoria était absolument certaine qu'il ne voulait pas dire elle et lui.

— Vous cherchez tous, n'est-ce pas — vous et vos cousins ?

Le regard qu'il lui décocha débordait d'une patience tenace — son petit soupir le soulignait.

— Comme vous l'avez correctement déduit, ce n'était pas un bandit de grand chemin ; ni un braconnier non plus — Tolly a été assassiné. Derrière un tel meurtre, il doit y avoir une raison — nous recherchons cette raison. La raison nous mènera à l'homme.

— D'après ce que j'ai entendu, vous n'avez aucune idée de ce que pourrait être cette raison.

Son regard, acéré, toucha son visage ; Honoria essaya de ne pas en paraître consciente.

— Tolly a mené une vie remplie. Pendant que je couvre le territoire ici, les autres se divisent Londres — les bals, les endroits mal famés — partout où un Cynster a pu aller.

Se rappelant les missions qu'il avait assignées à ses cousins, Honoria plissa le front.

— Tolly aimait-il les chats ?

Devil la dévisagea, son expression totalement vide.

— Les chatteries ?

Il cligna des yeux, lentement, puis son regard dénué d'expression rencontra le sien.

— Les salons. Du *demi-monde*[1].

Honoria réussit à ne pas laisser le choc se voir dans ses yeux.

— Il n'avait *que* vingt ans.

— Alors ?

Le mot suintait l'arrogance.

— Les Cynster commencent tôt.

Il en était l'archétype — vraisemblablement, il savait. Honoria décida d'abandonner le sujet. Devil s'était avancé dans les broussailles.

— Que cherchez-vous ? Une arme ?

— Tolly ne portait pas d'arme.

— Alors ?

Sa version suintait l'impatience.

Les lèvres de Devil formèrent une mince ligne.

— Je cherche tout ce qui ne devrait pas être ici.

Il s'arrêta et regarda autour de lui.

— Le vent a pu souffler les choses d'un côté ou de l'autre de la voie.

1. En français dans le texte.

C'était une tâche décourageante. Pendant que Devil piétinait les broussailles près de l'endroit où Tolly était tombé, Honoria scrutait et fouillait le bas-côté le long de la route. Un long bâton dans une main, elle suivait dans son sillage, donnait de petits coups sur des tas d'herbe prometteurs et soulevait de la moisissure de feuille. Devil jeta un coup d'œil autour de lui et grogna, puis il continua plus rapidement, survolant les alentours chemin faisant, lui laissant les plus petits détails.

Quand ils eurent couvert une zone d'une distance d'un mètre de la route, Honoria se redressa et repoussa la plume qui tentait de lui piquer l'œil.

— Pourquoi pensez-vous que Tolly se trouvait sur la route ?

Devil répondit sans lever les yeux.

— Je suppose qu'il se rendait à la Maison.

— Votre tante croit qu'il venait probablement vous demander conseil.

À ces mots, il leva les yeux.

— Vous avez demandé à tante Louise ?

Son ton amena Honoria à se redresser, comme au garde-à-vous.

— Nous ne faisions que bavarder — elle ne soupçonne rien.

Son expression sévère ne se modifia pas ; gesticulant avec désinvolture, elle haussa les épaules.

— Vous avez dit que c'était un bandit de grand chemin, alors c'était un bandit de grand chemin. Tout le monde le croit — même votre mère.

— Dieu merci.

Sur ce, le regard dur comme l'acier, Devil reprit sa fouille.

— La dernière chose dont j'ai besoin, c'est de l'intervention des femelles.

— Vraiment ?

Maniant son bâton, elle éparpilla un tas de feuilles.

— Je suppose qu'il ne vous soit jamais venu à l'esprit que les femelles peuvent contribuer à quelque chose ?

— Si vous voyiez la contribution que ma mère a pensé faire, vous ne poseriez pas la question. Elle a écrit une note au magistrat qui aurait redressé les poils de son cou — s'il avait pu la déchiffrer.

Honoria retourna une motte de terre.

— Si nous ne nous sentions pas si frustrées d'impuissance, mises de côté avec l'ordre de tricoter des moufles, nous ne réagirions peut-être pas de façon aussi extravagante.

Pivotant, elle agita le bâton dans sa direction.

— Songez seulement comme *vous* seriez dépité si vous saviez, personnellement, que vous ne pourriez jamais rien accomplir.

Il la regarda — droit dans les yeux — pendant ce qui parut un long silence mélodique. Puis ses traits se durcirent ; il fit un signe vers le sol.

— Continuez juste à chercher.

Ils fouillèrent les deux côtés de la route, mais ne trouvèrent strictement rien. Remontant, ils traversèrent les champs au petit galop, puis le portail du parc, tous deux absorbés par leurs réflexions sur la mort de Tolly.

Pendant qu'ils passaient entre les rangées de peupliers dorés, Honoria jeta un coup d'œil vers Devil.

— Votre tante a l'intention de vous donner en souvenir la flasque en argent que vous avez offert à Tolly pour son anniversaire — il la portait sur lui lorsqu'il a reçu la balle.

Quand il se contenta de hocher la tête, le regard fixé devant lui, elle ajouta quelque peu aigrement :

— Il semble que le « bandit de grand chemin » l'ait oubliée.

Cela lui valut un nouveau regard — d'avertissement.

— Votre tante a également mentionné, continua-t-elle, que s'il éprouvait des ennuis, Tolly se tournerait d'abord vers vous, en tant que chef de famille, au lieu d'aller trouver son père ou Charles. Pensez-vous que la raison pour laquelle on l'a tué pourrait être la même qui l'a amené à venir vous voir ?

Le regard de Devil devint plus perçant ; en cet instant, Honoria connut la victoire. Elle l'avait devancé dans cette conclusion et il croyait qu'elle avait raison. Il ne dit rien, cependant, jusqu'à ce qu'ils atteignent la cour de l'écurie. La soulevant pour la déposer à terre, il la tint devant lui.

— Ne dites rien à Maman ou à tante Louise — il est inutile de lever des lièvres.

Honoria rencontra son regard avec une morgue terne.

— Et si vous deviez entendre ou découvrir quoi que ce soit, dites-le-moi.

Elle ouvrit de larges yeux innocents.

— Et vous me relaterez ce que vous découvrirez ?

Son expression devint sombre.

— Ne poussez pas votre chance, Honoria Prudence.

CHAPITRE 8

Deux matins plus tard, Devil descendait l'escalier principal, tirant sur ses gants de conduite. Alors qu'il entreprenait la dernière volée de marches, Webster apparut, se dirigeant vers la porte d'entrée.

— Votre calèche devrait vous attendre, Votre Seigneurie.

— Merci.

Atteignant la porte d'entrée, Devil regarda en arrière.

Main sur la clenche, Webster marqua une pause.

— Quelque chose ne va pas, Votre Seigneurie ?

Devil se retourna alors que Webster ouvrait la porte, révélant sa calèche avancée devant les marches, ainsi qu'une silhouette en lilas pâle. Devil sourit.

— Non, Webster, tout est comme je m'y attendais.

Sortant sans se presser, Devil s'arrêta dans l'ombre du porche pour savourer l'image que présentait

Honoria. Sa future épouse avait un style certain, une élégance innée.

Ses cheveux étaient empilés sur le dessus de sa tête en un chignon à la mode, de fines bouclettes vagabondes couronnant son visage. Une ombrelle à volants lui protégeait le teint ; ses mains et ses pieds étaient enfermés dans du cuir brun clair. Sa robe de voyage lilas avait été coupée avec habileté, parfaitement ajustée à sa taille svelte, mettant l'accent sur le doux renflement de ses hanches et les courbes généreuses de ses seins. Il lui fallut un effort conscient pour effacer le sourire de loup sur son visage.

Adoptant une expression neutre, impassible, il descendit lentement les marches.

Faisant tournoyer son ombrelle, Honoria l'observa s'approcher.

— Je comprends que vous avez l'intention d'aller en voiture jusqu'à St-Ives, monsieur le duc. Je me demande si je peux vous accompagner. J'ai développé un intérêt pour les vieilles chapelles — je crois que le pont-chapelle de St-Ives est un exemple particulièrement beau de son genre.

— Bonjour, Honoria Prudence.

S'arrêtant devant elle, Devil s'empara de sa main droite ; la levant en douceur, il pressa ses lèvres à l'intérieur de son poignet, dénudé par son gant.

Honoria lâcha presque son ombrelle. Elle lui lança un regard mauvais et tenta de calmer son cœur battant.

— Bonjour, Votre Seigneurie.

Sans un mot de plus — sans le débat qu'elle s'était préparée à gagner — il la guida vers le côté de la calèche et la souleva pour la déposer à sa place. Sans effort. Elle dut apaiser son cœur indiscipliné encore une fois. Se déplaçant, elle s'accrocha à la rambarde quand le siège s'inclina lorsqu'il monta. Une fois réinstallée, elle redisposa ses jupes, puis s'affaira avec son ombrelle.

Devil prit les rênes, donna congé à son palefrenier, puis ils roulèrent dans l'allée. Honoria prit une profonde respiration ; l'air frais sous les chênes lui ravivait l'esprit — et porta une lumière plus vive sur les dernières minutes. Plissant brusquement les yeux, elle les tourna vers Devil.

— Vous saviez !

Il jeta un regard de son côté, l'air légèrement indulgent.

— On me considère habituellement comme une personne qui apprend vite.

Un doute troublant surgit dans son esprit.

— Où m'amenez-vous ?

Cette fois, son expression fut l'innocence incarnée.

— À St-Ives, voir le pont-chapelle.

Honoria scruta ses yeux ; ils étaient purs comme de l'eau de roche. Se tortillant, elle regarda derrière elle et vit un cheval attaché à une longe suivant la calèche. Elle se retourna vers l'avant.

— Vous allez à St-Ives pour rendre le cheval que montait Tolly l'après-midi où il a été tué.

Le regard de Devil devint acéré, son expression agacée.

— Je suppose que je ne peux pas vous convaincre de me laisser cette affaire entre les mains ?

Honoria fronça les sourcils.

— Est-ce le cheval de Tolly ou bien peut-il s'agir de celui du meurtrier ?

La mâchoire de Devil se contracta.

— Il doit s'agir du cheval que montait Tolly — on l'a trouvé entièrement sellé dans un champ à proximité du bois le lendemain de l'orage. Il vient des écuries qu'utilisait habituellement Tolly. Et le meurtrier a vraisemblablement quitté la scène à dos de cheval.

Une ligne droite s'étendait devant eux ; il ralentit ses alezans et regarda Honoria.

— Honoria Prudence, vous êtes peut-être tombée sur Tolly quelques minutes avant moi, mais il n'y a aucune raison pour que vous preniez un rôle actif dans la chasse à son assassin.

Honoria leva le nez en l'air.

— Je prends la liberté d'être en désaccord, monsieur le duc.

Devil se renfrogna.

— Pour l'amour de Dieu, arrêtez de me donner du « monsieur le duc » — appelez-moi Devil. Nous allons, après tout, devenir mari et femme.

— Cela, déclara Honoria, son menton s'élevant d'un cran supplémentaire, est improbable.

Devil regarda la pointe de son menton et débattit en lui-même de la sagesse d'argumenter. Il dit plutôt, d'un ton neutre, mais légèrement tranchant :

— Honoria, je suis le chef de cette famille — mes épaules sont plus larges que les vôtres et mon dos est bien plus solide. Trouver l'assassin de Tolly est *ma* responsabilité — soyez assurée que je vais m'en acquitter.

Elle l'observa.

— Vous réalisez bien que vous venez tout juste de vous contredire ? Une minute, vous déclarez que je suis votre future femme — la minute suivante, vous m'interdisez d'agir comme devrait le faire votre femme ou votre fiancée.

— Quant à moi, ma femme, future ou actuelle, ce qui veut dire *vous*, devrait s'abstenir de toutes activités dangereuses.

Obligé de regarder ses chevaux, Devil entendit son propre grognement ; son front se plissa plus profondément.

— Le meurtre est un acte violent ; pourchasser un meurtrier est dangereux. Vous ne devriez pas vous en mêler.

— L'opinion bien établie affirme qu'une femme devrait offrir aide et soutien à son mari dans toutes ses entreprises.

— Oubliez l'aide — je vais me contenter du soutien.

— J'ai peur que vous ne puissiez séparer les deux, ils se présentent en paire. D'ailleurs, ajouta Honoria, ses yeux s'élargissant, s'il me faut rester loin de tout danger, comment pourrions-nous nous marier ?

Il lui jeta un coup d'œil, l'expression abasourdie ; il scruta son visage, puis plissa les yeux.

— Vous savez que vous ne courrez aucun danger venant de moi. Vous ne seriez pas ici dans le cas contraire.

Cela, admit Honoria en son for intérieur, était vrai ; il était une force beaucoup trop puissante à défier sans des garanties coulées dans l'acier. Mais, sa position était inattaquable — étant donné qu'il la voyait comme sa femme, il défendrait son honneur, même contre lui-même. Elle ne pouvait pas avoir un protecteur plus redoutable. Sûre de ce fait, elle sourit sereinement.

— Vos cousins ont-ils appris quelque chose jusqu'à présent ?

Il marmonna quelque chose et regarda devant lui — elle n'essaya pas de comprendre ses mots. Sa mâchoire était contractée — du granit aurait été plus mou. Il prit le virage suivant en vitesse, puis fouetta ses chevaux. Imperturbable, elle se cala dans son siège, survolant vaguement du regard les champs qu'ils passaient rapidement.

Devil ralentit à peine son équipage à Somersham.

Honoria aperçut Mr Postlethwaite près du presbytère. Elle agita la main ; il cligna des paupières, puis sourit et la salua en retour. S'était-il réellement écoulé juste une semaine depuis qu'elle s'était engagée sur le chemin à travers la forêt ?

La famille de Tolly était partie la veille, ayant passé les jours depuis les funérailles à accepter leur chagrin. Elle avait pris les jumelles en main, les encourageant à tourner leurs pensées vers l'avenir qui se présentait à elles. Elle avait également brisé l'une de ses règles d'or et prit les plus jeunes filles, Henrietta et la petite Mary, sous son aile ; personne d'autre ne convenait pour cette tâche. Soutenir les sœurs de Tolly n'avait fait que renforcer sa résolution à assurer que le tueur serait traîné devant la justice.

Les toits de St-Ives s'étendaient devant eux quand Devil parla enfin.

— Vane a envoyé un messager hier — personne n'a déterré le plus minuscule indice ni entendu la moindre rumeur. Rien pour suggérer ce qui a précipité Tolly par ici ou pour quoi il pourrait avoir été tué.

Honoria examina son profil.

— Vous attendiez davantage, n'est-ce pas ?

— J'ai repoussé le moment de ramener le cheval, espérant obtenir une description de l'homme que nous cherchons. Il a dû se rendre dans la forêt d'une manière ou d'une autre. S'il a suivi Tolly ou s'il est arrivé plus tôt de Londres, il a peut-être loué un cheval à St-Ives.

— Il est peut-être venu en voiture ?

Devil secoua la tête.

— Dans ce cas, il aurait eu à sortir de la forêt en s'éloignant de Somersham. Autrement, il vous aurait rencontrée. Un groupe de mes ouvriers travaillaient dans les champs en contrebas des bois — toute voiture passant par là les aurait dépassés. Aucune ne l'a fait.

— Qu'en est-il d'un cavalier ?

— Non plus, mais la forêt est criblée de pistes cavalières. Il y en a tout un nombre que le cavalier aurait pu emprunter.

— Est-il possible de venir de Londres à cheval ?

— Possible, mais peu probable.

Devil mit le frein à son duo ; les premières maisons de St-Ives étaient devant eux.

— Un cheval monté d'aussi loin galopant à une vitesse raisonnable ne pourrait pas ultérieurement prendre la fuite.

Ils avaient atteint la rue principale ; Devil mit au pas les chevaux bais.

— Donc, conclut Honoria, nous cherchons un homme, identité et description inconnues, qui a loué un cheval le jour du coup de feu.

Elle sentit le regard de Devil sur son visage et entendit le petit soupir irrité, exaspéré qu'il lui adressa avant de dire :

— *Nous* cherchons précisément cela.

Cinq minutes plus tard, assise dans la calèche, écoutant pendant qu'il interrogeait le chef d'écurie,

Honoria se débattait encore avec son triomphe. Elle se garda bien de le laisser paraître — la dernière chose qu'elle voulait était de froisser sa sensibilité masculine et de le voir revenir sur sa décision. Néanmoins, sa victoire était si douce qu'il lui était difficile de réprimer un sourire sur ses lèvres — chaque fois qu'elle était certaine qu'il ne pouvait pas le voir, elle ne s'en privait pas.

La calèche oscilla quand Devil monta à bord.

— Avez-vous entendu ?

— Aucun cavalier à l'exception de Tolly. Y a-t-il d'autres écuries en ville ?

Il y en avait deux, mais les réponses furent les mêmes qu'à la première. Aucun homme n'avait loué de cheval ce jour-là et personne n'avait remarqué de cavalier passant à cheval.

— Et maintenant ? demanda Honoria alors que Devil faisait remonter la rue principale à son équipage.

— Je vais envoyer des hommes le vérifier à Huntingdon, Godmanchester et Ely. Chatteris aussi, bien que ce soit encore moins probable.

— Qu'en est-il de Cambridge ?

— Cela, déclara Devil, est la meilleure chance. C'est plus près de la ville et les diligences sont plus fréquentes sur cette route.

Honoria hocha la tête.

— Alors, quand nous y rendons-nous ?

Devil lui jeta un coup d'œil.

— *Nous* n'y allons pas — pas plus que nous n'irons dans les autres villes.

Honoria le regarda en plissant les yeux — seulement pour voir tressaillirent ses lèvres.

— Je suis trop bien connu pour poser des questions sans susciter des commentaires. St-Ives est différent — c'est la ville de la famille et peu d'autres grandes familles vivent à proximité. Et *vous* ne pouvez pas poser de questions non plus. Mais mes palefreniers peuvent bavarder avec les valets d'écurie en buvant une pinte ou deux et apprendre tout ce dont nous avons besoin sans que personne en sache rien.

— Hum.

Honoria l'observa avec méfiance.

— Je vais envoyer Melton à Cambridge.

— Votre chef d'écurie ?

— Pour ainsi dire.

Honoria n'avait pas encore vu l'homme.

— Il ne semble pas être très présent dans les alentours.

— Melton n'est jamais dans les alentours lorsque j'ai besoin de lui. C'est un point d'honneur pour lui.

Honoria le dévisagea.

— Pourquoi l'acceptez-vous ?

Devil haussa les épaules.

— Il est vieux.

— C'est tout ? Parce qu'il est vieux ?

— Non.

Intriguée, Honoria vit le visage dur s'adoucir, pas beaucoup, mais assez pour être visible.

— Melton m'a hissé sur mon premier poney — on pourrait dire qu'il m'a appris à monter à cheval. Il est à la Maison depuis ma naissance et personne n'en connaît plus que lui sur les chevaux, même pas Demon. Je ne pourrais pas le mettre sur la touche, pas après une vie à ce poste. Heureusement, son gendre,

Hersey, est un homme raisonnable — il est sous-chef d'écurie et c'est lui qui accomplit vraiment tout le travail. À part dans certaines occasions spéciales — et pour s'occuper de Sulieman —, le poste de Melton est purement titulaire.

— Mais, il ne se présente jamais lorsque vous rentrez Sulieman.

— Ou quand je le sors. Comme je l'ai dit, c'est un point d'honneur pour lui.

Devil jeta un coup d'œil à Honoria, ses lèvres se tordant avec ironie.

— Pour s'assurer que je n'oublie pas tout ce qu'il m'a appris. Selon lui, juste parce que je suis un duc ne me dispense pas d'étriller mon cheval.

Honoria s'étrangla, puis abandonna et rit sans retenue.

Devil lui décocha un regard dégoûté — et continua à rouler.

Elle s'essuyait les yeux, encore secouée par le gloussement occasionnel, lorsqu'il ralentit son équipage. Ils se trouvaient à environ deux kilomètres de Somersham ; Honoria reprit son sérieux quand Devil fit sortir les chevaux de la route, les dirigeant tranquillement sur une voie étroite, puis vira sur une large étendue herbeuse et tira sur les rênes.

— Regardez — Cambridgeshire Nord.

Elle pouvait difficilement le manquer : le comté s'étalait devant elle, une tapisserie de verts et d'ors, bordée de teintes plus foncées des bois et des haies.

— Voici l'endroit qui ressemble le plus à un poste de guet dans cette région.

Honoria contempla le paysage, pendant que sa méfiance augmentait à pas de géant. Ils se trouvaient sur un plateau herbeux, un bosquet d'arbres les dissimulant à la route. Essentiellement privée.

— Par là, pointa Devil sur sa droite, vous pouvez voir les toits de Chatteris. La première ligne vert foncé au-delà, c'est Forty-Foot Drain et la deuxième est Old Nene.

Honoria hocha la tête ; elle se rappelait les noms de son premier exposé sur les moulins.

— Et maintenant… Il est temps de déjeuner, dit Devil en attachant solidement les rênes.

— Déjeuner ?

Honoria pivota, mais il avait déjà bondi hors de la calèche. Un instant plus tard, elle l'entendit fourrager dans le coffre. Il réapparut, une couverture dans une main, un panier à pique-nique dans l'autre.

— Tenez.

Il lui lança la couverture. Instinctivement, elle l'attrapa, puis retint son souffle quand le bras libre de Devil se faufila autour de sa taille et qu'il la déposa au sol. Il lui sourit, le loup à l'état pur présent dans ses yeux.

— Pourquoi ne choisiriez-vous pas un endroit convenable pour étendre la couverture ?

Honoria lui lança un regard furieux — elle ne pouvait pas parler ; son cœur était coincé dans sa gorge, sa respiration s'était interrompue. Elle eut à peine la force de se secouer pour se libérer de ce bras qui l'encerclait. Marchant au pas sur l'herbe avec autant de détermination que ses membres soudainement flageolants lui permettaient, bien trop consciente qu'il rôdait derrière à proximité, elle étendit la couverture sur la première parcelle raisonnable puis, se souvenant de son ombrelle, elle revint à la sécurité de la calèche pour le récupérer.

Le déplacement lui donna le temps de calmer ses sens, de reprendre une prise ferme sur son esprit rebelle — de se rappeler à elle-même à quel point elle était vraiment en sûreté. Tant qu'elle ne lui permettait pas de l'embrasser de nouveau, tout irait bien.

Elle pouvait difficilement être tenue responsable des baisers précédents qu'il lui avait volés — comme le pirate auquel il lui faisait penser, il l'avait surprise, capturée et il avait pris ce qu'il désirait. Cette fois, cependant, alors qu'elle s'était peut-être laissée piégée sans le vouloir, elle savait tout de même que c'était un piège. Il ne l'avait pas encore déclenché — en tant que dame vertueuse, il était clairement de son devoir de s'assurer que sa planification s'avère vaine.

Ses baisers et le désir derrière eux étaient loin d'être innocents ; elle ne pouvait pas, en toute conscience, céder à un badinage amoureux aussi scandaleux.

Ce qui rendait son rôle très clair : circonspection, prudence et vertu inattaquable. Elle revint vers la couverture, répétant cette litanie. La vue du repas qu'il avait déballé — deux verres à vin, du champagne, frais dans son voile de lin blanc, les mets délicats destinés à tenter le palais d'une dame — tout cela témoignait de son intention. Elle plissa les yeux en le regardant.

— Vous avez planifié ceci.

Se prélassant sur la couverture, Devil leva les sourcils.

— Évidemment — quoi d'autre ?

Il lui attrapa la main et tira doucement ; elle n'eut d'autre choix que de se laisser tomber, gracieusement, sur l'autre moitié de la couverture. Elle fit attention de laisser le panier entre eux.

— Vous ne saviez même pas que j'allais vous accompagner.

Sa réponse fut un unique sourcil arqué et un regard si scandaleusement condescendant qu'elle fut littéralement à court de mots.

Il sourit largement.

— Tenez.

Il tendit la main vers le panier.

— Prenez une cuisse de poulet.

Honoria inspira profondément. Elle regarda la portion qu'il tenait, l'os soigneusement enroulé dans une serviette de table — puis elle tendit la main, l'accepta et mordit dedans.

À son soulagement, il ne fit aucun effort pour converser. Elle lui jeta un regard de biais. Il était étendu sur la couverture, soulevé sur un coude pendant qu'il s'affairait sans interruption à vider le panier. Honoria prit une longue gorgée de champagne — et mit ses efforts à les distraire tous les deux.

— Pourquoi Tolly est-il venu en passant par St-Ives au lieu de Cambridge ? S'il voulait vous voir, pourquoi n'a-t-il pas emprunté la route la plus rapide ?

Devil haussa les épaules.

— Nous voyageons tous par St-Ives.

— Pour des raisons évidentes ?

Il sourit largement.

— Nous ressentons, évidemment, un certain lien avec la ville, dit-il en attirant l'attention d'Honoria. Un de mes ancêtres a construit le pont-chapelle, après tout.

Elle avait complètement oublié d'avoir demandé à voir la chapelle. Honoria s'indigna.

— Comme pénitence, sans aucun doute.

— Vraisemblablement.

Devil sirota son champagne.

Honoria revint à ses réflexions.

— Quand Charles est-il arrivé à la Maison ?

— Je ne sais pas — Vane a dit qu'il était là lorsque lui-même est arrivé, tard ce soir-là, juste avant le pire de l'orage.

Honoria fronça les sourcils.

— Si Charles a suivi Tolly depuis la ville, pourquoi n'est-il pas tombé sur lui sur la route ?

— Charles ne se présenterait pas par ce côté.

— Je pensais que tous les Cynster voyageaient par St-Ives ?

— Tous, sauf Charles.

S'asseyant, Devil commença à remballer le panier. Il lui jeta un regard, puis il tendit la main vers le verre de sa compagne. Il le vida en une seule gorgée.

— Charles, au cas où vous ne l'auriez pas remarqué, ne fait pas vraiment partie de la meute.

La meute — un bon mot pour les décrire, la meute de loups Cynster.

— Il semble bien..., Honoria gesticula, venir d'un moule un peu différent.

Devil haussa les épaules.

— Il tient de sa mère en apparence et en caractère. On discerne à peine un trait Cynster chez lui.

— Hum.

Honoria s'installa plus confortablement, une douce chaleur se répandant en elle.

— Quand sa mère est-elle morte ?

— Il y a plus ou moins vingt ans.

— Donc votre oncle s'est remarié presque immédiatement ?

Le panier remballé, Devil s'étira, croisa les bras derrière la tête, ferma les yeux et contempla Honoria à travers ses cils.

— Le premier mariage d'oncle Arthur a frisé le désastre. Almira Butterworth a fait ce que personne d'autre n'a fait dans l'histoire de la famille — elle a tendu un piège à un Cynster pour se faire épouser, pour le bien que cela lui a fait. Après douze ans de discorde maritale, elle est morte de phtisie — Arthur a épousé Louise à peine un an plus tard.

— Donc comment Charles, n'étant pas un Cynster invétéré, viendrait-il à la Maison ? En voiture ?

— Il ne conduit pas de voiture — ne me demandez pas pourquoi. Il vient toujours par Cambridge, loue un cheval, puis remonte l'allée principale. Il m'a dit un jour quelque chose à propos d'un maître qui arrive toujours par la porte d'entrée et non par l'arrière.

Charles, décida Honoria, paraissait aussi insupportable qu'elle l'avait pensé.

— Donc, il est peu probable qu'il ait vu quoi que ce soit ?

— Il a dit qu'il n'avait remarqué personne dans les environs.

Honoria essaya de réfléchir, mais elle ne trouvait aucune concentration pour d'autres questions. C'était agréable sous le soleil. Son ombrelle était posée et roulée sur l'herbe à côté d'elle ; elle devrait l'ouvrir, mais elle ne pouvait pas rassembler la force. Un délicieux sentiment paisible de chaleur et de détente l'envahit — elle n'était pas disposée à rompre le charme.

Jetant un coup d'œil à Devil, elle remarqua ses yeux fermés, ses cils noirs effleurant ses pommettes hautes. Brièvement, elle laissa son regard parcourir sa longue silhouette, consciente comme toujours de l'attrait profond qu'elle n'avait jamais expérimenté, jamais ressenti pour aucun autre homme. Un frisson[1] de pure excitation intensifiait chacun de ses sens, augmentait la sensibilité de chaque nerf et faisait battre son pouls à toute allure. Simultanément, à un certain niveau primal, il l'attirait comme un aimant, une attirance puissante beaucoup trop difficile à nier. Tout son instinct lui criait qu'il était dangereux — particulièrement dangereux pour elle. Paradoxalement, ce même instinct insistait sur le fait qu'avec lui, elle était en sécurité. Était-ce surprenant qu'elle se sente étourdie ?

Pourtant, ce dernier fait était aussi vrai que le premier. Même Michael ne lui tranquillisait pas l'esprit au même degré ni ne communiquait la même certitude de protection inviolable. Le démon était peut-être un tyran, un autocrate à l'état pur, on pouvait néanmoins se fier à lui, il était prévisible de plusieurs façons, strict dans son honneur.

Les yeux posés une fois de plus sur son visage, Honoria inspira lentement. Il était en effet dangereux, mais le panier était posé entre eux, large et encombrant.

Les lèvres se recourbant délicatement, elle détourna le regard, dans la légère brume du début d'après-midi sur les prés verts de son domaine.

Aucun champ n'arrivait à la cheville du vert pâle et clair de ses yeux.

Elle en était venue à cette conclusion lorsque l'horizon bascula brusquement, la laissant allongée sur le dos, contemplant le ciel sans nuage. Un instant plus tard, la moitié du ciel disparut, remplacée par une tignasse noire, des traits durs et anguleux et une paire

1. En français dans le texte.

d'yeux qui voyaient beaucoup trop de choses. Et un duo de longues lèvres mobiles, leur contour reflétant le même triomphe rieur qu'elle pouvait apercevoir dans ses yeux verts.

Le panier n'était plus entre eux. Ni rien d'autre.

Le souffle manqua à Honoria — son regard se fixa sur le sien. Son cœur battait violemment ; une panique qui ne lui ressemblait pas se répandit en elle comme une traînée de poudre. Pouvait-il lire dans les pensées ? Il semblait que oui — le regard vert devint plus intense, la ligne de ses lèvres plus nette. Puis ses paupières se baissèrent ; lentement, délibérément, il pencha la tête.

L'attente redoubla, une tentation insidieuse s'emparant d'elle, déverrouillant ses défenses. Honoria sentit la fièvre montée, l'envie grandir. Chaque fois qu'il l'embrassait, elle croissait davantage, avec plus d'entêtement, plus difficile à nier. Elle se vit s'abandonner sous son influence, ses lèvres s'adoucissant.

— Non.

Le mot était un murmure ; c'est tout ce qu'elle pouvait réussir à prononcer. Les battements de son cœur l'envahissaient ; son pouls l'assourdissait presque.

Il l'entendit et s'arrêta, les yeux brillants sous ses lourdes paupières.

— Pourquoi pas ?

Ses sourcils s'arquèrent — son sourire s'élargit pendant qu'il scrutait les yeux, le visage d'Honoria.

— Vous aimez cela lorsque je vous embrasse, Honoria Prudence.

Son nom, prononcé d'une voix profonde, sombrement veloutée, le *r* délicatement roulé, formait une caresse sensuelle. Honoria s'efforça de retenir un frisson — elle perdit son combat quand il leva un doigt et dessina sa lèvre inférieure.

— Vous aimez mes baisers et j'aime vous embrasser. Pourquoi nous priver mutuellement d'un plaisir aussi innocent ?

Innocent ? Les yeux d'Honoria s'arrondirent. Elle était peut-être en sécurité avec lui, mais son idée de sécurité et la sienne différait.

— Ah… ce n'est pas la question.

La courbe de ses lèvres s'intensifia.

— De quelle question s'agit-il ?

Elle n'en avait pas la moindre idée. Ébahie, Honoria le regarda en clignant des yeux — et vit apparaître son sourire de pirate. Sa tête plongea — ses lèvres couvrirent les siennes.

Cette fois, elle devrait se débattre. La pensée surgit dans son esprit — et fut perdu à l'instant même, alors que la joie anticipée explosait et vidait son esprit d'un seul coup. De nouvelles réflexions étaient impossibles pour elle ; son baiser établissait un lien avec un autre être — un être sensuel, ouvert aux sens — caché profondément en elle. Ce fut cet être qui se délecta de l'interminable caresse, de la forte pression de ses lèvres sur les siennes, cet être qui ouvrit ses lèvres, l'invitant effrontément au-delà, à goûter, à expérimenter, à explorer tout son soûl.

À part ses lèvres et ses longs doigts qui encadraient son visage, il ne la toucha pas, néanmoins elle était enveloppée par sa force, sa volonté, inclinée comme un roseau sous sa passion. Son corps — sa peau, sa chair frissonnante, même ses os — avait douloureusement conscience de lui — de sa puissance, des muscles tendus, nettement définis à quelques centimètres seulement, de la dureté pour égaler sa douceur fondante.

Leurs lèvres fusionnèrent, leurs langues s'entremêlèrent, glissant sensuellement ensemble. Le baiser était enivrant comme le bon vin qu'ils avaient bu, aussi chaud que le soleil autour d'eux. Devil changea de position, se penchant au-dessus d'elle alors que son baiser s'approfondissait ; Honoria goûta son désir. L'envie irrésistible d'alimenter sa faim s'empara d'elle, brûlante comme la fièvre, une fougue croissant régulièrement avec chaque battement de son cœur, une faim pressante de l'enlacer de ses bras, de les mettre autour de ses épaules, de son cou — de faire courir ses doigts dans ses cheveux épais. Ses doigts lui démangeaient littéralement. Une main était tombée sur le haut de son bras, l'autre sur son épaule ; s'accrochant à la prudence, elle plia les doigts, les enfonçant plus profondément dans un pari désespéré pour nier l'envie folle de toucher, de caresser, d'explorer.

Au lieu de la sensation de sa peau d'acier, plus dure qu'elle l'avait imaginé, quelque chose analogue au roc résistant la séduisit ; captivée par sa découverte, elle plia encore les doigts, ensorcelée lorsque ses muscles bougèrent sous ses mains.

Immédiatement, les lèvres de Devil durcirent ; en une fraction de seconde, leur baiser affamé devint vorace. Il était plus près, son poids terriblement près, pourtant pas sur elle ; les sens d'Honoria s'emballèrent. Leurs lèvres s'entrouvrirent ; elle prit avec difficulté une respiration haletante. Avant qu'elle puisse ouvrir les yeux, il reprit sa bouche avec autorité, exigeant, perturbant gravement ses sens.

Sa main se referma sur son sein.

La décharge de son toucher, de la caresse de ses longs doigts glissant sur elle fut atténuée par la batiste de sa robe de voyage. Il n'y avait rien pour atténuer la force de sa réaction — comme la foudre, elle la transperça, un feu incandescent formant un arc électrique dans ses veines. Sous sa main, son sein gonfla ; son mamelon s'était raffermi en un bourgeon ferme avant même que ses doigts ne le trouvent. Honoria essaya de haleter, mais il l'embrassait encore ; de désespoir, elle prit son souffle de lui — et découvrit que c'était possible.

Ses doigts caressaient, pétrissaient et ses sens abandonnés se réjouissaient. Pendant que la chaleur de ses caresses se répandait en elle, la réchauffant, intensifiant la sensation de se fondre profondément en elle, Honoria maîtrisa l'art de respirer à travers leur baiser — soudaine, elle n'était plus étourdie.

Tout à coup, elle pouvait suffisamment réfléchir pour savoir ce qu'elle ressentait. Assez pour apprécier l'excitation frissonnante qui la tenait, le frisson de joie anticipée qui investissait chaque nerf, chaque centimètre carré de sa peau. Assez pour reconnaître le désir qui tambourinait fortement dans ses veines — l'envie irrésistible de lui rendre activement son baiser, d'attirer son corps dur sur le sien, d'inviter, d'inciter — de faire tout ce qu'elle pouvait — pour assouvir et remplir le vide en fusion en elle.

Cette compréhension l'ébranla, la secoua — et lui donna la force de faire un mouvement en arrière.

Devil sentit son retrait. Sous sa main, son sein était chaud et gonflé, le bourgeon froncé de son mamelon était un bouton dur contre sa paume. Pourtant, son repli était évident — dans leur baiser, dans l'affaissement soudain de ses sens. Il connaissait trop bien les femmes, trop profondément, pour passer à côté de la bataille qu'elle menait — le combat pour bloquer sa propre envie, pour supprimer le désir qui enflait en elle en réponse à son besoin à lui.

En son for intérieur, il jura ; elle lui causait une douleur infinie. Il fut tenté d'ouvrir son corsage et de glisser sa main à l'intérieur — de lui montrer ce que cela lui ferait, ce qu'il y avait encore à venir. Cependant, son innocence était une croix qu'il s'était préparé à porter — savoir qu'il serait celui qui l'éduquerait dans les voies de l'amour, le seul homme qu'elle connaîtrait jamais intimement, était une mesure incitative puissante.

Elle n'était pas prude — elle était attirée par lui à un niveau si profond que cela l'excitait simplement de le savoir. Elle était mûre pour être séduite, par lui ; elle serait à lui — sa femme — il n'était pas question de la laisser lui échapper. Relevant la tête, il l'observa pendant que ses paupières papillonnaient, puis se levaient, dévoilant des yeux gris embués encore argentés par la passion. Il retint son regard.

— Je devrais vous prévenir que je me suis fait quatre promesses à moi-même.

Sa voix, rendue plus grave par la passion, rauque de frustration, gronda entre eux. Honoria cligna des yeux, le regard aveugle ; Devil réprima un sourire sauvage.

— Je vais aimer regarder votre visage la première fois où je vous donnerai du plaisir.

Inclinant la tête, il effleura ses lèvres avec les siennes.

— Et la deuxième et troisième fois aussi.

Il recula — les yeux d'Honoria étaient ronds, interloqués.

— Du plaisir...

— Quand je ferai exploser la chaleur en fusion en vous.

— *Exploser ?*

— Dans une explosion d'étoiles cataclysmique.

Devil resserra les doigts qui étaient toujours posés sur son sein, puis les laissa glisser dans une caresse langoureuse, son pouce traçant un cercle autour de son mamelon plissé. Un frisson tremblant la parcourut. Délibérément, il attira son regard.

— Faites-moi confiance — je sais tout là-dessus.

Elle interrogea ses yeux, les siens s'élargissant ; soudain, elle inspira.

— Et, dit Devil, se penchant pour goûter de nouveau à ses lèvres, interrompant ce qu'elle avait pensé à dire, ma quatrième promesse sera l'événement culminant.

Il fit un mouvement en arrière et la regarda débattre de sa prochaine tactique ; en fin de compte, elle s'éclaircit la gorge et demanda :

— Que vous êtes-vous promis d'autre ?

Le visage de Devil se durcit.

— Que j'observerai votre visage pendant que je vous emplirai, pendant que vous me prendrez en vous, pendant que vous vous donnerez à moi.

Honoria s'immobilisa ; il lui fallut toute sa force pour réprimer sa réaction, une impulsion soudaine vers la passion et la possession, un désir lancinant si fondamentalement vital, si irrésistible qu'il lui coupa littéralement le souffle. Le regard perspicace inattendu — sur elle-même, sur ce qui pourrait être — était choquant. Plus choquant encore était le fait que cela ne l'effrayait pas. Mais, elle savait où son avenir se situait : il ne pouvait pas être avec lui. Ses yeux fixés sur les siens, elle secoua la tête.

— Cela ne se produira pas. Je ne vous épouserai pas.

Elle le poussa ; il hésita, puis recula, la laissant s'asseoir. À l'instant où elle le fit, les doigts de Devil se refermèrent sur son menton ; il tourna son visage vers lui.

— Pourquoi pas ?

Honoria regarda dans ses yeux plissés, puis elle leva arrogamment le menton pour le libérer de sa poigne.

— J'ai mes raisons.

— Qui sont ?

Elle lui décocha un regard résigné.

— Parce que vous êtes celui que vous êtes, pour commencer.

Son froncement de sourcils devint furieux.

— Qu'est-ce que c'est censé vouloir dire ?

Honoria s'efforça de se relever — instantanément, la main de Devil se tendit pour l'aider. Il la suivit sur ses pieds. Elle se pencha et ramassa la couverture.

— Vous êtes un tyran, un fieffé autocrate, totalement habitué à faire les choses à votre façon. Mais, cela n'a rien à voir avec la question.

La couverture pliée dans les bras, elle se plaça en face de lui.

— Je n'ai pas l'ambition de me marier — pas avec vous, avec aucun homme.

Elle rencontra son regard et le retint ; il continua de froncer les sourcils.

— Pourquoi pas ?

La demande, cette fois, était moins agressive.

Honoria ramassa vivement son ombrelle et s'apprêta à se diriger vers la calèche.

— Mes raisons m'appartiennent, et je n'ai pas besoin de les partager avec vous.

Il était duc — les ducs nécessitaient des héritiers. Rejoignant la calèche, elle jeta un regard en arrière — panier en main, il suivait dans son sillage, son expression intense sous ses sourcils froncés. Quand il s'arrêta devant elle, elle le regarda droit dans les yeux.

— Je vous en prie, comprenez-moi, je ne changerai pas d'avis.

Il retint son regard un instant, puis il tendit la main vers la couverture, la lança dans le coffre et balança le panier à sa suite. Abaissant le couvercle, il la suivit sur le côté de la voiture. Honoria se tourna et attendit ; elle retint son souffle quand ses mains glissèrent sur sa taille.

Elles se raffermirent, mais ne la soulevèrent pas. Soudain essoufflée, Honoria leva les yeux — dans les yeux verts cristallins qui appartenaient à un conquérant.

Il la tint, retint son regard pendant une minute entière avant de déclarer :

— Nous avons un match nul, il me semble, Honoria Prudence.

Honoria tenta un regard hautain.

— Vraiment ?

Les lèvres de Devil s'étirèrent, se comprimèrent en une mince ligne.

— Vraiment — car je n'ai aucune intention de changer d'avis non plus.

Pendant un instant limité, Honoria rencontra son regard, puis elle leva les sourcils et détourna les yeux.

Mâchoire contractée, Devil la souleva pour la déposer sur le siège de la voiture puis la suivit. Une minute plus tard, ils étaient de retour sur la route ; il lâcha la bride aux chevaux, le vent cinglant apaisant son cerveau surchauffé. La possessivité ne l'avait jamais étreint si fort, n'avait jamais enfoncé ses griffes aussi profondément. Le destin lui avait donné Honoria, afin de la posséder et de la chérir. Il l'aurait, il ferait d'elle sa femme, il n'y avait pas d'autre solution.

Elle avait une raison, avait-elle dit — qu'elle ne voulait pas lui révéler. Donc, il la découvrirait et l'éliminerait. C'était cela ou bien devenir fou.

CHAPITRE 9

— Oui ?

Devil leva la tête de son registre alors que Webster entrait dans la bibliothèque.

— Chatham vient d'arriver, Votre Seigneurie — le gentleman que vous attendiez est là, comme vous l'avez demandé.

— Bien.

Fermant le registre, Devil se leva.

— Où est miss Anstruther-Wetherby ?

— Je crois qu'elle se trouve dans la roseraie, Votre Seigneurie.

— Excellent, répondit Devil en se dirigeant vers la porte. Je vais faire un tour à cheval, Webster. Je serai de retour dans une heure avec notre invité. — Très bien, Votre Seigneurie.

Deux palefreniers accoururent lorsque Devil pénétra à grands pas dans la cour de l'écurie.

— Sellez l'alezan et demandez à Melton de préparer Sulieman.

— Ah... nous n'avons pas vu Melton depuis tôt ce matin, Vot' Seigneurie.

Devil leva les yeux au ciel.

— Oubliez ça, je vais aller chercher Sulieman. Équipez l'autre cheval.

Quand il guida l'étalon dans la cour, l'alezan attendait. S'installant sur sa monture, Devil accepta les rênes du second animal et partit. Six jours s'étaient écoulés depuis qu'Honoria avait expédié sa convocation à son frère.

Arrivant au sommet d'une petite élévation, il vit une voiture arrêtée sur la route, un de ses palefreniers bavardant avec le cocher. À côté de la voiture, un gentleman marchait impatiemment de long en large. Les yeux de Devil se plissèrent, puis il dépêcha Sulieman sur la route.

Le gentleman leva les yeux au son des sabots. Il se redressa, la tête se relevant, le menton s'inclinant à un angle que Devil reconnut instantanément. Tirant sur la bride, il arqua un sourcil.

— Michael Anstruther-Wetherby, je suppose ?

Le hochement de tête en réponse fut bref.

— St-Ives.

Michael Anstruther-Wetherby avait environ vingt-cinq ans, la carrure athlétique, et la même assurance calme, la même franchise qui caractérisait sa sœur. Habitué à évaluer les hommes en un instant, Devil rajusta rapidement sa vision de son futur beau-frère.

La suffisance d'Honoria avait dépeint son frère comme plus faible qu'elle, peut-être sans le véritable tempérament Anstruther-Wetherby. Néanmoins, l'homme qui le regardait rigoureusement, le défi et le scepticisme très clair dans ses yeux bleus, avait un menton assurément déterminé. Devil sourit.

— Je crois que nous avons des affaires à discuter. Je suggère que nous allions nous promener à cheval dans un endroit éloigné des interruptions.

Les yeux bleus, interloqués, retinrent les siens, puis Michael hocha la tête.

— Une excellente idée.

Il tendit la main vers les rênes du cheval bai, puis il fut en selle.

— Si vous pouvez garantir qu'il n'y aura aucune interruption, ce sera une première.

Devil lui adressa un large sourire et mit le cap sur un monticule à proximité. Il s'arrêta au sommet ; Michael le rejoignit. Devil jeta un coup d'œil de son côté.

— Je n'ai aucune idée de ce qu'a écrit Honoria, je commencerai donc au début.

Michael hocha la tête.

— C'est peut-être sage.

Contemplant ses champs, Devil décrivit les grandes lignes des événements ayant mené à la présence d'Honoria à la Maison.

— Donc, conclut-il, j'ai suggéré que le mariage était approprié.

— Avec vous ?

Les sourcils de Devil s'envolèrent.

— Qui d'autre avez-vous en tête ?

— Je vérifiais, c'est tout.

Le sourire de Michael fit brièvement surface, puis il redevint sérieux.

— Mais, si c'est le cas, pourquoi ai-je été convoqué pour l'escorter dans l'Hampshire ?

— Parce que, répondit Devil, votre sœur s'imagine qu'elle n'est tellement plus de première jeunesse qu'une réputation n'a plus aucune importance. Elle planifie devenir la prochaine Hester Stanhope.

— Oh, mon Dieu ! dit Michael en levant les yeux au ciel. C'est encore son idée d'aller en Afrique ?

— Il s'agit de son souhait le plus cher, m'a-t-elle informé, de monter à cheval à l'ombre du Sphinx, poursuivie, sans aucun doute, par une horde de chefs berbères, puis de se retrouver victime des marchands d'esclaves des côtes de Barbarie. Je comprends qu'elle croit qu'elle a soif d'excitation et que la seule façon d'en vivre pour elle consiste à braver les régions sauvages de l'Afrique.

Michael sembla dégoûté.

— J'avais espéré qu'elle se serait désintéressée de cela maintenant. Ou bien qu'un gentleman surgirait et entraînerait son esprit dans une nouvelle direction.

— En ce qui concerne la première option, je soupçonne qu'elle deviendra de plus en plus déterminée avec l'âge ; elle est, après tout, une Anstruther-Wetherby, une famille reconnue pour son entêtement. Mais, en ce qui a trait au fait de donner une nouvelle direction à son esprit, j'ai déjà cela en main.

Michael leva la tête.

— A-t-elle accepté de vous épouser ?

— Pas encore.

L'expression de Devil se durcit.

— Mais elle le fera.

Il y eut un instant de silence, puis Michael demanda :

— Libre de toute contrainte ?

Les yeux de Devil rencontrèrent les siens ; un sourcil se souleva dédaigneusement.

— Naturellement.

Michael scruta les yeux de Devil, puis ses traits se détendirent. Il survola les champs du regard ; Devil attendit patiemment. Enfin, Michael se tourna vers lui.

— J'admets que je serai content de voir Honoria mariée en toute sécurité, particulièrement à un homme de votre rang. Je ne m'opposerai pas au mariage — je vais le soutenir de toutes les manières. Mais je n'accepterai pas d'exercer une pression sur elle pour qu'elle prenne une décision.

Devil inclina la tête.

— À part tout le reste, votre sœur est loin d'être une femelle docile.

— Comme vous le dites.

Le regard de Michael se fit perspicace.

— Donc, qu'attendez-vous de moi ?

Devil afficha un grand sourire.

— Mon genre de persuasion ne fonctionne pas bien à distance. J'ai besoin qu'Honoria reste à portée de main.

D'un geste, il indiqua qu'ils devraient se remettre en marche et donna un léger coup de talon sur les flancs de Sulieman.

Michael alla au petit galop à côté de lui.

— Est-elle sa propre maîtresse ?

— Jusqu'à ses vingt-cinq ans, elle est sous ma garde.

— Dans ce cas, dit Devil, j'ai un plan.

Quand ils arrivèrent au trot dans la cour de l'écurie, Michael était totalement à l'aise avec son futur beau-frère. Il semblait que sa sœur, habituellement une force irrésistible, avait enfin rencontré un objet suffisamment immuable. Il adapta son pas à celui de Devil alors qu'ils se dirigeaient vers la maison.

— Dites-moi, dit Devil, son regard vagabondant sur la maison, à la recherche d'interruptions imminentes. A-t-elle toujours craint les orages ?

Il jeta un coup d'œil à Michael à temps pour le voir grimacer.

— Ils la font encore tressaillir ?

Devil plissa le front.

— Plutôt pire que cela.

Michael soupira.

— Ce n'est guère surprenant, je suppose — ça me rend encore nerveux moi-même.

— Pourquoi ?

Michael rencontra son regard.

— Vous a-t-elle dit que nos parents avaient été tués dans un accident de la route ?

Devil fouilla sa mémoire.

— Qu'ils ont été victimes d'un accident.

Michael prit une profonde respiration.

— L'affaire était plus grave que cela. Ni moi ni Honoria n'avions peur des orages — du moins, pas avant. Ce jour-là, nos parents avaient amené les deux autres se promener en voiture.

— Les deux *autres* ?

Devil ralentit l'allure.

Michael leva la tête.

— Meg et Jemmy. Notre frère et notre sœur.

Devil stoppa, dénué d'expression. Michael s'arrêta et le regarda en face.

— Elle ne vous a pas parlé d'eux ?

Devil secoua la tête ; brusquement, il centra son attention sur Michael.

— Racontez-moi exactement ce qui s'est passé.

Michael détourna les yeux sur la pelouse devant la maison.

— Papa souhaitait amener Maman en promenade — la journée était belle au début. Maman avait été souffrante — elle traversait l'une de ses meilleures périodes — Papa voulait qu'elle prenne un peu l'air. Les petits les ont accompagnés. Honoria et moi sommes restés à la maison — il n'y avait pas assez de place pour tout le monde, et nous devions tous les deux étudier. Puis l'orage a soufflé, il est arrivé brusquement de nulle part. Honoria et moi adorions voir les nuages s'amonceler. Nous avons gagné la salle de classe en courant pour les observer.

Il marqua une pause, le regard distant, fixé sur le passé.

— Elle était située dans les combles, surplombant l'allée. Nous nous sommes postés à la fenêtre et avons regardé dehors. Nous n'avions jamais imaginé...

Il avala.

— Nous riions et plaisantions, écoutant le tonnerre, essayant de repérer les éclairs. Puis il y a eu un puissant fracas au-dessus de nos têtes. Au même moment, nous avons vu la calèche remonter l'allée à toute vitesse. Les enfants étaient affolés, s'accrochant à Maman. Les chevaux avaient paniqué — Papa en avait plein les mains à s'occuper d'eux.

Il s'arrêta un instant.

— Je les vois très nettement, même aujourd'hui. Puis la foudre a frappé.

Quand il n'ajouta rien, Devil l'incita à continuer :

— La voiture ?

Michael secoua la tête.

— L'éclair a touché l'immense orme à côté de l'allée. Il est tombé.

Encore une fois, il marqua une pause puis, inspirant profondément, poursuivit :

— Nous l'avons regardé tomber. Les autres ne l'ont pas vu au début — puis, si.

Il frissonna.

— J'ai fermé les yeux, mais je ne pense pas qu'Honoria l'a fait. Elle a tout vu.

Devil lui accorda un moment, puis demanda :

— Ils ont été tués ?

— Sur le coup.

La respiration de Michael était instable.

— J'entends encore les chevaux hennir. Nous avons dû les abattre.

Très gentiment, Devil dit :

— Revenez en arrière — qu'est-il arrivé à Honoria ?

Michael cligna des paupières.

— Honoria ? Quand j'ai ouvert les yeux, elle était debout, complètement immobile, devant la fenêtre. Puis elle a tendu les mains et a avancé. Je l'ai attrapée et je l'ai tirée en arrière. Elle s'est alors accrochée à moi.

Il trembla.

— C'est la chose dont je me souviens le plus distinctement — la façon dont elle a pleuré. Elle n'émettait aucun son, les larmes roulaient simplement sur ses joues, comme si son chagrin était si profond qu'elle ne pouvait même pas sangloter.

Après une pause, il ajouta :

— Je ne pense pas oublier un jour à quel point je me suis senti impuissant devant ses pleurs.

Devil ne croyait pas non plus l'oublier un jour.

Ses épaules se soulevant sous une longue respiration, Michael regarda carrément Devil.

— C'est toute l'histoire. Nous avons trié les affaires et nous avons repris le cours de nos vies. Évidemment, la perte a été pire pour Honoria.

Il avança à côté de Devil alors qu'ils continuaient vers la maison.

— Comme Maman avait été très malade, Honoria était devenue davantage une mère qu'une sœur pour les deux plus jeunes. Les perdre équivalait à perdre ses propres enfants, je pense.

Devil resta silencieux pendant qu'ils traversaient la dernière partie de la pelouse ; il leva les yeux alors qu'ils approchaient du portique, examinant brièvement l'inscription sur sa façade. Puis il regarda Michael.

— Vous avez besoin d'un verre.

Il en avait besoin d'un lui aussi. Puis il devait réfléchir.

*

Honoria descendait à présent l'escalier principal, un pli fronçant ses sourcils, quand la porte d'entrée s'ouvrit et que son frère entra.

— Michael !

Le visage s'égayant, elle se hâta en bas.

— Je t'attends depuis des heures, lui dit-elle en l'étreignant et lui rendant son affectueux baiser. J'ai vu une voiture arriver et j'ai pensé que cela devait être toi, mais personne n'est entré. Je me demandais…

Elle s'interrompit alors qu'une grande ombre assombrissait la porte.

Michael regarda par-dessus son épaule.

— St-Ives a été assez aimable pour venir à ma rencontre. Il m'a expliqué la situation.

— Ah oui ? Je veux dire…

Son regard retenu par le vert cristallin, Honoria combattit l'envie de grincer des dents.

— Comme c'est obligeant de sa part.

Elle remarqua l'expression d'innocence sans malice de Devil — elle était très mal adaptée à ses traits de pirate.

— Tu as l'air bien, lui dit Michael en scrutant sa robe améthyste. Pas du tout persécutée.

Même avec son regard fermement fixé sur le visage taquin de son frère, Honoria avait conscience des sourcils levés de Devil — et de la couleur qui s'installa lentement sur ses joues.

Inclinant le menton, elle passa le bras sous celui de Michael et le guida vers le salon.

— Viens rencontrer la douairière. Ensuite, nous irons nous promener.

Afin qu'elle puisse remettre les pendules à l'heure.

Déçue, elle vit Devil marcher sans se presser derrière eux.

La douairière releva la tête lorsqu'ils entrèrent. Avec un sourire éclatant, elle déposa sa broderie et tendit la main.

— Mr Anstruther-Wetherby — je suis contente de vous rencontrer enfin. J'espère que votre voyage s'est déroulé sans contretemps ?

— Entièrement, madame, dit-il en s'inclinant sur sa main. C'est en effet un plaisir de faire votre connaissance.

La douairière leva vers lui un visage épanoui.

— Bien ! Et maintenant, nous pouvons nous mettre à l'aise et bavarder, n'est-ce pas ?

Indiquant la chaise à côté d'elle, elle jeta un coup d'œil à Devil.

— Sonne pour le thé, Sylvester. Bon, Mr Anstruther-Wetherby, vous êtes avec Carlisle, n'est-ce pas exact ? Et comment se porte cette bonne Marguerite ?

S'écroulant dans un fauteuil, Honoria observa son frère qui, elle aurait pu le jurer, était imperméable à toute forme de flatterie, tomber sous le feu de la douairière. Fait encore plus troublant, encore et encore, elle vit Michael échanger un regard avec Devil ; au moment où Webster apporta le thé, il était évident que, d'une manière ou d'une autre, Devil avait réussi à s'assurer l'approbation de son frère. Honoria mordit dans un sandwich au concombre et essaya de ne pas lancer de regards mauvais.

Elle entraîna son frère loin de l'influence séductrice de la mère et du fils dès que cela lui fut possible.

— Descendons près du lac.

Resserrant sa prise sur le bras de Michael, elle le guida le long de la terrasse.

— Il y a un banc, près de la rive, c'est paisible et privé à cet endroit.

— C'est une demeure absolument magnifique, fut le seul commentaire de Michael pendant qu'ils avançaient sans se presser sur la pelouse.

Ils rejoignirent le banc et elle s'installa dessus ; Michael hésita, baissant les yeux sur sa sœur, puis s'assit à côté d'elle.

— Tu pourrais être très bien ici, tu sais.

Honoria rencontra posément son regard.

— Que t'a dit ce démon exactement ?

Michael sourit en grand.

— Pas beaucoup de chose, vraiment, seulement les faits essentiels.

Honoria poussa un soupir de soulagement.

— Dans ce cas, il devrait être clair qu'il n'y a aucune nécessité de parler mariage entre moi et St-Ives.

Les sourcils de Michael se levèrent.

— En fait, ce n'est pas l'impression que j'ai reçue.

— Oh ?

Honoria transforma cette syllabe en défi.

Michael tira sur son lobe d'oreille.

— Nous ferions peut-être mieux de retracer les événements.

Elle était toute prête à le faire. Pendant qu'elle relatait sa version bien répétée des événements, Michael écouta attentivement.

— Puis il m'a laissée avec la douairière, conclut-elle.

Michael rencontra son regard.

— C'est ce qu'il m'a dit.

Honoria avait le pressentiment qu'elle venait de faire un faux pas.

Michael se redressa, une main serrant la sienne.

— Honoria, tu es une dame célibataire de vingt-quatre ans, d'une famille irréprochable avec une réputation sans tache. Dans ce cas-ci, je dois être d'accord avec St-Ives, il n'y a vraiment pas d'autre solution pour toi que d'accepter son offre. Il s'est comporté exactement comme il le devait — personne ne pourrait vous blâmer ni l'un ni l'autre, néanmoins les circonstances demeurent et nécessitent la réaction prescrite.

— Non.

Honoria fit de ce mot une déclaration.

— Tu ne peux pas sérieusement m'imaginer heureuse en mariage avec Devil Cynster.

Michael arqua les sourcils.

— En fait, je trouve cela plus facile à imaginer que toute autre conséquence.

— Michael ! C'est un tyran ! Un despote parfaitement arrogant.

Michael haussa les épaules.

— Tu ne peux pas tout avoir, comme Maman était encline à te le dire.

Honoria plissa les yeux ; elle laissa passer un moment lourd de sens avant de déclarer catégoriquement :

— Michael, je ne désire pas épouser Devil Cynster.

Lâchant sa main, Michael s'appuya sur le dossier du banc.

— Alors, qu'envisages-tu comme solution de rechange ?

Honoria fut soulagée — au moins, ils discutaient de solutions de rechange.

— J'avais pensé rentrer dans le Hampshire, il est trop tard pour accepter un autre poste cette année.

— Tu n'obtiendras jamais un autre poste, pas une fois que cette histoire sera connue. Et elle le sera. St-Ives a raison à ce sujet : si tu l'épouses, les seules rumeurs seront les envieuses ; sans sa bague à ton doigt, elles seront malveillantes. Destructrices.

Honoria haussa les épaules.

— C'est loin d'être un désastre. Comme tu le sais, je ne me soucie pas trop de la bonne société.

— Vrai.

Michael hésita, puis ajouta :

— Tu pourrais, cependant, te soucier de notre nom et de la mémoire de nos parents.

Lentement, Honoria se tourna pour le regarder en face, ses yeux comme deux fentes.

— Ça, c'était déplacé.

L'expression sévère, Michael hocha la tête.

— Non, ce devait être dit. Tu ne peux pas simplement te détourner de la personne que tu es et du fait que tu as des liens familiaux jumelés à la responsabilité que cela comporte.

Honoria se sentit glacée en son for intérieur, comme un général que l'on vient d'informer qu'il a perdu son dernier allié.

— Donc, dit-elle, inclinant le menton avec arrogance, tu me demanderais de me marier par égard pour la famille — pour le bien d'un nom que je n'ai jamais revendiqué ?

— Je te demanderais de te marier d'abord et avant tout pour ton *propre* bien. Il n'y a pas d'avenir pour toi dans le Hampshire ni nulle part ailleurs, d'ailleurs. Regarde autour de toi.

Il désigna la masse étendue de la Maison, mise en valeur comme un bijou sur les terres devant eux.

— Ici, tu pourrais être celle que tu étais destinée à devenir. Tu pourrais être ce que Papa et Maman avaient prévu que tu deviendrais.

Honoria pressa ses lèvres.

— Je ne peux pas vivre ma vie selon les préceptes de fantômes.

— Non, mais tu pourrais prendre en considération les raisons derrière leurs préceptes. Ils sont peut-être morts, mais les raisons demeurent.

Quand elle ne dit rien de plus, mais resta assise à regarder avec entêtement ses mains serrées, Michael continua, d'un ton adouci :

— Il est probable que cela donnera l'impression d'être pompeux, mais j'ai vu davantage de notre monde que toi, c'est pourquoi je suis aussi certain que la solution que je te conseille vivement est la bonne.

Honoria lui lança un regard courroucé.

— Je ne suis pas une enfant...

— Non, lui dit Michael avec un large sourire. Si tu l'étais, cette situation n'existerait pas. Mais..., insista-t-il alors qu'elle ouvrait la bouche pour protester, retiens ta colère et écoute ce que j'ai à dire avant de te faire une idée immuable.

Honoria rencontra son regard.

— Il faut seulement que j'écoute ?

Michael hocha la tête.

— La proposition que m'a présentée St-Ives — et les raisons pour lesquelles je pense que tu devrais l'accepter.

La mâchoire d'Honoria se décrocha.

— Tu as parlé de moi avec lui ?

Michael ferma les yeux un instant, puis la dévisagea avec un regard distinctement masculin.

— Honoria, il était nécessaire que nous discutions, lui et moi. Nous avons tous les deux vécu en société beaucoup plus longtemps que toi — tu n'as jamais fait plus que poser un orteil dans la mer de la bonne société. C'est un point duquel St-Ives, Dieu merci, a conscience, et qui motive sa proposition.

Honoria eut un regard mauvais.

— Une proposition ? Je pensais que c'était une demande en mariage.

Michael serra les paupières.

— Sa demande en mariage est sur la table et y restera jusqu'à ce que tu prennes ta décision !

Il ouvrit les yeux.

— Sa proposition concerne la façon de procéder jusqu'à ce que tu l'acceptes.

— Oh.

Confrontée à l'exaspération de son frère, Honoria changea de position, puis regarda de l'autre côté du lac.

— Donc, quelle est sa proposition ?

Michael inspira profondément.

— En raison de la mort de son cousin, un mariage ne pourrait pas avoir lieu avant trois mois — la douairière sera en grand deuil pendant six semaines, puis en demi-deuil pendant six semaines supplémentaires. Comme tu n'as pas de famille convenable avec qui vivre, ce qui se produirait normalement serait que tu restes avec la douairière et qu'elle te présente en tant que la fiancée de son fils.

— Mais je n'ai pas consenti à l'épouser.

— Non, donc, dans ce cas, tu demeureras simplement sous la protection de la douairière. Elle a l'intention de se rendre à Londres dans quelques semaines — tu l'accompagneras et elle te présentera à la haute société. Cela te donnera l'occasion de voir le monde sous une perspective nouvelle pour toi. Si, après cela, tu désires toujours refuser l'offre de St-Ives, lui et moi accepterons ta décision et essaierons de trouver une solution de rechange acceptable.

Son insistance indiquait clairement qu'il ne s'attendait pas à en trouver une. Honoria plissa le front.

— Quelle explication la douairière donnera-t-elle en ce qui concerne ma présence ?

— Aucune. Les Cynster n'ont pas besoin d'offrir d'explication plus que les Anstruther-Wetherby.

Honoria sembla sceptique.

— Sûrement, les gens s'interrogeront ?

— Les gens *sauront*, de cela tu peux en être certaine. Cependant, vu le rôle de la douairière, ils s'imagineront qu'une annonce est en vue et ils se consoleront en conséquence.

Michael grimaça.

— Je devrais te prévenir, la douairière est une force avec laquelle il faut compter.

Honoria leva un sourcil interrogateur.

Michael agita la main vers la maison.

— Tu l'as vue à l'instant. C'est une manipulatrice consommée.

Les lèvres d'Honoria tressaillirent.

— Je m'étais demandé si tu l'avais remarqué.

— J'ai remarqué, mais il ne sert vraiment pas à grand-chose de résister. Tu as qualifié St-Ives de tyran — je ne doute pas qu'il le soit, mais c'est probablement aussi bien. Dans la société, sa mère est considérée comme une sainte terreur — une aide inestimable si son soutien vous est acquis, une ennemie à craindre dans le cas contraire. Personne ne va provoquer sa colère en faisant circuler des rumeurs possiblement sans fondement concernant son fils et la dame qui pourrait devenir sa duchesse. Il n'y a pas d'endroits plus sûrs que sous l'aile de la douairière.

Honoria pouvait l'admettre ; lentement, elle hocha la tête, puis tourna un regard froncé vers Michael.

— Je pense encore qu'il serait plus simple pour moi de me retirer dans le Hampshire jusqu'à ce que cette histoire tombe dans l'oubli. Même si je n'obtiens pas un autre poste, comme tu l'as fait remarquer, j'ai tout de même vingt-quatre ans. Il est temps de commencer mes plans de voyage.

Michael soupira et détourna les yeux.

— Tu ne peux pas rester seule dans le Hampshire, nous devrons demander à tante Hattie de venir y habiter.

— *Tante Hattie ?* s'exclama Honoria en plissant le nez. Elle me rendra folle en une semaine.

Michael pinça les lèvres.

— Je n'ai personne d'autre en tête, et tu ne peux pas vivre seule, particulièrement après que ton séjour dans les bois avec Devil Cynster sera de notoriété publique. Tu te retrouveras à devoir recevoir toutes sortes de visiteurs indésirables.

Honoria lui lança un regard sinistre, puis plissa le front, très fort, en direction du lac. Michael conserva un silence stoïque.

Les minutes s'écoulèrent ; yeux plissés, Honoria passa ses choix en revue. Elle avait, en effet, regretté d'avoir demandé à Michael de venir aussi précipitamment ; il allait clairement falloir du temps pour trouver la trace du meurtrier de Tolly. Devil, initialement un gros obstacle à ses plans, avait été surmonté ; il se comportait à présent comme un conspirateur qui faisait équipe avec elle avec réticence, mais résignation. L'idée qu'ils démasqueraient, ensemble, l'assassin de Tolly était séduisante — totalement mise à part son envie irrésistible de voir justice rendue, la situation semblait prête à lui fournir l'excitation qu'elle avait follement désirée toute sa vie. Partir maintenant signifiait perdre tout cela.

Il y avait également la question mineure de son désir naissant d'expérimenter — juste une fois — le plaisir auquel Devil avait fait allusion. Ses paroles, ses caresses, comme le visage de Tolly, la hantaient à présent. Il avait clairement établi que la possession et le plaisir étaient des événements indépendants — bien que cette pensée amène assurément une rougeur sur ses joues, elle avait conscience de la tentation croissante d'apprendre ce qu'il pouvait lui enseigner. Du plaisir. La possession, dans ce cas, était hors de question, au-delà de toute possibilité. Les Cynster ne lâchaient jamais ce qui devenait leur — elle était beaucoup trop avisée pour devenir sienne à n'importe quel niveau.

Étant donné qu'elle était décidée à ne pas se marier, sa vertu ne serait jamais mise en cause. Il semblait sage d'acquérir quelque expérience du plaisir possible entre un homme et une femme avant de partir pour ses voyages. Et il lui était impossible de nier que le plaisir qu'elle avait expérimenté jusqu'ici aux mains de Devil Cynster était vecteur de sa propre excitation.

Avec toutes ces offres présentement devant elle, en excluant la fixation matrimoniale de Devil, sa situation présente lui convenait admirablement. Elle ne voulait pas aller dans le Hampshire, mais comme il était déterminé à l'épouser, il lui avait paru impossible de rester.

Aujourd'hui, cependant, avec sa proposition démoniaque, le diable lui-même lui avait ouvert la voie. Elle pouvait demeurer dans son foyer, sous les soins de sa mère, protégée de lui et de tout autre gentleman pendant trois mois complets – sûrement, d'ici là, ils auraient pendu le meurtrier de Tolly par les pieds. Et elle aurait appris tout ce dont elle avait besoin de savoir sur le plaisir.

Ce qui laissait un petit détail à discuter, était-elle assez forte, assez intelligente pour éviter les pièges que Devil pourrait placer sur son chemin ?

Honoria se redressa et esquissa une grimace résignée.

— Très bien.

Elle se tourna et rencontra le regard de Michael.

— Je vais accepter de rester sous la protection de la douairière pendant trois mois.

Michael afficha un large sourire ; Honoria plissa les paupières.

— Après, j'irai dans le Hampshire.

Avec le gémissement de celui qui souffre depuis longtemps, Michael se leva et l'aida à se lever. Bras dessus, bras dessous, ils retournèrent lentement vers la maison.

Plus tard ce soir-là, Honoria était assise dans un fauteuil du salon, ses cuisses couvertes de fils de soie à broder, quand une ombre tomba sur elle. La douairière était assise, semblablement occupée à trier des écheveaux brillants. Michael, plaidant la fatigue, s'était retiré tôt ; Devil avait trouvé refuge dans la bibliothèque. La table roulante était venue et repartie ; la soirée s'était silencieusement glissée dans l'obscurité.

Coincée dans sa tentative de séparer son fil azur du turquoise, Honoria leva la tête — tout en haut jusqu'au visage de Devil. Il se tenait directement devant elle, son expression indéchiffrable. Pendant un long moment, il se contenta de retenir son regard, le sien ombragé et impossible à lire. Puis il tendit la main.

— Venez faire une promenade, Honoria Prudence.

Du coin de l'œil, Honoria remarqua que la douairière avait été frappée de surdité. Les lèvres de Devil s'adoucirent fugitivement ; son regard demeura intense, centré sur son visage.

— Je promets de ne pas mordre.

Honoria soupesa le pour et le contre. Elle avait besoin de lui parler, de s'assurer, pendant que Michael était encore ici, que leur entente — sa proposition — était précisément ce qu'elle croyait. Elle scruta son visage.

— Pas dans le pavillon d'été.

Elle pouvait bien désirer en apprendre davantage sur le plaisir, mais elle voulait contrôler le déroulement des leçons.

Cette fois, son sourire de pirate se matérialisa pleinement, quoique brièvement.

— Seulement sur la terrasse — je ne voudrais pas vous distraire.

Honoria étouffa un frisson naissant, provoqué par le subtil ronronnement dans sa voix, et lui lança un regard incrédule.

Il leva les sourcils avec résignation.

— Parole de Cynster.

Et en cela, elle pouvait avoir confiance. Rassemblant ses fils de soie, Honoria les mit de côté, puis plaça sa main dans la sienne. Il l'aida à se lever, puis déposa sa main sur son bras. La douairière les ignora, apparemment absorbée par les soies lilas à l'exclusion de toute autre chose. Ils marchèrent sans se presser là où les longues fenêtres s'ouvraient sur la terrasse, la nuit formant un rideau de velours noir au-delà.

— Je désirais m'entretenir avec vous, commença Honoria à l'instant où ils gagnèrent les drapeaux.

— Et moi avec vous.

Baissant la tête vers elle, Devil marqua une pause.

Majestueusement, Honoria inclina la tête, invitant son commentaire.

— Michael m'a informé que vous aviez accepté de rester avec ma mère pendant les trois prochains mois.

Atteignant la balustrade, Honoria souleva la main posée sur sa manche et pivota pour le voir en face.

— Jusqu'à ce que la période de deuil soit terminée.

— Après quoi, vous deviendrez ma duchesse.

Elle inclina le menton.

— Après quoi, je rentrerai dans le Hampshire.

Il s'arrêta directement devant elle, à moins de trente centimètres. Avec la lumière derrière lui, elle pouvait à peine discerner son expression — impassible d'arrogance ; ses yeux sombres fixés sur les siens, les paupières tombantes —, elle ne pouvait rien déchiffrer. Honoria garda la tête haute, le regard fixe, décidée à graver en lui à quel point elle était inflexible.

Le moment se prolongea — et se prolongea ; elle commença à se sentir étourdie. Puis l'un des sourcils de Devil se leva.

— Nous semblons avoir un problème, Honoria Prudence.

— Seulement dans votre esprit, monsieur le duc.

Les lignes de son visage se modifièrent ; son expression contenait un avertissement.

— Peut-être, dit-il, l'exaspération claire sous la formule de politesse, qu'avant que nous décidions ce qui se produira à la fin de ces trois mois, nous devrions nous mettre d'accord sur les trois mois en question ?

Avec arrogance, Honoria arqua les sourcils.

— J'ai accepté de demeurer avec votre mère.

— Et de réfléchir sérieusement à ma demande en mariage.

Le message dans son ton était indiscutable : un compromis, ou pas d'entente. Sur une courte inspiration, elle hocha la tête.

— Et de réfléchir sérieusement à la perspective de devenir votre femme. Je devrais, cependant, vous informer qu'il y a peu de chances que je change ma position sur cette question.

— En d'autres mots, vous êtes têtue et j'ai trois mois pour vous faire changer d'avis.

Elle n'aima pas sa façon de dire cela.

— Je ne suis pas une femme indécise, je n'ai aucune intention de changer d'avis.

Ses dents brillèrent dans son sourire de pirate.

— Vous n'avez pas encore expérimenté mes pouvoirs de persuasion.

Honoria haussa les épaules ; nez en l'air, elle déplaça son regard au-delà de l'épaule de Devil.

— Vous pouvez persuader tant que vous le voulez, je ne me marierai *pas*, ni avec vous ni avec personne.

Encore une fois, le silence fut son allié, mettant lentement les nerfs d'Honoria à vif. Elle sursauta presque lorsque des doigts durs se glissèrent sous son menton, tournant son visage vers lui.

Même dans l'obscurité, elle percevait le caractère perçant de son regard et sentait sa puissance.

— On a déjà entendu dire, à l'occasion, que des femmes ont changé d'avis.

Il parla sans se presser, doucement, son ton grave et ronronnant.

— À quel point êtes-vous femme, Honoria Prudence ?

Honoria sentit ses yeux s'élargirent. Le bout de ses doigts glissa sur la peau sensible sous son menton ; des fragments de sensation aiguë passèrent en elle comme un frisson. Ses poumons avaient cessé de fonctionner ; il lui fallut un effort considérable pour lever le menton afin de le libérer de son toucher. Avec morgue, elle déclara :

— Je suis trop sage pour jouer avec le feu, monsieur le duc.

— Vraiment ?

Ses lèvres se courbèrent.

— Je pensais que vous désiriez de l'excitation dans votre vie ?

— À *mes* conditions.

— Dans ce cas, ma chère, nous allons devoir négocier.

— Vraiment ?

Honoria tenta la nonchalance désinvolte.

— Pourquoi donc ?

— Parce que vous deviendrez ma duchesse sous peu, voilà pourquoi.

Le regard qu'elle glissa vers lui contenait chaque parcelle d'exaspération qu'elle pouvait rassembler, puis, sur un bruissement de ses jupes, elle se tourna et sortit de l'ombre de Devil, suivant la balustrade.

— Je vous ai prévenu, ne dites pas plus tard que je ne l'ai pas fait. Je ne vais *pas* vous épouser à la fin des trois mois.

Elle marqua une pause puis, levant la tête, ses yeux s'arrondissant, elle pivota et agita un doigt dans sa direction.

— Et je ne suis pas un défi, ne vous avisez pas de me considérer comme tel.

Son rire était celui d'un pirate — un boucanier, un voyou truculent qui aurait dû se trouver à sa place sur un pont au milieu d'une mer, loin d'elle. Le son, grave, tumultueux et beaucoup trop assuré, contenait une menace et une promesse ; il l'enveloppait, la piégeait et la retenait — puis il fut là, une fois encore devant elle.

— Vous êtes le défi incarné, Honoria Prudence.

— Vous vous montez la tête, monsieur le duc.

— C'est vous que je monterai avant Noël.

La référence délibérée choqua Honoria, mais elle n'en laissa rien paraître. Gardant le menton haut, elle plissa les yeux.

— À tout hasard, vous ne vous imaginez pas que vous allez me séduire pour m'obliger à vous épouser ?

Un arrogant sourcil noir s'arqua.

— La pensée m'a effectivement traversé l'esprit.

— Bien, cela ne fonctionnera pas.

Lorsque son deuxième sourcil rejoignit le premier, Honoria sourit, suprêmement confiante.

— Je me suis fait les dents il y a longtemps, je sais parfaitement bien que vous n'exercerez pas de pression sur moi alors que je réside sous votre toit, sous la protection de votre mère.

Pendant un long moment, il retint son regard. Puis il demanda :

— Que savez-vous exactement de la séduction ?

Ce fut au tour d'Honoria de lever les sourcils. Avançant d'un autre pas sur la terrasse, elle haussa légèrement les épaules.

— Vous ne serez pas le premier à essayer.

— Possible, mais je serai le premier à réussir.

Honoria soupira.

— Vous n'y arriverez pas, vous savez.

Relevant brièvement les yeux, elle le vit froncer les sourcils. Elle plissa les yeux.

— À *réussir*, je veux dire.

Le froncement de sourcils disparut. Il marcha lentement de long en large à côté d'elle pendant qu'elle se promenait nonchalamment devant les drapeaux.

— Je sais que vous ne me forcerez pas, je vais simplement vous mettre au pied du mur.

Elle sentit son regard ; étrangement, il était moins intense, moins troublant qu'avant. Quand il parla, elle décela un léger amusement dans sa voix.

— Pas de force, pas de promesse que je ne peux tenir.

Il rencontra son regard lorsqu'elle leva la tête.

— Vous avez beaucoup à apprendre sur la séduction, Honoria Prudence, et cette fois vous affronterez un maître.

Honoria secoua la tête de façon désespérée. Eh bien, elle l'avait prévenu. Il était d'une assurance si arrogante, cela lui ferait du bien de se voir un peu remis à sa place — découvrir que tout sur terre n'allait pas simplement se plier à sa volonté.

Le soir tendit des doigts glacés à travers sa robe ; elle frissonna.

Devil posa la main sur son bras et l'arrêta.

— Nous devrions rentrer.

Honoria se tourna à demi et se retrouva face à lui. Pendant qu'elle l'observait, son expression se durcit ; brusquement, il se pencha plus près. Avec un petit cri étouffé, elle recula — dans la balustrade. Il mit ses mains sur le parapet de pierre, de chaque côté d'elle, l'emprisonnant entre ses bras.

Essoufflée, le cœur battant, elle posa un regard papillonnant dans ses yeux, à présent à la hauteur des siens.

— Vous avez promis de ne pas mordre.

Son expression était gravée sur son visage.

— Je ne l'ai pas fait — pas encore.

Ses yeux scrutèrent ceux d'Honoria.

— Comme vous vous êtes montrée si ingénument franche, le moins que je puisse faire est de vous rendre la pareille, afin que nous nous comprenions pleinement.

Il retint posément son regard ; Honoria sentit tout le poids de sa volonté.

— Je ne vais pas vous permettre de tourner le dos à celle que vous êtes, au destin qui vous attend depuis toujours. Je ne vais pas vous laisser vous transformer en une gouvernante bête de somme, ni en excentrique pour titiller la société.

Le visage d'Honoria perdit toute expression.

Devil retenait son regard sans merci.

— Vous êtes née et avait été éduquée pour jouer un rôle à la tête de l'aristocratie — ce rôle est maintenant à vos pieds. Vous bénéficiez de trois mois pour vous réconcilier avec cette réalité. N'imaginez pas que vous pouvez la fuir.

Pâle, tremblant en son for intérieur, Honoria arracha son regard au sien. Elle se retourna et tira sur la manche de Devil.

Lâchant la balustrade, Devil se redressa, lui libérant la voie pour partir. Honoria hésita puis, son air aussi dur que le sien, elle se retourna pour le regarder droit dans les yeux.

— Vous n'avez *aucun droit* de décréter ce que ma vie sera.

— J'ai *tous* les droits.

L'expression de Devil ne s'adoucit pas d'un iota ; son regard était sans pitié.

— Vous serez ce que vous étiez censée être : mienne.

L'intensité qu'il insuffla dans cet unique mot secoua Honoria de la tête aux pieds. À peine capable de respirer, elle revint rapidement au salon, tête haute, jupes bruissant furieusement.

CHAPITRE 10

Trois jours plus tard, Devil se tenait devant les fenêtres de la bibliothèque, le regard distrait fixé sur le pavillon d'été. Derrière lui, des registres ouverts jonchaient son bureau ; une pile de lettres quémandait son attention. Il avait beaucoup d'affaires en cours. On n'avait trouvé aucune trace de l'assassin de Tolly, et la simple tâche de s'assujettir son épouse se révélait remarquablement compliquée. Ce dernier point était plus ennuyeux que le précédent — il était certain qu'ils finiraient par débusquer le meurtrier de Tolly. Il était également absolument convaincu qu'Honoria deviendrait sa femme, il n'était simplement plus optimiste en ce qui concernait l'état dans lequel il serait quand le moment de son mariage viendrait.

Elle le rendait complètement fou. Quelle force l'avait obligé à montrer son jeu aussi violemment, là, sur la terrasse au clair de lune ? Cela avait été de la pure folie d'agir tel un tyran comme il l'avait fait.

Néanmoins, il pouvait encore en ce moment ressentir la même émotion, la même envie pressante de conquérir, de s'emparer, de retenir, de s'enflammer seulement en songeant à elle.

Heureusement, l'entêtement d'Honoria, son acte de défi, sa fierté insatiable l'avaient empêchée de s'enfuir devant sa déclaration maladroite. Elle avait laissé Michael partir seul. Maintenant, le nez en l'air, enveloppée dans un manteau invisible de politesse froide, elle le tenait à distance.

Après avoir appris son passé, le bon sens suggérait qu'il prenne au moins la peine de reconsidérer la question. Mais le bon sens n'avait pas la moindre chance contre sa conviction fermement ancrée qu'elle serait à lui. En ce qui la concernait, il se sentait comme l'un de ses ancêtres conquérants se préparant à entreprendre un siège pour une récompense hautement désirée. Étant donné ce qu'il soupçonnait à présent, sa reddition, quand elle viendrait, allait devoir être annoncée au pied des remparts.

Il s'était demandé comment elle avait pu atteindre le savoureux âge mûr de vingt-quatre ans sans s'être mariée. Même cachée en tant que gouvernante, tous les hommes n'étaient pas aveugles. Certains avaient dû la voir et apprécier sa valeur. Une détermination de sa part à rester célibataire, sans enfant, pouvait dans ce cas expliquer l'inexplicable. Son entêtement était une chose tangible.

Dans ce cas-ci, son entêtement devrait abandonner la partie.

Il n'allait pas la laisser partir. Jamais.

Au moins, elle ne pourrait pas dire plus tard qu'il ne l'avait pas prévenue.

Son regard, toujours sur le pavillon d'été, devint plus acéré ; Devil se redressa et tendit la main vers la poignée des portes-fenêtres.

Honoria le vit approcher ; sa main se figea en plein ciel, puis elle baissa la tête et reprit son petit point. Devil grimpa les marches deux par deux ; elle leva les yeux et rencontra carrément son regard. Lentement, elle arqua les sourcils.

Il retint son regard, puis jeta un coup d'œil sur la place à côté d'elle.

Elle hésita, puis rassembla avec soin ses fils de soie éparpillés.

— Votre homme a-t-il découvert quelque chose à Chatteris ?

Devil la dévisagea.

Honoria rangea la soie dans son panier.

— Je l'ai vu arriver à cheval.

Ravalant son agacement, Devil s'assit à côté d'elle, tournant ses épaules de manière à la voir en face.

— Rien. Aucun cavalier n'est venu par Chatteris.

Il devrait peut-être planter des haies pour faire écran au pavillon d'été ? Elle l'avait adopté comme repaire ; il pouvait voir un certain nombre d'avantages pertinents.

Honoria plissa le front.

— Donc, c'est la dernière des villes des alentours et aucun gentleman n'a loué un cheval nulle part.

— Sauf Charles, qui est arrivé par Cambridge.

— Y a-t-il un autre endroit — une taverne ou quelque chose du même genre — où l'on peut louer des chevaux ?

— Mes gens ont vérifié toutes les tavernes clandestines à proximité. Hormis le fait d'avoir emprunté un cheval, nous ne pouvons rien éliminer. Il semble probable que le meurtrier soit reparti sur son propre cheval.

— Je pensais que vous aviez dit que cela était improbable ?

— Improbable, mais pas impossible.

— L'orage s'est levé peu après. N'aurait-il pas dû se mettre à l'abri ?

— Les autres ont vérifié dans toutes les auberges et les tavernes sur le chemin du retour vers Londres. Aucun gentleman prometteur ne s'est réfugié nulle part. Qui que ce soit qui a tiré sur Tolly a été soit excessivement chanceux, soit il a couvert exceptionnellement bien ses traces.

— Montant son propre cheval, il aurait pu venir de n'importe où, pas juste de Londres. Il pouvait s'agir d'un tueur à gages.

Devil la regarda en silence pendant une minute entière.

— Ne compliquez pas les choses.

— Eh bien, c'est vrai. Mais, j'avais eu l'intention de vous demander…

Elle s'interrompit pour couper un fil ; dans le silence qui s'ensuivit, Devil comprit son message. Elle avait eu l'intention de lui demander *avant* qu'il agisse en despote. Mettant ses ciseaux de côté, elle poursuivit :

— Était-il de notoriété publique que Tolly empruntait habituellement la petite route traversant la forêt ?

Devil grimaça.

— Pas de notoriété publique, mais c'était assez largement connu pour qu'on l'apprenne facilement.

Honoria réalisa un autre point.

— Vos cousins ont-ils découvert quoi que ce soit à Londres ?

— Non. Mais, il doit y avoir quelque chose, un indice, quelque part. Les jeunes hommes de bonne famille ne sont pas assassinés sur des routes de campagne sans aucune raison.

Il regarda au-delà de la pelouse et vit approcher sa mère. Avec un soupir, il décroisa les jambes et se leva.

— Est-ce ici que tu te caches, Sylvester ?

La douairière monta les marches dans un bouillon de dentelles noires. Elle leva le visage pour recevoir un baiser.

Devil s'exécuta obligeamment.

— Je ne me cache guère, Maman[1].

— En effet, tu es beaucoup trop grand pour cet endroit.

La douairière le poussa doucement.

— Assieds-toi, ne nous surplombe pas.

Alors qu'elle s'installait aussitôt à côté d'Honoria, Devil en fut réduit à se percher sur le bord de la fenêtre. La douairière jeta un coup d'œil sur l'ouvrage d'Honoria et indiqua un point. Honoria le fixa, puis marmonna de manière inintelligible, déposa son aiguille et tendit la main vers ses ciseaux.

Devil saisit cette occasion.

— Je voulais vous parler, Maman. Je vais partir pour Londres demain.

— Londres ?

L'exclamation émana de deux gorges ; deux têtes se relevèrent brusquement, deux paires d'yeux le dévisagèrent.

Devil haussa les épaules.

— Purement pour les affaires.

1. En français dans le texte.

Honoria regarda la douairière ; la douairière la regarda.

Quand elle se tourna vers son fils, elle plissait le front.

— Je me disais, chéri[1], que je devais aussi monter à Londres. À présent que j'ai cette chère Onoria pour me tenir compagnie, je pense que cela serait tout à fait convenable[2].

Devil cligna des paupières.

— Vous êtes en deuil. En grand deuil.

— Alors ?

La douairière ouvrit grand les yeux.

— Je serai en grand deuil à Londres — si approprié —, il y fait toujours si gris à cette époque de l'année.

— J'avais pensé, dit Devil, que vous voudriez rester ici, pendant encore au moins une semaine.

La douairière leva les mains, paumes vers le ciel.

— Pourquoi ? C'est un peu tôt pour les bals, je te l'accorde, mais je ne suggère pas que nous allions à Londres pour la frivolité. Non. Il est approprié, je pense, que je présente Onoria, même si la famille est en noir. Elle n'est pas touchée ; j'en ai discuté avec tante Oratia — comme moi, elle croit que plus tôt la haute société rencontrera Onoria, mieux ce sera.

Devil jeta un rapide regard à Honoria ; la consternation dans ses yeux était une joie à regarder.

— Une excellente idée, Maman.

Une larme brilla dans les yeux d'Honoria ; il se hâta de détourner le regard.

1. En français dans le texte.
2. En français dans le texte.

— Mais vous devrez faire attention à ne pas réveiller les chats qui dorment.

La douairière agita dédaigneusement la main.

— N'enseigne pas à ta mère comment faire des grimaces. Ta tante et moi savons exactement comment procéder. Rien de trop élaboré ou autre ne fera... comment dit-on ? Ne fera son beurre ?

Devil dissimula son sourire.

— Ne fera du foin. Le beurre, c'est de l'argent.

La douairière fronça les sourcils.

— Vous, les Anglais, avez de si étranges dictons.

Devil s'abstint de lui rappeler qu'elle avait vécu en Angleterre la majeure partie de sa vie — et que sa compréhension de la langue se détériorait toujours quand elle couvait un plan. Dans ce cas, c'était un plan qu'il approuvait.

— Tout sera comme il faut[1], insista la douairière. Tu ne dois pas t'inquiéter — je sais à quel point tu deviens conservateur —, nous ne ferons rien pour offenser ta susceptibilité.

Le commentaire laissa Devil sans voix.

— En effet, ce matin même je me disais que je devrais aller à Londres, avec ta tante Louise. Je suis la femme chef de famille, non ? Et le devoir d'une chef de famille est d'être avec sa famille.

La douairière fixa un regard indéniablement matriarcal sur son fils silencieux.

— Ton père l'aurait souhaité ainsi.

Cela, évidemment, signalait la fin de toute discussion — non que Devil avait eu l'intention d'argumenter. Imitant un soupir exaspéré, il leva les mains.

1. En français dans le texte.

— Si c'est ce que vous désirez réellement, Maman[1], je vais donner des ordres immédiatement. Nous pouvons partir demain à midi et rejoindre la ville avant la tombée de la nuit.

— Bon[2] ! s'exclama la douairière en regardant Honoria. Nous ferions mieux de commencer nos malles.

— En effet.

Honoria déposa son travail d'aiguille dans son panier, puis leva un bref regard triomphant vers Devil.

Il conserva une expression neutre, restant en arrière pendant qu'elle et sa mère quittaient le pavillon d'été. Seulement une fois qu'elles furent loin devant descendit-il les marches, avançant langoureusement dans leur sillage, le regard sur les courbes harmonieuses d'Honoria, la satisfaction béate dans les yeux.

*

La Résidence St-Ives à Grosvenor Square était beaucoup plus petite que la Maison Somersham. Elle était tout de même assez grande pour y perdre un bataillon, un fait rehaussé par l'étrange individu à l'air militaire qui présidait les lieux.

Honoria hocha la tête en direction de Sligo alors qu'elle traversait le vestibule et s'interrogea sur les particularités de Devil. À leur arrivée au crépuscule, deux jours plus tôt, elle avait été décontenancée de découvrir Sligo, un homme au dos voûté, mince et nerveux,

1. En français dans le texte.

2. En français dans le texte.

agissant comme majordome. Il avait un visage rongé par les soucis, en forme de lune et mélancolique ; sa tenue était sévère, mais n'était pas tout à fait appropriée. Son langage était brusque, comme s'il se trouvait encore sur le terrain de manœuvres.

Plus tard, elle avait questionné la douairière ; Sligo avait été l'ordonnance de Devil à Waterloo. Il était fanatiquement dévoué à son capitaine d'antan ; après le dispersement, il avait simplement continué à le suivre. Devil en avait fait son homme à tout faire. Sligo demeurait à la Résidence St-Ives, agissant à titre de gardien lorsque la famille n'était pas là. Quand son maître était présent, Honoria le présuma, il reprenait son rôle précédent.

Ce qui signifiait, soupçonnait-elle, qu'il faudrait surveiller Sligo. Un valet de pied ouvrit la porte du boudoir où l'on prenait le petit-déjeuner.

— Vous voilà, ma chère.

Le visage de la douairière s'épanouit radieusement à une extrémité de l'élégante table.

Honoria exécuta une petite révérence, puis inclina la tête vers l'autre bout de la table.

— Monsieur le duc.

Le démon lui répondit par un hochement de tête en la parcourant du regard.

— J'espère que vous avez bien dormi ?

Avec un geste de la main, il ordonna à Webster de lui tenir une chaise — celle à côté de la sienne.

— Relativement bien, merci.

Ignorant forcément les neuf autres chaises inoccupées autour de la table mise de façon impeccable, Honoria étala ses jupes, puis remercia Webster pendant qu'il lui versait son thé. Elle avait passé le jour précédent à défaire ses malles et à s'installer. Une rafale de pluie avait soudainement mis fin à l'après-midi ; elle ne s'était pas approchée du parc au-delà des fenêtres du salon.

— Je disais à Sylvester que nous envisageons de rendre visite aux couturières ce matin.

La douairière agita un couteau dans la direction d'Honoria.

— Il m'informe que ces jours-ci, la société choisit les couturières selon l'âge.

— L'âge ?

Honoria fronça les sourcils.

Occupée avec sa rôtie et la marmelade, la douairière hocha la tête.

— Apparemment, il est tout à fait convenable[1] que je continue avec ma vieille Franchot, mais pour vous, il faut que ce soit…

Elle jeta un coup d'œil à son fils.

— Comment s'appelle-t-elle ?

— Celestine, renseigna-t-il sa mère.

Honoria tourna ses sourcils froncés vers lui.

Il rencontra son regard avec un ennui indicible.

— C'est assez simple : si vous voulez du bombasin et des turbans, vous allez chez Franchot. Si les volants et les falbalas sont à votre goût, alors madame Abelard vous conviendra davantage probablement. Pour les innocentes demoiselles de la campagne — il marqua une pause, son regard touchant brièvement le délicat fichu de dentelle d'Honoria — alors j'ai entendu dire que mademoiselle Cocotte est difficile à battre. Pour la

1. En français dans le texte.

véritable élégance, par contre, il n'y a qu'un nom que vous devez connaître : Celestine.

— Vraiment ?

Honoria sirota son thé puis, déposant sa tasse, elle tendit la main vers une rôtie.

— Est-elle située dans Bruton Street ?

Les sourcils de Devil remuèrent.

— Où d'autre ?

Il détourna les yeux alors que Sligo s'approchait, portant un plateau d'argent empilé de lettres. Les prenant, Devil feuilleta la pile.

— Il est probable que vous trouverez un certain nombre de couturières qui pourraient satisfaire vos goûts si vous vous promenez dans Bruton Street.

Du coin de l'œil, Honoria le regarda examiner son courrier. Il employait une petite armée d'agents ; l'un d'eux était sur leurs talons lorsqu'ils avaient quitté la Maison et il avait passé toute la journée précédente enfermé avec son maître. La gérance de domaines aussi vastes que ceux du duché de St-Ives garderait n'importe quel homme occupé ; jusqu'ici, d'après ce qu'elle avait vu, les affaires avaient empêché Devil de poursuivre son enquête. Arrivant à la fin de la pile, il réorganisa les lettres, puis jeta un regard à sa mère.

— Si vous voulez bien m'excuser, Maman[1].

Brièvement, ses yeux se portèrent sur Honoria.

— Honoria Prudence.

Avec un hochement de tête élégant, il se leva ; absorbé par ses lettres, il sortit de la pièce.

1. En français dans le texte.

Honoria fixa son dos jusqu'à ce que la porte le dissimule à sa vue, puis elle prit une nouvelle gorgée de son thé.

*

La voiture de ville de St-Ives venait juste de tourner le coin dans un grondement, transportant la douairière et Honoria jusqu'à Bruton Street, quand Vane Cynster pénétra dans Grosvenor Square en marchant nonchalamment. Le pas long et vagabond, il traversa les pavés ; balançant sa canne, il grimpa les marches menant à l'imposante porte de son cousin. Il était sur le point de frapper à un rythme impérieux lorsque la porte s'ouvrit. Sligo se précipita dehors.

— Oh ! Désolé, monsieur, lui dit-il avant de s'aplatir contre le montant de la porte. Je ne vous avais pas vu, monsieur.

Vane sourit.

— Ce n'est pas grave du tout, Sligo.

— Ordre du capitaine. Une dépêche urgente.

Sligo tapota son cœur — un parchemin bruissant témoignait de sa cause.

— Si vous voulez bien m'excuser, monsieur.

Libéré par le hochement de tête perplexe de Vane, Sligo se hâta en bas des marches et courut jusqu'au coin. Il héla une voiture de louage et monta à bord. Vane secoua la tête, puis se tourna vers la porte encore ouverte. Webster se tenait à côté.

— Le maître est dans la bibliothèque, monsieur. Je crois qu'il vous attend. Souhaitez-vous être annoncé ?

— Inutile.

Abandonnant sa canne, son chapeau et ses gants, Vane se dirigea vers le sanctuaire de Devil. Il ouvrit la porte, se retrouvant instantanément sous le regard vert de son cousin.

Devil était assis dans un fauteuil en cuir derrière un large bureau, une lettre ouverte à la main.

— Tu es le premier.

Vane sourit largement.

— Et tu es impatient.

— Tu ne l'es pas ?

Vane leva les sourcils.

— Jusqu'à il y a une seconde, j'ignorais que tu n'avais pas de nouvelles.

Il traversa la pièce et se laissa choir dans le fauteuil en face du bureau.

— Je comprends que tu n'as aucune nouvelle perspective à offrir non plus ?

Vane grimaça.

— En un mot : non.

Devil grimaça à son tour ; repliant sa lettre, il la mit de côté.

— J'espère seulement que les autres ont débusqué quelque chose.

— Que fait Sligo ?

Quand Devil leva la tête, Vane précisa :

— Je suis tombé sur lui sur les marches, il semblait terriblement pressé.

Devil agita la main dédaigneusement.

— Une petite affaire de stratégie proactive.

— En parlant de cela, as-tu réussi à convaincre ta future épouse qu'enquêter sur un meurtre n'est pas une activité appropriée pour une dame de la bonne société ?

Devil sourit.

— On peut toujours compter sur Maman[1] pour rendre visite aux couturières dans les quarante-huit premières heures de son arrivée en ville.

Vane leva les sourcils.

— Donc tu n'as pas réussi à rayer le meurtre du programme de miss Anstruther-Wetherby ?

Le sourire de Devil devint sauvage.

— Je dirige mon feu sur une cible différente. Une fois que celle-ci tombera, son programme ne s'appliquera plus.

Vane afficha un large sourire.

— Pauvre Honoria Prudence, elle ne sait pas à quoi elle se mesure ?

— Elle apprendra.

— Trop tard ?

— C'est l'idée générale.

Un bref coup sec à la porte annonça l'arrivée de Richard « Scandal » Cynster ; il fut suivi par Gabriel et Demon Harry, le frère de Vane. La vaste pièce confortable fut soudainement très remplie par des hommes extrêmement imposants.

— Pourquoi le retard ? demanda Harry, abaissant son long corps dans la chaise. Je m'attendais à être convoqué hier.

— Devil a dû s'assurer que la voie était libre, répondit Vane — et se prit un regard dur de Devil.

— Lucifer envoie ses excuses, dit Gabriel à tout le monde dans la pièce. Il est épuisé par ses efforts pour découvrir toute nouvelle sur les peccadilles de Tolly — lesdits efforts n'ayant jusqu'ici absolument rien rapporté.

1. En français dans le texte.

— Je trouve cela, répliqua Harry, excessivement difficile à croire.

— Rien en ce qui concerne notre enquête, rectifia Gabriel.

— À ce propos, continua Harry, je sais précisément ce qu'il ressent.

Malgré l'effort considérable déployé dans les sphères qu'on leur avait déléguées, aucun n'avait découvert de preuve que Tolly avait eu des ennuis. Devil proposa l'idée que Tolly pouvait ne pas avoir eu personnellement d'ennuis.

— Il a pu tomber sans le vouloir sur quelque chose qu'il n'était pas censé savoir. Il est peut-être devenu une menace pour quelqu'un sans le soupçonner.

Gabriel hochait la tête.

— *Cette* hypothèse ressemble beaucoup plus à Tolly.

Harry grogna.

— Le pauvre diable se serait complètement enflammé de zèle innocent et serait parti en trombe pour venir déposer la preuve à tes pieds.

— Avant de demander que tu arranges tout.

Le sourire de Richard se tordit légèrement.

— Cette action semble beaucoup plus authentique que tout autre.

Les yeux sur Richard, Devil dit :

— Le simple fait qu'il venait me voir est peut-être ce qui a mené à sa mort.

Vane hocha la tête.

— Cela expliquerait pourquoi il a été tué à Somersham.

— Nous allons devoir rendre visite de nouveau à tous ses amis.

Sous la direction de Devil, Gabriel, Harry et Richard acceptèrent de se charger de la tâche.

— Et moi ? demanda Vane en levant les sourcils. Quelle fascinante partie d'enquête devrais-je entreprendre ?

— Tu as la chance de faire parler le vieux Mick.

— Le vieux Mick ? gémit-il. L'homme boit comme une éponge.

— C'est toi qui as la tête la plus dure de notre groupe, et quelqu'un doit discuter avec lui. En tant qu'homme de confiance de Tolly, c'est notre meilleure piste.

Vane grommela, mais personne ne lui accorda d'attention.

— Nous nous rencontrerons de nouveau ici dans deux jours.

Devil se leva ; les autres l'imitèrent. Gabriel, Harry et Richard se dirigèrent vers la porte.

— Il m'est venu à l'esprit, dit Vane alors qu'il marchait sans se presser derrière les autres, que le dernier ajout à la famille pourrait ne pas être aussi disposé à s'incliner devant ton autorité.

Devil arqua un sourcil.

— Elle apprendra.

— C'est ce que tu n'arrêtes pas de dire.

À la porte, Vane jeta un regard en arrière.

— Mais, tu sais ce que l'on dit : méfiez-vous des francs-tireurs.

Le regard dont Devil le gratifia personnifiait l'arrogance suprême ; Vane rigola et partit, refermant la porte derrière lui.

*

Arracher de l'information au démon n'était pas tâche facile, particulièrement quand il ne manifestait aucun intérêt à sa compagnie. Immobile en haut des marches, Honoria débattit de sa prochaine action.

Elle avait suivi le conseil de Devil et visité le salon de Celestine. Sa méfiance naturelle avait pointé le bout du nez lorsqu'une note adressée à Celestine, écrite en lettres noires et grasses et portant un sceau de cire rouge, était arrivée dans leur sillage. Pendant qu'Honoria essayait des robes de jour d'une élégance discrète, des robes de voyage à la mode et des robes du soir délicieusement exquises, la couturière, continuellement présente dès l'instant où elle avait lu la note, avait émis suffisamment de commentaires sur les préférences de monsieur le duc pour confirmer ses soupçons. Cependant, elle avait à ce moment-là vu trop des créations de Celestine pour songer à lever le nez par rancune.

Au lieu de cela, elle avait acheté une garde-robe complète, dans le but express de placer le duc sous son joug. Les robes de soirée de Celestine, bien qu'indiscutablement convenables, étaient subtilement scandaleuses — sa taille et son âge lui permettaient de les porter à son avantage. Les chemises de nuit, les peignoirs et les chemises, en soie et en satin, étaient tout aussi superbes. Tout, naturellement, était scandaleusement coûteux — heureusement, sa bourse était assez profonde pour résister à cette folie.

Elle avait passé le trajet de retour jusqu'à Grosvenor Square à imaginer l'expression sur le visage de Devil quand il la verrait dans une chemise de nuit particulièrement provocante — c'est seulement lorsque la voiture atteignit la Résidence St-Ives que la bizarrerie de sa pensée la frappa. Quand Devil la verrait-il dans cette tenue ?

Jamais, si elle était sage. Elle avait repoussé en vrac l'idée de son esprit.

Au cours des deux matinées précédentes, elle était entrée dans le boudoir du petit-déjeuner en arborant un sourire encourageant et une des créations les plus ravissantes de Celestine ; même si le démon l'avait remarqué, à part une certaine lueur dans ses yeux verts, il n'avait montré aucun penchant à s'engager au-delà d'un hochement de tête distrait. Les deux matins, en un laps de temps guère flatteur, il s'était excusé et avait trouvé refuge dans son bureau.

Elle pouvait imaginer qu'il était occupé ; elle n'était pas prête à accepter cela comme un prétexte pour l'ignorer, particulièrement comme il avait dû à ce stade avoir appris quelque chose sur la mort de son cousin.

Prenant une inspiration déterminée, elle commença à descendre l'escalier. Une action directe était nécessaire — elle allait affronter le lion dans sa tanière. Où était-ce le démon dans son antre ? Heureusement, sa tanière servait également de bibliothèque. Main sur la poignée de porte, elle marqua une pause ; aucun son ne provenait de l'intérieur. Se préparant mentalement, elle colla un sourire jovialement innocent sur son visage, ouvrit la porte et entra d'un pas vif.

Sans lever les yeux, elle referma la porte et se tourna, avançant de deux pas avant que son regard atteigne le bureau.

— Oh !

Les lèvres entrouvertes, les yeux agrandis, elle s'arrêta.

— Je suis désolée. Je n'avais pas réalisé...

Elle laissa ses mots s'estomper.

Son hôte démoniaque était assis derrière un grand bureau, sa correspondance étalée devant lui. À côté des fenêtres, Sligo triait des registres. Les deux hommes relevèrent la tête ; alors que l'expression de Sligo était interloquée, celle de Devil était indéchiffrable.

Avec un regard d'envie vers les étagères de livres, Honoria fit apparaître un sourire contrit.

— Je ne voulais pas déranger. Je vous prie de m'excuser.

Rassemblant ses jupes, elle se tourna à demi. Un geste languissant l'arrêta.

— Si c'est de la distraction que vous cherchez, alors je vous en prie, cherchez-la ici.

Les yeux de Devil rencontrèrent les siens ; bien que le geste de la main qui l'accompagnait désignât les volumes et les tomes, Honoria n'était pas du tout certaine qu'ils représentaient la distraction dont il avait fait mention. Levant le menton, elle inclina gracieusement la tête.

— Je ne vous dérangerai pas.

Elle l'avait déjà fait. Devil changea de position dans son fauteuil, puis réarrangea ses lettres. Du coin de l'œil, il observa Honoria scruter les étagères, s'arrêtant avec art ici et là pour lever une main vers un livre ou un autre. Il se demanda qui elle croyait tromper.

Les deux derniers jours avaient été pénibles. Résister à l'invitation dans les yeux d'Honoria avait nécessité une détermination considérable, mais il avait gagné trop de campagnes pour ne pas accorder de valeur à la voir l'approcher elle-même. Enfin, elle avait faibli. Son impatience grandissante, il attendit qu'elle en vienne au fait.

Prenant sa plume, il signa une lettre, sécha l'encre et la mit de côté. Levant les yeux, il la surprit à l'observer — elle détourna rapidement le regard. Un rayon de soleil perçant à travers la fenêtre dorait le chignon châtain brillant sur le dessus de sa tête ; des mèches folles couronnaient sa nuque et son front. Dans sa robe de jour de couleur crème, elle semblait assez délicieuse pour être mangée ; pour un loup affamé, la tentation était grande. Devil l'observa pendant qu'elle mettait une main sur un tome lourd traitant des pratiques agricoles ; elle hésita, puis le tira et l'ouvrit. Elle tâtonnait. Réalisant ce qu'elle lisait, elle referma brusquement le livre et le replaça, puis revint doucement vers les étagères plus proches de la porte, choisissant un autre livre au hasard. Soupirant en son for intérieur, Devil déposa sa plume et se leva. Il n'avait pas toute la journée, ses cousins devaient arriver plus tard cet après-midi. Contournant le bureau, il marcha sur le tapis ; sentant son approche, Honoria leva la tête.

Devil prit le bouquin dans ses mains, le referma et le remit sur l'étagère. Il rencontra son regard étonné.

— Qu'est-ce que ce sera : un tour en voiture dans le parc ou une promenade sur la place ?

Honoria cligna des paupières. Elle scruta ses yeux, puis se raidit et leva le menton.

— Un tour en voiture.

Le parc pouvait bien être bondé, mais sur la banquette fermée de sa calèche, elle pourrait l'interroger sans restriction.

Les yeux de Devil ne quittèrent pas les siens.

— Sligo, va atteler les chevaux.

— Oui, mon cap'taine Vot'Seigneurie.

Sligo se précipita vers la porte.

Ayant l'intention de le suivre, Honoria se retrouva piégée, retenue, par le regard vert de Devil. Il fit glisser son regard vers le bas, s'attardant brièvement, mais avec une intensité qui fit monter le feu à ses joues.

Il leva les yeux.

— Peut-être, ma chère, vaudrait-il mieux vous changer. Nous ne voudrions pas que le froid vous prenne au dépourvu.

Comme si elle avait été prise au dépourvu en essayant de le tromper ? Avec morgue, Honoria releva le menton un peu plus.

— En effet, monsieur le duc. Je ne devrais pas vous faire attendre plus d'une demi-heure.

Sur un bruissement de ses jupes, elle s'échappa. Même en s'obligeant à traîner les pieds, elle fut de retour dans le vestibule en moins de dix minutes ; à son soulagement, le démon s'abstint de commenter, rencontrant simplement son regard avec un œil beaucoup trop assuré à son goût. Ce même regard la balaya, soignée et coquette en jacquard vert, puis il lui offrit son bras ; nez en l'air, elle consentit à se laisser guider en bas des marches.

Devil la souleva pour la déposer sur la banquette. Ils roulaient dans les allées du parc, les voitures s'alignant dans l'avenue bordée d'un trottoir avant qu'elle note qu'un palefrenier s'était élancé derrière eux. Jetant un bref coup d'œil par-dessus son épaule, elle vit Sligo.

Devil remarqua sa surprise.

— Sans aucun doute serez-vous soulagée que j'aie décidé de respecter les bonnes mœurs à chaque occasion possible.

Honoria fit un geste derrière elle.

— Ceci n'est-il pas plutôt excessif ?

— Je ne laisserais pas cela refroidir vos ardeurs, Honoria Prudence.

Il lui décocha un regard en biais.

— Sligo est à moitié sourd.

Un rapide coup d'œil le confirma ; malgré le fait que Devil n'avait pas baissé la voix, l'expression de Sligo restait neutre. Satisfaite, Honoria prit une profonde respiration.

— Dans ce cas...

— Voici la comtesse de Tonbridge à votre droite. Elle est l'amie intime de Maman[1].

Honoria sourit à la grande dame[2] se prélassant dans un coupé de ville stoppé en bordure du gazon ; une loupe amplifiant un œil protubérant, la comtesse inclina gracieusement la tête. Honoria hocha la sienne en retour.

— Qu'avez...

— Lady Havelock devant. Porte-t-elle un turban ?

— Une toque, répondit Honoria à travers son sourire. Mais...

— Madame Bingham et lady Carstairs dans le landau.

Il était difficile, Honoria le découvrit, de sourire à travers des dents serrées. Son éducation dictait par contre sa conduite, même dans des circonstances aussi éprouvantes ; calmement sereine, elle sourit et hocha la tête avec une impartialité élégante. En vérité, elle se concentrait à peine sur ceux qui exigeaient d'elle ces mondanités. La vue de Skiffy Skeffington vêtue de son

1. En français dans le texte.

2. En français dans le texte.

habituel vert bilieux n'eut même pas le pouvoir de la divertir — son attention était fermement centrée sur le libertin à côté d'elle.

Elle aurait dû opter pour la place. Après les trois premières rencontres, on réalisa l'intérêt dirigé vers eux ; les regards discrets des dames à qui elle rendit les salutations n'étaient pas simplement curieux. Ils étaient acérés, inquisiteurs, profondément pénétrants. Sa position à côté de Devil présentait clairement une forme de déclaration ; Honoria soupçonnait fortement que ce n'était pas celle qu'elle avait eu l'intention de faire. Hochant la tête vers une lady Sefton au visage rayonnant, elle demanda :

— Combien de temps s'est-il écoulé depuis la dernière fois où vous avez amené une dame en promenade en voiture dans le parc ?

— Je ne le fais pas.

— Vous ne le faites pas ?

Honoria se tourna et le dévisagea.

— Pourquoi pas ? Vous pouvez difficilement prétendre être misogyne.

Les lèvres de Devil frémirent ; il rencontra brièvement son regard.

— Si vous y réfléchissez, Honoria Prudence, vous verrez qu'apparaître à côté de moi dans le parc équivaut à une déclaration — une déclaration qu'aucune dame célibataire n'a été précédemment invitée à faire et dont aucune dame mariée ne désirerait faire étalage.

Lady Chetwynd attendait d'être remarquée ; quand elle fut de nouveau libre, Honoria bouillait de mécontentement.

— Qu'en est-il de moi ?

Devil jeta un coup d'œil de son côté ; cette fois, son expression était plus dure.

— *Vous* êtes différente. Vous allez m'épouser.

Une dispute dans le parc était impensable ; Honoria fulminait, mais elle ne pouvait pas le laisser paraître, à part dans ses yeux. Ceux-ci, seul Devil pouvait les voir, grand bien lui fit sa colère ; avec un haussement de sourcils d'une arrogance exaspérante, il se retourna vers ses chevaux.

Privée de l'interrogatoire qu'elle avait prévu *et* de la diatribe qu'il méritait, Honoria s'efforça non seulement de contenir sa fureur, mais aussi de la rediriger. Se mettre en colère avait peu de chance de faire avancer sa cause.

Elle jeta un regard en biais à Devil ; son attention était sur ses chevaux, son profil nettement découpé, aux traits durs. Plissant les paupières, elle regarda devant elle, là où la file de voitures s'était formée, attendant d'entreprendre le virage. Devil s'arrêta à la fin ; Honoria vit une occasion et la saisit.

— Vous et vos cousins avez-vous découvert quelque chose sur la raison derrière le meurtre de Tolly ?

Un sourcil noir s'arqua.

— J'ai entendu dire…

En retenant son souffle, Honoria patienta.

— Que tante Horatia a l'intention de donner un bal dans une semaine environ.

Des yeux verts inexpressifs se tournèrent vers elle.

— Pour proclamer la famille de nouveau incluse dans les festivités de la ville, pour ainsi dire. Jusque-là, je sens que nous devrions restreindre nos excursions — le parc et les légers divertissements semblables sont, je crois, acceptables. Plus tard…

Totalement incrédule, Honoria écouta la liste des distractions prévues — les habituels divertissements[1] favorisés par la haute société. Elle ne se donna pas la peine de l'interrompre. Il avait accepté son aide sur la petite route ; il lui avait dit que ses gens n'avaient pas débusqué d'indices dans les villes autour de Somersham. Elle avait cru qu'il avait capitulé — compris et accepté son droit de participer à la résolution du crime ou, à tout le moins, admis son droit de savoir ce qui avait été découvert. Pendant que la litanie de plaisirs en réserve pour elle continuait, Honoria modifia sa façon de penser.

Très droite, son expression neutre, elle retint sa langue jusqu'à ce que, le virage effectué, il fut à court de divertissements. Ensuite, et seulement à ce moment-là, jeta-t-elle un regard en biais et rencontra son regard.

— Vous ne vous montrez pas juste.

Les traits de Devil se durcirent.

— Ainsi va notre monde.

— Peut-être, déclara Honoria, relevant le menton, est-il temps pour lui de changer.

Il n'émit aucune réponse ; donnant un petit coup de poignet aux rênes, il lança les chevaux le long de l'avenue.

La tête d'Honoria était si haute qu'elle rata presque la vue du gentleman debout au bord du gazon ; il leva sa canne en guise de salut, puis l'agita.

Devil ralentit son équipage, le faisant s'arrêter dans un bruit de sabots près de la pelouse.

— Bon après-midi, Charles.

---

1. En français dans le texte.

Charles Cynster inclina la tête.

— Sylvester.

Son regard se déplaça sur Honoria.

— Miss Anstruther-Wetherby.

Résistant à l'envie de se réfugier instinctivement dans son arrogance, Honoria lui rendit son salut.

— Monsieur. Puis-je vous demander comment va votre famille ?

Charles arborait le brassard noir coutumier, facilement visible sur son manteau brun. Devil portait également le symbole du deuil, presque invisible sur sa manche noire. Honoria se pencha vers le sol et offrit sa main à Charles.

— Je n'ai pas encore croisé votre frère et vos sœurs depuis mon arrivée en ville.

— Ils vont..., hésita-t-il, bien, je pense.

Il rencontra le regard d'Honoria.

— Ils se remettent du choc. Mais, comment allez-vous ? J'admets mon étonnement à vous voir ici. J'avais cru vos plans différents ?

Honoria sourit chaleureusement.

— Ils le sont. Ceci — elle gesticula dédaigneusement — est simplement un arrangement temporaire. J'ai accepté de demeurer avec la douairière pendant trois mois. Après cela, j'envisage de commencer mes préparatifs pour l'Afrique. Je songe à un séjour prolongé, il y a tant à voir.

Son sourire se crispa.

— Et à faire.

— Vraiment ?

Charles plissa vaguement le front.

— Je pense qu'il y a une très belle exposition au musée. Si Sylvester est trop occupé pour vous y escorter, je vous en prie, faites appel à moi. Comme je vous l'ai déjà assuré, je me tiendrai toujours prêt à vous assister de toutes les manières possibles pour moi.

Majestueusement, Honoria inclina la tête.

Après avoir promis de transmettre leurs meilleurs souvenirs à sa famille, Charles recula. Sur un petit coup de poignet, Devil remit ses chevaux au trot.

— Honoria Prudence, vous mettriez à l'épreuve la patience d'un saint.

L'agacement affluait sous sa voix douce.

— Vous, déclara Honoria, n'êtes pas un saint.

— Un fait que vous feriez bien de garder à l'esprit.

Étouffant un frisson des plus étranges, Honoria regarda droit devant elle.

Ils essuyèrent le feu — la longue file de voitures stationnaires transportant les grandes dames[1] — une fois de plus, puis Devil fit tourner ses chevaux en direction de la maison. Au moment où ils rejoignirent Grosvenor Square, Honoria avait recentré son attention sur l'objectif de la journée. L'objectif qu'elle devait encore atteindre.

Devil s'arrêta devant sa porte. Lançant les rênes à Sligo, il descendit et souleva Honoria pour la déposer au sol. Elle reprit son souffle une fois sur le porche ; le seuil de sa porte d'entrée, décida-t-elle, ne convenait pas pour une dispute.

La porte s'ouvrit ; Devil la suivit à l'intérieur. Le vestibule semblait bondé ; en plus de Webster, Lucifer était là.

— Tu es en avance.

---

1. En français dans le texte.

Honoria jeta un coup d'œil à Devil, étonnée par la désapprobation qu'elle décela dans son ton. Les sourcils de Lucifer s'arquèrent sous la surprise, mais il sourit d'une façon charmante pendant qu'il s'inclinait sur sa main. Se redressant, il regarda Devil.

— En dédommagement, si tu veux, pour mon absence précédente.

Absence *précédente* ? Honoria regarda Devil.

Son expression ne révéla rien.

— Vous allez devoir nous excuser, ma chère. Les affaires exigent notre attention.

Les affaires, oui ! Honoria soupesa rapidement ses options, cherchant un moyen acceptable de rester avec eux. Il n'y en avait pas. Ravalant un juron, elle inclina majestueusement la tête, d'abord vers son ennemi, puis vers son cousin, et elle se retourna ensuite pour se glisser en haut des marches.

*

— J'hésite à faire état de l'évidence, mais nous n'allons nulle part. Pour ma part, je trouve l'échec plutôt fastidieux.

Un grondement général d'approbation accueillit l'annonce de Gabriel. Les six cousins étaient présents, longs membres installés dans différentes poses dans la bibliothèque de Devil.

— Personnellement parlant, dit Vane d'une voix traînante, je préférerais avoir un échec à rapporter. Le vieux Mick, serviteur de longue date de la famille, a quitté nos belles côtes.

Harry fronça les sourcils.

— Il a quitté l'Angleterre ?

— Ainsi m'en a informé Charles.

Vane donna une chiquenaude sur une peluche sur son genou.

— Je suis allé au logement de Tolly et j'ai découvert qu'il avait été reloué. Selon le propriétaire, qui vit au rez-de-chaussée, Charles s'est présenté le lendemain des funérailles de Tolly. Personne n'avait prévenu Mick à propos de Tolly. Il a été, inutile de le préciser, scié en deux.

Richard siffla sans bruit.

— Il était employé par la famille depuis toujours, il était dévoué à Tolly.

Vane inclina la tête.

— J'avais supposé que Charles se serait assuré d'informer Mick à temps pour qu'il assiste aux funérailles. Il devait être plus affolé que nous l'avons réalisé. On a appris qu'il y a eu un genre de scène. Selon le propriétaire, Mick est sorti comme un ouragan. Selon Charles, Mick était tellement anéanti par la mort de Tolly qu'il a décidé de quitter Londres et de retourner dans sa famille en Irlande.

Harry semblait méfiant.

— Connaissons-nous le patronyme de Mick ?

— O'Shannessy, répondit Richard.

Devil fronça les sourcils.

— Savons-nous où vit sa famille ?

Vane secoua la tête.

Harry soupira.

— Ma présence est attendue en Irlande d'ici une semaine pour examiner quelques juments poulinières. Je pourrais voir si j'arrive à dénicher notre Mick O'Shannessy.

Devil hocha la tête.

— Fais-le.

Ses traits se durcirent.

— Et lorsque tu le trouveras, en plus de lui poser nos questions, assure-toi que Charles a pris bien soin de lui. Sinon, procède aux arrangements habituels et envoie-moi les comptes.

Harry hocha la tête.

— Au fait, dit Vane, l'homme de confiance de Charles, Holthorpe, est aussi parti sous des cieux plus cléments — dans son cas, en Amérique.

— L'Amérique ? s'exclama Lucifer.

— Apparemment, Holthorpe a suffisamment économisé pour rendre visite à sa sœur là-bas. Quand Charles est revenu de Somersham, Holthorpe était parti. Le nouvel homme de Charles a légèrement moins de présence que Sligo et se fait appeler Smiggs.

Harry se moqua.

— On dirait qu'il conviendra à Charles.

Lucifer soupira.

— Alors, où cherchons-nous maintenant ?

Devil fronça les sourcils.

— Nous devons négliger quelque chose.

Vane sourit ironiquement.

— Mais le diable lui-même ignore ce que c'est.

— Hum ! soupira Devil. Malheureusement. Cependant, si Tolly est tombé par hasard sur le secret illégal ou scandaleux d'une personne, alors, vraisemblablement, si nous essayons plus fort, nous pouvons éventer ce secret.

— Et savoir à qui il appartient, dit Lucifer. Tolly a pu l'entendre d'un homme sur un coin de rue ou d'une gamine idiote dans une salle de bal.

— Ce qui explique pourquoi nous allons devoir étendre plus largement notre filet. Peu importe ce que c'est, c'est dehors, quelque part, et nous allons devoir ratisser pour le découvrir.

Devil scruta leurs visages insatisfaits, mais toujours déterminés.

— Je ne vois pas d'autre choix pour nous que de continuer à chercher jusqu'à ce que nous ayons des faits à nous mettre sous la dent.

Gabriel hocha la tête.

— Tu as raison.

Il se leva et rencontra le regard de Devil, un sourire doux courbant ses lèvres.

— Aucun de nous n'est sur le point de déserter.

Les autres acquiescèrent de la tête ; sans se presser, ils partirent, une impatience contenue dans les yeux. Devil les raccompagna à la porte. Il se tourna vers la bibliothèque, puis hésita. Plissant le front, il jeta un coup d'œil par-dessus son épaule.

— Webster...

— Je crois que miss Anstruther-Wetherby se trouve dans le salon à l'étage, Votre Seigneurie.

Devil hocha la tête et s'engagea dans l'escalier. Leur absence de progrès pesait lourdement sur son esprit ; le désir d'Honoria de se mêler à la chasse était un irritant supplémentaire — la séduire pour l'amener à rester à ses côtés s'avérait assez difficile sans cette complication. Atteignant la marche du haut, il sourit, amèrement. Il y avait plus d'un moyen de mettre des bâtons dans les roues — vraisemblablement, cela s'appliquait aussi à un franc-tireur.

La porte du salon s'ouvrit sans bruit ; Honoria marchait de long en large devant l'âtre. Elle ne l'entendit pas entrer. Elle marmonnait d'une manière distinctement énergique ; pendant que Devil s'approchait, il surprit le mot « juste » et « monstre buté ».

Honoria leva les yeux — et sursauta. Devil l'attrapa par les coudes et la tira vers lui, loin du feu.

Le souffle coupé, le cœur dans la gorge, Honoria le repoussa. Il la libéra instantanément ; son tremblement intérieur ne cessa pas. Furieuse pour un certain nombre de raisons, elle posa les mains sur ses hanches et lui jeta un regard mauvais.

— Ne faites pas cela !

Elle chassa d'une tape une boucle dérangeante.

— Personne ne vous a jamais appris qu'il est inacceptable de s'approcher en douce des gens ?

— Je ne m'approchais pas en douce.

L'expression de Devil resta légère.

— Vous ne m'avez pas entendu, vous étiez trop occupée à répéter votre sermon.

Honoria cligna des yeux ; la prudence s'infiltra un peu tard dans son esprit.

— Maintenant que je suis là, poursuivit Devil, les sourcils arqués, pourquoi ne pas le débiter ? L'invitation était loin d'être encourageante. D'un autre côté, vous aimeriez peut-être entendre ce que mes cousins avaient à rapporter.

Honoria emmagasinait tellement de mauvaise humeur qu'elle avait l'impression de pouvoir exploser. Il y avait, elle comprit, un « soit l'un, soit l'autre » dissimulé dans ses mots. Si elle donnait libre cours à la diatribe qu'elle avait passé la dernière heure à préparer, elle n'apprendrait pas ce qui avait été découvert sur le tueur de Tolly. Sa tête la faisait souffrir.

— Très bien, dites-moi ce que vous et vos cousins avez déniché.

Devil désigna le sofa ; il attendit qu'elle s'assoie puis il installa son long corps dans le coin opposé.

— Malheureusement, jusqu'ici, malgré des efforts considérables, nous n'avons découvert strictement rien. Aucun indice soit-il sur ce qui a précipité Tolly sur la route de Somersham.

— Rien ?

Honoria scruta son visage ; il n'y avait pas trace de dérobade dans ses yeux.

— Où avez-vous regardé et que cherchiez-vous ?

Devil le lui dit ; elle ne perdit pas une miette de sa description des forces particulières des autres et de l'étendue de leurs enquêtes. Elle était certaine qu'il ne mentait pas ; elle se demanda pourtant s'il lui racontait toute la vérité. Elle l'interrogea, mais ses réponses demeurèrent cohérentes.

— Et maintenant ?

Au loin, ils entendirent le gong annonçant le dîner.

— Maintenant, dit-il, se levant avec grâce et lui tendant la main, nous continuons à chercher.

Il lui avait expliqué qu'ils recherchaient le secret d'une autre personne.

— Jusqu'à ce que nous ayons une piste à suivre, nous ne pouvons rien faire de plus.

Honoria n'en était pas si sûre. Elle lui permit de l'aider à se lever.

— Peut-être…

Un long doigt se glissa sous son menton ; Devil releva légèrement son visage vers le sien.

— Je vais vous tenir informé des progrès, Honoria Prudence.

Sa voix devint plus grave en prononçant son nom. Hypnotisée, Honoria vit la couleur de ses yeux se modifier, une lueur au fond les faisant briller. Son regard se déplaça, tombant sur les lèvres d'Honoria ; elle les sentit ramollir, s'entrouvrir, elle sentit ses paupières devenir lourdes.

— Ah... oui.

Fébrile, elle leva le menton à l'écart de son doigt et esquissa un pas de côté, dévoilant la porte.

— Je ferais mieux de me changer.

Un sourcil noir s'éleva, mais au-delà de cela et d'un regard interrogateur, il ne fit aucun commentaire, l'escortant à la porte et la maintenant ouverte pendant qu'elle en profitait pour s'échapper. Ce ne fut qu'une demi-heure plus tard, alors qu'elle était assise devant sa glace avec sa femme de chambre, Cassie, qu'elle comprit.

Il lui avait dit ce qu'ils avaient découvert : rien. Il avait promis de la tenir au courant des progrès. Les yeux plissés, Honoria réalisa qu'il voulait dire *après* qu'ils auraient réagi en conséquence. Encore plus révélateur, il l'avait empêchée d'offrir son assistance, afin de ne pas avoir à la refuser et à rendre manifeste qu'il ne lui était toujours pas permis de participer à l'enquête d'une manière significative.

Quand elle pénétra dans le salon, elle était posée et confiante, capable de rencontrer le regard de Devil avec une calme sérénité. Tout au long du repas, elle demeura distante, écoutant la conversation d'une oreille distraite, son esprit occupé à formuler sa stratégie d'enquête.

Rien d'utile n'avait encore été découvert, ce qui laissait le champ d'investigation largement ouvert. En ce qui concernait les idées démodées de monsieur le duc, elle était certaine que, quand elle débusquerait le secret vital, il ne pourrait pas lui refuser l'entrée. Comment le pourrait-il ? Elle ne lui dirait rien avant, jusqu'à ce qu'il soit trop tard pour qu'il puisse l'exclure.

CHAPITRE 11

Enquêter sur le meurtre de Tolly s'avérait plus difficile qu'elle ne l'aurait cru. Alors que les cousins Cynster avaient leurs entrées dans le monde largement masculin de Tolly, ce n'était pas le cas d'Honoria. De même, ils connaissaient Tolly, ses habitudes, ses intérêts. D'un autre côté, raisonna-t-elle, elle pouvait envisager ses derniers jours avec impartialité, les faits non teintés par des idées préconçues. D'ailleurs, les femmes étaient notoirement plus observatrices que les hommes.

La plus jeune tante de Tolly, Celia, avait été élue par l'assemblée des épouses Cynster pour organiser la première fête « informelle », une déclaration à la société que la famille était sortie de son grand deuil. Même Louise était présente, encore vêtue du noir le plus profond, son sang-froid lui servant de bouclier contre ceux qui offraient leurs condoléances.

À la Résidence St-Ives, le crêpe noir avait enveloppé le heurtoir depuis qu'ils étaient arrivés en ville ; sur les ordres de la douairière, il avait été retiré ce matin. Leur première semaine dans la capitale s'était déroulée dans le calme, à s'abstenir de toute réception, mais trois semaines s'étaient écoulées depuis la mort de Tolly ; ses tantes avaient décrété que leur période de grand deuil était terminée. Tous portaient du noir et continueraient ainsi pendant encore trois semaines, puis ce serait le demi-deuil pendant six semaines supplémentaires.

Honoria circulait parmi les invités de Celia, parlant avec ceux dont l'acuité pouvait s'avérer utile. Malheureusement, comme c'était la première fois qu'elle s'aventurait en société, plusieurs cherchaient avec enthousiasme à réclamer son attention.

— Honoria.

Se retournant, elle découvrit Celia à côté d'elle, une assiette de gâteaux à la main, le regard sur une chaise à l'autre extrémité de la pièce.

— Je déteste vous demander cela, mais je sais que vous pouvez bien vous en tirer.

Avec un sourire, Celia lui tendit l'assiette.

— Lady Osbaldestone est un véritable dragon. Si j'y vais, elle va m'enchaîner à la chaise et je ne me libérerai jamais. Toutefois, si un des membres de la famille n'apparaît pas pour apaiser sa curiosité, elle va maltraiter Louise. Tenez, laissez-moi prendre votre tasse.

Soulagée de sa tasse de thé vide, Honoria resta avec l'assiette à gâteaux. Elle ouvrit les lèvres pour préciser qu'elle n'était pas « de la famille », mais Celia avait disparu dans la foule. Honoria hésita puis, avec un soupir résigné, se tint droite et fonça vers lady Osbaldestone.

Madame l'accueillit avec un regard de basilic.

— Il est à peu près temps, vraiment.

Une main comme des griffes se tendit brusquement et faucha un petit four.

— Eh bien, mademoiselle ?

Elle dévisagea Honoria. Quand celle-ci se contenta de la fixer à son tour d'un air poliment absent, lady Osbaldestone grogna.

— Asseyez-vous, allez ! Vous me donnez le torticolis. Il est probable que St-Ives vous ait choisi pour votre taille et je peux réellement imaginer pourquoi.

Cette dernière remarque fut lancée avec un net regard concupiscent. Honoria ravala une envie pressante d'exiger des précisions. Elle se percha d'une façon parfaitement correcte sur le bord du sofa, l'assiette de gâteaux tenue à portée de main de lady Osbaldestone.

Les yeux noirs de Madame l'examinaient attentivement pendant que le petit four était consommé.

— Pas simplement de la manière habituelle et avec une Anstruther-Wetherby en plus, hein ? Que dit votre grand-père de cette union, mademoiselle ?

— Je n'en ai aucune idée, répondit calmement Honoria. Cependant, vous êtes victime d'un malentendu. Je n'épouse personne.

Lady Osbaldestone cligna des paupières.

— Pas même St-Ives ?

— *Particulièrement* pas St-Ives.

Décidant qu'elle ferait aussi bien de manger, Honoria choisit un petit gâteau sec et le grignota délicatement.

Sa déclaration avait rendu lady Osbaldestone muette. Pendant une minute entière, ses yeux noirs, plissés, reposèrent sur le profil d'Honoria, puis le visage de Madame se fendit en un large sourire ; elle gloussa avec jubilation.

— Oh, vous ferez l'affaire. Gardez cette attitude, mademoiselle, et vous ferez très bien l'affaire pour Devil Cynster.

Avec morgue, Honoria prit la chose de haut.

— Je n'ai aucun intérêt envers monsieur le duc de St-Ives.

— Oh ! gloussa Madame en lui donnant un petit coup sur le bras avec un doigt osseux. Mais, monsieur le duc a-t-il un intérêt envers *vous* ?

Les yeux piégés dans le regard noir de Madame, Honoria aurait aimé pouvoir mentir. Le sourire de lady Osbaldestone s'élargit davantage.

— Suivez mon conseil, ma fille, assurez-vous qu'il ne le perde jamais. Ne le laissez jamais vous tenir pour acquise. Le meilleur moyen de retenir de tels hommes est de les faire travailler pour leur plaisir.

Adoptant un air de martyre, Honoria soupira.

— Je ne vais réellement pas l'épouser.

Lady Osbaldestone, soudain terriblement sérieuse, observa Honoria à travers de sages yeux noirs.

— Ma fille, vous n'avez pas le choix. Non !

Elle pointa un doigt squelettique sur elle.

— Ne prenez pas cet air impassible et ne levez pas en l'air ce menton d'Anstruther-Wetherby. Il n'y a aucun avantage à fuir le destin. Devil Cynster a pratiquement déclaré qu'il vous voulait — ce qui signifie qu'il vous aura — et si l'on peut se fier à ce menton, ce sera une bonne chose en plus. Et comme il est trop expérimenté pour poursuivre de ses assiduités une personne sans sentiment réciproque, vous ne devez pas songer à le nier.

Madame grogna.

— Il faudrait que vous soyez morte pour être immunisée contre sa tentation — et vous ne me semblez pas trop desséchée.

Une rougeur s'empara des joues d'Honoria ; lady Osbaldestone hocha la tête.

— Votre mère n'est plus là — tout comme votre grand-mère —, je vais donc vous donner le bon conseil à leur place. Acceptez le décret du destin : épousez ce démon et faites en sorte que cela fonctionne. Séduisant, il l'est, mais sous cette apparence il y a un homme bon. Vous êtes une femme de caractère — c'est ainsi que cela doit être. Et malgré toutes vos réflexions, dans ce cas, le démon a raison. Les Cynster ont besoin de vous ; les Anstruther-Wetherby, étrange à dire, ont aussi besoin des Cynster. Le destin vous a amenée précisément là où vous étiez censée vous trouver.

Se penchant en avant, elle retint sans pitié le regard d'Honoria.

— Et d'ailleurs, si vous ne le prenez pas, qui croyez-vous le fera ? Une petite sotte gnangnan avec plus de cheveux que de cervelle ? Le haïssez-vous au point de le condamner à cela — un mariage sans passion ?

Honoria ne pouvait plus respirer. Un grand éclat de rire les atteignit ; le bruissement de soie annonçait l'approche d'une dame.

— Te voilà, Josephine. Es-tu en train de cuisiner cette pauvre miss Anstruther-Wetherby ?

Lady Osbaldestone consentit enfin à libérer Honoria ; elle leva les yeux sur la nouvelle venue.

— Bon après-midi, Emily. J'offrais simplement à miss Anstruther-Wetherby le bénéfice de mes avis expérimentés.

Elle incita Honoria à se relever d'un geste de la main.

— Allez, partez et souvenez-vous de mes paroles. Et emportez ces gâteaux, ils font grossir.

Secouée, les traits rigides, Honoria exécuta une petite révérence pour Emily, lady Cowper, puis, tête haute, elle se laissa avaler par la foule. Malheureusement, de nombreuses dames attendaient de l'arrêter au passage pour l'interroger sur sa nouvelle relation.

— St-Ives vous a-t-il déjà amenée à Richmond ? Les arbres y sont très beaux en ce moment.

— Et où envisagez-vous de passer la période des fêtes, ma chère ?

Éluder de telles questions exigeait tact et adresse, une tâche difficile pour son esprit qui tournait encore après le sermon de lady Osbaldestone. Apercevant Amanda et Amelia à moitié cachées par un palmier, Honoria chercha refuge auprès d'elles. Leurs yeux s'éclairèrent quand elles virent l'assiette de gâteaux ; elle la leur remit sans commentaire.

— Maman a dit que nous devions venir voir à quoi ressemble une fête « informelle », dit Amanda en mangeant une petite brioche aux raisins.

— Nous serons présentées l'an prochain, ajouta Amelia.

Honoria les regarda manger.

— Comment allez-vous ?

Les deux filles levèrent les yeux, franchement, sans aucune trace de douleur. Elles grimacèrent toutes les deux en réfléchissant, puis Amanda s'aventura :

— Bien, je pense.

— Nous nous attendons toujours à ce qu'il vienne dîner — exactement comme il le faisait toujours.

Amelia baissa les yeux et ramassa la dernière miette.

Amanda acquiesça de la tête.

— Riant et plaisantant, tout comme ce dernier soir.

Honoria fronça les sourcils.

— Dernier soir ?

— Le soir avant d'être abattu.

Honoria cligna des paupières.

— Tolly est venu dîner chez vous le soir avant sa mort ?

Amelia hocha la tête.

— Il était de très bonne humeur — c'était habituellement le cas. Il a joué au jeu de jonchets avec les plus jeunes puis, après dîner, nous avons tous joué aux cartes. C'était très amusant.

— C'est…

Honoria cligna de nouveau des paupières.

— Bien — je veux dire que vous gardiez de si bons souvenirs de lui.

— Oui, acquiesça Amanda. C'est agréable.

Elle sembla ressasser ce fait, puis elle leva les yeux sur Honoria.

— Quand allez-vous épouser Devil ?

La question frappa Honoria en plein cœur. Elle regarda dans les yeux des jumelles, quatre orbes d'un bleu innocent, et s'éclaircit la gorge.

— Nous n'avons pas décidé.

— Oh, dirent-elles en chœur, et elles sourirent avec bienveillance.

Honoria battit rapidement en retraite et se dirigea vers une alcôve inoccupée. Elle jura en son for intérieur. D'abord, lady Osbaldestone, maintenant les sœurs de Tolly. Qui d'autre se liguerait-il contre elle pour ébranler sa détermination ? La réponse fut inattendue.

— Comment vous en sortez-vous avec le fait d'être absorbée par le clan ?

La question prononcée d'une voix douce fit pivoter Honoria. Elle rencontra le regard encore las de Louise Cynster. La mère de Tolly sourit.

— Il faut s'y habituer un peu, je sais.

Honoria respira profondément.

— Ce n'est pas cela.

Elle hésita puis, encouragée par l'expression calme de Louise, elle se lança :

— Je n'ai pas encore réellement accepté d'épouser Devil, juste de réfléchir à cette idée.

Avec un geste qui englobait la pièce, elle ajouta :

— Je me sens comme un imposteur.

À son soulagement, Louise ne rit pas et n'écarta pas son commentaire avec légèreté. Au lieu de cela, après un moment à scruter son visage, elle posa une main sur son bras.

— Vous n'êtes pas certaine, n'est-ce pas ?

— Non.

Sa voix était à peine un murmure. Après une minute, elle ajouta :

— Je pensais l'être.

C'était la vérité — pure, sans fard ; cette réalisation la laissa abasourdie.

Que lui avait-il fait — lui et eux, tous ? Qu'était-il arrivé à l'Afrique ?

— C'est normal de ressentir de l'hésitation.

Louise parla d'une manière réconfortante, sans aucune trace de condescendance.

— Particulièrement dans un cas comme celui-ci, où la décision repose tellement sur vos épaules.

Elle jeta un coup d'œil à Honoria.

— Mon propre cas était similaire. Arthur était là, prêt à déposer son cœur et tout ce qui venait avec à mes pieds. Tout dépendait de mon désir.

Ses lèvres se courbèrent, son regard se perdit dans les souvenirs.

— Il est facile de prendre des décisions lorsqu'il n'y a que soi de touché, mais quand il faut prendre les autres en considération, il est naturel de remettre son jugement en question. Particulièrement si le gentleman concerné est un Cynster.

Son sourire s'épanouit ; elle regarda de nouveau Honoria.

— Doublement, s'il s'agit de Devil Cynster.

— C'est un tyran, déclara Honoria.

Louise rit.

— Vous n'essuierez pas d'argument de ma part sur ce point. Tous les Cynster ont un penchant pour la dictature, mais Devil dirige tous les autres.

— Hum ! Il est inflexible et beaucoup trop habitué à ce que les choses se passent à sa façon.

— Vous devriez interroger Helena là-dessus un jour, elle a des histoires à vous faire dresser les cheveux sur la tête. Vous ne pourrez pas vous passer du fer à friser pendant une semaine.

Honoria plissa le front.

— Je pensais que vous m'encouragiez.

Louise sourit.

— C'est ce que je fais, mais cela ne signifie pas que je sois aveugle aux défauts de Devil. Toutefois, malgré eux — et vous ne trouverez pas une seule femme

Cynster qui n'a pas eu à affronter la même chose — on peut dire beaucoup d'un homme qui sera infailliblement là pour se charger des problèmes ; qui, peu importe tout le reste, est dévoué à sa famille. Devil est peut-être le chef de la meute — le président de la barre Cynster —, mais donnez-lui un fils ou une fille, et il restera avec bonheur à Cambridgeshire et jouera au jeu des jonchets tous les soirs.

Spontanément, l'image, par les paroles de Louise, prit forme dans l'esprit d'Honoria — un homme de forte carrure, à la chevelure noire et aux traits durs, vautré sur un tapis devant un feu flambant avec un enfant en combinaison grimpant sur lui. Observant la scène, elle ressentit un éclat de chaude fierté, de la satisfaction ; elle entendit les rires perçants au-dessus d'un rire grondant plus grave, elle pouvait presque tendre la main et les toucher. Elle attendit — attendit que la peur qui l'avait toujours poursuivie montre son nez et avale la vision d'un seul coup, pour la bannir au royaume des rêves irréalisables. Elle attendit — et encore, la vision brillait.

La lueur du feu luisait sur les deux têtes noires, des mèches indisciplinées épaisses et rebelles. Il dorait le visage levé de l'enfant — dans son esprit, Honoria tendit la main vers l'épaule familière de l'homme, dure et stable comme le roc sous ses doigts. Incapable de s'en empêcher, fascinée sans espoir de retour, elle tendit la main, avec hésitation, tant d'hésitation vers le visage de l'enfant. Il hurla de rire et baissa vivement la tête ; ses doigts touchèrent des cheveux doux comme du duvet soyeux, comme l'aile d'un papillon. L'émotion enfla, ne ressemblant à rien de ce qu'elle avait déjà connu. Hébétée, elle secoua la tête.

Puis, elle cligna des yeux et inspira rapidement.

— La barre Cynster ?

— Ah !

Louise la gratifia d'un regard aux sourcils arqués, puis regarda autour d'elle. Personne n'était assez proche pour l'entendre.

— Ils ignorent que nous le savons, mais c'est un sujet de plaisanterie habituelle parmi les gentlemen de la ville. Un homme d'esprit a inventé le terme lorsque Richard et Harry ont suivi Devil et Vane à Londres, soi-disant pour accomplir un… certain rite de passage. Ça ne faisait aucun doute que Richard et Henry, évidemment, allaient suivre Devil et Vane dans les activités *coutumières* des Cynster.

Son insistance et l'expression dans son regard ne laissaient aucun doute sur ce qu'étaient lesdites activités.

— Plus tard, quand Rupert et Alasdair sont allés en ville, ce ne fut qu'une simple question de temps avant qu'eux aussi soient appelés à la barre Cynster.

— Comme un avocat est convoqué au Palais de justice ?

Honoria gardait son esprit centré sur la question.

— Précisément.

Le sourire de Louise s'évanouit.

— Tolly aurait été le suivant.

Ce fut au tour d'Honoria de poser une main sur le bras de Louise et de le presser d'une manière réconfortante.

— J'avais imaginé que le nom était dérivé du terme héraldique.

— La *barre du blason* ?

Louise chassa son chagrin et rencontra le regard d'Honoria avec des yeux qui en disaient long.

— Entre vous, moi et les autres dames Cynster, je suis plutôt certaine que de nombreux gentlemen en ville parlent de nos fils comme de « nobles bâtards ».

Les yeux d'Honoria s'élargirent ; Louise afficha un large sourire.

— Cela, par contre, n'est pas une chose que tout gentleman et toute dame accepteraient volontiers d'admettre en notre présence.

Les lèvres d'Honoria frémirent.

— Naturellement pas.

Puis elle plissa le front.

— Quand est-il de Charles ?

— Charles ?

Louise agita dédaigneusement la main.

— Oh, il n'en a jamais fait partie.

Deux dames s'approchaient pour dire au revoir ; quand elles furent de nouveau en privé, Louise se tourna vers Honoria.

— Si vous avez besoin de soutien, nous sommes toujours là — les autres dans la même situation. N'hésitez pas à faire appel à nous ; l'entraide est une règle absolue chez les femmes Cynster. Nous sommes, après tout, les seules qui comprennent véritablement ce que c'est qu'être mariée à un Cynster.

Honoria jeta un coup d'œil sur la foule qui s'amenuisait, remarquant les autres membres de la famille, pas seulement la douairière, Horatia et Celia, mais les autres cousins et parents.

— Vous vous serrez réellement les coudes.

— Nous sommes une famille, ma chère.

Louise pressa une dernière fois le bras d'Honoria.

— Et nous espérons énormément que vous vous joindrez à nous.

*

— Voilà !

Poussant un soupir soulagé, Honoria appuya le parchemin portant les coordonnées de son frère sur les casiers du bonheur-du-jour.

Décrire ses activités à Michael sans laisser transparaître son état d'esprit préoccupé s'était révélé une tâche herculéenne. Presque aussi difficile qu'affronter le fait qu'elle avait peut-être tort — et que Devil, la douairière, Michael et tous les autres pouvaient avoir raison.

Elle se trouvait dans le boudoir attenant à sa chambre à coucher. Les fenêtres de chaque côté du foyer surplombaient la cour en dessous. Appuyant son coude sur le bureau, elle posa le menton dans sa main et regarda dehors.

Huit ans auparavant, elle avait subi sa perte ; sept ans plus tôt, elle avait décidé de ne jamais risquer de perdre de nouveau. Elle n'avait pas révisé sa décision jusqu'à trois jours auparavant ; elle n'avait jamais eu aucune raison de le faire. Aucun homme, aucune circonstance, n'avait été assez solide pour l'obliger à cette réévaluation.

Trois jours plus tôt, tout avait changé. Le sermon de lady Osbaldestone l'avait secouée, plantant fermement dans son esprit les conséquences de refuser Devil.

Louise et les jumelles avaient aggravé son incertitude, lui montrant à quel point elle était déjà devenue proche de cette famille.

Cependant, la révélation la plus surprenante avait été l'image évoquée par Louise, la vision qu'elle ressuscitait chaque fois qu'elle bénéficiait d'un moment de liberté depuis — la vision de Devil et de leur enfant.

Sa peur du deuil était encore là, très réelle, très profonde ; perdre de nouveau serait dévastateur, elle savait cela depuis huit ans. Toutefois, jamais auparavant n'avait-elle désiré un enfant. Jamais avant n'avait-elle ressenti ce besoin impérieux — un désir, un appel, qui donnait l'impression que sa peur était faible, une chose qu'elle pourrait, si elle le souhaitait, balayer d'un geste.

La force de ce besoin était troublante, une chose qu'elle ne pouvait pas facilement expliquer. Était-ce un simple désir maternel prenant de l'ampleur parce que Devil se montrerait si protecteur et que, comme il était tellement riche, leur enfant recevrait tous les soins ? Était-ce parce qu'en tant que Cynster, elle et son enfant seraient entourés par un clan aussi aimant, d'un grand soutien ? Ou bien était-ce parce qu'elle savait qu'être la mère de l'enfant de Devil lui donnerait un rang que personne d'autre n'aurait jamais pu ?

Si elle donnait un enfant à Devil, il baiserait le sol à ses pieds.

Respirant profondément, elle se leva et marcha jusqu'à la fenêtre, contemplant sans le voir le cerisier pleureur retombant avec art dans la cour. Le fait de désirer Devil, de le vouloir comme son esclave, était-il la raison pour laquelle elle voulait son enfant ? Ou bien était-elle simplement devenue une femme, plus femme qu'elle ne l'avait été à dix-sept ans ?

Ou encore les deux ? Elle l'ignorait. Son tourment intérieur était dévorant, complètement déroutant ; elle se sentait comme une adolescente qui se réveille enfin, mais par rapport au fait de devenir adulte, ceci était bien pire.

Un coup frappé à la porte la fit sursauter. Se redressant, elle se retourna.

— Entrez !

La porte s'ouvrit vers l'intérieur ; Devil se tenait sur le seuil. Un sourcil noir arqué ; naturellement gracieux, il entra dans la pièce sans se presser.

— Aimeriez-vous venir vous promener en voiture, Honoria Prudence ?

Honoria garda les yeux dans les siens, refusant toute autre distraction.

— Dans le parc ?

Ses yeux s'élargirent.

— Sinon où ?

Honoria jeta un coup d'œil à sa lettre, dans laquelle elle avait soigneusement esquivé la vérité. Il était trop tôt pour admettre quoi que ce soit. Elle ne savait pas encore avec certitude qu'elle était sa position. Elle regarda Devil.

— Vous pourriez peut-être affranchir ma lettre pendant que je me change ?

Il acquiesça d'un signe de tête. Honoria passa devant lui ; sans un regard en arrière, elle se retira dans sa chambre à coucher.

Dix minutes plus tard, vêtue de sergé topaze, elle revint pour le découvrir debout devant une fenêtre, les mains derrière le dos, sa lettre entre ses longs doigts.

Il se retourna à son approche. Comme toujours, chaque fois qu'il la revoyait, son regard la balayait, avec possessivité, de la tête au pied.

— Votre lettre.

Il lui présenta le parchemin plié avec un grand geste du bras.

Honoria la prit, remarquant une écriture en caractère gras décorant un coin. C'était, elle pouvait en jurer, la même écriture qui avait orné la note que Celestine avait reçue si à propos.

— Venez. Webster la mettra à la poste.

Pendant qu'ils parcouraient les longs corridors, Honoria fronça les sourcils en son for intérieur. Celestine n'avait pas envoyé sa facture. Plus d'une semaine s'était écoulée depuis la réception des dernières robes.

Une fois la lettre remise aux bons soins de Webster, ils se dirigèrent vers le parc avec Sligo derrière, comme à l'habitude. Leur progression dans l'avenue à la mode fut tranquille en dehors des habituels sourires et saluts de la tête ; son apparition dans la calèche de Devil ne causait plus de grande sensation.

Alors qu'ils quittaient le regroupement principal de voitures, Honoria changea de position et fronça les sourcils en direction de Devil.

— Que vont-ils dire lorsque je ne vous épouserai pas ?

La question la troublait depuis trois jours.

Le regard qu'il lui décocha était pareil au sien.

— Vous allez m'épouser.

— Mais, si je ne le fais pas ?

Honoria fixait un regard têtu sur le profil tout aussi buté de Devil.

— Vous devez commencer à réfléchir à cela.

La société pouvait se montrer très acerbe ; jusqu'au sermon de lady Osbaldestone, elle l'avait vu comme un adversaire très à l'aise dans son indifférence aux frondes et aux flèches de l'aristocratie. Madame avait altéré sa vision des choses ; elle n'était plus rassurée du tout.

— Je vous ai prévenu à plusieurs reprises qu'il y a peu de chance que je change d'avis.

Le soupir de Devil exprimait pleinement l'impatience et l'envie de grincer des dents.

— Honoria Prudence, je me moque complètement de ce que dit tout le monde, sauf vous. Et tout ce que je veux entendre de votre part est un « oui ». Et en ce qui concerne notre mariage, il est beaucoup plus probable que celui-ci se produise que vous vous retrouviez en vue du Caire, encore moins du Grand Sphinx !

Ses intonations ne laissaient aucun doute que le sujet était clos. Honoria leva le nez en l'air et dévisagea avec morgue un groupe d'innocents passants.

Un silence sinistre régna jusqu'à ce que, le tour accompli, ils reviennent vers la foule de personnes en vue. Jetant un regard en biais au visage fermé de Devil, Honoria entendit les paroles de lady Osbaldestone :

« Faites en sorte que cela fonctionne. »

Était-ce possible ? Fixant son regard au loin, elle s'enquit avec désinvolture :

— Tolly était-il particulièrement doué à dissimuler ses sentiments ?

Devil la dévisagea, elle pouvait sentir son regard vert, acéré et perçant ; avec entêtement, elle garda le visage détourné. L'instant suivant, ils s'approchaient du bas-côté. La voiture oscilla en s'arrêtant ; Sligo se précipita à la tête des chevaux.

— Tiens-les et attends ici.

Sur cet ordre brusque, Devil attacha les rênes, se leva, passa devant elle et sauta au sol. Avec aisance, il se retourna et la cueillit sur son banc. Ignorant son halètement, il la déposa sur ses pieds, coinça sa main à travers son bras et marcha à grands pas sur la pelouse.

Honoria s'accrocha à son chapeau.

— Où allons-nous ?

Devil lui jeta un regard mauvais.

— Quelque part où nous pouvons parler librement.

— Je pensais que Sligo était à moitié sourd ?

— Lui, oui — les autres, non.

Devil offrit une mine renfrognée décourageante à un groupe de jeunes gens. Les gens du monde diminuaient rapidement, abandonnés dans leur sillage.

— De toute façon, Sligo sait tout sur Tolly et notre enquête.

Honoria plissa les yeux, puis ils s'ouvrirent largement. Le sentier de rhododendrons se dessinait devant.

— Je pensais que vous aviez dit que nous devions observer les règles de bienséance ?

— À chaque occasion possible, gronda Devil avant de l'entraîner vivement dans le sentier désert.

Dissimulé par les épais buissons, il s'arrêta et pivota pour la regarder en face.

— Maintenant !

Les yeux plissés, il retint son regard.

— Pourquoi diable voulez-vous savoir si Tolly était doué pour cacher ses sentiments ?

Menton levé, Honoria soutint son regard et essaya de ne pas remarquer à quel point il était imposant. Il était assez grand et assez large pour lui faire totalement écran — même si quelqu'un tombait sur eux en se promenant, tout ce qu'il verrait, ce serait un bout de jupe. Elle releva davantage le menton.

— L'était-il ou non ?

Les yeux sondant les siens étaient clairs comme de l'eau de roche, son regard acéré comme le scalpel d'un chirurgien. Elle vit sa mâchoire se contracter ;

quand il parla, sa voix émit un grave grondement sauvage.

— Tolly était incapable de feindre, même pour sauver sa peau. Il n'a jamais pris le tour de main.

— Hum.

Le regard d'Honoria se déplaça vers les buissons.

— Pourquoi vouliez-vous le savoir ?

Elle haussa les épaules.

— J'ai juste…

Elle leva la tête. Sa réponse désinvolte mourut sur ses lèvres, tuée par l'expression dans son regard. Son cœur bondit dans sa gorge ; avec détermination, elle le ravala.

— J'ai juste trouvé cela intéressant qu'il ait passé la soirée précédant le jour où il a été abattu à jouer avec son frère et ses sœurs, apparemment d'excellente humeur.

Relevant le nez, elle laissa son regard glisser sur les feuilles vertes luisantes. Devil la dévisagea.

— C'est vrai ?

Honoria hocha la tête. Le silence se prolongea ; yeux sur les buissons, elle patienta, respirant à peine. Elle pouvait sentir son regard, encore intense, sur son visage ; elle le sut lorsqu'il détourna les yeux. Puis, avec un soupir résigné qui semblait venir de ses bottes, il replaça la main d'Honoria sur sa manche et la fit pivoter sur le sentier.

— Alors, dites-moi, qu'avez-vous appris ?

Ce n'était pas la plus affable des invitations à la complicité, mais Honoria décida qu'elle ferait l'affaire.

— Les jumelles ont mentionné leur dernier dîner avec Tolly lorsque je les ai vues mercredi.

Marchant sans empressement à côté de lui sur le sentier à l'écart, elle relata la description des deux jeunes filles.

— J'ai perçu que Tolly et les jumelles étaient proches. S'il était agité, même s'il tentait de le cacher, j'aurais pensé qu'elles l'auraient remarqué.

Devil hocha la tête.

— C'est vrai, elles sont futées comme un renard.

Il grimaça.

— Oncle Arthur m'a dit que Tolly y était allé pour dîner. Il m'a donné l'impression que celui-ci était quelque peu réservé. J'avais oublié comment les jeunes hommes réagissent à leurs pères, ce n'était probablement pas plus que cela.

Il se tut, avançant lentement dans le sentier sinueux ; Honoria garda le silence, satisfaite de le laisser réfléchir à ses découvertes. Même s'il marchait à côté d'elle, elle se sentait enveloppée par sa force. Qu'avait dit Louise ? Infailliblement là pour se charger des problèmes ? C'était, elle devait l'admettre, une caractéristique réconfortante.

La fin des rhododendrons arriva ; le sentier débouchait sur une vaste étendue de gazon.

— Votre information, dit Devil alors qu'ils s'éloignaient du sentier, diminue le champ d'investigation de manière plutôt radicale.

— Peu importe ce que Tolly a découvert, ce qui l'a précipité vers vous, il a dû tomber dessus *après* avoir quitté sa famille ce soir-là.

Elle leva les yeux sur Devil et vit sa grimace.

— Qu'y a-t-il ?

Il lui jeta un regard, lèvres minces, yeux soupesant. Puis il répondit :

— L'homme de confiance de Tolly est rentré en Irlande avant que nous puissions lui parler. Il saura si Tolly était contrarié lorsqu'il est revenu chez lui ce soir-là.

Honoria ouvrit la bouche.

— Et, oui, nous le recherchons. Demon est là-bas en ce moment.

Honoria regarda brièvement autour d'elle, remarquant les nombreuses bonnes d'enfants et gouvernantes traînant les enfants sous leur responsabilité, parsemant la pelouse.

— Où sommes-nous ?

Devil s'arrêta.

— Dans la partie jardin d'enfants. Les rhododendrons gardent les petits chéris hors de vue et de portée de voix de leurs affectueuses mamans.

Il se retourna à moitié pour revenir sur leurs pas lorsqu'un cri à vous défoncer les tympans déchira le calme.

— Deyyyyyyyy-vil !

Toutes les têtes se retournèrent vers eux, la plupart affichant des expressions désapprobatrices. Devil se tourna à temps pour attraper Simon alors qu'il se lançait sur son cousin.

— Bonjour ! J'm'attendais pas à te voir ici !

— Je ne m'attendais pas non plus à te voir, rétorqua Devil. Tire ta révérence à Honoria Prudence.

Simon obéit promptement. Souriant en retour, Honoria remarqua les joues rouges du garçon et ses yeux brillants, et elle s'émerveilla de la résistance de la jeunesse. Elle leva la tête au moment où deux femmes, les jumelles, Henrietta et la petite Mary arrivèrent d'un pas affairé dans le sillage de Simon. Devil la présenta à madame Hawlings, la bonne d'enfants des plus jeunes filles et à miss Pritchard, la gouvernante des jumelles.

— Nous voulions profiter du beau temps pendant que cela nous est possible, expliqua madame

Hawlings. Les brouillards et les pluies seront là bien assez tôt.

— En effet.

Honoria vit Devil attirer Simon à l'écart. Elle pouvait deviner le sujet de leur discussion. Laissée seule pour occuper — ou bien était-ce pour distraire ? —, la gouvernante et la bonne d'enfants, elle échangea des petits riens polis avec la facilité née d'une longue pratique. Le regard plein d'attente dans les yeux étincelants des jumelles quand elles jetèrent un regard vers Devil avant de le ramener sur elle ne lui échappa pas. Elle pouvait être seulement reconnaissante qu'elles n'expriment pas la question trottant clairement dans leurs têtes.

Le soleil trouva une brèche dans les nuages et darda ses rayons ; les jumelles et Henrietta commencèrent à tisser des tresses de marguerites. La petite Mary, les doigts trop potelés pour manipuler les tiges minces, s'assit à côté de ses sœurs sur le gazon, ses grands yeux bleus examinant d'abord les trois femmes bavardant à proximité, puis Devil, discutant encore avec Simon. Après un long examen de ses yeux grands ouverts, elle ramassa sa poupée et, sur des jambes robustes, elle marcha à pas lourds jusqu'à Honoria.

Honoria ne sut pas qu'elle était là, jusqu'à ce qu'elle sente une minuscule main se glisser dans la sienne. Prise par surprise, elle jeta un regard vers le sol. Mary la regarda et sourit — avec assurance et ouvertement confiante, — puis elle resserra sa prise aux doigts grassouillets et, regardant vers ses sœurs, elle s'appuya contre les jambes d'Honoria.

Il fallut à Honoria ses années de pratique pour garder son calme, pour reporter son regard sur madame Hawlings et mademoiselle Pritchard et continuer à converser comme si de rien n'était. Comme s'il n'y avait pas une main chaude et douce blottie dans la sienne, comme s'il n'y avait pas un poids léger plaqué sur ses jambes, une joue soyeuse pressée contre sa cuisse. Heureusement, aucune des femmes ne la connaissait assez bien pour savoir que son expression n'était pas habituellement si neutre.

Puis Devil avança lentement vers elles, une main sur l'épaule de Simon. Il vit Mary et décocha un regard à Honoria. Elle conserva un visage neutre, ne laissant résolument rien transparaître sous l'examen de ses yeux perçants ; il baissa la tête et tendit la main. Mary lâcha celle d'Honoria et alla vers lui. Devil la souleva dans ses bras en la faisant virevolter ; Mary s'accrocha et blottit la tête sur son épaule.

Honoria respira profondément, son regard fixé sur la petite Mary se collant si près ; les émotions la traversaient par vagues, son besoin aigu et le désir poignant submergeant toute peur la laissèrent étourdie.

Devil déclara qu'il était temps pour eux de partir. Ils firent leurs adieux ; au moment où madame Hawlings se détourna avec Mary dans les bras, la petite fille se tortilla pour agiter une main potelée. Honoria sourit avec douceur et la salua en retour.

— Venez, à l'heure qu'il est, Sligo organise probablement une battue.

Honoria se retourna ; Devil lui prit la main et l'installa confortablement sur son coude, laissant ses doigts, chauds et forts, sur les siens. Elle trouva son toucher à la fois réconfortant et troublant pendant qu'en fronçant légèrement les sourcils, elle essayait de calmer ses émotions. Ils marchèrent d'un pas vif vers l'avenue principale des voitures.

La calèche était en vue lorsque Devil parla.

— En tant que gouvernante, avez-vous déjà eu des enfants plus jeunes sous votre responsabilité ?

Honoria hocha la tête.

— En tant que gouvernante pour débutantes, mon rôle était strictement limité aux filles à une année de leurs débuts en société. Si les familles pour lesquelles je travaillais avaient des enfants plus jeunes, il y avait toujours une autre gouvernante ordinaire pour en prendre soin.

Devil hocha la tête, puis regarda devant lui.

Le trajet de retour à Grosvenor Square donna à Honoria le temps de rassembler ses idées. Leur sortie avait été inopinément productive.

Elle avait vérifié la théorie de lady Osbaldestone voulant qu'elle soit assez forte pour influencer Devil, même par rapport à une chose qui suscitait une profonde aversion chez lui, comme sa participation à la recherche du meurtrier de Tolly. Elle avait confirmé qu'elle désirait sans aucun doute possible porter son enfant. De tous les hommes, il devait être le compagnon le plus qualifié pour une femme avec sa peur particulière. Et elle souhaitait assurément le voir, tout tyran arrogant qu'il était, baiser le sol à ses pieds.

Il lui restait un bout de la vision de lady Osbaldestone à vérifier, bien qu'il ait, depuis le début, déclaré qu'il l'épousait pour la mettre dans son lit. Cela se qualifiait-il comme de la passion ? Était-ce ce qu'il y avait entre eux ?

Depuis leur interlude sur la terrasse de la Maison, elle ne lui avait pas donné d'autre occasion de l'attirer près de lui ; son « à moi » avait étouffé sa poursuite du « plaisir ». Au cours des trois derniers jours, cependant, son intérêt pour le sujet était revenu. Avait même grandi.

Webster ouvrit la porte ; Honoria passa le seuil avec grâce.

— Si vous avez un moment, monsieur le duc, il y a une affaire dont j'aimerais discuter avec vous.

Tête haute, elle se dirigea droit vers la porte de la bibliothèque. Un valet de pied bondit pour la lui ouvrir ; elle se glissa à l'intérieur — dans l'antre du diable.

Devil l'observa partir, l'expression indéchiffrable. Puis il tendit ses gants de conduite à Webster.

— Je soupçonne que je ne souhaiterai pas être dérangé.

— En effet, Votre Seigneurie.

Chassant d'un geste le valet de pied qui se tenait prêt, Devil pénétra dans la bibliothèque et referma la porte.

Honoria se tenait devant le bureau, tapotant ses doigts sur le bord. Elle entendit le loquet ; se retournant, elle regarda Devil s'approcher lentement.

— Je veux discuter de la réaction probable de la société lorsqu'il apprendra que je ne vous épouse pas.

Cela lui semblait un sujet suffisamment provocateur.

Les sourcils de Devil se levèrent.

— Est-ce de cela qu'il est question ?

— Oui.

Honoria se souvint de plisser le front quand il ne s'arrêta pas, mais continua son avance de prédateur.

— Il est inutile de vous fermer les yeux sur le fait qu'une telle fin susciterait tout un émoi.

Elle se tourna pour contourner sans se presser, aussi lentement que lui, le coin de son bureau.

— Vous savez parfaitement bien que cela aura un effet pas seulement sur vous, mais sur votre famille également.

Jetant un coup d'œil par-dessus son épaule, elle le vit à quelques pas derrière elle, la suivant dans son sillage. Elle continua à marcher.

— Il n'est tout simplement pas sensé de laisser l'attente croître.

— Donc, que suggérez-vous ?

Contournant le bureau, Honoria poursuivit vers le foyer.

— Vous pourriez laisser entendre que les choses ne sont pas réglées entre nous.

— Sur quelles bases ?

— Comment le saurais-je ?

Elle lui décocha un regard.

— Je suis certaine que vous êtes assez créatif pour inventer quelque chose.

Deux mètres derrière, le regard de Devil restait calme.

— Pourquoi ?

— Pourquoi ?

— Pourquoi devrais-je inventer quelque chose ?

— Parce que…

Gesticulant vaguement, Honoria marcha jusqu'au coin de la pièce. Elle s'arrêta et fixa les volumes à la hauteur de son nez.

— Parce que c'est nécessaire.

Elle respira profondément et, croisant mentalement les doigts, elle pivota.

— Parce que je ne veux pas que quiconque soit tourné en ridicule à cause de ma décision.

Comme elle l'avait espéré, Devil n'était plus à deux mètres d'elle. Ses yeux soutinrent son regard, à quelques centimètres de distance.

— Je suis le seul courant le risque d'être ridiculisé. Et je ne suis pas sur le point de le craindre.

Honoria plissa les yeux vers lui et essaya de ne pas remarquer qu'elle était piégée.

— Vous êtes sans aucun doute le plus impossible des arrogants, imbu de sa personne…

Les yeux de Devil tombèrent sur ceux d'Honoria. Elle retint son souffle.

— Avez-vous fini ?

La question fut prononcée sur le ton de la conversation. Ses paupières se soulevèrent pour croiser le regard d'Honoria ; elle réussit à hocher la tête.

— Bien.

Encore une fois, son regard se baissa ; une main se leva pour encadrer son visage, puis il pencha la tête. Les paupières d'Honoria tombèrent ; à l'instant où ses lèvres se posèrent sur les siennes, elle agrippa fermement les étagères de livres derrière elle, réprimant son sentiment de triomphe. Elle avait amené le loup à attaquer, et il n'avait pas réalisé qu'il avait été appâté.

Le frisson de la réussite rencontra le frisson de joie que son baiser provoqua en elle ; elle entrouvrit les lèvres, impatiente de découvrir sa passion, impatiente d'expérimenter encore une fois le plaisir qu'elle trouvait dans ses bras. Il changea de position ; elle crut l'entendre gémir. Pendant un instant, son poids pesa sur elle pendant que ses lèvres obligeaient les siennes à s'ouvrir plus largement, sa langue la goûtant avec avidité. La soudaine montée de désir la surprit ; immédiatement, il l'enchaîna, revenant à une exploration lente et régulière destinée à réduire en poussière toute résistance.

Cet instant d'émotion à l'état brut, primitif aiguillonna Honoria — elle voulait la connaître, la goûter encore ; elle devait explorer davantage. Ses mains quittèrent les étagères et glissèrent sous le manteau de Devil. Son gilet protégeait son torse avec efficacité ; les boutons, heureusement, étaient gros. Ses doigts occupés, elle inclina la tête pour se libérer de la pression de son baiser. Leurs lèvres se déplacèrent, puis se collèrent ; avec hésitation, puis avec une plus grande assurance, elle l'embrassa en retour.

Il s'était écoulé beaucoup trop de temps depuis qu'il l'avait embrassée la dernière fois.

Devil savait que c'était vrai ; il était tellement affamé, si concentré à se rassasier de son goût enivrant que de longues minutes passèrent avant qu'il réalise qu'elle réagissait. Elle ne le laissait pas l'embrasser passivement, elle ne lui offrait pas simplement ses lèvres, sa bouche douce. Elle l'embrassait en retour. Peut-être bien sans expérience, mais avec la même franchise déterminée qui caractérisait tout ce qu'elle entreprenait

La révélation l'arrêta mentalement. Elle se pressa plus près, approfondissant le baiser de sa propre volonté — chassant son inattention, il prit tout ce qu'elle lui offrait et se positionna goulûment pour en recevoir plus. Puis il sentit ses mains sur son torse. Paumes glissant dessus, doigts écartés, elle dessinait ses muscles, le lin fin de sa chemise ne représentant pas de véritable obstacle à sa caresse.

Elle l'embrasait ! Brusquement, Devil se redressa, interrompant leur baiser. Cela ne fonctionna pas, les mains d'Honoria glissèrent sur ses épaules pendant qu'elle s'étirait en se pressant sur lui ; qui amorça le baiser suivant était discutable. Avec un gémissement, Devil prit tout ce qu'elle donnait, ses bras se refermant avec possessivité autour d'elle. Savait-elle ce qu'elle faisait ?

Son enthousiasme, l'empressement qu'elle démontrait en se serrant contre lui, suggérait qu'elle avait oublié tout principe de jeune fille qu'elle avait un jour appris. Cela suggérait aussi qu'il était temps de l'attirer plus profondément. Mettant de côté toute retenue, Devil l'embrassa passionnément, avidement, aussi voracement qu'il le désirait, la laissant délibérément haletante. Levant la tête, il l'entraîna vers un gros fauteuil devant l'âtre ; sa main dans la sienne, il libéra les deux derniers boutons de son gilet, puis s'assit.

Levant les yeux sur elle, il arqua un sourcil.

Les sens pris dans un tourbillon, la main serrée dans la sienne, Honoria lut la question dans ses yeux. Il lui avait demandé une fois auparavant : à quel point êtes-vous femme ?

Ses seins, déjà en feu, se gonflèrent pendant qu'elle soupirait. Délibérément, elle s'avança à côté de ses genoux et s'assit, se tournant vers lui, faisait glisser ses paumes sur lui, repoussant son gilet pour l'ouvrir largement.

Sous ses mains, son torse enfla ; les lèvres de Devil trouvèrent les siennes alors qu'il la soulevait, l'installait sur ses cuisses. Une pensée fugitive pesa sur l'esprit d'Honoria — qu'elle avait déjà été là, dans cette position auparavant. Elle la chassa comme une bêtise. Elle n'aurait jamais pu oublier la sensation d'être enveloppée par lui, de ses cuisses dures sous elle, de ses bras l'emprisonnant, de son torse formant un fascinant mur de muscles durs se déplaçant sur des os encore plus durs. Elle pressa ses mains contre lui, puis les fit glisser, aussi loin qu'elle pût aller. Celles de Devil sur son dos l'encourageaient à se presser davantage ; ses seins frôlèrent son torse. Puis il modifia l'angle de leur baiser et changea Honoria de position, l'allongeant sur un bras. Immédiatement, la teneur de leur baiser changea ; la langue de Devil glissa avec sensualité sur la sienne, puis s'enroula autour — elle sentit son invitation. Réagissant, elle fut attirée profondément dans un jeu intime, à pointer et à esquiver, de caresses ingénument évocatrices, d'un désir augmentant régulièrement. Lorsque sa main se referma sur son sein, elle s'arqua ; ses longs doigts trouvèrent son mamelon, tournant autour pour l'exciter avant de former une caresse ferme, ce qui ne fit qu'augmenter le désir d'Honoria.

Mais sa main la quitta ; les lèvres piégées sous les siennes, Honoria songeait à s'écarter pour protester quand elle sentit son corsage céder. Un instant plus tard, sa main se glissa sous le sergé, prenant son sein entier en coupe.

Elle s'enflamma ; pendant que ses doigts se refermaient, puis caressaient, son sein devint lourd. Honoria tenta d'interrompre leur baiser pour reprendre son souffle ; il refusa de la libérer, approfondissant plutôt le baiser pendant qu'elle sentait ses doigts jouer avec les rubans de soie de sa chemise. Étourdie, les sens hors de contrôle, elle sentit les rubans céder, sentit la soie se déplacer et glisser puis, sa main, ses doigts caressèrent sa peau nue, intimement, sans se presser.

Une agréable fièvre monta et l'envahit, ses sens s'égayèrent. Chaque particule de conscience qu'elle possédait était fixée sur l'endroit qu'il caressait. Avec chaque mouvement de ses doigts, il la connaissait davantage.

Devil interrompit leur baiser enivrant afin de pouvoir la faire légèrement reculer et déplacer ses attentions sur le second sein. Elle avala avec difficulté une respiration frémissante, mais elle garda les yeux fermés et ne protesta pas ; lèvres recourbées, il lui offrit ce qu'elle désirait. Sa peau était douce comme du satin, somptueuse au toucher ; ses doigts picotèrent pendant qu'il la caressait, sa paume brûla lorsqu'il prit le poids léger en coupe. Sa taille donnait une fausse impression de ses courbes ; chaque sein remplissait sa paume, une sensation sensuellement satisfaisante. Sa seule plainte fut qu'il ne pouvait pas voir ce que ses doigts dessinaient ; sa robe de voyage était trop rigide, le style trop bien coupé pour repousser le corsage d'un côté.

Il revint au premier sein ; ses doigts se resserrèrent. Les yeux d'Honoria étincelèrent sous ses cils. Il surprit son regard.

— Je vous veux, douce Honoria.

Rauque de désir tenu en laisse, sa voix était très grave.

— Je veux vous contempler nue, frémissante dans mes bras. Je veux vous voir, nue, ouverte sous moi.

Honoria ne put réprimer le frisson qui la parcourut. Les yeux piégés dans les siens, elle s'efforça de reprendre son souffle, de calmer sa tête prise de vertiges. Les traits du visage de Devil étaient acérés ; le désir brillait sans ses yeux. Ses doigts se déplacèrent ;

une flèche de joie pure la transperça. Elle frissonna encore.

— Je peux vous enseigner bien plus. Épousez-moi et je vais vous montrer tout le plaisir que je peux vous donner, et celui que vous pouvez me donner.

Si elle avait eu besoin d'un quelconque avertissement de son degré de dangerosité, de sa résolution, il se trouvait dans cette dernière phrase ; Honoria entendit résonner son sentiment de possessivité. Tout plaisir qu'il lui donnerait, elle devrait le payer, mais la posséder serait-il réellement un tel plaisir pour lui ? Et, étant donné tout ce qu'elle savait à présent, être possédée, par lui, était-il encore un destin à craindre ? Respirant superficiellement, elle leva la main et la fit promener avec légèreté sur son torse. Des muscles bougèrent, puis se contractèrent. À part un durcissement de ses traits, son visage ne montra aucune réaction.

Honoria sourit d'un air entendu ; levant la main, elle dessina audacieusement sa mâchoire, traça la ligne sensuelle de ses lèvres.

— Non, je crois que je vais maintenant aller me reposer.

Ils se figèrent tous les deux, leurs regards fixés l'un sur l'autre. La voix de la douairière s'éleva nettement dans le vestibule pendant qu'elle donnait des ordres à Webster, puis ses talons cliquetèrent quand elle passa rapidement devant la porte de la bibliothèque.

Les yeux grands ouverts, péniblement consciente que sa main était fermement posée sur son sein nu, Honoria avala.

— Je pense qu'il vaudrait mieux que je monte.

Depuis combien de temps étaient-ils là, à badiner scandaleusement ?

Le sourire de Devil devint démoniaque.

— Dans une minute.

Ce ne fut pas une, mais dix. Quand elle grimpa enfin les marches, Honoria eut l'impression de flotter. Atteignant la galerie, elle plissa le front. Le plaisir de Devil, soupçonnait-elle, pouvait créer une dépendance grave ; de sa possessivité, elle ne doutait pas. Mais la passion ? Cela devrait être intense, incontrôlable, d'une puissance explosive ; Devil avait gardé la maîtrise de lui-même tout au long. Le pli sur son front s'accentua, elle secoua la tête et se dirigea vers le salon.

CHAPITRE 12

— Je n'arrive pas à y *croire* !

Assise devant son bonheur-du-jour, Honoria fixait une unique feuille de papier parchemin dans sa main. Pour la troisième fois, elle lut le message simple, puis, la mâchoire se contractant de manière inquiétante, elle se leva, lettre à la main, et se dirigea vers la bibliothèque.

Elle ne frappa pas. Elle ouvrit la porte à la volée et entra au pas. Devil, installé à sa place habituelle, arqua les sourcils.

— Je comprends qu'il y a un problème.

— En effet.

Les yeux d'Honoria étincelèrent.

— Ceci !

Avec un grand geste du bras, elle déposa la feuille sur le bureau.

— Expliquez cela, je vous prie, monsieur le duc.

Devil prit la lettre et la parcourut du regard, ses lèvres se crispant quand il en comprit la teneur. La laissant tomber sur son buvard, il s'adossa contre son dossier, observant Honoria encore debout devant son bureau, bras croisés, les yeux lançant des éclairs — l'image même de la virago intempérante.

— Je ne pensais pas vraiment que vous poseriez la question.

— *Vous ne pensiez pas que je poserais la question ?*

Le regard qu'elle posa sur lui débordait de mépris incrédule.

— Quand je dépense une petite fortune chez la couturière, je m'attends à recevoir une facture. Bien sûr que j'ai posé la question !

Devil jeta un coup d'œil à la lettre.

— Il semble que vous avez reçu une réponse.

— Pas celle que je souhaitais recevoir.

Se tournant pour faire les cent pas, ses jupes bruissant, Honoria s'arrêta assez longtemps pour l'informer à travers des dents serrées :

— Il est, comme vous le savez parfaitement, totalement inacceptable que vous payiez ma garde-robe.

— Pourquoi ?

Abasourdie, elle s'arrêta et le dévisagea.

— *Pourquoi ?*

Puis elle plissa les yeux vers lui.

— Vous traitez avec vos conquêtes depuis trop longtemps, monsieur le duc. Bien qu'il soit de rigueur[1] de dépenser sans compter pour combler de telles femmes des plus belles créations de Celestine, ce n'est pas une pratique acceptée pour les gentlemen de fournir leurs garde-robes à des femmes de caractère.

1. En français dans le texte.

— Bien que j'hésite naturellement à vous contredire, Honoria Prudence, vous avez tort sur les deux points.

Avec un sang-froid imperturbable, Devil prit sa plume et sa lettre suivante.

— Il est parfaitement acceptable pour les gentlemen de fournir des garde-robes à leurs épouses. Demandez à n'importe quelle connaissance de Maman[1], je suis certain qu'elles confirmeront ce fait.

Honoria ouvrit la bouche mais il continua avant qu'elle puisse parler :

— Et en ce qui concerne le second point, je ne l'ai pas fait.

Honoria fronça les sourcils.

— Pas fait quoi ?

Devil leva les yeux et soutint son regard.

— Je n'ai pas dépensé sans compter pour obtenir les plus belles créations de Celestine pour aucune de mes conquêtes.

Le visage d'Honoria perdit toute expression.

— C'était ce que vous vouliez dire, non ?

Honoria se redressa.

— C'est sans importance. Ce qui est important est le fait que je ne suis pas votre femme.

Devil baissa les yeux.

— Une incohérence mineure qui sera sans aucun doute corrigée avec le temps.

Avec une série de traits gras, il signa sa lettre.

Inspirant profondément, Honoria serra les mains devant elle et s'adressa à l'air au-dessus de sa tête.

---

1. En français dans le texte.

— J'ai bien peur, monsieur le duc, que je ne puisse pas accepter la présente situation. Elle est totalement inappropriée.

Jetant un coup d'œil hautain, elle regarda pendant que Devil tendait la main vers une nouvelle lettre.

— Tout être *raisonnable* verrait instantanément — et reconnaîtrait — ce fait.

Avec un calme non diminué, Devil prit sa plume et la trempa dans l'encrier. Honoria serra les dents.

— Je dois exiger que vous m'informiez du total de la facture de Celestine et me permettre de vous rembourser la somme.

Devil signa son nom, sécha l'encre, déposa sa plume sur son support et leva les yeux.

— Non.

Honoria scruta son regard vert transparent comme un joyau, dur et catégorique. Sa poitrine se gonfla pendant qu'elle inspirait solennellement ; elle pressa fermement les lèvres ensemble, puis hocha la tête.

— Très bien. Je vais tout renvoyer.

Elle tourna les talons et se dirigea vers la porte.

Devil avala un juron et se leva de son fauteuil. Il avait contourné le bureau et marchait à grands pas dans le sillage d'Honoria bien avant qu'elle atteigne le centre de la pièce. Elle tendait la main vers la poignée de porte quand il la souleva.

— Que... !

Honoria lui tapa les mains, refermées sur sa taille.

— Déposez-moi, espèce de mufle arrogant !

Devil obéit, mais juste assez longtemps pour la faire pivoter afin qu'elle le regarde en face. Il garda les mains fermement autour de sa taille, la tenant à distance. Pour la propre sécurité d'Honoria. L'effet qu'elle avait sur lui quand elle était hautaine était déjà assez marqué ; hautaine et furieuse en même temps le faisait se tendre comme un ressort prêt à lâcher. Un toucher non averti et il pourrait perdre la maîtrise de lui-même — ce qui la surprendrait assurément.

— Arrêtez de remuer. Calmez-vous.

Ce conseil fut accueilli par un regard colérique. Devil soupira.

— Vous savez que vous ne pouvez pas renvoyer ces vêtements à Celestine. Comme je les ai déjà payées, elle ne ferait que les réexpédier à son tour. Tout ce que vous réussirez à faire est d'informer Celestine, son personnel et *mon* personnel que vous piquez une crise de nerfs incompréhensible.

— Je ne pique pas une crise de nerfs, déclara Honoria. J'agis avec une réticence exemplaire. Si je donnais libre cours à mes sentiments, je crierais !

Devil resserra sa prise.

— C'est ce que vous faites.

Le regard mauvais d'Honoria devint menaçant.

— Non. Je peux crier avec beaucoup plus d'énergie.

Devil tressaillit et banda les muscles de ses bras. Il allait sans contredit mettre cette prétention à l'épreuve. Plus tard. Il emprisonna son regard courroucé dans le sien.

— Honoria, je ne vais pas vous divulguer un montant que vous n'avez pas besoin de connaître, et vous n'allez pas tenter de retourner ses robes à Celestine.

Le regard gris d'Honoria devint d'acier.

— Vous, mon seigneur, êtes le plus arrogant, le plus dominateur, autoritaire, tyrannique des despotes césariens que j'ai jamais eu la malchance de rencontrer.

Devil leva un sourcil.

— Vous avez oublié autocratique.

Elle le dévisagea ; il pouvait sentir la frustration croître en elle, enflant comme un volcan sur le point d'exploser.

— Vous êtes impossible !

Le mot sonna comme un sifflement — comme de la vapeur qui s'échappe.

— *J'ai* acheté ses robes — j'ai le droit et le devoir de payer pour elles.

— Faux. En tant que votre mari, ce droit et ce devoir m'appartiennent.

— Seulement si je requiers votre assistance ! Ce que je n'ai pas fait ! Et même si j'avais besoin d'aide, je ne pourrais pas vous la demander parce que…

Honoria inspira profondément et articula avec soin :

— *Nous ne sommes… pas… mariés !*

— Encore.

Renchérir sur cette syllabe laconique aurait dû être impossible ; Honoria recourut à un regard bouillant de colère digne d'un opéra et elle poursuivit malgré tout.

— Si vous croyez que je ne peux pas payer un tel montant, vous avez tort. Je suis parfaitement prête à vous présenter à Robert Child de Child's Bank, qui gère mes biens. Je suis certaine qu'il se fera un plaisir de vous informer que je ne suis pas une pauvresse !

Elle poussa encore une fois sur le bras de Devil ; fronçant les sourcils, il la lâcha.

— Je n'ai pas payé parce que j'ai cru que vous ne le pouviez pas.

Honoria lui jeta un regard mauvais ; les yeux de Devil affirmaient dire la vérité.

— Bien, dit-elle, quelque peu apaisée, si ce n'était pas la raison, alors pourquoi ?

La mâchoire de Devil se contracta.

— Je vous l'ai dit.

Honoria dut y repenser, puis, ses propres traits se durcissant, elle secoua la tête.

— Non, non, *non* ! *Même* si nous étions mariés, vous n'auriez aucun droit de payer les factures qui *m'appartiennent*, à moins que je vous le demande. En fait, je n'arrive pas à trouver une raison pour laquelle Celestine vous a expédié la facture en premier lieu.

Elle hésita sur les derniers mots et leva les yeux, directement dans ceux de Devil. Brusquement, elle plissa les siens.

— C'était vous, n'est-ce pas ? Vous qui avez envoyé cette note à Celestine ?

Exaspéré, Devil la regarda en fronçant les sourcils.

— Ce n'était qu'un mot d'introduction.

— En tant que quoi ? Votre femme ?

Quand il ne répondit pas, Honoria grinça des dents.

— Que diable vais-je faire avec vous ?

Les traits de Devil se durcirent.

— M'épouser.

Sa voix était un grondement frustré.

— Le reste viendra naturellement.

Honoria releva le menton.

— Vous vous montrez délibérément obtus. Puis-je, je vous prie, obtenir mon compte de Celestine ?

Accentuant son froncement qui assombrissait ses yeux, Devil baissa la tête vers elle.

— Non.

L'unique syllabe était fortifiée par des siècles de pouvoir incontesté.

Honoria soutint posément son regard et elle sentit sa colère enfler, son indignation monter en flèche. Leurs regards s'affrontant, elle pouvait sentir leurs volontés, des entités tangibles, directement opposées, ni l'une ni l'autre ne cédant d'un iota. Lentement, elle plissa les yeux.

— Comment, demanda-t-elle d'une voix d'un calme inébranlable, vous imaginez-vous que je me sens en sachant que chaque petit bout de tissu que je porte a été payé par vous ?

Instantanément, elle vit son erreur. Elle l'aperçut dans ses yeux, dans le changement subtil qui éclaira le vert, dans la réflexion qui passa brièvement dans leurs profondeurs.

Il s'approcha.

— Je ne sais pas.

Sa voix s'était assourdie pour se transformer en ronronnement rauque ; son regard devint d'une intensité hypnotique.

— Dites-le-moi.

Déboussolée en son for intérieur, Honoria vit s'évaporer toute chance d'obtenir la facture de Celestine.

— Je ne crois pas que nous ayons autre chose à discuter, monsieur le duc. Si vous voulez bien m'excuser ?

Elle entendit ses propres mots, froids et distants. Le regard de Devil se durcit ; son expression était aussi dominée que la sienne. Il scruta ses yeux puis, avec une politesse rigide, il inclina la tête et fit un pas de côté, lui libérant la voie vers la porte.

Le souffle manqua à Honoria lorsqu'elle tenta d'inspirer. Elle exécuta une petite révérence et, majestueusement droite, glissa avec grâce vers la porte, consciente de son regard, de la chaleur miroitante sur son dos jusqu'à ce que la porte se referme entre eux.

*

La température, imitant l'atmosphère dans la Résidence St-Ives, devint résolument froide. Trois nuits plus tard, bien installée dans un coin de la voiture de ville du duc, Honoria regardait un paysage sombre et morne fouetté par le vent et la pluie incessante. Ils étaient en route vers Richmond pour le bal de la duchesse de Richmond ; la haute société en entier serait présent, Cynster compris. Aucun membre de la famille ne danserait, mais une apparition était obligatoire.

Ce n'était pas, toutefois, la perspective de son premier véritable bal qui lui mettait les nerfs en boule. La nervosité qui la tenaillait était entièrement attribuable à la silhouette impressionnante, vêtue de noir, se prélassant directement en face d'elle et dont la tension intérieure, similaire à la sienne, irradiait dans l'obscurité. Le Seigneur de l'Enfer n'aurait pas pu avoir une maîtrise plus complète de l'âme d'Honoria.

La mâchoire de celle-ci se raidit ; son entêtement enfla. Son regard collé sur la misère au-delà de la fenêtre, elle évoqua une image du Grand Sphinx. Son destin. Elle avait commencé à vaciller, à se demander si, peut-être… jusqu'à la démonstration qui lui avait prouvé qu'un tyran ne changeait jamais ses manières. C'était, elle le reconnaissait, une profonde déception qui avait laissé un étrange vide en elle, comme si on lui avait offert un cadeau, puis reprit.

Flamboyante sous les lumières, la Maison Richmond brillait dans l'obscurité. Leur voiture rejoignit une longue file menant au portique. D'innombrables arrêts et départs brusques plus tard, la portière de la voiture s'ouvrit ; Devil déroula son long corps et descendit. Il aida la douairière à monter les marches du porche, puis revint. Évitant son regard, Honoria déposa ses doigts dans les siens et lui permit de l'assister, puis de l'escorter dans le sillage de la douairière.

Négocier les marches s'avéra une épreuve imprévue ; la pression inflexible des corps les obligeait à rester près l'un de l'autre. Si près qu'elle pouvait sentir la chaleur de Devil l'atteindre, sentir sa force l'envelopper. La finesse de sa robe de soie lavande ne fit qu'accentuer sa sensibilité ; quand ils arrivèrent en haut de l'escalier, elle ouvrit son éventail d'un petit coup de poignet.

La duchesse de Richmond était ravie de les recevoir.

— Horatia est près du jardin d'hiver.

La duchesse effleura la joue parfumée de la douairière, puis tendit la main à Honoria.

— Hum… oui.

L'examinant d'un regard critique alors qu'elle se relevait de sa révérence, le visage de la duchesse s'égaya d'un sourire rayonnant.

— C'est un plaisir de vous rencontrer, ma chère.

Libérant Honoria, elle jeta un regard malicieux à Devil.

— Et vous, St-Ives ? Comment trouvez-vous la vie en tant que gentleman presque fiancé ?

— Éprouvante.

L'expression neutre, Devil lui serra la main.

La duchesse sourit.

— Je me demande pourquoi.

Jetant un coup d'œil rieur en coin à Honoria, la duchesse les chassa d'un geste de la main.

— Je vais me fier à vous, St-Ives, pour divertir miss Anstruther-Wetherby de manière appropriée.

Avec une correction abrutissante, Devil lui offrit son bras ; exactement dans la même veine, Honoria posa le bout de ses doigts dessus et lui permit de la guider dans le sillage de la douairière. Elle garda la tête haute, scrutant la foule à la recherche de visages familiers.

Plusieurs étaient trop familiers. Elle aurait aimé pouvoir retirer sa main de sur la manche de Devil, s'écarter d'un pas seulement, assez pour mettre un peu de distance entre eux.

Cependant, la société s'était tellement habituée à l'idée qu'elle était sa duchesse en devenir, qu'elle était sienne, que toute trace de dispute dirigerait immédiatement tous les yeux sur eux, ce qui serait encore pire.

Son masque serein en place, elle dut laisser ses nerfs souffrir de sa proximité. Devil l'amena à un endroit juste au-delà du divan où la douairière et Horatia Cynster étaient assises, entourées par une coterie de vieilles dames. En quelques minutes, ils furent eux-mêmes encerclés par des amis, des connaissances et les inévitables Cynster.

Un gentleman d'une élégance suave se matérialisa dans la foule pour venir gracieusement s'incliner devant elle.

— Chillingworth, ma chère miss Anstruther-Wetherby.

Se redressant, il lui sourit d'une façon charmante.

— Nous n'avons pas été présentés, mais je connais votre frère.

— Michael ?

Honoria lui offrit sa main. Elle avait entendu parler du comte de Chillingworth ; de réputation, il était l'égal de Devil Cynster.

— L'avez-vous vu récemment ?

— Ah, non.

Chillingworth pivota pour saluer lady Waltham et miss Mott. Lord Hill et Mr Pringle se joignirent au groupe, distrayant les deux autres dames ; Chillingworth se tourna de nouveau vers Honoria.

— Michael et moi fréquentons le même club.

Et peu d'autres choses, soupçonnait Honoria.

— Vraiment ? Et avez-vous vu la pièce au Royal Theatre ?

Lady Waltham était devenue lyrique en parlant de la production, mais elle n'arrivait pas à se souvenir de son titre.

Les sourcils du comte s'élevèrent.

— Tout un tour de force[1].

Il jeta un coup d'œil à Devil, absorbé par lord Malmsbury.

— Si St-Ives est incapable de vous y accompagner, je pourrais organiser un groupe, auquel vous consentiriez peut-être à vous joindre ?

D'une séduisante beauté classique, bien proportionné, assez grand pour baisser le regard vers elle, Chillingworth incarnait le rêve de la demoiselle — et le cauchemar d'une mère prudente. Honoria ouvrit grands les yeux.

— Mais vous avez déjà vu la pièce, mon seigneur.

— Regarder la pièce ne serait pas l'objectif, ma chère.

Honoria sourit.

1. En français dans le texte.

— Mais il serait le mien, mon seigneur, ce qui pourrait vous décevoir.

Une lueur approbatrice éclaira les yeux de Chillingworth.

— Je me doute, miss Anstruther-Wetherby, que je ne vous trouverais pas décevante du tout.

Honoria arqua un sourcil ; simultanément, elle sentit une agitation à côté d'elle.

Chillingworth leva les yeux et hocha la tête.

— St-Ives.

— Chillingworth.

La grave voix traînante de Devil contenait une menace subtile.

— Quel hasard t'a-t-il amené ici ?

Le comte sourit.

— Seulement la chance. Je me suis arrêté pour offrir mes respects à miss Anstruther-Wetherby.

Son sourire s'épanouit.

— Mais, en parlant de hasard, je ne t'ai pas vu aux tables de jeu récemment. D'autres affaires te tiennent-elles occupé ?

— Comme tu le dis, répondit Devil d'un ton réservé. Toutefois, je suis étonné que tu ne sois pas allé au nord pour la chasse. Lord Ormeskirk et sa dame sont déjà partis, ai-je entendu dire.

— En effet, mais on ne devrait pas s'inviter sans avoir la certitude d'être le bienvenu, ce à quoi tu es sensible, j'en suis sûr.

Devil arqua un sourcil.

— En supposant que cette invitation ne soit pas déjà derrière soi.

Honoria résista à l'envie de lever les yeux au ciel. Les cinq minutes suivantes furent une révélation ;

Devil et Chillingworth échangèrent des pointes aussi acérées que des sabres, leur rivalité évidente en soi. Puis, comme s'ils étaient satisfaits d'avoir accompli une espèce de routine prescrite, la conversation passa aux chevaux et emprunta par conséquent une voie plus amicale. Quand le sujet s'épuisa, Chillingworth se tourna vers la politique, l'attirant dans la discussion. Honoria se demanda pourquoi.

Un cri strident fut le premier avertissement d'une épreuve imminente. Tout le monde regarda vers l'estrade à l'autre extrémité de la salle. Une plainte suivie d'une poignée de notes pincées confirma l'hypothèse générale ; un bourdonnement s'éleva accompagné d'une agitation bruyante alors que des partenaires étaient sollicités pour la première valse.

Reportant son regard sur Chillingworth, Honoria le vit sourire.

— Puis-je vous tenter à venir sur le plancher de danse, miss Anstruther-Wetherby ?

Avec cette question simple, il la mit sur la sellette. Avec courtoisie et franchise, sans aucune marge de manœuvre pour elle. Pendant qu'elle examinait les yeux noisette et interrogateurs de Chillingworth, l'esprit d'Honoria réfléchissait à toute vitesse, mais elle n'avait pas besoin de penser pour connaître l'opinion de Devil. Le bras sous ses doigts était rigide ; bien qu'il semble s'ennuyer aussi élégamment que jamais, chacun de ses muscles était tendu.

Elle voulait danser, avait attendu avec impatience sa première valse dans la capitale. Et elle avait su que Devil, portant toujours un brassard noir, ne l'accompagnerait pas sur le plancher. Jusqu'à la fête « informelle » chez Celia, elle avait eu pleinement l'intention de valser avec d'autres, émettant par conséquent une déclaration claire qu'elle vivrait sa propre vie, prendrait ses propres décisions et qu'elle était sa propre maîtresse, et non la sienne. Cette valse devait être sa déclaration. Et quel meilleur partenaire avec qui souligner son point que Chillingworth ?

Il patientait, en apparence charmant, mais la surveillait de près ; les musiciens accordaient leurs instruments à cordes. Devil l'observait aussi. Il pouvait bien être hédonistique, il pouvait être imprévisible, mais ici, dans la salle de bal de la duchesse de Richmond, il ne pouvait pas l'empêcher d'agir comme elle le désirait. Donc, que désirait-elle ?

Calmement, Honoria tendit la main.

— Merci, mon seigneur.

La satisfaction flamba dans les yeux de Chillingworth ; Honoria arqua un sourcil.

— Mais je ne danse pas ce soir.

À son honneur, la lumière dans ses yeux ne faiblit pas, contrairement à son expression de triomphe. Pendant un instant, il soutint le regard d'Honoria, puis jeta un coup d'œil aux autres dames de leur groupe. Reportant son regard sur la jeune femme, il leva un sourcil résigné.

— Comme cela est extrêmement cruel de votre part, ma chère.

Ses mots étaient trop bas pour être entendu par toute personne au-delà d'Honoria et de Devil. Chillingworth leva les sourcils fugitivement vers Devil puis, avec un dernier signe de tête pour Honoria, il se retourna et avec une grâce sans faille il sollicita la main de miss Mott.

Devil attendit jusqu'à la fin de la danse pour attirer l'attention de sa mère. Elle lui fit une grimace, mais lorsqu'il insista, elle céda à contrecœur. Plaçant sa main par-dessus les doigts d'Honoria, toujours posés sur sa manche, il la fit pivoter vers la chaise. Perplexe, elle leva la tête vers lui.

— Maman[1] souhaite partir.

Prenant la douairière en chemin, ils prirent congé de leur hôtesse. Acceptant la cape d'Honoria d'un valet de pied, Devil la drapa sur ses épaules, combattant l'envie de déposer ses mains, même brièvement, sur les courbes doucement arrondies. Sa mère réquisitionna le majordome des Richmond, le laissant mener Honoria en bas des marches et l'aider d'une main à monter en voiture.

La portière se referma sur eux, enveloppant Devil dans une obscurité sécuritaire ; le harnais cliqueta et ils se mirent en route vers la maison. Et il était toujours sain d'esprit. Tout juste.

Installé dans un coin, il essaya de se détendre. Il avait été tendu en se rendant à la Maison Richmond, il avait été tendu pendant qu'il y était. Il était encore tendu maintenant — il ne savait pas tout à fait pourquoi.

Cependant, si Honoria avait accepté l'invitation de Chillingworth, cela aurait fait une scène épouvantable. La possibilité qu'elle ait refusé son invitation uniquement pour épargner ses sentiments était presque aussi inacceptable que son soulagement qu'elle l'ait fait.

---

1. En français dans le texte.

L'attitude de protection, il la comprenait, la possessivité, il la comprenait — les deux formaient une partie bien établie de son tempérament. Toutefois, que diable était-ce cela qu'il expérimentait maintenant, cette obsession qu'elle lui faisait ressentir ? Il ignorait ce que c'était, mais il savait qu'il n'aimait pas cela. La vulnérabilité en faisait partie, et aucun Cynster ne pouvait accepter cela. Ce qui soulevait la question : quelle était l'autre éventualité ?

La voiture continua à gronder sur la route. Devil était assis dans son coin, son regard ombragé fixé sur le visage d'Honoria, et il méditait sur l'impondérable.

Il n'avait atteint aucune conclusion quand la voiture s'arrêta en oscillant devant sa porte. Des valets de pied coururent en bas des marches ; sa mère sortit en premier, Honoria la suivit.

Grimpant l'escalier dans son sillage, Devil pénétra dans le vestibule sur ses talons.

— Je monte directement, je vous verrai demain, mes chéris.

Avec un majestueux signe de la main, la douairière se dirigea à l'étage.

Cassie arriva en courant pour soulager Honoria de sa lourde cape ; Webster apparut à côté de Devil. Celui-ci retira sa cape de soirée d'un coup d'épaule.

— Maître Alasdair vous attend dans la bibliothèque, Votre Seigneurie.

Webster transmit le message *sotto voce*, mais alors qu'il se tournait pour regarder son majordome, Devil eut un aperçu du visage d'Honoria et de son expression de saisissement.

— Merci, Webster.

Replaçant ses manches, Devil se retourna vers Honoria.

— Je vous souhaite une bonne nuit, Honoria Prudence.

Elle hésita, ses yeux croisant brièvement les siens, puis elle inclina la tête avec raideur.

— Et je vous souhaite une bonne nuit, monsieur le duc.

Avec une morgue froide, elle pivota et grimpa les marches. Devil la regarda monter, ses hanches oscillant doucement ; quand elle disparut de sa vue, il inspira profondément, expira lentement puis se dirigea vers la bibliothèque.

Extraire du sang d'une pierre serait sans aucun doute plus facile, mais Honoria n'était pas sur le point de permettre à Devil de lui refuser les dernières nouvelles. Elle n'allait pas l'épouser — elle l'avait prévenu à plusieurs reprises qu'elle ne le ferait pas —, mais elle était encore déterminée à démasquer le meurtrier de Tolly. Elle avait partagé l'information qu'elle avait découverte ; c'était à son tour de lui rendre la pareille.

Elle entendit le loquet du petit salon cliqueter ; pivotant pour y faire face, elle se redressa. Devil entra et referma la porte. Il la balaya du regard, puis il revint à son visage ; de son habituel pas langoureux de prédateur, il s'approcha.

— On m'a dit que vous souhaitiez me voir.

Son ton et l'élévation d'un sourcil foncé suggéraient un léger ennui.

Majestueusement, Honoria inclina la tête et garda les yeux dans les siens. L'expression distante de Devil, ses mouvements maîtrisés avec tant d'élégance, tous les éléments de sa présence physique étaient calculés pour souligner son autorité. Les autres pouvaient considérer la combinaison comme intimidante, elle la trouvait seulement distrayante pour son esprit.

— En effet.

Il s'arrêta devant elle. Levant le menton, elle le fixa avec un regard aussi incisif que le sien était neutre.

— Je désire connaître les dernières nouvelles dans l'enquête sur le meurtrier de Tolly. Qu'a appris Lucifer ?

Les sourcils de Devil s'élevèrent davantage.

— Une chose sans importance.

Les yeux d'Honoria se plissèrent.

— Il a attendu jusqu'à une heure dans la nuit pour vous rapporter « une chose sans importance » ?

Devil hocha la tête. Honoria scruta ses yeux ; les siens étaient ronds comme des billes.

— Vous mentez !

Devil jura en son for intérieur. Qu'est-ce qui le trahissait ?

— Lucifer n'a rien découvert qui pourrait nous mener à l'assassin de Tolly.

Honoria le dévisagea.

— Ce n'est pas vrai non plus.

Fermant les paupières, Devil jura dans sa barbe.

— Honoria...

— Je n'arrive pas à y croire ! Je vous ai aidé, c'est moi qui ai découvert que Tolly n'était pas préoccupé quand il a quitté la maison de ses parents.

Ouvrant les yeux, Devil vit son menton se relever, son regard changer. Avant qu'elle puisse se lancer dans ses pérégrinations habituelles, il referma ses deux mains sur le manteau de la cheminée, une de chaque côté d'elle, la mettant en cage. Folle de rage, elle lui jeta un regard noir.

— Croyez-moi, dit-il, emprisonnant son regard enflammé. Je vous suis reconnaissant pour votre aide. Les autres concentrent leur attention à découvrir où s'est rendu Tolly après avoir quitté Mount Street. Ce que Lucifer est venu rapporter est quelque chose d'entièrement différent.

Il marqua une pause, choisissant ses mots avec soin.

— Ce n'est peut-être rien, mais ce n'est pas une chose sur laquelle vous pouvez nous aider à mener une enquête.

Honoria considéra la preuve dans ses yeux — ils demeurèrent clairs comme du cristal. Chaque fois qu'il mentait, ils se brouillaient. Elle hocha la tête.

— Très bien. Je vais poursuivre ma propre enquête, à ma manière.

Les mains de Devil serrèrent le manteau de la cheminée.

— Honoria, nous parlons de retrouver un meurtrier — un assassin sans pitié —, pas de découvrir qui a volé les tartes de la Reine de cœur.

— J'avais assimilé ce fait, monsieur le duc.

Honoria releva le menton encore plus haut.

— En effet, avant mon départ pour l'Afrique, j'ai l'intention de voir ce vaurien être arrêté.

La mâchoire de Devil se contracta.

— Vous n'irez pas en Afrique et vous resterez bien loin de ce vaurien.

Ses yeux lancèrent des éclairs ; elle leva le menton d'un cran de plus.

— Vous êtes très doué pour donner des ordres, monsieur le duc, mais vous avez oublié un point pertinent. Je ne suis pas soumise à votre autorité. Et je ne le serai jamais.

Ces six derniers mots furent la perte de Devil ; rapide comme l'éclair, il se redressa, la tira dans ses bras et déposa ses lèvres sur les siennes. Dans son état actuel, c'était de la pure folie d'essayer de la contraindre, de tenter d'imposer sa volonté de cette façon.

De la pure et simple folie.

Elle emporta Honoria, secoua ses sens, l'arrachant à la réalité. Seules sa fureur et son emprise intuitive sur Devil lui permirent de résister. Ses lèvres étaient dures, exigeantes, exploratrices, cherchant une réponse qu'elle mourrait d'envie de lui donner. Elle referma ses lèvres sur les siennes.

Ses bras l'emprisonnèrent ; de l'acier inébranlable, ils se resserrèrent, marquant sa chair douce de sa dureté masculine. La sensation la submergea d'un coup ; sa peau picota. Encore, elle tint bon, se cramponnant à sa colère, l'utilisant comme un bouclier.

Il inclina la tête, ses lèvres se déplacèrent sur les siennes ; un appel puissant, primitif à tous les sens d'Honoria. Prise dans un tourbillon en son for intérieur, elle s'accrochait à sa lucidité, convaincue d'une chose seulement. Il l'embrassait pour la soumettre. Et il réussissait.

Miette par miette, elle perdit prise sur sa colère ; une chaleur familière la submergea. Elle se sentit mollir, sentit ses lèvres perdre leur résolution, sentit fondre toute résistance. Le désespoir s'empara d'elle. La capitulation était trop exaspérante pour la considérer.

Ce qui laissait l'attaque comme son seul choix. Ses mains étaient coincées contre son torse ; les faisant glisser vers le haut, elle trouva les lignes dures de son visage. Il s'immobilisa sous sa caresse ; avant qu'il puisse réagir, elle encadra sa mâchoire de ses mains et l'embrassa.

Les lèvres de Devil s'entrouvrirent — elle glissa sa langue pour l'entremêler à la sienne avec défi. Son goût était puissant — merveilleusement, primitivement mâle —, une sensation qui lui fit tournoyer l'esprit s'empara d'elle. Il n'avait pas bougé. Instinctivement, elle intensifia sa caresse, inclinant les lèvres sur les siennes.

La passion.

Elle éclata en elle, dans ses sens, comme une marée chaude. Elle s'élevait de lui et entre eux, se déversant en elle, vague après vague de sensation exquise, d'émotion intense et enivrante, d'obsession voleuse d'âmes.

En un battement de cœur, elle fut la meneuse, l'instant suivant, il reprit les commandes, ses lèvres dures, son corps une cage d'acier l'encerclant. Une cage dont elle ne souhaitait plus s'échapper. Elle se livra, cédant avec plaisir ; affamé, il lui vola jusqu'à son souffle. Les seins douloureux, le cœur battant dans un tonnerre assourdissant, Honoria le réclama comme une voleuse.

Entre eux, le désir couva, flamba, puis explosa, les flammes léchant avidement, dévorant toute réticence. Honoria s'abandonna à elles, au plaisir qui l'appelait, à l'excitation du désir, à l'envie pressante du besoin en fusion.

Elle se pressa contre lui, ouvertement séduisante, les hanches se déplaçant en une prière inconsciente. Ses doigts glissant dans ses cheveux épais, elle se délecta de la faim brute qui s'élevait, nue, primitive, entre eux.

Leurs lèvres s'écartèrent légèrement, pendant moins d'un battement de cœur ; qui des deux imprima le baiser suivant était discutable.

Ils étaient perdus ensemble, piégés dans un vortex, aucun des deux en contrôle, au-delà de la raison. La faim monta, grossit ; l'urgence augmenta, inexorable, impérieuse.

Un puissant vacarme les ramena brutalement à la réalité.

Devil leva la tête, ses bras se resserrant d'une manière protectrice alors qu'il regardait vers la porte. Haletante, Honoria s'agrippa à lui, l'esprit littéralement en déroute ; hébétée, elle suivit son regard.

Derrière la porte leur parvenaient des bruits de calamité — des gémissements et des récriminations échangés par deux servantes — ensuite, la voix sonore de Webster s'éleva dans le tumulte, mettant fin aux plaintes. Suivirent le son de verre qui tintait et le raclement d'un balai à poussière sur les lattes polies.

Honoria pouvait à peine distinguer les sons dans le bruit assourdissant dans ses oreilles. Son cœur battait violemment ; il lui fallait toujours reprendre son souffle. Les yeux grands ouverts, elle regarda le visage de Devil et y vit le même désir impérieux, la même envie inassouvie qui l'empoignaient reflétés dans ses yeux argentés. Des flammes illuminaient leurs centres de cristal ; des étincelles crépitèrent.

Sa respiration était aussi superficielle que la sienne. Chaque muscle du corps de Devil était tendu, crispé. Comme un ressort prêt à se rompre.

— Ne bougez pas.

Il prononça les mots d'un ton tranchant ; ses yeux flamboyaient. Étourdie, à peine capable d'avaler sa prochaine respiration, Honoria ne songea même pas à désobéir. Les lignes du visage de Devil n'avaient jamais paru si dures, aussi taillées au couteau. Ses yeux retenaient posément les siens ; elle n'osait pas cligner des paupières alors que, raide, il tentait de combattre la force qui les consumait, la passion qu'elle avait libérée.

Degré après douloureux degré, la tension qui les tenait diminua. Il ferma les paupières, ses longs cils voilant la tempête qui faiblissait. Graduellement, ses muscles tendus s'apaisèrent ; Honoria respira de nouveau.

— La prochaine fois que vous ferez cela, vous finirez sur le dos.

Ses mots ne contenaient aucune menace ; ils exprimaient un simple fait.

Hédonistique, imprévisible — elle avait oublié le côté sauvage. Une étrange excitation la transperça, immédiatement submergée par une vague de culpabilité. Elle avait vu l'effort que sa tactique naïve avait coûté à Devil ; des restes de leur passion flambaient encore autour d'eux, lui léchant les nerfs, frissonnant sur sa peau. Les paupières de Devil s'ouvrirent lentement ; elle soutint son regard sans broncher.

Et elle posa une main sur sa joue.

— Je ne savais pas...

Il recula brusquement.

— Non...

Ses traits se durcirent ; son regard la transperça.

— Partez. Tout de suite.

Honoria plongea les yeux dans les siens et obéit. Elle se dégagea de ses bras ; ils retombèrent en s'écartant d'elle, mais pas de bon cœur. Avec un dernier regard hésitant, elle se détourna ; tête haute, secouée jusqu'au bout de ses pieds, elle le quitta.

*

Les trois jours qui suivirent furent difficiles. Troublée, les nerfs perpétuellement en boule, l'estomac durement noué, elle s'efforça de trouver une façon de se sortir de l'impasse devant elle. Dissimuler son état à la douairière drainait son énergie ; pourtant, être seule n'était pas un choix enviable ; une fois libre, son esprit s'appesantissait constamment sur ce qu'elle avait vu, ce qu'elle avait ressenti, ce qu'elle avait appris dans le petit salon.

Ce qui ne faisait qu'ajouter à son affolement.

Son unique consolation était que Devil semblait aussi troublé qu'elle. D'un commun accord, leurs yeux se croisaient, mais brièvement ; chaque toucher — quand il prenait sa main ou qu'elle la déposait sur son bras — les secouait violemment tous les deux.

Il lui avait dit dès le début qu'il la voulait ; elle n'avait pas compris ce qu'il voulait dire. Aujourd'hui, elle savait. Au lieu de l'effrayer ou de la choquer, l'intensité physique du besoin de Devil l'excitait. Elle s'en délectait ; à un niveau fondamental, son cœur chantait carrément.

Ce qui lui laissait un sentiment de méfiance extrême.

Elle se tenait debout devant la fenêtre de son boudoir, retournant sa situation dans son esprit quand un coup fut frappé à la porte.

Son cœur s'arrêta de battre une seconde. Elle se redressa.

— Entrez.

La porte s'ouvrit ; Devil était sur le seuil. Il leva un sourcil dans sa direction.

Honoria l'imita.

Ses lèvres formant une mince ligne, il pénétra dans la pièce, refermant la porte dans son dos. Son expression était indéchiffrable — pas impassible au point de dissimuler délibérément toute information.

— Je suis ici pour présenter mes excuses.

Honoria soutint posément son regard, certaine que le mot « excuses » franchissait rarement ses lèvres. Ses émotions prirent leur envol, seulement pour s'écraser une seconde plus tard. Le ventre vide, le cœur dans la gorge, elle demanda :

— Pour quoi ?

Son rapide froncement de sourcils fut sincèrement perplexe, puis il s'évanouit ; son regard se fit dur.

— Pour m'être approprié la facture de Celestine.

Son ton exprimait clairement que si elle souhaitait des excuses pour ce qui s'était passé dans le salon, elle attendrait jusqu'à ce que les poules aient des dents.

Le cœur indiscipliné d'Honoria se réjouit. Elle s'efforça d'empêcher un sourire idiot — totalement inutile — de s'afficher sur ses lèvres.

— Donc, vous me remettrez la facture ?

Il scruta ses yeux, puis ses lèvres se pressèrent.

— Non.

Honoria le dévisagea.

— Pourquoi présenter des excuses si vous ne me donnez pas la facture ?

Pendant un long moment, il la regarda, la frustration filtrant lentement dans son expression.

— Je n'offre pas d'excuses pour avoir payé le compte de Celestine, je les présente pour avoir empiété sur vos plates-bandes, ce qui n'était pas mon intention. Toutefois, comme vous l'avez à si juste titre fait remarquer, la seule raison pour qu'une telle facture se retrouve sur mon bureau est si vous, en tant que ma femme, me l'aviez fait adresser.

Ses lèvres se relevèrent en coin.

— Je n'ai pas pu résister.

La mâchoire d'Honoria faillit se décrocher ; récupérant à temps, elle ravala un petit rire bouillonnant.

— Vous l'avez signé… en faisant semblant d'être mon mari ?

Elle devait faire un effort pour garder un visage calme.

La contrariété dans les yeux de Devil aida.

— *En m'exerçant* à être votre mari.

Brusquement, Honoria reprit son sérieux.

— Vous n'avez pas besoin de vous exercer à cette activité particulière pour mon compte. *Je* vais régler mes factures, que je vous épouse ou non.

Son « ou non » clair resta suspendu entre eux ; Devil se redressa et inclina la tête.

— Comme vous le voulez.

Son regard s'aventura vers le paysage au-dessus du foyer.

Honoria plissa les yeux devant son profil.

— Nous devons toujours en venir à une entente à propos de cette facture que vous avez payée par inadvertance, monsieur le duc.

La description et le titre honorifique piquèrent Devil au vif. Appuyant un bras le long du manteau de la cheminée, il emprisonna le regard d'Honoria.

— Vous ne pouvez pas sérieusement vous imaginer que j'accepterai un dédommagement — un dédommagement monétaire — de vous. Cela, comme vous le savez bien, est trop demander.

Honoria leva les sourcils.

— Je ne vois pas pourquoi. Si vous aviez payé une somme insignifiante pour l'un de vos amis, vous lui permettriez de vous le rendre sans faire d'histoire.

— La somme n'est pas insignifiante, vous n'êtes pas « l'une de mes amies » et au cas où cela vous aurait échappé, je ne suis pas le genre d'homme à qui une femme peut avouer être consciente que chaque bout de tissu qu'elle porte, elle le lui doit, et ensuite s'attendre à ce qu'il lui permette de le rembourser.

La chemise de soie d'Honoria devint chaude tout à coup ; resserrant les bras sur ses seins, elle releva le menton. Son masque de conquérant, toutes les lignes dures et sa détermination de fer l'avertirent qu'elle ne gagnerait aucun compromis sur ce terrain. Scrutant ses yeux, elle sentit sa peau picoter. Elle se renfrogna.

— Espèce de... démon !

Les lèvres de Devil tressaillirent.

Honoria avança dans la pièce, puis pivota brusquement et revint sur ses pas.

— La situation est plus qu'inappropriée, elle est scandaleuse !

S'écartant du manteau de la cheminée d'une poussée, Devil arqua des sourcils arrogants.

— Les dames qui jouent avec moi ont bien tendance à finir de cette façon.

Honoria pivota pour le regarder en face et soutenir son regard.

— Je suis beaucoup trop avisée pour jouer à des jeux avec vous. Nous avons besoin d'une entente pour cette facture.

Devil observa son visage déterminé et jura en son for intérieur. Chaque fois qu'il apercevait une échappatoire rapide au dilemme dans lequel ce luxe fantasque et inhabituel qu'il s'était permis l'avait placé, elle le bloquait. Et demandait qu'il négocie. Ne réalisait-elle pas que c'était elle l'assiégée et lui l'assiégeant ? À l'évidence, non.

Depuis le moment où il avait déclaré qu'il comptait l'épouser, elle avait lancé des obstacles inattendus sur sa route. Il avait surmonté chacun et l'avait pourchassée dans son château au pied duquel il avait immédiatement installé un siège. Il avait réussi à la harceler au point où elle faiblissait, songeait à ouvrir son portail et à l'accueillir à l'intérieur — quand elle tombait par hasard sur son moment de faiblesse et le transformait en arme brutale. Qu'elle brandissait en ce moment avec l'entêtement des Anstruther-Wetherby. Les lèvres de Devil formèrent une mince ligne.

— Ne pouvez-vous pas fermer les yeux dessus ? Personne n'est au courant à part vous et moi.

— Et Celestine.

— Elle ne va pas s'aliéner un précieux client.

— Quoi qu'il en soit...

— Puis-je suggérer, intervint Devil avec brusquerie, que, considérant la situation entre nous, vous pourriez à juste titre mettre la question de la facture de côté, afin que l'on décide de son sort après la fin de vos trois mois ? Une fois que vous serez ma duchesse, vous pouvez à juste titre l'oublier.

— Je n'ai pas encore accepté de vous épouser.

— Vous le ferez.

Honoria entendit le décret irréfutable dans ses mots. Elle examina son visage de pierre, puis leva un sourcil.

— Je peux difficilement accepter une demande en mariage que je n'ai pas entendue.

Les conquérants ne faisaient pas de demandes polies ; son instinct était de s'emparer de ce qu'il voulait — plus il le voulait, plus vigoureuse était la capture. Devil regarda dans ses yeux, l'observant calmement, patientant calmement ; il lut le défi subtil sur son visage, l'entêtement sous-jacent dans l'inclinaison de son menton. À quel point voulait-il ce trophée ?

Il prit une profonde respiration, puis il s'approcha un peu plus et tendit la main vers la sienne ; les yeux dans les siens, il effleura de ses lèvres les doigts d'Honoria.

— Ma chère Honoria Prudence, me ferez-vous l'honneur d'être ma femme, ma duchesse…

Il marqua une pause, puis ajouta délibérément :

— La mère de mes enfants ?

Son regard vacilla ; elle détourna les yeux. Posant le bout d'un doigt sous son menton, Devil orienta son visage pour qu'elle le regarde.

Après une minuscule hésitation, Honoria ouvrit les paupières et rencontra son regard.

— Je n'ai pas encore décidé.

Il n'était peut-être pas capable de mentir — elle, si. Cependant, il était une force trop puissante pour qu'elle capitule sans avoir une absolue certitude. Quelques jours de plus lui donneraient le temps de vérifier sa décision.

Il soutint son regard ; entre eux, la passion s'attardait, frissonnante dans l'air.

— Ne soyez pas trop longue.

Les mots, prononcés doucement, pouvaient être un avertissement ou une supplique. Récupérant ses doigts de son étreinte, Honoria libéra son menton de sa caresse.

— Si je vous épousais, je voudrais l'assurance qu'aucun incident similaire à notre contretemps actuel ne se reproduirait.

— Je vous ai dit que je ne suis pas idiot.

Les yeux de Devil brillèrent.

— Et je ne suis certainement pas partisan de l'autoflagellation.

Sans pitié, Honoria réprima son sourire.

Devil lui attrapa la main.

— Venez faire un tour en voiture.

— Une dernière chose…

Honoria tint bon. Elle vit la contrariété dans ses yeux et essaya de ne pas sentir la chaleur, la force séductrice dans les doigts et la paume qui retenaient la sienne.

— Le meurtre de Tolly.

La mâchoire de Devil se contracta.

— Je ne vous permettrai pas de participer à la recherche de son assassin.

Honoria rencontra carrément son regard ; encore une fois, elle sentit leurs volontés s'affronter, cette fois sans la chaleur.

— Je n'aurais pas besoin de chercher activement des indices si vous me rapportiez ce que vous et vos cousins avez découvert dès que vous l'avez découvert.

Elle avait emprunté toutes les avenues possibles pour elle ; elle avait besoin de sa collaboration pour continuer.

Il fronça les sourcils, puis détourna les yeux ; elle avait commencé à se demander à quoi il pensait avant qu'il se retourne.

— Je vais accepter à une condition.

Honoria leva les sourcils.

— Que vous promettiez qu'en quelque circonstance que ce soit, vous ne recherchez pas personnellement l'assassin de Tolly.

Honoria acquiesça aussitôt d'un signe de tête. Sa capacité à dénicher n'importe quel criminel mâle était gravement limitée par le code social ; sa contribution à l'enquête devrait être principalement faite de déductions.

— Donc, qu'a appris Lucifer ?

Les lèvres de Devil formèrent une ligne mince.

— Je ne peux pas vous le dire.

Honoria se raidit.

— Non !

Il lui pressa la main.

— Ne vous enragez pas après moi, j'ai dit que je ne pouvais pas, et non que je ne voulais pas.

Les yeux d'Honoria se plissèrent.

— Pourquoi ne le pouvez-vous pas ?

Devil scruta son visage, puis baissa les yeux sur leurs mains jointes.

— Parce que ce qu'a appris Lucifer jette une lumière peu flatteuse sur un membre de notre famille, probablement Tolly. Malheureusement, l'information de Lucifer était une rumeur, nous devons encore établir les faits.

Il observa ses minces doigts entremêlés avec les siens, puis il resserra sa prise et leva la tête.

— Cependant, si Tolly était impliqué, alors cela suggère une hypothèse possible selon laquelle une personne aurait pu vouloir sa mort.

Honoria remarqua le souci du détail qui filtra dans son expression.

— Il s'agit de quelque chose de déshonorant, n'est-ce pas ?

Elle pensa à Louise Cynster.

Lentement, Devil hocha la tête.

— Extrêmement déshonorant.

Honoria inspira longuement, puis elle haleta quand elle se sentit tirée vers la porte.

— Vous avez besoin d'air, décréta Devil.

Il lui lança un regard, puis admit à travers ses dents serrées.

— Moi aussi.

Traînée dans son sillage, Honoria sourit. Sa robe était trop mince, mais elle pouvait enfiler une pelisse à la porte d'entrée. Elle avait obtenu une foule de concessions ; elle pouvait se montrer magnanime. La journée était belle ; son cœur était léger. Et son loup avait atteint le bout de sa laisse.

CHAPITRE 13

— J'en compte trois cent trente-quatre.

Honoria refit une pile des listes sur ses cuisses et recommença à calculer.

Le regard sur son profil, Devil leva les sourcils. Ils étaient dans le salon, Honoria à une extrémité du divan pendant qu'il se prélassait élégamment à l'autre bout ; elle additionnait les réponses positives pour le grand bal dont sa tante Horatia devait être l'hôtesse à Berkeley Square le lendemain soir afin d'annoncer la fin du deuil de la famille.

Souriant, Devil récupéra une liste sur le plancher.

— C'est un nombre considérable pour cette époque de l'année. Le temps qu'il fait a repoussé la chasse, alors plusieurs sont restés en ville. Comme Chillingworth — il semble que ma tante a jugé bon de l'inviter.

— Bien, c'est un comte.

Honoria leva brièvement les yeux, puis elle plissa le front, tendit la main et tira sur la liste.

— Mais, je comprends que vous le connaissez depuis toujours.

— Cela paraît certainement faire une éternité. Nous étions à Eton ensemble.

— Des rivaux de jeunesse ?

— Je ne classerais pas Chillingworth en tant que rival, plus comme un fléau.

Honoria baissa la tête, dissimulant son sourire. Devil avait pris l'habitude de se joindre à elle dans le salon après le déjeuner, alors que la douairière se reposait normalement. Il restait une demi-heure, ses longs membres installés dans le coin opposé du sofa, sa présence remplissant la pièce, dominant les sens d'Honoria.

Ils bavardaient ; s'il avait de l'information de ses cousins, il la partageait, simplement et avec franchise, sans dérobade.

De ses propres efforts, elle n'avait rien appris de plus. La douairière avait respecté son intention annoncée de la présenter à la haute société ; grâce à un nombre abrutissant de visites matinales, de fêtes « informelles » et de thés, elle avait rencontré toutes les hôtesses importantes et avait été acceptée comme membre de leur cercle. Cependant, parmi tous les potins et les mauvaises langues qui abondaient dans la moitié féminine de l'aristocratie, elle n'avait pas entendu un seul bout d'information concernant Tolly.

Elle leva la tête.

— Avez-vous entendu quelque chose ?

— Il se trouve que oui.

Honoria ouvrit grand les yeux ; les lèvres de Devil sourirent en coin avec ironie.

— Ne vous faites pas trop d'idées, mais Demon est de retour.

— A-t-il trouvé l'homme de confiance de Tolly ?

— Oui. Mick s'est rappelé clairement cette dernière soirée. Tolly, pour reprendre les mots de Mick, était « complètement chamboulé » lorsqu'il est rentré. Malheureusement, il a refusé de lui dire quoi que ce soit quant au « qui » et au « pourquoi ».

Honoria fronça les sourcils.

— Il a refusé ?

— Mick étant Mick, il a posé la question.

— Et ?

— Il s'est fait dire avec une grossièreté inhabituelle et en termes clairs de s'occuper de ses affaires.

— C'était étrange ?

Devil hocha la tête.

— Ils se connaissent depuis que Tolly était en culotte courte. S'il était troublé par quelque chose, ce qui avait le plus de chance de se produire était que Tolly en discute avec Mick sans réserve.

Honoria réfléchit.

— Quel genre de secret Tolly refuserait-il de discuter avec Mick ?

— Voilà en effet la question.

Le regard sur le visage d'Honoria, il vit le petit pli sur le front modifiant l'arc fluide de ses sourcils et il ajouta :

— Ainsi que le mystère de l'heure.

— L'heure ?

— Ce soir-là, Tolly est rentré moins d'une demi-heure après avoir quitté Mount Street.

Ils avaient supposé que Tolly avait été dehors la moitié de la nuit, assistant à un événement quelconque au cours duquel il avait appris le secret qui avait mené à sa mort. Le pli sur le front d'Honoria s'approfondit.

— Mick en est-il sûr ?

— Positif, il s'en souvient particulièrement, car il n'attendait pas Tolly aussi tôt.

Honoria hocha la tête.

— Quelle distance entre Mount Street et l'appartement de Tolly ?

— Son appartement était dans Wigmore Street, à environ vingt minutes de la maison de mon oncle.

— Y avait-il une maison en particulier — d'un ami, peut-être — où il a pu s'arrêter en chemin ?

— Rien directement sur sa route. Et aucune assez proche que nous n'avons pas vérifiée. Aucun de ses amis ne l'a vu ce soir-là.

Honoria attira l'attention de Devil.

— Comment cette courte période de temps s'insère-t-elle avec la rumeur déshonorante de Lucifer ?

— Pas bien.

Devil hésita, puis ajouta :

— Elle ne la raye pas totalement, mais elle la rend improbable. Si Tolly était allé…, il s'interrompit, puis poursuivit : si ce que nous *pensions* s'était produit, alors, cela se serait probablement passé à une date antérieure, ce qui n'explique pas pourquoi Tolly est devenu inquiet après avoir quitté Mount Street.

Examinant son visage, plus révélateur à présent qu'il ne surveillait pas son expression en sa présence, Honoria plissa le front. Il restait troublé par la rumeur déshonorante, même si elle n'était peut-être plus à présent liée à la mort de Tolly.

— Qu'y a-t-il ?

Devil leva la tête, puis grimaça.

— C'est juste que, en tant que chef de famille, je n'aime pas l'idée d'un squelette qui ne soit pas bien enfermé dans son placard.

Les lèvres d'Honoria s'adoucirent ; elle détourna les yeux.

Ils demeurèrent assis en silence pendant quelques minutes, Honoria se creusant la tête sur les questions qu'avaient soulevées les souvenirs de Mick. Devil se détendit en apparence, son regard, délicatement pensif, reposant sur le visage d'Honoria. La jeune femme regarda Devil.

— L'avez-vous dit aux autres ?

— Ils étaient sur le pas de la porte avec Demon. Pendant que je me débats avec la rumeur déshonorante, ils essaient de découvrir des informations de toutes les sources possibles. Richard et Demon s'adressent aux conducteurs locaux de voitures ; Gabriel, croyez-le ou non, fraye avec les balayeurs de rues. Vane et Lucifer passent les tavernes les plus probables au peigne fin dans l'espoir de tomber par hasard sur un ivrogne qui a vu où Tolly est allé.

— Cela me semble une possibilité tirée par les cheveux.

Devil soupira et appuya la tête sur le dossier.

— Ce l'est.

Après un moment à fixer le plafond, il ajouta :

— Je trouve cela difficile à croire, mais ils semblent aussi frustrés que moi.

Lentement, il tourna la tête et regarda Honoria.

Elle soutint posément son regard.

— Les affaires ne se mettront pas en place uniquement parce que vous l'ordonnez.

Les yeux sur elle, Devil leva les sourcils.

— C'est ce que je crains.

Il y avait une subtile trace d'autodénigrement dans sa voix ; elle fut immédiatement suivie d'une onde de choc tangible traversant l'atmosphère entre eux. Ils s'immobilisèrent, puis Devil tendit la main d'un air suave et souleva la première feuille sur les listes empilées.

— Je suppose, dit-il, parcourant ostensiblement la liste, que toutes les grandes dames[1] jusqu'à la dernière seront présentes ?

— Naturellement.

Tout aussi suave, Honoria imita son comportement, ignorant sans pitié l'essoufflement qui l'affligeait. Ils passèrent les cinq minutes suivantes à échanger des mots d'esprit sans importance, pendant que la faim insatiable qui les tenaillait se calmait. Elle avait réfléchi longtemps et sérieusement ; elle pouvait entrevoir les difficultés. Elle pouvait également voir les avantages et les possibilités ; elle avait décidé de relever le défi.

Et quelle meilleure façon de commencer que le moment qu'elle avait choisi pour poursuivre ? Elle avait décidé que le bal d'Horatia serait la scène de son acceptation. Son discours était bien répété…

Elle cligna des yeux et revint à la réalité — et réalisa que sa voix s'était éteinte au milieu de sa phrase.

Le regard de Devil était sur son visage, trop perspicace, trop sage. La chaleur lui monta aux joues.

Il sourit — comme un loup — et se leva en souplesse.

— Je ferais mieux d'aller voir Hobden, il est venu de St-Ives avec les comptes des labours.

---

1. En français dans le texte.

Il rencontra le regard d'Honoria, puis il exécuta une élégante révérence.

— Je vais vous souhaiter un bon après-midi, ma chère.

— Et moi à vous, monsieur le duc.

Honoria inclina gracieusement la tête. Pendant que Devil gagnait la porte à grands pas, le brassard noir qu'il portait encore attira son attention. Honoria fronça les sourcils. Les six semaines décrétées par la famille comme période de deuil complet se terminaient ce soir ; vraisemblablement, demain, il abandonnerait son brassard noir.

Elle fronça davantage les sourcils. Il ferait mieux de l'abandonner demain.

*

Pour Honoria, le lendemain soir commença sous d'heureux auspices. Les nerfs en boule, elle descendit l'escalier, vêtue d'une robe pour faire une conquête. Comme d'habitude, Webster se matérialisa dans le vestibule avant qu'elle touche la dernière marche ; il traversa jusqu'à la porte du salon et posa une main sur la poignée avant de lui jeter un coup d'œil.

Sa mâchoire se décrocha — seulement momentanément, mais ce spectacle fit des miracles pour la confiance d'Honoria.

— Bonsoir, Webster. Monsieur le duc est-il descendu ?

— En effet, madame — je veux dire, mademoiselle.

Webster inspira rapidement et remit son masque en place.

— Sa Seigneurie attend.

Avec une profonde révérence, il ouvrit la porte en grand.

D'un air suave, serein, se sentant si tendue en son for intérieur qu'elle pensait se briser en deux, Honoria avança d'un pas léger. Debout devant le foyer, Devil pivota lorsqu'elle entra. Comme toujours, son regard la parcourut de la tête aux pieds. Ce soir, quand il atteignit ses sandales argentées, pointant sous le bord de la robe, il s'arrêta puis, atrocement lentement, il retraça son chemin le long de son corps, sur le drap de soie *eau de Nil*[1] collant harmonieusement à ses longues jambes. Ses yeux s'attardèrent successivement sur chaque courbe flatteusement drapée, puis se levèrent plus haut pour caresser ses épaules, dissimulées seulement là où la robe simple de style toge était attachée par une boucle en or sur son épaule gauche. Le châle de soie à paillettes qu'elle portait sur ses coudes était léger ; pas de quoi attirer l'attention. Elle n'arborait aucun bijou à part le peigne en or dans ses cheveux, lesquels étaient empilés en hauteur, boucle après boucle luisante. Honoria sentit l'intensité soudaine de son regard.

Elle en eut le souffle coupé.

D'un long pas de prédateur, il traversa la pièce, son regard soutenant le sien. Alors qu'il s'approchait, il tendit une main ; sans hésitation, elle posa ses doigts sur les siens. Lentement, il la fit pivoter ; consciencieusement, elle tournoya. Elle pouvait sentir la chaleur de son regard alors que de près, il vagabondait sur son corps, protégé uniquement par de la soie très légère.

---

1. En français dans le texte.

Quand elle eut complété son tour et revint face à lui, elle vit ses lèvres se recourber. Il rencontra son regard.

— Celestine a ma gratitude.

Sa voix résonna en elle ; Honoria arqua un sourcil.

— Celestine ?

Elle laissa son regard s'attarder sur lui.

— Et dites-moi, je vous prie, ce que je reçois, moi ?

— Mon attention.

Sur ces mots, Devil l'attira plus près de lui. Son regard s'éleva sur ses boucles, puis tomba sur ses yeux, puis sur ses lèvres.

— Sans réserve.

Obéissant à la pression de sa main sur son dos, Honoria s'arqua plus près de lui, levant les lèvres vers lui. Il la rencontra à mi-chemin, néanmoins elle était sûre de flotter quand les lèvres de Devil se déposèrent, chaudes et fermes, sur les siennes.

C'était le premier baiser qu'ils partageaient depuis leur confrontation dans le salon ; au-delà du fait que leurs lèvres se touchaient, cette caresse ne ressemblait aucunement à leur étreinte précédente. Elle n'était que plaisir et chaleur, joie épicée de fascination ensorcelante alors que leurs lèvres fusionnaient et prenaient, puis se raffermissaient de nouveau.

Les mains agitées d'Honoria vinrent se poser sur les revers du veston de Devil ; sa main à lui s'arrondissait d'une manière possessive sur une hanche vêtue de soie. Sous ses paumes, sa peau brûlait, deux épaisseurs de soie légère n'étant pas un véritable obstacle à sa caresse. De son plein gré, elle se coula dans ses bras, cédant à la persuasion de ses lèvres et à son propre désir enflammé.

Une forme de magie les tenait ; combien de minutes ils passèrent dans ce baiser qui les marquait jusqu'à l'âme, ils n'auraient pu le dire. Le cliquetis de talons sur les carreaux du vestibule l'interrompit.

Devil leva la tête et regarda la porte ; Honoria attendit, mais il ne s'écarta pas. Son seul compromis alors que la porte s'ouvrait largement et que sa mère apparaissait sur le seuil fut de retirer sa main sur sa hanche et avec celle sur son dos, de la retourner doucement vers la douairière. Ni avec des mots ni, c'était évident, par le geste n'avait-il l'intention de dissimuler le fait qu'il était en train de l'embrasser.

Honoria cligna des paupières. Elle fut lente à suivre l'exemple de Devil ; quand le regard de la douairière tomba sur eux, elle était encore à moitié levée sur ses orteils, une main posée sur son torse. La douairière, grande dame[1] qu'elle était, fit semblant de ne pas le remarquer.

— Si vous êtes prêts, mes chéris, je suggère de partir. Il est inutile d'attendre dans *ce* salon.

Inclinant la tête, Devil offrit son bras à Honoria ; elle posa le bout de ses doigts dessus. Ayant beaucoup plus chaud qu'à son entrée dans la pièce, elle en sortit à ses côtés.

Le trajet jusqu'à la résidence de lord George Cynster dans Berkeley Square prit à peine cinq minutes. Cinq de plus virent Honoria, avec Devil à ses côtés, entourée de Cynster. Le salon en était rempli ; de grands gentlemen d'une arrogance imposante et des dames vivement impérieuses, ils éclipsaient tous les autres invités du dîner.

---

1. En français dans le texte.

Sa robe fit sensation — elle n'avait pas trop su à quoi elle devait s'attendre. Ce qu'elle reçut fut de larges sourires et des signes de tête encourageants des autres femmes Cynster et des regards ahuris de tous les mâles Cynster. Ce fut Lucifer qui traduisit ces regards en mots. Il secoua sa sombre tête devant elle.

— Vous réalisez bien, n'est-ce pas, que si Devil ne vous avait pas attrapée à la première occasion, vous affronteriez un siège concerté.

Honoria tenta d'avoir l'air innocent.

Le dîner avait été prévu pour dix-neuf heures ; le bal débuterait à vingt et une heures. Par-dessus le bruit de vingt conversations, Webster, emprunté pour l'occasion, annonça que le repas était servi.

Devil guida sa tante dans la salle à manger, laissant Vane escorter Honoria. Se rappelant une occasion similaire, les funérailles de Tolly, Honoria jeta un coup d'œil à Vane.

— Le remplacez-vous toujours ?

Le regard qu'il lui jeta fut étonné, puis ses lèvres se retroussèrent.

— Il serait, murmura-t-il avec la morgue froide qui était sa caractéristique la plus remarquable, plus exact de dire que nous nous protégeons mutuellement. Devil n'a que quelques mois de plus que moi, nous nous connaissons depuis toujours.

Honoria entendit le profond attachement sous le ton mielleux et approuva en son for intérieur. Vane la mena jusqu'à sa chaise à côté de Devil, prenant celle de l'autre côté.

Flanquée par de tels partenaires, elle attendait le dîner avec une joie sans partage. La conversation tournait autour de la politique et des problèmes du jour ; Honoria écouta avec un intérêt qu'elle ne s'était pas découvert auparavant, enregistrant les opinions de Devil, les conciliant avec ce qu'elle connaissait de monsieur le duc de St-Ives. Pendant que le deuxième service était présenté, elle jeta un regard vaguement curieux autour de la table.

Et elle remarqua la bande noire entourant l'avant-bras de chacun des cousins Cynster. Le bras gauche de Devil était à côté d'elle ; elle tourna la tête. La bande noire, presque invisible sur son veston noir, était à la hauteur de son menton.

Baissant la tête sur son assiette, elle ravala un juron.

Elle attendit son heure jusqu'à ce qu'ils se dirigent à pas lents vers l'immense salle de bal, admirant ostensiblement les couronnes décoratives. Ils étaient suffisamment en privé ; les invités du bal commençaient seulement à arriver dans le vestibule en bas. Alors qu'ils approchaient du fond de la salle, elle glissa un doigt sous la bande noire et tira. Devil baissa les yeux et arqua un sourcil.

— Pourquoi le portez-vous encore ?

Il rencontra son regard ; elle sentit son hésitation. Puis il soupira et regarda devant lui.

— Parce que nous n'avons pas encore attrapé le meurtrier de Tolly.

Étant donné la pauvreté des indices, ils n'attraperaient peut-être jamais le meurtrier de Tolly ; Honoria garda cette pensée pour elle.

— Est-ce vraiment nécessaire ?

Elle regarda brièvement son profil sévère.

— Une petite valse ne vous embrouillera sûrement pas les idées ?

Ses lèvres se tordirent quand il baissa les yeux, mais il secoua la tête.

— Je me sens…

Ses mots s'estompèrent ; plissant le front, il détourna le regard.

— Je suis certain d'avoir oublié quelque chose — un genre de clé — un indice vital.

Son ton indiquait clairement qu'il avait changé de tactique ; Honoria le suivit sans ergoter. Elle pouvait comprendre qu'il se sente coupable de son incapacité à traduire l'assassin de Tolly en justice ; elle n'avait pas besoin de l'entendre l'admettre.

— Vous souvenez-vous de quoi que ce soit à propos de cet indice ?

— Non, c'est le plus détestable d'ailleurs. Je suis certain d'avoir vu quelque chose, d'avoir appris quelque chose, mais je n'arrive tout simplement pas à saisir de quoi il s'agit. C'est comme un fantôme dans ma vision périphérique : je n'arrête pas de tourner la tête sans jamais arriver à le prendre dans ma mire.

La frustration résonnait nettement dans sa voix ; Honoria décida de changer de sujet.

— Dites-moi, lady Osbaldestone est-elle parente avec les Cynster ?

Devil jeta un bref regard à l'endroit où Madame, yeux perçants fixés sur eux, était assise bien calée dans un coin d'un divan à proximité.

— Extrêmement éloignée.

Il haussa les épaules.

— Mais cette description couvre la moitié de la haute société.

Ils se promenèrent sans se presser, bavardant avec ceux qu'ils rencontraient, leur parcours ralentissant à mesure que les invités avançaient vers eux par vague, tous ses membres impatients d'être vus à l'unique bal des Cynster de la saison. En une petite demi-heure, la salle fut inondée de soies et de satins ; les parfums planaient lourdement dans l'air. Le lustre des boucles était dérangé par l'éclat et le feu des bijoux ; des centaines de langues contribuaient au bourdonnement poli. Être au bras de Devil garantissait à Honoria assez d'espace pour respirer ; aucun n'allait courir le risque de la bousculer. Il y avait cependant un certain nombre qui, en la voyant, était poussé à venir lui présenter leurs hommages. Quelques-uns, en effet, semblaient prêts à baiser le sol à ses pieds, en dépit de la menace très réelle de recevoir un coup de pied rapide et bien visé de la part de son escorte.

Collé à côté d'Honoria, forcé d'être témoin de son effet sur les autres mâles, Devil serra la mâchoire et essaya de ne rien laisser paraître. Son humeur devenait continuellement plus sombre — pas un bon signe étant donné ce qui lui restait encore à endurer. Il avait considéré l'idée de lui demander de ne pas danser, mais elle n'était pas encore sa femme. Il avait transgressé la règle une fois ; elle avait, par un coup de veine bienveillant, accepté de lui pardonner. Il ne s'y essaierait pas deux fois.

Et elle aimait danser. Il le savait sans poser la question ; son attention à la musique était une preuve suffisante. Comment il allait s'obliger à la laisser valser avec un autre homme, il ne le savait pas. Il avait envisagé de demander à ses cousins de le remplacer auprès d'elle ; mais, comme lui, ils s'en étaient tenus à leur résolution. Ce qui l'amenait à se débattre avec une possessivité galopante qu'il n'avait pas du tout envie de dompter.

À son grand dégoût, les musiciens apparurent tôt. À travers les inévitables grincements et pincements de cordes, lord Ainsworth déclama :

— Ma chère miss Anstruther-Wetherby, je serais des plus honorés, vraiment, submergé de reconnaissance si vous m'accordiez l'honneur de votre main et me permettiez d'être votre partenaire pour ce morceau.

Monsieur couronna son moment avec une révérence extravagante, puis regarda Honoria avec enthousiasme, presque avec un dévouement respectueux.

Devil se raidit, réprimant sans pitié son envie d'enfoncer son poing dans le visage inepte d'Ainsworth.

Resserrant son emprise sur toute impulsion rebelle, il s'arma de courage pour entendre le consentement d'Honoria et pour la lâcher sans faire de scène. Honoria tendit la main ; Devil sentit vaciller sa maîtrise de lui-même.

— Merci, monsieur.

Le sourire serein, Honoria toucha à peine Ainsworth de ses doigts.

— Toutefois, je ne danserai pas ce soir.

— Ma chère miss Anstruther-Wetherby, vos actions témoignent de votre exquise sensibilité. Pardonnez-moi, chère dame, d'avoir été assez gauche de même suggérer…

Lord Ainsworth continua à pérorer ; Devil l'entendit à peine. Quand il comprit enfin que la femme à son bras n'écoutait probablement pas non plus, il interrompit net la performance de Monsieur.

— Désolé, Ainsworth, mais nous devons aller retrouver lady Jersey.

Comme Sally Jersey ressentait une antipathie bien installée pour le pompeux Ainsworth, Monsieur n'offrit pas de les accompagner. Déconfit, il prit congé d'eux ; les autres dans leur cercle sourirent et se dispersèrent, plusieurs allant sur le plancher de danse alors que les accords d'une valse emplissaient la salle.

Devil posa une main sur celle d'Honoria et l'attira sans pitié à l'écart. Pendant qu'ils avançaient jusqu'au bord du plancher de danse, leur rythme en soi suffisant à décourager toutes rencontres futiles, il chercha les mots, puis se décida pour :

— Il n'y a pas de raison que vous ne dansiez pas.

Son ton était grave ; son élocution neutre. Il baissa le regard, Honoria leva le sien. Elle examina ses yeux ; le sourire qui recourba lentement ses lèvres contenait de la compréhension, agrémentée de satisfaction féminine.

— Si, il y en a une.

Les yeux d'Honoria le mettaient au défi de le nier ; quand il garda le silence, son sourire s'épanouit et elle regarda devant elle.

— Je pense que nous devrions nous arrêter voir lady Osbaldestone, ne le croyez-vous pas ?

Devil ne le pensait pas, la vieille mégère n'allait certainement pas manquer de le tourmenter. D'un autre côté, il avait besoin d'une distraction majeure. Respirant profondément avec difficulté, il hocha la tête et mit le cap sur Madame.

*

— Si un jour il y a eu un doute…

Avec un hochement de tête, Vane désigna le groupe à l'autre extrémité de la salle de bal.

— ... *ceci* règle la question.

Debout à côté de Vane, une épaule appuyée contre le mur, Gabriel acquiesça d'un signe de tête.

— Indubitablement. Lady Osbaldestone ne se qualifie certainement pas comme interlocutrice *attirante.*

Le regard de Vane était fixé sur le large dos de Devil.

— Je me demande ce qu'Honoria lui a dit pour l'entraîner là.

— Peu importe, dit Gabriel, marquant une pause pour vider son verre, il semble que nous ayons perdu notre chef.

— Vraiment ?

Vane plissa les paupières.

— Ou bien est-ce lui qui, comme d'habitude, montre la voie ?

Gabriel frissonna.

— Quelle horrible perspective !

Il remua ses larges épaules.

— On dirait que quelqu'un a marché sur ma tombe.

Vane rit.

— Inutile de fuir le destin, comme notre estimé chef a coutume de le dire. Ce qui soulève l'intrigante question de *son* destin. Quand, selon vous ?

Considérant le tableau à l'opposé, Gabriel pinça les lèvres.

— Avant Noël ?

Le grognement de Vane fut éloquent.

— Il vaudrait fichtrement mieux que ce soit avant Noël.

— Qu'est-ce qui ferait mieux d'être avant Noël ?

La question les fit se retourner ; instantanément, une réserve s'infiltra dans leurs expressions.

— Bonsoir, Charles.

Gabriel fit un signe de tête à son cousin, puis détourna les yeux.

— Nous discutions, dit Vane d'un ton léger, de noces imminentes.

— Vraiment ?

Charles parut poliment intrigué.

— De qui ?

Gabriel le dévisagea ; Vane cligna des paupières. Après un instant de pause, ce dernier répondit :

— Devil, bien sûr.

— Sylvester ?

Plissant le front, Charles regarda de l'autre côté de la salle, puis ses traits se détendirent.

— Oh, vous voulez parler de cette vieille histoire à propos de lui épousant miss Anstruther-Wetherby.

— Vieille histoire ?

— Seigneur, oui.

Avec une expression d'ennui, Charles lissa sa manche. Levant la tête, il vit l'air vide de ses cousins et soupira.

— Si vous devez le savoir, j'ai un peu discuté de cette affaire avec miss Anstruther-Wetherby. Elle n'épousera absolument pas Sylvester.

Vane regarda Gabriel ; Gabriel regarda Vane. Puis Vane se tourna de nouveau vers Charles.

— Quand as-tu parlé à Honoria Prudence ?

Charles leva un sourcil hautain.

— À Somersham, après les funérailles. Et je lui ai parlé peu de temps après son arrivée en ville.

— Hum, hum.

Vane échangea un autre regard avec Gabriel.

Gabriel soupira.

— Charles, quelqu'un t'a-t-il déjà fait remarquer que les dames sont sujettes à changer d'avis ?

Le regard de Charles en réponse fut méprisant.

— Miss Anstruther-Wetherby est une dame extrêmement bien éduquée et d'une sensibilité supérieure.

— Qui, il se trouve, est également *extrêmement* bien structurée et en tant que telle la cible *extrêmement* probable des attentions de Devil qui sont, dans ce cas, honorables.

Gabriel désigna le sofa au loin.

— Et si tu ne nous crois pas, ouvre seulement les yeux.

Suivant son geste, Charles fronça les sourcils. Honoria, la main sur le bras de Devil, se pencha plus près pour dire quelque chose ; Devil inclina la tête pour mieux l'entendre. Leur position parlait clairement d'intimité, de proximité ; le froncement de sourcils de Charles s'intensifia.

Vane jeta un coup d'œil à Charles.

— Notre argent est sur Devil — malheureusement, nous n'avons pas trouvé preneur.

— Hum, fit Gabriel en se redressant. Un mariage avant Noël — il jeta un regard interrogateur en biais à Vane — et un héritier avant le jour de la Saint-Valentin ?

— Bon, ceci, dit Vane, pourrait attirer un peu d'action.

— Oui, mais de quel côté devrions-nous nous engager ?

Gabriel se dirigea vers la foule.

Vane le suivit.

— Honte à toi — n'as-tu pas confiance en notre chef ?

— J'ai très confiance en lui, mais je dois admettre que la production d'un héritier tient plus qu'à la performance de son père. Viens en discuter avec Demon. Il va te dire…

Leurs paroles s'estompèrent. Laissé derrière, Charles continua à plisser le front, le regard fixé sur le couple devant lady Osbaldestone.

CHAPITRE 14

À mesure que la soirée avançait, la gaîté augmentait. Un repas de fin de soirée fut servi à une heure. Assise à côté de Devil à l'une des plus grandes tables, Honoria riait et bavardait. Souriant sereinement, elle observa les cousins de Devil et leurs partenaires de repas et sut ce que ces dames ressentaient. La même attente lui tendait les nerfs, exacerbait ses sens. Riant de l'une des boutades de Gabriel, elle rencontra le regard de Devil et comprit précisément pourquoi les dames jouaient délibérément avec le feu.

Les musiciens les convoquèrent de nouveau dans la salle de bal. Tout le monde se leva ; Honoria s'agita autour de son châle, puis démêla les rubans de son éventail. Elle avait eu l'intention d'informer Devil de sa décision en partageant leur première valse ; privée de cette occasion, elle était certaine que, si elle suggérait discrètement qu'elle avait quelque chose à lui dire, il en créerait une autre.

Elle leva la tête — Devil se tenait à côté d'elle, un ennui patient sur le visage. Elle tendit la main ; en douceur, il l'aida à se relever. Elle jeta un coup d'œil autour d'elle ; la salle du repas était vide. Elle se tourna vers Devil — seulement pour se voir diriger davantage vers le fond, loin de la salle de bal. Étonnée, elle leva les yeux sur lui.

Il sourit, l'essence même du loup.

— Faites-moi confiance.

Il la guida vers un mur et ouvrit une porte dissimulée dans le lambris. La porte donnait sur un corridor secondaire, actuellement désert. Devil la fit passer, puis il suivit. Clignant des paupières, Honoria regarda autour d'elle ; le corridor courait en parallèle à la salle de bal, menant à son extrémité.

— Où...

— Venez avec moi.

Prenant sa main, Devil marcha à grands pas dans le corridor.

Comme d'habitude, elle dut se hâter pour maintenir l'allure ; avant qu'elle puisse trouver un commentaire assez lourd de sous-entendus, ils atteignirent une volée de marches. Légèrement surprise, elle le vit s'engager vers le bas.

— Où allons-nous ?

Pourquoi elle murmurait, elle l'ignorait.

— Vous le verrez dans une minute, chuchota-t-il à son tour.

Les marches débouchaient sur un autre corridor, parallèle à celui au-dessus ; Devil s'arrêta devant une porte tout au bout. L'ouvrant, il regarda à l'intérieur, puis il recula et la prit par la main pour lui faire passer le seuil.

S'arrêtant juste à l'intérieur, Honoria cligna des paupières. Derrière elle, le verrou s'engagea, puis Devil la mena en bas de trois marches basses en pierre et sur un plancher dallé.

Les yeux ronds et s'arrondissant davantage, Honoria admira les alentours. D'immenses panneaux de verre formaient la moitié du toit, tout un mur et la moitié de chacun des murs adjacents. Le clair de lune, blanc pur, se déversait à l'intérieur, illuminant parfaitement les orangers taillés dans les pots d'argile, disposés en deux demi-cercles au milieu de la pièce. Glissant sa main hors de celle de Devil, elle pénétra dans l'orangerie. Sous la lumière de la lune, les feuilles luisantes brillaient ; elle les toucha — leur parfum d'agrume s'accrocha à ses doigts. Au centre de l'orangerie se tenait un divan en fer forgé où s'empilaient des coussins en soie. À côté sur les dalles était posé un panier d'osier débordant de broderies et de dentelles.

Jetant un coup d'œil derrière elle, elle vit Devil, une ombre argentée rôdant dans son sillage.

— C'est une orangerie.

Elle vit ses lèvres tressaillirent.

— L'une des fantaisies de ma tante.

La teneur de son propos lui fit se demander quelle était sa fantaisie à lui. Un frisson d'attente la parcourut — un violon déchira la paix. Surprise, elle leva la tête.

— Nous nous trouvons sous la salle de bal ?

Les dents de Devil brillèrent quand il tendit la main vers elle.

— Ma danse, je crois.

Elle fut dans ses bras et tourbillonnait avant de réaliser son intention. Non pas qu'elle souhaita discuter, mais un soupçon[1] d'avertissement aurait pu aider, aurait pu rendre le soudain impact de sa proximité un peu plus facile à absorber. Là, avec ses bras comme de l'acier autour d'elle et les longues cuisses dures comme un chêne lui écartant les jambes, elle se sentit immédiatement la proie d'une avalanche de sensations, toutes follement agréables. Il valsait comme il accomplissait à peu près toute chose : avec art, son savoir-faire si bien maîtrisé qu'elle n'avait rien d'autre à faire que glisser et tournoyer. Ils tournoyèrent jusqu'au fond de l'orangerie, puis tourbillonnèrent lentement dans son périmètre. Quand ils dépassèrent l'entrée de ce cercle enchanté, il baissa les yeux dans les siens et l'attira délibérément plus près.

Le souffle manqua à Honoria ; son cœur eut des ratées, puis accéléra. Le tissu pâle couvrant ses seins se déplaça contre le veston de Devil ; elle sentit ses mamelons picoter.

Leurs hanches se touchèrent quand ils tournèrent, la soie chuchota comme une sirène dans la nuit. La dureté rencontra la douceur, puis s'éloigna dans un glissement terriblement excitant seulement pour revenir plus dure, plus définie, un battement de cœur plus tard. Le mouvement et le balancement de la danse titillaient ses sens ; ils mourraient de désir pour lui. Les yeux piégés dans son regard vert clair, Honoria sentit la caresse argentée de la lune et inclina la tête vers le ciel. Ses lèvres, entrouvertes, étaient étrangement sèches ; elles battaient au rythme des battements de son cœur.

L'invitation d'Honoria ne pouvait pas être plus claire. Pris par l'instant, Devil ne songea même pas à

1. En français dans le texte.

refuser. Avec une facilité née de la pratique, il baissa la tête et la goûta, sûr de sa maîtrise, seulement pour découvrir que sa tête tournait quand elle l'attira à elle. Avec un juron en son for intérieur, il tira fortement sur ses rênes et réussit à reprendre le contrôle, commençant à goûter avec langueur les richesses qu'elle offrait, alimentant subtilement la flamme d'Honoria.

Peu à peu, leurs pas ralentirent ; ils s'arrêtèrent près du divan.

Honoria réprima un frisson d'anticipation. Leur baiser ininterrompu, Devil lâcha sa main ; il glissa ses deux paumes sur les courbes drapées de soie d'Honoria jusqu'à ce qu'elles reposent sur chaque hanche, brûlantes à travers sa robe légère. Lentement, délibérément, ses mains se faufilèrent plus loin, prenant ses fesses en coupe, l'attirant totalement contre lui. Honoria sentit son besoin flagrant, son désir — une chaleur s'épanouit en elle en réaction. Le souffle d'Honoria était celui de Devil ; prise par leur baiser, elle leva les bras et lui enlaça le cou. Elle se pressa contre lui, apaisant ses seins douloureux contre le mur de son torse. Le profond frisson qui le traversa excita sa compagne.

Elle avait répété son discours de consentement — ceci était encore mieux ; les actions, après tout, parlaient beaucoup plus fort que les mots. Avec un soupir de joie pure, elle plongea davantage dans son étreinte, lui rendant son baiser avec une impatience non feinte.

La tension envahit Devil. Il la souleva ; sans interrompre leur baiser, il l'allongea sur le divan. Et il la suivit dessus ; le souffle d'Honoria disparut. Elle savait que son corps était dur, mais elle ne l'avait jamais eu pressé contre elle, membre contre membre, tout le long de son corps. Le choc était délicieux ; avec un halètement étouffé, elle repoussa son veston et écarta impatiemment les mains sur son torse.

Et elle sentit soudain le soubresaut dans la respiration de Devil, sa brusque poussée de désir. Tout au fond d'elle, elle y répondit, entraînant ouvertement la langue de Devil dans un duel, une danse avec elle. Elle commença à entremêler ses longues jambes avec les siennes ; ses mains fouillèrent plus avant. Elle ne serait pas une spectatrice passive ; elle voulait sentir, expérimenter, explorer.

Ce qui était plus d'encouragement que pouvait en supporter Devil. Brusquement, il recula, prit les mains d'Honoria et les coinça au-dessus de sa tête. Immédiatement, il captura de nouveau ses lèvres, le désir croissant, s'intensifiant sauvagement, à peine retenu. Affamé, il intensifia son baiser, cherchant l'apaisement, s'efforçant simultanément de garder la maîtrise de lui-même.

À moitié emprisonnée sous lui, Honoria s'arqua, réagissant à l'intimité, à la chaleur augmentant constamment. Le désir, une entité palpable, monta et enfla ; elle se tortilla, la soie glissant sensuellement entre eux, puis elle gémit et tira pour se libérer de sa poigne. Il interrompit leur baiser assez longtemps pour dire non.

Tournant la tête, elle évita ses lèvres.

— Je veux seulement vous toucher.

— Oubliez ça, dit-il d'une voix grinçante.

Il était dangereusement surchauffé, poussé par un désir qu'il avait gravement sous-estimé ; les mains vagabondes d'Honoria seraient le comble.

— Pourquoi ?

Honoria vérifia sa prise, puis se tortilla, essayant d'obtenir une meilleure position ; une cuisse douce se pressa plus près, puis glissa vers le bas, caressant d'une manière provocante cette partie de son anatomie qu'il tentait désespérément d'ignorer.

Il inspira dans un sifflement d'air ; elle se colla davantage. Devil oublia pourquoi, oublia tout sauf le besoin d'assouvir la force impérieuse qui l'envahissait tout entier. Le désir se cristallisa, durcissant chaque muscle. Tendant chaque nerf. Anéantissant les restes de prudence. Il lui prit le menton et captura sa bouche dans un baiser brûlant.

Il changea de position, une jambe emprisonnant une des siennes, se servant de son poids pour la soumettre.

Non qu'elle se débatte. Les lèvres d'Honoria s'accrochaient aux siennes avec une passion séductrice. Elle gémit encore, cette fois avec abandon ; son corps s'arqua, caressant le sien, invitant, séduisant.

Sa main quitta sa mâchoire pour prendre avec possessivité un sein en coupe ; il pétrit la petite sphère, puis il fit rouler son mamelon entre ses doigts jusqu'à ce qu'il forme un bourgeon serré.

Honoria haleta ; son sein palpita, puis il devint douloureux de désir à mesure que les doigts de Devil le trituraient. Elle se tortilla, se délectant des muscles tendus de Devil se déplaçant en réaction. Le corps de son compagnon était près, elle mourrait d'envie de l'avoir encore plus près d'elle. Beaucoup plus. La chaleur l'enflammait subitement partout où il la touchait ; elle avait besoin de sa dureté pour éteindre la flamme, pour satisfaire la fièvre qui coulait joyeusement dans ses veines.

Elle le voulait, avait *besoin* de lui ; il n'y avait plus aucune raison pour l'empêcher de l'avoir. Avec désespoir, elle tira pour se libérer de sa poigne — celle-ci se resserra. Sa main gauche quitta son sein. Avant qu'elle puisse protester, elle entendit un clic étouffé. Elle s'immobilisa — le corsage de sa robe enlevé comme une pelure. Son cœur battit sourdement, puis accéléra à toute vitesse. Le cordon de sa chemise se tendit, puis se relâcha. Le tissu léger comme une plume flotta vers le bas, dénudant ses seins.

Devil leva la tête ; Honoria frémit dans un souffle. Elle sentit la caresse fraîche de l'air sous le clair de lune, la chaleur de son regard sur elle. Ses mamelons se froncèrent fortement. Soulevant des paupières lourdes tout à coup, elle leva la tête. Le visage de Devil était taillé au couteau, ses traits durs, aux lignes acérées. Ses seins palpitaient douloureusement. Comme s'il en avait conscience, il baissa la tête.

Et il posa ses lèvres sur sa peau enflammée. Honoria se raidit ; ses sens bondirent. Devil lâcha des baisers chauds autour d'une aréole, puis aspira la chair douce dans sa bouche. Elle se tendit. Il téta et elle crut qu'elle allait mourir. La sensation de ce geste la transperça ; ses orteils se recourbèrent. Elle haleta, son corps se bandant, s'arquant plus près de lui. Ses doigts, toujours piégés au-dessus de sa tête, se serrèrent fortement.

Il tortura sa chair tendre jusqu'à ce qu'elle pousse un cri, puis il se tourna vers l'autre sein. Il leva la tête seulement lorsque celui-ci la fit aussi violemment souffrir, quand son corps fut comme de la lave en fusion, vibrant de désir. Sous ses cils, Honoria l'observa pendant qu'il effleurait sa peau en descendant, caressant avec possessivité la légère courbe de sa hanche, puis dessinant la longue trajectoire sur sa cuisse. Ses poumons cessèrent de fonctionner au moment où ses doigts se glissèrent sous son ourlet ; son cœur s'arrêta lorsque d'un seul mouvement fluide, il releva ses jupes jusqu'à sa taille.

Honoria trembla. L'air frais léchait sa chair fiévreuse ; le regard de Devil, chaud comme le soleil, dissipait le froid, la parcourant complètement, passant en revue ce qu'il comptait posséder. Puis il tourna la tête et rencontra son regard. Sa main se resserra sur sa hanche nue, et glissa plus bas dans une caresse excitante, paume dure et longs doigts caressant sciemment vers le bas, puis vers le haut.

Le regard piégé par le sien, Honoria frissonna. Il se pencha plus près ; elle ferma les yeux quand ses lèvres trouvèrent les siennes. Elle s'abandonna à lui, à leur baiser, se livra à l'agréable feu qui s'éleva entre eux.

L'âme de guerrier de Devil savoura sa victoire. Il continua, impatient d'en arriver à la conquête finale. La longue trajectoire de ses cuisses d'ivoire présentait une puissante attirance, sa peau comme du satin chaud sous sa caresse. Son ventre légèrement arrondi se tendit sous sa main ; il fit glisser sa paume sur sa hanche, ses doigts se courbant sur une fesse ferme.

Consciemment, il traça et caressa ; emmêlant ses doigts dans les douces boucles au sommet de ses cuisses, il excita sans forcer. Sous lui, Honoria changea nerveusement de position, ses lèvres s'accrochant aux siennes. Il recula, observant fugitivement son visage, vidé de toute expression par la passion. Sur son ordre murmuré, elle écarta les cuisses puis haleta quand il la toucha, la prit en coupe. C'est seulement lorsque cette première onde de choc conscient mourut qu'il la caressa, passant une main insistante sur les délicats plis enflés, les écartant pour trouver le bouton de son désir, déjà dur et palpitant. Il en suivit le tour et il sentit monter la passion d'Honoria. Il découvrit sa moiteur et poussa gentiment, incitant délibérément la vague de désir à se développer entre eux.

Plus haute était la vague, plus grisante était la chevauchée, plus l'écrasement final serait intense. Rassemblant des années d'expérience, il alimenta la passion de sa compagne jusqu'à ce qu'elle se transforme en marée tumultueuse.

Prise sur la crête, Honoria n'avait conscience de rien au-delà de son violent besoin, centré dans la chair enflée et palpitante qu'il caressait avec tellement de savoir-faire, avec une lenteur désespérante. Puis un long doigt glissa plus profondément, décrivit un cercle et poussa encore plus au fond. Elle retint son souffle sur un gémissement ; son corps se souleva, cherchant désespérément quelque chose. Il caressa — la chaleur en elle s'enflamma.

Encore et encore, l'offensive reprit dans son intimité ; yeux fermés, sens déchaînés, elle voulait plus. Il connaissait son besoin ; il reposa ses lèvres sur les siennes, sa langue prenant possession de sa bouche avec le même rythme langoureux hypnotisant avec lequel il fouillait son corps excité.

Les seins gonflés et lourds, Honoria s'arqua contre lui, essayant de soulager leur douleur. Brusquement, il libéra ses lèvres ; une seconde plus tard, sa bouche se referma sur un mamelon.

Un cri étranglé lui échappa — un éclair la traversa ; la déflagration rugit en elle. La main enroulée autour des siennes disparut. Devil changea de position ; se servant d'une main pour apaiser la douleur d'un sein, il caressa l'autre avec ses lèvres et sa bouche. Ses doigts glissèrent plus profondément entre les cuisses d'Honoria et encore plus loin.

Les mains libres, Honoria les tendit vers lui.

Immédiatement, les gestes devinrent plus passionnés, plus urgents. Elle se battit avec sa cravate pour la lui retirer, puis s'affaira à déboutonner sa chemise. Dans tous ses états, elle s'arrêta à moitié chemin et, se déplaçant, remuant et haletant, elle se débattit avec son veston. Devil s'efforça de la maintenir immobile. En marmonnant un juron, il recula soudainement et haussa les épaules, puis lança son gilet à côté. Honoria accueillit son retour à bras ouverts, excitée jusqu'au bout de ses orteils quand elle entra finalement en contact avec son torse nu. Les muscles de Devil se bandèrent, remuèrent — affamée, elle les explora. Des poils serrés s'emmêlèrent autour de ses doigts ; sous ses paumes, Devil brûlait.

Il sentit qu'elle tirait sa chemise hors de sa ceinture, sentit ses petites mains glisser sur lui, se tendant pour caresser les larges muscles de son dos. Il leva la tête. Elle resserra sa prise — les deux pics jumeaux de ses seins se pressèrent contre son torse nu ; la chaleur entre ses cuisses le brûla. Cette étreinte à peau nue le laissa tremblant, haletant, s'efforçant de retrouver une étincelle de maîtrise. Chacun de ses sens le poussait à continuer, à s'emparer de tout ce qu'elle avait à offrir, à se plonger dans sa chaleur glissante et à la prendre, à la faire sienne au-delà de tout espoir de retour. La pression de cette pulsion était écrasante ; ses doigts se trouvaient sur les boutons de son pantalon, ses sens de séducteur effectuant une dernière vérification superficielle — quand il se souvint de sa peur.

De sa raison pour ne pas se marier.

Il s'immobilisa. Puis il cligna des paupières. Il entendit sa propre respiration irrégulière, sentit son torse gonflé. Un violent désir frappait tous ses sens ; la passion, déchaînée, cherchait l'apaisement.

Mais… dans cet instant de folie, le désir et la volonté s'affrontèrent. Le choc en fut presque physique. L'effort déchirant requis pour retirer ses mains d'Honoria, pour rouler plus loin et s'asseoir, le laissa étourdi.

Avec un gémissement, Honoria l'attira vers elle. Du moins, elle essaya. Elle n'arrivait pas à avoir prise sur son corps ; serrant les mains sur sa chemise défaite, elle tira avec désespoir.

Elle ne réussit qu'à se balancer.

Devil ne bougea pas. Gentiment, il lui prit les mains et desserra ses doigts.

— Non.

— *Non ?*

La question sortit comme une plainte étouffée ; totalement incrédule, Honoria le dévisagea.

— Vous êtes un séducteur, les séducteurs ne disent pas non !

Il eut le bon goût de grimacer.

— Ce n'est pas bien.

Honoria respira profondément ; ses sens étaient en ébullition, criant leur besoin.

— Vous faites l'amour à des femmes depuis Dieu sait combien de temps — vous devez savoir comment procéder maintenant !

Le regard que lui décocha Devil fut extrêmement acéré.

— Ce que je voulais dire, c'est que ce n'est pas de cette façon que je compte vous amener *vous* dans mon lit.

Honoria ouvrit grand les yeux.

— Est-ce important ?

— Oui !

L'expression grave, il secoua la tête.

— Cela ne devait pas se produire maintenant !

Les mains encore emprisonnées entre les siennes, Honoria le dévisagea.

— Pourquoi m'avez-vous amenée ici, alors ?

— Croyez-le ou non, j'avais seulement envisagé une valse illicite, pas une entreprise de séduction complète.

— Alors, pourquoi sommes-nous sur ce divan ?

Devil serra la mâchoire.

— Je me suis laissé emporter par vous !

— Je vois.

Elle plissa les yeux.

— Vous avez le droit de me séduire, mais le même privilège ne m'est pas accordé ?

Les yeux qui croisèrent les siens n'étaient que deux éclats verts.

— Exactement. La séduction est un art qu'il vaut mieux laisser aux experts.

— À l'évidence, j'apprends vite et j'ai eu un excellent professeur.

Ses mains immobilisées dans celles de Devil, elle tira, essayant de le renverser ; si elle arrivait seulement à l'amener sur le divan à côté d'elle…

— Non !

Brusquement, Devil lâcha ses mains et se leva ; d'un air sévère, il baissa la tête vers elle. Elle ne l'avait pas séduit, quelque chose s'en était chargé.

Quoique ce fut, il ne lui faisait pas confiance. Cette force qui lui murmurait et le pressait de capituler, de rejeter ses plans minutieux et de tomber avec elle, emporté par le désir.

— Quand vous viendrez à moi comme ma femme, je veux que ce soit par votre propre volonté. Parce que vous aurez pris la décision de devenir ma duchesse. Ce n'est pas une décision que vous avez déjà prise.

Stupéfiée, Honoria le dévisagea.

— Et selon vous, de quoi était-il question ici ?

Son geste englobait sa position affalée et à moitié nue.

Devil plissa les paupières.

— De curiosité.

— *De curio...*

La bouche d'Honoria s'ouvrit et se referma ; ses lèvres se pressant de manière inquiétante, elle se releva sur un coude.

Devil parla avant qu'elle puisse s'exprimer.

— Même si ce n'était pas cela, même si vous avez pris votre décision de sang-froid, comment puis-je le savoir maintenant alors que vous êtes tellement échauffée que vous bouillez presque ?

Honoria rencontra son regard ; elle aurait aimé détenir la réponse.

— Vous êtes presque ivre de passion, n'essayez pas de le nier.

Elle ne le fit pas — ne le pouvait pas ; le simple fait de se redresser lui donnait le vertige. Son pouls résonnait bruyamment dans ses oreilles ; un instant, elle se sentit enflammée, puis l'instant suivant, elle eut désespérément envie de chaleur — de la chaleur de Devil. Il y avait un étrange vide en fusion vibrant en elle ; sa respiration était tellement superficielle qu'il lui était difficile de réfléchir.

Le regard de Devil sur son visage devint plus intense, puis s'abaissa fugitivement, la parcourant rapidement. Les plis de sa robe avaient glissé vers le bas, l'ourlet flottant sur ses cuisses.

Instantanément, ses yeux se reportèrent sur son visage ; elle vit sa mâchoire se serrer, ses chaînes se remettre en place et lui redonner la maîtrise de lui-même.

Il parla à travers des dents serrées, la frustration présente dans la voix.

— Il est important pour moi de savoir si vous avez pris une décision consciente. Que vous avez décidé de devenir ma femme, la mère de mes enfants pour vos propres raisons et non parce que je vous ai séduite, manipulée ou contrainte à le faire.

— J'ai pris ma décision.

Honoria se mit avec difficulté à genoux.

— Comment puis-je vous convaincre ?

— J'ai besoin de vous l'entendre dire, le déclarer quand vous serez totalement *compos mentis*.

Devil soutint son regard.

— Je veux vous entendre déclarer que vous serez ma duchesse, que vous voulez porter mes enfants.

À travers le brouillard de sa passion, Honoria perçut l'éclat d'une lumière inattendue. Elle plissa les yeux.

— Pourquoi exactement avez-vous besoin de cette déclaration ?

Devil baissa la tête vers elle et plissa lui aussi les yeux.

— Pouvez-vous nier avoir évité le mariage à cause de votre décision de ne pas risquer de perdre des enfants — comme vous avez perdu votre frère et votre sœur ?

Abasourdie, elle le dévisagea.

— Comment le savez-vous ?

La mâchoire de Devil se contracta.

— Michael m'en a parlé. Le reste est évident. Vous deviez avoir une raison pour ne pas vous marier — vous vous tenez loin des jeunes enfants.

Sa supposition — exacte — pour deviner sa peur la plus secrète était enrageante ; Honoria savait qu'elle devait réagir, faire quelque chose pour le remettre à sa place.

Au lieu de cela, leur conversation sur les enfants avait provoqué une réaction beaucoup plus forte, une montée, une envie primitive de le remettre à sa place d'une manière très différente.

Leur discussion n'avait rien fait pour étouffer le désir palpitant constamment dans ses veines. Ils étaient tous les deux à moitié nus, respirant rapidement ; la passion vibrait encore entre eux. Chacun des muscles de Devil était bien défini, bandé contre ce besoin impérieux. Elle ne possédait aucune défense similaire.

Une prise de conscience l'envahit et la laissa tremblante.

— Vous…

Elle scruta ses yeux, les siens s'élargissant. Elle écarta les bras avec impuissance.

— Vous ne pouvez pas me laisser ainsi.

Devil regarda dans ses yeux et jura mentalement contre lui-même, contre elle et contre la foutue robe de Celestine, rassemblée en plis lustrés autour de la taille d'Honoria, drapant ses cuisses dans la splendeur de la soie. Pendant qu'il l'observait, un frisson révélateur la tourmenta, un tremblement presque imperceptible ondulant sous sa peau.

Tendant la main, elle referma ses doigts sur sa chemise et tira. À contrecœur, il s'approcha. Il l'avait excitée exprès, délibérément poussée dans un état frôlant la frénésie.

— S'il vous plaît ?

La douce supplique restait sur ses lèvres contusionnées ; elle brillait dans ses yeux.

Que pouvait faire un gentleman ? Avec un dernier juron mental, Devil la prit dans ses bras et posa les lèvres sur les siennes.

Elle s'ouvrit instantanément à lui, se coulant contre lui. Il lui donna ce qu'elle voulait, attisant régulièrement sa flamme, se tenant lui-même rigidement à l'écart. Ses démons étaient une fois de plus maîtrisés, il n'allait pas laisser les rênes lui échapper de nouveau.

Honoria sentit sa réaction ; les muscles qui l'entouraient restaient bandés et ne cédaient pas. Elle ne deviendrait pas sa femme ce soir. Toutefois, il ne lui restait aucune volonté pour injurier le destin. Tout son être était centré sur le feu qui faisait rage en elle. Une succession de vagues enflammées la brûlait, la laissant vide et pleine de désir, affaiblie par son besoin. Comment allait-il rassasier sa faim, elle l'ignorait ; à la dérive, elle se remit entre ses mains.

Quand il releva la tête, Honoria avait la tête qui tournait et elle n'avait jamais eu plus chaud de toute sa vie. Son être en entier était douloureux. Haletante, elle s'accrocha à ses épaules.

— Faites-moi confiance.

Il chuchota ses mots contre sa gorge, puis fit suivre une ligne de baisers impudiques sur une veine bleue.

Honoria laissa sa tête retomber en arrière, puis frissonna. L'instant suivant, il la fit passer dans ses bras. Elle attendit d'être allongée sur le divan mais il la porta de l'autre côté ; le dos tourné au meuble, il la déposa sur ses pieds devant lui, en face de la longue glace sur le mur.

Honoria cligna des paupières. Le clair de lune trouva sa peau et la fit miroiter ; derrière elle, Devil ressemblait à une ombre dense, ses mains sombres sur son corps.

Honoria se lécha les lèvres.

— Qu'allez-vous faire ?

Il pencha la tête et suivit le contour d'un lobe d'oreille avec sa langue.

— Vous satisfaire. Vous libérer.

Ses yeux rencontrèrent ceux d'Honoria dans la glace.

— Vous donner du plaisir.

Le murmure grave et ronronnant provoqua un frisson d'excitation aiguë en elle ; les mains de Devil glissèrent pour prendre ses deux seins en coupe, ses doigts se resserrèrent et elle trembla.

— Tout ce que vous avez à faire est de m'obéir à la lettre.

Encore une fois, il croisa son regard.

— Gardez les yeux ouverts et regardez mes mains. Concentrez-vous sur ce que vous ressentez, sur les sensations…

Ses mots étaient lents, hypnotiques ; Honoria n'arrivait pas à arracher ses yeux de ses mains, pétrissant ses seins en rythme. Elle observa ses longs doigts se tendre vers ses mamelons ; ils tournoyèrent, puis pressèrent — de violents frissons la transpercèrent. Elle aspira une courte bouffée d'air et s'appuya sur lui. Elle sentit son torse nu derrière elle, les poils serrés râpant ses épaules nues.

Ses mains quittèrent ses seins ; elle reporta son attention sur la glace. Une main sombre écartée sur son ventre la tenait contre lui ; l'autre agrippa sa robe, rassemblée en plis autour de ses hanches. Elle comprit son intention et se raidit. Une protestation monta, mais ne franchit jamais ses lèvres. Il tira la robe et la chemise vers le bas, par-dessus ses hanches, la dénudant, puis les laissa glisser au sol. Les tissus coûteux s'accumulèrent en flaque à leurs pieds. Honoria les ignora, sous le choc, en transe, hypnotisée par la vue de ses mains foncées parcourant librement son corps.

Elle entendit un gémissement murmuré et sut qu'il provenait d'elle. Sa tête retomba contre l'épaule de Devil ; sa colonne vertébrale s'arqua. Ses sens, pleinement éveillés, enregistraient chaque toucher, chaque caresse experte ; sous des paupières lourdes, elle regardait chaque geste érotique. Il changea de position, ramenant ses bras autour d'elle, l'entourant, sa main gauche prenant son sein droit en coupe, sa main droite ouverte sur son ventre. Derrière elle, le genou de Devil exerçait une pression pour qu'elle écarte les jambes ; tête baissée, ses lèvres frôlèrent la peau tendre derrière son oreille.

— Continuez à regarder.

Honoria s'exécuta. Elle observa pendant que sa main glissait plus bas, ses longs doigts s'entremêlant dans ses boucles puis, sombrant plus loin, poussant vers l'intérieur. Il toucha sa douceur, trouva sa chaleur en fusion et la caressa. Le souffle coupé, souffrant de désir, elle sentit les muscles des bras de Devil bouger quand il le tendit plus loin, sentit la pression de sa main entre ses cuisses, sentit la lente invasion inexorable alors qu'un long doigt la pénétrait.

Elle était écrasée par une vague de sensations après l'autre ; la main sur son sein caressa, les doigts touchant leur but, puis se resserrant autour de son mamelon en bouton. De leur propre chef, les mains d'Honoria trouvèrent celles de Devil, se refermant autour de ses larges poignets. Les poils serrés sur ses avant-bras râpèrent la peau tendre de l'intérieur des bras d'Honoria ; sous ses doigts, les muscles durs et les tendons d'acier se bandaient.

Entre ses cuisses, sa main se déplaça ; un doigt s'enfonça plus profondément, son pouce pressa et caressa.

Un éclair, un incendie violent, des traînées de pures sensations élémentaires la transpercèrent ; son corps se tendit, s'arqua ; Honoria haleta. Ses caresses se poursuivirent, de plus en plus insistantes ; en elle, les sensations tourbillonnaient, puis augmentaient.

— Continuez à regarder.

Nue, en feu, elle ouvrit ses paupières avec difficulté et vit sa main s'enfouir très loin entre ses cuisses.

Des étoiles l'envahirent, explosèrent en elle. La sensation se cristallisa, monta en flèche, puis se brisa en un million d'éclats argentés qui se déversèrent sur elle, la traversant, plongeant sur ses nerfs tendus à l'extrême pour fondre avec des picotements sous sa peau.

La libération.

Elle la submergea, chassant la tension, la remplaçant par un plaisir si intense qu'elle crut en mourir. Elle sentit ses lèvres sur sa tempe, sentit ses mains s'adoucirent sous des caresses apaisantes et intimes. Un doux état d'oubli s'empara d'elle.

Quand son esprit reprit contact avec la réalité, Honoria se découvrit entièrement habillée et appuyée contre le dossier du divan. Devant elle, Devil se tenait devant la glace, nouant sa cravate. Elle regarda ses doigts plisser et attacher adroitement les larges plis et sourit.

Dans la glace, les yeux de Devil rencontrèrent les siens. Son sourire s'élargit ; il arqua un sourcil.

— Je viens de réaliser, dit-elle en s'appuyant plus lourdement contre le divan, pourquoi vous n'employez pas de valet de chambre. Être un séducteur signifie nécessairement que vous ne pouvez pas vous fier aux services d'un serviteur pour vous rendre un aspect soigné.

Mettant en ordre les extrémités de sa cravate, Devil la regarda d'un œil torve.

— Exactement.

Il se tourna.

— Et si vous êtes revenue dans le monde des vivants suffisamment pour réfléchir à cela, nous ferions mieux de retourner dans la salle de bal.

Il se baissa pour ramasser son veston sur le plancher ; Honoria ouvrit les lèvres pour l'informer qu'en effet, elle avait réfléchi et prit sa décision, puis se ravisa.

Ils avaient quitté le bal depuis trop longtemps déjà ; ce n'était plus ni le moment ni l'endroit. Demain matin ferait l'affaire.

Elle avait l'impression de flotter, étrangement écartée de la réalité. Elle regarda Devil enfiler son veston d'un haussement d'épaules. Pendant qu'il plaçait les revers, quelque chose attira le regard d'Honoria. Se tournant, elle regarda d'un air interrogateur entre les orangers.

— Qu'y a-t-il ?

Devil suivit ses yeux.

— J'ai cru voir quelqu'un, mais il devait s'agir des ombres mouvantes.

Devil lui prit la main.

— Venez, les mauvaises langues ont déjà suffisamment de choses à se mettre sous la dent.

Ils traversèrent rapidement l'orangerie ; un moment plus tard, le verrou cliqueta et tout fut silencieux. La lune continua à jeter ses doux rayons en larges bandes sur le plancher dallé.

Une ombre rompit le motif.

La silhouette d'un homme fut projetée sur l'orangerie, déformée jusqu'à des proportions menaçantes. Puis la personne s'éloigna doucement, tournant au coin de l'orangerie, et l'ombre disparut.

Le clair de lune baignait la scène d'une douce lumière blanche, illuminant les orangers, le panier d'osier et le divan avec ses coussins froissés.

CHAPITRE 15

— Merci, Emmy.

Debout, bras croisés devant la fenêtre de son boudoir, Honoria regarda la bonne ranger son plateau-repas.

— Monsieur le duc est-il rentré à la maison ?

— Je ne crois pas, mademoiselle.

Emmy se redressa, soulevant son fardeau.

— Je pourrais interroger Webster, si vous le désirez ?

— Non, merci Emmy.

Honoria se fabriqua un sourire.

— Ce n'était qu'une question futile.

Très futile. Se tournant de nouveau vers la fenêtre, Honoria se demanda jusqu'à quel point elle pourrait encore supporter la futilité. Ils étaient revenus de Berkeley Square bien après trois heures ; le sommeil, profond et sans rêve, l'avait emportée. À l'évidence, le plaisir de Devil lui avait convenu ; à son réveil, elle était déterminée à ne plus perdre de temps pour en réclamer davantage. Habillée de l'une des créations les plus seyantes de Celestine, elle s'était rendue en bas.

Seulement pour découvrir la salle du petit-déjeuner inoccupée. Vide de loups. Webster l'avait informée que Sa Seigneurie avait rompu le jeûne tôt et était partie pour une longue promenade en voiture. Après avoir mangé son premier repas dans une splendeur solitaire — la douairière avait, la nuit précédente, déclaré son intention de ne pas se lever avant l'après-midi — elle s'était retirée dans son boudoir. Pour attendre. Impatiemment.

Comment osait-il exiger une déclaration de sa part et ensuite partir en voiture ? Elle grinça des dents et entendit claquer la porte d'entrée. Le son de voix lui parvint. Plissant le front, elle alla à la porte, l'ouvrit et reconnut la voix de Webster poussant une forte exclamation.

Webster se départissant de son habituelle imperturbabilité ? Honoria se dirigea vers les marches. Sûrement, rien de moins qu'une catastrophe...

Le souffle lui manqua ; ouvrant grand les yeux, elle ramassa ses jupes et courut.

Atteignant la galerie, elle se pencha sur la rampe. Le spectacle qui accueillit ses yeux était tout le contraire de rassurant. Dans le vestibule en dessous, des valets de pied grouillaient autour d'une silhouette en haillons, la soutenant, s'exclamant. Il s'agissait de Sligo, pâle, bouleversé, un bras dans une écharpe de fortune, des coupures et des écorchures sur tout le visage.

Le cœur au bord des lèvres, Honoria commença à descendre lorsqu'elle entendit la voix de Devil, grave, forte, un grondement puissamment cohérent. Le soulagement la frappa si durement qu'elle dut s'appuyer sur la rampe pour laisser s'atténuer son vertige. Aspirant une bouffée d'air, elle continua sa descente.

Devil sortit à grands pas de la bibliothèque ; Honoria serra encore la rampe. Son manteau était abîmé à d'innombrables endroits en petites déchirures irrégulières. Sa culotte d'équitation en peau de daim habituellement immaculée était éraflée et poussiéreuse, tout comme ses bottes. Des mèches noires ébouriffées encadraient son visage aux sourcils froncés ; une vilaine égratignure courait le long de sa mâchoire.

— Allez chercher le chirurgien pour Sligo, cette épaule doit être remboîtée.

— Mais, et vous, mon Seigneur ?

Webster, suivant sur ses talons, leva les mains comme s'il tentait d'attraper son maître.

Devil pivota brusquement et vit Honoria sur les marches. Son regard s'attacha au sien.

— Je n'ai rien à l'exception de quelques égratignures.

Après un moment, il jeta un coup d'œil à sa gauche, fronçant les sourcils en direction de Webster.

— Arrête de faire des histoires, les Cynster sont invincibles, tu te rappelles ?

Sur ce, il déposa une botte sur la première marche.

— Fais juste monter un peu d'eau chaude, c'est tout ce dont j'ai besoin.

— Je vais en monter directement, Votre Seigneurie.

Avec sa dignité blessée, Webster se dirigea vers les cuisines.

Devil grimpa l'escalier ; Honoria attendit. Il y avait des échardes de bois, certaines couvertes de peinture, prises dans les déchirures de son manteau. La poitrine d'Honoria était si serrée qu'elle lui faisait mal.

— Que s'est-il passé ?

Arrivant devant elle, Devil rencontra son regard.

— L'essieu de mon phaéton s'est brisé.

Il y avait quelques taches de sang sur sa chemise ; il avançait vivement, mais sans sa grâce fluide habituelle. Il continua à monter ; Honoria se tourna et le suivit.

— Où ?

— À Hampstead Heath.

Sans attendre sa question suivante, il ajouta :

— J'avais besoin d'un peu d'air, je suis donc allé là-bas et j'ai laissé les chevaux aller à leur guise. Nous filions à toute vitesse quand l'essieu s'est rompu.

Honoria sentit son visage se drainer de son sang.

— Rompu ?

Devil haussa les épaules.

— Brisé net. Il y a eu un puissant craquement. Nous avons peut-être frappé quelque chose, mais je ne le crois pas.

Atteignant le haut des marches, il tourna et marcha à grands pas dans le corridor ; imaginant la scène et n'aimant pas ce qu'elle apercevait, Honoria se hâta dans son sillage.

— Vos chevaux — les alezans ?

— Non.

Devil lui jeta un regard.

— J'avais fait atteler deux jeunes chevaux noirs pour... voir ce qu'ils avaient dans le ventre.

Ses traits se contorsionnèrent.

— J'en ai tiré un immédiatement, mais je ne porte qu'un seul pistolet. Heureusement, Sherringham est passé. Je lui ai emprunté le sien, puis il nous a reconduits ici.

— Mais...

Honoria plissa le front.

— Que s'est-il réellement passé ?

Un regard résolument irritable la toucha.

— L'essieu s'est brisé sous le siège, le phaéton est tombé en morceaux. Par une chance d'enfer, Sligo et moi avons été propulsés à l'écart. Je rebondis mieux que lui.

— La voiture ?

— Dorénavant du bois d'allumage.

Ils atteignirent le fond du long corridor ; ouvrant une lourde porte en chêne à son extrémité, Devil entra à grandes enjambées. Il s'arrêta au milieu de la pièce, au centre d'un tapis richement coloré. Levant une épaule, il commença à retirer délicatement son manteau et retint son souffle sur un sifflement.

— Tenez.

Derrière lui, Honoria tendit les mains par-dessus ses épaules et tira doucement, libérant d'abord une épaule, puis l'autre avant de faire de même avec les manches.

— Doux Jésus !

Lâchant le manteau abîmé, elle le regarda fixement. Sa chemise était méchamment déchirée, le lin fin en lambeaux du côté de son dos qui avait essuyé le gros de sa chute. Les écorchures avaient saigné, tout comme de nombreuses petites coupures. Heureusement, sa culotte et ses bottes avaient offert une protection plus sérieuse ; il n'y avait pas de déchirures sous sa taille.

Avant qu'elle puisse réagir, Devil retira sa chemise de sa culotte et la souleva par-dessus sa tête. Et se figea. Puis sa tête pivota brusquement.

— Que diable faites-vous ici ?

Il lui fallut un moment pour déplacer son regard de son dos en sang à son visage. L'expression dans ses yeux n'eut aucun sens immédiat pour elle avant qu'elle regarde derrière lui, vers l'imposant lit à baldaquin avec son ciel de lit qui dominait la pièce. D'un regard rapide, elle embrassa les somptueuses tentures, toutes dans les teintes de vert, la tête de lit joliment sculptée et les colonnes sucre d'orge, les draps de soies et l'épais matelas de plumes et son abondance d'oreillers moelleux empilés en hauteur. L'air doux, elle reporta son regard sur lui.

— Vos coupures saignent, on doit y appliquer du baume.

Devil jura dans sa barbe.

— Vous ne devriez pas être ici.

Il se débattit avec sa chemise, essayant de libérer ses bras.

— Ne soyez pas ridicule.

Honoria attrapa ses mains, à présent tout à fait coincées ; adroitement, elle délaça ses manchettes.

— Les circonstances excusent l'inconvenance.

Devil retira la chemise à ses poignets et la lança.

— Je ne suis pas sur mon lit de mort.

— Vous êtes, par contre, gravement éraflé.

Honoria rencontra calmement son regard.

— Vous ne pouvez pas le voir.

Devil plissa les yeux vers elle, puis se contorsionna, essayant de regarder par-dessus son épaule.

— Cela ne me donne pas l'impression d'être si mal, je peux me soigner moi-même.

— Pour l'amour du ciel !

Honoria planta ses mains sur ses hanches et lui jeta un regard mauvais.

— Arrêtez d'agir comme un enfant de six ans, je ne vais que laver les coupures et appliquer un peu de baume.

La tête de Devil pivota brusquement.

— Ce n'est pas la question — je ne suis pas un enfant de six ans — et je ne suis pas mort non plus.

Honoria hocha la tête.

— Naturellement. Vous êtes un Cynster, vous êtes invincible, vous vous en souvenez ?

Devil serra les dents.

— Honoria, si vous voulez jouer les anges de bonté, vous pouvez carrément m'épouser d'abord.

Honoria se mit en colère : elle avait attendu pour faire la déclaration qu'il souhaitait et il lui revenait ainsi !

Avançant d'un pas, elle planta son index au centre de son torse nu.

— *Si*, déclara-t-elle, soulignant le mot avec un petit coup assuré, je décide de vous épouser.

Elle tenta un autre petit coup ; quand il recula d'instinct, elle referma la distance entre eux.

— Je voudrais avoir la *certitude.*

Un autre petit coup, un autre pas.

— Que vous vous comporterez *raisonnablement* !

Son doigt commençait à la faire souffrir.

— *Dans — toutes — les — situations !*

Trois petits coups rapides, trois pas rapides ; les jambes de Devil frappèrent le bout de son lit. Honoria attaqua.

— Comme maintenant !

Levant un air de défi mauvais vers lui, elle le poussa du doigt une dernière fois.

— *Asseyez-vous !*

Le visage sur lequel elle posait les yeux était résolument figé ; les yeux, vert ombragé, brûlaient sombrement. Ils se tenaient, regards rivés l'un sur l'autre, orteils contre orteils, volonté contre volonté. Brusquement, le regard de Devil se tourna vers le sol.

Honoria saisit l'occasion. Plaçant les deux paumes sur les lourds muscles de son torse, elle poussa. Avec force.

Avec une exclamation étouffée, Devil perdit l'équilibre et s'assit.

— Votre eau, Votre Seigneurie.

Webster ouvrit la porte avec un coude, laquelle s'était à moitié refermée derrière eux.

Pivotant, Honoria tendit les mains.

— Je vais avoir besoin de baume, Webster.

— En effet, mademoiselle.

Sans un battement de cils, Webster abandonna le bol à ses soins.

— Je vais en chercher immédiatement.

Dès qu'il partit, Honoria se retourna — directement sous un regard furieux.

— Ce n'est pas une bonne idée.

Elle arqua un sourcil, puis se pencha et déposa le bol sur le plancher.

— Arrêtez de vous plaindre, vous survivrez.

Devil regarda sa robe s'étirer sur ses fesses. Il secoua la tête.

— Peut-être. Mais resterai-je sain d'esprit ?

Essorant un linge, Honoria lui lança un regard évaluateur. Se levant, elle plia le tissu, puis s'avança à côté de lui, ses jambes lui touchant presque les cuisses.

Plaçant une main sur son épaule, elle l'attira vers l'avant, faisant apparaître une profonde coupure.

Sous ses doigts, sa peau était chaude, résistante et très vivante.

— Pensez à autre chose.

Avec précaution, elle commença à baigner la blessure.

Fermant les yeux, Devil inspira profondément. *Pensez à autre chose.* C'était aussi bien qu'il soit assis, sinon elle saurait sans aucun doute à quoi d'autre il pensait. Ses coupures et ses éraflures comptaient à peine dans la balance de ses souffrances ; sa douleur majeure palpitait régulièrement et elle ne ferait qu'empirer. Elle était si près, se penchant sur lui, tendant la main derrière son épaule ; son parfum l'enveloppait, s'enroulant autour de ses sens, le laissant étourdi de désir.

De petites mains touchaient avec délicatesse, hésitation ; elle sursauta lorsque ses muscles bougèrent, dansant sous ses doigts. Serrant les poings, Devil les ancra sur ses genoux ; quand Webster revint, pot de baume en main, il manqua presque soupirer de soulagement.

— Comment va Sligo ?

C'était un effort, mais il réussit à faire parler son majordome jusqu'à ce qu'Honoria, une fois la dernière éraflure lavée et couverte de baume, recule enfin.

— Voilà.

S'essuyant les mains sur la serviette que lui tendait Webster, elle jeta à Devil un regard interrogateur en biais.

Devil lui rendit un regard vide. Il attendit pendant que Webster rassemblait les vêtements, les serviettes, le baume et la cuvette, puis sortait d'un pas magistral. Honoria se tourna pour le regarder partir. Silencieusement, Devil se leva et avança derrière elle. Il avait perdu la bataille contre ses démons cinq minutes auparavant.

— Maintenant !

Honoria pivota — directement dans les bras de Devil.

— Que...

Ses mots s'estompèrent quand elle regarda dans ses yeux. Le sentiment d'être sur le point d'être dévorée la submergea. Elle sentit sa main à la base de sa gorge. La main se leva, encadrant sa mâchoire alors qu'il baissait la tête.

Il n'attendit pas de permission, implicite ou autre, mais s'empara voracement de sa bouche. Honoria sentit ses os fondre ; devant cette attaque, la résistance la fuit.

Il bougea et la changea de position ; les jambes d'Honoria frappèrent l'extrémité du lit. La soulevant contre lui, il s'agenouilla sur le lit, puis ils basculèrent ensemble. Elle atterrit sur le dos — et lui sur elle. Carrément sur elle.

Toute pensée de se débattre disparut ; la faim qui rugissait en lui, le simple poids musclé de son corps, tendu, rigide et prêt à la prendre, alluma instantanément le feu de la passion d'Honoria. Elle lui enlaça le cou et l'embrassa fiévreusement en retour. Il pressa les mains dans l'édredon de plumes et le fit glisser sous les hanches d'Honoria, ses doigts se raffermissant, puis l'inclinant sur lui. Plus ferme, plus fascinante qu'avant, elle sentit la colonne raide de son désir monter sur elle. Instinctivement, elle se contorsionna sous ce poids palpitant — voulant, désirant.

— Dieu tout puissant !

Le poids de Devil la quitta — elle fut rudement cueillie sur le lit. Emprisonnée dans ses bras au milieu d'un bouillon de jupons, clignant furieusement des yeux, Honoria vit la porte s'approcher ; jonglant avec elle, Devil l'ouvrit largement. Et la déposa sur ses pieds dans le corridor.

— Que...

Les seins se gonflant, Honoria pivota vivement pour le regarder en face, le reste de sa question écrite en gros dans ses yeux.

Devil pointa un doigt sur son nez.

— Votre déclaration.

Il avait l'air sauvage, cheveux sombres emmêlés, sourcils noirs formant un trait vers le sol, lèvres en une mince ligne dure. Son torse se levait et retombait de manière spectaculaire.

Honoria inspira profondément.

— Pas maintenant !

Devil se renfrogna.

— Quand vous y aurez réfléchi convenablement.

Sur ce, il claqua la porte.

La mâchoire d'Honoria se décrocha ; elle fixa les panneaux de chêne. Refermant sa bouche d'un claquement sec, elle tendit la main vers la poignée de porte.

Et entendit le verrou se mettre en place.

Totalement incrédule, elle riva son regard sur la porte, la bouche encore une fois ouverte. Puis elle grinça des dents, serra fortement les yeux et les poings et donna libre cours à un cri frustré.

Elle ouvrit les yeux — la porte resta close.

La mâchoire serrée d'une manière menaçante, Honoria pivota sur ses talons et partit d'un pas raide.

*

Devil s'échappa de sa maison et chercha refuge chez Manton's. C'était en fin d'après-midi, un moment où l'on pouvait compter sur plusieurs de ses pairs encore en ville pour tirer quelques cibles pendant une heure ou deux en agréable compagnie.

Survolant du regard les gens qui occupaient les stands de tir, ses yeux se posèrent sur une tête sombre. Il s'avança à grands pas, attendant jusqu'à ce que sa cible eut déchargé son pistolet avant de dire d'une voix traînante :

— Tu n'as pas encore tout à fait corrigé ton tir pour le recul, mon frère.

Richard tourna la tête et arqua un sourcil.

— Tu offres de me l'enseigner, grand frère ?

Les dents de Devil brillèrent.

— J'ai renoncé à te faire la leçon il y a des années, je songeais davantage à une petite compétition amicale.

Richard sourit à son tour.

— Un billet de dix livres par pigeon ?

— Pourquoi ne pas dire cinq cents livres pour le lot ?

— Marché conclu.

En toute amitié, ils se mirent à tirer un pigeon après l'autre ; des connaissances les rejoignirent, émettant des suggestions pas trop sérieuses, auxquelles les frères répondaient dans la même veine. Personne, en les voyant ensemble, ne pouvait douter de leur lien. Devil était le plus grand par quatre à cinq centimètres ; bien qu'il manque à Richard la même musculature plus développée, une bonne part de la différence se situait dans leurs quatre ans d'écart d'âge. Leurs visages, vus séparément, n'étaient pas à première vue semblable, les traits de Devil étant plus minces, plus durs, plus sévères, néanmoins, vus côte à côte, les mêmes lignes patriarcales, le même nez arrogant et la même ligne des sourcils, le même menton agressif étaient facilement évidents.

Reculant pour laisser Richard tirer, Devil se sourit à lui-même. À part Vane, qui lui était aussi familier que son ombre, personne n'était aussi proche de lui que Richard. Leurs similitudes étaient profondes, plus que les caractéristiques physiques. De tous les membres de la barre Cynster, Richard était celui dont il pouvait le mieux prévoir les réactions, car elles étaient toujours semblables aux siennes.

La riposte du pistolet de Richard résonna dans le stand ; Devil leva les yeux, remarquant le trou à deux centimètres à gauche de la cible centrale. Ils utilisaient une paire de pistolets plus un des méchants spécimens spéciaux à long canon de Manton's. Il y avait une différence nette entre les armes ; se servir des trois à tour de rôle signifiait qu'ils devaient constamment réajuster leur visée.

L'assistant qui s'occupait d'eux avait rechargé le pistolet suivant ; Devil le soupesa dans sa main. Richard changea de position ; Devil se mit en place et leva le bras. Son tir troua la cible entre le centre et le coup tiré par Richard.

— Tut, tut ! Toujours impulsif, Sylvester ; prendre un peu plus de temps donnerait de meilleurs résultats.

Richard, qui était paresseusement appuyé contre le mur du stand, se raidit, puis se redressa, son expression auparavant détendue disparue sous un air impassible. Il salua brièvement Charles de la tête, puis se tourna pour superviser le rechargement.

En contraste, le sourire de Devil s'élargit malicieusement.

— Comme tu le sais, Charles, perdre du temps n'est pas mon genre.

Les cils pâles de Charles battirent ; un air désapprobateur apparut brièvement dans ses yeux.

Devil le remarqua ; toujours courtois, il ramassa un pistolet fraîchement chargé.

— Veux-tu te joindre à nous ?

Faisant tourner le pistolet de l'autre côté, il déposa le canon sur sa manche et présenta la crosse à Charles.

Charles tendit la main pour l'accepter mais il s'interrompit au milieu de son geste. Puis sa mâchoire se serra ; enroulant les doigts autour de la crosse polie, il souleva le pistolet. Reculant derrière Devil, il prit position. Il remua les épaules une fois, puis leva le bras. Il visa, prenant, comme il l'avait dit, juste un moment de plus que Devil avant de tirer.

Le centre de la cible disparut.

Sur un « bravo ! » sincère, Devil tapa l'épaule de Charles.

— Tu es l'un des rares qui peuvent réussir cela intentionnellement.

Charles leva les yeux, Devil sourit.

— Veux-tu te joindre à nous ?

Charles le fit ; malgré sa raideur initiale, même Richard étudia le style de son plus vieux cousin. Le tir au pistolet était l'un des rares divertissements d'homme que Charles partageait avec les membres de la barre Cynster ; c'était une activité dans laquelle il excellait. Charles accepta les compliments agréables de Devil comme son dû, mais après vingt minutes, il se souvint d'un autre rendez-vous et prit congé.

Observant le dos de Charles se retirant, Richard secoua la tête.

— S'il n'était pas aussi pédant, il pourrait être supportable.

Devil examina les feuilles de pointage.

— Quel est le décompte final ?

— J'ai perdu le compte lorsque Charles est apparu.

Richard jeta un coup d'œil aux feuilles, puis grimaça.

— Tu as probablement gagné, comme d'habitude.

— Déclarons le match nul, dit Devil en mettant les pistolets de côté. Pour ma part, il a servi son but.

— Qui était ?

Sourcils levés, Richard suivit Devil hors du stand.

— Me distraire.

Sur un hochement de tête en direction de Manton, qui sourit et s'inclina en retour, Devil les mena hors de la galerie.

Richard marcha tranquillement dans son sillage, sortant avec lui sur le pavé. Regardant le visage plissé de Devil, Richard leva ses sourcils encore plus haut.

— Eh bien, tu l'es certainement.

Devil cligna des paupières et se concentra.

— Quoi ?

— Distrait.

Devil grimaça.

— C'est juste que… j'ai oublié quelque chose à propos du meurtre de Tolly.

Instantanément, Richard redevint sérieux.

— Quelque chose d'important ?

— J'ai le sentiment inquiétant que cela pourrait s'avérer crucial, mais chaque fois que j'essaie de mettre le doigt dessus, il retourne dans le brouillard.

— Arrête de t'entêter.

Richard lui donna une claque sur l'épaule.

— Va parler à Honoria Prudence, distrais-toi un peu plus, lui dit-il en souriant. Ton indice vital te viendra probablement à l'esprit dans la situation la plus improbable qui soit.

Réprimant l'impulsion d'informer son frère que c'était d'Honoria Prudence qu'il avait besoin d'être distrait, Devil hocha la tête. Ils se séparèrent, Richard se dirigeant vers sa demeure, Devil marchant à grands pas sur les pavés vers Grosvenor Square. Dans son état actuel, la marche ne lui ferait pas de mal.

*

Le vent s'était levé quand Devil atteignit sa porte d'entrée au petit matin. Après avoir quitté Richard, il était rentré à la maison uniquement pour s'habiller. Comme la majorité de ses récentes soirées, la veille avait été consacrée à ce qu'il surnommait mentalement, empruntant la description à Honoria, « la rumeur déshonorante de Lucifer ». Ce n'était pas une chose que lui et ses cousins pouvaient creuser directement, leurs opinions étaient trop largement connues. Personne ne parlerait ouvertement en leur présence de peur des répercussions. Ce qui signifiait qu'il avait dû trouver un pion pour mener l'enquête pour eux. Il s'était finalement décidé pour le vicomte Bromley. Sa Seigneurie, qui s'ennuyait, était un débauché et un joueur invétéré toujours en mal de distractions.

Lui-même joueur de cartes reconnu, Devil n'avait eu aucune difficulté à faire miroiter le bon appât sous le nez de Sa Seigneurie. Depuis ce soir, le vicomte se retrouvait en bonne voie de perdre sa chemise. Après quoi, monsieur se révélerait extrêmement utile. Et après cela, il ne jouerait probablement plus jamais au piquet.

Souriant d'un air sinistre, Devil marqua une pause, clé en main ; plissant les yeux, il scruta le ciel nocturne. Il faisait sombre, mais pas assez pour ne pas voir les têtes de cumulonimbus en train de s'accumuler, rejoignant lentement les toits des maisons plus bas.

Il s'introduisit rapidement dans la résidence. Il espérait que Webster s'était souvenu de ses instructions.

*

La tempête éclata avec un puissant coup de tonnerre.

Cela projeta Honoria directement en enfer. Sauf que cette fois, il s'agissait d'un enfer différent, avec une nouvelle scène de carnage.

D'en haut, elle baissa les yeux sur les restes d'une voiture, éclats de bois et sièges en cuir démolis. Les chevaux, entortillés et lacérés, hennissaient.

À côté du phaéton gisait la silhouette d'un homme, écartée, longs membres projetés dans des angles impossibles. Des mèches noires couvraient ses yeux ; son visage était pâle comme la mort.

Il était allongé sans bouger, avec l'immobilité absolue de celui qui a quitté ce monde.

La misère noire qui monta dans le cœur d'Honoria était plus forte que jamais. Elle s'empara d'elle, la fit tournoyer sans effort, puis la traîna dans un vortex d'afflictions, la vallée des larmes sans fin.

Il était parti et elle ne pouvait plus respirer, ne trouvait pas la voix pour protester, ne pouvait pas rassembler la force de le rappeler. Avec un sanglot étouffé, les mains tendues, implorant les dieux, elle s'avança d'un pas.

Ses doigts rencontrèrent de la chair ferme. De la chair chaude.

— Chut.

Le cauchemar vola en éclats ; le désespoir poussa un cri, puis s'évanouit, repartant furtivement dans l'obscurité, renonçant à son emprise. Honoria se réveilla.

Elle n'était pas dans son lit, mais debout devant la fenêtre, les pieds glacés sur les lattes. Dehors, le vent hurlait ; elle tressaillit alors que la pluie cinglait le verre. Ses joues étaient mouillées de larmes qu'elle ne se rappelait pas avoir versées ; sa chemise de nuit en fine batiste n'était pas de taille à lutter contre le froid dans la pièce. Elle frissonna.

Des bras chauds l'entourèrent, la soutinrent. Avec étonnement, elle leva la tête — pendant un instant, elle ne distingua pas le rêve de la réalité — puis la chaleur filtrant à travers son fin bouclier pénétra dans son esprit. Sur un sanglot, elle se jeta contre lui.

— Tout va bien.

Devil referma ses bras sur elle ; d'une main, il lui caressa les cheveux. Elle tremblait, ses poings, deux boules dures, serraient sa chemise. Glissant une main sous la lourde cascade de sa chevelure, il lui caressa la nuque, appuyant la joue sur le dessus de sa tête.

— Tout va bien.

Elle secoua furieusement la tête.

— Tout ne va pas bien.

Sa voix était étranglée, étouffée par son torse. Devil sentit ses larmes chaudes sur sa peau. Agrippant sa chemise, elle essaya, inefficacement, de le secouer.

— Vous avez été *tué* ! Mort.

Devil cligna des paupières. Il avait supposé que son cauchemar concernait la mort de ses parents et de son frère et sa sœur.

— Je ne suis pas mort.

Il en était certain ; elle ne portait rien à part une seule couche de fine batiste, un fait que ses sens de séducteur avaient immédiatement remarqué. Heureusement, il s'était préparé. Tendant la main, il s'empara de la couverture qu'il avait laissée sur la banquette sous la fenêtre.

— Venez, asseyez-vous devant le feu.

Elle était tendue, elle avait froid et frissonnait ; elle ne dormirait pas avant d'être apaisée et réchauffée.

— Il n'y a pas de feu, un des valets de pied l'a éteint. Il y a quelque chose qui cloche avec la cheminée.

Honoria transmit l'information sans lever la tête. Elle ne savait pas du tout ce qui se passait ; son cœur battait violemment, une pure panique jouait sur ses nerfs.

Devil la tourna vers la porte.

— Dans le boudoir.

Il tenta de l'écarter de lui ; quand elle ne voulut pas lâcher prise, il poussa un soupir et drapa la couverture sur son dos et ses épaules, la repliant autour d'elle du mieux qu'il put.

Honoria accepta faiblement ses soins — tant qu'elle n'était pas obligée de le lâcher.

Elle le sentit hésiter ; il marmonna quelque chose d'incompréhensible, puis se pencha et la souleva dans ses bras. Le geste desserra sa poigne ; elle serra deux nouvelles poignées de sa chemise et pressa la joue contre son torse, soulagée au-delà de toute mesure lorsque ses bras se resserrèrent. L'agitation en elle était effrayante.

Comme si elle était une enfant, il la porta dans le boudoir et l'assit sur un gros fauteuil en face du feu flambant. Il l'installa sur ses genoux ; elle se recroquevilla immédiatement plus près, se pressant fortement contre son corps dur. Le fauteuil et le feu avaient changé depuis qu'elle s'était retirée pour la nuit, un fait qu'elle remarqua, mais qui représentait l'aspect le moins important de la confusion lui embrouillant l'esprit.

Son cœur battait toujours la chamade, haut dans sa gorge ; ses lèvres étaient sèches. Il y avait un goût métallique dans sa bouche ; sa peau paraissait d'une moiteur froide. Tout tourbillonnait dans son cerveau, les pensées et les peurs, présentes et passées, se bousculant pour avoir priorité, exigeant des réponses.

La réalité et l'imagination craintive fusionnèrent, puis se séparèrent, puis fusionnèrent encore, des partenaires dans une danse vertigineuse.

Elle ne pouvait pas réfléchir, ne pouvait pas parler — elle ne savait même pas ce qu'elle ressentait.

Devil ne posa pas de questions, mais se contenta de la tenir, caressant ses cheveux, son dos, ses larges paumes se déplaçant lentement, d'une manière hypotonique, néanmoins sans intention sensuelle. Son toucher était un pur réconfort.

Honoria ferma les yeux et s'appuya sur sa force ; un soupir tremblant lui échappa, un peu de sa tension drainée. Pendant d'innombrables minutes, elle resta dans ses bras, écoutant le cœur de Devil, calme et assuré, sous sa joue. Comme un roc, sa force l'ancrait ; sous son influence, le kaléidoscope de ses émotions ralentit, puis se calma. Soudainement, tout fut clair.

— Votre phaéton.

Se tortillant, elle leva la tête vers lui.

— Ce n'était pas un accident — on voulait que vous mouriez.

Les flammes lui éclairèrent le visage ; elle pouvait clairement voir le pli sur son front.

— Honoria, c'était un accident. Je vous l'ai dit — l'essieu s'est brisé.

— Pourquoi s'est-il brisé ? Les essieux se brisent-ils habituellement — particulièrement sur les voitures construites par les fabricants à qui vous accordez votre clientèle ?

Ses lèvres se firent sévères.

— Nous avons peut-être frappé quelque chose.

— Vous avez dit que non.

Elle le sentit soupirer.

— Honoria, c'était un accident — le reste n'est qu'un cauchemar. Le fait est que je suis en vie.

— Mais, vous n'êtes pas *censé* l'être !

Elle se débattit pour se redresser, mais ses bras se raffermirent, la retenant immobile.

— Je ne fais pas de cauchemars à propos de morts qui ne se sont pas produites. Vous étiez *destiné* à mourir. La seule raison pour laquelle vous êtes en vie est que…

À court de mots, elle gesticula.

— Je suis un Cynster, offrit-il. Je suis invincible, vous vous souvenez ?

Il ne l'était pas, c'était un homme de chair et de sang, personne ne le savait mieux qu'elle. La mutinerie s'installa sur les lèvres d'Honoria.

— Si quelqu'un a trafiqué l'essieu, cela ne se verrait-il pas ?

Devil la regarda dans les yeux, anormalement brillants, et se demanda si les somnambules étaient victimes de fièvre.

— La voiture en entier, essieu et tout le reste, a été réduite en miettes.

Que pouvait-il dire, que devait-il dire pour apaiser son esprit ?

— Pourquoi quelqu'un voudrait-il me tuer ?

Il réalisa, instantanément, que ce n'était pas un choix sage. Se débattant contre sa poigne, Honoria se tortilla et s'assit droite comme un *i*.

— Évidemment !

Yeux ronds, elle le dévisagea.

— Tolly — Tolly venait vous *prévenir*. Qui que ce soit a essayé de vous tuer devait le tuer avant qu'il le fasse.

Brièvement, Devil ferma les yeux — de douleur. Les rouvrant, il la souleva et la réinstalla, refermant ses bras autour d'elle. Puis il rencontra son regard.

— Vous tissez cette fable entièrement à partir de votre imagination — et des restes de votre cauchemar. Si vous le désirez, nous pouvons en discuter au matin, quand vous pourrez examiner les faits à tête reposée.

Même dans son état actuel, il pouvait sentir la rébellion en elle. Son menton se serra, puis s'inclina. Retournant la tête, elle se réinstalla sur son torse.

— Comme vous le voulez.

Trop avisé pour s'offusquer de son ton, il attendit, patiemment, qu'un peu de sa tension hautaine la quitte, puis il resserra encore ses bras.

Fixant les flammes dansantes, Honoria réexamina sa nouvelle certitude et ne put y trouver de faille. Elle savait ce qu'elle savait, même s'il refusait de le voir. C'était un mâle Cynster, il se croyait invincible. Elle n'avait aucune intention de discuter de cette question, pas plus qu'elle n'avait l'intention de changer d'avis. Ses « faits » pouvaient ne pas paraître solides à la lumière du jour, mais elle ne les renierait pas.

Sa vie et son but étaient à présent clairs comme de l'eau de roche. Elle savait, sûrement, avec une conviction parfaite et totale, précisément ce qu'elle devait faire. Il l'avait mise au défi d'affronter sa peur la plus profonde ; le destin la mettait à présent au défi d'affronter sa vérité la plus profonde — la vérité de ce qu'elle ressentait pour lui.

Elle lui donnerait ce qu'il demandait, tout ce qu'il demandait et plus ; elle ne permettrait à rien — ni à personne — de le lui prendre. Elle était peut-être à lui, mais il était à elle. Rien sous le soleil ne pourrait changer cela.

La dernière fois que la mort avait menacé ceux qu'elle aimait, elle avait été impuissante, incapable de les sauver. Cette fois, elle ne resterait pas spectatrice ; elle ne laisserait pas un simple mortel lui voler sa destinée.

La conviction, la certitude totale lui furent insufflées. Sa confusion précédente avait passé ; elle se sentait calme, maîtresse d'elle-même. Centrée. Consciente. Elle fronça les sourcils.

— Pourquoi êtes-vous ici ?

Il hésita, puis répondit.

— Vous êtes toujours somnambule pendant les orages.

— Toujours ?

Puis elle se souvint de la nuit de la mort de Tolly.

— Dans le cottage ?

Elle sentit le hochement de tête de Devil. En sécurité dans ses bras, elle réfléchit et secoua la tête.

— Ce ne peut pas être vrai. Huit ans se sont écoulés depuis l'accident. Je ne me suis pas réveillée ailleurs que dans mon lit et j'ai dormi dans beaucoup de maisons différentes, pendant de nombreux orages.

Ce n'était que lorsqu'une mort violente avait plané près d'elle — dans le cottage et maintenant, à la suite de l'accident de Devil. Honoria hocha la tête en son for intérieur, sa conclusion confirmée. Si la présence de la mort était ce qui provoquait son cauchemar, alors la mort avait traqué Devil ce matin-là.

Derrière elle, Devil haussa les épaules.

— Vous avez marché ce soir — c'est tout ce qui compte. Je vais rester jusqu'à ce que vous dormiez.

Les yeux sur les flammes, Honoria leva les sourcils. Et elle réfléchit à cela en détail. En détail de plus en plus lubrique. Puis elle grimaça. Ses muscles étaient raides, pas tendus sous la passion, mais la gardant à distance.

Tournant la tête, elle leva le regard sur son visage, entièrement composé d'angles durs et de lignes sévères. Levant une main, elle traça une joue maigre ; sous son toucher, il se figea.

— Je suppose que vous ne considéreriez pas la possibilité de m'amener au lit ?

Sa mâchoire se contracta ; des flammes dansèrent dans ses yeux.

— Non.

— Pourquoi pas ?

Devil rencontra son regard ; quand il parla, son ton était monotone.

— Vous êtes bouleversée — affolée. Et vous n'avez pas encore pris votre décision.

Honoria se redressa et se tourna pour le regarder en face.

— Je ne suis pas bouleversée présentement. Et *j'ai* pris ma décision.

Devil grimaça. Dents serrées, il la souleva et déposa son derrière sur sa cuisse.

— Je ne vous amène pas au lit pour être ma femme uniquement parce que vous avez peur du tonnerre !

Honoria plissa les yeux dans sa direction. L'expression de Devil n'était pas encourageante.

— C'est ridicule.

Elle se sentait molle, chaude et vide à l'intérieur.

— Oubliez ça.

Devil martela les mots.

— *Restez — assise — sans — bouger.*

Honoria le dévisagea, puis lâcha un son étranglé, dégoûté et s'affala de nouveau sur son torse.

— Endormez-vous.

Elle se mordit la langue. Dans l'orangerie, elle l'avait pris par surprise ; après l'accident, les soins qu'elle lui avait prodigués avaient été trop pour lui. Il ne commettrait plus l'erreur de la laisser le toucher. Sans cela, elle n'avait aucune chance de convaincre son corps de changer d'avis.

La chaleur l'entourant avait dénoué ses muscles. En sécurité, certaine — déterminée à l'emporter —, elle glissa dans un sommeil paisible.

*

Elle se réveilla le lendemain matin soigneusement enfouie dans son lit. Ouvrant grand les yeux, elle fut presque sur le point de rejeter ses souvenirs de la nuit comme étant des rêves quand son regard se posa sur l'étrange couverture drapée sur le coin de son lit. Elle plissa les paupières devant le plaid inoffensif ; ses réminiscences devinrent beaucoup plus nettes.

D'un air dégoûté, elle s'assit dans son lit et repoussa les couvertures. Il était clairement temps d'avoir une longue conversation avec son obstiné duc de St-Ives.

Convenablement vêtue d'une robe, elle entra avec grâce dans la salle du petit-déjeuner préparée à se déclarer gagnée à lui — seulement pour découvrir qu'il avait quitté la maison tôt, soi-disant pour affaires. On n'attendait son retour que peu de temps avant dîner, après quoi il l'accompagnerait au Théâtre Royal.

Elle modifia ses plans. Il avait invité quelques voisins de la campagne passant en ville à se joindre à eux dans leur loge. Les Draycott étaient charmants et impossibles à éloigner. Sur l'invitation de Devil, lord Draycott les raccompagna à Grosvenor Square pour mieux discuter des réparations de la clôture Five-Mile. Il n'y eut pas d'orage ce soir-là.

Le lendemain matin, Honoria se leva tôt, décidée à attraper son ver. Il ne se présenta même pas, mangeant son petit-déjeuner dans sa bibliothèque sous la présence protectrice de son régisseur.

Le soir venu, elle était arrivée au bout de sa patience. Pourquoi il l'évitait, elle l'ignorait totalement, mais ses actions ne lui laissaient pas de choix. Il n'y avait qu'une approche sûre pour attirer son attention totale et sans partage. En ce qui la concernait, il n'y avait aucune raison pour elle de ne pas l'employer.

CHAPITRE 16

Donnnng !

Devil n'accorda pas un regard à l'horloge lorsqu'il passa devant. Traversant la galerie, il leva sa bougie dans un salut insouciant au portrait de son père, puis continua à grands pas dans le long corridor menant à ses appartements.

Son paternel, il en était sûr, applaudirait son travail de la soirée.

Dans ses poches se trouvaient les trois notes rédigées avec l'écriture carrée du vicomte Bromley. Ce dernier croulait déjà sous les dettes, bien qu'il n'en connaisse probablement pas le montant total. Évidemment, la dernière main avait vu sa chance tourner. Devil sourit. Il aurait Bromley pieds et poings liés en moins d'une semaine.

Malgré sa réussite, alors qu'il s'approchait de sa porte, il se raidit ; la frustration qu'il tenait constamment à distance exerçait son pouvoir. Une douleur s'installa au creux de son ventre ; un muscle après l'autre devint lourd, comme s'il se battait contre lui-même. Grimaçant, il tendit la main vers la poignée de porte. Tant qu'il limitait son temps avec Honoria à des événements sociaux et publics, il pouvait s'en tirer.

Il lui avait dit la vérité : il était tout à fait capable de la manipuler, la contraindre ou la séduire pour qu'elle accepte le mariage. En effet, sa nature même le poussait à le faire, ce qui expliquait pourquoi il se sentait comme une bête sauvage en cage. Il était un conquérant-né, prendre ce qu'il voulait lui venait naturellement. Les subtilités, les sensibilités avaient habituellement peu d'importance.

Son expression se durcissant, il pénétra dans la pièce. Refermant la porte, il la traversa jusqu'à la commode ; déposant le chandelier près de la glace sur le dessus, il détacha son brassard, déboutonna son gilet, puis retira délicatement la pince en diamant de sa cravate. Tendant la main pour la ranger dans sa boîte, son regard glissa au-delà de son reflet — du blanc luisit dans les ombres derrière lui.

Sa tête pivota brusquement. Puis, son pas totalement silencieux, il alla jusqu'à la chaise à côté du feu.

Même avant de toucher la soie, il sut à qui elle appartenait. Le feu, une simple lueur émanant des braises, était encore assez chaud pour emprisonner son odeur dans l'air et l'envoyer flotter vers le plafond pour l'ensorceler. Il s'arrêta juste avant de lever le tissu à son visage, d'inspirer le captivant parfum. Réprimant un juron, il lâcha le peignoir comme s'il était aussi brûlant que les charbons ardents. Lentement, il se tourna vers le lit.

Il n'en crut pas ses yeux. Même à cette distance, il pouvait voir sa chevelure, une cascade de vagues noisette se brisant sur ses oreillers. Elle était allongée sur le flanc, face au centre du matelas. Le spectacle l'attira comme un aimant. Il se tenait à côté du lit, baissant les yeux sur elle avant de réaliser qu'il avait bougé.

Aucune femme n'avait jamais dormi dans son lit — du moins pas pendant son règne. De l'avis énoncé par son père, le lit d'un duc était réservé à sa duchesse ; Devil était d'accord — aucune autre femme ne s'était allongée entre ses draps soyeux. Rentrer tard le soir pour découvrir ces draps réchauffés par la seule femme qu'il voulait y trouver endormie, respirant sans bruit, doucement, membres sveltes enfoncés profondément dans le duvet, lui faisait tourner la tête.

Il était incapable de réfléchir.

La révélation le laissa tremblant, combattant une envie beaucoup trop puissante de mettre toutes explications de côté et de réagir — d'agir — de faire ce qu'il désirait de toute son âme.

Toutefois, il avait besoin de réfléchir — d'être certain, convaincu, qu'on ne le menait pas par le bout du nez — non, pas par son nez, mais par une autre partie protubérante de son anatomie — pour l'amener à commettre un acte qu'il regretterait plus tard. Il avait pris position, une qu'il savait juste. Exiger son engagement en toute connaissance de cause, son cœur, son esprit et son âme, cela n'était peut-être pas une exigence coutumière, néanmoins pour lui, avec elle, c'était tout simplement nécessaire.

Son regard parcourut son visage, légèrement rosi, puis glissa plus bas, imaginant ce que le drap dissimulait. Ravalant un violent juron, il se détourna vivement. Il se mit à marcher de long en large, ses pas amortis par le tapis. Pourquoi diable était-elle ici ?

Il jeta un regard brillant de son côté ; il tomba sur ses lèvres, délicatement écartées. Il entendit encore une fois les gémissements intensément féminins qu'elle avait poussés dans l'orangerie tout en frémissant entre ses mains. Sur une imprécation étouffée, il se rendit de l'autre côté du matelas. De là, la vue était moins torturante.

Trois minutes plus tard, il n'était toujours pas capable de rassembler une seule pensée non lascive. Marmonnant un dernier juron dégoûté, il se retourna vivement vers le lit. S'asseoir dessus était trop dangereux, étant donné les mains d'Honoria et sa propension à les poser sur lui. Debout à côté de la colonne sculptée à une extrémité, il tendit la main et, au travers des couvertures, lui agrippa la cheville. Il la secoua.

Elle marmotta et essaya de se libérer en gigotant. Devil ferma la main, serra ses doigts sur ses os fins et la secoua encore.

Elle ouvrit les yeux, clignant des paupières d'un air endormi.

— Vous êtes de retour.

— Comme vous le voyez.

La lâchant, Devil se redressa. Croisant les bras, il s'appuya sur la colonne du lit.

— Voudriez-vous m'expliquer pourquoi, de tous les lits de la maison, vous avez choisi de vous endormir dans le mien ?

Honoria leva un sourcil.

— J'aurais cru que c'était évident. Je vous attendais.

Devil hésita ; ses facultés restaient embrouillées par le désir brûlant.

— Dans quel but ?

— J'ai quelques questions.

La mâchoire de Devil se serra.

— Une heure de la nuit, dans mon lit, n'est pas un choix d'heure et de lieu approprié ni judicieux pour poser des questions.

— Au contraire — Honoria commença à s'asseoir —, c'est l'endroit parfait.

Devil regarda tomber les couvertures, révélant ses épaules, nettement visibles à travers la soie transparente, dévoilant ses seins gonflés comme un fruit mûr…

— Arrêtez !

Sa mâchoire se contracta fermement.

— Honoria, *restez — assise — sans bouger.*

Avec aigreur, elle releva les couvertures en se levant, puis croisa les bras sous ses seins. Elle le regarda en plissant le front.

— Pourquoi m'évitez-vous dernièrement ?

Devil l'imita.

— J'aurais cru que c'était évident. Vous devez prendre une décision — je ne peux pas concevoir que des rencontres privées entre nous arrangeraient les choses en ce moment. Elles ne m'aideraient certainement pas.

Il avait eu l'intention de lui accorder du temps — au moins une semaine. Les trois jours jusqu'à présent avaient été infernaux.

Honoria soutint son regard.

— À propos de cette décision, vous m'avez dit qu'elle était importante pour vous, mais vous ne m'avez pas expliqué pourquoi.

Pendant un long moment, il ne bougea pas, ne parla pas, puis ses bras croisés se levèrent alors qu'il inspirait profondément.

— Je suis un Cynster, j'ai été élevé dans le but d'acquérir, de défendre et de protéger. Ma famille est le centre de mon existence — sans famille, sans enfant, je n'aurais rien à protéger ou à défendre, aucune raison d'acquérir. Étant donné votre passé, je veux entendre votre décision sous forme de déclaration. Vous êtes une Anstruther-Wetherby — compte tenu de tout ce que je sais sur vous, si vous faites cette déclaration, vous vous y tiendrez. Peu importe le défi, vous ne reculerez pas.

Honoria soutint calmement son regard.

— Compte tenu de ce que vous savez sur moi, suis-je la bonne femme pour vous ?

La réponse arriva, intense et convaincue.

— Vous êtes à moi.

Entre eux, l'atmosphère se chargea d'électricité ; ignorant les difficultés respiratoires que lui seul pouvait provoquer, Honoria leva les sourcils.

— Seriez-vous d'accord pour dire que, en ce moment, je suis libre de votre influence séductrice ? Libre de contraintes ou de manipulation ?

Il l'observait attentivement ; il hésita, puis hocha la tête.

— Dans ce cas...

Elle repoussa vivement les couvertures et rampa sur le lit. Devil se redressa. Avant qu'il puisse s'éloigner, Honoria empoigna le devant de sa chemise et se leva sur les genoux.

— J'ai une déclaration à faire !

Plongeant ses yeux dans les siens, refermant ses deux mains sur sa chemise, elle prit une profonde inspiration.

— Je veux vous épouser. Je veux être votre femme, votre duchesse, pour affronter le monde à vos côtés. Je veux porter vos enfants.

Elle imprégna cette dernière phrase de toute la conviction de son âme.

Il s'immobilisa. Elle tira et il s'approcha plus près jusqu'à ce que ses jambes frappent le lit. Il se tenait directement devant elle alors qu'elle était agenouillée, genoux largement espacés, sur le bord du matelas.

— Plus important que tout.

Elle marqua une pause pour inspirer de nouveau ; les yeux dans les siens, elle écarta les mains sur son torse.

— Je vous veux. Maintenant.

Au cas où il n'aurait pas encore compris son message, elle ajouta :

— Ce soir.

Devil sentit le désir monter en flèche, triomphant, impérieux. Douloureusement conscient des mains d'Honoria glissant sur son torse gonflé, il s'obligea à demander :

— En êtes-vous sûre ?

L'exaspération brilla dans les yeux d'Honoria ; il secoua la tête.

— Je parle de ce soir.

Du reste, il ne doutait pas.

Son exaspération ne disparut pas.

— Oui ! dit-elle.

Et elle l'embrassa.

Il réussit à ne pas enrouler ses bras autour d'elle et l'écraser, réussit à s'accrocher farouchement à ses rênes alors qu'elle mettait ses bras autour de son cou, se collait contre lui avec un abandon total et l'incitait ouvertement à la posséder. Il referma les mains sur sa taille, la stabilisant, puis il répondit à son invitation. Elle s'ouvrit instantanément à lui, sa bouche se faisant plus molle, une douce caverne à remplir, à explorer, à revendiquer.

Elle l'accueillit et le retint, prit son souffle et le lui rendit. Devil envoya fureter ses mains, ses doigts se raffermissant, ses pouces pressant l'intérieur du haut de ses cuisses. Sa chemise de nuit était une simple toile de soie fine ; il laissa ses mains tomber, dessinant ses cuisses lisses avant de refermer une main sur chaque genou. Lentement, il fit glisser ses doigts vers le haut, sentant la soie effleurer sa peau satinée, ses pouces traçant des cercles paresseux à l'intérieur de ses cuisses. De plus en plus haut, centimètre par centimètre, il leva les mains. Les longs muscles de ses cuisses se tendirent, puis se contractèrent et tremblèrent.

Il s'arrêta, les pouces juste sous ses douces bouclettes. Se retirant de leur baiser, il l'observa et attendit qu'elle soulève les paupières. Quand elle le fit, il emprisonna son regard dans le sien et dessina deux autres cercles. Elle frissonna.

— Une fois que je vous prendrai, il ne sera plus possible de revenir en arrière.

La détermination flamboya, bleu acier dans ses yeux.

— Alléluia.

Leurs lèvres se rencontrèrent de nouveau ; Devil desserra son emprise sur ses rênes. Le désir, brûlant et urgent, monta entre eux ; la passion arriva dans son sillage.

Honoria sentit le changement en lui, sentit ses muscles se durcirent, ses mains, agrippant encore ses cuisses, se resserrer. Un frisson d'excitation parcourut ses muscles tendus. Il les libéra. Une main effleura l'étendue de son derrière ; sa peau devint fiévreuse sous son toucher. Il la caressa en formant des cercles lents et sensuels. Les sens d'Honoria répondirent, distraits par la soie se déplaçant entre la main de Devil et sa peau nue.

Puis sa main devint plus ferme, prenant ses fesses en coupe. Au même instant, elle sentit son autre main glisser entre ses cuisses écartées.

La tête de Devil s'inclina au-dessus de la sienne ; son baiser devint plus exigeant. Il la caressa à travers la soie fine, touchant, palpant et excitant jusqu'à ce que la soie colle comme une deuxième peau, exacerbant les sens d'Honoria. Elle se raidit, le bout de ses doigts s'enfonçant dans les muscles du dos de son partenaire. Elle sentit la main de Devil se déplacer ; un long doigt s'inséra en elle, explorant avec douceur, puis d'une manière plus délibérée.

Soudainement, elle ne pouvait plus respirer. Elle recula avec un halètement. Il la laissa aller, ses mains la quittant. Attrapant sa taille, il la renversa sur le lit.

— Attendez.

Devil traversa la pièce jusqu'à la porte de son salon d'habillage, l'ouvrit, confirma que Sligo ne l'avait pas attendu, puis la verrouilla. Retraversant la chambre à grandes enjambées, il retira son manteau d'un haussement d'épaules et le lança sur le fauteuil. Défaisant les plis compliqués de sa cravate d'un coup de poignet, il tira sur la bande d'un mètre de longueur à son cou, puis retira son gilet et l'envoya rejoindre son manteau avant de détacher ses manchettes et d'enlever sa chemise. La flamme de la bougie sur la commode dora les muscles de son dos, puis il se tourna et prit le chandelier.

Vautrée, essoufflée sur le lit de Devil, Honoria le regarda pendant qu'il allumait les deux candélabres à cinq branches sur le manteau de la cheminée. Se concentrant sur chaque mouvement gracieux, sur la danse des flammes sur sa silhouette découpée, elle retint ses pensées, trop scandaleuses pour les mots. L'anticipation monta en flèche ; l'excitation passa comme un frisson sur sa peau. Ses poumons avaient cessé de fonctionner ; une délicieuse panique tendait chacun de ses nerfs.

Laissant l'unique bougie sur le manteau de la cheminée, Devil emporta un candélabre d'un côté du lit, tirant la table de nuit en avant afin que la lumière des bougies tombe sur les couvertures. Clignant des paupières, consciente que sous la lumière elle paraissait presque nue, Honoria le regarda pendant qu'il installait le deuxième candélabre de la même façon sur l'autre table de nuit à l'opposé. Elle fronça les sourcils.

— Ne fait-il pas habituellement nuit ? Je veux dire, n'est-ce pas normalement sombre ?

Devil rencontra son regard.

— Vous avez oublié quelque chose.

Honoria n'arrivait pas à trouver ce que c'était et n'était pas certaine de s'en soucier ; son regard s'attarda sur son torse alors qu'il marchait vers le lit, baigné de la lueur dorée. Il s'arrêta à ses pieds, puis se tourna et s'assit. Pendant qu'il retirait ses bottes, elle se distrayait avec son dos. Ses coupures et ses éraflures avaient guéri ; elle tendit une main pour en dessiner une. La peau de Devil dansa sous sa caresse ; il marmonna quelque chose dans sa barbe. Honoria sourit et écarta les doigts. Il se leva, jetant un regard en arrière vers elle avant d'enlever son pantalon. Il s'assit pour le retirer par les pieds ; Honoria fixa les longs muscles larges encadrant son épine dorsale, se terminant sur deux creux jumeaux sous sa taille. Il se pencha et des muscles bougèrent ; la vue était presque aussi belle que son torse.

Libéré de sa dernière entrave, Devil se tourna à moitié et retomba sur le lit. Il savait ce qui se produirait, pas Honoria. Avec un cri vaillamment étouffé, elle roula sur lui, dans ses bras, sans aucune prise sur les draps glissants. Il la souleva par-dessus lui, ses jambes s'emmêlant aux siennes, sa chevelure formant une flaque sur son torse nu.

Il s'attendait à ce qu'elle soit choquée, à ce qu'elle hésite, ce devait être la première fois qu'elle touchait un homme nu. Le choc était certainement présent — il le vit dans son expression abasourdie ; l'hésitation suivit — elle ne dura qu'une fraction de seconde.

L'instant suivant, leurs lèvres se rencontrèrent. Il n'y avait plus de différence entre son baiser à lui et son baiser à elle. Ses mains se promenaient sur son torse, l'explorant avidement ; il dévora sa bouche et sentit ses doigts s'enfoncer plus profondément. Il écarta les mains sur les globes fermes de son derrière et la tint contre lui, apaisant la douleur palpitante de son érection sur son ventre souple. Elle frémit, chaude et impatiente, la mince soie ne faisant pas obstacle aux sensations.

Certaines femmes ressemblaient à des chattes, d'une séduction qui se dérobait ; elle était beaucoup trop audacieuse pour être une chatte. Elle était exigeante, agressive, résolue, non seulement prête à se battre pour le libérer de ses rênes, mais les détruisant. Provoquant délibérément son désir, ses démons, toute la possessivité dans son âme. Ce qui, étant donné qu'elle était vierge, se qualifiait comme étant une ignoble folie.

Respirant de manière irrégulière, il se retira de leur baiser.

— Pour l'amour de Dieu, ralentissez !

Captivée par ses propres caresses sur son mamelon plat, Honoria ne leva pas les yeux.

— J'ai vingt-quatre ans — j'ai perdu assez de temps.

Elle se contorsionna ; Devil grinça des dents.

— Vous avez vingt-quatre ans, vous devriez être plus avisée. Vous devriez au moins avoir une petite dose d'instinct de préservation.

Résolue à s'empaler sur son destin, elle semblait n'avoir aucune idée qu'il pouvait lui faire très mal, que sa force écrasait la sienne, qu'il était beaucoup plus dur qu'elle.

Elle était décidée à apprendre. Ses mains se tendirent plus bas, explorant les rides sur son ventre. Devil sentit monter le désir, à pleine puissance, affamé — trop fort pour elle. Libérant ses fesses, il la saisit par le haut de ses bras.

Juste au moment où elle l'empoigna.

L'onde de choc qui le parcourut fit presque voler en éclat sa maîtrise de soi. Il se figea. Tout comme Honoria. Elle regarda son visage — il fermait les yeux, son expression taillée au couteau. Avec précaution, elle courba de nouveau les doigts, complètement fascinée par sa découverte. Comment quelque chose d'aussi dur, si rigide, si anguleux et si manifestement mâle au sens primitif, pouvait-il être lisse comme la soie, si doux ? Encore une fois, elle toucha la tête doucement arrondie. C'était comme caresser de l'acier chaud à travers la plus fine des soies pêche.

Devil gémit ; il tendit la main et la referma sur celle d'Honoria, pas pour l'éloigner, mais pour recourber ses doigts plus serrés. Avec enthousiasme, elle obéit à ses instructions muettes, à l'évidence bien plus à son goût que ralentir.

Il lui permit de le caresser jusqu'à ce qu'il pense que sa mâchoire allait se briser ; il dût lui éloigner la main. Elle lutta contre lui, se tortilla sur lui, sa chair douce, chaude et couverte de soie frémissant sur son érection à présent douloureuse.

Avec un juron, il lui attrapa les mains, une dans chacune des siennes et roula, l'emprisonnant sous lui. Il ancra ses mains au lit et l'embrassa, profondément et encore plus intensément, laissant son poids retomber complètement sur elle, jusqu'à ce qu'elle n'eût plus de souffle pour le combattre, de force pour le défier.

Ils s'immobilisèrent tous les deux ; à cet instant, elle était offerte à lui, échauffée, les cuisses ouvertes, douces et accueillantes, ses hanches un berceau dans lequel il était déjà allongé. Tout ce qu'il avait à faire était de tendre la main et de déchirer la soie mince entre eux, puis plonger son membre palpitant dans sa douceur et la prendre.

Simple.

Grinçant des dents, Devil lui lâcha les mains et se releva. Il recula. Genoux écartés, il s'assit sur ses chevilles au centre du lit. Emprisonnant son regard dans le sien, il lui fit signe de venir avec ses deux mains.

— Approchez.

Les yeux d'Honoria s'arrondirent ; ils scrutèrent les siens, puis tombèrent — mâchoire serrée, il subit son regard scrutateur, vit la question vieille comme le monde se former dans ses yeux.

Étourdie, pas seulement parce qu'elle était à court de souffle, Honoria se contenta de cligner des paupières, puis leva les yeux sur son visage. Il ressemblait à un dieu, assis sous la lueur des bougies, sa masculinité si ouvertement affichée. La lumière douce dorait les muscles de ses bras, son torse et le reste de son corps. Elle prit une profonde inspiration ; son pouls résonnait dans ses oreilles. Lentement, elle se leva sur un coude, puis libéra ses jambes des plis de sa chemise de nuit et se releva sur ses genoux, face à lui.

Il lui prit les mains et l'attira plus près, puis il referma ses mains autour de sa taille et la souleva. Alors qu'il la déposait à cheval sur ses cuisses, Honoria fronça les sourcils en le regardant.

— Si vous me dites que nous devons attendre, je vais crier.

Les lignes de son visage paraissaient plus dures que le granit.

— Vous allez crier, de toute façon.

Elle fronça davantage les sourcils et vit ses lèvres tressaillir.

— De plaisir.

L'idée était nouvelle pour elle. Elle s'interrogeait encore lorsque Devil l'attira plus près. Agenouillée comme elle l'était, ses hanches effleurèrent le ventre de Devil.

— Embrassez-moi.

Il n'eut pas à le demander deux fois ; volontiers, elle enlaça son cou de ses bras et déposa ses lèvres sur les siennes.

Une main sur son dos pour la tenir droite, Devil intensifia le baiser, faisant glisser son autre main vers le haut, sur le ventre ferme d'Honoria, avant de la refermer sur son sein. La chair déjà surchauffée enfla et durcit ; il pétrit et l'entendit gémir. Il se retira de leur baiser ; elle laissa sa tête retomber en arrière, la courbe exposée de sa gorge en une offrande qu'il ne refusa pas. Il fit courir des baisers chauds sur sa veine palpitante ; elle s'approcha lentement, pressant son sein dans la paume de Devil.

L'inclinant vers l'arrière, il baissa la tête. Elle s'immobilisa, sa respiration difficile. Un long coup de langue mouilla la soie couvrant un mamelon. Elle haleta quand les lèvres de Devil touchèrent le sommet ruché — il téta légèrement et la sentit fondre.

Il ne se rappelait même pas la dernière fois qu'il avait fait l'amour à une vierge — même alors, qui qu'elle ait pu être, elle n'avait pas été une femme de vingt-quatre ans élevée dans la noblesse capable d'un enthousiasme inattendu. Il n'entretenait aucune illusion sur le degré de difficulté que présenterait la demi-heure suivante ; pour la première fois dans sa longue carrière, il pria pour être assez fort pour savoir s'y prendre avec elle et la passion qu'elle déchaînait en lui. Tête penchée, il tortura un mamelon au bouton ferme, puis tourna son attention vers son compagnon.

Enfonçant ses doigts dans le haut de ses bras, Honoria haleta et vacilla. Avec ses os transformés en miel chaud, sa poigne faiblit, la main de Devil dans son dos et le tiraillement excitant de ses lèvres furent tout ce qui la garda debout. Chaudes et mouillées, ses lèvres, sa bouche se déplacèrent sur ses seins, excitant d'abord un sommet douloureux, puis l'autre jusqu'à ce qu'ils soient tous les deux gonflés à bloc. Elle mourrait d'envie de le toucher, de laisser ses mains explorer, mais elle n'osait pas lâcher. Les lèvres de Devil quittèrent les siennes ; une seconde plus tard, ses dents effleuraient un mamelon plissé.

Une sensation aiguë la transperça ; elle lâcha un cri étouffé. Ses lèvres revinrent, apaisant sa chair, puis il téta avec force et la chaleur en elle monta. Vague après vague, elle réagissait à son appel, une envie primaire s'accumulant, enflant, montant, plus forte que jamais. Avec un long gémissement soupiré, elle se balança vers l'avant, vers son baiser.

Il l'attrapa, la stabilisa pendant que ses mains parcouraient son corps, paumes chauffées la brûlant. Chaque courbe qu'elle possédait, il dessina ; chaque centimètre carré de sa peau picotait, puis mourait d'envie d'en avoir plus. Son dos, ses côtes, la courbe de son ventre, les longs muscles de ses cuisses, ses bras, ses fesses — rien n'échappait à son attention ; la peau d'Honoria était rougie, couverte d'une fine couche de sueur quand il souleva le bord de sa chemise de nuit.

Le frisson qui la secoua arriva d'un point enfoui en elle, un adieu final à la vierge qu'elle était, mais ne serait plus. Les mains de Devil se levèrent, et il libéra ses lèvres. Sous le poids de ses paupières, Honoria vit la soie dans ses mains, déjà au-dessus de sa taille. Prenant avec difficulté une immense bouffée d'air qui, malgré ses efforts, fut insuffisante pour calmer sa tête étourdie, elle leva les bras. La chemise la quitta dans un murmure. Elle fit écran aux bougies alors qu'elle flottait au-delà du lit ; elle suivit sa chute, sentant le vent, puis les mains de Devil sur sa peau.

Il referma ses bras sur elle.

Elle était entourée de passion, de peau chaude, de muscles durs ; ses poils emmêlés noirs comme la nuit râpaient ses mamelons devenus sensibles. Des lèvres dures trouvèrent les siennes, exigeantes, autoritaires, dévorant ses sens — aucune capitulation exigée, sans songer à faire de quartier — il allait la prendre, corps et âme, et davantage.

Pendant un instant, l'attaque la propulsa devant, puis elle frissonna dans ses bras, arqua les pieds contre la marée de désir et répondit à ses demandes avec ses propres exigences.

La passion vibra, augmenta, se déploya entre eux ; écartant les doigts, elle en enfonça les bouts dans son torse et sentit ses muscles se tendre. Elle l'embrassa avec une ferveur égale à la sienne, révélant l'urgence qui croissait entre eux, savourant la poussée d'adrénaline enivrante, le tourbillon croissant de leur désir.

L'excitation tournoyait alors que leurs lèvres fusionnaient, chaque souffle de l'un appartenant à l'autre, langues entremêlées. Elle plongea dans sa chaleur, n'en perdit pas une miette et la sentit la submerger. Les mains de Devil la parcouraient, avec autant de hâte que ses lèvres, ses paumes fermes sculptant, ses doigts dansant et possédant. Toujours à genoux, les cuisses refermées de chaque côté des siennes, les hanches pressées contre son abdomen, elle sentit ses mains pliées prendre son derrière en coupe. L'une y resta, la tenant droite, l'autre glissa plus bas, les longs doigts explorant.

Ils découvrirent sa chaleur et glissèrent plus loin, poussant entre ses cuisses, fouillant les plis chauds et glissants, les caressant, puis poussant plus avant.

Et plus loin encore, l'enflammant.

La violente poussée de flammes l'embrasa ; elle avait mal et elle brûlait. La seule réaction de Devil fut d'intensifier leur baiser, la retenant prisonnière pendant que les flammes rugissaient. Ses doigts caressaient lentement, délibérément. Les flammes devinrent plus intenses, formant un voile, puis un mur, explosant finalement en un brasier, alimenté par le besoin pressant.

Le brasier vibrait au rythme des battements de son cœur ; le même rythme résonnait dans ses veines, ses oreilles, un désir en cadence la poussant en avant.

Brusquement, Devil se retira de leur baiser. Ses doigts la quittèrent ; il prit ses fesses avec les deux mains.

— Laissez-vous glisser.

Honoria n'arrivait pas à croire à la puissance de l'obsession qui s'emparait d'elle. Elle avait besoin de lui en elle plus qu'elle avait besoin de respirer. Même encore... Elle secoua la tête.

— Vous n'allez jamais pouvoir vous insérer.

Ses mains se firent plus fermes sur ses hanches.

— Glissez, c'est tout.

Elle s'exécuta, s'enfonçant plus bas avec ses mains pour la guider. Elle sentit la première caresse de son membre, chaud et dur, et s'arrêta. Il glissa ses doigts entre ses cuisses et l'ouvrit ; elle sentit la première intrusion de son corps en elle. Reprenant son souffle dans un halètement étouffé, elle plongea plus bas et sentit la tête arrondie glisser à l'intérieur.

Il était gros, beaucoup plus gros qu'elle ne s'y était attendue. Elle aspira ; sous le poids de ses mains, elle s'enfonça encore davantage. Dur comme du fer forgé, chaud comme de l'acier non éteint, il se poussa en elle. Elle secoua encore la tête.

— Ça ne fonctionnera pas.

— Si, ça ira.

Elle sentit ses mots vibrer en elle ; il était, si possible, plus tendu qu'elle, des muscles durs comme le roc et qui oscillaient.

— Vous allez vous distendre pour m'accueillir — le corps des femmes est ainsi conçu.

C'était lui, l'expert. Dans le maelström des émotions qui l'assaillaient — l'incertitude, le désir et le besoin étourdissant se joignaient à des restes lointains de modestie, tout cela submergé par l'envie la plus désespérée qu'elle eût jamais connue —, Honoria s'accrocha à ce fait. Le brasier en elle enfla ; elle descendit.

Et s'arrêta.

Immédiatement, Devil la souleva, sans perdre tout à fait sa chaleur collante.

— Laissez-vous de nouveau tomber lentement.

Elle continua jusqu'à ce que son hymen entrave encore une fois leur progression. Sous ses mains, elle répéta la manœuvre encore et encore.

Elle était chaude et très serrée ; une fois qu'elle put bouger librement, il effleura sa tempe de ses lèvres.

— Embrassez-moi.

Elle leva immédiatement la tête — lèvres gonflées entrouvertes —, impatiente de continuer. Il prit sa bouche avec voracité, s'efforçant de tenir la bride à la violente passion qui le poussait, combattant pour rester maître de lui-même assez longtemps pour éviter à Honoria une douleur inutile. Il allait déjà la faire suffisamment souffrir.

Dans le sillage de cette pensée arriva l'acte. Un puissant coup de hanche vers le haut, minuté pour rencontrer le glissement d'Honoria vers le bas, appuyé par la pression de ses mains sur les hanches de sa compagne, et ce fut réussi. Il rompit son hymen avec ce seul mouvement, plongeant profondément dans son corps, la remplissant, l'étirant.

Elle cria, le son étouffé par leur baiser. Son corps se raidit ; celui de Devil également.

Centrant son attention uniquement sur elle, attendant qu'elle se détende, le premier signe d'acceptation qui viendrait, il le savait, Devil se refusa farouchement l'envie primitive de se perdre dans sa chaleur, de piller la douceur brûlante qui l'enserrait, d'apaiser ce besoin impérieux.

Leurs lèvres s'étaient séparées ; ils respiraient tous les deux irrégulièrement. Sous ses cils, il la regarda humecter ses lèvres avec sa langue.

— Était-ce le cri dont vous parliez ?

— Non.

Il effleura le coin de ses lèvres avec les siennes.

— Il n'y aura plus de douleur. À partir de maintenant, vous allez uniquement crier de plaisir.

Plus de douleur. Ses sens à fleur de peau, surchargée de sensations, Honoria ne pouvait qu'espérer. Le souvenir de la brûlure aiguë qui l'avait transpercée était si intense qu'elle la sentait encore. Néanmoins, avec chaque respiration, chaque battement de cœur, la chaleur de Devil et le feu qui l'envahissait soulageaient sa souffrance. Elle essaya de changer de position ; les mains de Devil se raffermirent, la tenant immobile.

— Attendez.

Elle devait obéir. Jusqu'à cet instant, elle n'avait pas aimé se voir si totalement sous son contrôle. La dure réalité palpitante qui l'avait conquise l'avait intimement remplie, affectant complètement son esprit. La vulnérabilité la submergea, une onde de choc en elle, allant jusqu'à…

Ses sens se centrèrent sur l'endroit où ils s'étaient unis. Elle entendit gémir Devil. Clignant des paupières, elle leva les yeux ; les siens étaient fermés, ses traits comme la pierre. Sous ses mains, les muscles de ses épaules étaient tendus, pris dans un combat fantôme. À l'intérieur d'elle, la palpitation régulière de sa masculinité émettait de la chaleur et un sentiment d'urgence à peine contenu. La douleur avait disparu. À cette pensée, ce qui restait de sa nervosité s'en alla doucement ; les derniers vestiges de sa résistance tombèrent. Avec hésitation, le regard sur le visage de Devil, elle se dégagea délicatement de son étreinte et se leva lentement sur ses genoux.

— *Oui.*

L'unique mot était lourd d'encouragement.

Il l'arrêta à l'endroit précis au-delà duquel leur contact cesserait. Elle sentit son impatience, la même urgence impérieuse qui montait en elle ; elle n'eut pas besoin d'une directive pour replonger avec lenteur vers le bas, captivée par la sensation de sa dureté d'acier glissant, lisse et chaude, profondément en elle.

Elle recommença, et encore, la tête tombant en arrière pendant qu'elle glissait sensuellement, ouvrant totalement ses sens, savourant chaque minute interminable. Plus requises comme guides, les mains de Devil vagabondèrent, revendiquant ses seins, les courbes pleines de ses fesses, l'arrière sensible de ses cuisses. Toute gêne, toute réticence avaient disparu ; levant la tête, Honoria drapa ses bras autour de son cou et chercha ses lèvres avec les siennes. Le glissement de leurs corps, s'unissant dans un rythme vieux comme la lune, paraissait délicieusement juste. Elle lui offrit sa bouche ; alors qu'il la prenait, elle resserra ses bras, se pressant contre lui, attirée par la promesse contenue dans son corps puissant, demandant ouvertement plus.

Il se retira de leur baiser ; elle vit briller ses yeux sous ses cils.

— Est-ce que ça va ?

Ses mains dessinaient des cercles hypnotisants sur son derrière. Au sommet de sa montée, Honoria soutint son regard et lentement, se concentrant sur la dure rigidité l'envahissant, elle s'enfonça.

Elle sentit le tremblement frissonnant de Devil et vit sa mâchoire se serrer. Ses yeux jetèrent des éclairs. Très audacieuse, elle lécha la veine palpitant à la base de sa gorge.

— En fait, je trouve ceci plutôt…

Elle était à ce point essoufflée que ses mots tremblaient.

— Étonnant ?

La voix de Devil était un grondement presque trop bas pour être entendu.

Prenant une respiration pressante, Honoria ferma les yeux.

— *Captivant.*

Son rire était si grave qu'elle le sentit dans sa moelle.

— Faites-moi confiance.

Ses lèvres tracèrent la courbe de son oreille.

— Il y a beaucoup plus de plaisir à venir.

— Ah, oui, murmura Honoria, essayant désespérément de s'accrocher à la réalité. Je crois que vous prétendez être passé maître dans cet exercice.

Aspirant une courte bouffée d'air, elle se leva sur lui.

— Cela fait-il de moi votre maîtresse ?

— Non.

Devil retint son souffle pendant qu'elle glissait, douloureusement lentement, vers le bas.

— Cela fait de vous mon élève.

Cela ferait d'elle son esclave, mais il n'avait aucune intention de lui dire cela, ni que si elle y mettait du zèle, ce lien pourrait bien s'appliquer des deux côtés.

Au cours de son glissement suivant, elle pressa plus bas ; il donna de petits coups plus profondément. La respiration d'Honoria stoppa ; instinctivement, elle se resserra autour de lui. Devil grinça des dents pour réprimer un gémissement.

Yeux ronds, elle leva les yeux vers lui, la respiration superficielle et rapide.

— C'est... très étrange... de vous avoir... en moi.

Ses seins se levant et s'abaissant en effleurant le torse de Devil, elle humecta ses lèvres.

— Je ne pensais vraiment pas... que vous pourriez entrer dans cet espace.

La mâchoire de Devil se serra — tout comme chacun de ses autres muscles. Après un moment de silence tendu, il réussit à dire :

— Je vais occuper tout l'espace. Plus tard.

— Plus...

Ses yeux s'arrondirent. Il n'attendit pas plus. Il prit ses lèvres dans un baiser ravageur et, ancrant les hanches d'Honoria contre lui, il la fit basculer sur les oreillers.

Il avait choisi leur précédente position pour rompre son hymen, posant une limite à la profondeur qu'il pouvait atteindre, utile étant donné la puissance de ses pulsions. Cependant, le temps des limites était révolu ; son rapide réarrangement la fit atterrir sur le dos parmi les oreillers, les hanches de Devil entre ses cuisses, son membre encore en elle.

Elle se raidit quand son poids l'emprisonna ; instantanément, il leva le torse et les épaules, redressant les bras, les mains s'enfonçant dans le duvet de chaque côté. Leur baiser interrompu, les yeux d'Honoria s'ouvrirent brusquement.

Il retint son regard dans le sien. Lentement, délibérément, il se retira d'elle puis, ployant l'échine d'un geste fluide, il la pénétra.

Impitoyablement, centimètre par centimètre, il la posséda ; chauffé et glissant, son corps l'accueillait, s'étirait pour le prendre. Il regarda ses yeux s'élargirent, le gris bleu se changeant en argent, puis éclatant quand il poussa vivement plus profondément. Il s'enveloppa dans sa douceur, s'enfonçant en elle jusqu'à la garde, donnant de petits coups. Il s'arrêta, enchâssé en elle ; elle le retint dans un étau brûlant et soyeux.

Regards plongés l'un dans l'autre, ils restèrent tous les deux immobiles.

Honoria ne pouvait pas respirer, il la remplissait si complètement ; elle pouvait sentir son battement régulier à la base de sa gorge. Le dévisageant, elle vit les lignes dures se déplacer, les traits acérés par la passion contenue. Un conquérant baissa les yeux sur elle, des yeux vert foncé bordés d'argent — le conquérant à qui elle s'était donnée. Un sentiment de possessivité la submergea ; son cœur se gonfla, puis s'envola.

Il attendait — quoi ? Un signe de reddition ? À cette pensée, la certitude s'épanouit en elle ; une merveilleuse assurance la remplit. Elle sourit — lentement, complètement. Ses mains étaient venues se poser sur ses avant-bras ; les levant, elle attira son visage vers le sien. Elle l'entendit gémir à l'instant où leurs lèvres se touchèrent. Il descendit sur ses coudes, ses mains chassant les cheveux d'Honoria d'un coup de poignet, puis encadrant son visage.

Il intensifia leur baiser et les sens d'Honoria partirent en vrilles ; le corps de Devil bougea sur elle, en elle et le plaisir s'épanouit.

Comme des vagues s'accumulant sur le rivage, ils s'élevèrent ensemble. Les sensations enflaient comme la marée montante, roulant encore plus haut. Elle saisit son rythme et l'adopta, laissant son corps l'accueillir, le tenant avec force pendant une fraction de seconde avant de le libérer à contrecœur. Encore et encore, ils s'enlacèrent dans cette étreinte intime ; chaque fois, chaque coup irrésistiblement approfondi la poussa plus haut, plus loin, vers un rivage qui lui faisait signe et qu'elle percevait à peine. Son esprit et ses sens fusionnèrent, puis s'envolèrent, pris dans un vol étourdissant. La chaleur et la lumière se répandirent en elle, courant dans chaque veine, irradiant chaque nerf. Puis la chaleur se changea en feu et la lumière en gloire incandescente.

Alimentée par les efforts de leurs corps, par chaque inspiration haletante, chaque doux gémissement, chaque grognement guttural, la tempête d'étoiles augmenta, devint plus grosse, plus vive, plus intense.

Elle explosa entre eux. Honoria se perdit dans cette énergie primitive de feu et de lumière et dans la merveilleuse sensation à couper le souffle. Aveugle, elle ne pouvait pas voir ; sourde, elle ne pouvait pas entendre. Tout ce qu'elle pouvait faire était sentir — sentir ses mains sous les siennes et savoir qu'il se trouvait avec elle, sentir la chaleur qui la remplissait et savoir qu'elle lui appartenait, ressentir l'émotion qui les tenait, solidement forgée par les rayons du soleil en feu — et savoir que rien sur terre ne pourrait jamais changer cela.

Le feu du soleil s'éteignit, et ils revinrent lentement sur terre, aux plaisirs terrestres des draps de soie et des oreillers moelleux, aux murmures ensommeillés, aux baisers repus et au confort de leurs bras enlacés.

*

Devil remua alors que la dernière bougie étouffait. Avant même de relever la tête, il avait assimilé le fait qu'il y avait une femme, dormant du sommeil de la personne comblée, plus ou moins sous lui. Avant de dégager ses épaules d'elle et de la regarder, il se rappela qui était cette femme.

Ce fait accrut l'émotion qui le tenait ; son regard parcourut son visage, délicatement rosi, lèvres enflées légèrement entrouvertes. Ses seins nus s'élevaient et retombaient ; elle était profondément endormie. Le triomphe rugit en lui ; une autosatisfaction béate parada à sa suite. Avec un large sourire dont elle se serait sûrement offusquée si elle avait été en état de le voir, il se délogea en faisant attention à ne pas la réveiller.

Il avait essayé de le faire plus tôt avant de succomber au sommeil, mais elle s'était farouchement accrochée à lui et avait marmonné un ordre, et il n'avait pas eu la force suffisante pour désobéir. Malgré son poids, elle avait voulu prolonger leur intimité, un objectif contre lequel il ne pouvait pas s'insurger avec conviction.

Leur intimité avait été spectaculaire. Exceptionnelle. Suffisamment remarquable pour même le surprendre. Il s'installa sur le ventre, sentant le poids léger d'Honoria sur son flanc. La sensation provoqua son effet inévitable ; avec détermination, il l'ignora. Il avait tout le temps et bien plus pour explorer les possibilités — le reste de sa vie, en fait. L'anticipation avait remplacé la frustration ; depuis le début, il avait senti en elle une ouverture sous-jacente, une tendance sensuelle rare chez les femmes de son rang. Aujourd'hui, il savait qu'elle était réelle, il s'assurerait de la développer ; sous sa tutelle, elle s'épanouirait. Ensuite, il aurait tout le temps et plus pour recueillir les fruits de sa maîtrise de soi, de ses soins, de son expertise pour assouvir ses sens en elle, avec elle — pour faire d'elle son esclave.

Tournant la tête sur son oreiller, il examina son visage. Levant une main, il repoussa doucement une mèche égarée sur sa joue ; elle parla d'une voix nasillarde, puis se contorsionna sur le côté, se blottissant contre lui, une main se tendant, venant se poser sur son dos.

Devil s'immobilisa ; l'émotion qui le remuait était inconnue de lui, elle lui coupa le souffle et le laissa curieusement faible. Étrangement bouleversé. Fronçant les sourcils, il tenta de la mettre en perspective, mais elle s'était déjà calmée. Elle ne l'avait pas quitté, mais elle avait plongé en lui, dans les profondeurs où de telles émotions résidaient.

Chassant la sensation, il hésita puis, très délicatement, glissa un bras autour de la taille d'Honoria. Elle soupira dans son sommeil et se recroquevilla plus lourdement contre lui. Ses lèvres se recourbant doucement, Devil ferma les yeux.

*

Quand il s'éveilla de nouveau, il était seul dans son lit. Clignant des paupières pour dissiper complètement le sommeil, il fixa l'espace vide à côté de lui, l'œil lamentablement incrédule. Puis il ferma les yeux, laissa retomber sa tête sur les oreillers et grogna.

Que cette femme aille au diable — ne savait-elle pas... À l'évidence, non. C'était une règle de l'étiquette des épouses qu'il allait devoir lui enseigner. Elle n'était pas censée quitter leur lit avant lui, moment où elle ne serait plus capable de le faire elle-même. C'était ainsi que les choses étaient. Seraient. À partir de maintenant.

Ce matin, cependant, il allait devoir aller faire une longue promenade.

CHAPITRE 17

Le succès entraîne le succès. Plus tard le lendemain soir, alors qu'il ouvrait la porte de son vestibule, Devil réfléchit à cette maxime. Il avait assez réussi sur plus d'un front pour célébrer ; seul un point majeur dans son programme personnel restait en suspens et il réalisait de lents progrès même de ce côté.

Soulevant un chandelier, il se dirigea vers la bibliothèque, la traversant jusqu'à son bureau. Une lettre pliée était déposée dessus, en évidence. Il brisa le sceau ordinaire. Sous la lumière vacillante des bougies, il lut rapidement l'unique feuille et les documents joints, puis sourit. Heathcote Montague, son représentant d'affaires, avait, comme d'habitude, bien fait les choses.

Devil retira les deux reconnaissances de dettes qu'il avait arrachées au vicomte Bromley ce soir-là de la poche de son gilet et les laissa tomber sur le buvard ; choisissant une clé sur la chaîne de sa montre, il ouvrit le tiroir du milieu de son bureau, dévoilant une pile de douze autres reconnaissances de dette portant la signature de Bromley. Les siennes allèrent les rejoindre, tout comme les six reconnaissances de dette discrètement achetées par Montague à d'autres gentlemen qui, ayant vu Bromley s'incliner devant lui, avaient été trop heureux de convertir les promesses du vicomte en argent sonnant.

Feuilletant la pile, Devil calcula le total et le compara avec l'évaluation de la valeur réelle de Bromley effectuée par Montague. Il n'était pas difficile de mesurer la situation dans laquelle se trouvait maintenant le vicomte — dans la fange, en bonne voie de se retrouver voguant désespérément à la dérive sur la rivière du Crédit. Exactement là où il le voulait.

Avec un sourire satisfait, Devil rangea les documents dans le tiroir du bureau, le verrouilla, puis se leva. Reprenant le chandelier, il quitta la bibliothèque et se dirigea vers l'étage. Pour célébrer une victoire qu'il avait déjà remportée.

La maison était silencieuse autour de lui pendant qu'il avançait à pas rapides vers sa chambre. Quand il atteignit sa porte, l'anticipation lui avait enfoncé ses éperons dans les côtes ; il était excité au plus haut point. Ouvrant la porte, il entra, la referma derrière lui, ses yeux fouillant immédiatement les ombres sur son lit.

Un instant plus tard, son poing entra en contact avec les panneaux de chêne ; il jura violemment. Elle n'était pas là.

Respirant profondément, il se tint totalement immobile, le regard sur les couvertures non déplacées, s'efforçant de libérer son esprit de son brouillard de déception, de frustration — et d'un malaise persistant au centre de son torse. Il lui fallait réfléchir. Encore.

Traversant jusqu'à la commode, il posa bruyamment le chandelier dessus. Il jeta un regard renfrogné vers le lit. Une tension familière se saisit de lui.

Devil jura à nouveau. Fermant les yeux, il lança une seule imprécation détaillée puis, ses traits se durcissant, il retira son manteau d'un coup d'épaule. Il lui fallut moins d'une minute pour se déshabiller. Enfilant un peignoir, il baissa brièvement les yeux sur ses pieds nus. Il hésita, puis serra la ceinture de son long peignoir. Refroidir son sang surchauffé pourrait aider. Laissant la bougie vacillant sur sa commode, il ferma sa porte et avança avec détermination le long des corridors sombres.

Il avait fini de réfléchir. Peu importait les raisons d'Honoria pour ne pas être dans son lit à l'attendre, comme il avait fantasmé toute la soirée. Il n'allait pas argumenter ni même discuter. Toutefois, pas même une ex-vierge de fraîche date de vingt-quatre ans, bien éduquée, élevée dans la noblesse, ne pouvait imaginer qu'une fois suffisait. Qu'il pouvait survivre jusqu'à leur nuit de noces en vivant comme avant. Pas après avoir goûté à son corps, à sa passion, au défi que représentait sa débauche spontanée.

Alors qu'il passait devant ses ancêtres, Devil leur jeta un regard aux paupières plissées. Il quitta la galerie, puis tourna à gauche dans le corridor menant aux appartements d'Honoria.

Et entra en collision avec un spectre en robe ivoire.

Elle aurait rebondi sur lui s'il ne l'avait pas attrapée, l'emprisonnant contre lui. Son corps la reconnut instantanément. Le désir le transperça douloureusement, ses courbes enveloppées de satin le caressant et faisant naître la vie dans son membre palpitant. Son cri instinctif ne franchit pas son premier halètement — il l'arrêta, scellant ses lèvres avec les siennes.

Instantanément, elle se détendit, gigotant pour libérer ses bras, puis lui enlaçant le cou. Elle se pressa plus près, l'embrassant à son tour, le provoquant ouvertement. Elle offrit sa bouche — il la prit avec avidité. Oscillant d'une manière séductrice, elle caressa son torse avec ses seins ; un bras se resserrant autour d'elle, Devil ferma sa main sur une des sphères, la découvrant déjà gonflée, son sommet comme un caillou dur contre sa paume.

Avec un halètement, elle s'affaissa sur lui, un abandon attendrissant si délicieux que la tête de Devil se mit à tourner. Les mains d'Honoria glissèrent sous son peignoir, cherchant les muscles de son torse, ses doigts s'entremêlant aux poils serrés. Chaque toucher était passionné, empreint d'urgence, de la même urgence qui courait dans les veines de Devil.

Ravalant une plainte rauque, il prit son derrière en coupe et la tira avec force contre lui. Il la souleva, inclinant ses hanches afin que son érection douloureuse monte fortement contre elle. D'un geste évocateur, il la fit bouger d'avant en arrière, sa langue imitant le rythme ; elle ferma les lèvres et le retint, chaude et mouillée, douce et glissante.

La tentation délibérée, la promesse flagrante de sa caresse intime, déchaîna violemment ses démons ; le léger tiraillement quand ses doigts trouvèrent la ceinture de son peignoir fit résonner un signal d'alarme.

Abasourdi, la démarche chancelante et la maîtrise de soi réduite en miettes, Devil fut incapable de rassembler assez de force même pour émettre un gémissement en son for intérieur. Elle allait le tuer. La porte de la chambre à coucher de sa mère était de l'autre côté du corridor.

Si elle avait été plus expérimentée, il aurait été tenté de le faire quand même — d'installer ses fesses sur le dessus de la petite table près de la porte de sa mère et de s'enfouir entre ses cuisses. Le plaisir illicite, sachant qu'ils n'auraient pas osé émettre un son, les aurait tendus comme un ressort tous les deux.

Cependant, ils l'étaient déjà assez — et même si elle pouvait supporter cette position, elle ne pourrait jamais garder le silence. Elle avait crié la nuit précédente, plus d'une fois, un son douloureusement doux de libération féminine. Il voulait l'entendre encore et encore. Ce soir. Maintenant. Mais pas ici.

Interrompant leur baiser, Devil la souleva dans ses bras.

— Que...

— Chut, dit-il d'une voix sifflante.

Son peignoir s'était ouvert ; s'il avait attendu une seconde de plus, elle l'aurait touché — et Dieu seul savait ce qui aurait pu se passer alors.

Avançant à grands pas dans le corridor, il se dirigea vers les appartements d'Honoria.

Jonglant avec elle, il ouvrit tout grand la porte de son boudoir et entra. Honoria se trémoussa dans ses bras jusqu'à ce qu'elle soit étirée contre lui, les bras autour de son cou. La porte verrouillée, Devil se retourna et se retrouva directement dans son baiser.

Il la déposa sur ses pieds ; abandonnant toute modération, il laissa ses mains agir à leur guise. Elles connaissaient déjà Honoria — intimement — et voulaient la connaître davantage. Les caresses qu'il exerça sur elle étaient criantes, expressément dosées pour faire monter son désir en flèche. Il suivit ; pour se protéger, il para les mains d'Honoria. Leurs caresses — celles de Devil atteignant leur but, celles d'Honoria un peu moins — tournèrent vite en jeu passionné et haletant, alimentant rapidement l'incendie qui les tenait déjà en son pouvoir.

Avec un bruit perçant de frustration, Honoria se retira de leur baiser.

— Je veux…

— Pas ici, dit Devil en martelant les mots. La chambre à coucher.

Il prit de nouveau sa bouche ; le jeu reprit, ni l'un ni l'autre n'ayant envie de se libérer.

De désespoir, avec un bruit ressemblant de près à un cri, Honoria s'arracha aux mains vagabondes de Devil. Sa peau était embrasée, en feu, son corps au moins autant. S'il ne la comblait pas bientôt, elle allait défaillir. Attrapant l'une de ses mains, elle le traîna jusqu'à la porte de sa chambre. Ouvrant la poignée, elle le lâcha et entra.

Stoppant dans la petite nappe de lumière du clair de lune filtrant par la fenêtre, elle lui fit face ; tirant sur la boucle du déshabillé transparent pour la défaire, elle retira le vêtement fin d'un haussement d'épaules. Alors qu'il tombait en flaque à ses pieds, elle tendit les mains. Devil avait fermé la porte, puis s'était arrêté. Elle sentit son regard, chaud comme le soleil, glisser sur son corps, encore couvert par le doux satin.

Devil garda sa main sur le métal froid de la poignée et s'accrocha à cet instant comme un homme qui se noie. Il essaya de se parler de maîtrise de soi et de se rappeler qu'il ne l'avait prise qu'une fois, qu'elle pouvait encore ressentir une certaine sensibilité, qu'elle aurait certainement besoin de temps pour s'ajuster à son invasion. Les faits s'enregistrèrent dans son cerveau éveillé, la petite parcelle qui fonctionnait toujours. Le reste était centré sur elle, sur la douleur palpitante dans son bas-ventre, sur son besoin désespéré de la posséder.

Sa chemise de nuit était une fascinante création — du satin solide avec des fentes montant jusqu'à ses hanches. La longue ligne de ses jambes était apparue brièvement, terriblement attrayante, puis elle s'était arrêtée et la jupe était retombée bien sagement en ligne droite — une illusion de féminité vertueuse.

Les doigts d'Honoria dansèrent dans un geste de supplication. Lentement, il s'avança, laissant tomber son peignoir au sol derrière lui. Nu, il ignora ses mains, lui permettant de le toucher comme elle le souhaitait. Avec les siennes, il prit son visage en coupe puis, langoureusement, faisant durer le moment jusqu'à ce qu'ils tremblent tous les deux, il inclina la tête et déposa ses lèvres sur les siennes.

Il l'embrassa passionnément, voracement, avec détermination. Il devait garder le contrôle de lui-même. Il banda ses muscles quand les mains d'Honoria glissèrent sur sa taille. Elles s'interrompirent, l'agrippant pendant qu'elle acceptait son baiser, s'ouvrant à lui sans retenue. Elle fit glisser ses mains sur son dos ; elle se pressa brièvement contre lui, puis, à l'étonnement de Devil, elle s'écarta. Intrigué, il la lâcha.

Le regard voilé, mystérieux, elle lui prit la main et le guida vers le lit à baldaquin. Stoppant à côté, elle se plaça face à lui ; le regardant, elle leva les mains et ouvrit les fermoirs qui retenaient sa chemise de nuit aux épaules. Elle glissa, dévoilant les globes tout en rondeur de ses seins, ivoire pâle sous la faible lueur de la lune. Le vêtement se rassembla autour de sa taille ; en remuant, elle le libéra, le laissant tomber au sol dans un murmure.

Sans aucune trace de réticence, de fausse timidité ou de gêne — d'une manière si directe qu'il en eut le souffle, et bien plus encore, coupé —, elle s'approcha davantage. Elle plaça ses mains sur ses côtes, puis les fit glisser vers le haut ; elle s'étira avec sensualité contre lui et l'enlaça par le cou, levant ses lèvres vers son baiser, pressant ses seins sur son torse, enfonçant ses hanches dans ses cuisses.

S'offrant à lui.

Devil sentit quelque chose exploser en lui.

Il tendit la main vers elle, et elle fut là. Il ne savait pas trop s'il l'avait attirée avec force ou si elle s'était elle-même pressée davantage sur lui. Les lèvres d'Honoria étaient sous les siennes, ouvertes et impatientes ; leurs langues s'entremêlèrent, invoquant tous les démons de la passion qui existent.

Rien d'autre n'importait.

L'apothéose, la satisfaction, était leur seul but, la seule pensée dans leurs cerveaux enfiévrés. Devil savait que ses chevaux s'étaient emballés, mais il ne put rassembler assez de volonté pour tirer sur leurs rênes. Elle dominait ses sens, sa force, chaque particule de sa conscience ; ses besoins, accrus presque jusqu'au délire, étaient la contrepartie parfaite aux siens.

Le désir de s'unir coulait violemment en eux, une force puissante, féroce. Elle battait dans leurs veines, trouvait à s'exprimer dans leurs respirations haletantes ;

elle mettait dans chaque toucher, chaque caresse audacieuse un plaisir si intense qu'il approchait la douleur.

Se retirant légèrement sur un halètement, Honoria leva un genou sur le lit ; Devil la souleva et la déposa dessus, lui permettant de l'attirer sur elle. Il la laissa sentir son poids, se délectant de la douceur souple des bras qu'elle glissa autour de lui, de son corps ondulant sous le sien. Elle écarta les cuisses ; il recula juste assez pour tendre la main et la caresser, touchant l'humidité de son désir, la chaleur de son excitation.

Une supplique incohérente franchit ses lèvres ; elle releva légèrement les hanches en guise d'invitation sans équivoque. Ses mains s'aventurèrent plus bas ; elles atteignirent les côtes de Devil avant qu'il puisse les attraper, une dans chacune des siennes, après s'être installé complètement sur elle, ses hanches bercées entre ses cuisses.

Les yeux d'Honoria, brillants sous ses paupières lourdes, rencontrèrent les siens. Délibérément, Devil ancra la première main, puis l'autre, de chaque côté de la tête de sa promise. Il avait dépassé le stade de la réflexion, était bien au-delà de toute idée de maîtrise de soi. La force qui l'incitait à poursuivre le consumait, le poussait irrésistiblement à la posséder. Complètement. Entièrement.

La chaleur fluide entre ses cuisses baignait son membre palpitant ; il ouvrit ses cuisses plus largement en donnant de petits coups — elle obéit, mais même avec ce geste, elle réussit à le secouer, installant ses hanches plus profondément, parfaitement positionnées pour sa pénétration, laissant ses cuisses se détendre, attendant, ouvertes. Vulnérable. L'invitant à la prendre.

L'émotion qui le submergea fut si puissante, si profonde que Devil dut fermer brièvement les yeux, se protégeant de la tempête. Les rouvrant, il inspira profondément, son torse se pressant sur ses seins, et pencha la tête vers elle.

Leurs lèvres se touchèrent, puis fusionnèrent ; leurs feux respectifs s'embrasèrent. D'un puissant coup de hanche, il s'unit à elle — et l'explosion commença.

Il bougea sur elle, en elle ; elle bougea sous lui, autour de lui. Le corps d'Honoria le caressait de tant de manières, il ne fit plus la distinction entre lui et elle.

Il poussa profondément en elle et sentit son excitation monter, sentit le début du vol passionné.

Honoria s'y abandonna, se rendit à la chaleur élémentaire qui brûlait entre eux. Elle les consumait, un feu pur qui réduisait en cendres toute comédie, ne laissant que la vérité et l'émotion forgées dans ses flammes ardentes. Elle le sentit en elle et l'accepta avec enthousiasme, le prenant en elle, tous les deux possédés par l'un et possédant l'autre. L'explosion d'étoiles se prépara et s'approcha rapidement ; leurs corps allant à sa rencontre, courant vers leurs destins.

Puis elle s'abattit sur eux. Elle les prit dans sa chaleur, dans ses charmes insatiables, une sensation si délicieuse qu'Honoria cria. Elle le serra fortement, et il était avec elle. Ensemble, ils s'envolèrent, haletèrent, puis se fracturèrent — dans un vide désintéressé d'une paix douloureuse au-delà de l'atteinte des sens humains.

*

Devil revint en premier dans le monde mortel. Lentement, chaque muscle lourd de désir assouvi, il se souleva et disposa les oreillers autour d'eux. Son regard parcourut le visage d'Honoria, serein, brillant doucement. Délicatement, il lissa ses cheveux, faisant passer ses doigts dans la masse soyeuse, la laissant couler à travers pour s'allonger sur le lin frais. Pendant de longs moments, silencieux et immobile, il observa son visage. Puis son regard glissa, vagabondant sur son corps, la peau pâle luisante sous la lumière argentée.

Quelques secondes plus tard, il tendit la main vers les couvertures et les releva jusqu'au menton d'Honoria. Il se réinstalla à côté d'elle, un bras derrière la tête, un pli emmêlant ses sourcils noirs.

Il était dans cette position lorsqu'Honoria remua ; sous ses lourdes paupières, elle examina son visage, ses traits sombres dessinés par le clair de lune. Il semblait pensif. Elle-même pensive, elle laissa son regard courir sur la vaste étendue de son torse, les poils foncés ombrageant sa largeur, chaque bande de muscle nettement définie. Les couvertures atteignaient sa taille ; sous elles, elle pouvait sentir la dureté de sa jambe légèrement couverte de poils à côté d'elle.

Elle sourit, un chat savourant sa crème. Sa peau était agréablement rosie, ses membres délicieusement alourdis. Elle se sentait en paix, épanouie — possédée. Profondément, complètement possédée. Cette seule pensée provoqua un frisson[1] de plaisir en elle.

La journée était derrière elle. L'incertitude troublante qui s'était emparée d'elle à la minute où elle avait regagné sa chambre après s'être hâtée comme une servante dévergondée dans les corridors sous la demi-lumière de l'aube avait disparu, éradiquée par

1. En français dans le texte.

la passion de la nuit. Ses lèvres se recourbèrent ; elle pouvait encore sentir son feu intérieur. À cette pensée, elle leva les yeux. Devil l'observait.

Son hésitation était palpable. Il changea de position, levant une main pour soulever une mèche de cheveux sur le front d'Honoria.

— Pourquoi n'étiez-vous pas dans mon lit ?

Elle soutint son regard, même si ses yeux étaient trop dans l'ombre pour qu'elle les voie.

— Je ne savais pas si vous vouliez que j'y sois.

Fugitivement, le pli sur son front s'approfondit, puis s'évanouit. Cependant, ses lèvres ne se courbèrent pas quand, d'un doigt, il effleura doucement la joue de sa compagne.

— Je vous veux — et je veux que vous soyez là.

Les mots graves scintillèrent presque sous le clair de lune ; Honoria sourit.

— Demain.

Elle l'entendit soupirer et vit sa grimace rapide.

— Malheureusement pas.

Il s'allongea, les yeux toujours sur elle.

— Bien que j'aimerais bien davantage vous avoir dans mon lit, jusqu'à ce que nous nous marrions, je vais devoir supporter les restrictions du vôtre.

Il souleva un pied, prouvant que même s'il était haut sur les oreillers, il touchait le pied du lit.

Honoria fronça les sourcils.

— Pourquoi ne pouvons-nous pas dormir dans votre lit ?

— Les convenances.

Elle ouvrit de grands yeux.

— *Ceci* respecte les convenances ?

Son geste large englobait sa présence nue qui occupait la moitié de son lit.

— On ne peut pas vous voir vous promenant dans les corridors en peignoir chaque matin. Les serviteurs n'approuveraient pas. S'ils me voient me promener en peignoir, ils accepteront cette vision avec un aplomb sans faille. Il s'agit, après tout, de ma maison.

— Hum.

Se tortillant, Honoria s'installa sur le flanc, lui tournant le dos.

— Je suppose que vous connaissez toutes les bonnes procédures.

Elle le sentit bouger ; une seconde plus tard, des membres chauds l'entourèrent. La barbe naissante sur sa mâchoire râpa son épaule dénudée ; ses lèvres touchèrent son oreille.

— Croyez-moi.

Il s'installa derrière elle.

— Et en parlant de bonnes procédures, je devrais envoyer une note au journal *The Gazette*, annonçant la date de notre mariage.

Honoria observa les ombres.

— Quand devrait-il avoir lieu ?

Il lui embrassa la nuque.

— C'est à vous de le dire, mais j'avais espéré le premier décembre.

Dans quatre semaines. Honoria fronça les sourcils.

— J'ai besoin d'une robe.

— Vous pouvez commander à n'importe quelle couturière, elles se bousculeront pour avoir cet honneur.

— Celestine ira très bien.

Honoria ne voyait aucune raison de ne pas se prévaloir du flair de Celestine uniquement parce qu'il avait obtenu l'attention de la couturière.

— Tous les autres arrangements, vous pouvez les laisser à Maman[1] et à mes tantes.

— Je sais, répondit Honoria avec chaleur. J'ai passé une matinée pitoyablement embarrassante — votre mère a décidé de rendre visite à une vieille gouvernante qui dirigeait la Maison quand vos parents se sont mariés. Toute la conversation concernait les « comment » et les « où » de l'organisation d'un mariage à Somersham.

Devil rigola.

— Comment savait-elle ?

— Je l'ignore, mentit Honoria.

C'était, elle en était certaine, à cause de ces moments où elle s'était empourprée de manière étrange et inexplicable.

— Je vais devoir écrire à Michael.

— Je vais lui écrire demain — donnez-moi votre lettre et je l'inclurai avec la mienne.

Devil observa l'arrière de la tête d'Honoria.

— Au fait, j'ai parlé au vieux Magnus ce matin.

Honoria se retourna d'un mouvement.

— Grand-père ?

Incrédule, elle le dévisagea.

— Pourquoi ?

Devil leva les sourcils.

— Il est le chef de votre famille.

— Vous n'avez pas besoin de sa permission pour m'épouser.

— Non.

Ses lèvres se retroussèrent en un sourire en coin.

1. En français dans le texte.

— Cependant, les Anstruther-Wetherby et les Cynster ont un long passé en commun. Nous marquons des points les uns contre les autres depuis que l'Arche a accosté.

Honoria étudia son visage.

— Comment a-t-il pris la nouvelle ?

Devil afficha un large sourire.

— Avec philosophie, en fin de compte. Il savait que vous viviez dans mon foyer, de sorte que cela n'a pas été une complète surprise.

Honoria plissa les yeux, puis lui tourna le dos sur un « hum » bien senti.

Le sourire de Devil reprit des proportions plus modestes. Se penchant en avant, il planta un baiser derrière l'oreille d'Honoria.

— Dormez — vous aurez besoin de votre énergie.

Ses mots contenaient une nette promesse. Souriant, Honoria déposa sa joue sur son oreiller, blottit son dos contre le torse de Devil et fit ce qu'on lui avait ordonné.

Le lendemain, leurs lettres à Michael furent dûment expédiées. Le surlendemain, un avis annonçant le mariage d'Honoria Prudence Anstruther-Wetherby, fille aînée de Geoffrey Anstruther-Wetherby et de sa femme Heather de Nottings Grange au Hampshire, et Sylvester Sebastian Cynster, duc de St-Ives, apparut dans *The Gazette.* L'union allait avoir lieu le 1er décembre à la Maison Somersham.

Malgré le fait que la haute société se préoccupait de quitter Londres, la nouvelle se répandit comme une traînée de poudre. Honoria rendit grâce que les seuls événements sociaux à venir d'ici là consistaient en de petits thés triés sur le volet en après-midi et en fêtes « informelles » — des adieux aux amis avant que l'aristocratie ne se retire dans les comtés pour la chasse et par la suite dans leurs domaines pour Noël. Les housses avaient été installées sur les lustres, le retour à Londres ne se ferait qu'en février.

Comme elle et Devil l'avaient prédit, sa mère et les autres dames Cynster se lancèrent à corps perdu dans l'organisation du mariage avec un plaisir non dissimulé. La douairière prévint Honoria que la tradition familiale voulait que la fiancée, tout en prenant toutes les décisions importantes, n'eût pas le droit de lever le petit doigt. Son unique rôle, selon tous les préceptes, était de paraître à son avantage et de faire tenir son futur mari tranquille. Honoria décida vite que beaucoup de choses plaidaient en faveur de cette tradition.

Devil observa le tout à distance, rassuré par son empressement à accepter son rôle d'épouse. Elle avait déjà impressionné ses tantes ; sous leurs encouragements, elle prit les rênes matriarcales — sa mère était follement heureuse.

Après cinq jours d'activités frénétiques, ils furent prêts à quitter Londres ; la dernière tâche de Devil consista à harponner le vicomte Bromley.

Quand l'énormité de ses pertes et la nature périlleuse de ses finances lui furent entièrement expliquées, Bromley, un homme endurci, haussa philosophiquement les épaules et se résigna aux conditions de Devil. Il était en position de vérifier la véracité de la rumeur déshonorable de Lucifer pour identifier le Cynster impliqué et d'apprendre tous les faits. Il consentit à faire tout cela — au plus tard le 1er février.

Satisfait à tous les niveaux, Devil mit de côté son brassard noir et, sa fiancée à son bras, se retira à la Maison Somersham.

CHAPITRE 18

La salle de bal de la Maison Somersham était pleine à craquer. Le soleil d'après-midi se déversait par les longues fenêtres, accrochant l'éclat des boucles et des coiffes des demoiselles et des douairières, des séducteurs et des voyous, des gentlemen et des matrones hautaines. Des robes de toutes les teintes rivalisaient avec des bijoux brillants et des yeux qui l'étaient tout autant. La fine fleur était présente, leur but : voir, assister, apprécier.

— C'est la dernière femme mariable des Anstruther-Wetherby et elle est riche comme ce n'est pas permis. Cela ne ressemble-t-il pas à Devil d'avoir une telle perle lui tomber du ciel ?

— Un si beau couple... Celestine a dessiné sa robe expressément.

Entourée de tels commentaires, de félicitations et de vœux de bonheur, Honoria circulait parmi la foule, souriant, inclinant gracieusement la tête, échangeant les paroles attendues avec ceux venus la voir se marier.

Elle était à présent la duchesse de St-Ives. Les derniers mois de réflexion, les récentes semaines d'activités frénétiques avaient culminé vers un service simple dans la chapelle sur les terres. L'église était bondée, l'excédent d'invités l'encerclant comme une mer de joyaux. Mr Merryweather les avait déclarés mari et femme, puis Devil avait réclamé son baiser — un baiser dont elle allait se souvenir toute sa vie. Le soleil avait percé au moment où la foule avait afflué vers eux, formant une longue allée. Baignés sous la lumière du jour, ils avaient couru sous le regard de leurs amis jusqu'à la salle de bal.

Le banquet de mariage avait débuté à midi ; il était maintenant près de quinze heures. Les musiciens se reposaient. On avait programmé seulement six valses, mais elle en avait déjà dansé plus. La première avait été avec Devil, une expérience émouvante. À la fin, elle n'avait plus de souffle, mais elle se vit réclamer par Vane, puis Richard, suivi d'Harry, de Gabriel et de Lucifer coup sur coup. Sa tête tournait lorsque la musique s'était enfin arrêtée.

Survolant la foule du regard, Honoria repéra Devil en train de discuter avec Michael et son grand-père, assis près de l'immense foyer. Elle se dirigea vers eux.

Amelia bondit devant elle.

— Vous devez amener Devil pour couper le gâteau. Ils installent les tréteaux au centre de la pièce. Tante Helena a dit que Devil se plierait à cela plus facilement si vous le lui demandiez.

Honoria rit.

— Dis-lui que nous arrivons.

Ravie de participer, Amelia partit vivement.

Devil la vit bien avant qu'elle le rejoigne ; Honoria sentit son regard, chaud, s'attardant sur elle avec possessivité, pendant qu'elle s'occupait des demandes continuelles de son attention.

Se joignant à lui, elle croisa brièvement ses yeux et sentit sa tension devenir plus forte, l'anticipation la parcourir, l'étincelle avant la flamme. Ils avaient partagé un lit pendant quatre semaines, néanmoins l'excitation était encore présente, la perte de souffle soudaine, le vide douloureux du désir, le besoin de donner et de prendre. Elle se demanda si l'émotion allait un jour disparaître.

Sereinement, elle inclina la tête, saluant son grand-père. Sur l'ordre de Devil, ils s'étaient rencontrés brièvement à Londres ; concentrée sur son avenir, elle se surprit à trouver très facile de pardonner le passé.

— Eh bien, madame la duchesse !

En s'adossant, Magnus leva les yeux vers elle.

— Voici ton frère qui se présentera à la prochaine élection. Que penses-tu de cela, hein ?

Honoria releva la tête vers Michael ; il répondit à sa question inexprimée.

— St-Ives l'a suggéré.

Il regarda Devil.

Qui haussa les épaules.

— Carlisle se proposait d'avancer votre nom, ce qui me suffit. Avec le soutien combiné des Anstruther-Wetherby et des Cynster, vous devriez obtenir une solide circonscription électorale.

Magnus grogna.

— Il recevra un siège assuré, sinon j'en connaîtrai la raison.

Honoria sourit largement ; s'étirant, elle planta un baiser sur la joue de Michael.

— Félicitations, murmura-t-elle.

Michael lui rendit son baiser affectueux.

— Et à toi.

Il lui pressa la main, puis la libéra.

— Tu as pris la bonne décision.

Honoria arqua un sourcil, mais elle souriait. Se retournant, elle rencontra le regard de Magnus.

— Je suis venue reprendre mon mari, monsieur. Il est temps de couper le gâteau.

— C'est vrai ? Eh bien amène-le.

Magnus agita la main d'une manière encourageante.

— Je ne voudrais pas rater ce phénomène : un Cynster à la remorque d'une Anstruther-Wetherby.

— Précisément.

Devil croisa le regard de Magnus, l'assurance du conquérant dans les yeux alors qu'il levait la main d'Honoria à ses lèvres. Il se tourna vers elle.

— Venez, ma chérie.

Il gesticula en direction du centre de la pièce.

— Vos désirs les plus simples sont des ordres pour moi.

Honoria lui jeta un regard sceptique.

— Vraiment ?

— Indubitablement.

Avec une efficacité bien rodée, Devil la guida à travers la foule.

— En fait, médita-t-il, sa voix devenant plus grave en ronronnant, je m'attends à réaliser un bon nombre de vos désirs avant que la nuit s'achève.

Souriant sereinement, Honoria échangea des hochements de têtes avec la duchesse de Leicester.

— Vous me faites rougir.

— Les jeunes mariées sont censées rougir, ne vous l'ont-elles pas dit ? D'ailleurs, vous êtes charmante quand vous rougissez. Saviez-vous que votre rougeur s'étend jusqu'à…

— Vous voilà, mes chéris !

Au soulagement d'Honoria, la douairière apparut à côté d'eux.

— Si vous voulez bien vous tenir derrière le gâteau. Il y a un couteau qui vous attend.

Elle les chassa de l'autre côté de la table ; la famille et les invités se regroupèrent autour. La pièce montée était installée à la place d'honneur, sept étages de gâteau aux fruits couverts de massepain et décorés de dentelles très élaborées. Sur le dessus se tenait un cerf, pirouettant sur le blason des Cynster.

— Doux Jésus !

Devil cligna des paupières devant la création.

— C'est le travail de Mrs Hull, murmura Honoria. Souvenez-vous de le mentionner plus tard.

— Faites place ! Faites place !

Le tapage inattendu fit se retourner tout le monde. Honoria vit un long paquet mince agité dans les airs. Les gens aux abords de la foule rirent ; les commentaires volèrent. Un corridor s'ouvrit, permettant au messager de passer. Il s'agissait de Lucifer, sa mission consistant à livrer le paquet à Vane, debout devant la table à l'opposé de Devil.

Avec un excès de cérémonies, Vane accepta le paquet — une épée dans son fourreau — l'inversant et le présentant à Devil.

— Votre arme, monsieur le duc.

Les rires éclatèrent dans la salle de bal.

Son sourire plus que démoniaque, Devil tendit la main vers la garde. La lame — son sabre de cavalerie — sortit en chuintant de sa gaine. Au son des applaudissements et de toutes sortes de folles suggestions, il le brandit — un boucanier, un pirate au cœur de l'élégante société. Puis ses yeux rencontrèrent ceux d'Honoria. Un pas rapide et il se tint derrière elle, ses bras s'étirant autour d'elle.

— Refermez vos mains sur la poignée.

Perplexe, Honoria s'exécuta, agrippant le manche aux stries épaisses avec ses deux mains. Devil enveloppa ses mains avec les siennes, Honoria se sentit soudainement faible.

Un petit rire grave et doux résonna dans son oreille droite.

— Exactement comme la nuit dernière.

La nuit dernière, quand il avait partagé son ultime soirée d'homme non marié avec ses cousins. Apercevant Webster apportant un baril de brandy dans la bibliothèque, Honoria s'était résignée à passer seule sa dernière nuit de célibataire. Elle s'était mise au lit et avait tenté de s'endormir, seulement pour découvrir qu'elle s'était déjà trop habituée à accueillir un grand corps chaud et très ferme à côté d'elle. Ce même grand corps chaud et très ferme s'était glissé silencieusement dans sa chambre à coucher au petit matin. Elle avait fait semblant de dormir, puis avait décidé que se causer du tort en voulant se venger n'était pas amusant. Elle avait indiqué ses désirs.

Seulement pour se voir informer par un petit rire grave et endormi qu'il était trop enivré pour la chevaucher. Malin comme il était, il avait suggéré qu'elle le monte et il avait entrepris de lui enseigner comment faire. Une leçon qu'elle n'oublierait jamais.

Ce n'est que lorsque, totalement épuisée, comblée jusqu'au bout des orteils, elle s'était effondrée sur lui et qu'elle l'avait vu prendre les rênes, la pousser à continuer, la posséder si entièrement qu'elle avait presque perdu l'esprit, qu'elle avait compris que, fidèles au reste de leurs corps, les mâles Cynster avaient aussi la tête dure. Ils n'étaient pas obtus ni bouchés, ils avaient simplement la tête dure.

Les souvenirs affluèrent en elle, la laissant affaiblie. Tournant légèrement la tête, elle rencontra les yeux de Devil et fut extrêmement contente de ne pas avoir aperçu son petit sourire satisfait de vainqueur la nuit dernière ; elle l'avait suffisamment sous les yeux aujourd'hui. Il lui fallut un immense effort pour redresser l'échine et refermer les mains, sous les siennes, autour de la poignée du sabre sans repenser à ce que cela lui rappelait. Inspirant profondément, elle investit son regard de la mise en garde la plus sérieuse qui fut en son pouvoir, puis elle regarda le gâteau. Avec son assistance, elle leva le sabre très haut.

La lame s'abaissa en chantant ; guidant le mouvement de balancier, Devil la tira en arrière, s'assurant que le sabre coupe une tranche nette dans chacun des sept étages. Des bravos et des applaudissements éclatèrent de tous les côtés ; des commentaires grivois volèrent.

Les genoux faibles, Honoria pria avec ferveur pour que tout le monde présent croie que ces commentaires étaient la cause de ses joues en feu. Elle pria encore plus ardemment que personne sauf le séducteur qu'elle avait épousé ne remarque exactement où le bout arrondi à l'extrémité de la poignée du sabre s'était finalement posé. Cernés par la foule derrière eux, ils avaient été incapables de reculer assez loin ; le bouton de la poignée avait glissé dans le creux entre ses cuisses.

Et pour une fois, elle ne pouvait pas le blâmer — l'immobilité qui s'était emparée de lui, l'inspiration rapide qui siffla à son oreille, l'exonérait ; il était aussi bouleversé qu'elle. Leurs regards se rencontrèrent. Celui d'Honoria était-il aussi visiblement rempli de désir que le sien ? Avec précaution, il lui retira l'épée de sa poigne relâchée et la tendit à Vane, puis il baissa vivement la tête et effleura ses lèvres en disant :

— Plus tard.

Les mots chuchotés constituaient une promesse ; Honoria frissonna et sentit un tremblement similaire le secouer. Encore une fois, leurs yeux se croisèrent — ils clignèrent tous les deux des paupières, inspirèrent — et se tournèrent de côté, mettant une distance entre leurs corps surexcités.

Dans un brouillard, Honoria fit la tournée de ses parents Anstruther-Wetherby — les oncles et les tantes qu'elle n'avait jamais connus, les cousins qui la regardaient à présent avec un air qui ressemblait à du respect mêlé d'admiration. Ce fut un soulagement de retourner dans le cercle des Cynster, aux sourires chaleureux et ouvertement affectueux, aux hochements de tête rassurants et au soutien inlassable. Elle s'arrêta à côté de Louise ; Arthur se tenait près d'elle.

Il prit la main d'Honoria.

— Vous faites une belle duchesse, ma chère.

Malgré les rides que le chagrin avait gravées sur son visage, lorsqu'il porta sa main à ses lèvres, Honoria aperçut brièvement le gentleman insouciant à l'élégance nonchalante qu'il avait dû être un jour.

— Sylvester est un homme chanceux.

— Je suis certaine que votre neveu apprécie Honoria comme il se doit, intervint Louise.

Arthur sourit, un sourire lent typique des Cynster.

— On n'a jamais dit de lui qu'il était balourd.

Il regarda au-delà d'Honoria.

— Ah, voici Charles.

Honoria se retourna, saluant majestueusement Charles alors qu'il se joignait à eux.

— Et voici lady Perry !

Louise posa une main sur le bras d'Arthur.

— Honoria, veuillez nous excuser. Nous devons parler à madame la comtesse avant qu'elle s'en aille.

Avec un sourire pour Honoria et un « Charles » froid à son fils, Arthur céda aux ordres de sa femme et la guida à travers la foule.

S'inclinant avec politesse, Charles les regarda partir, puis se tourna vers Honoria.

— Je suis heureux de bénéficier d'un instant pour discuter avec vous, miss…

Ses traits se durcirent.

— Madame la duchesse.

Honoria ne fit pas confiance à son sourire. Leurs rencontres subséquentes n'avaient pas dissipé son antipathie instinctive. Il était le seul Cynster à lui faire cet effet. Tous les autres, elle les aimait spontanément.

— J'avais espéré avoir le plaisir de danser avec vous, monsieur, mais je crois que toutes les danses sont terminées.

Il haussa un sourcil, l'arrogance hautaine étant l'un des rares traits des Cynster qu'il possédait. Il lissa son brassard noir.

— J'ai bien peur que vous oubliiez, madame la duchesse, que je suis encore en deuil. Les autres, évidemment, ont oublié Tolly, mais sa perte me touche encore énormément.

Se mordant la langue, Honoria inclina brièvement la tête. De tous les Cynster présents, seuls Charles et son père portaient encore le brassard noir.

— Cependant, je crois que des félicitations sont de rigueur[1].

L'étrange phrase de Charles fit en sorte qu'elle le regarda avec étonnement. Il hocha la tête dédaigneusement.

— Je suis certain que vous vous rappelez en substance notre première conversation. À la lumière des réserves que je vous avais exprimées alors, j'espère très sincèrement que vous n'en viendrez pas à regretter votre nouvel état.

Honoria se raidit.

Scrutant la foule, Charles ne le remarqua pas.

— Toutefois, bien que ce soit possible, je vous souhaite bien du plaisir. Si le fait d'avoir connu Sylvester toute sa vie me rend hésitant quant à sa constance, je vous demande de croire que ce détail ne diminue en rien la sincérité de mes espoirs pour votre bonheur.

— Néanmoins, si je vous comprends correctement, vous ne croyez pas ce bonheur probable.

Honoria le regarda pendant que ses mots le pénétraient. Lentement, Charles reporta son regard sur le visage de la jeune femme. Ses yeux étaient pâles, froids, étrangement inexpressifs.

— Vos actions ont été des plus imprudentes. Vous n'auriez pas dû épouser Sylvester.

1. En français dans le texte.

Quelle aurait pu être sa réponse à une affirmation aussi scandaleuse, Honoria ne le sut jamais. Amelia et Amanda arrivèrent à la hâte, dans un bruissement de jupes en mousseline.

— Tante Helena dit que vous devriez allez à la porte, certains invités commencent à partir.

Honoria hocha la tête. Du coin de l'œil, elle vit Charles reculer.

— Avec votre permission, madame la duchesse.

Sur une demi-révérence pour elle et un bref hochement de tête pour ses demi-sœurs, il tourna les talons et s'en alla.

Amanda fit la grimace dans son dos, puis passa son bras sous celui d'Honoria.

— Il est tellement guindé, il ne prend plaisir à rien.

— Pompeux, déclara Amelia, prenant l'autre bras d'Honoria. Maintenant, où devriez-vous vous placer, croyez-vous ?

La courte journée de décembre tirait rapidement à sa fin ; quand l'horloge dans l'escalier sonna cinq coups, il faisait complètement nuit dehors. Debout sur le porche à côté de Devil, saluant de la main la dernière voiture qui s'éloignait, Honoria soupira en son for intérieur. Rencontrant les yeux de Devil, elle sourit et se retourna vers le vestibule. Il accorda son pas au sien, emprisonnant sa main, ses longs doigts s'entremêlant à ceux de sa femme. La plupart des membres de la famille restaient jusqu'au lendemain ; ils s'étaient retirés dans le salon, les laissant seuls pour faire les honneurs. Juste avant la porte, Devil stoppa.

Honoria s'arrêta et leva la tête.

Un sourire lent l'accueillit. Devil effleura sa main d'un baiser.

— Eh bien, ma chère duchesse ?

De son autre main, il lui releva le menton ; automatiquement, elle se redressa sur ses orteils.

Il pencha la tête et l'embrassa, doucement au début, puis plus passionnément. Quand il releva la tête, ils étaient de nouveau tous les deux excités.

Honoria le regarda en clignant des yeux.

— Il y a encore le dîner.

Le sourire de Devil s'épanouit.

— Ils ne s'attendent pas à nous voir, lui dit-il en l'attirant au-delà du seuil. C'est le moment où nous nous esquivons.

Les lèvres d'Honoria formèrent un « oh » silencieux ; le vestibule, vide à l'exception de Webster occupé à refermer la porte, suggérait que son mari avait, comme d'habitude, bien compris la procédure.

Quand il haussa un sourcil, elle acquiesça d'un signe de tête ; calmement, elle monta les marches à côté de lui. Ils s'étaient retirés ensemble pour la nuit assez souvent au cours des dernières semaines pour qu'elle ne ressente pas la moindre appréhension.

Une situation qui dura jusqu'en haut de l'escalier. C'est là qu'elle tourna à droite, vers le corridor qui menait à ses appartements.

La poigne de Devil sur sa main l'arrêta net. Elle se tourna avec étonnement, seulement pour le voir hausser un sourcil, le regard très vert. Il secoua la tête.

— Plus maintenant.

Elle fut frappée de compréhension. Tête haute, apparemment assurée, elle le laissa la guider à travers la galerie, dans le corridor des appartements ducaux.

En son for intérieur, ses nerfs s'étaient réveillés, virevoltant en spirales de moins en moins grandes jusqu'à ce qu'ils forment des nœuds serrés.

C'est ridicule, se dit-elle, et elle s'efforça d'ignorer la sensation.

Elle était allée dans les appartements de la duchesse une seule fois, pour approuver la nouvelle palette de couleurs — crème riche, topaze doux et vieil or, complétant la chaleureuse patine du chêne poli. Ouvrant la porte d'Honoria, Devil la fit entrer ; elle cligna des paupières devant la flambée qui l'accueillit.

Des candélabres allumés ornaient la coiffeuse, le manteau de la cheminée, une commode, un bonheur-du-jour installé contre un mur et une série de carafons devant une fenêtre. Sous leur éclat, la pièce lui apparaissait assez semblable à la dernière fois qu'elle l'avait vue avec son immense lit à baldaquin à la place d'honneur entre les longues fenêtres. Les seuls nouveaux objets étaient une urne de fleurs, des jaunes et des blanches, posée sur l'une des commodes, ses brosses en argent luisant sur la coiffeuse polie, ainsi que sa chemise de nuit en soie ivoire et son peignoir assorti disposés sur le lit.

Cassie avait dû les mettre là ; Honoria n'y avait certainement pas pensé. Elle se demanda si les candélabres étaient également l'idée de Cassie, mais elle remarqua que Devil ne semblait pas surpris. Avançant lentement dans la pièce, l'amenant avec lui, il s'arrêta en face du foyer et l'attira avec douceur dans ses bras.

Tout doute sur ses intentions s'envola devant son baiser, plein de désir à peine contenu et d'une ardeur qui embrasa Honoria. Elle s'affala contre lui, sa réaction instantanée la poussant à prendre le plaisir qu'il offrait et à lui rendre au centuple. La tête lui tournait et ses membres s'étaient transformés en guenille quand il leva la tête.

— Venez. Nos enfants peuvent naître dans votre lit, nous les engendrerons dans le mien.

Il la souleva dans ses bras ; Honoria l'enlaça par le cou. D'un long pas impatient, il la porta jusqu'à une porte en lambris laissée entrouverte, la poussa d'un coup d'épaule, exposant un court corridor menant à sa propre chambre.

— Pourquoi tout cela ? demanda-t-elle. Les candélabres ?

Devil lui jeta un coup d'œil ; le corridor était faiblement éclairé, mais elle vit briller ses dents.

— Une tactique de diversion.

Elle aurait exigé des précisions, mais toutes pensées de candélabres lui sortirent de la tête pendant qu'il la transportait dans sa chambre.

Sa chambre à Londres était grande ; celle-ci était immense. Le lit qui s'élevait contre le mur à proximité était le plus large qu'elle n'avait jamais vu. De longues fenêtres s'alignaient des deux côtés et remplissaient le mur en face du lit ; cette pièce se trouvait au bout d'une aile — avec les tentures ouvertes, elle était inondée par le clair de lune, transformant les verts pâles de l'ameublement en argent sourd.

Devil la déposa sur ses pieds, là où la lune jetait une bande de lumière chatoyante sur le plancher. Sa robe de mariée, une succession de larges dentelles Mechlin, brillait et tremblait. Il se redressa, son regard attiré à l'endroit où la dentelle se soulevait et s'abaissait ; il prit une douce sphère en coupe et la sentit se raffermir. Ses doigts fouillèrent, trouvant le sommet se durcissant et le caressant jusqu'à ce qu'il adopte la dureté d'un caillou. Le souffle manqua à Honoria ; ses paupières tombèrent alors qu'elle oscillait vers lui. Devil la soutint contre son torse, sa main toujours sur son sein, le pétrissant délicatement. Elle changea de position nerveusement, se tournant afin qu'il puisse atteindre son dos.

— Les lacets sont dissimulés sous la dentelle.

Devil sourit et se mit au travail, une main caressant d'abord un sein, puis l'autre, les lèvres faisant remonter des baisers sur un côté de sa gorge. Quand le dernier nœud de dentelle fut libéré et que la robe, avec son assistance, glissa au sol, Honoria était molle et souple entre ses bras, s'arquant vers lui. Il l'adorait ainsi, tendre et femme, abandonnée, mais en toute connaissance de cause. Plus tard, elle serait encore davantage éperdue, mais à ce moment-là, elle ne connaîtrait plus rien d'autre que la fièvre chantant dans ses veines. Tendant les bras autour d'elle, il remplit ses deux mains avec ses seins couverts par une simple couche de soie vaporeuse — un doux murmure d'appréciation échappa à Honoria. Quand il frotta les sommets ruchés entre son pouce et son index, elle bougea les hanches d'une manière séduisante contre lui.

— Pas encore, chuchota-t-il. Ce soir devrait être une expérience que vous n'oublierez jamais.

— Oh ?

L'unique syllabe fut prononcée dans un souffle. Elle se tourna et, lui enlaçant le cou, se pressa contre lui.

— Qu'avez-vous l'intention de faire ?

Il sourit, lentement.

— Élargir vos horizons.

Elle tenta de prendre un air hautain, mais ne réussit qu'à avoir l'air fascinée. Devil recula d'un pas, retirant d'un haussement d'épaules son veston et son gilet. Il les laissa tomber et tendit les bras vers elle. Elle se blottit dedans comme la sirène qu'elle était, la sirène qu'il avait, au cours des dernières semaines, libérée des entraves des convenances. Elle était encore largement innocente de tellement de façons, néanmoins, elle maîtrisait tout ce qu'il lui enseignait avec un enthousiasme sans réserve qui le laissait parfois faible. À son avis, son point de vue étant coloré par l'expérience, les années à venir se présentaient sous le meilleur des jours.

Il était impatient de vivre chacun d'eux.

Les lèvres d'Honoria étaient ouvertes sous les siennes, sa langue tournant, incitant, excitant. Elle s'étira contre lui, sur ses orteils, son corps protégé uniquement par sa fine chemise.

Laissant le désir mener le bal, il la moula contre lui, permettant à ses mains de la reconnaître. Quand il glissa ses paumes sous le dos de sa chemise, sa peau était couverte d'une légère sueur.

Deux minutes surchauffées plus tard, la chemise flottait au sol pour former une flaque, ignorée, sous le clair de lune.

Devil intensifia leur baiser. Honoria l'imita, le poussant, le pressant. Ses mains glissèrent de la nuque de Devil et commencèrent à vagabonder, s'écartant sur son torse, puis fouillant à travers les plis de sa chemise pour pétrir les muscles de son dos, se refermant sur sa taille, ses hanches, tombant plus bas.

Brusquement, Devil changea de position, emprisonnant ses mains, les ramenant de force dans le dos d'Honoria, les coinçant dans l'une des siennes. Leur baiser ininterrompu, il l'attira énergiquement contre lui, lui permettant de sentir sa puissance, lui dévoilant le charme irrésistible de sa propre vulnérabilité. Il l'inclina légèrement vers l'arrière, par-dessus le bras dans son dos, ses hanches fortement pressées sur les siennes. Elle gémit, le son piégé dans leur baiser, et se contorsionna — pas pour gagner sa liberté, mais pour se rapprocher.

Le mouvement agité de ses hanches contre lui fut plus qu'il ne put en supporter. Interrompant leur baiser, il la souleva dans ses bras et la déposa sur les draps en soie. Elle s'étira, les yeux sur lui, ses mains explorant.

Il recula rapidement, hors de sa portée.

— Si vous m'aimez, gardez vos mains pour vous.

Il avait fantasmé sur cette nuit toute la semaine précédente ; s'il permettait à l'enthousiasme d'Honoria d'avoir le dessus sur lui — comme cela avait été le cas plus d'une fois —, il n'aurait aucune possibilité de transformer ce fantasme en réalité.

S'étirant voluptueusement, drapant ses bras au-dessus de sa tête, Honoria fixa sur lui un regard sensuel.

— Je veux seulement vous toucher.

Elle le regarda retirer sa cravate.

— Vous avez aimé ça hier soir.

— Cette nuit sera différente.

Les yeux de Devil la quittèrent momentanément pendant qu'il ôtait sa chemise. Honoria sourit, changeant de position d'une manière attirante sous le feu de son regard, savourant le sentiment de puissance que sa fascination pour son corps lui offrait. Il lui avait fait comprendre très clairement qu'il aimait la voir nue, totalement nue, sans aucune trace de modestie. Être dévêtue à ce point avait été difficile au début, mais la familiarité et son obsession constante avaient développé la confiance d'Honoria de sorte qu'être nue, d'une manière luxurieuse, scandaleuse, lui semblait à présent naturel.

— Comment ? s'enquit-elle quand il s'assit sur le lit pour retirer ses bottes.

Il lui jeta un bref coup d'œil, son regard glissant sur ses seins, sur son ventre et ses cuisses.

— Cette nuit, je tirerai mon plaisir en vous prodiguant du plaisir.

Honoria le dévisagea en réfléchissant. Il pouvait la faire crier — crier, gémir et sangloter de plaisir. Elle était novice, il était le maître.

— Qu'avez-vous l'intention de faire, exactement ?

Il sourit largement et se leva, déboutonnant son pantalon.

— Vous verrez — ou plutôt, corrigea-t-il, sa voix devenant plus grave, vous le sentirez.

L'anticipation bouillant dans ses veines augmenta brusquement ; les nerfs d'Honoria tressautèrent. Cette tension familière la tenait encore une fois en son pouvoir, un agréable étau la serrant fort. Une seconde plus tard, aussi nu qu'elle, il avança sur le lit en rampant comme un prédateur. Primitivement mâle, en érection complète, il l'enfourcha, puis abaissa son corps sur le sien.

Le souffle manqua à Honoria. Les yeux grand ouverts, elle observa les siens, brillant sous la faible lumière. Les paupières de Devil tombèrent et il baissa la tête ; ses lèvres trouvèrent les siennes.

Son baiser explorateur l'atteignit profondément, au fond d'elle où résidait son moi dévergondé. Il l'appela et elle vint, cherchant avec enthousiasme à lui donner du plaisir. Elle s'ouvrit à lui, l'incitant à venir en elle, son corps mollissant sous le sien ; elle murmura son nom et changea de position sous lui, mais il ne fit aucun mouvement pour la prendre. Les mains de Devil se refermèrent sur les siennes, une de chaque côté de sa tête ; pendant que le baiser se poursuivait, la peau d'Honoria brûlait sous sa caresse. Impérieuse, elle s'arqua sous lui, mais son poids la piégeait ; ses jambes à l'extérieur des siennes, il la retenait immobile, ne lui accordant aucun apaisement de la passion qui grandissait entre eux.

Puis ses lèvres la quittèrent, faisant remonter des baisers chauds sur sa gorge. Haletante, Honoria pressa la tête dans ses oreillers, impatiente d'en obtenir plus. Il bougea et ses lèvres dessinèrent sa clavicule, puis revinrent en passant par son épaule et le haut de son sein. Il répéta la manœuvre, cette fois en suivant la courbe de son bras jusqu'à son coude, puis sur son poignet en terminant enfin avec le bout de ses doigts. Chatouillée par ses lèvres, par l'écorchure de son torse et de son menton sur sa peau lisse, Honoria gloussa ; elle vit son sourcil s'arquer, mais il ne dit rien, levant simplement la main d'Honoria et la drapant par-dessus sa propre épaule. Il recommença tout l'exercice avec son autre bras jusqu'à ce que, lui aussi, aille rejoindre son compagnon. Refermant les doigts sur sa nuque, elle s'installa confortablement dans l'attente et patienta pour voir ce qui se passerait ensuite.

Ses lèvres sur ses seins lui procuraient une sensation familière, agréable et remplie de promesses. Quand sa bouche se referma sur un mamelon et qu'il téta, elle haleta ; la caresse continua, chaude et mouillée, provoquant un incendie dans ses veines. Elle gémit, ses hanches remuant avec agitation, cherchant. Toutefois, il s'était déplacé plus bas ; elle ne pouvait pas entrer en contact avec cette partie de son anatomie plus sensible à la persuasion. Un pressentiment se fit jour en elle — son « cette nuit » serait une affaire de longue durée.

Il lui avait dit plus d'une fois qu'elle se précipitait trop, que, si elle le laissait faire durer le temps, les sensations s'amélioreraient — plus accentuées, plus intenses. Comme elle avait déjà peine à faire face à ce qu'elle ressentait déjà, elle n'était pas du tout certaine que « plus lentement » était une si bonne idée. Il y était habitué, pas elle. Elle n'était même pas sûre que l'exercice ait le même effet sur lui que sur elle : éblouissant l'esprit, faisant voler en éclat son âme, lui tordant le cœur.

Ses lèvres abandonnèrent ses seins ; haletante, elle attendit, puis le sentit enfouir son nez sous leur rondeur. Ses lèvres balayèrent son ventre sensible et jusqu'au creux à sa taille.

Elle était tellement prise par ses nouvelles sensations, par le picotement chaud sur sa peau, qu'il la retourna sur le ventre avant qu'elle ait l'occasion de protester. Il changea de position, se levant au-dessus d'elle, puis abaissant son corps de tout son long sur elle. Ses lèvres trouvèrent sa nuque. Il commença à couvrir son dos de baisers, doux et chauds sur ses épaules, se changeant en mordillements alors qu'il descendait. Le feu de la passion d'Honoria s'était transformé en charbons ardents, mais il se raviva de plus belle quand il atteignit le renflement de ses fesses, l'anticipation le faisant exploser de nouveau. Elle se tortilla, reprenant sa respiration par petits halètements doux. Un bras lourd autour de sa taille la gardait immobile ; lorsqu'il poussa sur ses genoux pour les écarter largement et les retint ainsi, Honoria prit une bouffée d'air tremblante et attendit. Il était allongé à côté d'elle, ne pesant plus de son poids sur elle. L'air frais caressait sa peau chauffée ; elle avait envie qu'il la recouvre de son corps. L'attente s'intensifia ; elle l'incita par sa volonté à se déplacer et à venir se placer entre ses cuisses.

Au lieu de cela, elle sentit le doux frôlement de ses cheveux et la légère écorchure de sa barbe naissante quand il déposa une rangée de baisers chauds à l'arrière d'une de ses cuisses. Il rendit hommage au point sensible à l'arrière de son genou, d'abord un, puis l'autre, puis remonta le long de l'autre cuisse. Honoria expira lentement et attendit qu'on lui permette de se tourner de l'autre côté.

L'instant suivant, elle inspira avec un bruit de sifflement. Ses mains serrèrent l'oreiller. Muette d'étonnement, elle sentit les minuscules et tendres baisers parsemer inexorablement l'intérieur d'une cuisse. Sa peau frissonna et tressaillit ; alors que les baisers s'approchaient avec régularité de l'endroit où elle brûlait, elle laissa échapper un petit couinement perçant, étouffé dans l'oreiller.

Elle sentit plutôt qu'elle entendit le rire grave. Il bascula par-dessus elle et répéta l'exercice sur l'intérieur de son autre cuisse. Honoria grinça des dents, décidée à ne pas reproduire son cri ; tout son corps tremblait sous le désir qui montait. Quand il atteignit la limite de son sentier, pressant un dernier baiser qui s'attardait sur la peau qui n'avait jamais senti les lèvres d'un homme, elle soupira — puis elle hurla quand sa langue lécha la chair tendre et palpitante — juste une fois, mais ce fut plus que suffisant.

Il semblait le croire aussi ; il se retira, la faisant rouler sur le dos, son poing la clouant encore une fois au lit pendant que ses lèvres revenaient sur les siennes, son baiser brûlant, l'incendiant — exactement comme elle le désirait. Enroulant ses bras autour de son cou, Honoria répondit à son feu avec sa propre flamme, à sa passion par le désir dans un délire de besoin montant en flèche. Cette fois, les cuisses d'Honoria étaient largement ouvertes et il était allongé entre elles ; elle pouvait sentir son membre palpitant donner de petits coups sur sa cuisse.

Brusquement, il recula, se mettant à genoux. Hébétée, elle le vit prendre un oreiller épais. La soulevant, il le coinça sous ses hanches puis, se penchant sur elle, il retrouva ses lèvres. Quand il releva la tête, elle haletait d'impatience, chaque nerf de son corps en vie, chaque veine en feu. Une main était sur un de ses seins ; vivement, il baissa la tête et téta jusqu'à ce qu'elle gémisse.

— Je vous en prie, maintenant.

Honoria tendit les bras vers lui, mais il changea de position.

— Bientôt.

Il ramena encore une fois son corps sur le sien, mais trop bas — sa tête était devant ses seins. Il lapa chaque sommet brûlant jusqu'à ce qu'elle ne puisse plus le supporter, puis fit descendre des baisers jusqu'à son nombril. Il dessina un cercle autour du bouton avec sa langue, puis il donna de petits coups ; les poussées lentes et répétitives amenèrent des larmes de frustration dans ses yeux. Elle se tortilla et s'arqua, ses hanches se soulevèrent très haut sur l'oreiller.

— Bientôt.

Il murmura le mot sur la peau sensible de son ventre et le fit suivre d'un baiser. Et d'un autre et encore un autre, descendant lentement ; quand le premier baiser tomba parmi ses douces bouclettes, les yeux d'Honoria s'arrondirent brusquement.

— Devil ?

Les sensations la parcourant ne ressemblaient à rien de ce qu'elle avait déjà expérimenté, elles étaient plus aiguës, plus fortes, plus violentes. D'autres baisers succédèrent au premier et elle haleta, mains tendues, les doigts s'entremêlant dans la chevelure de Devil.

— *Oh mon Dieu !*

L'exclamation lui fut arrachée quand les lèvres de Devil touchèrent sa douceur. La brusque explosion de sensations suffit à transformer son cerveau en bouillie.

— Non.

Elle secoua la tête.

— Bientôt, vint la réponse.

Les lèvres de Devil laissèrent sa chair enflée pour faire courir des baisers sur l'intérieur de ses cuisses, les soulevant alors qu'il glissait encore plus bas, drapant un genou sur chacune de ses épaules.

Frôlant l'abrutissement, Honoria sentit le souffle de Devil caresser sa chair palpitante. Elle n'était plus capable de parler ; elle allait mourir. D'excitation — d'un plaisir si intense qu'il était effrayant. Agrippant les draps convulsivement, elle inspira avec difficulté et secoua la tête avec violence.

Devil n'en fit pas de cas. Délibérément, il déposa ses lèvres sur sa chair douce, chaude et enflée, caressant intimement chaque repli souple ; un son étranglé, ni petit cri ni hurlement, fut sa récompense. Il trouva son petit bout palpitant, déjà enflé et dur ; il le lapa délicatement, faisant tourner sa langue, d'abord de ce côté, puis de l'autre, autour du point sensible. Il ne fut pas étonné par le silence subséquent ; il pouvait entendre sa respiration irrégulière, pouvait sentir la tension qui la tenait. Comme d'habitude, elle se précipitait ; il entreprit de la ralentir, la ramenant à un niveau où elle pouvait apprécier son expertise, savourer tout ce qu'il pouvait lui offrir au lieu de voler tête première vers son destin.

Il répéta ses caresses, encore et encore, jusqu'à ce qu'elle soit familière avec chaque nouvelle sensation. Sa respiration se fit plus lente, s'approfondit ; son corps se ramollit sous les mains de Devil. Elle gémit doucement et se tortilla sous sa poigne, mais elle ne le combattait plus ; elle flottait, les sens éveillés par chaque caresse explicite, réceptifs aux plaisirs qu'il souhaitait lui faire connaître.

Ce n'est qu'une fois qu'il eut déployé chaque parcelle de son expertise considérable qu'il ouvrit la porte et lui fit découvrir tout ce qui pouvait être. Avec ses lèvres et sa langue, il continua à lui prodiguer des caresses qui la firent monter au ciel, l'ancrant à lui avec une intimité qui ne pouvait pas être reniée. Encore et encore, elle s'éleva très haut ; encore et encore, il la ramena. Ce ne fut que lorsqu'elle ne put en supporter davantage, au moment où sa respiration devint frénétique et que chaque muscle de son corps trembla en suppliant d'être apaisé, qu'il lui permit de s'envoler librement, la remplissant avec sa langue. Il la dégusta, prenant du plaisir à son goût piquant et chaud, laissant l'essence de sa compagne s'infiltrer dans ses os. Quand la dernière de ses vagues de frisson mourut, il se leva lentement au-dessus d'elle.

Écartant ses cuisses en pressant dessus, il s'installa entre elles. D'un seul coup lent et puissant, il la remplit, sentant sa douceur, glissante et chaude, s'élargir pour l'accueillir, sentant son corps s'ajuster à son invasion, à être à lui.

Elle était totalement détendue, complètement ouverte ; il bougea en elle, plongeant avec puissance, non surpris quand, à peine quelques moments plus tard, elle remua et, yeux brillants sous des paupières alourdies, se joignit à lui dans sa danse. Il l'observa jusqu'à ce qu'il soit certain qu'elle était avec lui, puis, fermant les yeux, laissant sa tête retomber en arrière, il se perdit en elle.

L'explosion qui les fit quitter le monde des mortels fut plus forte qu'aucune autre qu'avait ressentie Devil auparavant — exactement comme il savait que cela se produirait.

*

Des heures plus tard, il se réveilla. Honoria était allongée, douce et chaude, à côté de lui, ses cheveux en une masse emmêlée sur son oreiller. Devil se permit un sourire — un sourire de conquérant — puis il se dirigea avec précaution vers le bord du lit.

Dans la chambre d'Honoria, les bougies brûlaient encore. Réchauffé par le souvenir récent, il marcha à pas de loup, nu, vers la série de carafons devant la fenêtre. Du vin coupé d'eau avait été laissé là en attente avec de la nourriture appropriée. Il versa un verre de vin et en avala la moitié, puis il souleva le couvercle d'un plateau, grimaça et le replaça. Il avait faim, mais pas d'aliments.

À cette pensée, il entendit un bruit derrière lui ; pivotant, il regarda Honoria sortir de sa chambre en clignant des paupières.

Enveloppée dans un des peignoirs de Devil, la main au-dessus de ses yeux, elle plissa les paupières en le regardant.

— Que faites-vous ?

Il leva le verre.

Baissant la main, elle s'avança, fermant le peignoir d'une main.

— Je vais en prendre aussi.

Dans le jardin en bas, tout était calme et silencieux. Au loin dans la végétation touffue, six paires d'yeux ébahis regardaient fixement la fenêtre illuminée de la chambre à coucher de la duchesse, voilée par une gaze en dentelle. Six hommes virent Devil se retourner et lever son verre en guise de salut ; tous les six perdirent le souffle quand Honoria le rejoignit. La pensée de ce qui se passait dans cette chambre brillamment éclairée traversait les six cerveaux.

Ils observèrent, en retenant leur souffle, lorsqu'Honoria, vêtue d'un peignoir flottant, les cheveux formant une auréole autour de sa tête, accepta le verre de Devil et but. Elle lui remit le verre ; Devil le vida d'un trait. Déposant le verre, il baissa la tête alors qu'Honoria se blottissait dans ses bras.

Les yeux écarquillés, les six regardèrent leur cousin et sa femme partager un baiser étonnement long et profond ; cinq remuèrent, mal à l'aise, lorsqu'il se termina, puis furent frappés de stupeur, paralysés de nouveau, quand Honoria leva les mains et laissa tomber son peignoir. Son ombre fusionna de nouveau avec celle de Devil, les bras d'Honoria autour de son cou, la tête de Devil se penchant vers elle alors qu'ils reprenaient leur baiser.

Le silence revint sur le parterre. Puis la tête de Devil se leva. Le bras autour d'Honoria, leurs ombres ne formant toujours qu'un, ils s'éloignèrent de la fenêtre.

— Dieu !

L'exclamation stupéfaite d'Harry disait tout.

Les yeux de Richard pétillaient.

— Vous ne vous étiez pas sérieusement imaginé que Devil s'était marié uniquement pour assurer sa succession ?

— De toute évidence, observa sèchement Gabriel, la succession ne court aucun danger. S'ils se sont rendus aussi loin en cinq heures, alors les chances sont bonnes concernant notre pari pour la Saint-Valentin.

Le petit rire grave de Vane sortit de l'ombre.

— J'hésite à le mentionner, mais je ne crois pas que Devil a commencé du début il y a cinq heures.

Quatre têtes se retournèrent vers lui.

— Ah ha !

Lucifer pivota vers son frère.

— Dans ce cas, je vais assurément tenter ma chance pour la Saint-Valentin. S'il est avantagé dès le départ, il aura profité de plus de trois mois pour réaliser l'exploit. C'est plus que suffisant.

— Exact.

Gabriel accorda son pas à celui de Lucifer alors que le groupe se tournait vers la maison. Leur promenade impromptue avait été inopinément révélatrice.

— Étant donné la réputation de Devil, il est juste de supposer que n'importe qui pourrait en déduire autant, alors nous n'avons pas à trop nous inquiéter d'accepter des paris contre la Saint-Valentin en tant que limite de la conception.

— Je pense, dit Richard, suivant dans le sillage de Gabriel, que nous devrions nous montrer très prudents pour ne pas laisser les dames apprendre l'existence de notre livre de paris. Elles ont peu de chance d'apprécier notre intérêt.

— Trop vrai, répondit Harry, se joignant à la petite bande à travers les buissons. La moitié femelle de l'espèce a une vision distinctement biaisée de ce qui est important dans la vie.

Vane les regarda partir, puis leva les yeux sur les fenêtres brillamment éclairées dans l'aile est. Après un moment, son regard se reporta sur les fenêtres sombres de la grande chambre à coucher au bout de l'aile. Silencieux et immobile dans l'obscurité, il réfléchit à cette vue, son petit sourire s'élargissant. Les mains dans les poches, il se retourna et se figea. Ses yeux, ajustés à l'obscurité, repérèrent la silhouette carrée d'un homme progressant lentement dans la végétation touffue, se dirigeant vers la maison.

Puis la tension quitta ses épaules. Mains toujours dans les poches, il continua à avancer nonchalamment.

— Quoi de neuf, Charles ? Tu prends une bouffée d'air frais ?

La lourde silhouette s'arrêta brusquement, se retournant vivement vers lui. Charles inclina la tête.

— Comme tu le dis.

La question à savoir si Charles avait surpris le spectacle ducal brûlait les lèvres de Vane ; la tendance de Charles à sermonner fit en sorte que ses mots ne franchirent pas ses lèvres. Accordant son pas à celui de Charles qui gagnait le sentier menant à la maison, il demanda plutôt :

— Tu envisages de rester quelques jours ?

— Non.

Charles avança de quelques pas avant d'ajouter :

— Je vais rentrer en ville demain. As-tu une idée des plans de retour de Sylvester ?

Vane secoua la tête.

— Je n'ai rien entendu à ce sujet, mais je serais étonné de les voir avant Noël. La fête se tiendra ici, comme d'habitude.

— Vraiment ?

Il y avait une surprise sincère dans la voix de Charles.

— Donc, Sylvester a l'intention d'adopter le rôle de « chef de famille » à tous les niveaux ?

Vane lui jeta un regard froid.

— Quand ne l'a-t-il pas fait ?

Charles hocha vaguement la tête.

— Vrai, très vrai.

CHAPITRE 19

Quand, des années plus tard, Honoria repensa aux premiers mois de son mariage, elle se demanda quel destin bienveillant avait décrété qu'ils devaient se marier le 1er décembre. La saison était parfaite, réglée avec précision sur ses besoins — décembre et janvier, froids et enneigés, gardaient la société à distance ; la semaine de Noël, lorsque toute la famille descendit, fut un interlude heureux. Ces tranquilles mois d'hiver lui donnèrent le temps de s'adapter, d'endosser son rôle de duchesse de St-Ives, d'apprendre ce qu'il fallait pour poursuivre sa vie.

Prendre les rênes du foyer ducal s'avéra assez facile en soi. Le personnel était excellent, bien formé et bien disposé ; elle affronta peu de difficultés. Cependant, les décisions qui lui incombaient étaient variées, touchant les vaches jusqu'aux plates-bandes en passant par les conserves et le linge de maison. Pas seulement pour la Maison, mais pour les trois autres résidences qu'entretenait son mari. La logistique organisationnelle l'occupait beaucoup. Dans la parenté, on comptait sur elle pour jouer la chef de famille, un rôle exigeant mais satisfaisant.

Tout cela et plus devinrent son lot au cours de ces premiers mois de décembre et de janvier, néanmoins, tout au long de cette période, l'aspect de sa vie qui forçait sa plus profonde attention restait son interaction avec Devil.

Ce à quoi elle s'était exactement attendue, elle n'aurait su le dire. Elle s'était engagée dans le mariage sans une opinion ferme de ce qu'elle voulait en tirer au-delà du fait même de se réclamer de ce rôle de duchesse, de la mère des enfants de Devil. Ce qui laissait beaucoup de choses à décider, comme elle l'avait découvert au cours de ces longues semaines tranquilles. Pour tous les deux.

Plus d'une fois, lorsque leurs volontés s'affrontaient dans la vie quotidienne, leurs regards se rencontraient, et elle voyait dans le sien une expression d'appréhension, de calcul, de réflexion et savait que les mêmes émotions se voyaient dans ses propres yeux.

Il y eut des ajustements dans d'autres domaines également. Comme trouver du temps pour être seuls, pour se sentir à l'aise en compagnie l'un de l'autre, pour discuter d'une myriade d'affaires touchant leur existence à présent mutuelle, tout cela en tenant compte de leurs personnalités, de leurs rangs et de ce qu'ils pouvaient tous les deux accepter. Certains changements vinrent naturellement, sans effort conscient ; d'autres nécessitèrent des compromis des deux parties.

Et si leurs nuits continuaient d'être une arène de tous les instants où les limites avaient déjà été établies, où ils avaient déjà pris leurs décisions, même là, alors que leur besoin physique l'un pour l'autre demeurait — une passion constante insatiable — chaque nuit qui passait, leur engagement évoluait, devenait plus profond, plus fortement investi de signification.

Lorsque janvier déclina et que le dégel s'installa, ils étaient tous les deux conscients non seulement du changement, mais de la création de quelque chose de nouveau, une certaine entité palpable, une toile délicate dans laquelle ils vivaient. Ils n'en discutaient pas et n'y faisaient jamais allusion. Néanmoins, elle en avait conscience chaque minute de la journée et elle savait qu'il le sentait aussi.

*

— J'ai envie de faire une promenade.

Assise à une table près d'une fenêtre, une pile de comptes de marchands devant elle, Honoria leva la tête pour voir Devil traverser sans se presser le salon du fond.

Il fit courir son regard sur elle, puis le reporta sur son visage.

— Le trajet sera difficile, très lent. Avez-vous envie de prendre le risque ?

La glace sur les routes et le mauvais temps en général avaient mis leur veto aux promenades à cheval au cours des dernières semaines. Cependant, le soleil brillait aujourd'hui — et si c'était lui qui le suggérait, la promenade devait de nouveau être sûre.

— Je vais devoir me changer.

Délaissant ses comptes sans hésiter, Honoria se leva.

Devil sourit.

— Je vais amener les chevaux à la porte latérale.

Dix minutes plus tard, ils étaient partis. En parfaite amitié, ils traversèrent les champs de Devil, prenant une route indirecte vers un monticule à proximité. Ils revinrent par le village, s'arrêtant pour bavarder avec Mr Postlethwaite, comme toujours dans le jardin du presbytère. De là, ils empruntèrent la piste passant à travers la forêt pour revenir vers la maison.

Atteignant la ligne droite en haut de la butte, ils se turent, ralentissant la cadence d'un petit galop à la marche. Ils dépassèrent l'endroit où Tolly était tombé ; rejoignant la piste du cottage, Devil tira sur les rênes.

Il jeta un coup d'œil à Honoria. S'arrêtant à côté de lui, elle soutint son regard. Il scruta ses yeux puis, sans un mot, engagea Sulieman dans la piste étroite.

En hiver, le cottage et la clairière paraissaient très différents. Le sous-bois était encore dense, impénétrable, mais les arbres avaient perdu leurs feuilles. Un tapis touffu brun moucheté recouvrait la terre, étouffant le bruit des sabots. La maisonnette était plus propre, mieux rangée, la pierre devant la porte brossée ; une mince volute de fumée s'élevait de la cheminée.

— La résidence de Keenan.

Devil mit pied à terre et attacha les rênes à un arbre, puis il rejoignit Honoria.

Alors qu'il la soulevait pour la faire descendre, elle se rappela à quel point elle s'était sentie bouleversée la première fois où ses mains s'étaient refermées sur sa taille. Aujourd'hui, son toucher était rassurant, un contact chaleureusement familier.

— Sera-t-il à l'intérieur ?

— Peu probable. En hiver, il passe ses journées au village.

Il attacha bien les rênes d'Honoria et, ensemble, ils marchèrent vers le cottage.

— Est-ce que ça va si nous entrons ?

Devil hocha la tête.

— Keenan n'a pas de véritable maison, il vit simplement dans les cottages que je lui fournis et il maintient mes forêts en bon état.

Ouvrant la porte, il partit devant ; Honoria le suivit. Elle l'observa traverser la petite pièce, son pas allongé ralentissant quand il s'approcha de la paillasse surélevée sur laquelle Tolly était mort. Il s'arrêta à son pied, baissant les yeux sur la simple couverture grise, son visage comme un masque de pierre.

Cela faisait longtemps qu'elle ne l'avait pas vu ainsi. Ces jours-ci, il lui cachait rarement ses émotions. Elle hésita et s'avança, s'arrêtant à côté de lui. C'était sa place. Parfois, il avait besoin qu'elle le lui rappelle. Ce but en tête, elle glissa ses doigts sur la paume de Devil. Sa main resta molle, puis se referma, fortement, fermement.

Quand il continua à fixer le lit qui ne révélait rien, Honoria s'appuya contre lui. Cela fit l'affaire. Il la regarda brièvement, hésita puis leva le bras et l'attira contre lui. Il reporta son regard en fronçant les sourcils sur la paillasse.

— Six mois se sont écoulés, et nous ne l'avons pas encore coincé.

Honoria posa la tête contre son épaule.

— Je n'imagine pas que la barre Cynster est du genre à accepter la défaite.

— Jamais.

— Bien, alors.

Elle leva les yeux et vit le pli sur son front s'approfondir.

Il rencontra son regard, le pli torturé obscurcissant ses yeux.

— Ce quelque chose que j'ai oublié, cela concernait la *façon* dont Tolly est mort. Quelque chose que j'ai remarqué, dont je devrais me souvenir.

Il reporta son regard sur la paillasse.

— Je n'arrête pas d'espérer que cela me revienne.

L'intensité dans ses yeux, ses paroles, excluait toute tentative légère de réconfort. Une minute plus tard, Honoria sentit le torse de Devil se gonfler et son bras se resserrer brièvement autour d'elle, puis il la libéra et désigna la porte.

— Venez, rentrons à la maison.

Ils retournèrent lentement à cheval dans le crépuscule naissant. Devil ne mentionna pas de nouveau l'assassin de Tolly ; ils se séparèrent dans le vestibule, lui se dirigeant vers la bibliothèque, Honoria montant l'escalier, songeant à prendre un bain avant le dîner.

Habituée à ses humeurs comme elle l'était à présent, elle le sut immédiatement lorsqu'il aborda de nouveau le sujet. Ils se trouvaient dans la bibliothèque, lui dans un fauteuil bien rembourré, elle sur le divan, sa broderie sur les genoux. Le feu brûlait vivement, réchauffant la pièce ; les rideaux étaient tirés pour la nuit. Webster avait fourni un verre de brandy à Devil, puis s'était retiré ; la douairière était montée.

Derrière ses cils, Honoria vit Devil boire une longue gorgée de son brandy, puis la regarder.

— Je devrais retourner à Londres.

Elle releva la tête, scruta son visage et demanda posément :

— Quelle information avez-vous reçue à propos de la mort de Tolly qui nécessite notre retour maintenant ?

Devil plongea son regard dans le sien. Elle le soutint sans détourner les yeux, calmement, sans défi, même lorsque les yeux verts se plissèrent et que ses lèvres se compressèrent. Puis il grimaça et s'adossa confortablement au fauteuil, son regard se déplaçant au plafond. Mettant de côté son petit point, Honoria patienta.

Devil réfléchit longtemps et sérieusement, puis médita encore ; néanmoins, elle était sa duchesse — et trop intelligente et têtue pour avaler n'importe quelle couleuvre. Il baissa le regard sur son visage.

— Le vicomte Bromley travaille présentement pour moi.

Honoria plissa le front.

— Est-ce que je le connais ?

— Il n'est pas le genre de gentleman que vous devez connaître.

— Ah — ce genre de gentleman.

— Précisément. Le vicomte s'active en ce moment à découvrir la vérité sur la « rumeur déshonorante de Lucifer ». Il doit présenter un rapport la semaine prochaine.

— Je vois.

Sourcils froncés, Honoria fixa le feu puis, distraitement, rassembla ses soies.

— Nous n'avons pas d'obligations officielles ici, je vais parler à Mrs Hull et à Webster immédiatement.

Elle se leva, puis jeta un coup d'œil par-dessus son épaule.

— Je suppose que nous partirons demain ?

Devil soutint son regard pendant un moment lourd de sens, puis il soupira et inclina la tête.

— Demain. Après le déjeuner.

Avec un hochement de tête, Honoria se détourna ; Devil regarda ses hanches se balancer pendant qu'elle marchait vers la porte. Quand elle se referma sur elle, il vida son verre et se demanda, non pour la première fois, ce qu'il lui avait pris exactement.

— De combien Bromley a-t-il excédé sa limite ?

Vane posa la question alors qu'il prenait ses aises sur la chaise devant le bureau de Devil. Le vicomte Bromley était parti à peine une minute plus tôt, le teint décidément vert.

Reverrouillant les reconnaissances de dettes du vicomte dans le tiroir de son bureau, Devil annonça une somme ; les yeux s'agrandissant, Vane siffla.

— Tu l'as vraiment eu en grand.

Devil haussa les épaules.

— J'aime faire les choses à fond.

La porte s'ouvrit ; levant la tête, Devil déduit de l'expression distraite dans ses yeux qu'Honoria avait surpris sa dernière remarque. Le sourire de Devil quand il croisa son regard était ouvertement celui d'un séducteur.

— Bonjour, ma chérie.

Honoria cligna des paupières, puis inclina la tête majestueusement.

Il l'observa pendant qu'elle échangeait des salutations avec Vane ; elle était habillée pour sortir d'une pelisse dorée en mérinos, un bonnet de velours avec un bord ruché suspendu par ses rubans dans sa main. La même main, gantée de cuir de chevreau ivoire, portait un manchon de velours doré doublé de duvet de cygne ; la face intérieure du col relevé de sa pelisse était garnie de la même matière coûteuse. Ses cheveux étaient coiffés en un chignon élégant sur sa tête, ce n'était plus le fouillis entremêlé de ce matin lorsqu'il l'avait laissée dans leur lit. Le souvenir provoqua une douce chaleur, dont il insuffla son sourire en toute connaissance de cause.

Rangeant la clé du tiroir du bureau dans la poche de son gilet, il avança paresseusement jusqu'à elle avec une satisfaction suffisante. Elle se tourna pendant qu'il approchait et arqua les sourcils.

— Le vicomte avait-il l'information que vous attendiez ?

Devil s'arrêta, les yeux calmes sur les siens. Il n'avait pas à le regarder pour être conscient de l'étonnement de Vane.

— Il se trouve que non. Bromley a besoin de plus de temps.

— Et vous le lui avez accordé ?

Après une infime hésitation, Devil hocha la tête.

Honoria haussa les sourcils.

— Si le vicomte est aussi lent, n'y a-t-il personne d'autre que vous pourriez employer à sa place ?

— Ce n'est pas si simple.

Devançant la question qu'il pouvait voir dans ses yeux, Devil poursuivit :

— Bromley a certains attributs qui le rendent idéal pour le travail.

Honoria eut l'air encore plus étonnée.

— Je l'ai aperçu seulement brièvement, mais il ne m'a pas frappé comme le genre à inspirer une grande confiance.

Elle marqua une pause, plissant légèrement le front, levant les yeux vers le visage de Devil qui ne lui apprenait rien.

— Maintenant que nous sommes en ville, ne pourriez-vous pas vous passer de Bromley et enquêter vous-même sur la question ? Il y a déjà une foule importante de gens en résidence ici ; si vous me dites ce que vous avez besoin de savoir, je pourrais bien être capable de le découvrir moi-même.

Vane s'étrangla et essaya de déguiser la chose en toux.

Honoria le dévisagea ; accrochant le regard de son cousin, Devil fronça les sourcils.

Remarquant la communication silencieuse, Honoria plissa les yeux.

— Sur quoi, exactement, Bromley enquête-t-il ?

La question ramena l'attention des deux hommes sur son visage ; Honoria les rencontra, lut leur réponse instinctive et leva le menton. Devil regarda le spectacle à peine une seconde, puis il jeta un regard lourd de sens à Vane.

D'un air mielleux, Vane sourit à Honoria.

— Je vais vous laisser à vos questions.

Elle lui présenta sa main sur laquelle il s'inclina, puis avec un regard éloquent pour Devil, il se tourna vers la porte.

Pendant qu'elle se refermait sur lui, Devil baissa les yeux dans ceux d'Honoria. L'expression de sa femme exprimait une détermination inébranlable.

— Vous n'avez pas besoin de connaître les détails de la tâche de Bromley.

Il se serait approché davantage, mais sa tranquille dignité le retint. Elle scruta ses yeux. Ce qu'elle y lut, il ne sut le dire ; malgré tout, il était conscient d'une admiration d'un genre qu'il n'aurait jamais cru ressentir pour une femme ; il espéra avec ferveur qu'elle n'était pas visible.

Honoria se redressa, son menton se relevant un tout petit peu.

— Je suis votre femme, votre duchesse. Si quelque chose menace *notre* famille, je dois le savoir.

Devil remarqua son insistance ; elle ne détourna pas la tête, mais continua à l'affronter avec une détermination inflexible.

Le moment s'étira, chargé d'électricité, pénible sous la discussion muette. Elle remettait son autorité en question et elle le savait, mais elle ne reculerait pas. Ses yeux l'exprimaient très clairement.

Devil plissa les paupières.

— Vous êtes une femme extrêmement obstinée.

Avec morgue, Honoria haussa un sourcil.

— Vous le saviez avant notre mariage.

Il hocha la tête avec brusquerie.

— Malheureusement, ce trait était partie intégrante de l'ensemble.

Son ton sec la piqua au vif ; Honoria leva le menton.

— Vous m'avez acceptée — pour le meilleur et pour le pire.

Les yeux de Devil lancèrent des éclairs.

— Vous avez fait la même chose.

Encore une fois, leurs regards s'affrontèrent ; après un moment de silence tendu, Honoria, très lentement, haussa un sourcil impérieux. Devil regarda le spectacle avec un agacement non déguisé puis, avec un grondement sourd, il désigna le sofa.

— La question est loin de convenir aux oreilles d'une dame.

Dissimulant son triomphe, Honoria s'assit docilement ; Devil s'installa à côté d'elle. Brièvement, avec concision, il lui révéla la nature de la rumeur de Lucifer — le fait qu'un nombre de contacts avaient rapporté qu'un Cynster fréquentait les « palais ».

— Les palais ?

Honoria paraissait déroutée.

La mâchoire de Devil se serra.

— Les bordels — d'un genre extrêmement sélect.

Honoria le regarda dans les yeux.

— Vous ne croyez pas qu'il s'agisse d'un membre de la barre Cynster.

Une affirmation et non une question ; d'un air sévère, Devil secoua la tête.

— Je sais que ce n'est pas l'un de nous. Aucun d'entre nous ne passerait le seuil d'un tel endroit.

Il ne vit aucune raison d'édifier Honoria des détails de ce qui transpirait dans les « palais ». Sa femme n'avait pas besoin de connaître les pires excès de la prostitution.

— Il est possible que Tolly y soit allé par curiosité et pendant qu'il y était, qu'il ait vu ou entendu quelque chose qui l'a transformé en menace pour quelqu'un.

Il rencontra le regard d'Honoria.

— Les clients des « palais » sont nécessairement riches, la plupart sont puissants dans le véritable sens du mot. Le genre d'hommes qui ont des secrets à cacher et la capacité de réduire au silence ceux qui les découvrent.

Honoria examina son visage.

— Pourquoi avez-vous besoin de Bromley ?

Les lèvres de Devil se tordirent.

— Malheureusement, les opinions de la barre Cynster sur ce sujet particulier sont largement connues. Les propriétaires agissent avec prudence ; aucun de nous n'a pu obtenir de réponse.

Après un moment, Honoria demanda :

— Pensez-vous réellement que c'était Tolly ?

Devil rencontra son regard et secoua la tête.

— Ce qui laisse…

Il fronça les sourcils, puis grimaça.

— Mais je le crois encore moins que Tolly.

Ils restèrent songeurs, puis Honoria aperçut l'horloge.

— Doux Jésus, je vais être en retard.

Reprenant son manchon, elle se leva.

Devil l'imita.

— Où allez-vous ?

— Rendre visite à Louise, puis je suis attendue chez lady Colebourne pour déjeuner.

— Pas une allusion sur tout ceci à Louise ni à Maman[1].

Le regard que lui jeta Honoria était affectueusement condescendant.

— Bien sûr que non.

Elle se tourna vers la porte. Devil l'arrêta d'un doigt sous son menton, la retournant face à lui, inclinant sa tête vers le haut. Il regarda dans ses yeux, attendit jusqu'à ce qu'il voie qu'elle était bien consciente de lui, puis il pencha la tête et posa ses lèvres sur les siennes.

Comme baiser, il s'agissait d'un murmure, d'une caresse terriblement excitante, légère comme une

1. En français dans le texte.

plume, trop chimérique pour satisfaire, néanmoins trop réelle pour être ignorée.

Quand il releva la tête, Honoria cligna vivement des paupières, puis elle vit son sourire et s'arrêta juste avant de lui lancer un regard mauvais. Elle se redressa et inclina majestueusement la tête.

— Je vous souhaite une bonne journée, mon seigneur.

Devil sourit, lentement.

— Profitez de votre journée, ma dame.

Tout au long de l'après-midi, Honoria maudit son mari et les effets de son baiser démoniaque qui perduraient. Incapable d'expliquer les tremblements occasionnels qui la secouaient, elle fut obligée de se prêter à la suggestion de Louise et de boire un verre de ratafia pour éloigner son frisson. Assise sur le divan dans le salon de Louise, les jumelles sur des tabourets à ses pieds, elle saisit l'occasion de lancer en l'air l'idée qui avait pris racine dans son esprit.

— Je songe à donner un bal.

Elle ressentait qu'il était impératif de revendiquer publiquement sa place de nouvelle duchesse de St-Ives. Un bal impromptu[1] semblait la solution parfaite.

— Un bal ?

Les yeux d'Amanda s'arrondirent. Elle pivota pour faire face à sa mère.

— Serons-nous autorisées à y assister ?

Observant les visages rayonnants de ses filles, Louise s'efforça de dissimuler son sourire.

— Tout dépend de deux choses : si vous êtes invitées et du type de bal.

---

1. En français dans le texte.

Amanda et Amelia pivotèrent pour regarder de nouveau Honoria ; elle fit semblant de ne pas le remarquer et elle s'adressa à Louise.

— Je pense qu'il devrait s'agir d'un bal en petit comité, seulement pour la famille et les amis.

Louise hocha la tête.

— La société n'est pas encore très présente en ville — cela ne conviendrait pas du tout que la duchesse de St-Ives organise son premier bal officiel lorsque la moitié de l'aristocratie se trouve encore sur le terrain de chasse.

— En effet, cela équivaudrait à un faux pas social. Une façon certaine de dépiter les grandes dames[1]. Trop d'entre elles seraient offensées, si je tenais mon premier bal officiel maintenant, mais un bal impromptu[2] ne devrait provoquer aucun courroux.

Louise se cala dans son fauteuil, gesticulant avec magnanimité.

— Comme les affaires ont exigé votre retour en ville, personne ne remettra en question votre droit à un petit divertissement informel. Et, bien sûr, Helena n'est pas encore ici — vous ne pourriez pas tenir votre premier bal officiel sans elle.

— Précisément.

Honoria hocha la tête ; la douairière était allée rendre visite à des amis, et on ne l'attendait pas en ville avant le début de la saison proprement dit.

— Et si c'est seulement pour les amis...

— Et la famille, ajouta Louise.

1. En français dans le texte.
2. En français dans le texte.

— Alors, médita Honoria, il pourrait se tenir très bientôt.

Amanda et Amelia contemplèrent l'expression distante d'Honoria, puis celle de leur mère.

— Mais serons-nous invitées ? gémirent-elles.

Honoria cligna des paupières et les observa avec une surprise apparente.

— Doux Jésus ! Vous avez relevé vos cheveux !

Louise rit ; les jumelles gratifièrent Honoria d'une grimace, puis bondirent de leurs tabourets pour l'encadrer sur le divan.

— Nous promettons d'être des modèles de décorum.

— Les jeunes filles les plus convenables que vous n'avez jamais vues.

— Et nous avons amplement de cousins avec qui danser, alors vous n'aurez pas besoin d'être tout le temps en train de nous trouver des partenaires.

Honoria observa leurs yeux brillants et se demanda quelle serait leur opinion sur leurs splendides cousins une fois qu'elles les verraient sous leur véritable jour, dans leur cadre normal, arpentant une salle de bal. Son hésitation lui mérita deux regards misérablement implorants ; elle rit.

— Bien sûr, vous serez invitées.

Elle posa brièvement son regard sur un visage follement heureux, puis sur l'autre.

— Toutefois, ce sera à votre maman de décider si vous devez y assister ou non.

Elles regardèrent Louise ; elle sourit affectueusement mais fermement à ses filles.

— Je ferai connaître ma décision après en avoir discuté avec votre père, mais étant donné que vous serez présentées cette saison, un bal familial impromptu[1], particulièrement à la Résidence St-Ives, offrirait un excellent début pour votre année.

L'enthousiasme monta en flèche ; les jumelles rayonnaient de plaisir.

Les laissant harceler Louise pour leurs robes de bal, Honoria se rendit à la maison de ville de lady Colebourne pour participer à un déjeuner au milieu d'un groupe de jeunes femmes. Toutes réserves restantes à propos de la nécessité de son bal furent rapidement apaisées, considérant les lueurs qui étaient apparues dans de trop nombreux yeux devant la nouvelle que son mari était revenu en ville, en gentleman marié à présent, beaucoup plus sûr en matière de badinages amoureux que le séducteur célibataire qu'il avait été.

Souriant sereinement, Honoria songea à revendiquer son droit de propriété sur lui aussi. Peut-être à l'aide d'un tatouage sur son front et une autre partie pertinente de son anatomie ?

Les épouses de la haute société qui s'ennuyaient pouvaient regarder ailleurs pour se divertir. Devil lui appartenait — elle dut combattre une forte envie de le déclarer publiquement.

Quand elle grimpa dans sa voiture pour rentrer à Grosvenor Square, une possessivité persistante s'était fermement emparée d'elle. La force de ce sentiment la bouleversa, mais elle ne savait que trop bien ce qui l'avait provoqué. Au sein de l'aristocratie, il y avait plus d'une manière de perdre un mari. Elle n'avait pas repensé à cette possibilité depuis la nuit de l'orage,

1. En français dans le texte.

lorsqu'elle s'était réveillée pour le découvrir dans sa chambre. Malgré ses craintes et le fait que Sligo et l'écuyer en chef de Devil avaient partagé ses soupçons, rien d'autre ne s'était produit. Il semblait à présent que Devil avait eu raison et que la désintégration de son phaéton n'avait été qu'un accident insolite.

Le regard fixé sur le spectacle des rues, Honoria sentit monter une détermination totalement inattendue. Elle la reconnut pour ce qu'elle était — cela l'étonna, mais elle ne la combattit pas. Trop de gens lui avaient affirmé que c'était son destin d'être son épouse.

Ce qui signifiait qu'il était à elle et elle avait l'intention que cela reste ainsi.

*

Devil prit le déjeuner avec des amis, puis il alla faire un tour chez White's. C'était leur troisième jour dans la capitale ; malgré qu'il ait pris épouse, le mode de vie confortable des jours anciens reprenait discrètement sa place.

— La seule différence, expliqua-t-il à Vane alors qu'ils entraient lentement dans la salle de lecture, est que je n'ai plus à me dépenser pour ce qui est de réchauffer mon lit.

Vane sourit largement. Donnant un petit coup sur le coude de Devil, il désigna deux fauteuils inoccupés. Ils s'installèrent dans un silence complice derrière des journaux. Devil contempla le sien, sans le voir. Son esprit était entièrement occupé par sa femme et son entêtement. Comment il en était venu précisément à épouser la seule femme parmi des millions qui soit imperméable à l'intimidation, il l'ignorait. Le destin, se rappela-t-il, avait réglé la question — son seul choix semblait d'espérer que le destin lui fournirait également les moyens de savoir s'y prendre avec elle *sans* endommager ce petit quelque chose subtil qui grandissait entre eux.

Cela était unique, du moins selon son expérience. Il ne pouvait pas le définir, ne pouvait même pas le décrire, il savait seulement que c'était précieux, trop inestimable pour le mettre en danger.

Honoria aussi était trop inestimable pour risquer de la perdre, à n'importe quel niveau, de n'importe quelle façon.

Il plissa le front devant son journal et se demanda ce qu'elle faisait.

Tard cet après-midi là, s'étant séparé de Vane, Devil rentra d'un pas paresseux à la maison. Il traversa Piccadilly et tourna sur Berkeley Street.

— Hé ! Sylvester !

Devil s'arrêta et pivota, puis attendit pendant que Charles le rejoignait avant de repartir. Charles accorda son pas au sien ; il avait ses appartements dans Duke Street, juste au-delà de Grosvenor Square.

— De retour dans tes vieux repaires, si je comprends bien ?

Devil sourit.

— Comme tu le dis.

— Je suis étonné, je pensais que le Leicestershire te retiendrait un peu plus longtemps. Ils ont une excellente chasse, ai-je entendu.

— Je ne suis pas allé au Lodge cette saison.

Le Manoir Lodge était le pavillon de chasse ducal.

— J'ai chassé avec la meute de Somersham, mais les sorties n'en ont pas valu la peine.

Charles sembla perplexe.

— Tante Helena se porte-t-elle bien ?

— Parfaitement.

Devil lui jeta un regard de biais ; ses lèvres tressaillirent.

— J'ai eu d'autres distractions à ma portée.

— Oh ?

— Je me suis marié, tu te souviens ?

Les sourcils de Charles se haussèrent brièvement.

— Je n'avais pas imaginé que le mariage entraînerait des changements dans tes habitudes.

Devil se contenta d'un haussement d'épaules. Ils contournèrent Berkeley Square, puis tournèrent dans une ruelle qui passait entre deux maisons, reliant la place à Hays Mews.

— Je comprends qu'Honoria est demeurée à Somersham ?

Devil plissa le front.

— Non. Elle est ici, avec moi.

— Ah oui ?

Charles cligna des paupières. Après un moment, il murmura :

— Je dois me souvenir de lui présenter mes respects.

Devil inclina la tête, ne voulant pas engager Honoria dans des transports de joie. Il savait parfaitement bien comment ses autres cousins voyaient Charles ; pour sa part, il avait toujours tenté la tolérance. Ils poursuivirent leur route, s'arrêtant enfin au coin de Grosvenor Square. Duke Street était devant ; Devil ne se trouvait qu'à quelques mètres de sa porte.

Brusquement, Charles pivota pour le regarder en face.

— J'hésite à faire allusion à une question aussi délicate, mais je sens qu'il me faut parler.

Froidement, Devil haussa les sourcils — et s'accrocha fermement à sa tolérance.

— Amener Honoria à Londres, si tôt dans son nouveau rôle, exiger d'elle d'approuver tes liaisons plus larges quelques mois après ton mariage, est inutilement cruel. Elle n'a peut-être pas l'expérience du comportement dans la haute société, mais son intelligence est, je crois, supérieure. Elle réalisera sans aucun doute que tu accordes ton attention ailleurs. Les femmes sont sensibles à de telles affaires. Si tu l'avais laissée à Somersham, elle ne serait pas exposée à une telle blessure.

Sans expression, Devil baissa les yeux sur Charles ; il avait perdu contact avec sa tolérance. Au lieu de cela, il s'efforçait de réprimer sa formidable colère. Si Charles n'avait pas été de la famille, il serait en train de s'étouffer avec ses propres dents. Il lui fallut un effort concerté pour ne pas gronder en montrant ses crocs.

— Tu te trompes sur la question, Charles. C'était le souhait d'Honoria de m'accompagner, un souhait que je n'ai vu aucune raison de ne pas accorder.

Son ton rigoureusement calme fit se raidir Charles ; son regard aurait fait geler les feux de l'enfer.

— De plus, tu sembles fonctionner sur une méprise. En ce moment, je n'ai aucune intention de chercher une « liaison plus large ». Ma femme retient mon intérêt à l'exclusion de toutes les autres.

C'était la vérité, littéralement, affirmée plus clairement qu'il avait permis à son propre esprit de le découvrir.

Charles cligna des paupières. Il paraissait stupéfait.

Les lèvres de Devil se tordirent en une froide grimace de dénigrement de soi.

— En effet, il y a plus à dire en faveur du mariage que moi-même je ne l'avais prévu. Tu devrais essayer, je le recommande en tant qu'expérience stimulante.

Avec un bref hochement de tête, il se dirigea à grandes enjambées vers sa porte, laissant Charles, dénué d'expression, fixer son dos.

CHAPITRE 20

Le lendemain matin, dès qu'il fut libéré de ses affaires les plus urgentes, Devil grimpa les marches jusqu'au petit salon.

Honoria leva la tête lorsqu'il entra ; elle sourit chaleureusement.

— Je pensais que vous seriez occupé pendant des heures.

— Hodben est en route pour rentrer à la Maison.

Devil avança paresseusement jusqu'au divan et s'assit sur un accoudoir à côté d'elle. Posant son bras sur le dossier, il ramassa une des listes sur les cuisses d'Honoria.

— Nos invités ?

Elle jeta un petit coup d'œil.

— Ce sont les parents. Voici celles des amis.

Devil accepta les listes et les lut attentivement. Ils avaient discuté de son idée d'un bal impromptu[1] le soir

1. En français dans le texte.

précédent. Calculant que cet événement la garderait occupée et détournerait son attention de Bromley et de ses activités, il avait volontiers donné son accord.

— Vous pourriez ajouter quelques personnes.

Honoria prit un crayon et gribouilla docilement pendant qu'il débitait une petite série de noms de son cru. Quand il dit « Chillingworth », elle leva la tête, étonnée.

— Je pensais que le comte n'était pas un de vos préférés ?

— Au contraire, c'est mon premier préféré.

Devil sourit, l'un de ses sourires de prince des ténèbres.

— Qui pourrais-je torturer si je n'avais pas Chillingworth à proximité ?

La réponse d'Honoria se lut dans ses yeux, mais elle laissa le comte sur la liste. Chillingworth pouvait se défendre.

— Je me suis demandé, dit Devil en observant le profil d'Honoria, si vous étiez libre pour une promenade en voiture.

Honoria releva la tête, son bras frôlant la cuisse de Devil. Ses yeux s'arrêtèrent brièvement sur les siens, puis elle grimaça.

— Je ne peux pas.

Elle désigna le matériel d'écriture sur la table.

— Si le bal doit se tenir vendredi prochain, je dois expédier les invitations aujourd'hui.

Devil n'avait jamais écrit une invitation à un bal de sa vie. Il était sur le point de suggérer qu'il pourrait apprendre quand Honoria poursuivit :

— Louise amène les jumelles pour m'assister.

— Dans ce cas, je vais vous laisser à vos projets.

Ses doigts suivirent le contour de la joue d'Honoria pendant qu'il se levait, puis il sourit et gagna rapidement la porte ; Honoria le regarda la refermer derrière lui. Elle fixa les panneaux avec une expression mélancolique, puis elle grimaça et retourna à ses listes.

*

Le lendemain matin, quand la porte du boudoir s'ouvrit, Honoria releva la tête avec un sourire enthousiaste. Seulement pour découvrir que c'était Vane qui sollicitait une audience de sa part.

— Devil a dit que je vous trouverais ici.

Souriant d'une façon charmante, il s'avança lentement.

— J'ai une demande à vous présenter.

La lueur dans son regard donnait à entendre ce que devrait être précisément cette requête ; Honoria l'observa avec une désapprobation de chef de famille.

— Qui ? demanda-t-elle.

— Lady Canterton. Et Harry a suggéré lady Pinney.

Honoria soutint son regard pendant un moment lourd de sens, puis elle tendit la main vers son crayon.

— Je vais envoyer des invitations aujourd'hui.

— Merci.

— À une condition.

Elle leva la tête juste à temps pour apercevoir la méfiance s'infiltrant dans ses yeux.

— Quelle condition ?

Il y avait une trace de dureté dans la question ; Honoria l'ignora.

— Chacun de vous dansera une fois avec chacune des jumelles.

— Les jumelles ?

Vane la dévisagea.

— Quel âge ont-elles ?

— Dix-sept ans. Elles seront présentées cette année. Leur premier bal sera celui de ce vendredi.

Vane frissonna.

Honoria haussa un sourcil.

— Eh bien ?

Il la regarda, une résignation sans joie dans les yeux.

— Très bien, une danse chacune. Je vais informer Harry.

Honoria hocha la tête.

Ses prochains visiteurs suivirent coup sur coup, tous avec la même mission. Gabriel succéda à Vane ; Lucifer vint ensuite. Le dernier à passer la porte du petit salon fut Richard.

— Je sais, dit Honoria, tendant la main vers sa liste largement amendée. Lady Grey.

— Lady Grey ?

Richard cilla.

— Pourquoi lady Grey ?

Honoria cligna à son tour. Elle l'avait vu s'esquiver furtivement au bal d'Horatia avec la beauté à la chevelure sombre et à la peau d'albâtre.

— N'est-elle pas...

Elle gesticula avec son crayon.

— Ah, non.

Le large sourire de Richard rappelait Devil dans ses pires moments.

— C'était l'an passé. J'allais demander lady Walton.

Demander — comme un cadeau. Et, comme un cadeau, lady Walton tomberait sans aucun doute sur ses genoux. Honoria décida qu'il était inutile de désapprouver ; elle ajouta lady Walton à sa liste.

— Et je promets scrupuleusement d'inviter Amanda et Amelia.

— Bien.

Honoria leva la tête à temps pour être témoin de la révérence insouciante de Richard.

— Une très bonne idée, ce bal que vous organisez.

Il marqua une pause à la porte, un sourire de Cynster aux lèvres.

— Nous cherchions tous une façon de démarrer la saison. Rien ne pourrait surpasser votre bal impromptu[1].

Honoria lui lança un regard d'avertissement ; en rigolant, il partit.

Elle poursuivit sa planification, essayant de ne pas écouter les pas derrière la porte, de ne pas se demander si Devil passerait pour apprendre les choix de ses cousins, pour s'informer de ses activités, pour partager ses nouvelles.

Il ne le fit pas.

*

Quand elle pénétra dans le boudoir le lendemain matin, elle fut ravie de trouver Devil encore là, sirotant son café et lisant attentivement *The Gazette.* Sa place était à présent à l'autre extrémité de la table, une étendue d'acajou poli entre eux. En s'asseyant, elle le gratifia d'un sourire rayonnant par-dessus l'argenterie.

1. En français dans le texte.

Devil le lui rendit, l'expression de joie plus évidente dans ses yeux que sur ses lèvres. Pliant *The Gazette,* il le mit de côté.

— Comment vos plans avancent-ils ?

Bien qu'il eût dîné à la maison la veille, il avait été préoccupé par ses affaires ; il était venu au lit tard, la conversation très loin de son esprit.

Entre des gorgées de thé et des bouchées de rôtie, Honoria le mit au courant.

Il écouta attentivement, offrant ses commentaires, terminant par :

— Vous lancez une nouvelle mode, vous savez. J'ai déjà entendu deux autres hôtesses qui prévoient des divertissements impromptus[1] prématurés.

Souriant d'un air épanoui, Honoria haussa les épaules.

— Là où vont les St-Ives, les autres suivront.

Il sourit avec plaisir, puis ses yeux plongèrent dans les siens.

— J'ai fait amener les chevaux de la Maison. Il fait beau dehors, je me demandais si vous aimeriez aller faire un tour.

Le cœur d'Honoria bondit. Leurs heures en privé lui manquaient terriblement.

— Je…

— Je vous demande pardon, Votre Seigneurie.

Se retournant, Honoria regarda pendant que Mrs Hull exécutait une petite révérence pour Devil, puis elle se tourna vers elle.

— Les traiteurs sont arrivés, madame. Je les ai fait entrer dans le salon.

---

1. En français dans le texte.

— Oh, oui.

La joie se dégonflant comme un ballon piqué par une aiguille, Honoria sourit faiblement.

— Je les rejoins très bientôt.

Les fleuristes étaient également attendus ce matin, tout comme les musiciens.

Mrs Hull se retira ; Honoria pivota pour rencontrer les yeux de Devil.

— J'avais oublié. Le menu du dîner doit être décidé aujourd'hui. Je n'aurai pas le temps de monter à cheval ce matin.

Avec un sourire affable, Devil agita la main avec dédain.

— C'est sans importance.

Honoria retint un froncement de sourcils — son sourire n'avait pas atteint ses yeux. Cependant, elle ne trouvait rien d'approprié à dire ; avec une moue contrite, elle se leva.

— Avec votre permission.

Devil inclina la tête, son sourire superficiel toujours en place. Il regarda partir Honoria, puis déposa sa tasse et se leva. Lentement, un pli sur son front remplaça son sourire. Il avança dans le vestibule ; derrière lui, Webster donnait des ordres pour que le salon soit dégagé. Un instant plus tard, il apparut à ses côtés.

— Dois-je envoyer chercher votre cheval, Votre Seigneurie ?

Devil se concentra et découvrit que son regard était posé sur l'escalier que venait d'emprunter Honoria.

— Non.

Quand il montait seul, il partait tôt, avant que les autres n'aient commencé à s'agiter. Ses traits se durcissant, il se retourna vers la bibliothèque.

— Je serai occupé pour le reste de la matinée.

*

Le jour du bal de la duchesse de St-Ives se leva, froid et dégagé. Dans le parc, une légère brume s'enroulait sous les arbres ; des cris perçants d'oiseau résonnaient dans le calme.

Devil avançait sur la piste brun pâle désertée, le bruit sourd des sabots de son cheval tambourinant dans ses oreilles. Il montait avec un abandon résolu, néanmoins en parfait contrôle, son corps et celui de sa monture en harmonie alors qu'ils flottaient dans la froideur du matin. Au bout de la piste, il relança la tête de l'alezan qui s'ébrouait de l'autre côté et ils revinrent encore plus vite.

Approchant la fin de la piste, il ralentit, s'arrêtant devant un bosquet de chênes. Le cheval au large torse, conçu pour l'endurance, souffla avec force et baissa la tête. Devil relâcha les rênes, son torse se gonflant pendant qu'il inspirait profondément.

Il n'y avait personne en vue, rien que les arbres et les pelouses bien entretenues. L'odeur piquante de l'herbe mouillée s'éleva quand l'alezan changea de position, puis s'installa pour brouter. Devil emplit de nouveau ses poumons et sentit le froid atteindre son cerveau. Et, comme il arrivait souvent pendant ces moments de solitude, son malaise, le trouble persistant qui le rongeait depuis des jours se cristallisa, se clarifia. Ce qu'il vit clairement n'était pas encourageant.

La pensée qu'il était agacé parce que sa femme était trop occupée à organiser son bal pour avoir du temps pour lui ne passait pas bien. Néanmoins, nier sa jalousie, l'attente, le désir d'être avec elle était vain. Même maintenant, il pouvait sentir l'émotion mauvaise bouillonner en lui. Pourtant, il n'avait aucune cause juste de plainte. Les duchesses étaient censées donner des bals. Honoria agissait précisément comme une femme le devrait. Elle n'avait présenté aucune revendication gênante, aucune demande d'attention de sa part qu'il ne souhaitait pas accorder. Elle n'avait même pas accepté l'attention qu'il était plus que volontiers prêt à lui accorder.

Ce fait lui restait sur le cœur. Profondément.

Fronçant les sourcils, Devil remua les épaules. Il se montrait déraisonnable — il n'avait eu aucun droit de s'attendre à ce que sa femme soit différente, se comporte selon un code singulier qu'il ne pouvait, même maintenant, définir. Néanmoins, c'était précisément ce qu'il voulait, le désir au cœur de son insatisfaction.

De son propre chef, son esprit évoqua le moment où, dans le cottage de son forestier, elle s'était appuyée sur lui. Il avait baissé la tête, vu la chaleur et la compréhension dans ses yeux et sentit son poids, léger, féminin, contre lui. Et il se rendit compte de tout ce qu'il avait aujourd'hui dont Tolly ne profiterait jamais, ne pourrait pas expérimenter.

Il prit une profonde inspiration ; l'air froid et vif coula dans ses veines. Il voulait Honoria — l'avait voulue dès le départ —, mais son désir n'était pas tout à fait ce qu'il avait cru. Le désir physique, le désir de posséder, le désir de protéger, le besoin d'obtenir sa loyauté, son engagement, tous avaient été satisfaits. Que restait-il ?

Quelque chose, certainement, quelque chose d'assez fort, d'assez puissant pour le perturber, l'obséder, pour miner sans effort sa maîtrise de soi habituellement inattaquable. Quelque chose au-delà de son expérience.

Les sourcils arqués, il réfléchit à cette conclusion et ne put y déceler d'erreur. Les lèvres adoptant un pli ferme, il reprit ses rênes. Il n'allait pas trouver la paix véritable jusqu'à ce qu'il satisfasse ce désir-là aussi.

Lui et son alezan s'étaient calmés. Se penchant en avant, il tapota le cou élégant de son cheval et enfonça les talons. L'animal s'avança docilement, passant en douceur à un petit galop bondissant.

L'écorce de l'arbre devant lequel ils s'étaient tenus vola en éclats. Le son atteignit Devil ; jetant un regard en arrière, il vit la lésion fraîche dans le tronc, au niveau de son torse. Au même instant, une « toux » révélatrice lui vint aux oreilles.

Il ne s'arrêta pas pour mener son enquête ; il ne tira pas sur les rênes jusqu'à ce qu'il eut rejoint le portail du parc où d'autres se rassemblaient maintenant pour leur promenade matinale.

Devil stoppa pour laisser l'alezan se remettre. Les pistolets étaient interdits dans le parc. Les gardiens étaient exemptés, mais sur quoi tireraient-ils, des écureuils ?

L'alezan s'était calmé ; d'un calme mortel lui-même, Devil reprit la route de Grosvenor Square.

*

Le bal de la duchesse de St-Ives fut une somptueuse réussite. Tenue, non dans la grande salle de bal, mais dans la salle de musique relativement intime, la soirée déborda de rires, de danses et d'une gaieté naturelle que l'on ne rencontrait pas souvent dans les limites rigides de la haute société.

De nombreux convives, bien sûr, étaient des parents ; les autres, des connaissances de longue date. Le ton fut donné dès le début, quand le duc et la duchesse menèrent la compagnie dans une valse énergique à couper le souffle. Les cent invités saisirent le message et entreprirent de s'amuser dans l'atmosphère détendue, avec le champagne qui coulait à flot, l'excellent dîner et la compagnie tout aussi formidable. Près de cinq heures après l'arrivée des premiers convives, les derniers invités, las, mais souriant, prirent congé. Webster ferma la porte d'entrée, puis mit les verrous.

Au centre du vestibule, Devil baissa la tête vers Honoria, appuyée sur son bras. Les lumières dansaient encore dans ses yeux.

— Un succès éclatant, ma chérie.

Honoria lui rendit son sourire, déposant sa tête sur son bras.

— Cela s'est bien passé, je crois.

— En effet.

Sa main couvrant la sienne où elle était posée sur sa manche, Devil la fit pivoter vers la bibliothèque. Ils avaient pris l'habitude d'y terminer leurs soirées en sirotant du brandy, échangeant des commentaires. Ils s'arrêtèrent sur le seuil ; les valets de pied et les servantes ramassaient les verres et replaçaient les meubles. Devil jeta un coup d'œil à Honoria.

— Ce soir, peut-être devrions-nous boire notre digestif en haut.

Honoria hocha la tête. Devil accepta un candélabre allumé de Webster ; ensemble, ils commencèrent à monter.

— Amelia et Amanda étaient épuisées.

— Pour la toute première fois de leur vie.

Honoria sourit affectueusement.

— Elles ont dansé toutes les danses, sauf les valses. Et elles l'auraient fait si elles l'avaient pu.

Levant les yeux, elle remarqua le léger froncement de sourcils gâchant le séduisant visage de son mari ; regardant en avant, elle sourit en son for intérieur. La présence des jumelles avait déclenché une réaction intrigante chez leurs cousins mâles, des regards répressifs avaient été de rigueur[1]. Elle pouvait prévoir certaines scènes intéressantes à mesure que la saison se déroulerait.

Cette pensée lui rappela une autre scène intéressante, une à laquelle elle avait participé.

— Au fait, je vous préviens honnêtement que je n'inviterai plus Chillingworth si vous vous comportez comme vous l'avez fait ce soir.

— *Moi !*

L'air innocent que lui offrit Devil n'aurait pas fait honte à un chérubin.

— Ce n'est pas moi qui ai commencé.

Honoria fronça les sourcils.

— Je voulais dire vous deux — *il* n'était pas mieux.

— Je ne pouvais pas décemment le laisser s'en tirer lorsqu'il a porté atteinte à ma capacité à vous satisfaire.

— Il ne l'a pas fait ! C'est vous qui avez déformé ses mots de cette façon.

— C'était ce qu'il voulait dire.

— Quoi qu'il en soit, vous n'aviez pas à l'informer que je…

1. En français dans le texte.

Honoria s'interrompit, les joues en feu — encore. Elle surprit la lueur dans les yeux verts de Devil. Retirant sa main de sous la sienne, elle le poussa ; il ne chancela même pas.

— Vous êtes incorrigible.

Soulevant ses jupes, elle monta les dernières marches.

— J'ignore pourquoi vous avez insisté pour l'inviter quand l'ensemble de votre conversation a été une litanie d'insultes à peine voilées.

— *Voilà* pourquoi.

Reprenant son bras, Devil le passa sous le sien pendant qu'ils traversaient la galerie.

— Chillingworth est la pierre à aiguiser parfaite pour affûter mon esprit, sa peau est aussi dure que le cuir d'un rhinocéros.

— Hum !

Honoria garda le menton dans les airs.

— Je l'ai quand même laissé valser avec vous.

— Seulement parce que j'ai fait en sorte qu'il soit impossible pour vous d'agir autrement.

Elle s'était servi de la valse pour séparer les deux voyous qui s'affrontaient en duel — sans succès, comme il l'était apparu.

— Honoria, si je ne veux pas que vous valsiez avec un gentleman en particulier, vous ne le ferez pas.

Elle releva la tête, le désaccord aux lèvres. La signification sous-jacente de ses mots fit son chemin ; elle rencontra son regard et décida qu'il était plus sûr de simplement en douter.

Quand elle regarda en avant, Devil sourit. Il avait aimé la soirée sans aucune réserve ; même l'émergence des jumelles en tant qu'Aphrodite en herbe ne pouvait pas ternir son humeur détendue. Alors qu'ils se dirigeaient vers les appartements ducaux, il glissa son bras autour d'Honoria et l'attira contre lui.

La jeune femme le laissa faire, profitant de sa proximité. Elle demeurait perplexe quant à sa relation avec Chillingworth. Pendant qu'elle valsait avec Vane, elle avait sondé son opinion ; il avait souri.

— S'ils n'étaient pas si occupés à être rivaux, ils seraient amis.

Leur rivalité, à présent qu'elle la voyait de près, n'était pas entièrement facétieuse, néanmoins, elle n'était pas sérieuse non plus. À distance, cependant, ils donnaient l'impression de deux ennemis mortels.

— Charles est-il toujours aussi sombre ?

Elle avait remarqué qu'il l'observait pendant qu'elle dansait avec Chillingworth ; son expression avait été étrangement vide.

— Charles ? En voilà un qui n'approuvera pas votre innovation. La gaieté sans entrave n'a jamais été son point fort.

— Vos autres cousins se sont délectés de la « gaieté sans entrave ».

Honoria lui lança un regard lourd de sous-entendus.

— *Totalement* sans entrave.

Chaque membre de la barre Cynster, à l'exception de Devil, avait disparu des festivités à un moment donné, réapparaissant plus tard avec des sourires satisfaits du chat ayant avalé la souris.

Devil sourit largement.

— Gabriel a offert ses félicitations avec le ferme espoir que vous transformerez votre bal impromptu en événement annuel.

Honoria ouvrit grand les yeux.

— Y a-t-il vraiment autant de dames accommodantes au sein de l'aristocratie ?

— Vous seriez étonnée.

Devil ouvrit sa porte en grand.

Honoria lui jeta un regard éloquent, puis, nez en l'air, passa le seuil avec élégance. Cependant, elle souriait en avançant avec grâce plus loin dans la pièce, illuminée par un feu brûlant joyeusement dans l'âtre. Le candélabre levé très haut, dissipant les ombres, Devil traversa jusqu'à la commode, déposant le chandelier à côté d'un plateau en argent contenant un carafon en cristal.

Versant du brandy dans un verre, il le tendit à Honoria. Le réchauffant entre ses mains, elle alla d'un pas joyeux jusqu'au fauteuil près du foyer et se laissa tomber sur ses coussins bien rembourrés. Levant son verre, elle inspira les vapeurs.

Et se figea. Elle cligna des paupières. Par-dessus le bord de son verre, elle vit Devil s'emparer du deuxième verre, à moitié rempli de liquide ambre et le porta à ses lèvres.

— *Non !*

Son cri fébrile l'incita à se retourner. Mais le verre toujours levé — à tout moment, il allait avaler sa première lampée habituelle.

Honoria lâcha son verre ; il tomba, le liquide ambre éclaboussant le tapis aux couleurs de joyaux. Les cordes vocales paralysées, elle se lança sur Devil, frappant le verre pour le libérer de sa main. Il vola en éclat sur la commode.

— Que...

Devil la souleva, la faisant pivoter loin des éclats qui pleuvaient. Le visage blême, Honoria s'accrocha à lui, le regard fixé sur le liquide dégouttant sur la commode.

— Qu'y a-t-il ?

Devil la dévisagea ; quand elle ne répondit pas, il balaya la chambre du regard puis, agrippant ses bras, il la déposa à côté de lui et examina son visage.

— Quoi ?

D'une respiration tremblante, elle le regarda en face. Elle déglutit.

— Le brandy.

Sa voix était faible, tremblotante ; elle prit une autre respiration difficile.

— Amandes amères.

Devil se transforma en glaçon — littéralement. Le froid s'insinua dans ses pieds et se propagea vers le haut, figeant un muscle après l'autre jusqu'à ce qu'il soit totalement frigorifié. Ses mains glissèrent sur Honoria alors qu'elle se pressait plus près, passant ses bras autour de lui, la serrant si fort qu'il pouvait à peine respirer. Respirer était en effet un effort. Pendant un instant, il cessa complètement — à l'instant où il réalisa qu'il lui avait remis un verre de poison. Ses entrailles se serrèrent violemment. Il ferma les yeux, posant sa joue sur les boucles d'Honoria, fermant les bras sur elle. Son parfum monta jusqu'à lui ; il resserra son étreinte, sentant son corps, chaud et vivant, contre le sien.

Soudain, Honoria releva la tête, lui frappant presque le menton.

— Vous avez presque été *tué* !

Il s'agissait d'une accusation. L'expression rebelle, elle serra son gilet et tenta de le secouer.

— Je vous l'ai déjà dit — je vous ai *prévenu* ! C'est *vous* qu'ils essaient de tuer.

Une conclusion qu'il pouvait difficilement remettre en question.

— Ils n'ont pas réussi. Grâce à vous.

Devil s'efforça de la ramener dans ses bras. Honoria résista.

— Vous étiez à une gorgée de la mort — je vous ai vu !

Ses yeux étaient brillants de fièvre, ses joues rouges. Devil réprima un juron — pas envers elle, mais contre son assassin potentiel.

— Je ne suis pas mort.

— Mais vous avez *failli* l'être !

Ses yeux s'illuminèrent de flammes bleues.

— *Comment osent-ils ?*

Devil savait reconnaître l'état de choc dans la voix quand il l'entendait.

— Nous sommes tous les deux en vie.

Ses paroles d'apaisement tombèrent dans l'oreille d'une sourde ; Honoria s'éloigna d'un mouvement brusque et commença à faire les cents pas.

— Je n'arrive pas à y croire !

Elle lança une main en l'air.

— Cela ne va pas du tout !

Devil la suivit alors qu'elle marchait vers le lit.

— Je ne le permettrai pas — je l'*interdis* ! Vous *m'appartenez* — ils ne peuvent pas vous avoir !

Elle pivota vivement ; le découvrant près d'elle, elle agrippa les revers de son gilet.

— M'entendez-vous ?

Ses yeux étaient deux larges soucoupes argentées, luisantes de larmes.

— Je ne vais pas vous perdre, vous aussi.

— Je suis ici. Vous ne me perdrez jamais.

Devil glissa ses bras autour d'elle ; elle était tellement tendue qu'elle tremblait.

— Faites-moi confiance.

Elle scruta ses yeux ; des larmes ornaient ses cils.

— Étreignez-moi, ordonna-t-il.

Elle hésita puis obéit, desserrant lentement ses poings, glissant ses bras autour de lui. Elle posa la tête contre son épaule, mais elle resta tendue, raide — déterminée.

Encadrant la mâchoire d'Honoria, Devil leva son visage, baissant les yeux sur ses joues pâles, sur ses yeux inondés de larmes, puis il inclina la tête et embrassa ses lèvres serrées.

— Vous ne me perdrez jamais, murmura-t-il. Je ne vous quitterai jamais.

Un frisson la parcourut. Cils trempés baissés, Honoria leva le visage, offrant ses lèvres. Devil les prit, ensuite sa bouche. La caresse s'éternisa, s'approfondit, lentement, virevoltant inéluctablement vers la passion. Il avait besoin d'elle — elle avait besoin de lui — une assertion de la vie pour éloigner le spectre de la mort.

Honoria s'écarta juste assez longtemps pour enlacer son cou. Elle s'accrocha à lui, à la vie débordante imprégnée dans leur baiser. Les bras de Devil refermés sur elle, son torse dur contre ses seins, son pouls battant un rythme sourd, répétitif qui résonnait en elle. Sa tension protectrice se modifia, se transforma ; elle se pressa contre lui. Elle répondit à son baiser et le désir monta, pas en passion frénétique, mais en une présence impossible à renier qui croissait. Comme une rivière libérée, elle montait en eux, fusionnant en un torrent, emportant toute pensée, toute volonté consciente, les poussant en avant, les incitant, non pas à désirer, mais à désirer donner.

Aucun des deux ne remit en question son bien-fondé, ni n'essaya de le combattre — une force plus qu'assez puissante pour rejeter la mort qu'ils venaient d'affronter. S'abandonnant l'un à l'autre, ils se déshabillèrent, à peine conscients des vêtements qui jonchaient le plancher. Le contact de la peau contre la peau, de mains exploratrices, des lèvres et des langues qui caressaient, jouaient avec leurs sens, alimentant le crescendo en plein essor.

Nus, excités, ils s'installèrent sur le lit, membres entremêlés, puis se séparant, seulement pour se rapprocher intimement de nouveau. De doux murmures s'élevèrent, le grondement grave de Devil sous les halètements essoufflés d'Honoria. Le temps s'étira ; avec des yeux fraîchement ouverts et des sens intensifiés, ils apprirent à se connaître comme si c'était la première fois. Devil revisita chaque courbe douce, chaque centimètre de la peau ivoire d'Honoria, chaque point palpitant, chaque zone érogène. Non moins ensorcelée, Honoria redécouvrit son corps dur, sa force, sa perception, son expertise infaillible. Sa volonté à la satisfaire — égalée uniquement par celle d'Honoria à faire de même pour lui.

Le temps se suspendit pendant qu'ils exploraient, se prodiguant du plaisir l'un à l'autre, leurs chuchotements se transformant en cris légers et en gémissements à moitié réprimés. Ce n'est que lorsqu'il n'y eut plus rien à donner que Devil s'allongea, soulevant Honoria par-dessus lui. L'enfourchant, elle s'arqua et le prit en elle, plongeant lentement, savourant chaque seconde jusqu'à ce qu'il soit enfoui en elle.

Le temps s'interrompit. Pendant un instant précieux, il resta suspendu entre eux, tremblant, gorgé de sensations. Le regard plongé l'un dans l'autre, ils restèrent immobiles, puis Honoria laissa tomber ses paupières. Le cœur battant la chamade, entendant — ressentant — le pouls de Devil qui résonnait en elle, elle savoura la force qui l'avait envahie, reconnaissant silencieusement le pouvoir qui s'était lové en elle. Sous elle, Devil ferma les yeux, l'esprit inondé de la douceur qui l'avait accueilli, qui le tenait maintenant si puissamment qu'il ne pouvait pas se libérer.

Ensuite, ils bougèrent, leurs corps en parfaite communion, leurs âmes liées au-delà de la volonté ou de la pensée. Trop expérimentés pour se hâter, ils se délectèrent de chaque étape sur cette longue route, jusqu'à ce que les portes du paradis s'ouvrent devant eux. Ensemble, ils entrèrent.

*

— En aucune circonstance, madame la duchesse ne doit être laissée sans surveillance.

Devil répéta son ordre avec un regard vide, fixé objectivement sur les trois serviteurs alignés devant lui sur le tapis de la bibliothèque.

Les trois — Webster, droit comme un *i*, l'expression plus imperturbable que jamais, Mrs Hull, debout avec raideur, les lèvres pincées d'inquiétude et Sligo, son visage plus mélancolique que d'habitude — paraissaient incertains.

À contrecœur, Devil rectifia :

— Sauf dans nos appartements.

C'était là que se trouvait Honoria en ce moment et, si l'on pouvait se fier à l'expérience, là où elle resterait pendant encore quelques heures. Elle était profondément endormie quand il l'avait quittée après avoir pleinement assouvi ses sens et les siens ; l'exercice lui avait laissé un sentiment accru de vulnérabilité, plus que jamais auparavant. Cependant, elle se trouvait en sécurité dans leur chambre, étant donné le valet de pied fortement charpenté posté à quelques pas de la porte.

— Quand je m'absente de la maison, Webster, vous ne laissez entrer personne d'autre que mes tantes ou Vane. Si quelqu'un vient en visite, madame la duchesse est indisposée. Nous ne recevrons pas dans un proche avenir, pas tant que cette affaire ne sera pas résolue.

— En effet, Votre Seigneurie.

— Vous et Mrs Hull vous assurerez que personne n'a l'occasion de toucher à toute nourriture ou aux provisions.

Incidemment, le regard de Devil se fixa sur le visage de Webster.

— Avez-vous vérifié le reste du brandy ?

— Oui, Votre Seigneurie. Le reste de la bouteille n'était pas contaminée.

Webster se redressa.

— Je peux vous affirmer, Votre Seigneurie, que je n'ai pas rempli le carafon de spiritueux empoisonnés.

Devil rencontra son regard directement.

— Ainsi l'ai-je supposé. Je comprends que nous n'avons pas engagé de nouveaux employés récemment ?

La raideur de Webster diminua.

— Non, Votre Seigneurie. Comme nous en avons l'habitude, nous avons amené la plupart de nos gens de Somersham pour nous aider hier soir, des gens déjà familiers avec nos façons de faire. Il n'y avait aucun étranger parmi le personnel, monsieur.

Fixant son regard sur un point au-dessus de la tête de Devil, Webster poursuivit :

— Hier soir, chaque membre du personnel avait une activité prescrite à accomplir pratiquement à chaque instant.

Webster laissa tomber son regard pour rencontrer les yeux de Devil.

— Le fin mot de l'histoire est qu'aucun membre de notre personnel ne s'est absenté de ses tâches assez longtemps pour atteindre vos appartements et revenir sans être repéré. Nous devons supposer, je crois, qu'un invité au courant de la localisation des appartements ducaux a introduit le poison, mon seigneur.

— Tout à fait.

Devil avait déjà réfléchi à cette question, à cela et à bien davantage ; il reporta son regard sur Sligo.

— Toi, Sligo, tu accompagneras madame la duchesse partout où elle ira. Si elle décidait de se promener en public, tu serais à côté d'elle, pas derrière elle.

Il soutint posément le regard de Sligo.

— Tu dois la protéger de ta vie.

Sligo hocha la tête ; plusieurs fois il avait été sauvé par Devil et ne voyait rien d'étrange à cette requête.

— Je vais m'assurer que personne ne s'approche d'elle. Cependant…, ajouta-t-il en fronçant les sourcils, si je dois rester avec madame la duchesse, qui sera avec vous ?

— J'ai déjà affronté la mort, ce n'est pas différent cette fois-ci.

— Si je puis suggérer, Votre Seigneurie, intervint Webster. Au moins un valet de pied…

— Non.

L'unique mot coupa net toute protestation. Devil regarda franchement ses serviteurs.

— Je suis tout à fait capable de me protéger moi-même.

Son ton ne souffrait aucune contradiction ; naturellement, personne n'osa. Il les congédia d'un signe de tête.

— Vous pouvez partir.

Il se leva pendant qu'ils sortaient en file par la porte ; Webster et Sligo s'en allèrent, mais Mrs Hull s'attarda. Quand, lèvres serrées, elle le regarda, Devil, résigné, arqua un sourcil.

— Vous n'êtes pas réellement invincible, vous savez.

Les lèvres de Devil se tordirent avec ironie.

— Je sais, Hully, je sais. Mais, pour l'amour de Dieu, ne le dites pas à madame la duchesse.

Apaisée par son utilisation du surnom qu'il lui donnait enfant, Mrs Hull renifla.

— Comme si c'était possible. Contentez-vous de vous occuper à découvrir qui est cette personne qui a perdu tout bon sentiment au point de verser du poison dans ce carafon — *nous* prendrons soin de madame la duchesse.

Devil la regarda partir et se demanda si l'un ou l'autre des trois avait la moindre idée de tout ce qu'il confiait à leur garde. Il leur avait dit la vérité, il avait fait face à la mort de nombreuses fois. La mort d'Honoria, il ne pouvait pas du tout l'affronter.

*

— Je place ma confiance en vous pour garantir qu'il n'arrive rien de mal à Sa Seigneurie.

Marchant de long en large devant les fenêtres du boudoir, Honoria parcourut du regard les trois serviteurs alignés devant elle — Webster, Mrs Hull et Sligo.

— Je présume qu'il vous a déjà entretenus de l'incident d'hier soir ?

Les trois hochèrent la tête ; Webster agit comme porte-parole.

— Sa Seigneurie nous a donné l'ordre de nous assurer que cet incident ne se répéterait pas, m'dame.

— Je suis certaine qu'il l'a fait.

Devil avait quitté la maison avant son réveil, un événement qu'il avait lui-même retardé. Il l'avait gardée éveillée jusqu'au petit matin, elle ne l'avait jamais connu aussi exigeant. Quand il l'avait secouée pour la réveiller à l'aube, elle s'était appliquée de tout son cœur à apaiser son considérable appétit, supposant, avec la petite part de son esprit qu'elle contrôlait encore, que c'était la réalisation trop longtemps ignorée de sa propre mortalité qui lui avait donné un tel appétit de vivre.

Elle s'était attendue à discuter de l'incident scandaleux du poison avec lui en prenant le petit-déjeuner. Au lieu de cela, elle avait carrément raté ce repas.

— Ce n'est pas mon intention de neutraliser les ordres de Sa Seigneurie — tout ce qu'il a décrété doit être fait. Cependant…, marquant une pause, elle jeta un coup d'œil aux trois visages devant elle, suis-je en droit de supposer qu'il ne vous a donné aucun ordre pour sa propre protection ?

Webster grimaça.

— Nous avons bien émis la suggestion, madame. Malheureusement, Sa Seigneurie a apposé son veto à cette idée.

— Ferme, corrobora Sligo, son ton disant clairement ce qu'il pensait de cette décision.

Les lèvres de Mrs Hull formèrent une mince ligne nette.

— Il a toujours été extrêmement têtu.

— En effet.

D'après la façon dont les trois l'observaient, Honoria savait qu'elle n'avait qu'à prononcer un mot. Cependant, dans ce contexte quelque peu délicat, elle ne pouvait pas, en toute conscience, contredire les ordres de son mari. Elle regarda Webster.

— À quelle suggestion Sa Seigneurie s'est-elle opposée ?

— J'ai suggéré un valet de pied comme garde, madame.

Honoria haussa les sourcils.

— Nous avons d'autres hommes qui conviennent à notre emploi, n'est-ce pas ? Des hommes qui ne sont pas des valets de pied ?

Webster cilla une fois seulement.

— En effet, madame. Allant des aides-majordomes aux garçons des arrière-cuisines.

— Et il y a aussi les valets d'écurie et les palefreniers, ajouta Sligo.

Honoria hocha la tête.

— Très bien.

Elle rencontra chaque paire d'yeux.

— Pour préserver ma paix d'esprit, vous vous assurerez de toujours être en position de me dire où est

Sa Seigneurie à tout moment quand il est absent de la maison. Rien, cependant, ne doit être fait, qui est contraire aux désirs exprimés par Sa Seigneurie. J'espère que c'est clair ?

Webster exécuta une révérence.

— En effet, madame. Je suis certain que Sa Seigneurie s'attendrait à ce que nous fissions tout en notre pouvoir pour vous empêcher de vous inquiéter.

— Précisément. Maintenant, avez-vous la moindre idée de l'endroit où il se trouve en ce moment ?

Webster et Mrs Hull secouèrent la tête. Sligo regarda le plafond.

— Je crois, dit-il — il se balança légèrement sur ses orteils — que le cap'taine est avec m'sieur Vane.

Baissant le regard, il rencontra celui d'Honoria.

— À ses appartements dans Jermyn Street, m'dame.

Les yeux d'Honoria, tout comme ceux des deux collègues de Sligo, exprimaient leur question ; les propres yeux de Sligo s'arrondirent.

— Un garçon d'écurie devait aller par là porter un message, m'dame.

— Je vois.

Pour la première fois depuis qu'elle avait senti les amandes amères, Honoria ressentit un léger soulagement. Elle avait des alliés.

— Penses-tu que ce garçon d'écurie pourrait encore y être occupé quand Sa Seigneurie quittera son cousin ?

Sligo hocha la tête.

— C'est très probable, m'dame.

Honoria hocha elle aussi la tête, avec fermeté, en les congédiant.

— Vous avez vos ordres, les miens et ceux de Sa Seigneurie. Je suis certaine que vous les exécuterez avec zèle.

Sligo hocha la tête ; Mrs Hull fit une petite révérence. Webster s'inclina très bas.

— Vous pouvez vous fier à nous, madame la duchesse.

CHAPITRE 21

Vane dévisagea Devil, une horreur non feinte sur le visage.

— Combien exactement y a-t-il eu d'attentats à ta vie ?

Devil haussa les sourcils.

— Si la supposition d'Honoria est correcte, trois. Il n'y a toujours rien pour suggérer que l'on a trafiqué mon phaéton, mais étant donné ces deux autres épisodes, je suis enclin à penser qu'elle pourrait avoir raison.

Ils se trouvaient dans le salon de Vane ; assis à table, Devil leva une chope de bière et prit une bonne lampée.

Debout devant les fenêtres, Vane le dévisageait encore.

— La voiture, le poison — quel était le troisième ?

— Quelqu'un a tiré une balle sur moi dans le parc hier matin.

— Tu étais sorti tôt ?

Devil hocha la tête. Le regard de Vane perdit toute expression ; il se retourna et fixa le vide par la fenêtre. Devil patienta. Après les événements dramatiques de la veille, il se sentait mortellement calme. Entre les moments où il avait fait l'amour à sa femme, il avait passé la nuit à réfléchir. Frôler la mort était une merveilleuse façon de faire le point. De presque perdre Honoria avait éradiqué toute comédie, mis au jour toutes les raisons rationnelles qu'il avait utilisées pour justifier leur mariage en les exposant comme les fausses excuses qu'elles étaient. Ce qu'il ressentait pour sa femme n'avait rien à voir avec la logique.

Brusquement, il changea de position et jeta un coup d'œil à Vane — puis, en son for intérieur, il secoua la tête d'un air moqueur. Envers lui-même. Chaque fois que ses pensées ne faisaient qu'effleurer cette question — cette émotion qu'il ne pouvait pas, ne voulait pas définir —, il reculait, s'éloignait lentement. Ce sentiment innommable lui laissait une telle impression de vulnérabilité qu'il trouvait presque impossible de l'accréditer, encore moins d'admettre son existence. Il ouvrait un trou béant dans ses défenses ; sa réaction instinctive était de rebâtir ses murs à toute vitesse.

Cependant, il allait devoir l'affronter bientôt. L'insécurité attendait, du plomb dans ses entrailles ; l'incertitude le rendait fou. Honoria avait de l'affection pour lui, la nuit dernière l'avait prouvé. Elle se souciait peut-être même de lui à la manière des femmes parfois, à un niveau différent de l'intérêt sexuel. Sur un autre plan. Il avait désespérément besoin de le savoir.

Le découvrir sans poser de questions, sans révéler son intense intérêt envers la réponse était un défi auquel il avait l'intention de consacrer toute son attention — dès qu'il se serait occupé de son assassin potentiel.

Qui avait presque assassiné sa femme.

Il leva la tête lorsque Vane se retourna, le dévisageant avec une expression inquiète.

— C'est extrêmement sérieux.

Vane commença à faire les cent pas.

— Pourquoi seulement à Londres ?

Il jeta un coup d'œil à Devil.

— Il n'y a pas eu d'autres événements suspects à la Maison ?

Devil hocha la tête.

— Londres, parce que c'est plus sûr — il y a plus de monde dans les alentours. Cambridgeshire est une campagne plate, et mes champs sont plutôt bien remplis par mes ouvriers.

— Cela ne nous a pas aidés à localiser le meurtrier de Tolly.

Devil baissa les yeux, faisant tournoyer la bière dans sa chope.

— Pour saboter ton phaéton, ils ont dû pénétrer dans tes écuries sans se faire repérer, connaître ta voiture et la façon d'organiser le tout pour soupçonner un accident, ce qui présuppose une certaine connaissance de tes habitudes de conduite. Et la personne qui a versé du poison dans le carafon — l'expression sombre, Vane rencontra le regard de Devil — celle-là devait savoir où se trouvent les appartements ducaux ainsi que ta méthode particulière de boire.

Devil hocha la tête.

— S'ils ne l'avaient pas su, ils auraient été beaucoup plus circonspects avec le dosage, il y en avait assez dans une seule gorgée pour assommer un bœuf, ce qui explique pourquoi Honoria l'a détecté aussi facilement.

— Donc, dit Vane, qui que ce soit savait tout cela, mais…

Il s'interrompit et regarda Devil.

Qui grimaça.

— Mais ignorait qu'Honoria partage mon brandy tout autant que mon lit.

Vane grimaça à son tour.

— Moi-même je l'ignorais, de sorte que cela ne nous aide pas à réduire les rangs.

Il marqua une pause, puis demanda :

— Donc, Tolly a été tué parce qu'il venait te prévenir ?

Lentement, Devil hocha la tête.

— Cette hypothèse donne une logique à ce qu'il a dit au cottage tout autant, sinon mieux, que les autres.

Les deux se turent, puis Vane demanda :

— Que vas-tu faire ?

— Faire ?

Devil haussa les sourcils.

— Exactement ce que j'envisageais de faire, seulement avec les deux yeux grands ouverts.

— Et avec moi pour surveiller tes arrières.

Devil sourit.

— Si tu insistes.

C'était une boutade habituelle entre eux ; un peu de la tension de Vane disparut. Il s'assit sur la chaise en face de Devil.

— Alors, Bromley a-t-il enfin mis dans le mille ?

— Pas encore, mais il pense avoir la main sur une carte gagnante. Il est passé hier avec une offre de rencontre — la tenancière en question exigeait certaines garanties. Je lui ai dit ce qu'elle pouvait obtenir. Il est parti négocier une heure et une date.

— Le lieu ?

— Le palais lui-même.

Vane plissa le front.

— Tu iras ?

Devil haussa les épaules.

— Je peux comprendre pourquoi elle veut qu'il en soit ainsi.

— Cela pourrait être un piège.

— Peu probable, elle a plus à perdre en s'opposant à moi que le contraire. Et Bromley est trop épris de ses habitudes confortables pour encourager la fourberie.

Vane ne parut pas convaincu.

— Je n'aime pas cela du tout.

Vidant sa chope, Devil hocha la tête.

— Moi non plus, mais je préférerais ne pas rater un seul indice, faute d'avoir regardé.

Il jeta un coup d'œil à Vane.

— Je ne me souviens toujours pas de cette chose que j'ai oubliée à propos du meurtre de Tolly.

— Tu es toujours convaincu que c'est quelque chose de vital ?

— Oh oui.

L'expression grave, Devil se leva.

— C'était quelque chose de tellement vital que je l'ai particulièrement remarqué, mais la mort de Tolly l'a complètement effacé de mon esprit.

Vane grimaça.

— Cela te reviendra.

Devil rencontra son regard.

— Toutefois, cela me reviendra-t-il à temps ?

*

Des pas fermes s'approchèrent du petit salon ; Honoria quitta la fenêtre et s'assit sur le divan. Elle avait passé la journée à analyser méthodiquement les tentatives d'assassinat sur Devil. Et elle avait atteint l'unique conclusion logique. Bien que son premier mouvement fût de présenter ses découvertes à Devil, une réflexion plus approfondie lui avait suggéré qu'il pourrait ne pas, dans ce cas, accepter facilement son résultat. Après avoir beaucoup réfléchi, elle avait envoyé un message à la seule personne à qui elle faisait entièrement confiance.

Son « entrez » coïncida avec un coup péremptoire. La porte s'ouvrit ; Vane entra d'un pas nonchalant. Son regard la trouva ; refermant la porte, il s'avança, sa démarche rappelant le pas de prédateur de Devil.

— Comment allez-vous ?

Honoria grimaça.

— Je suis affolée.

Il hocha la tête et s'installa dans le fauteuil en face d'elle.

— Comment puis-je vous être utile ?

Un sourcil s'arqua.

— Votre mot mentionnait que l'affaire était urgente.

Lèvres pressées, Honoria examina son visage.

— J'ai réfléchi à tout ce qui s'est passé. Il doit exister une raison pour laquelle quelqu'un tente de tuer Devil.

Le regard sur son visage, Vane hocha la tête.

— Continuez.

— Je connais un seul motif impérieux reliant Devil à une personne qui en saurait assez pour trafiquer son phaéton et verser du poison dans son brandy : l'héritage — qui, après tout, est plus que considérable. Cela pourrait aussi expliquer que les attaques ont commencé uniquement lorsqu'il est devenu évident que nous allions nous marier.

La lumière se fit sur le visage de Vane.

— Bien sûr. Je me concentrais sur Tolly, je n'ai pas songé à cet angle.

— Vous êtes d'accord ?

Honoria se pencha en avant.

— Vous êtes d'accord qu'il doit s'agir de Richard ?

Vane la dévisagea avec un étonnement né de l'incompréhension.

— Richard ?

Honoria plissa le front.

— L'héritier de Devil.

— Ah.

Rapidement, Vane scruta le visage d'Honoria.

— Honoria, votre logique est impeccable, malheureusement, Devil a négligé de vous donner tous les détails nécessaires pour en arriver au bon résultat.

Il hésita, puis secoua la tête.

— Je suis désolé, mais ce n'est pas à moi de vous expliquer quoi que ce soit, vous allez devoir le demander à Devil.

Honoria le regarda directement dans les yeux.

— Lui demander quoi ?

Les yeux de Vane se durcirent.

— Lui demander qui est son héritier.

— Ce n'est pas Richard ?

Lèvres pressées, Vane se leva.

— Je dois partir, mais promettez-moi de révéler vos conclusions à Devil.

Les yeux d'Honoria lancèrent des éclairs.

— Je peux vous donner une certitude absolue sur cette question.

— Bien.

Vane rencontra son regard.

— Si cela peut rendre les choses plus faciles, je parierais qu'il a déjà suivi la même ligne de pensées.

— Vous pensez qu'il sait ?

Honoria tendit sa main.

— Il sait mais, comme il agit avec de telles affaires, il ne dira rien jusqu'à ce qu'il en soit certain, jusqu'à ce qu'il ait la preuve.

Vane lâcha la main d'Honoria.

— Avec votre permission, j'ai une idée à suivre, plus vite nous fournissons à votre mari la preuve dont il a besoin, plus vite nous serons libérés de ce meurtrier.

Réticente à contribuer potentiellement à retarder cet objectif, Honoria hocha la tête et le laissa partir. Longtemps après que la porte se fut refermée sur lui, elle resta assise à fixer les panneaux, incapable de comprendre ce qui se passait.

Les Cynster — une loi en soi.

— Hum.

Dégoûtée, elle se leva et se rendit à l'étage pour se changer.

*

Monsieur le duc de St-Ives dîna à la maison ce soir-là. Honoria patienta jusqu'à ce qu'ils se retirent, puis elle enleva sa robe, enfila sa chemise de nuit, se précipita comme une femme de chambre enthousiaste dans la chambre à coucher ducale, laissa tomber son peignoir, se déchaussa d'un coup de pied et fila sous les couvertures.

De l'autre côté de la pièce, occupé à dénouer sa cravate, Devil regarda son manège avec intérêt — un intérêt qu'elle ignora. Appuyée sur les oreillers, elle fixa son regard sur son visage.

— J'ai réfléchi.

Les mains de Devil s'immobilisèrent, puis tirèrent sur le lin blanc autour de son cou. Déboutonnant son gilet, il s'approcha du lit.

— À quel sujet ?

— À propos de qui voudrait votre mort.

Il retira son gilet d'un haussement d'épaules, puis s'assit sur le lit pour retirer ses bottes.

— En êtes-vous venue à une conclusion ?

— Oui, mais Vane m'a dit qu'elle n'était pas bonne.

Devil leva la tête.

— Vane ?

Honoria expliqua.

— Naturellement, je pensais que Richard était votre héritier.

— Ah.

Devil laissa tomber sa deuxième botte. Il se leva, ôta sa chemise et son pantalon, puis se glissa sous les couvertures. Honoria roula contre lui ; il l'installa à ses côtés.

— Je suppose que j'aurais dû vous informer de cela.

Honoria plissa les paupières dans l'obscurité ; elle était presque certaine qu'il souriait.

— J'ai le sentiment que vous auriez dû. Qu'y a-t-il que je ne sais pas ?

Devil s'installa confortablement sur les oreillers.

— Connaissez-vous le surnom de Richard ?

— Scandal ?

Devil hocha la tête.

— Comme le mien qui est une version écourtée de « ce Devil Cynster », celui de Richard est également tronqué. Son sobriquet complet est « le scandale qui n'a jamais eu lieu ».

— *Il* est un scandale ?

— Richard est mon frère, mais il n'est pas le fils de ma mère.

Honoria cilla.

— Ah.

Puis elle plissa le front.

— Mais vous vous ressemblez tellement.

— Nous ressemblons à mon père, vous avez vu son portrait. Seule notre coloration — et dans mon cas, mes yeux — nous vient de nos mères respectives ; celle de Richard avait également les cheveux foncés.

Il s'agissait d'un scandale de grande importance : Richard était plus jeune que Devil. Néanmoins, Honoria n'avait pas décelé le moindre souffle de désapprobation dans aucun des échanges de la haute société avec Richard Cynster.

— Je ne comprends pas.

Elle leva la tête juste à temps pour voir les dents de Devil briller.

— La vérité sur la naissance de Richard est un secret de polichinelle depuis trois décennies, c'est de l'histoire ancienne. Maman[1], bien sûr, a joué le rôle-clé.

Honoria croisa les bras sur le torse de Devil et fixa son regard sur son visage.

— Racontez-moi.

---

1. En français dans le texte.

Devil l'étreignit.

— Lorsque j'avais trois ans, on a demandé à mon père d'entreprendre une mission diplomatique dans les Highlands. Il y avait eu une vague de mécontentements, et les experts de la Cour voulaient faire cliqueter les sabres sans dépêcher de troupes. Envoyer un Cynster était considéré comme la meilleure solution de rechange. Maman a décidé de ne pas l'accompagner. On lui avait dit à ma naissance qu'elle ne pourrait plus avoir d'enfant, de sorte qu'elle se montrait affreusement surprotectrice avec moi, à mon grand dégoût. Donc mon père est parti seul pour le Nord. Le laird chez qui on l'avait envoyé pour…

Il marqua une pause, cherchant ses mots.

— L'intimider ? suggéra Honoria.

Devil hocha la tête.

— Ce laird, un rouquin, s'était marié récemment — un mariage arrangé avec une beauté des Basses-Terres d'Écosse.

— Évidemment que ce devait être une beauté, marmonna Honoria.

Devil lui jeta un coup d'œil.

— Nous autres Cynster avons des normes, vous savez.

Honoria lui donna un petit coup sur le torse.

— Hum. Que s'est-il passé ensuite ?

— Assez bizarrement, nous n'en sommes pas très sûrs. Nous savons que la mission de mon père a été un succès ; il est rentré à la maison après quatre semaines. Richard est apparu un an plus tard.

— Un an ?

— Sa mère est morte quelques mois après sa naissance. Si elle a avoué ou si son mari a simplement supposé que Richard n'était pas de lui à cause de sa coloration, nous l'ignorons. Cependant, il n'y avait aucun doute, même à ce moment-là, que Richard était de mon père : il me ressemblait parfaitement au même âge et il se trouvait assez de gens autour pour s'en souvenir. Peu importe, le sort de Richard a été scellé quand Webster l'a ramassé devant la porte d'entrée. Une voiture s'était présentée, le paquet emmailloté déposé et les chevaux fouettés immédiatement pour reprendre la route. Pas de message, uniquement Richard. Webster l'a amené à l'intérieur, et Richard a commencé à brailler sans différer.

Le son était épouvantable — je m'en souviens parce que je ne l'avais jamais entendu avant. Maman me brossait les cheveux dans la chambre d'enfant, nous l'avons perçu jusque là-haut. Elle a laissé tomber la brosse et s'est précipitée en bas. Elle est arrivée avant moi. J'ai atteint le dernier palier pour la voir fondre sur Webster et mon père, qui essayaient de faire taire Richard. Maman[1] l'a cueilli directement dans leurs bras — elle a roucoulé, et Richard a cessé de pleurer. Elle a simplement souri — de toutes ses dents —, vous savez comment elle peut être.

Le menton sur le torse de Devil, Honoria hocha la tête.

— J'ai immédiatement compris que Richard était un cadeau du ciel. Maman[2] était tellement absorbée par lui qu'elle a oublié les nœuds dans ma chevelure. À partir de là, il a eu mon soutien plein et entier. Mon père s'est avancé — je pense qu'il s'apprêtait à tenter

1. En français dans le texte.
2. En français dans le texte.

une explication — avec le recul, je suis désolé de ne pas l'avoir entendu, bien que je ne l'aurais pas compris à l'époque. Cependant, Maman[1] lui a dit tout de suite à quel point il avait été brillant de lui avoir procuré l'unique, la seule chose importante qu'elle désirait véritablement : un autre fils. Naturellement, mon père s'est tu. Depuis, Maman[2] a balayé toutes les objections. Elle était la duchesse de mon père depuis cinq ans et une puissance sociale éminente. Elle a décrété publiquement que Richard était son fils. Personne n'a eu l'audace, ni alors ni maintenant, de la contredire.

Honoria entendit le sourire dans sa voix.

— Il n'y a aucun doute qu'avoir Richard à élever a vraiment rendu Maman[3] heureuse. L'affaire n'a blessé personne ; mon père l'a reconnu et a assuré son avenir dans son testament.

Devil inspira profondément.

— Et voilà l'histoire « du scandale qui n'a jamais eu lieu ».

Honoria resta allongée sans bouger ; la main de Devil lui caressa les cheveux.

— Donc, vous savez à présent que Richard n'est pas mon héritier.

Sa main glissa sur sa nuque.

— Il n'est pas celui qui tente de me tuer.

Honoria écouta les battements réguliers du cœur de Devil. Elle se réjouissait qu'il ne s'agisse pas de Richard. Elle l'aimait bien et elle savait que Devil

1. En français dans le texte.
2. En français dans le texte.
3. En français dans le texte.

éprouvait beaucoup d'affection pour lui. Sans lever la tête, elle murmura :

— Votre mère est une femme fascinante.

Devil roula et la fit basculer sous lui ; sur les coudes, il repoussa délicatement les cheveux sur son visage.

— Elle fascinait certainement mon père.

Honoria sentit les yeux de son mari sur son visage, puis il pencha légèrement la tête. Ses lèvres frôlèrent les siennes.

— Exactement comme ma duchesse me fascine.

Ce furent les dernières paroles sensées prononcées cette nuit-là.

Il lui fallait avoir une longue et sérieuse conversation avec son mari. Enveloppée dans un peignoir ivoire translucide garni de plumes, Honoria fit les cent pas dans la chambre ducale et attendit son apparition.

Ils s'étaient rejoints au petit-déjeuner et encore une fois au dîner, mais elle pouvait difficilement l'interroger devant les serviteurs. Il était en ce moment chez White's pour rencontrer le vicomte Bromley. Elle le savait, il le lui avait dit. Ce qu'il ne lui avait pas dit, c'était sur qui portaient ses soupçons.

Comme Richard était illégitime, il ne pouvait pas hériter, pas avec autant de mâles légitimes dans la famille. Après avoir appris comment Richard avait reçu son surnom, elle n'avait pas eu besoin de demander qui était son héritier. Au cours des semaines qui avaient suivi leur mariage, elle avait questionné Horatia à propos du père de Devil — en passant, Horatia avait mentionné que George, son mari, le père de Vane, était à peine un an plus jeune que le père de Devil. Ce qui signifiait que, Richard n'y ayant pas droit,

George était l'héritier de Devil, et Vane le suivait en lice.

Même dans ses rêves les plus fous, elle ne pouvait pas imaginer George dans le rôle du vilain. Devil le traitait comme un père de substitution, une affection que George lui rendait ouvertement. Et le dévouement de Vane envers Devil ne laissait aucune place au doute. Donc le tueur n'était pas l'héritier de Devil, mais dès qu'elle avait attiré l'attention de Vane sur ce point, il avait vu la lumière, une lumière aveuglante.

Avec un grondement frustré, Honoria donna un coup de pied sur le bord à plumes de son peignoir pour l'écarter.

— Donc, qu'y a-t-il à propos de l'héritier qui rend tout évident ?

Devil le savait ; Vane était convaincu que ce dernier avait suivi le même raisonnement pour arriver à la réponse. Vraisemblablement, comme il ne s'agissait pas de l'héritier, un certain processus d'élimination jetait l'éclairage sur le véritable assassin. Qui était...

Honoria regarda brièvement l'horloge. Et elle essaya de ne pas penser à l'autre raison qui la faisait marcher de long en large, impatiente de poser les yeux de nouveau sur son mari. Quelqu'un tentait de le tuer. Cette maison était leur refuge sûr ; il était en sécurité ici. Mais, dehors...

Elle le voulait avec elle, éloigné du danger entre ses bras.

Honoria frissonna ; fronçant les sourcils, elle regarda encore l'horloge. Serrant les lèvres, elle se dirigea vers la porte. L'ouvrant, elle écouta ; comme l'horloge sur le manteau de la cheminée lui avait déjà indiqué, celle dans l'escalier ronronna, puis carillonna. Douze coups graves résonnèrent dans la maison. Minuit — et Devil n'était toujours pas de retour.

Elle refermait la porte quand le heurtoir cogna à la porte d'entrée — des appels brefs, péremptoires. Honoria s'arrêta, le pli sur son front s'approfondissant. Qui viendrait leur rendre visite à minuit ? Devil possédait sa clé, donc…

Le sang quitta son visage. Le cœur lui manqua, puis commença à s'emballer. Elle avait parcouru la moitié du corridor avant de réaliser qu'elle avait bougé. Elle ramassa ses jupes et fila à toute vitesse.

Elle courut dans la galerie jusqu'en haut des marches. Essoufflée, elle serra la large rampe et regarda en bas. Webster ouvrit la porte en grand, dévoilant une silhouette obscure. Le personnage s'avança d'un pas ; la lumière émanant des lampes du vestibule jeta des reflets dorés sur les mèches châtaines de Vane.

Il tendit sa canne à Webster.

— Où est Devil ?

Acceptant la canne, Webster ferma la porte.

— Sa Seigneurie n'est pas encore rentrée, monsieur.

— Ah non ?

Même de sa place en haut de l'escalier, Honoria perçut l'étonnement de Vane.

— Je crois qu'il est allé chez White's, monsieur.

— Oui, je sais.

Vane semblait distrait.

— Je suis parti avant lui, je devais rendre visite à un ami, mais il avait l'intention de suivre aussitôt mon exemple. J'avais pensé qu'il serait ici maintenant.

Le cœur battant, Honoria regarda les deux hommes se dévisager. Le spectre noir qu'elle avait tenu à distance toute la journée virevolta soudainement plus près. Elle se pencha sur la rampe.

— Vane ?

Il leva la tête, puis cilla. L'étonnement quitta d'un bond son visage, le laissant curieusement inexpressif. Webster jeta un coup d'œil aussi, mais il baissa immédiatement le regard.

Vane s'éclaircit la gorge et essaya de ne pas centrer son attention sur elle.

— Oui, Honoria ?

— Partez à sa recherche. S'il vous plaît.

Les derniers mots étaient lourds d'une peur latente.

Vane tenta un vague froncement de sourcils.

— Il est probablement tombé sur des amis et a été retardé.

Honoria secoua violemment la tête ; en son for intérieur, une panique familière se développait.

— Non, il s'est passé quelque chose. Je le *sais.*

Ses doigts se resserrèrent sur la rampe ; ses jointures blanchirent.

— *Je vous en prie,* partez maintenant !

Vane tendait la main pour recevoir sa canne avant même que les derniers mots d'Honoria s'estompent ; l'émotion insufflée dans son « je vous en prie » était persuasive. Contaminé par l'inquiétude d'Honoria, sa peur écrasant toutes excuses logiques que son esprit concoctait librement, le jeune homme se tourna vers la porte.

Webster, réagissant à une vitesse similaire, l'ouvrit. Rapidement, Vane descendit les marches. Son pas s'allongeant, il retraça mentalement la route habituelle de Devil de sa maison à son club préféré. Dix mètres au-delà des marches, Vane se rappela la ruelle entre

Berkeley Square et Hays Mews. Jurant, il partit en courant.

À l'intérieur de la Maison St-Ives, Honoria serrait la rampe et combattait sa panique. Refermant la porte, Webster jeta un bref coup d'œil dans sa direction.

— Avec votre permission, madame, je vais prévenir Sligo.

Honoria hocha la tête.

— Faites, je vous prie.

Elle se souvint qu'elle avait ordonné qu'on surveille Devil. De soulagement, elle agrippa cette bouée et s'y accrocha. Sligo le protecteur, Sligo le vigilant, allait s'assurer que son « cap'taine » était bien gardé.

Sous elle, la porte de feutre vert s'ouvrit à la volée, s'écrasant contre le mur. Sligo se précipita dans le vestibule et courut en bas des marches. Alors qu'il disparaissait, Honoria sentit que la petite bouée à laquelle elle s'était accrochée lui était arrachée des mains et elle se retrouva encore une fois en train d'affronter le trou noir que creusaient ses peurs.

*

— Ha !

Devil ne perdit pas son souffle à mettre plus de vigueur dans son cri — la ruelle était longue et étroite ; il n'y avait pas de fenêtres dans les hauts murs de briques. Brandissant la mince lame de sa canne-épée en dessinant un grand arc, il saisit l'occasion où ses trois agresseurs reculèrent pour tendre la main et tirer le corps affaissé sur les pavés de la ruelle pour le placer sous sa garde.

Laissant de l'espace à ses pieds, il se redressa immédiatement, épée dardant en avant et en arrière, la pointe d'acier flairant le sang. Dans son autre main, il tenait un fourreau vide, un repoussoir contre une autre arme. Avec un sourire féroce, il agita sa canne.

— Bien, gentlemen ? Qui sera le premier ?

Son regard de défi balaya le visage des hommes envoyés pour le tuer. Ils avaient attendu jusqu'à ce qu'il entre dans l'allée, avançant à grandes enjambées, pensant à autre chose. Deux l'avaient suivi à l'intérieur, le troisième avait bloqué l'autre extrémité. Les trois étaient des brutes musclées, massives, des matelots à en juger par leurs vêtements mal ajustés. Les trois portaient des épées — pas des lames minces comme celle qui les gardait à distance, mais de longues armes droites à une lame.

Le regard calme et l'expression provocante, Devil chercha mentalement une issue. Et n'en découvrit aucune. La chance — deux gros barils abandonnés dans la ruelle habituellement vide, et un passant qui avait pourchassé les matelots dans le passage faiblement éclairé — l'avait maintenu en vie jusqu'ici. Avec un cri, l'homme s'était lancé sur la paire, éveillant leur attention. L'intervention de l'inconnu tenait plus de l'héroïsme que de la sagesse ; après avoir momentanément lutté avec lui, un marin avait levé son bras et, avec la poignée de son épée, l'avait frappé.

Mais à ce moment-là, Devil avait le dos au mur, l'épée dégainée et la canne en main, les barils tout de suite à sa gauche restreignant le front qu'il devait défendre.

— Venez, les défia-t-il, leur faisant signe de la main. Pas besoin d'hésiter devant la mort.

Leurs yeux se déplacèrent de l'un et à l'autre, chacun attendant de voir qui serait le premier. C'était son seul espoir : les maintenir dans cet état d'indécision. Du coin des yeux, il surveillait les extrémités de la ruelle, éclairées par les lueurs de la rue et de la place au-delà. Si quelqu'un passait, son ombre serait projetée dans la ruelle. Il allait devoir retenir ses agresseurs jusqu'à ce que cela se produise, et alors il pourrait appeler à l'aide. Malheureusement, il était minuit passé dans un quartier de résidences en vogue alors que la saison n'avait pas encore débuté. Il y avait peu de personnes aux alentours.

Des pieds se déplacèrent sur les pavés ; le plus imposant des marins, celui directement devant Devil, tenta un coup tranchant. Devil le para, attrapant la lame avec sa canne, l'épée sifflant en avant pour entailler l'avant-bras de l'homme. Avec un juron, l'agresseur bondit en arrière, la mine renfrognée, les yeux porcins évaluant la situation.

Devil pria pour qu'il ne réfléchisse pas trop. Un contre un, il pouvait gagner ou les tenir à distance pendant une éternité. Ils étaient tous plus lourds, mais il était plus grand et il avait une portée plus longue et plus souple. S'ils se précipitaient sur lui tous en même temps, ils l'emporteraient. En effet, il ne comprenait pas pourquoi ils ne l'avaient pas déjà écrasé ; malgré son manteau noir, sa cravate blanche comme neige et ses manchettes blanches le transformaient en cible très visible. Puis il les vit tous les trois échanger un autre regard méfiant ; il trouva l'inspiration. Il sourit, démoniaque.

— L'enfer n'est pas un si mauvais endroit, fiez-vous à ma parole. Diaboliquement chaud, bien sûr, et la douleur ne finit jamais, mais je peux vous garantir qu'on vous fera une place à tous les trois.

Ils échangèrent un autre regard, puis le chef tenta un ricanement très peu réussi.

— Vous ressemblez p't-être à Satan, mais z'êtes pas lui. Z'êtes seulement un homme, vot' sang coulera librement. C'pas nous qui d'vons mourir ce soir.

Il jeta un coup d'œil aux deux autres.

— V'nez, finissons-en.

Sur ces mots, il leva son épée.

Son préavis, bien sûr, n'était pas des plus avisés. Devil les affronta, devant et à droite ; le marin à sa gauche, entravé par les barils, resta en arrière d'une manière prévisible. Des étincelles volèrent quand une épée croisa l'acier joliment trempé de la canne et s'éloigna dans un glissement ; bloquant l'assaut du chef avec sa canne, Devil la fit suivre d'un rapide coup qui perça la chair.

Il dégagea le fer, bloquant simultanément le deuxième coup du chef ; l'épée, maniée avec force, fit une embardée sur le bois poli et frappa sa main, serrée dessus. La coupure n'était pas grave, il était en train de reculer à ce moment-là, mais la canne devint rapidement collante sous ses doigts. Étouffant toute réaction à la blessure, Devil lança sa mince lame vers le chef. L'homme bondit en arrière alors que la pointe fine piquait son torse.

Devil jura ; l'homme à sa gauche se rapprochait, impatient de prendre part à l'assassinat. Les trois tueurs se regroupèrent, levant chacun leur arme.

— Tiens bon !

Une grande silhouette bloquait la lumière de Hays Mews. Des pas qui accouraient résonnèrent entre les murs ; une seconde silhouette suivit la première.

Devil saisit l'occasion, frappant le chef avec précision.

L'homme cria, puis recula en chancelant, serrant son bras droit. Son épée tomba de ses doigts inertes. Le fracas consterna ses compagnons. Ils regardèrent autour d'eux, puis lâchèrent leurs armes. Tous les trois pivotèrent et s'enfuirent.

Devil se lança à leur poursuite et trébucha sur la forme affaissée de l'homme qui devait le sauver, gisant encore immobile à ses pieds.

Vane, son propre fourreau et son épée en main, s'arrêta en dérapant à côté de lui.

— Qui diable étaient-ils ?

Côte à côte, les cousins regardèrent les trois ombres de forte carrure disparaître sous la lueur de Berkeley Square. Devil haussa les épaules.

— Nous ne nous sommes pas présentés.

Vane baissa la tête.

— Tu en as eu un.

Se penchant, il tourna l'homme sur le dos.

— Non.

Devil examina son bon Samaritain comateux.

— Il a essayé de m'aider et a reçu un rude coup sur l'oreille pour sa peine. Étrange à dire, je pense qu'il s'agit d'un de mes valets d'écurie.

Haletant, Sligo les rejoignit bruyamment. Son regard balaya Devil, puis il s'affala contre le mur.

— Vous allez bien ?

Devil haussa les sourcils, puis rengaina sa canne-épée, remettant la lame en place d'un clic. Transférant la canne d'apparence innocente dans sa main droite, il examina la gauche.

— À part une coupure, qui ne semble pas grave.

— Dieu merci.

Appuyé contre le mur, Sligo ferma les yeux.

— La patronne ne me l'aurait jamais pardonné.

Devil fronça les sourcils — d'abord vers Sligo, puis Vane.

Son cousin examinait les trois épées abandonnées.

— Drôle d'histoire.

Se penchant, il les ramassa.

— Pas l'arme clandestine habituelle.

Devil prit une des épées et la soupesa.

— Étrange, en effet. Elles ressemblent à de vieilles armes distribuées par la cavalerie.

Après un moment, il ajouta :

— Vraisemblablement, ils savaient que je porte une canne-épée et que j'allais l'utiliser.

— Ils savaient également qu'ils devraient être trois pour faire le boulot.

— N'eut été de lui — Devil indiqua l'homme au sol — ils auraient réussi.

Il se tourna vers Sligo.

— As-tu une idée de la raison de sa présence ici ?

Le ton de la question était doux ; Sligo resta dans l'ombre et hocha la tête.

— Sûrement sorti pour la soirée et en route pour rentrer. Il vous a vu avec les autres, vous êtes assez facile à reconnaître.

— Hum. Tu ferais mieux de le ramener à la maison et t'assurer qu'on le soigne. Je le verrai demain. Un dévouement venant à point nommé comme ça ne devrait pas rester sans récompense.

Prenant note mentalement d'expliquer au second valet d'écurie qu'il avait eu un soir de congé, Sligo souleva l'homme et le déposa sur son épaule. Tout en nerfs et habitué à de tels fardeaux, il s'avança dans la ruelle, progressant régulièrement d'un pas lourd.

Devil et Vane le suivirent paresseusement. Devil jeta un coup d'œil à son cousin.

— En parlant d'événements opportuns, qu'est-ce qui vous a amené ici tous les deux ?

Vane rencontra son regard.

— Ta femme.

Les sourcils de Devil s'arquèrent.

— J'aurais dû le deviner.

— Elle était paniquée lorsque je suis parti.

Vane le regarda brièvement.

— Elle s'inquiète pour toi.

Devil grimaça ; Vane haussa les épaules.

— Elle saute peut-être aux conclusions, mais celles-ci se sont trop souvent avérées. J'ai décidé de ne pas discuter. La ruelle était un endroit évident pour une embuscade.

Devil hocha la tête.

— Très évident.

Vane regarda devant lui ; Sligo se frayait un chemin autour de Grosvenor Square. Vane ralentit.

— Honoria t'a-t-elle parlé de ton héritier ?

Devil lui jeta un regard de biais.

— Oui.

Les yeux se plissant, Vane lui rendit son regard.

— Depuis combien de temps le sais-tu ?

Devil soupira.

— Je ne le *sais* toujours pas, je le soupçonne. Je ne peux pas dire précisément quand je l'ai compris, j'ai juste soudainement vu la possibilité.

— Alors ?

Les traits de Devil se contractèrent.

— Alors, je veux découvrir ce que je peux de cette tenancière, vérifier ce détail, le cas échéant. Bromley a confirmé l'endroit et le moment de cette rencontre. Après…

Il grimaça.

— Nous avons bien peu de preuves, nous devrons peut-être l'amener à se dévoiler.

— Un piège ?

Devil hocha la tête.

L'expression de Vane se durcit.

— Avec toi comme appât ?

Ils avaient atteint les marches de la Maison St-Ives. Devil leva la tête vers sa porte.

— Avec moi — et Honoria Prudence — en tant qu'appât.

La suggestion stupéfia Vane ; quand il reprit ses esprits, Devil grimpait les marches. Webster ouvrit la porte au moment où Sligo, transportant son fardeau, l'atteignait.

Webster appela pour demander une assistance, puis il aida Sligo.

Faisant les cent pas dans la galerie, se tordant les mains devant son impuissance frustrante, Honoria entendit le chahut. Dans un bruissement de soie et de plumes, elle se précipita vers la rampe. Le spectacle qu'elle eut sous les yeux n'était pas destiné à la rassurer. Webster et Sligo transportaient un corps.

Honoria pâlit. Pendant un instant, son cœur s'arrêta ; sa poitrine se serra si fortement qu'elle ne put plus respirer. Puis elle réalisa que le corps n'était pas celui de Devil. Une vague de soulagement étourdissante la frappa. L'instant suivant, son mari passa le seuil de sa maison, comme toujours d'une élégance ineffable. Vane suivit.

Il transportait trois épées et sa canne de marche.

Devil portait sa canne à bout en argent, striée de sang ; le dos de sa main gauche était rouge vif.

Honoria oublia tout et tout le monde. Dans un murmure de soie, des plumes s'éparpillant dans son sillage, elle vola en bas des marches.

Sligo et deux valets de pied avaient pris en charge le valet d'écurie inconscient ; Webster refermait la porte. Ce fut Vane qui la vit en premier ; il poussa légèrement le coude de Devil.

Devil leva la tête — et ce fut tout juste s'il réussit à ne pas rester bouche bée.

Le peignoir de sa femme n'était pas transparent, mais laissait peu de place à l'imagination ; la soie douce et très fine collait aux courbes délicatement arrondies et aux longs membres minces. Brusquement, son visage se ferma ; réprimant un juron, il se dirigea à pas pressés vers l'escalier. Il n'eut que le temps de lancer sa canne à Webster avant qu'Honoria se jette contre lui.

— Où êtes-vous blessé ? Que s'est-il passé ?

Dans tous ses états, elle fit courir ses mains sur son torse, cherchant des blessures. Ensuite, elle tenta de s'écarter et de l'examiner.

— Je vais bien.

De son bras droit, Devil l'emprisonna contre lui. La soulevant, il poursuivit son ascension, son corps la dissimulant au vestibule à l'étage inférieur.

— Mais, vous *saignez* !

Honoria se tortilla, s'efforçant de voir s'il y avait des plaies.

— Une simple égratignure, vous pourrez vous en occuper *dans notre chambre.*

Devil souligna grassement les trois derniers mots. Atteignant le haut des marches, il jeta un coup d'œil à Vane en bas.

— Je te reverrai demain.

Vane rencontra son regard.

— À demain.

— La plaie se trouve-t-elle sur votre main ou votre bras ?

Honoria se renversa à moitié dans les bras de Devil, essayant de voir.

Devil ravala un juron.

— Sur ma main. Restez tranquille.

Resserrant son étreinte, il se dirigea vers leurs appartements.

— Si vous prenez l'habitude de vous affoler en attendant que je rentre, vous devriez investir dans des vêtements de nuit plus appropriés.

Le commentaire sévère ne fit aucune impression sur la conscience d'Honoria.

Résigné, Devil la déposa dans leur chambre et s'abandonna à l'inévitable. Retirant docilement sa chemise, il s'assit à un bout du lit et la laissa baigner la coupure. Il répondit à toutes ses questions franchement ; elle allait entendre les détails de sa femme de chambre le lendemain de toute façon.

Mrs Hull apparut avec un pot de baume et des bandages. Elle se joignit à Honoria et claqua la langue en le regardant. Ensemble, elles s'occupèrent de la coupure avec deux fois plus de bandelettes que nécessaire. Il garda toutefois la langue dans sa bouche et se soumit humblement ; Mrs Hull lui jeta un œil méfiant quand elle partit. Honoria continua à jacasser, sa voix crispée et fébrile, le regard nerveux.

— *Des épées !* Quel genre de voyous attaquent des gentlemen avec des épées ?

Elle gesticula furieusement.

— Cela ne devrait pas être permis.

Devil se leva, attrapa sa main et la traîna à travers la pièce. Il s'arrêta devant la commode, versa deux verres de brandy et, les prenant tous les deux d'une main, remorqua Honoria derrière lui — sa litanie d'exclamations se tarissant graduellement — jusqu'au fauteuil en face du feu. Se laissant tomber dessus, il attira sa femme sur ses cuisses, puis lui tendit un verre.

Elle se tut en l'acceptant. Puis elle frissonna.

— Buvez-le.

Devil guida le verre jusqu'à ses lèvres.

Le prenant délicatement entre ses mains, Honoria but une gorgée, puis une deuxième. Ensuite, tremblante, elle ferma les yeux et s'appuya contre lui.

Un bras autour d'elle, Devil la tint près de lui.

— Je suis encore ici.

Il pressa ses lèvres sur sa tempe.

— Je vous ai dit que je ne vous quitterais pas.

Inspirant avec difficulté, Honoria se blottit plus près, reposant sa tête dans le creux de son épaule.

Devil patienta jusqu'à ce qu'elle ait vidé son verre, puis la transporta dans leur lit, la soulageant de son peignoir[1] avant de la déposer entre les draps. Quelques instants plus tard, il la rejoignit, l'attirant dans ses bras. Et il entreprit de lui prouver de la façon la plus convaincante qu'il était encore vigoureux et entier, bien en vie.

---

1. En français dans le texte.

*

Honoria dormit tard le lendemain matin, néanmoins, elle fut loin de se sentir revigorée lorsqu'elle s'éveilla. Après le thé et une rôtie apportés sur un plateau dans sa chambre, elle se dirigea vers son petit salon. Sa tête lui semblait confuse, son esprit encore nerveux. S'installant sur le divan, elle prit son ouvrage. Quinze minutes plus tard, elle n'avait toujours pas brodé un seul point.

Soupirant, elle mit le canevas de côté. Elle se sentait aussi fragile que la délicate dentelle qu'elle créait. Ses nerfs étaient tendus ; elle était convaincue que l'orage couvait, perturbant son avenir, attendant de tout balayer et de lui enlever Devil.

Il comptait tellement pour elle. Il était le centre de son existence. Elle ne pouvait pas imaginer vivre sans lui, tout tyran arrogant qu'il était. Ils évoluaient si bien ensemble, pourtant quelqu'un n'était pas content qu'il en soit ainsi.

Cette pensée lui fit froncer les sourcils. Elle pouvait imaginer cet homme comme un nuage noir, soufflant toujours plus haut, néanmoins, ce n'était qu'un homme.

Elle s'était réveillée tôt pour découvrir Devil assis à côté d'elle sur le lit, lui caressant les cheveux.

— Reposez-vous, avait-il dit. Aucune raison pour vous de vous lever et commencer votre journée.

Il avait scruté son visage, puis l'avait embrassée.

— Prenez soin de vous. Je désapprouverais vous retrouver indisposée et blême.

Avec un sourire de travers, il se leva.

— Serez-vous dans les environs ? avait-elle demandé.

— Je serai de retour pour dîner.

C'était bien beau, mais le dîner n'arriverait pas avant des heures.

Honoria fixa la porte. Quelque chose était sur le point de se produire, elle le sentait dans ses os. Un frisson lui traversa l'échine ; elle trembla, mais elle n'abandonna pas ses pensées troublantes. Néanmoins, elle ne pouvait penser à aucune action, rien qu'elle pouvait faire pour contrer le danger imminent. Elle était impuissante. Sans défense.

Un petit coup à la porte interrompit sa sombre rêverie. Sligo entra, portant un plateau en équilibre.

— Mrs Hull s'est dit que vous aimeriez peut-être un peu de son thé spécial. Elle le prépare elle-même, ça oui.

Il déposa son fardeau sur la table basse et servit adroitement une tasse.

La réaction immédiate d'Honoria fut un refus catégorique. Son estomac lui semblait aussi fragile que son état mental. L'odeur apaisante qui s'éleva de la vapeur lui fit changer d'avis.

— De la camomille, voilà ce que c'est.

Sligo lui tendit la tasse.

Honoria l'accepta et but, puis se souvint du valet d'écurie.

— Comment se porte Carter ?

— Mieux. Il arbore une bosse de la taille d'un œuf, mais le cap'taine l'a remercié tout spécialement ce matin. Carter dit qu'il la sent à peine maintenant.

— Bien. Je t'en prie, transmets-lui aussi mes remerciements. Carter avait-il la moindre idée de l'endroit d'où venaient les hommes qui ont attaqué Sa Seigneurie ?

Sligo joua avec le napperon sur le plateau.

— Pas en tant que tel. Il a bien dit qu'ils ressemblaient à des matelots.

Honoria fixa son regard sur son visage.

— Sligo, Carter a-t-il surpris quelque propos que ce soit ?

Sligo changea de position.

— Il a entendu dire par les deux qu'il a suivis qu'ils allaient se rencontrer plus tard à l'Anchor's Arms.

— À l'Anchor's Arms ?

— Une taverne près des docks.

Un démon poussa Honoria à agir ; elle l'ignora.

— Sa Seigneurie a-t-elle été informée des souvenirs de Carter ?

— Non, m'dame. Carter a repris tous ses esprits il y a seulement une heure.

Honoria choisit la voie de la sagesse.

— Rapporte immédiatement l'information de Carter à Sa Seigneurie.

Sligo se mordit la lèvre et déplaça son poids d'une jambe à l'autre.

Honoria observa ses traits qui ne payaient pas de mine alors que l'incrédulité s'emparait d'elle.

— Sligo, où est-il ?

Sligo se redressa.

— Le cap'taine a dû comprendre notre plan. Quand les gars se sont préparés à le suivre ce matin, il les a semés. Vite fait, bien fait.

— *Bien fait !*

Honoria s'assit droite comme un *i.*

— Il n'y a rien de bien là-dedans.

Et voilà qu'ils se retrouvaient ici avec une piste potentiellement précieuse à explorer, et son mari s'était lui-même mis hors service. Loin de leurs yeux vigilants. Elle remit sa tasse de thé à Sligo, se félicitant en son for intérieur de ne pas l'avoir lancée. Elle n'avait pas encore perdu l'esprit au point de devenir hystérique parce qu'une personne tentait de tuer Devil au cœur de Londres pendant la journée. Elle voulait, par contre, que cet assassin en puissance soit attrapé sans délai. Les yeux plissés, elle examina Sligo.

— Où monsieur le duc prend-il habituellement son déjeuner ?

— À l'un de ses clubs, m'dame — White's, Waitier's ou Boodles.

— Envoie des valets de pied l'attendre à chacun des trois. Ils doivent informer monsieur le duc immédiatement à son arrivée que je désire lui parler dès que possible.

— Très bien, m'dame.

CHAPITRE 22

Quand quatorze heures sonnèrent, Honoria avait commencé à marcher de long en large. À seize heures, elle convoqua Sligo.

— As-tu localisé Sa Seigneurie ?

— Non, m'dame. J'ai des hommes chez White's, Waitier's et Boodles. Nous le saurons dès qu'il se montrera.

— Carter reconnaîtrait-il les voyous qu'il a suivis ?

— Pour sûr il les reconnaîtrait, c'est ce qu'il dit.

— Combien de temps les bateaux restent-ils habituellement au port ?

— Deux à trois jours au maximum.

Honoria inspira profondément.

— Fais amener la voiture, celle qui ne porte pas de blason.

Sligo cilla.

— M'dame ?

— Je présume que Carter est assez remis pour nous aider ?

— Nous aider ?

Le visage de Sligo se vida de toute expression.

Honoria plissa le front.

— Pour identifier les hommes qui ont attaqué monsieur le duc s'ils se trouvaient à l'Anchor's Arms.

— *L'Anchor's Arms ?*

L'horreur remplaça l'air absent de Sligo.

— Vous ne pouvez pas allez là-bas, m'dame.

— Pourquoi pas ?

— Vous... vous ne pouvez pas, c'est tout. C'est une taverne des docks, pas le genre d'endroit où vous vous sentiriez à l'aise.

— En ce moment, mon confort n'a pas grand importance.

Sligo se désespéra.

— Le cap'taine n'approuverait pas.

Honoria le cloua sur place d'un regard tout aussi menaçant que ceux du maître de Sligo.

— Sligo, votre cap'taine n'est pas ici. Il s'est défait de sa laisse et il est parti Dieu sait où. Nous détenons actuellement une information qui, si nous agissons promptement, pourrait identifier son assassin en puissance. Si nous attendons jusqu'à ce que votre cap'taine daigne revenir, notre occasion aura peut-être mis les voiles avec la marée du soir. En l'absence de Sa Seigneurie, nous — toi et moi — accompagnerons Carter à l'Anchor's Arms. J'espère que je me suis bien fait comprendre ?

Sligo ouvrit la bouche puis la referma.

Honoria hocha la tête.

— La voiture. Je vais me changer.

Dix minutes plus tard, vêtue de sa robe de voyage brun foncé, elle traversa la galerie. Mrs Hull se tenait à côté des marches.

— Je vous demande pardon, madame, mais j'ai su que vous planifiez aller visiter cette auberge près des docks. Un quartier terriblement dur, celui-là. Ne pensez-vous pas, peut-être, qu'il vaudrait mieux attendre...

— Mrs Hull, vous ne pouvez pas vous attendre à ce que je permette à l'assassin potentiel de mon mari de continuer à le traquer partout par manque d'un peu de courage. L'Anchor's Arms est peut-être bien tout ce que vous craignez, mais je suis certaine que je survivrai.

Mrs Hull grimaça.

— J'f'rais la même chose moi-même, m'dame, mais le maître ne va pas aimer cela du tout.

Honoria commença à descendre l'escalier. Webster attendait sur le palier ; il accorda son pas au sien.

— J'aimerais suggérer, madame, que vous me permettiez d'y aller à votre place. Si nous découvrons les canailles qui ont attaqué Sa Seigneurie, Sligo et moi les persuaderons de revenir ici et de s'entretenir avec Sa Seigneurie.

— Voilà !

Mrs Hull, sur les talons d'Honoria, se pencha en avant.

— Il y a plus d'une façon de récurer un chaudron.

Honoria s'arrêta sur la dernière marche. Sligo patientait debout près de la colonne de l'escalier.

— Webster, ni vous ni Sligo ne pouvez susciter une motivation suffisante pour garantir la coopération de tels hommes. Si nous les dénichons à l'Anchor's Arms, j'ai l'intention de leur offrir une récompense assez considérable s'ils me révèlent sous serment le nom de l'homme qui les a engagés. Ils ne me craindront pas parce que je suis une femme, ils réfléchiront à ma proposition. Quand ils demanderont leur argent, je me rendrai à Child's Bank. Monsieur Child m'assistera dans les négociations.

Elle marqua une pause, le regard effleurant chaque visage inquiet.

— Bien qu'il soit peu probable que Sa Seigneurie approuve ma participation, moi, je n'approuve pas que quelqu'un essaie de le tuer. J'aimerais mieux affronter le mécontentement de Sa Seigneurie que risquer sa mort.

Elle descendit la marche.

— Je vous mets dans la confidence parce que je vous suis reconnaissante du souci que vous montrez. Je suis, cependant, déterminée à suivre mon plan.

Après une minuscule hésitation, Webster la suivit.

— En effet, madame. Mais, je vous en prie, soyez prudente.

Sur un hochement de tête plein de morgue, Honoria passa la porte avec élégance et descendit les marches. Sligo dut se précipiter pour ouvrir la porte de la voiture, car à ce moment-là, il ne restait plus un seul valet de pied ou d'écurie à la Maison St-Ives.

*

L'ennui avec le plan d'Honoria devint évident dès l'instant où ils atteignirent l'Anchor's Arms dans une rue étroite et crasseuse près des docks. Un brouillard sulfureux, dense et épais, couronnait les avant-toits de la taverne. Un grondement de voix masculines filtra par la porte ouverte, ponctué par d'occasionnels petits cris féminins.

Sligo et Carter avaient voyagé sur la voiture ; descendant lestement sur les pavés, Sligo jeta un coup d'œil aux alentours, puis ouvrit tranquillement la portière.

Le visage éclairé par l'une des lampes du véhicule, Honoria arqua un sourcil.

— Il y a un problème.

— Un problème ?

Honoria jeta un coup d'œil par la porte de la taverne. Les rabats en cuir de la voiture étaient baissés sur les fenêtres.

— Quel problème ?

— L'endroit n'est pas sûr, répondit Sligo en scrutant les ombres. Nous aurions dû amener plus d'hommes.

— Pourquoi ? Je vais rester ici pendant que toi et Carter entrez. Si les hommes sont là, faites-les sortir.

— Qui va vous protéger lorsque nous serons dans la taverne ?

Honoria cligna des paupières.

— John Coachman est sur le toit.

Alors même qu'elle prononçait ces mots, le malaise de Sligo la gagna.

Il hocha la tête.

— Il aura les mains pleines avec son équipage. Si quelqu'un souhaitait s'emparer de vous, il lui suffirait d'effrayer les chevaux. Et je ne veux pas envoyer Carter seul. Si ces hommes sont présents, il pourrait ne pas revenir.

Honoria comprit ; néanmoins, elle devait découvrir si les hommes étaient là.

— Je vais venir avec vous. Ce n'est pas particulièrement bien éclairé. Si je reste dans l'ombre, personne ne m'accordera d'attention.

Sur ces mots, elle quitta son siège.

Sligo resta bouche bée. Honoria se renfrogna et il abaissa les marches. Vaincu, il lui tendit la main pour l'aider à descendre, puis fit signe à Carter de s'approcher.

— Si nous marchons devant, épaule contre épaule, on vous remarquera moins, m'dame.

Honoria hocha brièvement la tête. Elle suivit les deux hommes tandis qu'ils passaient le seuil de la taverne.

Ils pénétrèrent dans une salle à plafond bas remplie de fumée. Un silence de mort tomba. Toutes les conversations étaient suspendues, instantanément interrompues. Sligo et Carter s'arrêtèrent ; Honoria sentit qu'ils se mettaient sur la défensive. Des hommes se prélassaient, affalés sur un long comptoir ; d'autres étaient installés sur des bancs grossiers autour de tables rudimentaires. Toutes les têtes se tournèrent brusquement dans leur direction ; des yeux habitués à examiner les ombres se centrèrent sans difficulté sur elle. L'expression sur certains visages était étonnée ; la plupart devinrent rapidement calculateurs.

D'autres prirent un air malveillant. Le danger, palpable, écœurant, pesait sur l'atmosphère enfumée. Honoria le goûta, le sentit ramper sur sa peau.

Le barman, un individu à l'air stressé, réagit en premier.

— Vous êtes venu au mauvais endroit.

Il les chassa de la main.

— Nous n'avons pas ce que vous voulez.

— Allons, allons.

Un bras costaud l'arrêta net. Un corps assorti au bras se leva pesamment de son banc.

— Ne sois pas si pressé, Willie. Qui peut dire ce que veut cette élégante ?

Le regard concupiscent qui accompagnait ces mots, dirigé sur Honoria, la convainquit que le barman avait raison.

— C'est vrai. La dame entre ici, elle doit savoir c'qu'elle veut.

Un autre grand sourire de terrassier, aussi large qu'un remorqueur, tomba à ses pieds.

— Plusieurs d'entre nous ici ont p't'être c'qu'elle veut.

Honoria le regarda dans les yeux.

— Vous avez tout à fait raison.

La seule façon de s'en sortir était par la ruse pure et effrontée. Repoussant Carter, elle s'avança.

— Vous pourriez très bien pouvoir m'assister. Cependant — elle laissa son regard survoler les tables —, je dois vous prévenir que mon mari et ses cousins — la barre *Sinistre,* comme on les appelle — sont présentement en route pour venir ici. Tous les six.

Elle contempla le terrassier.

— Ils sont tous plus grands que vous.

Elle se tourna vers le barman.

— Je me permets de dire que vous pouvez imaginer comment leur groupe a reçu son nom. Et maintenant, ils ont découvert que trois de vos clients ont attaqué l'un d'eux hier soir. Ils viennent chercher vengeance, mais quand ils arriveront ici, ils ne perdront pas de temps à vérifier les identités.

Le barman et les clients s'efforcèrent de comprendre ses paroles ; Honoria soupira en son for intérieur.

— Je pense qu'ils vont démolir cette taverne et tout le monde présent aussi.

Les terrassiers se hérissèrent ; des grognements rebelles volèrent.

— Si c't'une bagarre qu'y cherchent, y l'auront, déclara un vieux loup de mer musclé.

— Je vais me plaindre au juge, bêla le barman.

Honoria zieuta les terrassiers d'un œil calculateur.

— Six, tous plutôt costauds. Et…

Elle regarda le barman.

— Ai-je mentionné que mon mari est duc ?

Le visage de l'homme perdit toute expression ; elle sourit.

— Son surnom est Devil. Lucifer et Demon l'accompagneront.

Elle jeta un regard scrutateur à travers la porte ouverte.

— Je n'ai pas vu le garde dehors.

Les terrassiers échangèrent des regards. Des récits de raids organisés par les mâles les moins civilisés de la société étaient banals ; les classes les plus pauvres essuyaient le plus fort des ravages destructeurs de cette sorte. La foule de l'Anchor's Arms était trop âgée pour risquer de voir leurs crânes fendus inutilement.

L'homme qui avait parlé en premier la regarda avec défi.

— Qu'est-ce que *vous* fichez ici, alors ? Une duchesse et tout ?

Honoria leva le nez sur lui.

— Mon cher monsieur, vous avez sûrement entendu dire que l'on exige des duchesses qu'elles s'occupent de bonnes œuvres ? Sauver l'Anchor's Arms est ma bonne action du jour.

Elle marqua une pause.

— À condition, bien sûr, que vous me disiez ce que j'ai besoin de savoir.

Le terrassier jeta un coup d'œil à ses copains. Plusieurs hochèrent la tête. Toujours méfiant, il se retourna vers elle.

— Comment on sait qu'si on vous aide, vous pourrez empêcher c'Devil de tout casser d'toute façon ?

— Vous ne le savez pas.

Honoria soutint son regard.

— Vous pouvez seulement espérer.

— C'est quoi qu'vous voulez savoir ? dit une voix venue du fond de la pièce.

Honoria leva la tête.

— Trois matelots se sont rencontrés ici récemment. Je dois leur parler. Carter, décris les deux que tu as vus.

Carter obéit ; ils étaient plusieurs à se les rappeler.

— Ici hier soir, descendus du *Rising Star*.

— Le *Rising Star* a levé l'ancre c'matin pour Rotterdam.

— Vous en êtes sûr ?

La confirmation lui parvint de plusieurs endroits dans la salle.

Le silence tomba. Lourd, froid, il glaça l'atmosphère. Avant même de se retourner, Honoria sut que Devil était arrivé.

Elle pivota pour lui faire face et arrêta juste à temps son clignement de paupières. Au lieu de cela, elle déglutit. C'était lui, mais pas l'homme qu'elle voyait habituellement. Celui-ci remplissait l'espace devant la porte de sa présence menaçante ; une agressivité à peine contenue émanait de lui par vagues. Sa tenue élégante ne contribuait en rien à dissimuler sa puissante carrure, ni le fait qu'il était parfaitement disposé à annihiler tout et tous ceux qui étaient assez imprudents pour lui en fournir le moindre prétexte. Il correspondait tout à fait à l'image qu'elle avait créée de lui.

Ses yeux, froids et inexpressifs, la quittèrent, survolant la salle, recelant non pas un défi, mais une promesse, une intention que chaque homme pouvait ressentir. Vane se tenait à son côté ; à eux deux, ils donnaient l'impression que la taverne était inconfortablement bondée.

Alors que le regard de Devil s'attachait au barman aux yeux ronds, Honoria fit apparaître un sourire et s'engagea dans la brèche.

— Vous voilà, mon seigneur. J'ai bien peur que les hommes que vous cherchez ne soient pas ici, ils ont pris la mer ce matin.

Devil ne cilla pas. Son regard se posa sur le visage d'Honoria. Des flammes remplacèrent la glace dans ses yeux, mais ils demeuraient étrangement vides. Un sourcil s'éleva un tout petit peu.

— Vraiment ?

L'unique mot, prononcé de sa voix grave, ne donna aucun indice sur ses pensées. Pendant quelques secondes, la taverne au complet retint son souffle. Puis il hocha la tête en direction du barman.

— Dans ce cas, veuillez nous excuser.

Sur ces mots, Devil pivota, attrapa le bras d'Honoria, la propulsa au-delà du seuil, la souleva à travers la portière de la voiture que se hâta d'ouvrir Sligo et la mit à l'abri à l'intérieur.

D'un mouvement, Vane sortit de la taverne derrière eux ; il surgit à côté de l'épaule de Devil alors que celui-ci s'arrêtait brièvement, une botte sur les marches de la voiture.

— Je vais prendre la voiture de louage.

Vane désigna de la tête l'endroit où attendait une petite voiture.

L'expression sévère à l'extrême, Devil hocha la tête et suivit Honoria dans la voiture. Sligo claqua la portière ; John Coachman donna un petit coup de poignet aux rênes.

Il fallut trois minutes d'un silence tendu avant que le conducteur manœuvre la voiture pour la sortir de la rue étroite. Et une demi-heure de plus, également dans le silence, avant qu'il s'arrête dans Grosvenor Square. Devil descendit. Il patienta jusqu'à ce que Sligo descende les marches, puis il tendit la main. Honoria posa la sienne dedans ; il l'aida à descendre et la guida en haut de l'escalier de la maison

Webster ouvrit la porte, son soulagement si intense qu'il se voyait sur son visage. Puis il remarqua celui de son maître. Immédiatement, son expression redevint imperturbable.

Pénétrant d'un pas élégant dans le vestibule, ses doigts sur un bras donnant plus l'impression de toucher la pierre que la chair humaine, Honoria garda la tête haute.

Devil s'arrêta dans le hall d'entrée.

— Si vous voulez bien m'excuser, ma chère, je dois parler à Sligo.

Son ton était froid, monocorde et pas tout à fait assuré, sa surface glaciale agitée par une rage à peine réprimée.

— Je vais vous rejoindre sous peu. En haut.

Pour la première fois ce soir-là, Honoria vit clairement son visage, éclairé par le lustre très haut au-dessus de leurs têtes. Plus pâle que d'habitude, chaque trait dur nettement dessiné, le tout pas plus animé qu'un visage de mort dans lequel ses yeux brûlaient d'une lumière étrangement sombre. Elle rencontra carrément son regard noir.

— Sligo agissait sur mes ordres.

Devil arqua un sourcil, l'expression froide.

— Vraiment ?

Honoria observa ses yeux, puis inclina la tête. Et elle pivota vers l'escalier. Dans son humeur actuelle, en dire plus long serait contre-productif.

Raide, Devil la regarda monter. Quand elle disparut de sa vue, il reporta son regard sur Sligo.

— Dans la bibliothèque.

Sligo se précipita à l'intérieur ; Devil le suivit plus lentement. Passant le seuil, il marqua une pause ; un valet de pied referma la porte. Sligo se tenait au garde-à-vous à côté du bureau. Devil permit au silence de s'étirer avant d'effacer la distance entre eux.

Normalement, il se serait assis à son fauteuil ; ce soir, la rage qui le consumait ne lui laissait aucun repos. Il s'arrêta devant les longues fenêtres donnant sur la cour obscure.

Des mots remplissaient son cerveau, se battaient pour obtenir la priorité dans sa bouche, un délire vociférant de fureur réclamant à grands cris de s'exprimer. La mâchoire serrée, il s'efforça de la retenir. Il ne se rappelait pas avoir jamais auparavant ressenti une telle rage, si lourde de tension qu'il était glacé jusqu'à la moelle, si puissante qu'il pouvait à peine la contenir.

Il jeta un coup d'œil à Sligo.

— Un valet de pied qui est tombé sur moi par hasard m'a informé au St-James que madame la duchesse était en route pour l'Anchor's Arms. Avant que j'aie pu appeler une voiture de louage, trois autres employés de ma maison sont apparus, apportant des nouvelles similaires. Il semble qu'une bonne moitié de mon personnel parcourait les rues à ma recherche, *au lieu d'obéir à mes ordres et de protéger ma femme ! Comment diable a-t-elle entendu parler de l'Anchor's Arms en premier lieu ?*

Sligo tressaillit.

— Elle m'a posé la question, je lui ai répondu.

— *Par tous les saints, à quoi as-tu pensé en l'amenant là-bas ?*

La porte s'ouvrit au plus fort de son rugissement. Devil jeta un regard furieux à Webster.

— Je ne souhaite pas être dérangé.

— En effet, Votre Seigneurie.

Webster contourna la porte, la tint ouverte pour Mrs Hull, puis la referma.

— Mrs Hull et moi désirions nous assurer que vous ne partiez pas avec de fausses idées.

— Il est extrêmement difficile d'être entraîné par de fausses idées en découvrant ma femme dans une taverne des docks.

Les mots étaient tranchants comme le verre ; Webster pâlit, mais persévéra.

— Je pense que vous voulez apprendre comment tout cela s'est produit, mon seigneur. Sligo n'a pas agi seul. Nous connaissions tous, moi-même, Mrs Hull et Sligo, l'intention de madame la duchesse. Nous avons chacun tenté de la dissuader mais, ayant écouté ses raisons, nous ne pouvions pas légitimement nous mettre en travers de son chemin.

Les poings fermés si fortement qu'ils lui faisaient mal, la mâchoire contractée presque au point de ne plus s'ouvrir, Devil parla à travers ses dents serrées.

— Quelles raisons ?

Webster détailla le plan d'Honoria ; Mrs Hull tira au clair ses motivations.

— Totalement compréhensibles, à mon avis.

Elle renifla d'une manière défensive.

— Elle était inquiète, nous l'étions tous. Cela paraissait une chose parfaitement logique à faire.

Devil ravala la tirade qui bondit sur ses lèvres. Sa colère brûlante, bouillonnant sous la mince façade de comportement civilisé, il plissa les yeux vers eux.

— *Sortez !* Tous autant que vous êtes.

Ils partirent, refermant doucement la porte. En se retournant brusquement, Devil fixa son regard dans la nuit. Sligo n'approuvait pas les femmes de la haute-société, Webster était d'un dévouement guindé à l'extrême et Mrs Hull était ultra conservatrice. Néanmoins, ils avaient tous été subornés par sa femme. Et ses raisons.

Depuis qu'il avait épousé Honoria Prudence Anstruther-Wetherby, il était dans les raisons jusqu'au cou — ses raisons à elle. Lui aussi avait des raisons — de bonnes raisons logiques, solides. Cependant, ce n'était pas avec son personnel qu'il avait besoin de les partager. Étant arrivé à cette conclusion, Devil tourna les talons et sortit avec raideur de la bibliothèque.

Marchant à grandes enjambées vers les appartements ducaux, il se fit la réflexion qu'Honoria avait réussi à protéger de sa colère ses trois comparses, sans même être présente. Évidemment, s'il avait pu laisser libre cours à une partie de la fureur bouillante tournoyant en lui en la faisant passer sur eux, elle ne serait pas sur le point de l'affronter elle-même.

Dans l'état actuel des choses…

Atteignant l'extrémité du corridor, il ouvrit violemment la porte, puis la fit claquer derrière lui.

Honoria ne sursauta même pas. Elle se tenait devant le foyer, tête haute, une détermination inébranlable dans chaque trait. Les jupes de sa robe de voyage brune étaient dorées par le feu dans son dos ; ses soyeuses boucles châtaines sur sa tête brillaient. Ses mains étaient lâchement entrelacées devant elle ; son visage était pâle, mais calme, ses yeux ronds, le bleu gris ne montrant aucun signe d'agitation. Son menton joliment rond d'Anstruther-Wetherby était décidé.

Délibérément, Devil avança avec raideur vers elle, observant son menton se relever alors qu'elle gardait les yeux sur lui. Il s'arrêta directement devant elle.

— Vous m'avez donné votre *parole* que vous ne poursuivriez pas activement l'assassin de Tolly.

Calmement, Honoria arqua un sourcil.

— L'assassin de *Tolly*. Je n'ai fait aucune promesse de rester à ne rien faire pendant que quelqu'un essayait de *vous* tuer.

Des ombres bougèrent dans les yeux assombris de Devil. Il pencha la tête.

— Très bien. Vous pouvez me faire cette promesse maintenant.

Honoria se redressa. Devil la surplombait encore.

— Je ne peux pas faire ça.

Les yeux, à peine deux fentes, plus noirs que verts, il s'approcha.

— Vous ne pouvez pas — ou vous ne voulez pas ?

Honoria tint bon.

— Je ne peux pas.

Les yeux dans les siens, sa mâchoire se serra lentement.

— *Et* je ne veux pas. Vous ne pouvez pas sérieusement vous attendre à cela de ma part.

Pendant trois battements de cœur, Devil soutint son regard.

— Je suis mortellement sérieux.

Il s'appuya d'une main sur le manteau de la cheminée, son corps se rapprochant, son visage près de celui d'Honoria.

— Les femmes — les épouses — sont censées demeurer tranquillement assises à la maison à broder et *non* pourchasser activement des bandits. Elles sont *censées* être à la maison quand leurs maris rentrent et *non en train de flirter avec le danger sur les docks* !

Fermant brièvement les yeux, il s'efforça de réprimer son envie de rugir. Puis il retint le regard d'Honoria et poursuivit :

— Je veux votre promesse que vous ne vous adonnerez plus à des escapades comme celle d'aujourd'hui, que vous resterez en sûreté chez nous et que vous ne vous soucierez plus de suivre la piste du meurtrier de *qui que ce soit*.

Les yeux plongés dans les siens, il leva un sourcil noir.

— Eh bien ?

Honoria soutint calmement son regard.

— Eh bien, quoi ?

Devil réussit tout juste à retenir un hurlement.

— Eh bien, *donnez-moi votre promesse* !

— Quand les poules auront des dents !

Les yeux d'Honoria jetèrent des éclairs.

— Je ne resterai pas docilement assise pendant qu'une personne tente de vous enlever à moi. Je suis votre duchesse, pas une spectatrice désintéressée. Je ne vais pas broder tranquillement en attendant des nouvelles quand celles-ci pourraient annoncer votre mort. En tant qu'épouse, j'ai le devoir de vous aider. Si, dans ce cas, cela signifie emprunter une voie dangereuse, qu'il en soit ainsi.

Son menton, relevé haut en signe de défi, s'éleva encore d'un cran.

— Je suis une Anstruther-Wetherby, je suis tout aussi capable d'affronter le danger et la mort que vous. Si vous vouliez une femme docile et complaisante, ce n'est pas *moi* que vous auriez dû épouser.

Momentanément abasourdi, davantage par sa véhémence que ses paroles, Devil la dévisagea. Ensuite, le pli sur son front s'approfondissant, il secoua la tête.

— Non.

Honoria plissa le front à son tour.

— Non, quoi ?

— Non à tout ce qui a été dit, mais non plus particulièrement au fait qu'il est de votre devoir de m'assister dans la chasse au meurtrier. En tant qu'épouse, vous n'avez d'autres devoirs que ceux que je juge appropriés. À mes yeux, il n'y a rien — aucun devoir, aucune raison — qui pourrait justifier de vous mettre en danger.

Leurs visages étaient éloignés de quinze centimètres ; si Honoria n'avait pas senti la fureur étranglée qui s'était emparée de son grand corps, qui irradiait de lui, elle n'aurait pu rater la note tranchante dans ses mots. Ses yeux se plissèrent.

— Cela, je ne l'accepte pas.

Elle n'avait pas l'intention de plier devant sa rage.

Les lèvres de Devil se recourbèrent légèrement ; sa voix, quand il parla, était grave et hypnotique.

— *Cela,* vous *allez* l'accepter.

Ce fut pour elle un effort de ne pas frissonner, de détourner son regard du sien avec soumission, ce regard si pénétrant, si convaincant qu'il ressemblait à une force physique. Par pure volonté, par pur entêtement, Honoria rencontra posément ce regard intimidant.

— Vous avez tort sur tous les points. J'ai perdu d'autres personnes avant contre des forces que je ne pouvais pas influencer, je n'ai pas pu les aider, je n'ai pas pu les sauver.

Sa mâchoire se contracta ; momentanément, elle serra les dents.

— Je ne vais pas rester là sans réagir et permettre qu'on vous enlève à moi.

Sa voix trembla ; des éclairs argentés illuminèrent les yeux de Devil.

— Bon sang ! Vous pensez que je vais *permettre* qu'on m'élimine ?

— Pas intentionnellement, mais c'est *moi* qui ai détecté le poison.

Devil chassa ce fait d'un geste.

— C'était ici.

Il observa son visage, ses yeux.

— À l'intérieur de cette maison, vous pouvez surveiller mes arrières autant que vous le désirez, mais vous resterez hors d'atteinte du danger. Vous avez parlé de devoir — c'est *mon* devoir de vous protéger et *non* l'inverse.

Honoria s'apprêta à hocher la tête ; Devil attrapa son menton au bout de sa main et emprisonna son regard dans le sien.

— Promettez-moi que vous ferez ce que je demande.

Honoria inspira aussi profondément que sa poitrine serrée le lui permettait, puis elle fit signe que non.

— Non. Laissez le devoir de côté. Nous avons parlé de raisons, une raison justifie toutes mes actions pour sauvegarder votre vie.

Elle parla doucement, dans un souffle ; elle *devait* lui faire comprendre.

— Ma raison en est une qui ne souffrira aucune objection.

Le visage de Devil se durcit. Sa main retomba ; il recula. Les yeux plongés dans les siens, Honoria s'accrocha à ce contact, refusant de le laisser se retirer totalement derrière son masque. Elle inspira rapidement et lâcha :

— Je vous aime — plus que je n'ai jamais aimé personne. Je vous aime profondément, au-delà de la raison. Et je ne pourrais *jamais* vous laisser partir — vous laisser enlever à moi — cela équivaudrait à laisser partir la vie, parce que vous êtes la vie pour moi.

Devil s'immobilisa. Pendant un instant déchirant, il regarda Honoria dans les yeux ; ce qu'il y vit lui serra le cœur. Il s'arracha à son regard et se détourna brusquement. Il marcha à grands pas vers la porte, puis s'arrêta. Les mains roulées en boule sur ses flancs, le torse se gonflant, il laissa tomber sa tête en arrière et fixa le plafond. Ensuite, en expirant, il baissa la tête. Il parla sans se retourner.

— Votre raison n'est pas assez bonne.

Honoria leva le menton.

— Elle l'est pour moi.

— *Bon sang, femme !*

Furieux, Devil se tourna vers elle.

— Par tous les saints, comment imaginez-vous que je suis censé fonctionner, sachant que, à tout moment, *vous* pourriez flirter avec Dieu sait quel danger — tout cela au nom de *ma* protection ?

Sa voix s'éleva jusqu'à un beuglement qui secoua littéralement le lustre. Gesticulant violemment, il marcha férocement de long en large, comme un félin de la jungle pris au piège.

— Avez-vous la moindre *idée* de ce que j'ai éprouvé lorsque j'ai appris où vous vous trouviez aujourd'hui ?

Brillants sous l'accusation, les yeux de Devil parcoururent Honoria.

— Pouvez-vous même *imaginer* ce que j'ai ressenti quand j'ai passé la porte de cette taverne ?

Il s'arrêta directement devant elle.

Honoria retint son souffle au moment où ses yeux se fixèrent sur les siens.

— Savez-vous ce qui aurait pu se produire dans un tel endroit ?

Sa voix s'était calmée, il avait adopté un ton de froide prophétie.

— Ils auraient pu frapper Sligo et Carter à coups de couteau, les tuer sans scrupule. Ensuite, ils vous auraient violée, l'un après l'autre. Si vous aviez survécu, ils vous auraient tranché la gorge.

Devil parla avec une conviction ferme ; c'était la vérité, une vérité qu'il avait dû affronter. Les muscles de ses épaules remuèrent ; il se raidit, réprimant la rage qui le faisait réagir, s'accrochant farouchement à la réalité de la femme debout devant lui, mince, droite et indemne. Une seconde plus tard, il se surprit à tendre la main vers elle. Brusquement, il se détourna, recommençant à arpenter la chambre, puis s'arrêta.

Dos à Honoria, il respira avec difficulté.

— Comment diable croyez-vous que je me serais senti alors si quelque chose vous était arrivé ?

Il marqua une pause, puis déclara d'un ton neutre :

— Je ne peux pas vous encourager à braver le danger pour moi. *Vous* ne pouvez pas *me* demander cela.

Le silence tomba ; Devil reporta son regard sur Honoria.

— Me donnerez-vous votre parole que vous ne vous mettrez plus consciemment en danger ?

Honoria soutint son regard puis, lentement, secoua la tête.

— Je ne peux pas.

Il regarda immédiatement devant lui, sa fureur clairement dessinée sur les lignes rigides de son dos, nettement exprimée dans un seul juron violent.

— Je ne peux tout simplement pas.

Honoria écarta les mains.

— Je ne veux pas me montrer têtue, mais vous devez voir que je ne peux pas…

Ses mots furent noyés sous un rugissement à moitié étranglé ; l'instant suivant, Devil ouvrit la porte avec violence. Honoria se raidit.

— Où allez-vous ?

— En bas.

— Ne *vous avisez* pas de partir.

S'il le faisait, reviendrait-il ?

— Je n'ai pas terminé…

La main sur la poignée, Devil se tourna, l'empalant sous son regard vert.

— Si je ne pars pas, vous ne pourrez pas vous asseoir confortablement pendant une semaine.

Avant qu'elle puisse réagir, il claqua la porte. Honoria écouta ses pas, inhabituellement lourds et vaincus. Elle resta debout devant le feu, le regard fixé sans les voir sur les panneaux de la porte pendant très longtemps.

*

Une fois dans la bibliothèque, Devil se lança dans un fauteuil. Un instant plus tard, il bondit et commença à faire les cent pas. Il ne s'adonnait jamais à cette activité, l'action était trop indicatrice à son goût d'une perte de maîtrise de soi. S'il continuait ainsi, il allait tracer une piste dans le tapis. Lâchant un gémissement interminable, il laissa tomber sa tête en arrière et se concentra sur sa respiration, laissant sa rage impuissante se calmer. Dans le fatras d'émotions qui tourbillonnait en lui, tout appelait la femme qu'il avait prise pour épouse.

Sa mâchoire et ses poings se serrèrent ; encore une fois, il s'obligea à se délasser. Un par un, ses muscles tendus se relâchèrent ; il finit par se détendre. Les yeux toujours clos, il regarda en lui, passant ses réactions au crible pour voir ce qui se cachait dessous.

Quand il vit de quoi il s'agissait, il ne fut pas impressionné.

Honoria gérait le développement inattendu beaucoup mieux que lui. Mais alors, elle l'avait déjà vécu, bien qu'avec malheur. Il n'avait jamais rien expérimenté de semblable avant.

En fait, il n'avait pas connu la véritable peur, même sur le champ de bataille. Il était un Cynster ; le destin prenait soin des Cynster. Malheureusement, il n'était pas assez optimiste pour supposer que la bienveillance du destin s'étendait aux épouses Cynster. Ce qui l'amenait à combattre une frayeur qu'il ignorait totalement comment vaincre.

Expirant lentement, il ouvrit les yeux. Écartant les doigts, il les examina. Ils étaient presque stables. Ses muscles, tendus pendant si longtemps, lui semblaient glacés à présent.

Il jeta un coup d'œil au carafon, puis grimaça. Reportant son regard sur les flammes dansant joyeusement dans l'âtre, il marqua une pause puis, délibérément, ouvrit la porte à sa mémoire. Et il laissa les paroles d'Honoria le réchauffer.

Il fixa les flammes si longtemps que lorsqu'il poussa un long soupir et se tourna vers la porte, elles dansaient encore devant ses yeux.

*

Honoria frissonnait sous les couvertures non familières de son lit. Après un débat mental, elle était retournée dans ses appartements, s'était dévêtue et glissée entre les draps. Elle n'avait pas dîné — non que cela importait ; elle avait perdu l'appétit. Allait-elle le retrouver un jour, cela restait à discuter, mais si elle pouvait revivre sa scène avec Devil, elle ne changerait pas un mot de ce qu'elle avait dit.

Sa déclaration avait été nécessaire. Elle ne s'était pas attendue à ce qu'il l'apprécie. Elle ignorait totalement comment il concevait sa révélation, il s'était détourné d'elle à l'instant où il avait vu la confirmation de ses paroles dans ses yeux.

Fronçant les sourcils, elle fixa l'obscurité en essayant, pour la énième fois, de trouver un sens logique à sa réaction. En surface, il était apparu sous son jour habituel de tyran dominateur, exigeant sans faire de quartiers qu'elle tombe sous ses ordres, recourant à l'intimidation quand elle avait défendu sa position. Néanmoins, tout ce qu'il avait dit ne concordait pas avec ce portrait. La simple pensée qu'elle soit en danger l'avait inquiété à un degré remarquable. On aurait presque dit que…

L'idée nébuleuse tourna en rond dans sa tête et la suivit dans le sommeil.

Elle s'éveilla pour découvrir une très grande ombre planant au-dessus d'elle.

— Bon sang de femme stupide, que diable fichez-vous ici ?

Son ton indiquait clairement que la question était rhétorique ; Honoria réprima vaillamment un gloussement. Il donnait l'impression d'être une véritable victime — pauvre mâle contrarié — et non l'un des hommes les plus puissants du pays. Ses yeux s'ajustèrent à la pénombre et elle le vit, mains sur les hanches, secouer la tête. Puis il se pencha vers elle.

Il défit les couvertures, s'appuya sur le matelas moelleux et glissa ses mains sous elle. Il la souleva aisément ; Honoria joua les mortes.

— *Et* une foutue chemise de nuit.

Le dégoût dans sa voix donna mal à la mâchoire d'Honoria.

— Qui diable croit-elle être ?

Il passa la porte du petit corridor en l'ouvrant d'un coup d'épaule ; quelques secondes plus tard, très délicatement, elle fut déposée sur son lit. Honoria décida qu'un murmure et un petit gigotement étaient requis pour plus d'authenticité.

— Hum, fit-il.

Elle écouta les bruits familiers pendant qu'il se déshabillait, son esprit lui fournissant la vision de ce qu'elle ne pouvait pas voir.

Le soulagement qu'elle ressentit quand il se glissa dans le lit à côté d'elle, se recroquevillant contre elle, chaud, ferme, d'une solidité rassurante, lui serra le cœur. En douceur, il faufila un bras autour de sa taille ; sa main s'insinua délicatement entre ses seins, ses longs doigts se refermant avec possessivité sur le plus bas.

Elle le sentit pousser un long et profond soupir ; ce qui restait de tension en lui disparut.

Quelques minutes plus tard, avant qu'elle puisse décider si elle devait ou non « se réveiller », la respiration de Devil devint plus paisible. Souriant, s'émerveillant encore, Honoria ferma les yeux.

CHAPITRE 23

Le lendemain matin, Honoria se réveilla tard, seule, Devil parti s'occuper de ses affaires depuis longtemps. Son énergie infatigable la frappa comme une injustice ; les événements de la nuit l'avaient épuisée. Son regard, vague, tomba sur la pièce de soie ivoire décorant le tapis aux teintes riches. Sa chemise de nuit.

Ils s'étaient engagés dans une lutte à minuit. À moitié endormie, elle avait été hésitante à abandonner la chaleur de la chemise de nuit. Lui, cependant, avait insisté, puis compensé de manière admirable. Même maintenant, elle se sentait agréablement réchauffée, en dedans comme en dehors. Souriante, elle s'enfonça davantage dans le lit, se délectant du sentiment persistant de chaleur comblée.

Qui avait fait le premier pas, elle l'ignorait et ne s'en souciait pas ; ils s'étaient tournés l'un vers l'autre pour laisser leurs corps sceller leur engagement silencieux selon lequel, peu importe les différences, ils restaient mari et femme, leur alliance solide comme le roc, aussi durable que la Maison.

La porte de ses appartements s'entrouvrit ; Cassie jeta un coup d'œil à l'intérieur, puis entra d'un pas affairé.

— Bonjour, m'dame.

Elle ramassa la chemise de nuit.

— Il est presque onze heures.

— Onze heures ?

Honoria ouvrit grand les yeux d'un clignement de paupières.

— Webster veut savoir si vous désirez qu'on vous garde quelque chose pour le petit déjeuner. Comme vous avez raté le dîner, et tout.

Honoria se redressa.

— Nous avons mangé plus tard.

Une heure après que sa chemise de nuit avait touché le sol, l'esprit de Devil s'était tourné vers la nourriture. Elle dormait profondément à ce moment-là ; il s'était aventuré dans les cuisines, puis l'avait impitoyablement harcelée pour qu'elle se réveille, insistant pour qu'elle avale des morceaux de poulet, de jambon et de fromage, en faisant passer le tout avec du vin blanc.

— Il y a du kedgeree, des œufs à la coque et des saucisses.

Honoria plissa le nez.

— Je vais plutôt prendre un bain.

La baignoire convenait à son humeur ; paresseuse, elle n'était pas encline à bouger. Elle regardait fixement à travers la vapeur, revoyant la précieuse soirée, et elle entendit en esprit, au cœur de la nuit, la voix grave, assouvie, repue de son mari alors qu'il s'effondrait à côté d'elle.

— Vous ne pouvez pas craindre de me perdre à moitié plus que moi, j'ai peur de vous perdre.

Cela avait été admis à contrecœur ; il pensait qu'elle était déjà endormie.

Pourquoi aurait-il plus peur de la perdre qu'elle de le perdre lui ?

Les minutes s'écoulèrent lentement, l'eau se refroidissant, et elle n'avait toujours trouvé qu'une seule réponse. Alors qu'elle sortait de la baignoire, son moral grimpa en flèche. Elle se sermonna sévèrement au cours de la demi-heure suivante sur l'imprudence de sauter aux conclusions, particulièrement comme celles-là.

Elle se retira dans son petit salon, mais elle n'arrivait pas à rester en place, passant sans but de la fenêtre au foyer, consumée par l'envie de revoir son mari. De regarder dans son visage ; de sonder ses yeux clairs. Mrs Hull monta une théière remplie. Reconnaissante, elle accepta une tasse, mais elle refroidit pendant qu'elle fixait le mur.

Louise et les jumelles procurèrent une distraction qui fut la bienvenue ; elles arrivèrent pour le déjeuner, les filles impatientes de décrire leurs dernières robes neuves. Honoria joua avec sa portion de poisson cuit à la vapeur et écouta d'une oreille distraite. Elle avait annulé tous ses autres rendez-vous, même si l'annonce que la nouvelle duchesse de St-Ives était indisposée allait certainement mener à des hypothèses.

Dans ce cas-ci, une hypothèse était exacte. Elle avait hésité à laisser cette pensée se former dans son esprit, mais elle semblait maintenant ne faire aucun doute. Sa lourdeur chaque matin, son appétit fragile, tout cela attestait du fait.

Elle portait l'enfant de Devil.

Cette pensée en soi la grisait de bonheur, la remplissait d'une joie anticipée teintée seulement d'une inquiétude compréhensible. La véritable peur n'avait aucune chance de s'imposer, pas avec Devil et sa famille l'entourant constamment.

Comme pour souligner ce fait, accompagnée des jumelles sur les marches de l'entrée, Louise lui jeta un regard affectueux.

— Vous avez l'air bien, mais si vous avez des questions, nous sommes là, moi ou Horatia ou Celia. Nous sommes toutes passées par là avant vous.

— Oh, oui.

Honoria rougit. Elle ne l'avait pas dit à Devil ; elle ne pouvait vraiment pas l'apprendre à ses tantes en premier.

— C'est-à-dire… Si…

Elle gesticula vaguement.

En souriant, Louise lui tapota le bras.

— Pas si, ma chère. *Quand.*

Sur un hochement de tête et un salut de la main, elle partit, les jumelles à la traîne derrière elle.

Montant l'escalier, Honoria se demanda comment annoncer la nouvelle à Devil. Chaque fois qu'elle s'imaginait en train de le faire, le spectre de son assassinat potentiel s'interposait.

Ils se rapprochaient du but ; avant de la quitter ce matin, Devil lui avait révélé que lui et Vane cherchaient une preuve, laquelle précisément, il ne l'avait pas dit. Il avait promis de tout lui dévoiler ce soir. La dernière chose dont ils avaient besoin en ce moment était une distraction. Annoncer la naissance imminente de leur héritier créerait tout un émoi, centrant l'intérêt farouche de la société sur eux.

Pénétrant dans le boudoir, Honoria secoua la tête en son for intérieur. Elle allait informer Devil de sa paternité imminente *après* qu'ils auraient attrapé son assassin en puissance. Jusque-là, sa sécurité la consumait toute entière, son enfant lui-même ne comptait pas plus que lui pour elle.

D'ailleurs, elle voulait que l'annonce soit un événement heureux, un moment mémorable entre eux qui ne serait pas éclipsé par un tueur.

Alors qu'elle s'installait confortablement sur le divan, Webster frappa et entra.

— Un message, madame.

Il lui présenta un plateau en argent.

Soulevant une feuille pliée, Honoria vit les lettres noires, classiques, précises, pas l'écriture extravagante de son mari.

— Merci, Webster.

Brisant le sceau ordinaire, elle replaça le coupe-papier sur le plateau et hocha la tête pour lui signifier son congé. Webster se retira pendant qu'elle dépliait la note.

*

À Sa Seigneurie, Madame la Duchesse de St-Ives :

Si vous souhaitez en apprendre davantage sur celui qui veut du mal à votre mari, rendez-vous immédiatement au numéro dix-sept, Green Street. Venez seule, ne révélez votre mission à personne ou tout sera perdu. Surtout, détruisez ce mot afin que personne ne tombe dessus par hasard et vous suive, effrayant le petit oiseau qui aurait murmuré à votre oreille.

Une personne qui vous veut du bien.

Pendant un long moment, Honoria fixa la note, puis elle la relut. Ensuite, respirant régulièrement, elle s'enfonça de nouveau sur le sofa.

Devil ne voudrait pas qu'elle y aille. Mais si elle n'y allait pas ?

Il y avait clairement une menace potentielle pour elle, mais cela, elle le chassa du revers de la main ; ce qui était beaucoup plus pertinent, c'était la façon dont Devil réagirait. Non que, bien sûr, une telle considération pencherait dans la balance, sa peur à elle était plus convaincante que la sienne.

Jetant un coup d'œil à l'écriture noire et épaisse de la note, elle grimaça. Les paroles de Devil prononcées la nuit précédente rejouèrent dans son esprit ; si elle les avait bien comprises, alors sa peur était un reflet de la sienne. Il n'y avait qu'une émotion qui pouvait susciter une telle crainte. Cette émotion, s'il la ressentait, exigeait qu'elle la prenne en considération, qu'elle s'en soucie. La même émotion la poussait à aller dans Green Street. Comment concilier les deux ?

Cinq minutes plus tard, elle se leva et s'installa à son bonheur-du-jour. Un quart d'heure après, elle secoua le sable sur sa lettre, la plia et la ferma avec le sceau que lui avait donné Devil — le cerf galopant des Cynster imposé sur les chevrons des Anstruther-Wetherby. Soufflant sur la cire, elle se leva, traversa la pièce et tira la cordelette de la cloche trois fois.

Sligo répondit à ses appels.

— Oui, m'dame ?

Honoria jeta un œil sur l'horloge du manteau de la cheminée. Presque quinze heures.

— Où se trouve Sa Seigneurie en ce moment ?

— Chez White's avec maître Vane.

Sligo sourit presque.

— Il n'a pas essayé de semer les hommes que j'ai envoyés sur ses talons aujourd'hui.

— Bien.

Honoria tendit sa lettre.

— Je veux que ceci soit livré en mains propres à Sa Seigneurie le plus vite possible.

— Tout de suite, m'dame.

Acceptant la lettre, Sligo se tourna vers la porte.

— Et demande à Webster d'appeler une voiture de louage pour moi.

— De louage, m'dame ?

Sligo se retourna, l'expression attentive.

— John Coachman peut vous amener la voiture en moins de deux.

— Non.

Honoria mit une note d'autorité dans sa voix.

— Une voiture de louage. Je ne vais pas très loin, il n'est pas nécessaire de sortir la vôtre.

Avec un hochement de tête majestueux, elle donna son congé à Sligo.

— Dis à Webster que je souhaite partir dans dix minutes.

Sligo s'en alla. Honoria prit la lettre de « la personne qui lui voulait du bien ». Elle la regarda brièvement de nouveau puis, la repliant soigneusement, elle monta à l'étage.

Dix minutes plus tard, vêtue de sa pelisse dorée et serrant un réticule orné de perles ivoire, elle s'installa dans un coin de la voiture de louage. Le valet de pied exécuta une révérence et s'apprêta à fermer la portière. Elle lui fut arrachée des mains. Sligo entra en toute hâte dans le carrosse, puis se ratatina dans l'autre coin. Honoria le dévisagea.

— Où est ma lettre ?

Sligo la regarda comme une poule enfermée avec une renarde.

— Elle est en route — j'ai envoyé Daley la livrer. Il verra à ce qu'elle se retrouve entre les mains de Sa Seigneurie, exactement comme vous le vouliez.

— Vraiment ? Et que fais-tu ici ?

— Ah…

Sligo cligna des paupières.

— J'ai pensé que c'tait pas bien qu'vous partiez seule, vous pourriez vous perdre, n'étant pas habituée à Londres et tout.

Lèvres serrées, Honoria replaça ses jupes.

— Je ne vais qu'à quelques rues d'ici rendre visite à une connaissance.

Sligo avala.

— Quoi qu'il en soit, m'dame, j'vous accompagne, si cela ne vous dérange pas.

Levant la tête, Honoria était sur le point de l'informer que oui, cela la dérangeait, quand le doute s'installa en elle.

— Sa Seigneurie t'a-t-elle ordonné de rester avec moi ?

D'un air sombre, Sligo hocha la tête.

Honoria soupira.

— Très bien, mais tu devras demeurer dans la voiture.

La trappe au-dessus s'ouvrit ; le cocher scruta l'intérieur.

— Allons-nous quequ'part ? Où souhaitez-vous seulement utiliser mon carrosse pour bavarder ?

Honoria le fit taire d'un regard.

— Green Street. Conduisez lentement, je vous préviendrai quand il faudra arrêter.

— Comme vous voulez.

Le cocher laissa retomber la trappe ; un instant plus tard, ils étaient partis.

Son grand-père habitait Green Street, au numéro treize. Le numéro dix-sept se situait plus près du parc. Le cocher fit avancer ses chevaux au pas ; Honoria examina les façades. Le numéro dix-sept abritait une élégante résidence, la demeure d'un gentleman. Elle patienta jusqu'à ce qu'ils soient rendus deux maisons plus loin avant de déclarer :

— Demande au cocher de se garer. Attends-moi ici.

Sligo transmit ses ordres. Le cocher s'arrêta ; Sligo bondit en bas et aida Honoria à descendre. À côté de la voiture de louage, dissimulée au numéro dix-sept de l'autre côté de la route, Honoria fixa sur Sligo un regard autoritaire.

— Attends-moi ici, à *l'intérieur* du carrosse.

Sligo cilla.

— Ne devrais-je pas vous accompagner à la porte ?

— Sligo, il s'agit de Green Street et non Billingsgate. Tu resteras dans la voiture.

Mélancoliquement, Sligo hocha la tête ; Honoria patienta jusqu'à ce qu'il ait regagné son siège, puis elle tourna les talons, revint un peu sur ses pas et traversa rapidement la rue.

Vivement déterminée, elle monta les marches du numéro 17. Tendant le bras vers le heurtoir, elle se figea, la main en l'air. Le marteau de porte en cuivre était une sylphide — une sylphide nue. Honoria fronça les sourcils, puis referma sa main gantée sur la silhouette indiscrète et frappa à un rythme impérieux.

Elle patienta, serrant son réticule, essayant de ne pas penser aux jurons que son mari proférerait lorsqu'il lirait sa lettre. Elle espéra que le comité de White's comprendrait. Puis des pas s'approchèrent de l'autre côté de la porte. Pas le pas mesuré d'un majordome stylé, mais une démarche lente et familière de prédateur. Avant même l'ouverture de la porte, Honoria sut qu'elle ne se retrouverait pas devant un majordome.

Quand elle vit qui tenait la porte grande ouverte, sa mâchoire se décrocha.

Tout comme celle du comte de Chillingworth.

Pendant un instant, ils restèrent plantés comme des piquets à se dévisager. La tête d'Honoria tournait sous le tourbillon de possibilités et d'hypothèses qui volaient en tout sens.

Puis Chillingworth se renfrogna.

— Pour l'amour de Dieu, ne restez pas là comme ça ! Quelqu'un pourrait vous voir.

Honoria cligna des yeux hagards et resta clouée sur place. Étouffant un grognement, Chillingworth lui saisit le bras et la tira à l'intérieur. Il referma la porte, puis lui fit face.

Bien qu'il ne soit pas aussi grand que Devil, Chillingworth n'était pas un petit homme. Dans le couloir étroit, Honoria fut extrêmement consciente de ce fait. Se redressant, ignorant complètement de ce qui se passait, elle fixa sur lui un regard impérieux.

— Où est votre majordome ?

Chillingworth lui répondit par un regard impénétrable.

— Mon majordome est sorti. Tout comme le reste de mon personnel.

Les yeux d'Honoria s'arrondirent ; d'un air sombre, Chillingworth secoua la tête.

— Je ne peux pas croire que vous êtes sérieuse.

Il scruta son visage, ses yeux. Honoria leva le menton en signe de défi.

— Évidemment, je suis sérieuse.

L'expression de Chillingworth afficha un mélange d'incrédulité et de désillusion, puis il se durcit pour former un masque très semblable à celui de son rival. Avec aisance, il haussa les épaules.

— Si vous insistez.

Sans plus de cérémonie, il pencha la tête vers celle d'Honoria.

Poussant un petit cri étranglé, elle recula brusquement et le frappa.

*

Juste avant quatorze heures, Devil avait distraitement grimpé les marches de White's. Sur le seuil, il avait littéralement foncé sur Vane.

— Te voilà !

Vane était retombé sur ses talons.

— Où diable étais-tu ? Je t'ai cherché partout.

Devil avait souri.

— Étonnant que tu ne m'aies pas trouvé alors, parce que c'est là que j'étais. Partout.

Plissant le front, Vane ouvrit les lèvres. Devil chassa sa question d'un geste de la main.

— As-tu mangé ?

Le front toujours marqué d'un pli, Vane hocha la tête. Devil tendit sa canne au portier ; Vane l'imita.

— Je vais parler pendant que tu manges.

La salle à manger était agréablement bondée de compagnons gentlemen s'attardant sur leur brandy. Servi avec une remarquable rapidité, Devil attaqua sa sole et leva un sourcil inquisiteur.

Vane grimaça en direction des corps qui les entouraient.

— Je te le dirai plus tard.

Devil hocha la tête et se consacra à son repas, content d'avoir un prétexte pour ne pas parler. Expliquer pourquoi il avait passé toute la matinée à parcourir la ville, faisant courir les deux palefreniers que Sligo avait lancés sur sa piste, était au-dessus de ses forces. Il se doutait que ce serait toujours au-dessus de ses forces, sa détresse ne s'améliorait pas avec le temps. Et il pouvait difficilement dire à Vane qu'il évitait sa femme parce qu'elle lui avait dit qu'elle l'aimait.

L'avait dit, l'avait déclaré en termes non équivoques avec une conviction absolue. Marquant une pause, Devil avala la moitié de son verre de vin.

C'était un truc grisant, savoir que votre femme ressentait cela. À votre sujet. Qu'elle affronterait le danger sans ciller et qu'elle refusait de reculer, même lorsqu'elle faisait face à une intimidation suffisante pour briser un sergent de troupe, tout cela parce qu'elle vous aimait.

Il n'y avait qu'un inconvénient, qu'un hic.

Avalant une nouvelle gorgée de vin, il revint à sa sole. Et au dilemme avec lequel il s'était débattu toute la matinée. S'il révélait à Honoria ce qu'il ressentait face à son amour, s'il commençait même seulement par prêter attention à sa déclaration, il admettrait simultanément la validité de sa « justification » pour aller à la rencontre du danger. Ce qui était une chose qu'il ne pourrait jamais faire.

En temps de crise, en ce qui le concernait et, il en était très certain, en ce qui concernait ses ancêtres, les épouses Cynster étaient censées se retirer dans le donjon pour y rester en sécurité pendant que leurs maris défendaient les murailles. Apparemment, la vision d'Honoria différait — elle voulait occuper les murailles avec lui.

Il comprenait son opinion, il ne pouvait tout simplement pas l'accepter.

Expliquer cela ne sera pas facile, pas même après qu'il aurait avoué ce qu'il se sentait obligé par son honneur de confesser.

Se sentir vulnérable était déjà assez pénible ; admettre sa vulnérabilité, à haute voix, en paroles était infiniment pire. Et, une fois prononcées, ces paroles ne pouvaient pas être retirées. Il allait, essentiellement, lui donner carte blanche[1] d'un genre qu'il n'avait jamais utilisé avant. Étant donné sa façon de réagir au fait qu'il courrait un danger, il n'était pas du tout certain que ce soit sage.

Il ignorait si elle se doutait de son état. Il savait par contre qu'il ne pouvait pas compter sur elle pour rester dans une bienheureuse ignorance très longtemps. Pas son Honoria Prudence. Ce qui signifiait que la seule façon pour lui de la garder hors de danger consistait à la mettre hors de danger — en pendant le meurtrier de Tolly par les pieds.

Repoussant son assiette, il regarda Vane.

— Qu'as-tu appris ?

Vane grimaça.

---

1. En français dans le texte.

— Allons dans le fumoir.

Ils dénichèrent un coin désert et s'installèrent ; Vane commença sans préambule.

— C'est simple, j'avais raison. Ma source a vérifié chaque…

— Pardonnez-moi, monsieur le duc.

Ils levèrent la tête tous les deux ; un des valets de pied du club se tenait près du coude de Devil, tendant un plateau portant une note pliée.

— Ceci est arrivé il y a un instant, monsieur le duc. L'homme s'est montré très insistant pour qu'on vous le remette immédiatement.

— Merci.

Prenant la lettre, Devil brisa le sceau, hochant distraitement la tête pour lui donner son congé. Dépliant la note, il la lut. Vane vit son visage se durcir.

Les yeux de Devil revinrent se poser sur le début de la lettre ; le visage impassible, il la relut.

— Qu'est-ce ? demanda Vane quand Devil releva la tête.

Les sourcils de Devil s'arquèrent.

— Quelque chose est survenu.

Il ne croisa pas le regard de Vane.

— Un fait nouveau inattendu.

Repliant la lettre, il se leva.

— Tu vas devoir m'excuser, je vais t'envoyer chercher dès que je serai libre.

Sur ce, il se retourna et, rangeant la lettre dans une poche, il s'éclipsa.

Abasourdi, Vane fixa le vide derrière lui. Puis son visage se durcit.

— Honoria Prudence, dans quoi diable vous êtes-vous fourrée maintenant ?

*

— Non ! Attendez ! Vous ne pouvez pas simplement sortir comme ça par la porte.

— Pourquoi pas ?

Honoria pivota vivement.

Tenant une compresse froide sur son nez, Chillingworth la suivit dans le couloir.

— Parce que cela n'a pas de sens de prendre des risques inutiles. Votre mari ne va déjà pas apprécier, cela ne rime à rien d'empirer les choses.

Déposant la compresse sur la table d'entrée, il la détailla du regard.

— Votre bonnet n'est pas droit.

Lèvres pressées, Honoria pivota pour se regarder dans la glace. Ajustant son bonnet, elle étudia le reflet de Chillingworth. Il était encore très pâle ; elle n'était pas certaine que ce soit sage de le laisser, ses serviteurs n'étaient pas encore rentrés. D'un autre côté, elle pouvait comprendre son insistance à la voir partir sans retard.

— Voilà !

Elle se tourna.

— Cela reçoit-il votre approbation ?

Chillingworth plissa les yeux.

— Ça ira.

Il rencontra son regard.

— Et n'oubliez pas, montrez cette note à Devil dès que vous le verrez. N'attendez pas qu'il le demande.

Honoria leva le menton.

Chillingworth la considéra avec une désapprobation évidente.

— Je remercie le ciel que vous lui apparteniez plutôt qu'à moi. Attendez ici pendant que je vérifie s'il y a quelqu'un dans les environs. Comme votre grand-père ou son majordome.

Honoria le regarda ouvrir la porte ; debout sur la première marche, il jeta un coup d'œil des deux côtés de la rue.

— La voie est libre.

Chillingworth tint la porte ouverte.

— À part votre carrosse, il n'y a personne en vue.

Tête haute, Honoria sortit avec grâce, puis s'arrêta et regarda derrière elle. Elle fronça les sourcils.

— N'oubliez pas de vous allonger avec les pieds plus hauts que la tête. Et pour l'amour de Dieu, remettez cette compresse sinon votre œil sera plus amoché que nécessaire.

Pour la deuxième fois ce jour-là, la mâchoire de Chillingworth se décrocha. Momentanément. Puis il lui lança un regard furieux.

— Doux Jésus, femme, *partez* !

Honoria cligna des paupières.

— Oui, eh bien, prenez soin de vous.

Sur ce, elle se tourna et descendit vivement les marches. Atteignant la chaussée, elle vit sa voiture de louage qui attendait. Elle jeta un coup d'œil de l'autre côté. Un carrosse noir roulait lentement au coin dans Green Street. Derrière elle, le loquet de Chillingworth s'enclencha. Il était seize heures passées ; le crépuscule tombait. Comme Chillingworth l'avait dit, il n'y avait personne dans les environs. Avec un soupir en son for intérieur, Honoria s'avança sur la chaussée.

Elle ne vit pas la silhouette sombre, vêtue de noir qui émergea de l'escalier de service à côté des marches de Chillingworth. Elle n'eut aucun soupçon, aucun pressentiment de danger quand l'individu s'approcha, se dessinant derrière elle. Un harnais cliqueta, des sabots claquèrent quand la voiture noire s'arrêta à sa hauteur, bloquant le cocher. Honoria regarda le carrosse. Un drap noir tomba sur elle, la coupant de la lumière, l'enveloppant dans ses plis impénétrables. Elle haleta et agrippa le tissu, seulement pour le sentir s'enrouler autour d'elle. Elle ouvrit la bouche pour crier ; une main ferme se referma sur ses lèvres.

Honoria se figea. Un bras dur comme l'acier passa autour de sa taille et la souleva.

Elle ne se démena pas, mais attendit patiemment que Devil la dépose. Il le fit enfin, sur le siège du carrosse. La voiture fit une embardée et prit de la vitesse.

— Attendez !

Toujours enveloppée dans ce qu'elle supposa être la cape de Devil, Honoria se débattit pour se libérer.

— Et Sligo ?

Silence.

Puis :

— Sligo ?

Devil avait l'air de ne pas en croire ses oreilles.

— Vous lui avez ordonné de me surveiller, vous vous souvenez ?

Honoria lutta avec la cape. L'instant suivant, elle fut soulevée. Elle souffla profondément et découvrit son mari l'observant avec une expression qu'elle ne pouvait pas du tout déchiffrer.

— Il est dans la voiture de louage à m'attendre.

Devil la dévisagea puis, fronçant les sourcils d'un air hébété, il secoua la tête.

— Attendez ici.

Il donna un petit coup sur la trappe et ordonna à John Coachman de se ranger, puis il descendit d'un bond. Honoria l'entendit avancer à grands pas sur la chaussée. Elle ne pouvait rien voir ; les volets étaient baissés.

Deux minutes plus tard, la voiture s'inclina fortement lorsque Sligo se précipita derrière.

— Tourne dans le parc jusqu'à ce j'ordonne autrement.

Devil ouvrit violemment la portière, monta, referma, puis reprit sa place à côté d'elle.

Le carrosse bondit ; Devil rencontra le grand regard totalement franc d'Honoria. Il inspira prudemment, essayant de masquer la tension qui le tenait encore.

— Il vaudrait peut-être mieux que vous m'expliquiez ce qui se passe.

À l'évidence, il avait commis une horrible erreur — il ne voulait pas qu'elle devine ce qu'il avait pensé, ce qu'il avait ressenti quand il avait vu Chillingworth, vêtu seulement d'une chemise, regarder par sa porte, puis qu'elle était sortie d'un pas dansant, se tournant pour prononcer quelques derniers mots avant de partir sans se presser.

Dans les profondeurs de sa cachette, il n'avait pas été capable de distinguer ses paroles ; son imagination, cependant, lui avait soufflé assez de mots avec des gestes pour les accompagner. Sa trahison l'avait glacé ; la pensée que sa déclaration d'amour avait été sans valeur — de simples mots sans signification — l'avait frappé au cœur. Une rage noire l'avait consumé, bien au-delà d'une simple colère ; il pouvait à peine se souvenir l'avoir suivie. Il pouvait se rappeler le moment où il l'avait tenue emprisonnée devant lui et il avait pensé qu'il serait facile de mettre fin au tourment avant même qu'il commence. Le souvenir le laissait glacé, alors même que le soulagement l'envahissait. La culpabilité concernant son manque de confiance le faisait souffrir en son for intérieur.

Honoria l'observait, un pli se formant entre ses yeux. Devil s'éclaircit la gorge.

— Sligo a dit que vous aviez reçu une note ?

Il lança la question pour la faire parler. À la place, elle plissa incontestablement le front.

— Je vous ai parlé de la note dans ma lettre.

Devil cligna lentement des paupières.

— Quelle lettre ?

Fourrageant dans son réticule, Honoria tira une feuille du fouillis.

— J'ai reçu ceci…

Devil la prit et la lut, puis lui jeta un regard accusateur.

Elle leva le menton.

— Elle disait de venir immédiatement, alors je vous ai écrit une lettre pour vous expliquer et j'ai demandé à Sligo de la livrer ; il savait que vous étiez chez White's. J'ignorais que vous lui aviez donné l'ordre de rester avec moi. Il a envoyé Daley livrer ma lettre afin de pouvoir obéir à vos ordres.

Devil fronça les sourcils, puis baissa les yeux sur la note.

— Je n'ai pas reçu votre lettre, j'ai dû partir avant l'arrivée de Daley.

L'admission passa ses lèvres avant même qu'il ait réfléchi.

— Mais…

Le front d'Honoria formait une masse de plis.

— Si vous n'avez pas reçu ma lettre, pourquoi êtes-vous ici ?

Devil s'immobilisa. Une minute s'écoula ; lentement, il leva la tête et rencontra le regard intrigué d'Honoria. Elle scruta son visage. Brusquement, il baissa la tête.

— Je suis venu parce que j'ai reçu ceci.

Il s'obligea à sortir la note pliée de sa poche. Il ne voulait pas la lui remettre, mais sa franchise, son honnêteté — son amour — ne lui laissaient aucun choix. Le cœur comme un poids lourd dans sa poitrine, il la lui tendit.

Honoria déplia la note, puis la lut. Quand elle arriva à la fin, elle marqua une pause, la respiration mal assurée. Un étau serrait douloureusement sa poitrine ; son cœur battait lourdement. Sans lever la tête, elle relut la note.

Pendant qu'elle analysait ce qui avait dû se passer, ses mains, pliant la note, tremblèrent. Elle s'efforça de les stabiliser. Puis, très lentement, elle releva la tête et regarda Devil droit dans les yeux, ces yeux qui voyaient habituellement trop de choses, mais pouvaient aussi être aveuglés par la fureur. Le temps s'étira ; elle le fixa dans les yeux, ses yeux à elle suppliants et incrédules.

— Ce n'est pas vrai, je ne ferais *jamais* cela. Vous *savez* que je ne le ferais pas.

Dans un murmure douloureusement doux, elle ajouta :

— Je vous aime.

Devil ferma les yeux.

— Je *sais*.

Sa mâchoire se contracta ; une rage sauvage tourbillonna en lui, dirigée vers son assassin en puissance qui avait touché le seul point véritablement vulnérable de sa cuirasse, le seul défaut dans son armure — et il avait blessé Honoria. Il inspira à fond ; ouvrant les yeux, il les plongea dans les siens.

— Je n'ai pas réfléchi, j'ai réagi. Quand j'ai reçu cette note, j'étais *incapable* de réfléchir. Puis je vous ai vue sortir de chez Chillingworth…

Il s'interrompit ; sa mâchoire se contracta davantage, mais il s'obligea à soutenir le regard d'Honoria.

— *Je suis attaché à vous — beaucoup trop.*

Ses mots touchèrent Honoria ; ce qu'elle vit dans ses yeux effaça sa douleur. L'étau autour de sa poitrine se desserra ; elle inspira profondément.

— Ce n'est que justice.

Se déplaçant sur la banquette, elle glissa ses bras autour de lui et posa sa tête contre son torse.

— Je vous aime tellement que j'en ai mal, moi aussi.

S'il ne pouvait pas prononcer les mots, elle les dirait pour lui ; la vérité était là, brillant dans ses yeux. Les bras de Devil se refermèrent sur elle, puis l'enserrèrent douloureusement ; après un moment, il posa sa joue sur ses boucles. Il était tellement tendu que ses muscles tressaillaient.

Graduellement, pendant que le carrosse roulait, elle sentit sa tension le quitter, sentit les muscles de ses bras se détendre.

La chaleur de Devil l'enveloppa ; son cœur battait calmement sous sa joue. Il prit une profonde respiration, puis expira lentement ; ses longs doigts trouvèrent son menton et inclinèrent son visage vers le haut.

Leurs yeux se rencontrèrent et restèrent accrochés, puis il baissa la tête. Les cils d'Honoria tombèrent quand les lèvres de Devil effleurèrent les siennes dans un baiser indiciblement doux.

Il recula, arquant un sourcil.

— J'imagine que vous n'avez pas envie de me raconter ce qui s'est passé ?

Pas un ordre ni une exigence, une simple requête d'un ton naturel ; Honoria ne put retenir un grand sourire.

— En fait, Chillingworth s'est montré très insistant pour que je vous rapporte tout, ce qui doit être une première.

— Très probable. Commencez au début, quand vous avez frappé à sa porte. Vous attendait-il ?

— Pas tout à fait.

Honoria se redressa en se tortillant.

— Lui aussi avait reçu une lettre, je l'ai vue. Écrite de la même main que les nôtres.

Elle plaça la note qu'elle tenait encore à côté de celle déposée sur la banquette près de Devil.

— Vous voyez ? On ne peut pas dire s'il s'agit d'un homme ou d'une femme.

— Hum… donc, il savait que vous veniez pour le voir ?

— Non.

Honoria parla distinctement, attentive aux instructions de Chillingworth — et aux tendances naturelles de son mari.

— Sa lettre émanait d'une mystérieuse inconnue, lui donnant rendez-vous pour cet après-midi. Elle était très… — elle esquissa un geste vague — émoustillante.

Les yeux de Devil se plissèrent.

— Ce que vous voulez dire par là est que Chillingworth brûlait d'impatience de commencer. Qu'a-t-il dit lorsque vous êtes arrivée à sa porte ?

Honoria lança à Devil un regard malicieux.

— En fait, je pense qu'il était encore plus étonné que moi. Il était presque désapprobateur.

Devil arqua les sourcils d'un air sceptique.

— Et ?

— Ce qui a suivi est ma faute, en fait. Il m'a dit que je ne pouvais pas vraiment être sérieuse. Naturellement, je l'ai assuré du contraire.

— *Et ?*

Honoria soutint le regard de Devil.

— Il a essayé de m'embrasser — et je l'ai frappé.

Devil cilla — et cilla encore.

— Vous l'avez frappé ?

Honoria hocha la tête.

— Michael m'a montré comment m'y prendre avant de me permettre de devenir gouvernante.

Elle plissa le front.

— Je suppose que j'aurais dû me servir de mon genou, mais je n'y ai pas songé sur le moment.

Devil réussit tout juste à ne pas s'étrangler de rire.

— Je pense, dit-il d'une voix pas tout à fait calme, que Chillingworth est probablement très reconnaissant que vous l'ayez frappé.

Honoria était inhabituellement grande et Chillingworth était plus petit que lui. Les lèvres de Devil tressaillirent.

— Je dois me souvenir de l'informer qu'il l'a échappé belle.

Honoria fronça les sourcils.

— Oui, eh bien… malheureusement, ce n'est pas tout. Quand je l'ai frappé, son nez a commencé à saigner.

C'en était trop ; Devil succomba à de grands éclats de rire.

— Oh, mon Dieu, dit-il lorsqu'il put de nouveau parler. Pauvre Chillingworth.

— Il a semblé penser de même, lui aussi. Son gilet était abîmé.

Une main pressée contre ses côtes douloureuses, Devil emprisonna la main gauche d'Honoria dans son poing.

— Vous avez dû vous servir de votre gauche.

Honoria hocha la tête.

— Comment le savez-vous ?

Le grand sourire de Devil exprimait la joie maligne à l'état pur.

— Je l'ai surpris avec une gauche à Eton, il s'est passé la même chose. Il a saigné comme un cochon.

— Précisément.

Honoria soupira.

— J'ai bien peur qu'il se sente plutôt exploité.

— Je peux l'imaginer.

Le ton de Devil se durcit ; Honoria leva des yeux inquisiteurs. Il rencontra son regard.

— Lui et moi allons devoir démêler tout cela.

Honoria se redressa.

— Que voulez-vous dire ?

Les lèvres de Devil s'adoucirent alors qu'il l'attirait de nouveau entre ses bras.

— Simplement, que nous allons devoir nous assurer que nos histoires sont identiques au cas où quelqu'un aurait remarqué quelque chose ou lancerait des rumeurs.

Il attira Honoria plus près.

— Ne vous inquiétez pas, je ne vais certainement pas provoquer un homme parce que ma femme lui a mis le nez en sang.

Honoria plissa le front.

— Oui mais, est-il possible qu'*il* vous provoque parce que je lui ai mis le nez en sang ?

Le torse de Devil trembla.

— Je pense vraiment que cela n'est pas très probable.

Souriant, il inclina le visage d'Honoria vers lui.

— Vous êtes une femme remarquablement pleine de ressources, vous savez.

Elle cligna des paupières sur ses yeux arrondis.

— Naturellement... j'ai été élevée en Anstruther-Wetherby.

Souriant, Devil baissa la tête.

— Vous avez été élevée pour devenir une Cynster.

Il l'embrassa et continua à le faire. Le carrosse roula lentement dans l'obscurité naissante, à travers les ombres tranquilles sous les arbres.

Quelques instants plus tard, Honoria découvrit que lui aussi pouvait se montrer plein de ressources.

— Ciel !

Elle avait à peine assez de souffle pour murmurer les mots.

— Nous ne pouvons pas...

Ses mains se refermèrent avec force sur les poignets de Devil ; sa tête retomba en arrière pendant qu'elle s'efforçait de respirer.

— Où sommes-nous ?

— Dans le parc.

Concentré sur ce qu'il faisait, Devil ne leva pas la tête.

— Si vous regardez dehors, vous verrez un certain nombre de carrosses roulant lentement autour de la piste.

— Je ne peux pas croire...

Une poussée de plaisir arracha cette pensée à l'esprit d'Honoria ; elle s'efforça de retenir un gémissement. L'idée qui remplaça la première lui fit cligner des paupières.

— Et John, et Sligo ?

Sur un halètement, elle rencontra les yeux de Devil.

— Ne se rendront-ils pas compte de rien ?

Le large sourire sur les lèvres de son mari ne pouvait être décrit que comme démoniaque.

— Tout est une question de minutage. Faites-moi confiance, ils ne sentiront rien.

Ce fut le cas, mais il en alla tout autrement pour elle et lui.

On aurait dit que des heures s'étaient écoulées — un nombre infini de minutes extrêmement silencieuses et ponctuées de halètements plus tard — quand, affalée sur le torse de Devil, Honoria se tortilla, puis se tortilla encore. Plissant le front, elle se releva en position assise et examina les boutons du veston de Devil.

— Horribles choses, ils s'enfoncent dans ma chair.

Elle fit tourner les boutons de nacre.

— Ils ne sont pas aussi gros que ceux qu'arborait Tolly, mais ils sont pires comme ça.

Les yeux de Devil, fermés dans une paix bienheureuse, s'ouvrirent brusquement.

— Quoi ?

— Ces boutons, ils sont trop gros.

— Non, qu'avez-vous dit d'autre ?

Honoria plissa davantage le front.

— Qu'ils ressemblent à ceux qu'avait Tolly sur son manteau ?

Devil regarda fixement au loin, puis il ferma les yeux et referma ses bras autour d'Honoria, l'attirant plus près.

— C'est ça.

Il prononça les mots dans sa chevelure.

— C'est ce que j'essayais de me rappeler à propos de la mort de Tolly.

Honoria l'étreignit.

— Le bouton faisant dévier la balle ? Est-ce que ça aide ?

Le menton posé dans ses cheveux, Devil hocha la tête.

— Ça aide. C'est le dernier clou dans le cercueil de mon assassin en puissance.

Honoria tenta de regarder le visage de Devil, mais il la serrait de trop près.

— Vous êtes certain de son identité ?

Devil soupira.

— Au-delà de tout doute.

Trois minutes plus tard, leurs vêtements une fois de plus correctement mis, le duc et la duchesse de St-Ives se remirent en route vers Grosvenor Square.

CHAPITRE 24

Vane attendait dans la bibliothèque au moment où Honoria et Devil entrèrent. Il scruta leurs visages, puis se détendit.

— La fin approche.

Devil installa Honoria sur le sofa, puis il s'assit à côté d'elle.

Vane prit place dans le fauteuil.

— Que s'est-il passé ?

Devil lui donna un compte-rendu sérieusement censuré, présentant seulement la note qu'avait reçue Honoria.

— Celle que j'ai reçue était rédigée de la même main.

Vane examina la feuille, puis plissa le front.

— La plume ! Il se sert toujours de ces plumes larges afin que son écriture paraisse plus grasse. Nous le tenons !

— Oui et non. Tout ce que nous avons découvert reste circonstanciel. Étant donné ce que je me suis rappelé aujourd'hui…

— Et mes nouvelles, que je ne t'ai pas racontées, interrompit Vane.

— Mettons tout cela ensemble, poursuivit Devil, et l'identité du meurtrier est évidente. L'évidence, par contre, ne constitue pas une preuve.

Vane grimaça ; l'expression de Devil était morose. Honoria les regarda tour à tour.

— Mais, qui est-ce ?

Quand ils la contemplèrent avec des yeux vides, elle grinça presque des dents.

— Vous ne me l'avez pas encore dit.

Devil cligna des paupières.

— Mais c'est vous qui me l'avez dit. Vous avez été la première à l'exprimer en mots.

— Je pensais qu'il s'agissait de Richard, vous vous rappelez ? Vous m'avez tous les deux affirmé que j'avais tort.

— Bien, c'était vrai, dit Vane. Ce n'est pas Richard.

— Vous avez suggéré que le meurtrier était mon héritier.

Devil attendit jusqu'à ce que Honoria regarde dans sa direction.

— Effectivement, c'est le cas.

Les yeux d'Honoria s'arrondirent brusquement. Elle jeta un coup d'œil à Vane, puis reporta son regard sur Devil.

— Mais… vous voulez dire *George* ?

— George ?

— *Père ?*

Devil et Vane la dévisagèrent.

— Pourquoi George ? demanda Devil. Il n'est pas mon héritier.

— Non ?

Ce fut au tour d'Honoria de les considérer.

— Mais Horatia m'a appris qu'il avait à peine un an de moins que votre père.

— C'est le cas, corrobora Vane.

— Doux Jésus !

Les yeux d'Honoria ne pouvaient pas s'élargirent davantage.

— Combien de squelettes Cynster y a-t-il ? George est-il un autre Cynster comme Richard ?

— Vous avez raté un point essentiel. George et Arthur sont jumeaux.

Devil surprit le regard d'Honoria.

— Arthur est le jumeau le plus âgé et, non, ce n'est pas lui non plus.

— *Charles* ?

L'expression d'Honoria devint impassible, puis se durcit.

— Comme…

Pendant une longue minute, les mots lui manquèrent, puis ses yeux lancèrent des éclairs.

— Comme c'est lâche.

Elle rencontra les yeux de Devil.

— Il a tué son frère cadet.

— Demi-frère, rectifia Devil. Comme il le faisait toujours rapidement remarquer. Il a aussi essayé de me tuer.

— Plusieurs fois, intervint Vane.

— Il a aussi tenté de vous assassiner.

Devil tendit la main vers celle d'Honoria.

— Et on dirait à présent qu'il s'est définitivement débarrassé de son ancien homme de confiance, Holthorpe.

Devil et Honoria regardèrent Vane.

— Qu'as-tu découvert ? demanda Devil.

— Encore une preuve circonstancielle, mais j'ai fait vérifier toutes les listes d'embarquement. Aucun Holthorpe n'a pris le bateau pour l'Amérique, ni nulle part ailleurs. Holthorpe n'a jamais quitté l'Angleterre.

Devil plissa le front.

— Commençons au début. Tolly a quitté Mount Street le soir précédent sa mort. Pour autant qu'on puisse le dire, il est rentré à pied. Ses appartements étaient situés sur Wigmore Street, de sorte qu'il a dû marcher devant chez nous. Selon Sligo, il s'est annoncé et a découvert que j'étais parti pour la Maison. Il a poursuivi sa route de bonne humeur...

— Et il s'est arrêté voir Charles, dit Vane. Au coin de Duke Street.

— Étant donné la disparition d'Holthorpe, cela semble une supposition raisonnable.

Le pli sur le front de Devil s'approfondit.

— Vraisemblablement, Tolly a appris quelque chose, possiblement surpris des propos. Quelque chose qui lui a dit que Charles planifiait mon assassinat. Considérons cela comme allant de soi, que ferait Tolly ?

— Accuser Charles, répondit Vane. Tolly ne se serait pas arrêté pour réfléchir au danger. Il était trop franc, honnête et naïf pour imaginer que les autres pouvaient l'être moins.

— Nous allons supposer que Charles ne s'est pas rétracté et que Tolly est donc parti.

— Probablement en révélant assez de choses en le quittant pour sceller le sort d'Holthorpe.

Vane avait l'air sombre.

— Le lendemain matin, dès qu'il a pu, Tolly s'est mis en route pour la Maison.

— Cependant, Charles a emprunté la voie la plus rapide — nous savons qu'il l'a fait. Nous n'avons pu dénicher personne qui pouvait replacer Charles près de la piste lorsque Tolly a reçu la balle, mais nous avons prouvé de manière exhaustive que personne d'autre ne se trouvait dans les environs. Aucun autre gentleman n'est arrivé de Londres ce jour-là.

Devil jeta un regard à Vane.

— Exact. Donc, Charles a tiré sur Tolly…

— C'est cela que j'avais oublié. Le bouton sur le manteau de Tolly.

Vane parut perplexe.

— Qu'en est-il ?

Devil soupira.

— Le coup qui a tué Tolly était quasi parfait. La seule raison pour laquelle il n'est pas mort immédiatement d'un trou dans le cœur est que l'un de ses boutons de manteau — Devil jeta un coup d'œil aux boutons de son propre manteau — comme ceux-ci, seulement plus larges, a fait dévier la balle.

Il rencontra les yeux de Vane, puis regarda brièvement Honoria.

— L'unique véritable talent de Charles est qu'il est un tireur d'élite exceptionnel.

— Particulièrement avec un pistolet à long canon.

Vane hocha la tête.

— D'accord. Donc, Tolly est mort. Charles « arrive » à la Maison et joue le rôle du frère en deuil le lendemain.

— D'une façon très convaincante.

Le visage de Devil se durcit.

— Il a dû recevoir un foutu choc lorsqu'il a réalisé que Tolly avait survécu assez longtemps pour te parler.

Devil hocha la tête.

— Cependant, il a gardé le silence et a continué son jeu, aux funérailles de Tolly et après.

— Toutefois, le plus grand choc est venu après.

Vane regarda Devil et Honoria tour à tour.

— Charles a appris que tu allais épouser Honoria.

Honoria fronça les sourcils.

— En fait, non. Pas à ce moment-là. Je l'ai repoussé.

Quand Devil la regarda avec sa question dans les yeux, elle grimaça.

— Il est venu me voir dans le pavillon d'été après la veillée mortuaire. Il a offert de m'épouser à votre place, supposant que je me souciais de protéger mon nom.

— Il a *quoi* ?

Devil la dévisagea.

Honoria haussa les épaules.

— Je lui ai dit que je n'avais aucune intention de vous épouser, ni qui que ce soit d'autre.

— Il vous a cru, dit Vane. Il a été décontenancé plus tard, au bal de Maman, quand Gabriel et moi avons suggéré que vous aviez changé d'avis.

Devil jeta un coup d'œil à Honoria.

— Pas précisément étonnant. Il nous avait arrêtés dans le parc peu de temps auparavant, et vous lui avez presque garanti que vous partiez pour l'Afrique quelques semaines plus tard.

Honoria haussa de nouveau les épaules.

— Et, dit Vane, c'est là que les attaques sur toi ont commencé.

— Votre accident de phaéton.

Honoria pâlit.

Devil lui pressa la main.

— Une première tentative impulsive. J'ai été très occupé après cela, puis notre mariage est arrivé.

Honoria frissonna.

— Je viens de me rappeler, Charles m'a prévenue le jour de nos noces que je n'aurais pas dû vous épouser.

Devil l'attira contre lui.

— Pendant notre séjour à la Maison, il n'a rien tenté.

— Trop dangereux, dit Vane. Trop probable de s'y faire repérer.

Devil regarda Honoria.

— Cependant, dès que nous sommes revenus en ville, il a commencé à comploter sérieusement. Premièrement, il a essayé de me convaincre de vous renvoyer à la Maison.

Ses lèvres tressaillirent.

— J'ai bien peur de lui avoir révélé avec précision la place que vous occupiez dans mon affection. Donc, à partir de ce moment-là, vous vous retrouviez aussi dans sa ligne de mire. Il n'allait pas risquer un héritier posthume.

Se tournant vers Vane, Devil rata l'expression étonnée d'Honoria.

— L'épisode du brandy est arrivé ensuite, puis les trois matelots avec des épées qui connaissaient la route que je prenais pour rentrer chez moi. Les deux tentatives étaient tout à fait dans les cordes de Charles.

Vane soutint le regard de Devil.

— Le brandy aurait dû t'achever, tu sais.

Sentant qu'Honoria frissonnait, Devil jeta à son cousin un regard d'avertissement.

— Mais cela n'a pas été le cas, alors il s'est entêté. Je soupçonne que les marins représentaient une occasion qu'il ne pouvait pas laisser passer. Il m'a assez souvent accompagné à la maison à pied en rentrant de chez White's.

Vane fronça les sourcils.

— Et qu'en est-il de cette histoire avec les palais ? Comment cela cadre-t-il ?

Devil grimaça.

— Il se pourrait que cela n'ait rien à voir, mais je parierais qu'il s'agira de Charles, en fin de compte. Peu importe, je vais le découvrir ce soir.

— Ce soir ? Avec tout le reste, j'avais oublié. En quoi consiste notre plan ?

Devil regarda brièvement Honoria ; absorbée par ses propres pensées, elle finit par sentir son regard sur elle. Levant la tête, elle rougit.

— Je me rappelais simplement, dit-elle, ses yeux fixés sur ceux de Devil, une chose que lady Herring a mentionnée.

Le visage de Devil perdit toute expression.

— Lady Herring ?

Honoria hocha la tête.

— Elle a dit que Charles l'avait abordée — quelque chose à propos de remplacer son dernier amant. Elle l'a rejeté, d'après ce qu'elle a dit, avec beaucoup de mépris.

— Hum.

Devil semblait songeur.

Vane secoua la tête.

— Cela n'aurait pas du tout aidé Charles. Il a toujours été contrarié par tes succès, dans ce domaine-là aussi, apparemment.

Le regard que Devil lui lança afficha sèchement sa réprobation ; Vane se contenta de hausser les sourcils.

— Cela pourrait expliquer pourquoi il a commencé à fréquenter les palais. Le déroulement des événements se tient. Un Cynster ne pourrait pas fréquenter de tels endroits sans que nous en entendions vite parler, et nous l'avons su peu de temps après les funérailles de Tolly.

Devil hocha la tête.

— Mais je veux tout de même en avoir la certitude.

— Quand la réunion a-t-elle lieu ?

— À minuit.

Vane regarda l'horloge.

— Je vais conduire, Sligo peut suivre derrière. Lucifer montera la garde dans la rue, Scandal sera au coin.

Devil le dévisagea ; Vane haussa les sourcils.

— Tu ne t'imaginais pas sérieusement que nous te laisserions entrer là-dedans nonchalamment sans factionnaires ?

Honoria garda les lèvres fermement pressées sur la réponse que Devil n'apprécierait pas, elle le savait. « Dieu merci pour la barre Cynster » n'était pas ce qu'il pensait.

Devil se renfrogna.

— Quoi d'autre as-tu organisé ?

— Rien.

L'expression de Vane était celle d'un parfait enfant de chœur.

— Cependant, il est inutile en ce bas monde d'imaginer que nous allons laisser Charles tenter un autre coup facile contre toi. Si tu meurs, il sera le chef de famille. Aucun de nous ne peut supporter cette idée.

Devil jeta un œil à Honoria ; devant son silence, il reporta son regard sur Vane.

— D'accord. Toutefois, je ne veux pas voir la cavalerie charger avant que la trompette résonne. Nous devons laisser Charles poursuivre son grand plan sans réserve et lui donner assez de corde pour se pendre.

— Son grand plan.

Vane jeta un coup d'œil sur la note sur ses cuisses.

— Est-ce de cela qu'il s'agit ?

Devil hocha la tête.

— Ça concorde. Je m'étais inquiété du fait que toutes les autres tentatives étaient trop simples, trop spontanées, tout simplement pas comme Charles. Tu sais comment il pense. Tout plan conçu par lui est alambiqué et compliqué. Il est également très conservateur, rigide socialement. Ce dernier effort porte sa marque partout. Complexe, lourd d'intrigues et solidement ancré sur la vision que la société a de moi, d'Honoria et de Chillingworth.

— Chillingworth ? répliqua Vane en fronçant les sourcils. Pourquoi lui ?

— Parce qu'il semble être l'aiguillon parfait.

— Pour quoi ?

Devil sourit — un sourire glacial.

— Provoquer ma colère.

Vane cligna des paupières, se rappelant la note qu'avait reçue Devil, le mot qu'on ne lui avait pas permis de voir. Son expression s'éclaircit brusquement.

— Oh.

— En effet. Cette fois, Charles s'est surpassé, c'est un très bon plan. Il aurait pu fonctionner.

Devil regarda brièvement Honoria.

— Si les choses avaient été autrement.

Examinant ses yeux, elle haussa un sourcil.

— Je ne suis pas très familière avec les processus mentaux de Charles ; pourriez-vous m'expliquer son grand plan ?

Les lèvres de Devil tressaillirent ; levant la main d'Honoria, il effleura ses jointures d'un baiser.

— Charles doit me tuer — et maintenant, vous aussi — pour prendre le titre. Il a tenté d'éviter une action directe ; le phaéton, le brandy, les marins : il n'y a aucune façon de les relier à lui. Cependant, de telles méthodes hasardeuses n'ont pas réussi. Donc, considérez ceci : il a besoin que nous mourions *pour une raison.* Après la mort de Tolly, un tir accidentel sur un seul d'entre nous déclencherait un scandale.

— Personne n'avalerait cela deux fois, intervint Vane. Et il sait que le reste de notre bande ne laisserait pas passer ta mort dans des circonstances suspectes.

— Ce qui explique pourquoi il s'est concentré sur un type de mort pour nous deux que la société va croire sans le moindre scrupule et plus important encore, que la famille va non seulement accepter, mais travailler de concert avec lui pour le cacher.

La mâchoire se Vane se serra.

— Je n'aime pas ce que je pense, mais si c'est ce qu'il a mis en place, il nous a très bien compris.

Devil hocha la tête.

— Il est intelligent. Pas sage, mais intelligent.

— Je ne comprends toujours pas, dit Honoria. Quelle est exactement cette mort que Charles a prévue pour nous ?

Devil la regarda avec une expression froide.

— Charles me connaît depuis toujours. Il connaît mon tempérament, l'ampleur de ma rage ; il a une bonne idée de ce qui pourrait la déclencher. Avec ses trois notes structurées avec soin, il s'est organisé pour que je vous voie sortir de la maison de Chillingworth.

— J'avais compris cela.

— De là, il se fie à moi — et à ma rage — pour préparer le terrain. Il compte sur moi pour jouer à fond le rôle du mari furieusement jaloux, afin qu'il puisse nous tuer tous les deux et rendre mon tempérament suffisamment bien connu responsable du fait.

Honoria soutint son regard.

— Il va donner l'impression que vous m'avez tuée dans une rage de jalousie et qu'ensuite vous vous êtes suicidé ?

Devil hocha la tête.

Honoria plissa les yeux, puis ils lancèrent des éclairs. Son menton se raffermit.

— Charles, déclara-t-elle, n'est clairement pas un Cynster.

Elle regarda Devil.

— Comment prévoyez-vous l'attraper ?

— De la seule façon possible : en l'obligeant à se dévoiler.

— Donc quelle sera notre intervention suivante ?

Vane rendit la note à Devil.

— Il s'agit d'établir nos propres plans, qui doivent inclure les bonnes actions pour faire croire à Charles que *son* plan réussit. Dans toute bonne pièce, le méchant ne se révèle qu'à la dernière scène ; Charles n'apparaîtra pas à moins que nous, les victimes prévues, jouions correctement les scènes précédentes.

Devil jeta un coup d'œil à Vane, se penchant en avant, résolu, puis regarda Honoria, patientant calmement à côté de lui. Il sourit, froidement.

— Nous avons déjà complété la scène d'ouverture dans notre mélodrame. Pour la suivante...

À dix-huit heures le lendemain matin, couronnées par la brume, deux grandes silhouettes, pistolets en main, s'affrontèrent dans Paddington Green. Leurs seconds se tenaient à l'écart ; un morceau blanc flotta vers le sol. Deux coups de feu retentirent. Un des héros s'effondra ; l'autre, vêtu de noir, attendit pendant que le médecin fondait sur son patient, puis tendait le pistolet au second avant de se détourner rapidement.

Lui et son second remontèrent dans un carrosse noir non identifié et quittèrent la scène.

La troisième scène de la tragédie se joua plus tard ce matin-là.

Les bonnes gens faisant leur promenade matinale dans Grosvenor Square. Les bonnes d'enfants avec leurs petits, les gouvernantes et les jeunes demoiselles, les vieux comme les jeunes furent tous témoins du spectacle inattendu du carrosse de voyage des St-Ives roulant sur la place. Il s'arrêta devant la Maison St-Ives ; une armée de valets de pied descendit pour attacher des montagnes de bagages.

Amusés, plusieurs regardèrent en s'interrogeant, puis la porte s'ouvrit ; monsieur le duc de St-Ives, le visage de marbre, apparut, guidant une femme lourdement voilée. Étant donné sa grande taille, peu ne reconnurent pas sa duchesse ; sa manière de se comporter avec raideur et son port de tête fier menèrent la plupart à imaginer qu'il y avait eu un genre de brouille, possiblement une rupture scandaleuse dans ce qui jusque-là avait présenté l'apparence d'une relation remarquablement heureuse.

Devant une foule d'yeux ronds, le duc aida de la main la duchesse à monter dans le carrosse et la suivit à l'intérieur. Un valet de pied referma la portière ; le cocher fouetta ses chevaux.

La rumeur s'envola, par des murmures prononcés avec de grands yeux, des confidences chuchotées échangées derrière d'élégantes mains gantées, bien avant que la voiture eût quitté les quartiers à la mode. Les St-Ives avaient abandonné Londres subitement, juste avant le début de la saison. Que devait penser la haute société ?

D'une manière prévisible, la haute société pensa — et dit — précisément ce que l'on attendait d'elle.

*

Quatre puissants chevaux noirs entraînèrent rapidement le carrosse des St-Ives dans Cambridgeshire. S'appuyant sur l'épaule de Devil, Honoria regarda la campagne qui défilait à toute vitesse.

— J'ai bien réfléchi.

Devil ouvrit les yeux assez longtemps pour les baisser sur elle.

— Oh ?

— Nous allons devoir donner un bal officiel dès notre retour en ville. Pour dissiper l'impression erronée que nous avons pris tant de peine à créer.

Les lèvres de Devil tressaillirent.

— Vous devrez inviter Chillingworth, bien sûr.

Honoria lui jeta un regard d'avertissement.

— Je suppose que c'est inévitable.

— Tout à fait.

Devil admira la faible lueur du soleil jouant sur les traits d'Honoria.

— En passant, je devrais vous prévenir que, malgré l'heure tardive hier soir — minuit — il est possible qu'une personne m'ait vu au palais.

La preuve avait été faite que le Cynster inconnu était bien Charles ; l'histoire de la tenancière avait été totalement convaincante.

Honoria leva une épaule hautaine.

— Si quiconque songe à me mentionner votre présence là-bas, je peux vous assurer qu'on sera reçu très froidement.

Observant l'inclinaison impérieuse de son menton, Devil décida qu'il était peu probable que même la moins sensible des langues de vipères ose tenter le coup. Sa femme était rapidement en train de devenir une chef de famille aussi intimidante que sa mère.

— Croyez-vous que quelqu'un vous épiait ce matin à Paddington Creep ? demanda Honoria.

— Gabriel a repéré un type ressemblant au nouvel homme de confiance de Charles, Smiggs.

— Donc, vous présumez que Charles sait que vous et Chillingworth, vous vous êtes rencontrés ?

— C'est un pari raisonnable.

Devil l'installa plus confortablement contre lui.

— Essayez de vous reposer.

Quand elle lui jeta un regard inexpressif, il ajouta :

— Demain sera peut-être épuisant.

Honoria fronça vaguement les sourcils.

— Je n'arrive pas à dormir.

Elle détourna les yeux et rata donc la grimace exaspérée de Devil.

Après un moment, il risqua un :

— Je me disais seulement…

— Quand pensez-vous que Charles fera son apparition ?

Devil soupira en son for intérieur.

— Soit ce soir, auquel cas il viendra à la maison et annoncera sa présence, soit pendant la journée demain, auquel cas il ne viendra peut-être pas.

Quand allait-elle lui annoncer ?

— Je vais envoyer deux palefreniers à Cambridge afin qu'ils nous préviennent dès l'instant de son arrivée.

— Pensez-vous qu'il empruntera sa route habituelle ?

— Il n'a aucune raison d'agir autrement.

Observant son profil, remarquant son menton ferme, pour ne pas dire déterminé, Devil déclara :

— À propos, peu importe ce qui se passe, vous devez avant tout garder une chose en tête.

Inclinant la tête, Honoria cligna des paupières en le considérant.

— Quoi ?

— Vous devez obéir à mes ordres sans poser de question. Et si je ne suis pas là, alors j'ai votre promesse que vous ferez ce que Vane vous demande, sans, ce faisant, lui donner un mal de tête.

Honoria scruta ses yeux, puis regarda devant.

— Très bien. Je vais respecter vos décrets. Et ceux de Vane en votre absence.

Devil l'attira de nouveau contre lui et effleura ses cheveux de ses lèvres.

— Merci.

Sous son apparente assurance, il était profondément mal à l'aise. Le besoin de permettre à Charles d'agir et par conséquent de s'incriminer lui-même, d'avoir à suivre son jeu et donc se retrouver dans une bataille sans aucun plan était déjà assez risqué ; la participation d'Honoria rendait cela mille fois pire. Resserrant son étreinte, il posa sa joue sur ses cheveux.

— Nous allons devoir travailler ensemble — se reposer l'un sur l'autre et sur Vane — si nous voulons lui mettre des bâtons dans les roues.

Honoria pressa ses mains sur celles de Devil posées sur sa taille.

— Hum. Étant donné que l'arme préférée de Charles est le pistolet, nous aurons besoin de plus que des bâtons.

Devil ferma les yeux et pria qu'ils n'aient pas à en arriver là. À son soulagement, Honoria s'endormit, bercée par les oscillations du carrosse et la douce lumière du soleil baignant la campagne. Elle s'éveilla alors que la voiture s'arrêtait devant les marches d'entrée de la Maison.

— Oh, hum.

Réprimant un bâillement, Honoria permit à Devil de la soulever hors du véhicule.

Webster était là pour les accueillir.

— Pas d'ennuis, Votre Seigneurie ?

— Aucun, répondit Devil en balayant la cour du regard. Où est Vane ?

Vane était parti pour Cambridgeshire dès l'instant où ils avaient quitté Paddington Green ; Webster et Mrs Hull avaient déserté Grosvenor Square à l'aube.

— Des problèmes avec le moulin à vent de Trotter's Field.

Webster ordonna aux valets de pied de s'occuper des bagages.

— Maître Vane était ici lorsque Kirby l'a rapporté, il est allé vérifier.

Devil rencontra le regard d'Honoria.

— Je devrais y aller pour voir ce qui se passe. Ce n'est qu'à quelques champs d'ici, je ne serai pas absent longtemps.

Honoria le congédia d'un signe de la main.

— Allez et secouez les puces de votre démon noir. Il a probablement senti votre retour, vous le trouverez en train de piétiner le pâturage avec impatience.

Devil rigola. Emprisonnant sa main, il pressa ses lèvres sur son poignet en guise de baiser.

— Je serai de retour en moins d'une heure.

Honoria le regarda partir à grandes enjambées, puis, avec un soupir de contentement, monta les marches de sa maison. C'était son foyer, elle le sentit dès qu'elle entra.

Lançant son bonnet, elle sourit à Mrs Hull, passant avec un bol de bulbes épanouis pour le salon. Inspirant profondément, elle sentit une force calme l'envahir, la force des générations de femmes Cynster.

Elle but le thé dans le petit salon du fond puis, agitée, elle se promena dans les pièces du rez-de-chaussée, se refamiliarisant avec les différentes vues. Revenant dans le vestibule, elle marqua une pause. Il était trop tôt pour se changer pour dîner.

Deux minutes plus tard, elle grimpait les marches du pavillon d'été. S'installant sur le canapé d'osier, elle contempla la maison, l'imposante façade qui l'avait tant impressionnée à première vue. Se souvenant de la manière dont Devil l'avait tirée à sa suite ce jour-là, elle sourit. La pensée de son mari augmenta son agitation ; il était parti depuis presque une heure.

Se levant, elle abandonna le pavillon et se dirigea vers les écuries. Il n'y avait personne dans les environs quand elle pénétra dans la cour, mais l'endroit n'était jamais laissé sans employé. Les palefreniers devaient être en train de s'occuper du bétail primé de son mari ; les hommes plus âgés apportaient probablement leur aide pour réparer le moulin endommagé. Melton, cependant, était certainement caché quelque part ; il viendrait si elle appelait, mais autrement il avait tendance à rester hors de vue.

Honoria entra dans le bâtiment principal des écuries — ni Devil ni Sulieman ne s'y trouvaient. Imperturbable, elle passa les cinq minutes suivantes à communier avec sa jument. Puis elle entendit le bruit de sabots. Levant la tête, elle écouta. Un cheval pénétra bruyamment dans la cour. Souriant, elle offrit à la jument une dernière pomme séchée puis, s'époussetant les mains sur ses jupes, revint rapidement sur ses pas dans l'écurie et tourna dans la cour sous l'entrée en arche.

Et fonça sur un homme.

Elle retomba sur ses pieds, les yeux écarquillés, un petit cri coincé dans sa gorge.

— Mes excuses, ma chère. Je ne voulais pas vous faire sursauter.

Avec un bref sourire d'autodénigrement, Charles recula d'un pas.

— Ah…

Une main pressée sur son cœur palpitant, Honoria ne trouva rien à dire. Où était Devil ? Et Vane ? Eux, qui devaient la mettre au courant du plan ?

— Je… heu…

Charles fronça les sourcils.

— Je vous ai véritablement bouleversée. Je vous prie de m'excuser. Cependant, j'ai bien peur d'apporter de graves nouvelles.

Le sang quitta le visage d'Honoria.

— Quelles nouvelles ?

— J'ai bien peur…

Lèvres pincées, Charles balaya son visage du regard.

— Il s'est produit un accident, dit-il enfin. Sylvester est blessé, il vous demande.

Honoria ouvrit grand les yeux et scruta son visage. Était-ce vrai ou était-ce la première réplique dans sa scène finale ? Si Devil était blessé, elle s'en moquait, elle irait le retrouver, peu importe ce qui se passait. Mais Charles mentait-il ? Elle calma sa respiration et tenta de dompter son cœur battant.

— Où ? Où est-il ?

— Au cottage dans la forêt.

Elle cilla.

— Celui où Tolly est mort ?

— Hélas, oui.

Charles avait l'air sombre.

— Un endroit malheureux.

En effet, mais le moulin à vent brisé se trouvait dans la direction opposée.

— Oh, mon Dieu.

S'efforçant de n'afficher aucune expression, Honoria se tordit les mains, quelque chose qu'elle n'avait jamais fait avant dans sa vie. En l'absence de Devil et Vane, elle devrait elle-même écrire la scène. Les tactiques dilatoires venaient en premier.

— Je me sens très faible.

Charles plissa le front.

— Il n'y a pas de temps pour cela.

Quand elle tituba d'un côté et s'affaissa sur le mur de l'écurie, le pli sur son front s'approfondit.

— Je n'aurais pas pensé que vous étiez du genre à avoir des vapeurs.

Malheureusement, Honoria ignorait complètement ce qu'entraînaient les vapeurs lorsqu'on y succombait.

— Que… qu'est-il arrivé ? À Devil ?

— On lui a tiré dessus.

Charles se renfrogna pour afficher une émotion qui à l'évidence devait donner l'impression d'une affection envers son cousin.

— Manifestement, une canaille tenant rancune à la famille se sert de la forêt pour se couvrir.

La canaille était en face d'elle ; Honoria s'efforça de cacher sa réaction.

— Quelle est la gravité de sa blessure ?

— Sévère, lui dit-il en tendant la main vers elle. Vous devez venir rapidement, Dieu seul sait combien de temps il survivra.

Il agrippa son coude ; Honoria combattit l'envie impulsive de le libérer d'une torsion. Puis elle sentit la force dans la poigne et ne fut pas certaine de pouvoir y arriver. La soulevant à moitié, Charles la propulsa dans les écuries.

— Nous devons nous dépêcher. Lequel est votre cheval ?

Honoria secoua la tête.

— Je ne peux pas monter à cheval.

Charles lui lança un regard sévère.

— Que voulez-vous dire ?

Les femmes enceintes ne montaient pas à cheval. Honoria cilla, les yeux inexpressifs.

— J'ai peur des chevaux.

Autant qu'elle pût s'en souvenir, Charles ne l'avait jamais vu monter.

— Et les chevaux de Devil sont impossibles.

Elle réussit à libérer son coude en le remuant.

— Nous allons devoir prendre le cabriolet.

— Le cabriolet !

La mine renfrognée de Charles était tout à fait sincère.

— Il n'y a pas de temps pour cela !

— Mais… mais… alors, je ne pourrai pas y aller !

Honoria se tenait au milieu de l'écurie et le fixait avec impuissance. Pathétiquement, Charles lui décocha un regard mauvais ; elle se tordit les mains.

Il grinça des dents.

— Oh, d'accord !

Il se précipita hors de l'écurie et se dirigea vers l'étable. Honoria s'arrêta dans la cour. Dès que Charles disparut dans l'étable, elle fouilla, parcourant des yeux les cours adjacentes, scrutant la faible lumière en face du bâtiment de l'écurie. Où était Melton ? Puis elle entendit le grondement de roues.

— Bon sang !

Elle se hâta de retraverser la cour. Son rôle était clair, elle devait se conformer au plan de Charles et le laisser s'incriminer lui-même. La panique mettait ses nerfs en pelote et lui chatouillait l'épine dorsale ; mentalement, elle la raidit. Ils devaient attraper Charles, il était comme une épée suspendue au-dessus de leurs têtes ; celle de Devil, la sienne et de l'enfant qu'elle portait. Cependant, comment Devil allait-il la sauver s'il ignorait où elle se trouvait ? Faiblement, elle s'affaissa contre le mur de l'écurie.

Et elle vit Melton dans les ombres de l'écurie directement en face.

Honoria ravala un cri de joie ; elle se hâta de retirer toute expression de ses traits alors que Charles manœuvrait le léger cabriolet hors de l'étable.

Il lui lança un regard noir.

— Venez tenir les brancards pendant que je vais chercher un cheval.

Adoucissant la ligne de son menton, dissimulant toute trace de résolution, Honoria obéit mollement. Charles entra dans l'écurie ; Honoria jeta un coup d'œil au bâtiment opposé. La casquette de Melton était tout juste visible à travers la porte ouverte de l'écurie ; il collait aux ombres d'un côté de l'entrée.

Charles fut de retour, guidant un puissant cheval gris.

— Tenez les brancards stables.

Honoria les laissa tomber une fois, puis bouscula furtivement le cheval de sorte qu'il les libéra d'un coup d'épaule. Le visage fermé, Charles travailla comme un forcené, bouclant le harnais, clairement conscient du temps qui s'écoulait. Honoria espéra avec ferveur qu'elle avait évalué correctement cette commodité et que Devil ne se déciderait pas pour une promenade plus longue.

Charles tira sur la dernière boucle, puis se tint en retrait, balayant le cabriolet du regard. Pendant un instant, son expression fut spontanée — le sourire qui tordit ses lèvres, suintant l'anticipation, Honoria aurait pu s'en passer. À cet instant, elle vit le tueur derrière le masque.

Melton était peut-être vieux, mais son ouïe était fine, ce qui expliquait comment il réussissait à éviter Devil. Honoria fixa sur Charles son regard le plus impuissant.

— Keenan est-il avec Devil ?

Elle gardait une expression vague, distraite.

— Vous avez bien dit qu'il se trouvait dans le cottage de Keenan, non ?

— Oui, mais Keenan n'y est pas.

Charles démêla les rênes.

— Vous voulez dire qu'il est seul ?

Les yeux d'Honoria devinrent très grands.

— Il se meurt tout seul dans le cottage de Keenan ?

— Oui !

Charles lui attrapa le bras et la mit presque de force dans le cabriolet.

— Il se meurt là-bas pendant que vous avez une crise d'hystérie ici.

Il poussa les rênes dans ses mains.

— Nous devons nous dépêcher.

Honoria patienta le temps qu'il monte sur son alezan, se tournant vers l'entrée des écuries avant de demander :

— Retournez-vous là-bas directement ?

Charles la regarda avec un pli sur le front.

— Directement ?

Elle désigna le cabriolet.

— Eh bien... Ceci ne passe pas sous l'arche dans le mur, je vais devoir le laisser près du portail principal et ensuite trouver la piste cavalière menant au cottage.

Charles grinça distinctement des dents.

— Je ferais mieux, dit-il en articulant lentement, de rester avec vous. Ou bien vous pourriez vous perdre.

En silence, Honoria hocha la tête. Docilement, elle fit claquer les rênes et mit le cabriolet en marche. Elle avait fait tout ce qu'elle avait pu, elle avait retardé le départ par tous les moyens qu'elle avait osé employer. Le reste dépendait de Devil.

CHAPITRE 25

Devil sut que quelque chose clochait terriblement à l'instant où il repéra Melton, debout sous l'arche de la cour d'écurie, agitant violemment sa casquette. En jurant, il donna un coup de talons dans les flancs de Sulieman ; l'exclamation de Vane mourut derrière lui, puis des sabots retentirent avec fracas alors que son cousin suivait dans son sillage.

— Qu'y a-t-il ? demanda-t-il en arrêtant Sulieman dans un glissement.

Melton serrait sa casquette sur son torse.

— Maître Charles. Votre dame est partie avec lui, il lui a dit qu'on vous avait tiré dessus et que vous étiez en train d'agoniser dans le cottage de Keenan.

Devil jura.

— Depuis combien de temps ?

— Cinq minutes, pas plus. Mais vot' dame est intelligente, elle a insisté pour prendre le cabriolet.

— Le cabriolet ?

Devil se carra sur son cheval.

— Charles est parti avec elle ?

— M'ouais, il voulait s'assurer qu'elle ne perdait pas son chemin.

Faisant claquer une porte mentale sur la peur glaciale qui hurlait en lui, Devil jeta un coup d'œil à Vane.

— Tu viens ?

— Rien au monde ne pourrait m'en empêcher.

Ils se rendirent directement au cottage ; il n'y avait personne. Attachant leurs chevaux au fond de la piste cavalière menant au sud, à l'opposé de celle qu'emprunteraient Charles et Honoria, ils partirent en reconnaissance. Dans le boisé en face de la chaumière, ils découvrirent un fossé, assez profond pour les dissimuler. Il formait un cercle autour de la clairière de chaque côté de la piste depuis la route. Ils réfléchissaient à la meilleure façon de l'utiliser lorsque le bruit de sabots se rapprocha. Se précipitant dans la tranchée, ils observèrent la scène.

Charles arriva à cheval. Il descendit près de l'écurie, vérifia qu'Honoria le suivait toujours, puis guida sa bête à l'intérieur.

Stoppant son cabriolet devant le cottage, Honoria n'esquissa pas un geste pour en descendre. Dès l'instant où Charles quitta sa vue, elle regarda éperdument autour d'elle. Son geste et son expression exprimaient une peur véritable.

Dans le fossé à vingt-cinq mètres plus loin, Devil jura doucement.

— Cette fois, je vais te vaincre !

Il n'osa pas agiter la main ; il parierait toute sa fortune que Charles était venu armé. Lui-même et Vane tenaient des armes chargées dans les mains, mais il ne voulait pas de tirs alors qu'Honoria se trouvait dans la ligne de feu.

Époussetant ses mains, Charles sortit de l'écurie. Il plissa le front lorsqu'il aperçut Honoria encore dans le cabriolet, les rênes lâchement tenues entre ses mains.

— J'aurais cru que vous auriez été impatiente de voir votre mari.

Il désigna la maisonnette.

Honoria rencontra son regard froid.

— J'ai hâte de le voir.

Elle savait au fond d'elle-même que Devil n'était pas dans le cottage, pendant un instant fugitif, elle pensa qu'il se trouvait dans la forêt, tout près, mais elle n'avait rien repéré. Cependant, il devait être en route, et elle était allée assez loin avec Charles. Ce dernier ralentit, le pli sur son front s'intensifiant.

Inspirant profondément, Honoria redressa les épaules.

— Toutefois, il n'est pas dans le cottage.

Charles s'immobilisa ; pendant un moment, son visage n'exprima rien. Puis ses sourcils se haussèrent avec une supériorité condescendante.

— Vous êtes trop bouleversée.

S'avançant à côté du cabriolet, il tendit la main vers son bras.

— Non !

Honoria recula brusquement. Les traits de Charles se modifièrent. Ce qu'elle vit dans ses yeux lui fit ravaler sa panique ; ce n'était pas le moment de perdre la tête.

— Nous sommes au courant. Avez-vous pensé que nous ne comprendrions pas ? Nous savons que vous avez essayé de tuer Devil, nous savons que vous avez tué Tolly.

Charles marqua une pause ; pendant qu'elle l'observait, le vernis de civilisation s'écailla couche après couche sur son visage, exposant une expression de calcul froid, morte à toute émotion humaine.

— Savoir, dit Charles, la voix anormalement égale, ne vous sauvera pas.

Honoria le croyait. Son unique espoir était de l'inciter à continuer à parler jusqu'à l'arrivée de Devil.

— Nous savons à propos de votre homme de confiance, Holthorpe, et à propos des marins que vous avez envoyés sur la piste de Devil, à propos du poison dans le brandy.

Que savaient-ils d'autre ? Sa litanie ne retiendrait pas Charles longtemps. Gonflée à bloc par la peur, elle inclina la tête et fronça les sourcils.

— Nous savons tout ce que vous avez fait, mais nous ignorons pourquoi. Vous avez tué Tolly afin qu'il ne puisse pas prévenir Devil que vous planifiez de l'assassiner. Mais *pourquoi* êtes-vous aussi déterminé à vous emparer du titre ?

Désespérée, elle rappela à sa mémoire tout ce qu'elle avait ressenti jusque-là à propos de Charles, chaque indice intuitif qu'elle avait glané.

— Ce n'est pas pour l'argent, vous êtes déjà assez riche. Vous désirez le titre, mais vous méprisez la famille. Pourquoi, alors, voulez-vous en devenir le chef ?

Elle marqua une pause, espérant qu'il lirait un véritable intérêt sur son visage.

— Quel profond motif vous guide ?

Charles l'observa sans expression ; Honoria sentit son cœur ralentir. Puis il haussa un sourcil dans le style typiquement arrogant des Cynster.

— Vous êtes très perspicace, ma chère.

Il sourit, une légère courbe sur ses lèvres.

— Et, comme vous allez bientôt mourir, je suppose qu'il n'y a pas de mal à vous le dire.

Il la regarda droit dans les yeux.

— Mon nom peut bien être Cynster, je ne serai jamais l'un d'eux ; je me suis toujours senti plus proche de la famille de ma mère. Ils sont tous morts aujourd'hui.

Appuyant fortement une main sur le cabriolet, Charles fixa la forêt avec des yeux brillants.

— Je suis le dernier des Butterworth, une race infiniment supérieure, non qu'un Cynster l'admettrait.

Ses lèvres se recourbèrent d'un air moqueur.

— Bientôt, ils n'auront plus le choix. Une fois que je prendrai les rênes, je prévois de modifier complètement la famille, pas seulement en ce qui concerne le comportement associé à notre nom, mais le nom aussi, je le changerai.

Il regarda Honoria.

— Il n'y a rien pour m'arrêter.

Honoria le fixa, bouche bée de stupéfaction. Souriant, Charles hocha la tête.

— Oh oui : cela peut se faire. C'était ainsi que les choses devaient être : les Butterworth étaient destinés à devenir la lignée principale ; ma mère devait être duchesse. C'est la raison pour laquelle elle a épousé Arthur.

— Mais…

Honoria cilla.

— Qu'en est-il...

— Du père de Sylvester ?

L'expression de Charles se fit irritée.

— Maman ne s'attendait pas à grand-chose de lui. Quand elle a épousé Arthur, tout semblait clair : Arthur viendrait à hériter, puis son fils. Moi.

Son front s'assombrit.

— Ensuite, cette traînée d'Helena a balancé ses hanches et oncle Sebastian s'y est laissé prendre, et Sylvester est né. Cependant, même alors, ma mère savait que tout finirait bien. Après Devil, Helena ne pouvait plus avoir d'autres morveux ; restait mon père, puis moi, les prochains en ligne.

Charles retint le regard d'Honoria prisonnier.

— Voulez-vous savoir pourquoi j'ai laissé courir pendant si longtemps ? Pourquoi ai-je attendu pour me débarrasser de Sylvester ?

Honoria hocha la tête.

Charles soupira.

— J'expliquais ce point particulier à Maman, à son portrait, quand Tolly est venu chez moi ce soir-là. Je ne l'ai pas entendu, ce crétin d'Holthorpe l'a laissé entrer sans se faire annoncer. C'est assez juste qu'en raison de sa paresse, Holthorpe a dû mourir.

La voix de Charles avait pris une intonation méchante ; il cilla, puis recentra son regard sur Honoria.

— Comme je l'ai dit à Maman, j'avais besoin d'une raison, je ne pouvais pas simplement tuer Sylvester et espérer que personne ne le remarquerait. Quand il était jeune, Vane l'accompagnait partout ; les accidents que j'ai manigancés n'ont jamais réussi. J'ai patienté, mais ils sont toujours restés intimes. Pire, Richard s'est joint à eux, puis les autres.

Les lèvres de Charles se retroussèrent.

— La barre Cynster.

Sa voix se raffermit, ses traits se durcirent.

— Ils sont une épine dans mon pied depuis des années. Je veux Sylvester mort d'une façon qui les sevra, eux *et* les autres membres de la famille, de leur admiration. Je veux le titre — je veux le *pouvoir.*

Ses yeux brillèrent.

— Sur eux tous.

Brusquement, son visage changea, ses traits se vidant de toute expression.

— J'ai promis à Maman de m'emparer du titre, même si elle n'est plus ici pour en être témoin. Il est écrit depuis toujours que les Butterworth doivent triompher. Je lui ai expliqué pourquoi j'avais attendu si longtemps et pourquoi je pensais que peut-être, avec Devil devenant si agité, le moment pût enfin être venu.

Encore une fois, il revivait son passé ; Honoria demeura assise parfaitement immobile, satisfaite de voir son attention ailleurs. L'instant suivant, il se tourna férocement vers elle.

— Mais ensuite, *vous* êtes arrivée et le temps m'a brusquement manqué !

Honoria recula ; le cheval changea de position, sa robe tremblant. Les yeux de Charles flamboyaient ; pendant un instant, elle crut qu'il allait la frapper.

Au lieu de cela, avec un effort visible, il s'écarta, s'efforçant de maîtriser ses traits. Quand ils redevinrent calmes, il continua sur le ton de la conversation.

— Initialement, je vous ai jugée trop intelligente pour vous laisser prendre aux ruses de Devil.

Il lui jeta un regard de mépris.

— J'avais tort. Je vous ai prévenue qu'épouser Sylvester était une erreur. Vous perdrez la vie à cause de cela, mais vous avez été trop stupide pour écouter. Je ne vais pas risquer d'être davantage éloigné de mon but. Arthur est vieux, il ne causera pas d'ennuis. Toutefois, si vous et un fils que vous porteriez surviviez à Devil, je devrais avoir affaire à tous les autres : ils ne quitteraient jamais le fils de Devil du regard !

Serrant fortement l'arrière du cabriolet, Honoria garda les yeux fixés sur ceux de Charle et pria pour que Devil ou Vane soit arrivé à temps pour avoir entendu au moins une partie de sa tirade. Il avait pris la corde qu'elle lui avait tendue et s'était rué, en déroulant assez pour se pendre avec deux fois.

Charles inspira profondément et détourna les yeux, vers la forêt. Il se redressa ; lâchant le cabriolet, il tira sur son manteau pour le remettre en place.

Honoria saisit l'occasion pour regarder autour d'elle : elle avait toujours le sentiment que quelqu'un les observait. Toutefois, pas même une brindille ne remua dans les bois.

Elle avait atteint son principal objectif. Sa disparition et sa mort donneraient suffisamment de preuves de la culpabilité de Charles ; Melton pourrait témoigner que Charles l'avait attirée ailleurs par la ruse. Devil serait en sécurité, libéré de Charles et de ses interminables machinations. Cependant, elle préférait de loin être en vie pour partager les célébrations et profiter de leur enfant. Elle ne voulait absolument pas mourir.

Charles se saisit d'elle, Honoria hurla. Lâchant les rênes, elle se débattit, mais il était beaucoup trop fort. Il la traîna hors du cabriolet.

Ils luttèrent, dansant dans les feuilles tapissant la clairière. En renâclant, le cheval gris recula ; Charles se cogna contre le cabriolet. La bête bondit, le cabriolet le suivant dans un bruit de ferraille. Honoria le vit partir, prise par une impression de déjà-vu[1]. Un autre cheval gris détalant avec un autre cabriolet, cette fois la laissant en rade avec le meurtrier et non avec sa victime. Elle devait devenir sa prochaine victime.

Refermant un bras autour de sa gorge, Charles la remit debout en tirant.

— Charles !

Le rugissement de Devil remplit la clairière ; Honoria s'évanouit presque. Elle regarda frénétiquement autour d'elle ; la tenant devant lui, Charles la fit tourner d'un côté, puis de l'autre, mais il ne put localiser la position de Devil. Charles jura ; l'instant d'après, Honoria sentit le canon dur d'un pistolet pressé sous son sein gauche.

— Sors, Sylvester ou bien désires-tu voir ta femme recevoir une balle sous tes yeux ?

Poussant la tête en arrière, Honoria eut un aperçu du visage de Charles, exultant, les yeux brillant de folie. Affolée, elle essaya de se débattre ; Charles lui serra la gorge. Levant le coude, il l'obligea à lever le menton ; elle dut s'étirer sur le bout de ses orteils, perdant pied.

— Devil ?

Honoria parla au ciel.

— Ne vous avisez pas de sortir — m'entendez-vous ? Je ne vous le pardonnerai jamais si vous le faites — alors, ne le faites pas.

La panique la saisit, enfonçant ses griffes très profondément ; des ombres noires dansèrent devant ses yeux.

— Je ne veux pas que vous me sauviez. Vous aurez d'autres enfants, il est inutile de me sauver.

---

1. En français dans le texte.

Sa voix se brisa ; elle s'étrangla dans ses larmes. Un rugissement sourd lui emplit les oreilles. Elle ne voulait pas être sauvée si le prix en était sa vie à lui.

Dans le fossé, Devil vérifia son pistolet. Vane, les sourcils atteignant presque la ligne de ses cheveux, le fixa.

— *D'autres* enfants ?

Devil jura entre ses dents.

— Elle choisit le bon moment pour annoncer son état.

— Tu le *savais* ?

— L'une des premières conditions requises pour être duc : tu dois être capable de compter.

Le visage sombrement fermé, Devil coinça son pistolet sous sa ceinture dans son dos et replaça son manteau.

— Va à l'autre bout du fossé, au-delà de la piste.

Honoria jacassait d'une manière hystérique ; il ne pouvait pas se laisser aller à l'écouter. Il sortit la flasque de Tolly de sa poche ; il la portait sur lui depuis que Louise la lui avait rendue, un souvenir de son cousin pas encore vengé. Travaillant fiévreusement, il poussa pour faire entrer la flasque dans la poche intérieure gauche de son manteau ; jurant doucement, il déchira la doublure avec précaution. Enfin, la flasque glissa à l'intérieur. Replaçant son manteau, il vérifia la position de l'objet. Vane le dévisagea.

— Je n'arrive pas à y croire.

— Crois-le, lui conseilla Devil.

Il leva la tête ; Honoria était encore noyée sous son propre déluge de paroles. Charles, le pistolet sur le sein d'Honoria, fouillait la forêt du regard.

— Je suppose qu'il est inutile d'essayer de te convaincre de ne pas le faire ?

Dans son dos, Vane vérifiait son pistolet. Devant le silence de Devil, il soupira.

— Je le pensais bien.

— Sylvester ?

— Ici, Charles.

La réponse permit à Charles de se placer face à leur direction générale.

— Lève-toi. Et n'apporte pas de pistolet.

— Tu réalises bien, siffla Vane en se tortillant sur le ventre, que cette folle idée à toi a le potentiel d'entamer la réputation d'invincibilité tant vantée de la famille ?

— De quelle façon ?

Devil déboutonna son manteau, s'assurant que les boutons pendaient bien loin de son côté gauche.

— Lorsque Charles te tuera, je vais tuer Charles, puis ta mère va me tuer pour avoir laissé Charles te tuer. Cette folie dont tu fais preuve semble prête à compter la mort de trois d'entre nous en un seul coup.

Devil grogna.

— Tu commences à parler comme Honoria.

— Une femme de bon sens.

Se préparant à se lever, Devil jeta un dernier regard à Vane.

— Tu couvres mes arrières ?

Vane rencontra son regard.

— Ne le fais-je pas toujours ?

Puis il pivota ; accroupi très bas, il se dirigea vers l'autre extrémité du fossé.

Devil le regarda partir, inspira longuement, puis se leva.

Charles le vit et il resserra sa prise sur Honoria.

— Lâche-la, Charles.

Devil conserva une voix calme ; la dernière chose qu'il voulait était de faire paniquer Charles, celui sur qui il comptait pour tirer droit au but.

— C'est moi que tu veux et pas elle.

Il commença à venir vers eux, passant par-dessus les sous-bois broussailleux, évitant les nouveaux joncs et les jeunes arbres. Il ne regarda pas Honoria.

— Retournez-en ! cria-t-elle. *Allez-vous-en !*

Sa voix se brisa sur un sanglot.

— Je vous en prie… non.

Elle pleurait abondamment.

— Non… *Non !*

Secouant la tête, elle ravala ses larmes, les yeux suppliants, sa voix s'estompant.

Devil avança d'un pas régulier. Il approcha du bord de la clairière et Charles sourit, un petit sourire satisfait et victorieux. Brusquement, il repoussa violemment Honoria.

Elle cria en tombant ; Devil entendit le bruissement des feuilles quand elle tenta frénétiquement de libérer ses pieds de ses jupes. Calmement, il mit le pied dans la clairière.

Charles leva le bras, visa avec soin et tira dans le cœur.

L'impact fut plus important qu'il s'y était attendu ; il le fit se balancer sur ses talons. Il recula en chancelant, resta suspendu, immobile, pendant une fraction de seconde — la seconde pendant laquelle il réalisa qu'il était toujours en vie, que Charles s'en était tenu à ses habitudes et avait visé son cœur et non sa tête, que la flasque de Tolly avait très bien réagi à l'épreuve — puis il se laissa tomber, glissant sa main droite dans le dos de son manteau en s'affaissant.

Il atterrit sur sa hanche et son épaule gauche ; sous lui, sa main droite tenait son pistolet, déjà libéré de sa ceinture. Avec art, il gémit et roula sur le dos, ses bottes étant les plus proches de Charles. Tout ce qu'il fallait maintenant était qu'Honoria — pour une fois dans sa vie — se comporte comme il le souhaitait.

Elle le fit ; son hurlement noya presque le bruit du coup de pistolet — l'instant suivant, elle se lança de tout son long sur lui. Des larmes coulant à flot sur ses joues, elle sanglota et l'examina avec désespoir, cherchant la blessure qu'il n'avait pas.

Incapable de réfléchir, ayant perdu toute capacité à fonctionner rationnellement, Honoria repoussa le manteau de Devil d'un côté — et ne trouva rien d'autre qu'une chemise blanche intacte couvrant une chair ferme et chaude.

Haletante, la gorge irritée par son cri, la tête résonnant douloureusement, elle ne réussit pas à comprendre. Devil était mort, elle venait de le voir recevoir une balle. Elle replaça son manteau. Une tache mouillée commençait à se répandre. Ses doigts touchèrent le métal.

Elle s'immobilisa. Puis ses yeux se posèrent rapidement sur ceux de Devil ; elle vit le vert briller sous ses longs cils. Sous sa main, son torse se souleva très légèrement.

— Une scène *tellement* émouvante.

Honoria tourna la tête. Charles se rapprocha paresseusement, s'arrêtant à dix pas d'elle. Il avait lâché le pistolet dont il s'était servi pour tirer sur Devil ; dans sa main gauche se trouvait une deuxième arme plus petite.

— Dommage d'y mettre fin.

Souriant encore, Charles leva son pistolet, le pointant sur le sein d'Honoria.

— Charles !

Le cri de Vane fit brusquement pivoter Charles. Devil roula à demi, se relevant sur son coude gauche, libérant son bras droit, envoyant simultanément valser Honoria sur le sol et la protégeant de son corps.

La tête de Charles se tourna vivement ; ses lèvres se recourbèrent sous un grondement féroce. Il leva son pistolet. Et il marqua une pause infime d'une seconde pour viser correctement.

Ni Devil ni Vane n'hésitèrent. Deux coups retentirent ; Charles fut secoué une fois. L'expression sur son visage en était une de stupéfaction. Il recula en chancelant ; son bras retomba mollement. Le pistolet glissa de ses doigts ; ses yeux se fermèrent. Lentement, il s'effondra au sol.

Devil pivota vivement. Une douleur cuisante le frappa à l'oreille.

— *Comment osez-vous ?*

Les yeux d'Honoria lançaient des flammes.

— Comment osez-vous sortir comme ça pour vous faire tuer !

Agrippant sa chemise, elle tenta de le secouer.

— Si jamais vous me refaites cela…

— Moi ? Et vous ? Vous en allant joyeusement avec un meurtrier. Je devrais vous chauffer les fesses — vous enfermer dans votre chambre…

— C'est sur *vous* qu'il a tiré — j'ai failli mourir !

Honoria lui frappa durement le torse.

— Comment diable pensez-vous que je peux vivre sans vous, homme impossible !

Devil lui jeta un regard furieux.

— Foutrement mieux que moi, je pourrais vivre sans *vous* !

La voix de Devil s'était élevée jusqu'à devenir un rugissement. Leurs regards s'affrontèrent, brûlants de fureur possessive. Honoria scruta ses yeux ; il fouilla les siens. Simultanément, ils cillèrent.

Honoria respira avec peine, puis elle lança ses bras autour de lui. Devil essaya de s'accrocher à sa juste colère, puis il soupira et l'enveloppa de ses bras. Elle l'étreignait avec tant de force qu'il pouvait à peine respirer. Il l'attira sur ses cuisses. Il lui caressa les cheveux.

— Je suis encore ici. Je vous ai dit que je ne vous quitterais jamais.

Après un moment, il demanda :

— Est-ce que tout va bien ? Pour vous deux ?

Honoria leva la tête, ses yeux bleu-gris noyés de larmes ; elle scruta son visage, puis hoqueta.

— Nous allons bien.

— Vous ne vous êtes pas blessée lorsque vous êtes tombée ?

Elle secoua la tête.

— Je ne crois pas. Rien ne semble clocher.

Devil plissa le front.

— Je vais vous ramener à la maison.

À Mrs Hull, qui connaissait ce genre de choses.

— Mais, d'abord…

Il jeta un coup d'œil à Charles, étalé sur les feuilles.

Honoria regarda puis, en reniflant, redressa ses jupes d'un coup de poignet et s'efforça de se mettre debout. Devil l'aida et se leva. Inspirant profondément, il avança d'un pas. Honoria le suivit de près. Devil hésita, puis passa un bras autour d'elle et sentit le sien se glisser autour de sa taille à lui. Ensemble, ils se rendirent à l'endroit où Vane se tenait, baissant les yeux sur Charles.

Deux balles avaient fait une bouillie du torse de Charles. Il fut immédiatement évident qu'il ne survivrait pas. Cependant, il n'était pas encore mort.

Quand Devil s'arrêta à côté de sa hanche droite et baissa la tête, les paupières de Charles papillonnèrent.

— Comment ? murmura-t-il d'une voix rauque.

Devil sortit la flasque de Tolly de sa poche. Elle ne contiendrait plus jamais de liquide ; la balle avait percé un côté et s'était logée dans l'autre. Il la tint en l'air.

Charles la fixa. La lumière se fit en lui ; ses traits se tordirent.

— Donc, dit-il dans un halètement, chaque mot était un combat. Mon petit demi-frère a gagné en fin de compte. Il était tellement décidé à te sauver…

Une toux l'interrompit.

Devil dit doucement :

— Tolly était un bien meilleur homme que toi.

Charles essaya de ricaner.

— Si j'étais toi, dit Vane, j'utiliserais le temps qu'il me reste pour faire la paix avec Dieu. Que le ciel en soit témoin, tu ne la feras jamais avec les Cynster.

Sur ces mots, il s'éloigna.

L'expression dédaigneuse, Charles ouvrit la bouche pour commenter. Ses traits se contorsionnèrent, ses yeux s'ouvrirent grand. Il se raidit. Puis ses paupières retombèrent ; sa tête roula mollement d'un côté.

Honoria resserra son étreinte sur Devil mais ne détourna pas les yeux du visage de Charles.

— Est-il mort ?

Devil hocha la tête.

— C'est fini.

Un bruit de sabots approcha, venant du sud. Vane sortit du cottage et regarda Devil. Devil haussa les épaules. Ils se déplacèrent pour intercepter les nouveaux venus. Honoria avança avec son mari ; elle n'était pas encore prête à le lâcher.

Des cavaliers apparurent sur la piste cavalière. L'instant suivant, la clairière débordait de Cynster.

— Que faites-vous ici ? demanda Devil.

— Nous sommes venus aider, répondit Richard du ton de celui qui est offusqué qu'on lui pose la question.

Il regarda le corps étalé sur le sol.

— Hum. On dirait que vous vous en êtes sortis sans nous. Il était tellement certain qu'il te faisait faire ses quatre volontés, il a quitté Londres avant toi.

— Et maintenant ?

Gabriel, son cheval attaché à un arbre, vint les rejoindre.

— Tu ne peux pas sérieusement songer à faire croire à un accident.

Lucifer le suivait de près.

— À part tout le reste, moi, pour commencer, je refuserai net d'assister aux funérailles de Charles.

Harry s'aligna à côté de Vane.

— Tout à fait. Et si tu peux digérer le fait que Charles soit enterré à côté de Tolly, moi, je ne le peux pas.

— Alors que faisons-nous du corps, mon frère ?

Richard haussa les sourcils en direction de son demi-frère.

Ils considérèrent tous Devil.

Honoria leva la tête, mais il portait son masque. Il lui jeta un coup d'œil, puis regarda le cottage.

— Nous ne pouvons pas courir le risque de l'enterrer : quelqu'un pourrait tomber sur sa tombe par hasard.

Son regard s'attarda sur le cottage, puis balaya la forêt autour d'eux.

— Il n'a pas beaucoup plu. La forêt est assez sèche.

Vane examina la chaumière.

— La maison t'appartient, après tout, personne ne le saurait, sauf Keenan.

— Je vais m'occuper de Keenan, il y a une veuve au village qui a très envie de le prendre comme chambreur.

— Oui.

Richard ôta son manteau d'un coup d'épaule.

— Nous allons devoir démolir le toit et pousser les murs afin que tout brûle assez bien.

— Nous ferions mieux de nous y mettre.

Gabriel scruta le ciel.

— Nous allons devoir nous assurer que le feu est éteint avant de partir.

Honoria les observa pendant qu'ils retiraient leurs manteaux, leurs gilets et leurs chemises, Devil et Vane compris. Richard et Gabriel dénichèrent des haches dans l'écurie ; Harry et Lucifer guidèrent les chevaux plus loin, amenant l'alezan loué de Charles avec eux.

— Libérez-le dans les champs les plus proches de Cambridge Road, cria Devil dans leur dos.

Harry hocha la tête.

— Je le ferai ce soir.

Quelques moments plus tard, le son des haches mordant le bois vieilli remplit la clairière. Devil et Vane prirent chacun une main de Charles ; ils traînèrent le corps dans le cottage. Honoria les suivit. Du seuil, elle les observa pendant qu'ils manipulaient Charles pour le déposer sur la paillasse nue sur laquelle Tolly était mort.

— Des plus appropriés.

Vane s'épousseta les mains. Honoria recula d'un pas, un éclat de bois vola devant son visage.

— Que dia…

Richard, hache en main, lui lança un regard mauvais, puis leva la tête.

— Devil !

Il n'eut pas besoin d'expliquer le problème. Devil se matérialisa et fronça les sourcils devant Honoria.

— Que diable faites-vous ici ? Asseyez-vous.

Il pointa le rondin de l'autre côté de la clairière, le même rondin où il l'avait fait attendre, six mois auparavant.

— Là-bas, en sécurité et hors de notre chemin.

Ces six mois avaient vu beaucoup de changements. Honoria tint bon. Elle regarda au-delà de son torse nu et vit Vane, d'un seul coup, réduire en miettes un tabouret bancal.

— Que faites-vous avec l'ameublement ?

Devil soupira.

— Nous allons faire tomber cet endroit sur le corps de Charles, nous avons besoin de beaucoup de combustible pour que le feu brûle assez longtemps pour agir comme bûcher funéraire.

— Mais…

Honoria recula et regarda le cottage, les larges demi-rondins formant les murs, les poutres épaisses sous les avant-toits.

— Vous avez bien assez de bois, vous n'avez pas besoin d'utiliser l'ameublement de Keenan.

— Honoria, l'ameublement m'appartient.

— Comment savez-vous que Keenan n'y est pas attaché maintenant ?

Avec entêtement, elle soutint son regard. Devil pressa les lèvres ensemble.

Le menton d'Honoria se raffermit.

— Il faudra deux minutes pour le sortir. Nous pouvons nous servir des couvertures pour le couvrir, puis Keenan pourra l'emporter plus tard.

Devil lança les mains en l'air et se retourna vers le cottage.

— D'accord, d'accord, mais nous allons devoir nous dépêcher.

Vane se contenta de le dévisager lorsque Devil lui expliqua. Il secoua la tête, mais ne discuta pas. Lui et Devil déplacèrent les pièces les plus lourdes ; Honoria rassembla les plus petits articles dans des paniers et des sceaux. Harry et Lucifer revinrent et n'en crurent pas leurs yeux. Honoria enrôla rapidement Lucifer ; Harry s'échappa sous le prétexte d'aller chercher les chevaux de Devil et Vane pour les amener dans un lieu dans le sens contraire du vent.

Pendant que Richard et Gabriel affaiblissaient les joints, le tas de possessions de Keenan augmenta. Enfin, Harry, qu'Honoria avait saisi au collet et envoyé vider l'écurie, se présenta avec une vieille toile cirée et une lampe poussiéreuse. Il plaça la lampe sur la pile, puis jeta la toile cirée d'un coup de poignet sur le tout.

— Voilà ! Terminé.

Il regarda Honoria, non en signe de défi, ni d'irritation, mais d'espoir.

— Maintenant, vous pouvez vous asseoir. Hors du chemin.

Avant qu'elle puisse répondre, Lucifer tira le gros fauteuil sculpté de sous la toile cirée, ramassa le coussin à pompons et le gonfla. Toussant violemment, il le laissa retomber et lui offrit une révérence sans vigueur, mais extravagante.

— Votre fauteuil, madame. Je vous en prie, prenez place.

Que pouvait-elle dire ?

Sa légère hésitation fut trop pour Gabriel qui s'avançait d'un pas nonchalant pour remettre sa hache à son frère.

— Pour l'amour de Dieu, Honoria, asseyez-vous avant de nous rendre fous.

Honoria le gratifia d'un regard hautain, puis en balayant majestueusement les alentours des yeux, elle s'installa. Elle put presque entendre leurs soupirs de soulagement.

Dès lors, ils l'ignorèrent, tant qu'elle restait dans le fauteuil. Quand elle se leva et fit quelques pas, simplement pour se délier les jambes, elle fut immédiatement assaillie par des regards aux sourcils froncés jusqu'à ce qu'elle se rassît.

Rapidement, efficacement, ils démolirent le cottage. Honoria les observa de son perchoir royal — la superficie de torses masculins bronzés, brillants tous sous la sueur honnête, les muscles se contractant et bougeant pendant qu'ils forçaient sur des poutres et des chevrons, étaient une révélation, à tout le moins. Elle était intriguée de découvrir que sa sensibilité au spectacle était gravement restreinte.

Seul le torse nu de son mari l'émouvait. Ce spectacle particulier avait encore le pouvoir de la clouer sur place, de rendre sa bouche soudainement sèche. Une chose qui n'avait pas changé en six mois.

Entre eux, peu d'autres choses étaient pareilles. L'enfant grandissant en elle entraînerait ces changements à l'étape suivante — le début de leur branche de la famille. Le premier enfant de la future génération.

Devil vint une fois de plus la voir lorsqu'ils eurent allumé le feu. Honoria leva la tête, souriant à travers ses larmes.

— Juste la fumée, dit-elle en réponse à son regard.

Avec un « whoosh » inattendu, les flammes s'échappèrent par le toit effondré. Honoria se leva ; Devil replaça le fauteuil sculpté sous la toile cirée, puis lui prit la main.

— Il est temps de rentrer à la maison.

Honoria lui permit de l'amener. Richard et Lucifer restèrent pour s'assurer que le feu s'éteindrait. Harry partit à cheval, tirant derrière lui la bête louée par Charles. Les autres se frayèrent un chemin dans les bois, montant à cheval sous les ombres qui s'allongeaient. Devant Devil, Honoria s'appuya contre son torse et ferma les yeux. Ils étaient en sécurité et en route vers la maison.

*

Des heures plus tard, dans la baignoire ducale avec de l'eau jusqu'au menton, apaisée par la vapeur parfumée, Honoria entendit soudain des bruissements rappelant des souris.

Entrouvrant les yeux, elle vit Cassie sortir en hâte, refermant la porte derrière elle.

Elle aurait plissé le front, mais c'était trop d'efforts. Quelques minutes plus tard, le mystère fut résolu. Devil grimpa dans la baignoire. Elle était bien assez grande pour eux deux, il l'avait fait concevoir tout spécialement.

— Aarrghhh.

S'enfonçant dans l'eau, Devil ferma les yeux et s'appuya sur le bord de la baignoire.

Honoria l'examina et elle vit la fatigue, la lassitude profonde et vieille comme le monde, les derniers jours gravés sur son visage.

— Il fallait qu'il en soit ainsi, murmura-t-elle.

Il soupira.

— Je sais. Mais, il était de la famille. J'aurais préféré un scénario différent.

— Vous avez fait ce qui devait l'être. Si les actes de Charles avaient été révélés, la vie d'Arthur et de Louise aurait été ruinée, sans parler de Simon, des jumelles et des autres. Les chuchotements les auraient suivis toute leur vie. La société n'est jamais juste.

Elle parla doucement, laissant le poids de la vérité faire son propre chemin, accorder son réconfort inhérent.

— De cette façon, je présume que Charles va simplement disparaître ?

— Inexpliquablement.

Après un moment, Devil ajouta :

— Vane va attendre quelques jours, puis il va s'occuper de Smiggs. La famille sera globalement mystifiée. La disparition de Charles deviendra un mystère non résolu. Son âme peut trouver la paix qu'elle peut, enterrée dans la forêt où Tolly est mort.

Honoria plissa le front.

— Nous allons devoir dire la vérité à Arthur et à Louise.

— Hum.

Les yeux de Devil brillèrent sous ses cils.

— Plus tard.

Levant un bras, il tendit la main vers le savon, puis l'offrit à Honoria.

Ouvrant les yeux, elle cligna des paupières, puis le prit. Souriant doucement, elle se mit à genoux entre les jambes pliées de Devil. Ceci comptait parmi ses passe-temps favoris : savonner son torse, laver son corps magnifique. Faisant rapidement mousser le savon dans le tapis de poils serrés sur son torse, elle écarta les mains, caressant chaque bande de muscles lourds, sculptant chaque épaule, chaque bras avec amour.

« Je vous aime, je vous aime. »

Le refrain chantait dans sa tête ; elle laissa ses mains prononcer les mots, donner une voix à la musique, imprégner chaque toucher, chaque caresse de son amour. Les mains de Devil se levèrent en réaction, parcourant ses courbes, prenant paresseusement possession de chacune d'elles, orchestrant un accompagnement à sa chanson.

Elle l'avait laissé utiliser le savon sur elle une seule fois ; la chambre avait fini par être complètement inondée. À sa grande joie perpétuelle, la maîtrise de soi de Devil était plus importante que la sienne.

Une large paume s'étala sur son ventre délicatement arrondi. Levant la tête, Honoria surprit la lueur de ses yeux verts sous ses cils ; elle fronça les sourcils.

— Vous le saviez.

Un sourcil s'arqua à sa manière arrogante habituelle ; ses lèvres se recourbèrent lentement.

— J'attendais que vous me l'annonciez.

Elle haussa des sourcils hautains.

— La Saint-Valentin est célébrée demain, je vous le dirai à ce moment-là.

Il sourit, de son sourire de pirate.

— Nous allons devoir imaginer une cérémonie appropriée.

Honoria surprit son regard et s'efforça de ne pas sourire en retour. Elle se hissa sur une cuisse dure comme le roc.

— Hum. Tournez-vous.

Elle savonna son dos puis ses cheveux et l'obligea à passer la tête sous l'eau pour se rincer. Elle retourna s'asseoir devant lui, entre ses cuisses, dos à lui, savonnant une longue jambe quand Devil se pencha en avant, ses bras se refermant autour d'elle. Il enfouit son nez dans son oreille.

— Êtes-vous certaine d'aller bien ?

— Je me porte parfaitement bien, tout comme votre fils. Arrêtez de vous inquiéter.

— *Moi,* arrêter de m'inquiéter ?

Il grogna.

— En voilà une bonne venant de vous.

Lâchant sa jambe, Honoria sourit et s'installa confortablement, s'abandonnant avec délice à la sensation de chaleur du mur solide et mouillé que représentait son torse contre ses épaules et son dos.

— Oh, j'ai cessé de m'inquiéter pour vous.

Devil donna libre cours à un son excessivement sceptique.

— Bien, réfléchissez.

Honoria gesticula avec le savon.

— Seulement récemment, vous avez été projeté hors d'un phaéton en désintégration, empoisonné, attaqué à l'épée et aujourd'hui, on vous a tiré dans le cœur. Et vous êtes encore ici.

Elle écarta grandement les bras dans un geste théâtral.

— Devant une invincibilité aussi virulente, c'est à l'évidence un effort perdu que de m'inquiéter pour vous. Le destin, m'a-t-on dit assez souvent, prend très clairement soin des Cynster.

Derrière elle, Devil sourit. Elle cesserait de se faire du souci pour lui le même jour où il ne s'inquiéterait plus pour elle. Refermant les mains autour de sa taille, il l'éloigna, puis attira ses hanches de nouveau sur lui.

— Je vous ai dit que vous étiez destinée à devenir une épouse Cynster, un mari invincible était à l'évidence requis.

Il souligna son point en donnant de petits coups entre ses cuisses, son érection s'enfonçant de quelques centimètres terriblement excitants dans ce paradis familier.

Lâchant le savon par-dessus le bord de la baignoire, Honoria s'arqua et l'entraîna plus profondément en elle.

— Je vous préviens, le personnel va commencer à se poser des questions si nous devons de nouveau repeindre le plafond de dessous.

— Est-ce un défi ?

Elle sourit.

— Oui.

Il rigola, le son si grave qu'il résonna dans ses os.

— Pas une seule éclaboussure, l'avertit-elle.

— Vos désirs sont des ordres.

Ce fut le cas ; il releva le défi — de toutes les façons — la berçant entre ses hanches jusqu'à ce qu'elle eût l'impression de devenir folle. Ses mains la parcoururent, caressant ses seins gonflés, excitant ses mamelons douloureux. Les légères ondulations causées par leurs mouvements léchaient les sommets sensibles, une sensation subtile et complètement insoutenable. Une douce fièvre se développa, la chauffant, donnant l'illusion que l'eau tiède était froide, la marquant de sa propre nudité, rendant sa peau sensible à l'abrasion rêche du corps de Devil parsemé de poils se frottant si intimement contre elle.

Régulièrement, la fièvre monta ; Honoria déplaça ses genoux à l'extérieur de ceux de Devil. Elle tenta de se lever plus haut — il la retint en bas, ses mains se raffermissant sur ses hanches.

— Pas d'éclaboussures, vous vous souvenez ?

Elle ne put que haleter quand il la tira plus bas, sa dureté chaude pressant plus profondément. Trois coups restreints mais puissants plus tard, sa fièvre explosa. Elle haleta son nom alors que ses sens s'envolaient ; yeux fermés, elle savoura le vol, resta brièvement suspendue dans le vide altruiste à son apogée, puis redescendit lentement sur terre.

Il ne s'était pas joint à elle ; ses bras vinrent se poser autour d'elle, la tenant en sécurité pendant qu'elle reprenait ses sens. Parfaitement satisfaite, Honoria sourit et l'étreignit en son for intérieur avec autant de possessivité qu'il l'avait étreinte. Il n'avait pas dit qu'il l'aimait, mais après tout ce qui était arrivé, elle n'avait pas besoin d'entendre les mots. Il en avait dit assez et comme tout Cynster, ses actions parlaient plus fort que tout.

Elle était à lui ; il était à elle — elle n'avait besoin de rien d'autre. Ce qui avait grandi entre eux, ce qui grandissait en elle, était à eux, leur vie à partir de maintenant. Pendant que ses pieds mentaux retouchaient terre, elle se concentra et le caressa, avec expertise, intimement — avec encouragement.

Et elle sentit ses muscles se contracter. Brusquement, il la souleva loin de lui ; l'instant suivant, il se leva et l'enleva dans ses bras. Alors qu'il sortait de la baignoire et se dirigeait vers leur chambre, les yeux d'Honoria s'ouvrirent grand.

— Nous sommes encore mouillés !

— Nous sécherons bien assez vite, répondit son mari complètement excité.

Ce fut le cas pendant qu'ils roulaient, se tortillaient, s'entremêlaient parmi les draps soyeux dans une merveilleuse affirmation de la vie et de l'amour qu'ils partagaient. Plus tard, alors qu'il était allongé sur le dos, Honoria s'endormit profondément et rapidement sur son torse et les lèvres de Devil formèrent un sourire en coin. Les véritables Cynster — tous les hommes — mouraient dans leur lit. Réprimant un petit rire, il baissa les yeux sur sa femme. Il ne pouvait pas voir son visage. Délicatement, il la déplaça sur le côté, l'installant contre lui ; elle se blottit plus près, sa main glissant sur son torse. Il effleura sa tempe de ses lèvres et referma les bras sur elle.

« Posséder et chérir » était la devise familiale, cela faisait aussi partie des vœux du mariage. Un de ses ancêtres avait payé une somme atroce pour l'y faire inclure. Ayant épousé Honoria Prudence, Devil pouvait comprendre pourquoi.

La partie possession était très agréable ; la partie chérir — l'amour, ne jamais lâcher prise — était encore mieux.

ÉPILOGUE

Maison Somersham, Cambridgeshire
Septembre 1819

La barre Cynster siégeait.

Ils étaient tous présents, se prélassant dans la bibliothèque, langoureusement à l'aise comme autant de prédateurs bien nourris. Devil avait repoussé sa chaise loin de son bureau et appuyé une botte sur un genou pour former un berceau de fortune pour son héritier. Sebastian Sylvester Jeremy Bartholomew Cynster. La vedette principale de ce rassemblement du clan avait été baptisée plusieurs heures auparavant ; il se faisait à présent mouiller la tête dans un temple différent.

Vane était installé dans le fauteuil près du bureau ; Gabriel et Harry occupaient le sofa. Lucifer était vautré dans un fauteuil près de l'âtre, Richard, le reflet de son compagnon. Chacun tenait un verre ballon de brandy rempli du meilleur qu'avait à offrir monsieur le duc de St-Ives ; une atmosphère somnolente de profonde satisfaction masculine imprégnait la pièce.

Le staccato du cliquetis de talons féminins dans le vestibule fut le premier signe du sort qui frappait. Puis la porte s'ouvrit brusquement ; Honoria entra avec grâce. Un regard sur son visage, un coup d'œil sur ses yeux lançant des éclairs suffirent à les informer que *quelqu'un* était dans les ennuis jusqu'au cou.

Tranquille dans sa certitude que, peu importe ce qui avait excité sa colère, *il* se devait d'être innocent, Devil lui offrit un sourire vague. Honoria lui répondit par un bref hochement de tête sérieux et menaçant ; quand les autres firent mine de se lever, elle agita la main pour qu'ils restent assis. Jupes bruissant, elle traversa la pièce, puis pivota vivement devant le bureau de Devil. Croisant les bras, elle les affronta, son regard distribuant impartialement sa colère. Seul Devil était à l'abri.

— Il a été porté à mon attention, entonna Honoria, ses mots secs et précis, qu'une série de paris — je pense que le terme est « livre des paris » ? — a été administré sur la question de non pas la date de la naissance de Sebastian, ce qui aurait déjà été assez grave, mais sur la date de sa conception.

Son regard se posa sur Gabriel ; elle haussa les sourcils.

— Est-ce exact ?

Gabriel la considéra avec lassitude ; une légère teinte colora ses joues maigres. Il jeta un coup d'œil à Devil, qui se contenta de lever ses sourcils noirs. Plissant le front, Gabriel regarda Honoria.

— Votre information est correcte.

— Vraiment ?

Les yeux d'Honoria brillèrent comme de l'acier.

— Et combien précisément avez-vous gagné — tous ensemble ?

Gabriel cilla. À sa gauche, Sebastian gazouilla — il était inutile de chercher de l'aide auprès de Devil ; monsieur le duc de St-Ives était fou de son fils tout autant que de sa femme. En périphérie de sa vision, Gabriel vit des couleurs se rassembler en phalange près de la porte — les partisanes d'Honoria, leurs mères. Plus près de lui, il sentit la tension d'Harry. Vane changea de position, décroisant les jambes ; Richard et Lucifer se redressèrent tous les deux dans leurs fauteuils. Gabriel n'eut aucune difficulté à interpréter leurs messages silencieux.

Ce qui était très bien — ce n'étaient pas eux qui affrontaient la colère de madame la duchesse de St-Ives.

— Sept mille six cent quarante-trois livres sterling.

Les sourcils d'Honoria s'envolèrent. Puis elle sourit.

— Mr Postlethwaite sera *très* content.

— Postlethwaite ?

Le ton de Richard reflétait leur malaise s'accroissant vivement.

— Qu'a-t-il à voir là-dedans ?

Les yeux d'Honoria s'arrondirent.

— L'église du village a besoin d'un nouveau toit. Mr Postlethwaite est dans tous ses états depuis un moment — le plomb de qualité est de plus en plus cher. Et, bien sûr, comme nous dotons la chapelle ici, il n'aimait pas l'idée d'aborder le sujet avec nous.

Gabriel jeta un coup d'œil à Vane ; Vane regarda Richard qui, lui, considérait Harry. Lucifer pencha un regard incrédule vers son frère. Les mâchoires douloureuses, Devil garda la tête baissée, le regard fixé sur le comportement de chérubin de son fils.

Ce fut Vane qui mit le pied dans l'engrenage.

— Donc ?

L'unique syllabe était imprégnée d'une supériorité impossible à défier ; avec toute autre femme, cela aurait pu fonctionner.

Honoria tourna simplement la tête, regarda Vane droit dans les yeux, puis se retourna vers Gabriel.

— Vous ferez don de tous les profits de votre entreprise, avec tout intérêt accru à Mr Postlethwaite pour qu'il l'utilise comme il juge convenable. Comme vous étiez responsable de ce tristement célèbre livre, je vous tiendrai garant de rassembler les fonds et de les transmettre au pasteur.

Son ton imitait celui d'un juge prononçant une sentence ; il ne laissait aucune place à la discussion.

— De plus, comme pénitence finale, vous assisterez tous à la consécration.

Elle marqua une pause ; son regard balaya l'assemblée.

— J'espère m'être bien fait comprendre ?

Ses yeux les défiaient de la contredire ; chacun y songea, aucun ne le fit.

Vivement, Honoria hocha la tête.

Sebastian pleura, un avertissement éloquent de sa faim imminente. Honoria perdit immédiatement tout intérêt envers les paris, les toits de plomb et la spéculation indélicate. Se tournant, elle tendit les bras avec autorité ; Devil lui confia leur fils, un sourire impie illuminant ses yeux, soulevant les coins de ses lèvres.

Avec Sebastian sur son épaule, Honoria se dirigea vers la porte, ignorant totalement les cinq grands hommes devant qui elle passa. Elle sortit gracieusement de la pièce, les dames refermant les rangs derrière elle.

Six hommes la regardèrent partir — un avec une brillante fierté, les cinq autres avec une appréhension née du malaise. Ils payèrent sans un mot. Mr Postlethwaite fut enchanté.

Un mois plus tard, ils assistèrent à la consécration ; chacun prononça une prière pour que le destin ne dirige pas tout de suite son attention dans leur direction.

Malheureusement pour eux, le destin n'écoutait pas.

Mise en pages :
Patrick Leleux PAO
14000 Caen

Achevé d'imprimer en France
par CPI Bussière
À Saint-Amand-Montrond (18)
N° d'impression : 2037312
Dépôt légal : juin 2016